长篇传记文学

战将韩钧

智西乐 著

群众出版社
·北京·

图书在版编目（CIP）数据

战将韩钧／智西乐著. -- 北京：群众出版社，2025.1. --（红色记忆丛书）. -- ISBN 978-7-5014-6043-4

Ⅰ.I25

中国国家版本馆 CIP 数据核字第 2025M7U410 号

战将韩钧

智西乐 著

责任编辑：张　晔
装帧设计：王紫华
责任印制：周振东

出版发行：群众出版社
地　　址：北京市丰台区方庄芳星园三区 15 号楼
邮政编码：100078
经　　销：新华书店
印　　刷：天津盛辉印刷有限公司
版　　次：2025 年 1 月第 1 版
印　　次：2025 年 1 月第 1 次
印　　张：23.75
开　　本：787 毫米×1092 毫米　1/16
字　　数：440 千字
书　　号：ISBN 978-7-5014-6043-4
定　　价：98.00 元

网　　址：www.qzcbs.com
电子邮箱：qzcbs@sohu.com

营销中心电话：010-83903991
读者服务部电话（门市）：010-83903257
警官读者俱乐部电话（网购、邮购）：010-83901775
文艺分社电话：010-83901350

本社图书出现印装质量问题，由本社负责退换
版权所有　侵权必究

韩钧肖像（素描）

1937年决死二总队政治委员张文昂（左一）、政治主任韩钧（左二）与部分军官合影

韩钧（左三）于决死二纵队行军时所摄

决死队臂章

1940年2月，八路军一二〇师、晋西北党政机关、决死二纵队、四纵队、工卫旅、暂编第一师等部分领导在晋西北兴县蔡家崖龙王庙合影。后排右起：贺龙、林枫、周士第、韩钧、侯俊岩、甘泗淇、李力果、罗贵波、牛荫冠、刘俊秀；前排左起：续范亭、雷任民、张文昂、赵林、关向应

1941年韩钧（右）在晋绥第八军分区任司令员时，到兴县开会，与晋绥军区政治部主任甘泗淇（中）、陈先瑞旅长（左）合影

1946年韩钧（左）作为中共代表参加军调三人执行小组与陈赓司令员（中）、翻译谭壮（右）摄于临汾机场

1946年韩钧作为中共代表参加军调三人执行小组在北平工作时所摄

1948年7月韩钧与夫人张光摄于石家庄

位于北京西郊香山万安公墓内的韩钧同志之墓，1949年5月立，2009年3月由中共北京市委重修

1950年韩钧夫人张光与儿子韩爱民（后）、韩敬民（右）、韩学民（左）在中央组织部院内合影

韩钧长子韩爱民

韩钧次子韩敬民

韩钧三子刘京（韩学民）

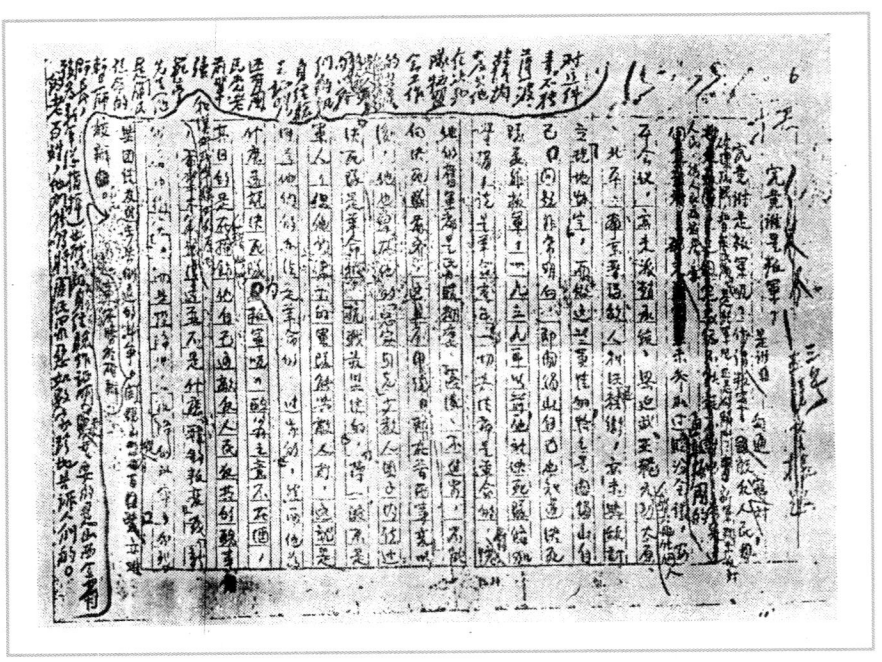

毛泽东主席对新华社1944年8月13日电《韩钧谈晋西事变真相》改稿手记的一部分。毛主席审阅时，在文章末尾亲笔加写了一段话："对这件事，不独薄一波、韩钧及其他……他们能够将阎氏罪恶如数家珍地告诉人们的。"

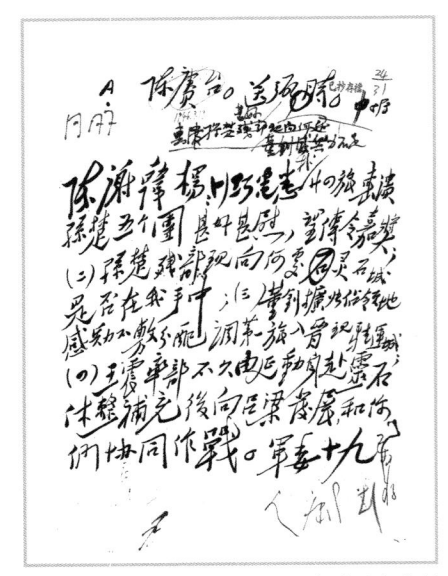

1946年9月19日，中央军委关于我军击溃敌孙楚五个团传令嘉奖致陈（赓）谢（富治）韩（钧）杨（奇清）电

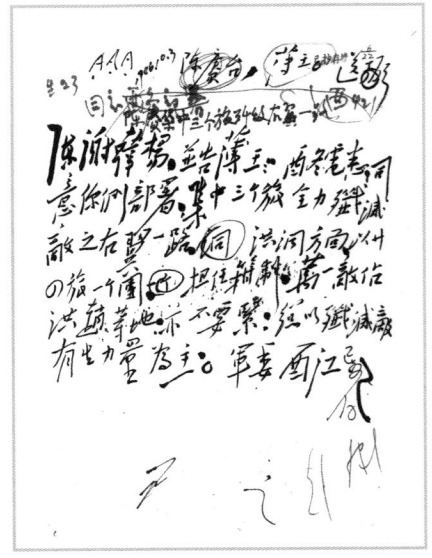

1946年10月3日，中央军委关于集中三个旅全力歼敌致陈（赓）谢（富治）韩（钧）杨（奇清）电

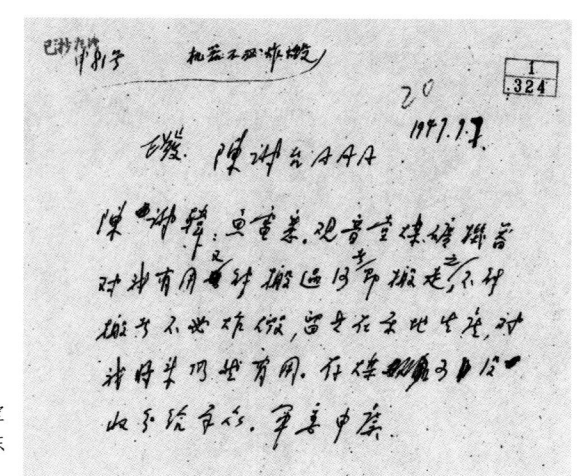

1947年9月7日,中央军委关于豫西观音堂煤矿事致陈(赓)谢(富治)韩(钧)电

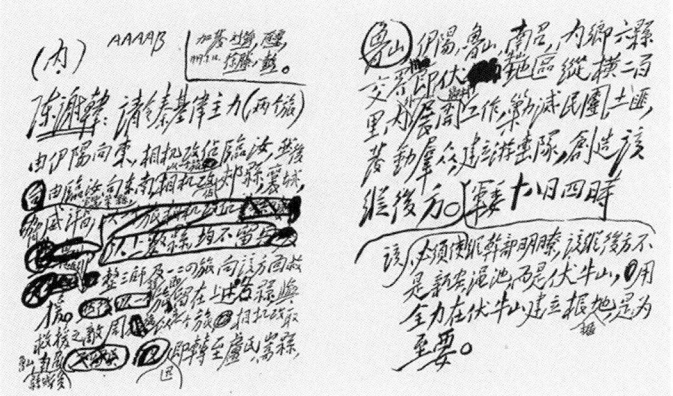

1947年9月18日,毛泽东主席以中央军委名义致电陈(赓)谢(富治)韩(钧),指挥伏牛山东麓战役

彭真同志为群众出版社1989年出版的《韩钧同志传略》题写的书名

韩钧的读书随笔
笔记本封面

三、唯心主义否认，有认识世界及其规律的可能性，怀疑我们的知识底确实性，不承认客观真理，认为世界充满着那些永远不能认识的"自在之物"。而马克思主义的哲学唯物主义恰恰相反，认为：世界及其规律是完全可以认识的；我们对于周围世界规律的那些已由经验和实践所证实了的知识，是具有客观真理意义的确实知识。世界上没有不可认识之物，而只有尚未认识之物，这些尚未认识之物，将由科学和实践底力量所揭露和认识的。

矛盾统一律（毛泽东）
一九四〇年十月十二日。

矛盾统一律是宇宙的根本法则，也是思维方法的根本法则，列宁称之为辩证法的核心，他是形而上学的发展观相反的，他是和形式论理学的绝对统一律相反的。矛盾存在于一切完成的与形成中的过程中，矛盾贯澈于一切过程的始终这是矛盾的普遍性、绝对性。矛盾在矛盾的侧面各有其特异之点，所以其言矛盾，又同如其形式是矛盾底特殊性相对性。矛盾着的两面是一定的条件下有同一性，因此能彼此联系于一个统一体中，又能互相转化到相反方向，这又是矛盾的特殊性、相对性。然而矛盾的斗争则是不绝的，不管在其发展时或其转化时，斗争永不能不存在，尤其是表现至矛盾的

韩钧手迹

出版前言

一九八九年，我社曾以内部发行的方式出版过《韩钧同志传略》。

韩钧，生于一九一二年，河南省新安县人，是抗日战争时期山西新军的主要创建人之一，我党我军卓越的政治工作者和优秀的军事指挥员。他有胆有识，文武双全，年轻有为，战功卓著，被毛泽东亲切地夸赞为"娃娃将军"。他于一九四九年三月病逝时年仅三十七岁，安葬在北京香山东麓的万安公墓。由于英年早逝，他的英雄事迹长期以来一直鲜为人知。

一九三一年"九一八"事变爆发后，韩钧从家乡奔赴北平参加革命。一九三二年他担任北平抗日义勇军青年队队长，因带领青年队参加中共北平市委组织的抗日反蒋"八一"示威大游行而被反动军警逮捕，并被关进北平军人反省分院（俗称"草岚子监狱"），同年年底，在狱中转为中国共产党党员。在狱中，他系统学习了马列主义，掌握了英语和世界语。一九三六年九月，他被我党营救出狱，随即奔赴山西抗日战场，创建了数万人的抗日武装——山西抗敌决死队二纵队，并率部转战多地，浴血抗敌，成为英勇不屈的民族解放的钢铁长城。一九四四年十一月,受毛泽东派遣率部开辟河南(豫西)抗日根据地,担任中共河南区党委委员并兼任河南军区二军分区司令员,收编地方抗日武装,消灭土顽,有力地打击了日、伪军。解放战争时期,他先后担任晋冀鲁豫军区第四纵队副司令员,太岳兵团(即举世闻名的"陈谢兵团")副司令员、前敌委员会常委,太岳兵团后方司令部司令员,豫陕鄂军区司令员,率大军鏖战晋南,逐鹿中原,为建立新中国立下了卓越功勋。

长篇传记文学作品《战将韩钧》形象地描述了韩钧忠于党、忠于祖国、忠于人民,戎马倥偬,鞠躬尽瘁的传奇人生。本书故事曲折,扣人心弦,是一部融思想性、艺术性、可读性于一体的英雄史诗般的文学传记,也是一部进行爱国主义、英雄主义、革命传统教育的生动教材。

群众出版社

二〇二四年十一月

目 录

第一章　草岚子监狱（1932—1936）
　　一、明日枪决／1
　　二、不速之客／8
　　三、可疑的来信／15
　　四、"奉命"出狱／20

第二章　转战吕梁（1936—1939）
　　一、绝密组织／26
　　二、营救王若飞／30
　　三、初掌戎机／36
　　四、炮声中的婚礼／42
　　五、五千大洋银票／48
　　六、决死二纵队横空出世／54
　　七、锋芒初试／61
　　八、整军中的风波／67
　　九、血战井沟／76
　　十、神符村雪恨／84
　　十一、肉搏韩信岭／90

十二、腰沟阻击战 / 97

十三、再战午城 / 102

十四、血洒罗汉 / 109

第三章　征战晋西（1939—1940）

一、阎锡山的圈套 / 118

二、危险之旅 / 124

三、暗箭密布 / 132

四、紧急应变 / 138

五、针锋相对 / 144

六、夜半枪声 / 149

七、杀出重围 / 156

八、越过封锁 / 166

九、决战临县 / 173

十、奔赴延安 / 180

十一、风卷残云 / 185

第四章　激战晋绥（1940—1944）

一、奇袭大武 / 192

二、克虎寨的枪声 / 196

三、虎口拔牙 / 199

四、午夜幽灵 / 206

五、血色樱花 / 216

六、护送总部炮团 / 223

七、佐佐木勋的末日 / 230

第五章　鏖战豫西（1944—1945）

　　一、南渡黄河／237

　　二、各怀心机／245

　　三、寻找豫西地下党／250

　　四、何去何从／260

　　五、李桂吾遇刺／265

　　六、潜流暗涌／274

　　七、血雨腥风／280

　　八、疾风扫落叶／290

　　九、生死营救／301

　　十、肘腋惊变／309

　　十一、泪洒黄河／317

第六章　为新中国而战（1946—1949）

　　一、单刀赴会／324

　　二、六战六捷／331

　　三、骑龙过黄河／338

　　四、风雨陕州城／343

　　五、痛宰"瘦牛"／350

　　六、天妒英雄／352

附录　韩钧年表 ……………………………… 354

　　　　韩钧同志碑文 …………………………… 360

　　　　《韩钧同志传略》序 ……………… 薄一波／361

为光明的前途奋斗
　　——青年抗敌决死队周年纪念…………韩　钧／363
韩钧谈晋西事变真相
　　（一九四四年八月十三日）……………………368
赠韩钧…………………………………………李兰滨／371

后记……………………………………智西乐／372

第一章　草岚子监狱（1932—1936）

一、明日枪决

一九三五年七月八日夜。设在北平市西城区草岚子胡同的"北平军人反省分院"（俗称"草岚子监狱"）南监房黑暗狭小的七号、八号两间牢房里，不断传出铁镣碰撞发出的刺耳声响。

"哗啦！……哗啦！"

"哗啦！……哗啦！"

时断时续，若有若无。这声音从牢门上那五寸见方的小铁窗传到空空荡荡的走廊里，听起来叫人毛骨悚然。

两个看守从走廊的那头走了过来。走过这两间牢房门前的时候，借着昏暗的灯光，高个子看守瞥了一眼牢门上写的"死囚"两个字，压低声音问矮个子看守："明天……枪决？"

矮个子点点头："嗯！南京刚来的批复。"

"唉！"高个子叹了一口气，"可惜了这十二颗好端端的头颅！"

"可不！"矮个子喷喷两声。

尽管他们的声音压得很低，死牢里的人还是听得清清楚楚。

其实，他们早就知道了这个消息。

七号死牢里，两个骨瘦如柴的青年正拖着沉重的十二斤脚镣移动。草岚子监狱里每个人都知道，这十二斤的重镣是死刑犯特有的标志。

个头儿略高的青年，侧身看着旁边那个比他小三四岁、中等个头儿的年轻人问道："后悔吗？"

"老西儿，求仁而得仁，又何惧焉！"年轻人坦然一笑。

"好！"老西儿借着头顶那盏八瓦灯泡的昏暗光线，赞赏地看着这个叫韩钧的年轻人。

牢房里恢复了死一般的寂静。

韩钧从后墙上那个拳头大小的通风孔向外望去，夜空黑暗而深邃。韩钧的思绪渐渐地回到了三年前。

一九三二年，他和同窗学友王若愚、邱少山因带领北平抗日义勇军参加反对国民党不抵抗政策的"八一"示威大游行而被捕。先是被送进国民党北平宪兵司令部侦缉队，接着辗转到宪兵司令部看守所、北平陆海空军副总司令部行营军法处，最后被丢进草岚子监狱。这段时间里，他不断地见到那些高昂着头颅走上刑场的同志们。他加入共青团已经一年，入党申请书也早已交给组织。可是，随着被捕入狱，他们几个人和党组织失去了联系。他是多么渴望能有一座灯塔在黑暗中给他指引方向。

"开饭了！开饭了！"中午时分，伴随着一阵粗鲁的吆喝声，一个长着鹰钩鼻子的狱卒打开了牢门。

从牢房过道里望过去，监狱门口有栋小楼，楼上是看守办公和居住的地方，楼下是食堂。南监房的政治犯们稀稀拉拉地走出牢房，拖着沉重的脚镣，三三两两顺着过道向外走去。韩钧正想着自己的心事，无精打采地落在后面。

王若愚看他脸色不好，关心地问："哪里不舒服？"

韩钧摇摇头，叹了口气。

邱少山说："嗨！到了监狱又咋的？该吃就吃，该睡就睡，"说着拍拍自己的胸脯，"这可是本钱哪，你说呢？"

韩钧想说什么，欲言又止。

天上下着雪。几个人穿过一片空地走进食堂。食堂不大，从南到北五六排光溜溜的白木茬桌子。桌子上已经摆好碗筷。每排桌子正中间放着一个大洋瓷盆,盆里是黑糊糊的高粱米饭,一个粗糙的木勺斜着插在高粱米上。洋瓷盆旁边放着一小碟子咸菜,每张桌子上摆放七八套碗筷,每套碗筷旁边摆着一碗白菜汤。

韩钧、王若愚和邱少山挤到一张桌子旁坐下。

韩钧低头一看,这叫什么白菜汤呀,简直就是一碗清水!一滴儿油星子也看不到,透亮得一眼能看到碗底儿。韩钧性子直,他从座位上站起来刚要发作,王若愚拉他一把,韩钧又恨恨地坐下了。邱少山手脚麻利,已经给桌边的六七个人每人盛了一碗高粱米饭。韩钧刚端起碗,冷不防听到"嘎嘣"一声脆响,循声望去,见邱少山两手捂着腮帮子,痛苦地蹲了下去。围着这张桌子吃饭的几个人,纷纷放下碗筷,关切地围拢过来。

鹰钩鼻子见状,大声吆喝起来:"干什么,干什么,都回到自己座位上去!"

邱少山一张口吐出一摊血来,红色的血迹里躺着一颗白生生的牙齿,嘴里还在往外淌血。

鹰钩鼻子还在咋咋呼呼:"你们不听是不?都回到自己位置上去!"

韩钧终于忍不住了,猛地站起身,用手指着鹰钩鼻子大声呵斥道:"看看你们做的什么饭!这是让人吃的吗!"

鹰钩鼻子正要发作,低头一看这些饭食,顿觉理屈,支支吾吾地说:"那,那,怨他自己吃饭不小心!"

这一下可捅了马蜂窝。政治犯们终于忍无可忍,群情激愤。

"这伙食早就该改善了!一天三顿高粱米饭窝窝头,咸菜条子还舍不得让多吃一根!"

"克扣囚粮,良心太坏了!"

"我们每个人每月三块八毛钱伙食费,算算账,看每天应该是啥标准!"

"天天吃发霉变馊的窝窝头,顿顿吃硌掉牙齿的糙米饭,要算账!看我们的伙食费究竟到哪里去了!"

韩钧热血上涌,跨上一步,逼视着鹰钩鼻子的小眼睛,大声说道:"我们要抗日、要救国!我们犯了什么罪?从进监狱到现在,判的什么罪名,你们不说!判多长时间,你们不说!日本人占领东北,你们东北军不敢打,跑到关内!我们要抗日,反而被你们抓起来,关在这里吃发霉的高粱米!你们还是不是中国人!"一九三二年的时候,北平的最高军政长官是陆海空军副总司令张学良,管理草岚子监狱的也是他属下的东北军,韩钧这番话正好戳到鹰钩鼻子

的痛处。

这番话也道出了政治犯的心声。这时，门外走进来一个姓牛的看守班长。一看这个阵势，他生怕事情闹大了不好交差，紧走几步到了人堆跟前，伸出双手做出一个平息事态的手势："难友们，难友们！先不要生气咧，有话慢慢说！"扭过头来对着鹰钩鼻子训斥道："有什么事情不能慢慢说？惹得大家这么生气！看俺回去不收拾你！"

鹰钩鼻子见状，趁坡下驴，马上溜着墙根儿上楼去了。

就在韩钧大声斥责鹰钩鼻子的时候，不远处有好几双眼睛都在悄悄地盯着他。

监狱里有一个共产党的秘密党支部，代号"老兄"。老兄的头儿是一位绰号"老西儿"的山西人。他一边注视着韩钧的举动，一边小声和旁边那个人说着话："老黄，这个人不简单，宁折不弯呢。"

老黄和老西儿年纪相仿，但看上去身体虚弱一些，点点头说道："他叫韩钧，河南人，'九一八'事变后从家乡来到北平。中国大学的学生，团员，历次斗争中表现都很坚定，从被捕到现在吃了不少苦。口才好，每次看守提审他，都被他驳得哑口无言。"

老西儿沉吟了一会儿："看他的性格，心直口快，在监狱里怕是要吃亏。"

老黄点着头："是啊，才二十岁，血气方刚。"

老西儿若有所思："刚者好断。有机会我们要接触接触他，提醒他注意斗争方式。在监狱里，我们既要斗争，又要最大限度地保护自己的同志。几年来，我们顺直省委连续两次被一锅端，我们的同志死的死，伤的伤，损失太大了！"老西儿和老黄被捕前都是中共顺直省委的主要领导，每每提起这些就觉得心情沉重。

老黄长长叹了一口气："韩钧和他身边的两个人，喏，左边那个叫王若愚，右边那个刚刚硌掉牙齿的叫邱少山，都是中国大学的学生，都是共青团员，表现都不错。我看呀，可以考虑把他们吸收到党组织里面来。"

说到这儿，老西儿和老黄相互看了一眼，不约而同地点点头。

一个雪霁天晴的日子。草岚子监狱牢房后面有一个半月形小院，这里是政治犯们放风的地方。本来，南北监房的放风时间是分开的，各半个钟头，后来经过老西儿给看守做工作，再加上看守也贪图省事，南北监房的放风时间就合在了一起。这样一来，南北监房放风时间都延长了一倍，可以多活动活动，多呼吸一些新鲜空气，更重要的是，政治犯们可以利用这个机会相互交流、互通信息。

到了放风的时间，政治犯们纷纷涌入这个不大的后院。后院的积雪已经清扫干净，虽然寒冷，但空气清新，不像低矮的监房里空气污浊不堪。后院被一道围墙围了起来，墙上拉着一道道带铁刺的铁丝网。因为刚刚下过雪，每道铁丝网上都像被镶上了一道白色的毛茸茸的滚边儿。围墙正中有一扇低矮的铁门，粗大的门闩、巨大的门锁把它锁得严严实实。院子的南端是个露天厕所，厕所再往南的围墙上有一个哨楼，就是在厕所里解手，也都毫无遮拦地在哨兵的监视之下。

院子正中间放着一只盛满开水的大木桶，四五个木瓢挂在桶边上，人们纷纷围拢过来喝开水。韩钧拖着脚镣来到木桶边，伸手拿了一个木瓢，刚要弯腰舀水，忽然觉得旁边有一双眼睛正注视着他。他舀起一瓢水，趁喝水的工夫用余光扫过去，果然见一个高个儿青年正在朝自己微笑。直觉告诉他这是一双充满友善的眼睛。

韩钧是一个慷慨爽快的人，放下水瓢就走了过去。

高个子也放下水瓢，主动说道："我是山西人，大家都叫我老西儿。能和你交个朋友吗？"

韩钧一听，脸上露出淳朴憨厚的笑容："原来你就是老西儿呀！早听人说过你，都说你是一条硬汉子！"

老西儿谦虚地笑了笑："哪里哪里，那天看到你呵斥鹰钩鼻子，真解恨！你才是一条硬汉子！"说着，话题一转："不过，有一句话叫作'刚者好断'。监狱里情形复杂，我们的斗争要讲究策略和方法，你说呢？"老西儿四下看看，见看守没有注意他们俩，就给了韩钧一个眼色，两人一边小声说着话，一边来到一个相对僻静的角落。

老黄已经在那里等着。

"欢迎你，韩钧同志！"老黄微笑着向韩钧伸出手来，"我们已经关注你好长时间了！"

老西儿和老黄身上那种成熟的气质，一下子拉近了韩钧和他们之间的距离。老西儿把狱中斗争形势和"老兄"的情况向韩钧作了介绍，然后热情地看着他："韩钧同志，'老兄'敞开大门欢迎你的加入！"

梦寐以求！韩钧连连点头。

韩钧转过身去，在人群中找到王若愚和邱少山，对他们两个说了几句悄悄话，然后指了指还站在原地的老西儿和老黄。

老西儿和老黄对着他俩意味深长地点点头。王若愚和邱少山快步走了过去。

很快，王若愚和邱少山便回来了，眼睛眉毛都带着笑意告诉韩钧："马上举行仪式！"

仪式在后院北墙角举行。

为了防止发生意外，秘密支部的党员们围成一圈儿，脸朝外警惕地注视着看守的动静。北墙角，老西儿压低声音说："我代表'老兄'向你们宣布，你们三名同志被批准加入神圣的中国共产党了！"在提到"中国共产党"几个字的时候，老西儿特意放慢了节奏，一字一顿。

终于听到了这盼望已久的话！韩钧胸中顿时激起万丈波涛：我入党了！

在这样一个特殊的地方！他不敢将心中的欢呼声表达出来，哪怕是轻轻的一声……但是胸中的豪情却早已飞越高墙，飞过电网，飞向云端，飞向天际！

回想这么多年来的苦苦追寻，回想这么多年来的坎坷遭遇，在这一刻看来，都是那样值得！韩钧曾经对自己的入党仪式有过无限的憧憬，做过多次设想，万万没有想到会是这样——在灰色的高墙电网里，在亮闪闪的刺刀下，在一个个英雄走向刑场的地方！

这里没有鲜艳的党旗和雄壮的歌声，有的只是冰冷刺骨的寒风；没有高亢激昂的宣誓，有的只是在心中激荡的誓言……

从城北大钟寺方向传来一阵阵悠悠的钟声，"当……当……"催得人心里直发紧。

"敌人留给我们的时间不多了，现在就跟难友们诀别吧！"黑暗中，老西儿的一句话把韩钧的思绪拉回现实。

"老西儿，"韩钧低头思索后道，"诀别前，我们死囚牢里的十二名共产党员，是不是集体向党宣誓？"

"行！"

夜黑如墨。草岚子监狱静得可怕，黑黢黢的监狱大院显得有些瘆人，从哨楼上射出的探照灯光，在漆黑的夜空中划过，牢房里随着忽明忽暗。

七号、八号牢房响起一阵细微的铁镣声。过了一会儿，四周又安静下来。黑暗中，死囚牢房里的十二名共产党员，都已经静静地站在牢房门口。

老西儿压低声音问道："都到齐了吗？"

"齐了！"

老西儿声音低沉地开始一个一个点名:"韩钧……老黄(殷鉴)……杨大哥(杨献珍)……董旭生(董天知)……刘华甫(刘澜涛)……徐子文(安子文)……"点到名字的共产党员一个个压低声音轻声答"到"。

点名确认以后,老西儿低声道:"今天晚上,我们召开一次特别支部会议,内容是向党宣誓!"

十二名共产党员紧紧攥着拳头,压低声音,在老西儿带领下开始宣誓:

"我们庄严宣誓:无数先烈在我们前头英勇牺牲了,我们一定要保持崇高的气节,绝不玷污党和先烈的荣誉,坚决斗争到底!我们已经做好了英勇就义的准备!我们愿意为共产主义事业献出生命!"

宣誓结束了。也许是考虑到他们的生命已经进入倒计时,看守也发了善心,同意他们这些几个月来没有走出死牢一步的人们对难友进行诀别。

韩钧把自己仅有的几件破衣服叠得整整齐齐,全都留给邱少山。他最不放心的就是邱少山的病,几年下来,眼看着邱少山从一个结结实实的小伙子被折磨成了生命垂危的病号。韩钧一遍一遍给王若愚交代,要他照顾好邱少山。最后,他一手拉着王若愚,一手拉着邱少山,含着热泪说:"你们一定要等到出去的那一天!我就要走了,想托你们一件事情。我老家有一个儿子,叫永儿。我们从未见过面,算起来孩子应该有三岁了吧?他的母亲死于民国二十二年那场席卷河南的虎烈拉瘟疫。孩子已经失去了母亲,现在又要……"韩钧有些哽咽,但他的话语随即停了下来,过了一会儿,换了一种平静的语气说:"等我的孩子长大了,你们一定要亲口告诉他:他的父亲是一个共产党员,他是因为不愿做亡国奴而死!他是为了鼓动抗日而死!"

王若愚和邱少山使劲儿点着头,两个人眼睛湿漉漉的。

午夜时分。呼啸而来的警笛声把草岚子监狱从睡梦中惊醒。

行刑的时刻到了!

此刻,死刑犯们一个个站起身来走到门口。他们已经做好最后的准备,挺起胸膛去迎接死神的召唤。

韩钧的心中掀起了巨大的波澜。这波澜如同汹涌而来的黄河水剧烈激荡。他的血液里,他的灵魂中,澎湃的黄河已成了他生命中不可分割的一部分!生离死别之际,这种感觉是如此强烈!黑暗渐渐褪去,眼前浮现出一片夺目的金黄来。这金黄常常不经意间从他的梦里流过,把他的梦乡染成金碧辉煌的颜色。这种金灿灿的黄,黄得耀眼炫目,气势恢弘,如同满河鎏金,层林尽染,

群山披彩。这是夕阳照在故乡宽阔的黄河水面上特有的美景,波光粼粼,连天接地,璀璨夺目。这是胸怀博大的黄河对她的岸边孩子独有的馈赠。大河无言摄人魂魄,铺天盖地震撼心灵。黄河以她独有的方式,把她澎湃的涛声、壮美的景色、不屈的禀赋、傲岸的性格,刀刻一般深深地印在每一个黄河儿女的灵魂深处!

眼前璀璨夺目的金黄渐渐远去,一切又回到黑暗之中。韩钧慢慢抬起右手,放在剧烈起伏的胸膛上,感受着自己怦怦的心跳,胸中蓦然升起视死如归的豪情。

牢房里响起了雄壮的歌声:起来!饥寒交迫的奴隶!起来!……

"吱!——"伴随着刺耳的刹车声响,汽车猛地停在草岚子监狱门口。

轰隆的开门声如同一阵滚雷,从牢房里每个人的心坎儿上轧过去。像是不少人从汽车上跳了下来,监狱门外随即响起嘈嘈的脚步声。

接着,纷乱的脚步声进了过道,一群全副武装的宪兵出现在人们面前。

脚步声越过死囚牢房,向着里面冲过去。

宪兵们似乎根本没有注意到这里有两间死囚牢房,牢房里站着一群悲壮地准备迎接死亡的人们。

从过道那头传来牢门打开的声音,像是开门的时候用力太猛,铁门碰撞在牢房墙壁上发出特有的咣当声,沿着走廊嗡嗡嗡震颤着。

这群人原来不是冲着他们来的!

"快点儿!快点儿!"一阵惊慌失措的催促声过后,死囚牢里的人从小铁窗往外望去,发现灯光昏暗的走廊深处走出来几个人,夹在宪兵中间,神色仓皇地走出过道,出了门和宪兵一起连滚带爬地上了汽车。

"呜"的一声,汽车一头冲进无边的黑夜里,朝着夜幕深处驶去。

怎么回事儿?死刑犯们如坠云雾之中。

二、不速之客

第二天一大早,看守牛班长带着一个新来的看守走进了死牢。

牛班长是个暗中同情共产党"要犯"的人,他脸上带着久违的笑意,先对着每个人点点头,又回身对着新看守说:"卸镣卸镣!快点儿把难友们的脚镣都卸下来!"新看守麻利地把死囚犯们的脚镣卸下,哗啦哗啦地扔在一旁。

韩钧看他们没有恶意,一边踮起脚尖活动着脚腕子,一边试探着问:"牛班长，这到底是怎么回事儿？"

牛班长神秘一笑："上边交代了，你们可以回到原来的号子了！至于昨天带走的几个人，那都是宪兵三团的密探，他们——滚蛋了！"

"滚蛋？滚到哪里去？"韩钧心中一怔，禁不住追问。

牛班长还是笑笑："——滚出北平城！"

滚出北平城？真的吗？死刑犯们面面相觑。

不管怎么说，眼前的危机解除了。韩钧重新回到原来的号子里，王若愚和邱少山喜出望外。

到了放风的时候，这十二个人终于又回到了阔别已久的半月形小院。几个月的隔绝使难友之间感情更深了，难友们围住他们不停地问长问短。

报纸来了。打开一看，人们总算明白了昨天发生的一切是怎么回事儿。原来，国民党亲日派头头何应钦跟日军中国驻屯军司令官梅津美治郎签订了《何梅协定》，规定中央军、宪兵三团、蓝衣社等都要在七月九号之前统统撤出北平。

怪不得！原来宪兵三团已经没有杀人的时间了。

十二名共产党员戏剧性地逃脱了魔掌。

但是草岚子监狱里所有共产党员却面临着一个更大的危机——日本军队的势力已经深入华北腹地，北平指日可下。人所共知，当年日本军队占领东北后所做的第一件事情，就是枪杀所有关押在狱中的共产党员。

草岚子监狱里所有政治犯的性命依然危如累卵。

韩钧把留给王若愚的那封没有来得及发出的《诀别书》从王若愚手里要了回来。他打开信封，把那一页纸抽出来，想到父亲的上一封来信还没有来得及回，就重新取了一张纸，问看守要了笔墨，郑重其事给父母亲写了一封信。

父母亲大人在上：

  已接来示，不孝儿惶恐无状。儿不孝之罪，遗羞全家，使高堂父母，历受无穷怆凄；远亲近邻，俱感莫大哀戚。午夜扪心，良觉酡颜。知吾妻罹病，已赴黄泉，剜心锥骨，痛彻肺腑。自叹死生有命，富贵在天，儿固不幸，妻亦薄命。怎奈多难偏遇厄境，流浪仍遭困苦，天实为此，复何言哉！于今而后，儿唯有鞠躬尽瘁，以报高堂哺抚之恩于万一。

  儿生性豪迈，交游多慷慨悲歌之士。同甘共苦，出生入死者，环

顾左右，比比皆是。人谓四海之内皆兄弟，我谓天涯海角尽是家。朝起昆仑山头，暮宿黄浦江畔，好友日夕相伴，良朋争相扶持，大丈夫处世，唯此亦足自豪矣！

司马迁遍游名山大川，交友遍布天下，出而为文，方有奇伟之气。岳武穆仰天长啸，壮怀激烈，驾长车，雪国恨，壮志饥餐胡虏肉，笑谈渴饮匈奴血。儿固愚鲁，自幼倾慕前贤，每每心窃向之。使苍天假吾以岁月，儿定不负数千里外望眼欲穿之父母也！

吾弟求学心切，父母万勿捐其志。至于经济方面，吾愿牺牲家庭对我之一切负担，以扶助之。弟若能飞黄腾达，即吾韩门之莫大光荣，亦为吾将来之一只臂膀。事关重大，望父母思之再三。

舅父等来信慰问，且加训勉，鼓励劝导，倍极诚挚。儿除面南涕零感谢外，无以为报。衍如恩师，以金石之言见赐，儿含泪聆教，已铭诸肺腑。恩师之谊，地厚天高，来日唯以翻山倒海之努力，庶几可以报焉！

家运颠倒，贫病交加，心小见短，实难处此。吾家人当以"宽怀"二字为首，继补之以"温和"，则前程万里，终有激昂青云之一日。父母乎，宽尚为怀，宽尚为怀！

永儿尚健，吾极欣慰。亡妻一点骨血，万望精心呵护，使之发荣滋长。然而当今国势动荡，疾疫横行，少而壮者尚且不保，如是孩提，又焉能保其必成立哉！

至于孩儿，万事付诸东风，一切听其游移。父母苦心焦虑，殊可不必。续娶一事，暂请缓议。国势日非，兵锋日亟，漂泊儿将以天下为己任，效命疆场，奔走东西，孰能预卜吾将寄萍踪于何所也！

母亲心小，望父亲常加劝解，以免心事郁结难纾，万勿使其苦上加苦。岳父大人处，烦请父亲大人时常过从，代儿致问，儿若有旋归之日，必当负荆请罪。

书不尽言，即此停笔。

敬颂

全家平安

不孝儿　恒子敬上

民国二十四年夏日　北平

第一章　草岚子监狱（1932—1936）

夜深了。韩钧透过铁窗望去，只见天上孤月高悬。

一九三六年四月。天津。北洋饭店。

一间普通的客房里，新任中共北方局中央代表胡服（刘少奇同志化名）正伫立窗前凝神沉思。他身形瘦削，神色凝重，两道愁眉横亘在眼眶上，眉心正中几道川字纹高高隆起，皱纹之间的沟壑则深深凹了进去。他不时抬起左手，时而用拇指和食指托起瘦削的脸颊不停揉搓，时而用拇指和中指掐揉着两边太阳穴。右手一直微微举着，手指里夹着的一根烟卷已经燃去了一大截。阵阵烟雾不紧不慢地升腾起来，缭绕着他的脸庞，悄无声息地飘散在空中。

窗外不知什么时候下起了雨。雨越来越大，被风裹挟着噼噼啪啪摔在窗玻璃上，发出巨大的响声。胡服依然纹丝不动。雨水就在他的眼前汇集在一起，唰唰顺着窗玻璃往下流，这一道雨帘把窗里窗外两个世界隔开。望着窗外突起的狂风暴雨，他在想，日本大军压境，华北危在旦夕，草岚子监狱里还关押着我们许多战友！这段时间他了解了他们在狱中的表现，对他们的坚贞打心眼里满意和敬佩。他也清楚地知道他们的处境，他们正像风雨飘摇之中的一叶孤舟，正在波凶浪险的旋涡中苦苦挣扎，随时都有可能舟倾人覆，葬身于日军屠刀之下。

怎么办？随着抗日救亡运动日益高涨，华北党组织迫切需要大批斗争经验丰富、能够有效执行党的抗日民族统一战线新政策的领导干部。正是用人之际，而这些久经考验的战友们，却被关押在草岚子监狱里。

"梆！梆梆！"身后响起有节奏的敲门声。他转身朝门口望去。门外进来一个高大壮实的中年人，浑身被雨水淋得透湿，两条裤腿都粘在了腿上。他有着一个与众不同的大鼻子，高高地耸立在脸上，即使初次见面的人也会过目不忘。来人是中共北方局组织部部长柯庆施。

顾不得拧干湿淋淋的衣服，柯庆施便开始抱怨起来："胡服同志，华北党的干部奇缺！到处都需要用人，到处都捉襟见肘！工作根本没有办法开展，真是急死人！"他一边说一边甩着手无奈地摇着头。

一阵沉默过后，柯庆施快人快语，提出一个大胆的建议："胡服同志！不能再等了！是不是由北方局出面，想想办法让关押在草岚子监狱的党员同志们及早出狱？甚至可以考虑由组织出面采用履行出狱手续的非常手段！这样做，一方面可以缓解北方局干部奇缺的状况，另一方面眼看日本人的魔爪已经伸向北平，我们总不能眼睁睁看着同志们死于敌手呀！当前局势瞬息万变，我们不

能再做无谓的牺牲了。胡服同志，再晚也许就来不及了！"

胡服没有马上表态。他深深吸了一口烟，把头转向窗外。他大脑里在紧张地斗争着。他十分清楚所谓"履行出狱手续"意味着什么。但眼睁睁看着一大批优秀党员即将毁于敌手，又恰值国难当头急需用人之际，这就如同砍去了自己的手足！

房间里的空气仿佛被冻结了一样。

必须作出决定。这种事没有先例可循，没有教条可搬，又事关共产党人最为看重的气节和清白，实在难下决心。可是，国难当头，国家更需要他们拿起刀枪，民族更需要他们去战斗，人民更需要他们去驰骋疆场。

不能让他们去做无谓的牺牲！

一阵令人窒息的沉默过后，胡服下了决心。他突然转过身来，快步走到桌子旁边，把手中的烟猛地插进已经堆满烟头的烟灰缸里，用力一拧，目光深邃地看着柯庆施，一字一句地说："我个人同意。但事关重大，又关系到这些同志的政治清白，立即向保安发电，写明我的意见，请示中央！"

山西。太原。府东街。太原绥靖公署。中和斋。

戒备森严的禁宫深处，这时也有一个人的目光在隔山望海地投向草岚子监狱。

天空阴沉沉的，闷得人透不过气来。阎锡山伸手解开衬衣上的风纪扣，扭动着略显臃肿的脖子，抬起头透过宽大的窗户看着天空。天空中，黑压压的乌云翻卷着，奔突着，积聚着，天色很快就暗了下来。怕是一场猛烈的暴风雨就要来了！

阎锡山满面愁容。他半躺在宽大的椅子上，下意识地用手一会儿摩挲着略显稀疏的头顶，一会儿摩挲着有些花白的短髭。他把阴郁的目光从窗外收了回来，瞪大眼睛望着天花板，粗大的眉毛这会儿已经拧成了两根麻花。

桌上泡了两杯上好的"雀舌"，只是这两杯茶水早已经凉透了。他失神地看着这两杯浓酽的茶水，心里就像刚刚嚼了苦茶叶一般。那张矮几上摆着一副名贵的金丝楠木棋枰，棋枰边上镶着一圈乌黑的阴沉木，散发着一阵不知名的暗香。若在平时，这淡淡的幽香袭来，会让他感觉心旷神怡，可是今天竟是一种道说不明的难受。

那是一副残局。棋盘上散乱地点着不少黑白棋子，看样子主客两人并没有把这盘棋下完，但显然经过了一场绞尽脑汁的较量。双方都在对手要害处下了

第一章 草岚子监狱（1932—1936）

不少功夫，无奈最终谁也没有征服对手，眼下局势还正胶着在一起。

唉！阎锡山深深叹口气。此时的他可正是困坐愁城。

他刚刚送走日本华北驻屯军特务机关长土肥原贤二。土肥原是他当年留学日本时的旧识，但此番秘密前来却绝不是为了叙旧。

年初时土肥原就避人耳目地来过一次，提出要阎锡山加入"华北自治"，还向阎锡山提出日本军队要"借路"从绥远北攻蒙古的要求。阎锡山怕戴上汉奸这顶帽子，始终没敢答应。二月份，陕北一万多红军抗日先锋军渡过黄河进入山西，土肥原再次跳出来，公开表示愿协助阎锡山消灭红军。阎锡山不置可否。阎锡山是个心思缜密的人，对这种攸关大局的事情用心极深。他心里十分清楚日本人葫芦里卖的是什么药，那是要他做汉奸！他不能背上这个千古骂名，但又害怕红军东进危及自己的根基，只好连三赶四请来蒋介石十万中央军救急。哪知道事与愿违，五月份红军回师陕北，中央军却趁势赖在山西不走了，而且还在私下策动"河东道"独立，挖阎锡山的墙脚。

日本人的援手包藏祸心，他不敢接纳。蒋介石的帮助笑里藏刀，他暗暗叫苦。多少年来蒋介石一直想插手山西事务，只是苦于找不到机会，这次可谓正中下怀。也是病急乱投医，阎锡山内心深处，对这位翻脸如翻书的蒋某人深有忌惮。可是眼下……唉！请神容易送神难。想到这里，阎锡山又在心中扒拉起了自己的小算盘。他抬手拍拍额头深深叹了一口气，心中懊悔不已。饮鸩止渴呀！再这样下去我阎锡山即使不亡于共，也要亡于蒋了。

这蒋介石、共产党、日本人，三方中任何一方都不是善茬，就凭晋绥军这点儿力量，哪一方他可都得罪不起。

怎么办？阎锡山一双绿豆眼骨碌骨碌飞转。眼下摆在面前的路有三条。第一条是继续联蒋剿共，第二条是亲日反共，还有一条就是联共抗日。究竟要走哪一条路，阎锡山大费踌躇。

阎锡山身子一欠从椅子上站起，背着手在屋子里踱起步来。

他在心中反复掂量权衡着。突然间脑子里电光一闪，他心中豁然一亮。古来多少英雄事，尽在干戈玉帛间。既没有永久的朋友，也没有永久的敌人，联合共产党也不失为一条可行的出路。对！他默默点着头。这样一来可以抗日，二来可以拒蒋，最重要的是，可以取得民众支持——共产党的主张得民心！当然，这一切归根结底都是为了稳住自己辛辛苦苦挣下来的江山，既能自存，又能自固。

但是……阎锡山既不愿公开打出联共抗日的旗号，更不愿接受共产党的口

号，看来还是必须构思一种新策略来应付局面。

阎锡山思来想去有了一条妙计。起用一些坚决抗日又在山西有一定号召力的共产党人，恐怕不失为一步好棋。

阎锡山回过头来，盯着矮几上那盘胶着的残局又审视了半天。那黑白棋子仿佛就是土肥原的黑白眼珠，正在阴暗处死死盯着他。在这个闷热的夏日里，他竟感觉后背有了丝丝的凉意。当断则断！请来这样一些人，以山西抗日进步分子的面目出现，未尝不可。天下英才，雄主皆可得而用之。他毛某人能用，我阎锡山为什么就不能用？关键是看你怎么用！适当采用共产党的某些措施主张，在提法上不妨换成我山西语言；面子上借助共产党的政治影响，骨子里还是要坚持我山西旗帜；允许共产党人在我的领导下进行抗日活动，但坚决不能允许共产党组织在山西公开化、合法化。对！这种新策略，既能维持我阎某人在山西的统治，又能把山西抗日斗争的领导权紧紧握在手中。一旦山西受到日本人进攻，还可以和共产党联手抵抗，岂非三全其美？

想到这里，阎锡山脸上微微有了一些笑意。

当然，还有一点要看清楚。同共产党合作，可是有风险的。但目前天下大乱，正是八仙过海各显神通的时候，就看谁能制伏谁了。我阎锡山从区区八十六标标统起家，发动太原起义执掌山西大局，至今已经二十五年，其间纵横捭阖左右逢源，什么样的风浪没有经历过？还不都走过来了？连袁世凯、蒋介石都奈何不了我，难道还就怕了共产党不成？自信在山西这块地盘上，胜券迟早会操在我阎某人手里。

阎锡山面露喜色。

下一步应该考虑的是，怎样落实这苦心构思出来的新策略了。他扳起手指头，在心里把能用的人——滤过，一个目标渐渐清晰起来。就是他！是啊，是到了该从他身上打打主意的时候了！

阎锡山眉头舒展开来。他快步走到桌旁，提笔给驻节北平的新任冀察政务委员会委员长宋哲元写了一封信。

笔墨未干，阎锡山就伸手摁响了设在桌下的门铃开关："来人！"一个秘书模样的年轻人匆匆进来。阎锡山一番吩咐，年轻人态度恭谨，唯唯诺诺地答应着回身走了。

窗外，憋了好半天的一场雨终于落了下来。空气没有了先前那种沉闷，阎锡山的心情舒缓下来，颇有心思地看着窗外的雨景。

几天后的北平街头，出现了两个操着山西五台口音的年轻人。他们行色匆匆地携带着密信和银票，先去拜见了身兼冀察政务委员会委员长、河北省政府主席和二十九军军长数职的宋哲元，因为草岚子监狱这个时候归他管辖，然后就直奔草岚子监狱来了。

见了"老西儿"，说明来意，两人特意强调这次是阎主任亲自邀他回山西"共策保晋大业"。哪知道老西儿只是淡淡一笑，就把话题挡了回去。

剃头挑子一头热。虽然身陷囹圄，老西儿却对阎锡山的热情没有一点儿兴趣。民国十六年、民国二十年，他因为从事革命已经被阎锡山通缉过两次。道不同则不相为谋。他从心底里不愿意再跟阎锡山打什么交道了。

他摇摇头，冷冷地回绝了阎锡山的邀请："我是共产党员，一切都要听从组织安排。况且我多年来一直奔波在外，也不了解山西的形势。抱歉，恕难从命！"

来人碰了一鼻子灰。

三、可疑的来信

转眼到了一九三六年六月。

虽然已是下午时分，草岚子胡同里还是闷热得反常。火辣辣的太阳曝晒着大地。胡同里一丝微风也没有，巷子口几棵据说是万历年间栽下的老槐树，粗糙的树皮被晒得已经裂开一指宽的口子，高大的树冠咝咝向上冒着热蒸气，树冠最上头先前翠绿翠绿的树叶子，都被烘烤得打了卷儿。

"嘀铃铃铃"，一阵熟悉的铃声响过，一辆驮着满满两袋子书报的脚踏车，停在草岚子监狱后门外的树荫下。

一个小伙子骗腿儿下车，把车子立好，撩起衣角擦一把脸上密如碎珠的汗水，趁势用眼睛向四周瞄了一圈，这才开始慢腾腾地从脚踏车上的袋子里，把一摞摞书报卸下来。

正是放风时候，透过门缝望进去，可以看到那些面黄肌瘦的政治犯们正举步维艰地拖着沉重的脚镣从他面前经过。

几年来，他每天都会到这里给草岚子监狱送当天的书报。只不过今天，他是特意挑选了这个恰好放风的时刻。

他在寻找一个叫老黄的难友。今天出发前，叔叔特意交给他一封密信，嘱咐他一定要想方设法亲自交到老黄手中。他不知道这封密信的内容，但从叔叔严肃的表情和再三叮嘱的口气里，知道这封信事关重大。

老黄走出了牢房。这段时间他身体更加虚弱,他艰难地拖着脚镣迎面向着门口方向走过来。年轻人迅速四下张望一圈,见没人注意他,快速从口袋里取出那封信,屏住气瞄好了,团成一团"啪"的一声丢了进去。

信恰好落在老黄面前。老黄先是一愣,他停下脚步看了一眼四周,装作弯腰系鞋带的样子,把这个纸团捡起塞进口袋里。接着抬头朝门外望去,正好和年轻人四目相对,年轻人冲着他认真地点了点头,这才骑车离去。

老黄心中一激灵。他知道这个每天都要给监狱送书报的小伙子,但从来没有跟他打过交道,甚至连话都没有说过一句。他装作若无其事的样子继续散步,脑子里却在飞速旋转着。这个送信的小伙子究竟是什么人?是敌?是友?他怎么会认识自己?是陷阱?是巧合?还是机遇?

走到一个无人注意的角落,他把这个皱巴巴的纸团打开。

老兄:

目前形势下,急需大批党员干部开拓革命新局面。经北方局研究并报中央批准,狱中党员都可按照敌人规定的出狱手续出狱,望尽快办理。请不要有任何顾虑,早日出狱为党工作。

切切。

老孔

看完信,老黄愕然。蹊跷!按照敌人规定的手续出去,这不是对党的背叛吗!信的确是老孔写的,老黄一眼就认得出来。写信的老孔是四年前被保外就医的一名难友,在狱中还曾经担任过秘密支部的书记。但口气可是反常得很呀!这位老孔是怎么了?叛变了?是敌人用这种方式来诱降?还是……

老西儿和杨大哥走了过来。看完信,他们也都是丈二和尚摸不着头脑。

老黄摇摇头说:"这不像是中央的决定!'按照敌人规定的出狱手续出狱',不就是在《反共启事》上签字,然后登报反共吗?这怎么可能!"

杨大哥的眼睛从密信上抬起来,眉宇之间也写满了不解:"这不是让我们变节投降吗?老孔在草岚子的时候,也曾是我们'老兄'的头儿,但又有谁能担保他出狱以后不会投敌叛变呢?"

老西儿脸色更是凝重:"几年来,就为了不在《反共启事》上签字,我们受尽折磨,有不少同志甚至献出了宝贵的生命。我们也都曾经举起手向党宣过誓,宁死也不叛党。这封信来得这么蹊跷,保不齐其中有诈。对这封来路不明

第一章　草岚子监狱（1932—1936）

的信，我的意见是不可相信，不向党员进行传达，不在党员中进行讨论，以免引起大家思想混乱。"老黄和杨大哥听了，都表情严肃地点点头。

尽管这封密信没有向党员进行传达，但内容还是暗中传开了。

韩钧听到这个消息的时候，同样感到惊愕和愤怒。自从被关进草岚子监狱以来，已经过去了将近四年时间，四年来他经历了人生中最痛苦最黑暗的时期，经历了无数次生和死的考验，就是被枪顶着脑袋，他都从来没有害怕过，动摇过，退缩过，他早已经抱定了"宁死狱中也不反省"的信条，从来就没有想到过屈服，从来就没有想到过低头。

宁为玉碎，不为瓦全。要他在《反共启事》上签字，这不等于要他的命吗？中央和北方局会作出这样的决定来？镣铐加身、棍棒伺候、陪斩恐吓、死刑威胁，这些招数都没有能够瓦解和消灭我们，看来这是敌人一计不成又生一计了。能想出这种招数，冒充中央和北方局名义诱降，敌人这不是黔驴技穷是什么？哼！

天津，北洋饭店。

炎炎夏季，外面的天气十分闷热，一间客房还是紧紧闭着门窗，而且拉上了厚厚的窗帘，从外边看上去好像没人居住一样。

最近风声越来越紧。日军参谋部不少高级军官暗中以公馆名义在天津城各处建立特务机关，有了这些据点，日本便衣的活动也更加频繁起来。天津城里的百姓已经是人人自危了。

胡服一支接一支地抽着烟，眉头紧锁。两个月时间过去了，派人秘密送进草岚子监狱里的信却石沉大海。

他心急如焚。这段时间，日本大量增兵华北，已经做好了灭亡中国的准备，随时准备占领北平，华北沦陷迫在眉睫。党急需这些同志立即出狱，迅速奔赴各地发动人民，组织领导抗战。这不是某个党员个人的事情，这是祖国和人民的需要，这是国家和民族的大局，不能再等下去了。

他已经派人找柯庆施和营救这些党员干部的具体经办人徐冰（邢西萍）和老孔（孔祥祯）去了，这会儿正焦急地等着他们到来。

不多时几人进门。胡服劈头就问："草岚子监狱怎么到现在还没有回音？"

几个人的目光刷地转向老孔。老孔眉毛一挑说："密信已经送进去两个月了。信是我亲自写的，老黄他们应当认得我的笔迹。信是由原来和我一起被关在草岚子监狱的地下党员魏文伯通过他的族侄王伯平送进去的。事后我专门问

17

了他，他非常肯定地告诉我，王伯平亲眼看到老黄收起了这封信。"

徐冰也是心急如焚。他有些不放心地推测："是不是这封密信在老黄拆看之前，又被看守发现收走了？或者还有一种可能，就是他们得到了密信，但不相信这是真的？毕竟送信进去通过的是一个非正常的渠道。"

胡服点点头："两种可能性都存在。但是不管怎样，必须加快营救步伐！中央六月初就已经同意了我们的营救方案，最近一再要求我们加快进度，我们绝不能在中央作出决定以后，再眼睁睁看着他们死于敌手！如果出了什么意外，将不仅是对他们个人、对党不负责任，更是对国家和民族不负责任！"

胡服又取出一支烟，"嚓"的一声划着火柴。火苗呼地一下蹿起老高，一下子照亮了胡服棱角分明的脸庞。借着火光可以看到，他的脸庞更加消瘦，眼睛布满血丝。他深深吸了一口烟，严肃地说："同志们，形势急转直下。日军前锋已经到达通州，炮口直指北平城。必须马上进行下一步营救工作！"

胡服目光扫视众人，最后落到老孔脸上："老孔，马上再写一封信送进去，信中向同志们讲清楚，信是我让写的。同时告诉他们，这是中央和北方局的决定，时间紧迫，不能犹豫，必须服从！另外，徐冰同志马上着手寻找一名可靠人士，通过上层关系，尽快以监狱管理员名义打入草岚子监狱，协助他们赶快办理出狱手续。还有！老孔，送信的时候，随信附上北方局向中央所提建议的抄件。记住，要快！"

几天以后，狱中收到北方局第二封信。

老兄：

党组织营救你们出狱，是在执行中央的决定。上次给你们的信，是中央代表胡服的指示。信去后，已经几个月了，未见你们动静。胡服同志代表北方局让再给你们写这封信，并作如下指示：根据新的政治形势和任务的需要，考虑到你们是经过长期斗争考验的，党认为，为了争取你们尽快出来为党工作，你们不但可以，而且必须履行敌人的出狱手续，只有这样做才符合党的最大利益。党认为你们过去坚持不在敌人《反共启事》上捺手印，做得完全正确。但是现在在敌人的《反共启事》上捺手印，也是完全正确的。因为，形势已经发生了变化。你们那时的斗争，是小圈子、小范围内的斗争，现在要求你们出来在广阔范围内作斗争。正因为你们是经过长期斗争考验的，所以你们更有条件，这是特定条件下所作的决定，不是常例。党相信你们，现在向你们作出保证：在政治上和组织上中央完全负责，你们一定要相信中央。如果你们接此信后，仍然拒不执行，就要犯更大、更严重的错误！

外面也正在想办法，向反省分院的上级活动，以求取得支持，并将找一个进步人士打入反省分院，帮助你们早日出狱。

北方局要求你们，见信立即执行！

老孔

口气不容置疑。这已经不仅仅是在命令了，字里行间还带着一丝责备。看来，这个事情必须要慎重对待了！

利用放风时间，老黄和老西儿、杨大哥凑在一起研究这封信的内容。

杨大哥悄声说："我反复看了好几遍，没有发现什么纰漏。外面工作开展，各方面都很需要人，确实是当前华北地下党的实际情况。民国二十年以来的几次大逮捕，已经把华北平津一带的共产党员抓捕殆尽，几年来仅仅送进草岚子的，就不下四百人。现在留下的百十号人，被捕前都是领导和骨干，目前华北党组织力量确实薄弱。"

"唉！"老黄沉重地叹了一口气，"几年来的血雨腥风让我们损失惨重。信上说，我们不但可以而且必须履行出狱手续，争取早日出来为党工作，细加分析，信上说'可以'，说明党认可我们几年来的表现；'必须'，是从全局着想，告诉我们外面的形势是多么紧迫。此刻，我们需要党，党也需要我们啊！我认为应当按照党的指示去办！"

老西儿也接过话来："信中说，我们过去多年坚持不在《反共启事》上捺手印，做得完全正确，是肯定了我们几年来的表现，但是如果现在我们还坚持不履行出狱手续，不执行党的决定，那我们就要犯严重的错误，口气如此严厉，说明当前的形势是刻不容缓了！何况，党又向我们作出保证，在政治上和组织上中央完全负责。作为一个党员，我们不相信中央相信谁？"

杨大哥清清嗓子说："还有，当前党的最大利益是什么？是抗日救国呀！我们不能再犹豫了！事情已经很清楚，履行出狱手续确系中央指示，应当立即在全体党员中进行讨论并付诸实施。"

参加讨论的时候，韩钧还是有一些疑虑，但紧接着收到的第三封信，把这种疑虑彻底打消了。

第三封信内容很简单，说党组织把一切都办好了，而且派了自己人以管理

员身份打进来，就是来帮助加快办理手续，营救他们赶快出狱的。

草岚子监狱里悄然发生着变化。其中最大的变化就是新来了一个管理员。这个新来的管理员最与众不同的地方，就是他不带随从，经常独自一人到各个牢房巡视，趁四下无人的时候，把外边的抗战形势和党组织的消息悄悄透露给大家。

大家很快就明白了，他就是党派来营救同志们出狱的自己人！

四、"奉命"出狱

一九三六年九月二十四日。

北平城外，正是"寒城一以眺，平楚正苍然"的时节，近听树树尽是秋声，远眺山山皆有寒色。只是，如果你是个细心的人，便会惊诧地发现在这寒山秋色的掩映下，突然出现了日本军队黑洞洞的炮口。

城外大兵压境，城里人心惶惶。偶尔有行人步履匆匆地从草岚子胡同口经过，谁也没有心思朝这座阴森破旧的监狱看上一眼。

一大早，草岚子监狱那两扇黑得像夜色、厚得像城墙的大门，发出一阵轰隆隆的响声，接着"咣当"一声豁然打开。

太阳刚刚升起，明媚的阳光刷地照进了这个幽深的洞窟。

一群年轻的生命从这黑色的地狱之门走了出来。骤然去掉套在腿脚上数年之久的铁镣后，走起路来竟然觉得头重脚轻，步履蹒跚。四五年的非人折磨让这些年仅二十多岁的年轻人，个个病魔缠身，骨瘦如柴。尤其是邱少山，病得已经走不成路，韩钧和王若愚一左一右搀扶着，他才踉跄着走出这黑漆漆的牢门。

韩钧在心中默默数了数，就是在这里，在这暗无天日的牢房里，他度过了四年零一个月又二十四天的青春岁月；就是在这里，在这与世隔绝的高墙里，他熬过了整整一千五百一十六个日日夜夜；就是在这里，除了后院那棵备受摧残的小柳树，再也没有一点儿绿色的人间地狱中，他经受了最严峻的人生考验，成了一个意志坚如铁的战士；就是在这里，他的心中深深地埋下了共产主义信念的种子！

劫波度尽，生命犹存。今天，他们终于活着从这扇铁门走了出来。

墙外秋色不曾识，乍见红叶翻疑梦。多年的黑暗牢狱生活，使他们一下子竟不习惯这慷慨的阳光和无边的秋色。韩钧突然想起一首诗，他一时记不起是哪一位诗人的手笔，却把他此刻的心情表达得淋漓尽致。他看看身边的邱少山和王若愚，情不自禁地随口吟咏起来：

秋气堪悲未必然，

清寒正是可人天。

绿池落尽红蕖却，

荷叶才开最小钱。

吟罢这首诗，他把邱少山和王若愚手中的"准许出狱证"拿过来，和自己的那张合在一起，"嚓嚓"几下撕得粉碎，一扬手，高高抛撒在空中。

就让这生命中最黑暗的一页，永远地成为过去吧！碎片随风飘散，很快便落入满地枯叶之中，转眼之间就被秋风吹去，无影无踪。

别了，草岚子监狱！

别了，罪恶的人间地狱！

时令刚过秋分，北平城到处都是肃杀的寒意。如同一只巨大的蟹钳，日军已经从东、西、北三面包围了北平城。

北方局从草岚子监狱陆续营救出来的几十个人，暂时找不到住处的，都被安排住在西四丁字街的一家公寓。一来暂时有个落脚地方，二来等候着北方局的工作安排。

傍晚时分。韩钧和老西儿并肩从这家公寓走了出来。

此时，老西儿已不再使用狱中的名字，他的新名字叫薄一波。

街道上行人稀少。落日余晖无力地斜照着这座毫无生气的城市。整个北平城显得阴郁萧瑟和落寞苍凉。

到了路口，韩钧和薄一波分了手。韩钧要给病体沉重的邱少山买上几服中药，薄一波则要到太庙茶馆去。

薄一波赶到太庙茶馆的时候，一楼大堂已经黑压压坐满了人。茶客们鸦雀无声，人手一只大茶碗，有的放在面前条桌上，有的就端在手里，都在凝神静听一位年近花甲的老者说书。

楼上雅间里，两位和他年纪相仿的茶客正在静候着他。

两个人都戴着近视眼镜，都是学生打扮。其中一位身穿列宁装，戴的是圆镜片金丝边眼镜，眼睛里闪着一丝机警。另一位身穿深灰色中山装，戴着的是一副大镜片方框近视镜。

桌上已经泡好了一壶上等的碧螺春。堂倌儿把薄一波带进雅间，躬身退

下。坐着的两位见他进门，脸上露出喜色，一同起身拉着他入座。

戴金丝边眼镜的热情地端起茶碗："来来来，半壁山房待明月，一盏清茗酬知音！先喝口茶暖暖身子。"

戴方框眼镜的则脸上带笑，用嗔怪的语气道："书存，出狱那天你也不给我们说一声，偌大一个北平城，让我们找得好苦！"

书存是薄一波学生时代用过的名字。他撩起长袍坐下，端起茶碗喝了一口，微微地笑而不答。

戴金丝边眼镜的从怀里取出一封信递给他："书存，上次我们俩千里迢迢而来，你让我们吃了一碗闭门羹！敦厚和我这次专程又从太原赶来，为的还是想把你请回去。国难当头，我们还是应该携起手来，干上一番大事业！当然，这也是百川先生的意思。喏！这是百川先生给你的亲笔信。上次没有把你请回去，百川先生还怪我们办事不力哪！"

薄一波放下茶碗，接过信看了看，见信中有"望兄拨冗回晋，共策保晋大业"字样。他显得很淡定，似乎心中早已有了主意。他不慌不忙地把信件叠好收起，不紧不慢地说："巨才、敦厚，我们同学一场，你们最了解我。受人之托要忠人之事。不是我不愿回太原，实在是我离开桑梓太久，掐指算算将近十年时间，况且又在北平大狱里蹲了五六年，山西的情况我一点儿也不了解，贸然答应下来，一来怕辜负百川先生美意，二来若是力不胜任，也会觉得对你们两个不起。俗话说：才所不逮而困思之，伤也；力所不胜而强举之，伤也。你们说，是不是？"说完，他又端起茶碗来抿了一口。

一番话说得滴水不漏，但听起来总觉得有一些推托之意。

敦厚戴的那副近视眼镜，镜片比瓶底还厚。他那肿得老高的眼泡，就像一对青蛙眼，深深地藏在大镜框子后面。听了这些话，他抬手扶扶眼镜腿儿，眼睛看着薄一波，向前探着身子，表情认真地说："书存，阎先生素重乡谊，请你回去可是真心实意的。上一次我和巨才到草岚子去营救你，也是花了大价钱的。不瞒你说，那次我们来的时候百川先生特意准备了银票，到了北平我们也是上上下下好一番打点，你一句话推辞不受，我们俩的尴尬倒是其次，可是负了阎先生一片美意呀！自古以来就是锦上添花的多，雪中送炭的少，是不是？你在难中百川先生能够出手相救，你还看不出先生的诚意？百川先生对你共产党员的身份也很清楚，这次又派我们两个人来，也是求贤若渴的意思。行前他还让我捎话给你，说他借重的就是你共产党员的身份，请你千万不要有顾虑。阎先生对你当年指挥学生袭击国民党右派大本营平民中学的事，至今都还记得，对你的领导和组织才能那可是赞赏有加的！"

敦厚起身给薄一波续上茶，又坐下来低声说："阎先生还说，要想抵抗日本人保卫桑梓，不和共产党联合起来怕是不行的！希望你能以大局为重。书存！家贫念贤妻，国难思良将。你可得三思，山西可是我们的父母之邦呀！"

"是啊，君子虽在他乡，不忘父母之国。"巨才剥开一个小金橘递到薄一波手里，"我们的赵校长戴文先生，已经升任山西省政府主席。他对你印象很好，多次在百川先生面前保举你这个得意门生，说你雄才大略，是不可多得的宝马良驹，还说我们山西应当把我们的人才好好利用起来，不仅如此，还要楚才晋用！可不能让我们的人才白白溜走，晋才楚用啊！校长也让我们带个话给你，回去一来算是帮阎先生做点儿事，更重要的是想请你共赴国难啊！"

两个人的话都说得入情入理，恳切动人。

只是在薄一波听来，这"晋才楚用"几个字让人有些不舒服。不过转念一想，这畛域之见是阎百川先生的一贯说辞，近朱者赤近墨者黑，他们二人耳濡目染，时间久了自然也就觉得言之有理。再说，此刻他俩说出来也不过是用的一个激将法罢了，也就没有介意。

风流不在谈锋胜，袖手无言味最长。薄一波端起茶碗，用碗盖子轻轻划拉着，脸上微微带着笑意，听他们两个你一言我一语唱着双簧。

他嘴上默不作声，心中却在暗自思量。看来，阎锡山真的是在打共产党的主意！不过也难怪，目前他的处境是日本人大兵压境，中央军赖着不走，共产党他又惹不起，日子应该也是不好过。阎锡山此举无非是形势所迫，说到底也是为了他自己的利益考虑。这用的是借鸡生蛋一着儿。要借共产党的力，为他这个土皇帝服务，面子上说得好听，其中不定包藏什么祸心呢！保不准危机一过，还会干出卸磨杀驴的勾当！心里这样想着，他又不好一语道破，只是端着茶碗儿，用碗盖子一遍一遍刮着漂在上面的几片茶叶。

巨才见他若有所思，就换了一个话题："书存，还记得十几年前你介绍我和敦厚加入共产党的情景吗？"

薄一波轻轻一笑："记得。只是有些可惜，你们两个人又先后退了党。"

巨才对薄一波的话并不在意："是啊。只不过敦厚是自己退的党，我嘛，是被错误地开除了。算了，不说这些了。虽然我们现在的身份不一样，但我们的同学情分没有变。书存，你我都是曾经被百川先生下令通缉的人，但百川先生大人大量，对我们并没有另眼相看，还不是委任我做了咱山西训导院的副院长？从我身上你应该看得出来，百川先生可是个不计前嫌的人哪。"

薄一波倒是记起不少阎锡山翻云覆雨的事情来。只是此刻没有必要出言辩驳。

看看时候不早，薄一波推开茶碗起身说道："敦厚、巨才，你们的意思我都听明白了，感谢百川先生抬爱。我刚刚从监狱中出来，手头还有一些事情需要料理。这样，你们先回山西，我考虑几天再给你们答复，行吗？"

这显然是经过深思熟虑的回答。两个人见薄一波的回答谨言慎语，他们了解这位同学的脾气，知道他极有主见，不是轻易就能劝得动的人，况且这个话并没有说绝，也还留有一些转圜余地，也就点点头答应了。

走出茶馆的时候，那位说书老人还在台子上敲着云板说唱："……为国除忠，为敌报仇，可恨堪哀！顾当时乾坤，是谁境界？君亲何处？几许人才？万死间关，十年血战，端的孜孜为甚来？何须苦把柱石潜摧、长城自坏！……"

走得远了，哀婉的唱词慢慢消失在身后，随风消散在北平苍茫的夜色之中。

薄一波赶回丁字街公寓。一进门，就见韩钧和参与营救他们出狱的徐冰正在给邱少山熬药，屋里弥漫着浓浓的中药味儿。他坐下来，把刚才在太庙茶馆里的那番谈话当作一件趣事，讲给韩钧和徐冰听。

韩钧听了感到很新鲜。徐冰听了却像发现新大陆一样，眼睛里泛起亮光，猛地站起身拉着薄一波的手说："一波，这可是件大事情啊！你们刚从监狱出来，对外面的情形不了解。中央正在要求北方局安排专门同志，去做阎锡山、宋哲元这些实力派人物的工作呢！这个情况十分重要，要尽快向胡服同志汇报！"

薄一波和韩钧有些愕然。在徐冰看来，真是踏破铁鞋无觅处。徐冰还有一个身份，就是胡服同志的联络员。第二天，他专程赶赴天津向胡服进行了汇报，并且很快带回胡服的指示。

风尘仆仆的徐冰赶回后，一进门就对薄一波说："一波，胡服讲了，这可是阎锡山送上门来的好机会！不仅要去，而且要大显身手！胡服还讲，北方局刚刚收到一封陕北来电，毛泽东同志一再强调，要我们抓住一切机会，与华北六省军政负责人接洽，说这是当前党最重要的工作之一。我们正瞌睡，阎锡山送来一个枕头，你说，我们要还是不要？"

薄一波猛地一下子还是转不过弯来，他面有难色地摇着头："老徐，我过去一直做的都是秘密工作，从没有和阎锡山这样的人物打过交道，我怕这样的工作我做不好。你能不能把这个情况向胡服同志反映一下？"

见薄一波还有些犹豫，徐冰直截了当地说："我的同志！你的顾虑我都向胡服说了。胡服的回答很干脆：不会做就学。阎锡山两次派人来请你，说明我们党的政策对他有所触动，这是个可遇不可求的好机会，甚至可以说是千载难逢！必须马上转变思想，抓住这个机会去开展工作，迅速打开局面！"

薄一波还是顾虑重重："阎锡山可是个翻云覆雨的枭雄，我担心他嘴上说一套手上做一套，会有反复。"

徐冰听了，"哎呀"一声："这就对了！一波同志！这正是我们一定要去的另一个原因。目前阎锡山是进退两难。他周围既有要求抗战的力量，也有顽固倒退力量。他的思想虽然开始倾向于抗战，但又畏首畏尾顾虑重重，他在抗日方面的行动也必将是很有限的。我们去，目的就是要加强进步力量，推动阎锡山向抗日和联共方向发展，使山西形势能有迅速变化，而不能眼看着他和蒋介石联手扼杀我们，更不能坐视他倒进日本人怀里。你说是不是？"

徐冰站起身来，严肃地说："一波，胡服同志还郑重地让我转告你一句话：如果阎锡山倒向日本人，不仅仅将是共产党，而且将是所有中国人的灾难！"

任谁也能掂量出这句话的分量。一直静静地听着两个人讲话的韩钧，心里可没有闲着。其实他几天以来一直就在思考着下一步的出路问题，刚才徐冰的一番话，字字都说进了他的心窝里。机会稍纵即逝！他站起身看着薄一波，嗵的一声把拳头砸在桌子上："一波，要去！"因为有些激动，桌子上的蜡烛腾地一下蹦起老高，火苗也一下子蹿了上去，又忽闪一下差一点儿就要熄灭。

韩钧赶紧伸出手去扶住蜡烛，小心翼翼地捧着，等烛光起死回生一般重新亮起，这才小心地把它重新粘牢在桌子上。

薄一波的脸被重新燃起的烛光映得通红。他看看韩钧又看看徐冰，最后下了决心："老徐，不用多说了。既然是党的决定，我就什么都不讲了！我明天就起程。只是请你转告胡服同志，我想先到山西看看形势，然后再确定我们下一步的行动方案！"

第二章　转战吕梁（1936—1939）

一、绝密组织

薄一波一到山西，立刻马不停蹄地了解各方情况。四十天后，他心中终于有了数：山西，是个可以大有作为的战场！

回到北平，薄一波立即把这次山西之行的情况和自己的工作思路，通过徐冰向胡服作了汇报。

胡服听了，对徐冰说："马上转告一波，他的这些想法很好。要牢牢抓住这个天赐良机！为了增加我们的力量，更好地开展工作，还应该多带几名同志过去。你让他考虑一下，从草岚子难友中挑选几位久经考验又才力出众的同志，和他一起组成中共山西公开工作委员会，直接接受北方局领导，由他担任书记。一定要告诉他，这是个绝密组织！"

这将是一场任务艰巨、形势复杂、前途难以预料的战斗，它需要的不仅仅是决心和勇气，更需要智慧、远见、责任和担当。薄一波在心中反复掂量着每一名和他一起在草岚子监狱里披肝沥胆、出生入死的战友，最后提笔写下四个名字：韩钧、杨献珍、董天知、周仲英。

徐冰又专门去了一趟天津，把这份名单交给胡服。胡服对这份名单进行了仔细的研究推敲，同意了薄一波的意见。

按照胡服的要求，徐冰把五名同志召集起来开了一次秘密会议。他代表胡服再三叮嘱："同志们，胡服同志反复强调，你们是一个绝密组织。由你们五人组成的山西公开工作委员会，一波同志担任书记。你们的工作直接受北方局领导。名为山西公开工作委员会，指的是做公开的抗日救亡工作，你们的党员身份仍然要高度保密。山西是一个全新的战场，将有可能成为中国共产党命运的转折点！到了山西要坚持几个原则：第一，站稳脚跟。不冒险、不空谈、不争论，不提阎锡山不能接受的口号，不做山西当局不允许做的事情。第二，俯下身子，不图虚名，做好吃苦准备。第三，脚踏实地，积聚力量。任何时候都要牢牢记住，做我们共产党该做的事情。第四，牢牢抓住抗日民族统一战线的领导权，在这个问题上绝不含糊。"

窗外秋风又起，呼呼怪叫着掠过北平的夜空。

特殊而又重大的使命，再一次把薄一波、韩钧他们几个人的命运紧紧连在一起，并且和祖国的存亡安危紧紧连在一起。

一九三六年十一月四日，薄一波和阎锡山见面了。

阎锡山把薄一波请到省政府东花园赵戴文的参事室。曾经做过薄一波老师的赵戴文和薄一波的同学梁敦厚作陪。

几人落座。稍事寒暄，薄一波开门见山地说："这次能回来在阎先生领导下做点儿事情，很高兴。只不过，山西对我有两道通缉令……"

不等阎锡山搭话，梁敦厚眉毛一挑说："现在不'通缉'，不就请到了吗？"

难得自己这个有些古板的表侄子机灵一回，阎锡山看着薄一波含笑点点头。阎锡山对薄一波心中有数，他早就知道他是真正的共产党，只是无缘一见，今日见薄一波神清气爽不卑不亢，心中又增添了几分喜欢。

薄一波说："我愿意在阎主任领导下工作，是做工作，不是做清客。按咱们家乡的话，我要先小人后君子，把丑话说在前面。有几点情况我想需要说清楚。第一，我参加共产党多年，可以说是定型了，说话行事总离不开共产党的主张，希望得到理解；第二，我只做抗日救亡工作，对抗日有利的事情都做，不利的事情都不做，希望不要勉强；第三，我要有用人方面的自由，我用的人会有不少是共产党员，要保障安全，希望给予方便。"

真人面前不说假话。阎锡山对薄一波不掖不藏、开诚布公的做法十分欣赏，笑着点头——同意。趁薄一波说话的时候，他瞥了一眼坐在旁边的赵戴文，伸开左手，用右手食指在左手心虚写了"人才"两个字给赵戴文看。赵戴文会意，一边看一边含笑点头。

等薄一波说完，赵戴文笑着接了一句话："一波，道理全都让你占了！我也提一条：在咱山西省政府和军队里，你不能发展共产党组织，可以吗？"

响鼓不须重锤敲，薄一波知道这是阎锡山需要他作出的一个承诺，也就没有犹豫地一点头："可以。"

共产党和阎锡山建立的特殊形式的上层统一战线，就这样拉开了帷幕。

日暮时分，薄一波走出东花园，阎锡山和赵戴文、梁敦厚站在门口目送良久。

阎锡山抬手摩挲着花白的短髭，对着薄一波远去的背影连连点着头，眼睛里流露出满意的微笑，他眼角密集的皱纹也如两团盛开的菊花，向着有些霜色的鬓角尽情怒放。他是从内心里喜欢共产党人的这种大气磊落，喜欢共产党人的这种大道直行，喜欢共产党人的这种不遮不掩，进而也羡慕起共产党里的人才济济来。

"化之啊！"梁敦厚大名叫梁化之，听到阎锡山召唤他，赶紧趋前一步到了阎锡山身旁。

阎锡山的目光还在看着薄一波的背影，大有深意地说："化之啊，看到没有，这个薄一波可是龙行虎步气质不凡呐！嗯，是个大用之才！"阎锡山一边说着，右手不由自主地跷起了大拇指。梁敦厚心中立时泛上一股醋意来，微微点头："那是，那是！"

阎锡山收回目光，看着赵戴文说："次陇！中原大战失利后我通电下野，蒋先生通令全国对我'格杀勿论'。你我避居大连日本租界，还记得当时你给我说过的那句话吗？"不等赵戴文作答，阎锡山接着往下说，"——'纳贤才者成大业，得人心者得天下'！"

赵戴文微微一笑："百川！怎么不记得。那是我们最困难的时期，"接着话锋一转，"其实，现在的情势也是一样。得人心者昌，失人心者亡。当前最大的人心是什么？是团结抗日。现在中国但凡不愿当亡国奴的，都要求抗日，谁抗日老百姓就拥护谁。共产党一再要求停止内战一致抗日，可是深得人心！毛先生看似棋行险着，实则高明无比！百川，我们不能甘于人后呀！"

听了赵戴文的话，阎锡山不住点头。蓦地，他又像是想起什么似的，转过身对梁敦厚说:"化之,薄一波这个朋友,我们交定了。他刚才说要离开太原几天,有些事情同远方的朋友商量,这也是应有的题目,要理解他。"

梁敦厚名如其人,不解地问道:"那,他要是商量以后不回来了呢?"

阎锡山阅人无数,早就历练出了一双锐利的眼睛。他胸有成竹,抬手摩挲着花白的短髭轻轻一摇头:"我看不至于!古人云,轻诺者必寡信。两番邀请才请得回来,一到山西就马不停蹄各处查看,一下去就是个把月,躬身俯察,眼光独到,做足功课才来见我,现在又要和远方的朋友商量一下,这些正是慎重的表现哪。记住,这个薄一波回来了是朋友,即便是万一不回来,也要以朋友之道对待!"

赵戴文也若有所思地对梁敦厚说:"化之,'鹰隼乏彩而翰飞戾天,骨劲而气猛也;翚翟备色而翱翔百步,肉丰而力沉也',听过这句话吗?"

梁敦厚似懂非懂地摇摇头。赵戴文接着说:"鹰隼虽然没有好看的羽毛,但是能够高飞入云,那是因为骨力劲捷而气势凶猛;五彩斑斓的野鸡只能飞翔不过百步之遥,是因为它们丰腴多肉而体力沉重。三日不见面,莫作旧时看。一波这些年大有长进,话虽不多,句句都是真知灼见,没有半句虚言哪!"

阎锡山点点头一语双关地说:"次陇说得对!大清的王公贵胄都把鹰隼视为神鸟。不过话又说回来,鹰隼虽是百鸟至尊,但在老练的鹰把式手里,还不是收放自如!"说完,阎锡山和赵戴文目光一碰,哈哈大笑起来。

笑声戛然而止。阎锡山脸上的笑容倏地不见,皱着眉头问梁敦厚:"化之!黄敬斋最近情况怎么样?"

梁敦厚摇着头:"还是老样子,死不低头!"

阎锡山叹了一口气:"他要是能为我山西所用,该有多好!"

梁敦厚嘴唇一撇:"怕是难!我已经和他谈了多次,这个大共产党让人很伤脑筋,毫无悔过之心!"

阎锡山不以为然:"化之!你听没听说过'熬鹰'?"

梁敦厚脸色茫然,求救似的看看赵戴文。赵戴文笑而不答。

阎锡山接着说:"鹰隼中最为名贵的品种叫作'海冬青',最是凶狠凌厉,也最是桀骜不驯,对于鹰把式来说也最为难得。可一旦到了鹰把式手里,就没有拿不下的道理。最先要做的一件事情就是'熬鹰',七天七夜不让它吃不让它喝不让它休息,要彻底熬下它的锐气来,接下来就好收拾了!"

"可是……"梁敦厚嗫嚅着还要说什么,阎锡山目光凶狠地望着他,咬着牙说:"接着熬!"

梁敦厚若有所悟："行！这几天我就再去熬他。啊不，再去找他一次！"

二、营救王若飞

太原已是深秋。

位于小北门街尽头的山西省立国民师范学校，分外冷清。

远远望去，这座坐北朝南，规模宏大的三进院落，在夕阳之下静静地沉默着，仿佛一切都已经静止和凝固。大门口青石砌起的门楣上"国民师范学校"几个石雕大字，在秋风夕阳中显得暮气沉沉。大门的正中间，十字交叉贴着白色封条。从斑驳陈旧的字迹和已经少了颜色的"太原市公安局第四分局"印章看得出，查封的时间已经不短了。西洋式的大门、复古式的礼堂，还有那座歇山卷棚式前檐带廊的二层办公楼，都被湮没在了厚厚的灰尘之中。

桐庭多落叶，慨然知已秋。透过门缝望进去，黄叶遍地，清冷萧瑟，似乎很久没有人来过这里。校园里道路两边的银杏树金黄一片，树叶或一片片自顾自转着圈儿盘旋飞舞，或一串串滴水般连成线萧萧而下，纷纷飘落在道路、草坪、房顶、窗台，血红的斜阳透过浓密的树叶和雾霭，在厚厚的枯叶、杂乱的衰草、摇晃的蛛网上洒下片片铜钱般的光点。

日暮时分，薄一波和韩钧几个人站在这破败不堪的大门口，心中怅然。身后传来一阵汽车马达声，一辆小汽车和两辆军用卡车停在面前。

"啊呀！一波！我来晚了……"梁敦厚急急忙忙下了车，扬起手打着招呼匆匆走向薄一波。卡车上的几十个士兵扑通扑通跳下车，手脚麻利地撕下门上的封条，跑进校园打扫卫生去了。

薄一波把韩钧他们几个向梁敦厚作了介绍，又把梁敦厚介绍给大家。

见薄一波他们面带疑惑，梁敦厚指着地上的封条说："嗨！这都是过去的事了！去年年底北平爆发学生运动的消息传到太原，太原各大中学校学生齐聚国民师范大礼堂，成立了太原学生抗日救国联合会。本来阎先生对这些事也是睁只眼闭只眼，谁知道后来竟发生了吊打警官的事，阎先生就不得不管了！这不，学校也停办了！不过，这些都是过去的事了！现在，一波，我们两家不是又携起手来了吗？"梁敦厚说完，略带尴尬地笑了笑。

原来如此。

"一波，这里条件差一些。不如这样，这几天我先让他们把这里好好清理一下，你们再搬过来住。今天晚上你们几个就先住在绥署宾馆怎么样？"梁敦厚用手指指那些正在忙活的士兵们，话题一转。

薄一波摇摇头："化之，先谢谢你的美意！但是我们不能去。"

"为什么？"梁敦厚鼓起青蛙眼，不解地问。

"据我所知，日本人在太原的新城街、典膳所、按司街、坊山府几个地方都设有特务机关，他们的鼻子灵得很哪，绥署宾馆更是日本设在太原的特务机关长和知鹰二关注的重点。我们初来乍到，还是不要招摇的好！"

梁敦厚连连点头："这倒是！还是一波想得周到。你看，只顾着欢迎你们，这一点我倒是忘了！"

薄一波又道："日本人在新城街租的那处院落，建起的那栋高楼可是能俯瞰全市，窥察一切，嚣张得很呀！"

梁敦厚啧啧两声："一波，实话说，他们租那一处院落并没有经过政府批准，可是、可是⋯⋯"

薄一波苦笑一声："可是政府却睁一只眼闭一只眼，是吗？"

正说着话，几个士兵从校园里跑过来，向梁敦厚报告说房间已经打扫好了。梁敦厚指指韩钧和董天知手里的皮箱，几个士兵都是眼头活络的人，慌忙上前。哪知道韩钧和董天知眉毛一扬，脸上带笑地说了声："不用，我们自己来！"提起皮箱就进了门。

夜幕降临。偌大的校园里冷冷清清的。秋风起处，银杏树叶飒飒地响。因为被查封，这里已经有将近一年时间杳无人迹。鸟儿在枝头筑了巢，此刻就有几只鸟儿正歪着头好奇地立在巢边，疑惑地打量着房间里突然亮起的灯火，偶尔也会有一只小鸟受了灯光的惊扰从枝枝上惊起，接着便会有一阵簌簌的落叶声传入耳中。

万叶秋声里，千家月照时。月光隔着窗棂洒进来，屋子里银辉遍地。静静地看着如此慷慨的月光，韩钧不由得想起了牢房里墙上那个碗口般大小的铁窗，心中也平添了许多感慨：在那个充满着残酷斗争的小战场，就连月光也显得吝啬！他辗转反侧。初到一个新环境，虽然有一些旅途的劳累，但他却没有一点儿睡意。一切都是那么新奇和陌生，心中既有初出牢笼的兴奋，又有投身抗敌的激动和憧憬。

他索性披衣出门。

天上一轮朗月。校园里的银杏树一片朦胧。凭栏远望，汾河水渔火明灭，太原城灯火阑珊。黑暗中传来一阵暗哑的琴声，苍凉而悲伤。这琴声在不经意之间传来，却一下子触碰到他思绪的开关，打开了他情感的闸门。

琴声断续，倾诉着无奈的悲凉，夹杂着令人心酸的吟唱，低沉而哽咽。"我的家在东北松花江上……那里有……衰老的爹娘……流浪！流浪！整日在关内流浪！……哪年，哪月，才能够回到我那可爱的故乡？……爹娘啊，爹娘啊，什么时候，才能欢聚一堂？……"

薄一波的房间在二楼最东头，许是也被这幽咽的琴声打动，他出门来到韩钧身旁。韩钧望了他一眼，没有说话，深深叹了一口气。

薄一波眼望着汾河岸边的灯火，声音低沉地说道："被日本人铁蹄践踏的，岂止是东北！照现在的样子下去，山西沦陷恐怕只是个时间问题。日军不仅已经包围了平津，最近还一直在向绥远运兵。日本人的胃口大得很哪！"

韩钧心情沉重："是啊！绥远是山西门户，一旦绥远失守，山西必不可保。不知道又有多少中国人无家可归！"

秋风中，令人心酸的琴声还在断断续续飘过来。

"听说红军已经和张学良、杨虎城达成秘密协议，要停止内战，一致抗日。"薄一波低声说。

韩钧点点头："只有团结抗日，中国才有希望。内战不得人心哪！"

"可蒋介石却不这么认为。听说蒋介石飞到西安对张杨痛加训斥，见张杨还是迟迟没有剿共行动，一气之下又飞到洛阳，说是到洛阳'避寿'，其实是对张学良迟迟不进攻红军感到不满，扎下了督战的架势。刚才敦厚临走的时候说，阎先生也已经飞往洛阳了。"薄一波心头浮上一丝忧虑。

韩钧眉毛一挑："到洛阳去干什么？向蒋介石祝寿吗？"

薄一波摇摇头："不全是。听说是张学良约了他和绥远省主席傅作义，要劝谏蒋介石'停止内战，一致抗日'。前些时张学良就秘密来过几趟太原，对阎锡山诉了一番苦，说东北军远离故土，家乡正在遭受日寇侵略，却被逼着在陕北剿共，共产党提出'中国人不打中国人'，东北军将士都动了心。"

韩钧频频点头："说的是。人非草木，孰能无情。日本人占了东北，东北军却被蒋介石逼着和坚决抗日的共产党作战，张学良心中怎么会不窝火！"

薄一波叹口气，说："国事日急，我们的时间非常紧迫。因为反对不抵抗政策我们坐了几年牢，现在终于可以为抗战出力，时不我待啊！"

"是啊，一波，"韩钧深有同感，"上次你从山西回到北平，讲了牺盟会（全称为"山西牺牲救国同盟会"）的事情，这一段时间我心里一直在琢磨这件事。依我看，目前我们的当务之急就是把牺盟会接办过来！牺盟会工作目前

第二章 转战吕梁（1936——1939）

陷于停顿，我们接过来，可以迅速把它改造成宣传抗日的舞台，可以合法地鼓动民众快速形成抗战力量！"

薄一波正有此意，他点点头："是啊！我也是这么想的。老百姓的抗日热情很高，只是阎锡山还有些瞻前顾后。他常说的一句话就是，群众如虎，不组织起来是个空子；组织起来如果控制不了就会成个乱子。说明他已经看到了群众的力量，可是又苦于无力驾驭。对于我们来说，这正是一个好机会！牺盟会目前正处于停顿状态，我们正好以此为借口提出改组，现在倒是个好的时机。"

韩钧略一思索，说："机会难得！我看事不宜迟。这几天我们就着手拟定一个计划，等阎锡山一回来，咱们马上就去见他！"

"好！"

阎锡山满腹心思地回到太原。

这次洛阳之行，他的心凉透了。他看透了蒋介石没有抗日的意思，连整个华北都愿意拱手相让，还会为了他的山西一隅去跟日本人翻脸？

靠天靠地不如靠自己。一切为了存在！一路上阎锡山在心中熟筹了一条以不变应万变的计策，不管是国民党还是共产党，谁对他的"自存"和"自固"有利，他就要联合谁。回到太原，没等薄一波和韩钧找他，他倒先把薄一波和韩钧找来，商量对策。

薄一波和韩钧求之不得，匆匆赶到绥署，阎锡山已经在中和斋等着了。

阎锡山心中对薄一波和韩钧几个人不做清客不要高薪的做法很是赞赏。多年的官场生涯，阎锡山见惯了那些汲汲于功名利禄的人物，心里暗自庆幸这次算是找对了人。他哪里知道，薄一波和韩钧所秉持的是君子取远则必有所待、君子就大则必有所忍的心胸。

梁敦厚坐在一旁。

阎锡山把洛阳之行的情形向他们作了介绍，眼睛里满含热诚地说："一波，韩钧！俺想听听你们俩的意见哪！"

薄一波和韩钧把改造牺盟会的计划和盘托出。

阎锡山几乎不假思索就同意了。一来形势危急，他遇到了难关；二来这步棋是他过河的桥梁。他看看梁敦厚，说："化之！你和一波、韩钧他们立即着手改组牺盟会，尽快把牺盟会改造成一个强力组织！会长一职仍旧由我来担任，化之，你仍然担任总干事，但实际工作由一波全权负责！"

阎锡山又转过脸看着薄一波和韩钧："一波，你和韩钧、天知都要进入决

33

策层，你们务必快速行动，组织起军训班和民训团，尽快让这些组织能胜任当前的山西救亡形势。"说到这里，他又点着头喃喃自语，"求人不如求己啊！"

绥远战事突然爆发，太原的空气骤然紧张。

阎锡山很快同意了薄一波他们提出的具体工作方案，只是出于多方考虑，把"抗日救亡宣传班"更名为"村政协助员训练班"。

只要不妨碍从事抗日救亡工作，叫什么名字都行。很快，薄一波、韩钧都投入了"村政协助员训练班"的工作中去。

首先是考核录取。薄一波、韩钧和董天知他们亲自出题、亲自阅卷，经过筛选，近千名主张抗日救国的进步青年被召集在一起。薄一波、韩钧几个人夜以继日对这些进步青年进行培训，激发他们的爱国热情，宣传鼓动，教育他们尽快把亡国灭种的危险性和抗日救亡的迫切性告诉身边的每一个人。

山西省立师范学校校园里，到处可以见到韩钧忙碌的身影。课堂上，他是激情澎湃的老师。课堂下，他是循循善诱的兄长。讲台上，经常能够听到他那慷慨激昂的声音：

"……当前形势危急，正是考验我们每一个中国人的时候！面对敌人，面对危险，我们能够屈膝投降吗？不能！在民族存亡的关头，我们必须担当起历史赋予我们的重担。任何的悲观失望、见异思迁、见危欲离，都将受到鄙视和痛斥！……振作起来，我们要做民族的脊梁！……抗日是中华民族复兴的起点，独立和解放是全中国人民的热望，赶走侵略者，建设我们的家园！……"

经过一个月训练，近千名牺盟会会员被分派各地，撒下一个个抗日火种。

一批批参加训练班的进步青年，满怀抗日救亡的热情，从祖国各地奔赴太原。训练班的规模迅速扩大，薄一波和韩钧更加繁忙。

但他们一直没有忘记离开北平时胡服嘱托的事情。那天凌晨，徐冰送他们到达北平正阳门东车站后，说："我就不再往前送你们了，进站的时候还有国民党特务要盘查，你们准备好怎么应付。最后交代一件事，就是胡服同志刚刚派人送来一封信，要我转告你们，到了太原以后尽快想办法救出王若飞！"

"王若飞？"几个人轻声问道。

"对！刚刚得到消息，若飞同志五年前在绥远被捕后，辗转几个地方，现在就关押在山西。"

"哪座监狱？"

"不知道。"

"他现在叫什么名字？"

"不知道。"徐冰无奈地摇摇头,"我们掌握的情况只有这么多。"

突然有一天,薄一波面带喜色找到韩钧,悄声说:"若飞同志的下落找到了!"

韩钧心里一喜:"在哪里?"

"若飞同志化名黄敬斋,被关押在太原的陆军监狱里!"薄一波小心地说,"这一段时间,我利用牺盟会的特殊身份,查遍了太原的监狱才找到!"

韩钧着急地问:"若飞同志情况怎么样?"

"还好!被单独关押在所谓的优待室里。若飞同志在狱中几年对敌斗争很坚决,一直在向当局要求无条件出狱!"薄一波脸上露出抑制不住的兴奋。

"阎锡山知道不知道他的真实身份?"

"难说!"

"下一步怎么办?"

"单刀直入!我准备直截了当去找阎锡山,把若飞同志的身份亮明,探探他的口风再说!"薄一波说到这里,又忽然把眉头皱了起来,"走遍太原的几个监狱,我还发现了一个情况,让人忧心。除了若飞同志以外,几个监狱还关押着将近三百个政治犯!其中光是训导院里,就关押着一百多个红军小战士,他们都是年初东征时因为伤病被俘的。我侧面了解了一下,他们的表现都很好。"

"最好是想办法把他们一块儿救出来!"韩钧看着薄一波说。

"我也是这个想法。训导院管事的副院长郭廷一,原名叫郭巨才,是我的老同学,就是他和敦厚两个人两赴北平城把我们请来的。他现在是阎锡山的红人儿。我想介绍你去训导院做兼职政治教员,以便从政治上帮助这一批红军小战士,稳定他们的情绪,然后我再去和阎锡山周旋,咱们双管齐下!"

"行!"韩钧爽快地答应了下来。

薄一波找到阎锡山,恳切地说:"当前局势瞬息万变,各处正在用人之际。可是太原各监狱里还关着二三百名政治犯,这些人都是爱国有为的青年,现在却被关在囚笼里消磨年华。这与阎先生目前的政治主张,与正在山西开展的救亡运动极不相称!既然是和共产党两家合作,公开进行救亡运动,为什么还要在监狱里关押这么多共产党人呢?让这一批共产党人,甚至更多的共产党人,都来共同进行救亡运动岂不更好!"

阎锡山听了有些动心,但他提出了一个条件,那就是这些人要留在山西做

事。薄一波微微一笑:"阎主任,您经常讲的一句话,帮人帮到底,送佛送到西。既然要送给共产党一个人情,又何必婆婆妈妈,显得小家子气?何况,强扭的瓜不甜哪!"

阎锡山想想也是这个道理,但他有些不甘心,又提出一个折中办法:"可以不提条件,但所有政治犯都要移到训导院去,过渡一段时间再释放。"

薄一波问:"过渡多少时间?"

阎锡山略一思忖:"个把月时间吧!"

看阎锡山已经一退再退,况且事先已经安排韩钧在训导院里照应,薄一波同意了这个方案。但他又提出:"阎主任,我的朋友黄敬斋必须提前放出来。"

"行!"阎锡山心如明镜,知道王若飞心志高远,终必不为自己所用,此时答应薄一波,也好做个顺水人情。

就这样,王若飞和太原几所监狱里二三百个政治犯,经过在训导院里短时间的过渡,分批走出了暗无天日的囚笼。

薄一波和韩钧亲自把王若飞从训导院接出来,安排他住在国民师范学校附近小北门街二道巷永济路二号一座僻静的四合院里。

三、初掌戎机

太原的冬天来了。太原这个冬天不太平。先是传来日本人进攻绥远的消息,接着便是西安事变,谣传一夕数至,局势瞬息万变。这时太原竟突然发生了一场地震,整个太原城人心浮动。

元宵节这天下起了雪。雪压枝头,让每个太原人心里都沉甸甸的。掌灯时分,上万名十七八岁或二十出头的男女学员,穿着整齐的军装,提着纱灯浩浩荡荡出了国民师范大门走上街头。和往年不同,他们手里提着的纱灯,不管是宫灯、兽头灯、走马灯还是缎绣灯,无一例外写的都是抗日标语。提着纱灯的人群就像一条火龙,穿梭在太原的大街小巷,人流中不时传来高亢的抗日口号:"不做亡国奴!"、"把日本兵赶出中国!"

柳巷是太原市中心一条繁华的街道。听到外边的动静,老人孩子早早来到巷子口,挤成一堆观看这支游行队伍。

几个十七八岁的女学生也兴奋地挤在人群里,踮着脚尖看热闹。游行队伍的豪迈气势让姑娘们羡慕不已。队伍从街头走进,又从巷尾走出,宛如一条移动的火龙,牵着姑娘们的目光越走越远。

黑暗的街头，几个姑娘还在痴痴望着远去的人流。

"玉兰，玉兰，我真羡慕他们！"随着这一声喊，那个被叫作玉兰的姑娘缓缓回过神来。

玉兰手指着远去的队伍，脸上满是艳羡的表情说："姐妹们，队伍里还有不少女兵！"

"真的！"

"女孩子也能当兵！"

"姐妹们，穿上军装真威风！"几个姑娘一边喊喊喳喳地说着，一边竟有些雀跃起来。她们头发上已经落了厚厚的一层雪，洋溢着青春热情的脸因为激动而涨得通红。

"姐妹们！我决定了，我要去当女兵！"玉兰嘴里说着，眼睛还在朝着街口张望，心有不甘地搜寻着远去的队伍，好像一刻都等不得。

"玉兰，咱们几个小姐妹一起去！"

"我也去！我也去！我们一起去当女兵！"

"说好了，明天就去，不许反悔！"

几个姑娘蹦跳着跑开了，很快消失在茫茫雪夜里。

第二天一大早，雪停了。房顶上、树枝上、围墙上到处都是雪，太原城成了一个冰雕玉琢的世界。兴奋了一夜的姑娘们一大早就起床，结伴踏雪来到国民师范大院，报名参加训练班女兵连。

全新的生活开始了。玉兰改名张慧君，这个美丽聪颖又落落大方的姑娘还担任了女兵连歌咏团的团长兼指挥。

一次歌咏比赛，张慧君指挥女兵连刚刚演完节目，坐在观众席第一排正中位置的薄一波站起身来朝她招招手。张慧君从台上跑步来到观众席，抬手就是一个标准的军礼："报告！"

一声"报告"把薄一波和他身边的韩钧给逗笑了。

张慧君放松下来，薄一波用手一指韩钧，微笑着说："小慧，你认识不认识他？"

张慧君天真一笑："当然认识！他是红军连的韩指导员！也是我们女兵连的政治教员！他的课讲得好，学员们都说他水平高！"

薄一波笑着说："那好！以后可要多向韩指导员学习，共同帮助，共同进步哟！"

张慧君看了一眼韩钧，见韩钧也正微笑着看她，爽朗一笑说："好啊！"

春天来了。整个冬天都笼罩在雾霭之中的太原，终于被春风唤醒。太原城三面环山，群山就像结实温暖的臂膀，把太原城拥在怀里。汾河穿城而过，像一条缠绕腰间的玉带。河水低吟浅唱，杨柳迎风飞舞，到处都是春天的气息。

阎锡山却愁眉不展。笼罩在山西上空的战争阴云越来越浓。

西安事变和平解决，蒋介石答应停止剿共一致抗日，但阎锡山敏锐地意识到，中日之间的一场决战就要来临。有大需要时来，始能成大事业；无大把握而去，终难得大机缘。阎锡山捻须沉思：晋绥作为抵抗日军的前线，必须早做准备。

牺盟会几个月来工作卓有成效，阎锡山很满意。但是，就在几天前，十九军军长王靖国带了百十个军官来到绥署，呼啦啦在西花厅跪成一片，竟向他请起愿来！说什么"薄一波、韩钧他们搞的就是共产党的一套，由着他们搞下去，恐怕我们要死无葬身之地"！鼠目寸光！国民党中央组织部部长张厉生也发来密电，说牺盟会用的全是共产党，要他立即处理。

阎锡山对他们的担心倒是不以为然。

山人自有妙计。其实这些情况他心里有数，只不过他自信能牢牢掌握住牺盟会。再者来说，晋绥军的战斗力他很清楚，和日本人真刀真枪地干，哪里是日本人的对手！船到江心补漏迟啊！他心中最近酝酿了一个庞大的计划，那就是尽快利用牺盟会的力量，武装三十万国民兵，作为晋绥军的后备力量。经过牺盟会训练后派往山西各地的村政协助员，已经动员来了一万多进步青年，把这一万多人编成十个国民兵军官教导团，加上原有设在太谷的晋绥陆军军士一团，设在祁县的晋绥陆军军士二团，可是一股不小的力量。尽快把他们训练成国民兵军官，让他们再去组织招募新的国民兵，一个人招募一个班、一个排，那就是三十万国民兵，抵抗日本人就有了本钱！

这可是利滚利的事情！主意已定，阎锡山立即召来梁敦厚、薄一波和韩钧安排布置。

阎锡山事先已经有了一个设想，各团的团、营、连长必须由我阎锡山选派，至于政治工作干部，则是跟着共产党学来的招数，可以交给薄一波和韩钧，由牺盟会和军政训练委员会负责挑选。

阎锡山有阎锡山的算盘，薄一波和韩钧却有他们自己的主意。

韩钧主动请缨，到设在祁县的晋绥陆军军士二团任政治主任。和十个国民兵军官教导团相比，军士一团、二团的斗争会更加激烈，薄一波把自己的担心告诉了韩钧:"阎锡山往每个教导团中派旧军官,就是为了利用他们掌握军队,而我们派往各团的政治工作人员,也是为了通过政治工作掌握军队,达到坚持进步和坚决抗日的目的。十个军官教导团都是经我们之手建立起来的,情况相对乐观,但军士一团和二团则完全是阎锡山防共团的旧班底,军政之间的斗争和摩擦将会更尖锐,还是要有充分的思想准备!"

韩钧看着薄一波说:"一波,大胆天下去得,小心寸步难行!正因为那里情况更复杂,斗争更激烈,更需要我们亲自去啊!再说了,祁县是太原南下的咽喉,境内两条大路,一条是秦陇北上必经之路,一条是晋中南下关河孔道,子洪口又是进出上党的门户,一旦有事这里可是兵家必争之地!"

薄一波看看韩钧,不由得佩服起他的眼光长远来。

韩钧对阎锡山的防共团并不陌生。防共团是阎锡山"思想防共"的产物。早在一九三六年年初,为了阻挠红军东征抗日,阎锡山在黄河沿岸及同蒲铁路沿线各县成立防共团,捕杀共产党员和红军战士。要把这一班人马改造成共产党掌握的军队,绝非易事。

离开太原那天,大家都来送行。

张慧君也在其中,不知不觉中其他人落在韩钧和张慧君身后。

张慧君低着头,手里摆弄着一段刚刚开出鹅黄色嫩芽的柳枝,红着脸说道:"指导员,你到祁县去,我马上也要离开太原了。"

"你要到哪里去?"

"我报名参加了前线慰问团,马上就要起程,到北平去慰问二十九军。"

韩钧问道:"你演的什么节目?"

张慧君手里轻轻拍打着柳枝说道:"《救亡进行曲》……"

韩钧赞赏地点点头,抬眼望去,汾河碧波漾漾,两岸绿草点翠,杨柳青青堆烟。

"驾!""驾!""驾!"太原通往祁县的大道上,十几匹战马一路飞奔,马蹄踏入冰雪融化后的泥沼,溅起春泥点点。战马四蹄生烟,骑手们不停地催马前行。

为首的就是韩钧。只见他目光冷峻,表情凝重。马背上他的身体随着青骢马的奔驰而上下起伏。随行的十几个人和韩钧年纪相仿,都是受了北方局秘密派遣,到军士训练二团去的。

祁县城东不远,有一片荒芜的田野。这里叫五里疙瘩。因为在城外,又是

个偏僻荒凉的所在，经年累月便形成了祁县最大的一处乱坟岗。到祁县已经是日暮时分。远远望去，大土堆后面有一座军营，这里便是晋绥军军士训练二团的营地了。

团长崔益是一位年过半百的旧军官。他矮胖短粗的身躯穿着松松垮垮的旧军装，此刻正带着几个随从，嘴上叼着旱烟袋，在营房门口恭候着这一票人马。

他正在心中想象着这位新来的政治主任什么模样，默默盘算着应该如何跟他打交道，一抬头，韩钧到了。

操场上，士兵正在操练。崔益正要把韩钧让进团部休息，哪知韩钧微笑着点点头："崔团长，丑媳妇总是要见公婆。我们这些人到军士二团来，是奉了阎长官的命令，临行的时候阎长官还有一些交代，我想现在就和大家见见面，说几句话。你看，行不行？"

既然祭出了阎司令长官这面大旗，岂有不行的道理！崔益忙不迭招呼着几个随从："快去！集合队伍，韩主任要训话！"

部队集合完毕，韩钧登上高台："同志们！我们奉了阎长官的命令，来到军士二团。我是新来的政治主任，我叫韩钧！今天初来乍到，先跟大伙儿见个面！话从哪里说起呢？我先给大伙儿说说政治主任是怎么回事吧！很多人对政治主任这个称呼感到陌生，因为这是过去晋绥军中从来没有过的新生事物。政治主任究竟是干什么的？我来告诉大家！当前日本人大兵压境，我们阎长官实行的是进步的革命主张，那就是打击侵略者，保卫山西，保卫祖国！实行进步的革命主张，就需要一支强有力的铁军。靠什么？靠政治工作！在军队里建立政治工作，是阎长官的主张。因此，从今天开始，政治工作在我们团，在所有的晋绥军部队里，就是谁也不能反对的最高法律！我宣布，从今天开始，废除军阀作风，废除打骂制度，实行军政一体，官兵一致，军民一致！我们十几个政治工作干部，将时刻以身作则，希望接受大家监督！"

"哗……"场下的士兵中响起热烈的掌声。

崔益和几个亲信面面相觑。在阎锡山军队中，连以上的旧军官没有不贪污的，旧军阀队伍里的恶习一样不少，崔益也不例外。和许多同僚一样，他也是一个爱钱如命的主儿，平日靠的就是吃空额喝兵血，克扣军饷积攒财富，韩钧的话在他听来不啻一声炸雷。

不久，韩钧就和旧军官有了第一次直接交锋。

春天的天气娃娃的脸。刚刚收了早操，一阵轰隆轰隆的雷声过后便下起了

第二章　转战吕梁（1936——1939）

雨。团部食堂里，韩钧正要端起碗吃饭，一抬头看见操场上跪着一个人。

韩钧放下饭碗走了出去。雨还在唰唰下着，雨地里跪着的是一个十五六岁的小士兵。衣服已经湿透，雨水还在顺着脖子往里灌。韩钧快步上前把他扶起来："你叫什么名字？"

"我叫……宋真。"小士兵冻得浑身哆嗦，上下牙直打架。

韩钧伸手一摸他的额头，滚烫滚烫的，俯下身去把他背起来送到了自己的卧室里，放在自己的床上。

警卫员赵培连一看，赶忙问伙房要了一碗姜汤送去。

雨停了，全团集合。十二个连长全部到齐，韩钧强压怒火问："这是谁的兵？"

一个面黄肌瘦满口黄牙的连长满不在乎地答道："我们连的。"

韩钧逼问一句："谁让他下跪的？"

大黄牙眼睛一翻，挑衅般反问一句："咋了？"

韩钧的眼睛狠狠瞪着他，厉声追问："我在问你，谁让他下跪的！"

大黄牙被瞪得心里发慌，没了先前的嚣张气焰，嗫嚅着低声说："我……我……"

韩钧声色俱厉："为什么让他下跪？"

大黄牙还在为自己狡辩："早操时候他做错了一个动作。"

韩钧转身走上高台，把手用力一挥："同志们，我们抛家别子，骨肉分离来到一起扛枪打仗，为的什么？为的是抗敌救国！在战场上，我们将并肩作战同生共死，这是什么？这是生死交情啊！上任第一天，我就在全团大会上宣布，要废除军阀作风，废除打骂制度，今天竟然还发生这样的事，这是典型的军阀作风！同志们，你们说，该怎么办？"

平日里根本没有发言权的士兵们，恨透了这个欺压士兵的连长，今天终于有了说话的权利，台下一阵呐喊："关禁闭！关禁闭！"

"好！按大家的意思办！"韩钧扭头看着崔益，"团长，你看呢？"

崔益的脸红一阵白一阵，虽说大黄牙是他的亲信，但公道自在人心，他也不敢当着这么多人的面袒护，只好尴尬地点了点头。

一九三七年七月八日早晨，天刚蒙蒙亮，军营里突然吹起急促的号声。

紧急集合！大家从梦中惊醒，心中都是一紧：一定发生什么重大事情了！

翻身坐起，穿衣服，扛枪出门。

队伍迅速集合，全场出奇地宁静。

韩钧大步走上阅兵台。他的情绪非常激动，拳头紧紧攥着，表情异常冷峻，手臂有力地挥舞着，声音格外地慷慨激昂："同志们！昨天夜里，日本侵略军借口士兵失踪，要强行进入宛平城里搜查，这个要求，理所当然遭到了中国军队的拒绝，早有预谋的日本军队，竟然突然开炮轰击宛平城。是可忍，孰不可忍！有骨气的中国军人，终于奋起反抗了！我们晋绥军队守土抗战的时刻到了，我们中国军人挺身而出的时候到了！拿出我们的勇气，拿出我们的热血，把日本鬼子赶出中国去！"

韩钧话音刚落，士兵就发出了愤怒的吼声，如同火山喷发，如同山呼海啸：

"把日本鬼子赶出去！""打倒日本鬼子！""守土有责！保卫山西！"……

天色大亮。全团官兵在韩钧带领下，浩浩荡荡开进祁县县城，开始游行宣传，发动群众。韩钧走在队伍最前面。身后紧跟着全团几十个号兵。号兵们吹奏着《义勇军进行曲》，队伍在高唱着："起来！不愿做奴隶的人们！把我们的血肉，筑成我们新的长城！中华民族到了最危险的时候……"

歌声如排山倒海般震撼着祁县县城。

四、炮声中的婚礼

形势急转直下。七月底平津失陷，日军立即大军西指，一路由大同、雁门关南下，一路由蔚县、涞源西进，要从南北两路把山西收入囊中。山西境内晋绥军和中央军，除少数军队顽强抵抗外，大部分一触即溃。

阎锡山惊慌失措。

国民兵军官教导团和军士训练团的抗日热情却空前高涨。七七事变爆发的第二天，一批东北籍学员就自发组织起来，连夜奔赴平津战场。平津失守的消息传来，学员们义愤填膺，纷纷写血书捺血印，要求阎锡山立即组织敢死队上阵杀敌，才过去两个昼夜，就有几千名学员在《敢死队发起书》上签名。

薄一波和韩钧迅速把这一情况上报阎锡山。

风尘三尺剑，社稷一戎衣。眼看大厦将倾，有人主动请缨，阎锡山当然同意，要薄一波从速组建一个战斗团，并由薄一波担任政治委员全权负责。

薄一波和韩钧把这一情况迅速向北方局汇报。

胡服刚刚抵达太原。二月下旬，胡服率领北方局由天津秘密移住北平。为直接领导和部署山西抗战，在北平失陷的前一天，胡服又秘密抵达太原。在胡服到达太原之前，位于迎泽湖北岸后铁匠巷深处的成成中学内已经设立了八路军办事处，新的中共中央北方局就在这里安营扎寨。

胡服风尘未洗，薄一波和韩钧就亲夜登门。胡服听他们汇报了当前情况，当面指示："不要说一个团，就是一个营，一个连，也要去抓！当前我们的核心任务就是要抓枪杆子，切记从一开始就要把武装牢牢掌握在我们手里！"

掌灯秉烛，北方局副书记杨尚昆和薄一波、韩钧一起，又仔细地研究确定有关的负责人选，直到四更时分薄一波和韩钧才匆匆离去。

八月一日，国民师范大礼堂举行山西青年抗敌决死队成立大会。

大礼堂内人山人海，阎锡山登台讲话："你们在发起书上提出成立敢死队的要求，我同意了！我给你们改名为决死队，就是希望你们要有决死的勇气，牺牲的精神！今天成立的是决死一总队，我们还要成立决死二总队、三总队……"

薄一波当场宣布："山西青年抗敌决死队今天诞生了！"

决死一总队成立以后，按照阎锡山的意思，北方局又进行了秘密安排，韩钧立即着手以军士训练二团为基础，自愿报名组建决死二总队。军士训练二团中那些只知升官发财的旧军官，一听"决死"两个字，吓得脸色煞白，要么告老还乡，要么不辞而别。

该来的你赶不走，该走的你留不住。安危忧惧本来就是人生的试金石，看到他们去意已决，听着他们的百般托词，韩钧呵呵一笑，任其去留。

八月的山西酷热难当，韩钧却全然顾不上这些，带领几个秘密党员顶着烈日，出了营盘一路向东纵马飞去。

东去是通往太谷县的一条大道。这条大道是太行山间的一条大谷，也就是太谷地名的由来了。这条太原通往上党的锁钥孔道，山高谷深危岩壁立，高峰绝云鸟道崎岖。过了子洪口一路向前，韩钧特别留意观察着这里的山形地势。这条茶马古道，果然是南关一镇潞泽咽喉，怪不得古人要慨叹：危岩顶上压，断岸足边空。高鸟飞难度，单车辙不通！

来到位于太谷的军士训练一团，韩钧找到他在军政训练班的学生——刘耀夫、郝维靖、胡孝武、穆欣四个秘密共产党员，一同来到城南无边寺外一个僻静的小饭铺。

韩钧向他们迅速传达了北方局的指示："要立即行动起来！在受训的国民兵军官中做好宣传发动工作，赶快动员他们挺起胸膛站起来，加入决死队，加入我们的军队，去打日本！"

随后的日子里，山西各地爱国青年纷纷奔赴祁县五里疙瘩。国民兵教导八

43

团政治主任张文昂也带领二百多人前来，二总队很快聚集了两千人马。

一时间，五里疙瘩刀枪林立，战马嘶鸣。

九月十五日，山西青年抗敌决死二总队宣告成立。

事先阎锡山和薄一波商议领导人选，薄一波推荐韩钧出任政治委员，但阎锡山连连摇头："一波，我看还是用咱山西人吧！"接着便提出要张文昂担任政治委员。薄一波看阎锡山心中早有筹划，也不好再坚持，这样就由张文昂出任政治委员，韩钧仍然担任政治主任。

阎锡山却不知道，张文昂也已经秘密加入共产党。

韩钧是二总队秘密党委的书记。他向张文昂传达了北方局指示，要求对二总队旧军官进行筛查，把党的组织建立到每一个连队，要求新成立的部队必须绝对掌握在党的领导之下。两人一拍即合。

此时的山西一片混乱。正面战场上国民党军和晋绥旧军节节败退，大同、广灵、蔚县先后沦陷，阎锡山精心部署的长城防线土崩瓦解。不几日间，日军前锋逼近忻口，太原已经出现在日军第五师团师团长板垣征四郎的望远镜里。

决死二总队刚刚组建，九月二十八日就接到阎锡山从太原发出的紧急命令：即刻北上，保卫太原。

二总队星夜出发。出发前，阎锡山火速运来大批武器，决死二总队全副武装。每名士兵配发一套棉衣，一把铁锹、镐头，一套雨衣、挎包，三个手榴弹，一百发子弹，一杆山西造六五步枪，每排配发一挺轻机枪，每班配发两支山西造冲锋枪，连排以上干部每人配发一支山西盒子炮。

经过两天两夜的急行军，部队在三十日傍晚到达太原南城门。

落日照大旗，马鸣风萧萧。天上，几架贴着膏药旗的墨绿色日本飞机，不时发出凄厉的怪叫，俯冲下来扑通扑通丢下一串炸弹，又大摇大摆地向上拉起，随着一声声爆炸巨响，城里城外火光四起，掀起一柱柱冲天的烟尘巨浪。地上，那段建于大宋年间的南城墙，已经被炸出一个个巨大的豁口，烟尘四起，硝烟弥漫。城门口瓦砾遍地，罹难同胞的血迹喷溅在摇摇欲坠的危墙上，点点殷红斑驳可见。

又是几架敌机大摇大摆俯冲过来。空袭警报骤然响起，惊慌失措的人们纷纷从家中涌出，夺路奔向已经拥挤不堪的防空洞。

夕阳血红，硝烟腾空。韩钧骑在马上，定定地站在南城门外。队伍正冒着敌人的炮火陆续进城，一架敌机发现了这支进城部队，低空俯冲过来，投下一串串炸弹。

第二章 转战吕梁（1936—1939）

"机枪！"骑在马上的韩钧低吼一声。一个机枪手扛着机枪跑了过来。韩钧一探身把机枪抓在手里，扬起枪口便向着敌机扣动扳机，哒哒哒……哒哒哒……一梭梭子弹射出，敌机怪叫着仓皇离去。

战士们匆匆入城。虽然时令是初秋，太原城已经寒风逼人，秋风掠过，穿透战士们浸透汗水的薄衣衫。

在决死队赶到之前，太原城守军只有晋绥军两个团的兵力，怪不得阎锡山惊慌失措。

薄一波率领的决死一总队和戎子和率领的决死三总队也是刚刚到达。部队在坝陵桥宿营完毕，韩钧、张文昂立即邀了戎子和去见薄一波。

决死一总队营地在国民师范院内。

薄一波首先传达北方局指示。山西战局的发展，极其不利于太原防守。时任中共中央军事委员会副主席的周恩来当时也在太原，与北方局共同发来指示，要求决死队不能死守太原。决死队员都是知识青年，应在持久战中发挥作用，葬身太原殊为可惜。薄一波告诉大家，周恩来同志现在正在劝说阎锡山，建议决死队各部分赴太行、吕梁、中条山区，发动游击战争，建立抗日根据地。

几人正在商议，门外响起一阵急促的马蹄声。原来是阎锡山派人要他们速到阎公馆。

位于新民街东花园的阎公馆，门口几盏灯笼在秋风中飘忽摇曳，灯光忽明忽暗，门楣若隐若现。刚从太和岭口前线回到太原的阎锡山正枯坐自省堂，眉头紧锁。

根据可靠情报，日本军部已经正式向华北方面军司令寺内寿一发布攻取太原的命令。情报说，寺内寿一以板垣征四郎统率第五师团及关东军察哈尔派遣兵团为北路，沿同蒲线越内长城直取太原，为主攻方向；以川岸文三郎率第二十师团一部为东路，由石家庄沿正太线西进，策应第五师团，两路对太原分进合击。

怎么办？晋绥军连遭重创，要蒋介石发兵增援，远水解不了近渴！阎锡山焦躁不安，他不停地用手摩挲着几天都没顾上刮的胡子茬儿。

求人不如求己！晋绥军旧军打光了，我还有新军！阎锡山想起了薄一波。

在岭口的时候，周恩来、彭德怀和彭雪枫就曾到阎锡山行营，几个人进行了长时间的交谈。当周恩来得知阎锡山要把刚组建的决死队调到太原守城，当场就明确表示了不同意见。周恩来说，新组建的决死队几个团，尚未经过认真

训练，不宜仓促上阵，最好是散布在同蒲路两侧去开展游击战争，消灭敌人，积聚力量。此刻阎锡山细细琢磨，不住地点头：周先生说得有道理。

薄一波、韩钧他们几个到了阎公馆。几个人的想法和阎锡山的意见不谋而合。经过一番商议，一个新的方案形成：一总队开赴晋东南，二总队开赴晋西南，三总队开赴中条山，立即起程建立抗日根据地。

走出阎公馆已是深夜，几个人回到军队驻扎的坝陵桥。

刚要走进军营，韩钧一抬头，见一个熟悉的身影正急匆匆地向外走来。

是张慧君！

原来张慧君在二十九军慰问的时候，恰遇卢沟桥枪声响起，北平城南下通道被切断，慰问团就这样被困在城里。直到一个月后北平才与天津通了火车，张慧君和大家一起，化装出城到天津老站，走水路赴山东烟台，一路艰辛备尝，几经周折才返回太原。

经历了战火离乱的人更知道真情的珍贵，也更能体会重逢的喜悦。张慧君飞跑过来，拉住韩钧的手，有千言万语要说，又不知道从哪里说起。

看着这一幕，薄一波笑了："韩钧，小慧听说决死队要回太原，早早就打听你什么时候到。走，都别在这儿傻站着了！我那里正好还有一瓶好酒，我就聊尽地主之谊，为你们，也为我们几个战友在战火中重逢，干上一杯！"

几人进门。薄一波取过一瓶汾酒，斟满几杯放在桌上说："看看这俩年轻人，还真的像是古诗里写的：从别后，忆相逢，几回魂梦与君同。今宵剩把银釭照，犹恐相逢是梦中！"听了薄一波的话，韩钧和张慧君相视一笑。

和韩钧目光一碰，薄一波已经读懂了他的心思。张慧君脸颊绯红地坐在一旁低头不语，薄一波也已经把她的想法猜了个差不离儿。

借着摇曳的烛光，韩钧看着张慧君，轻声问道："家里都还好吧？"

张慧君脸色一变，眼泪扑簌簌掉了下来："家？……整个太原都被鬼子炸得不成样子了，哪里还有家！以后……决死队就是我的家！"

韩钧连忙抬起手，疼惜地把她的眼泪擦去："别哭，决死队就是我们的家！"

薄一波端起一杯酒，站起身来动情地说："对！决死队就是我们的家！愿天下有情人皆成眷属！来！今天就让我们一起，为这两位互相爱慕着的革命新人做个见证！日本人正在轰炸太原城，明天我们就要奔赴新的战场，今日一别，也许我们就再也不会相见了！就让日本人隆隆的炮声，作为这一对革命新人喜结连理的礼炮吧！"

第二章　转战吕梁（1936——1939）

　　大家神色凝重地端起酒杯，为这一对在战火硝烟中结合的年轻人，为明天就要踏上豪迈的抗日征程，一饮而尽。

　　远处，炮声还在不停地响着。轰隆！轰隆！震撼着每个人的心。

　　在隆隆炮声中，太原迎来了新的黎明。

　　匆匆吃过早饭，队伍紧急集合。

　　韩钧面容严肃地登上队伍前的高台，眼睛向着台下扫视一圈："同志们，我知道大家心中正燃烧着熊熊烈火，一心想在太原和鬼子决战！我理解大家的心情，我的心情何尝不是和大家一样！但是现在我要宣布，昨天晚上，经第二战区司令长官部决定，我们的作战计划有了改变，暂不在太原与敌人决战！"

　　噢？战士们怀疑自己听错了。人群中出现了短暂的骚动。一阵骚动过后，战士们的情绪马上低落下去。

　　"难道，太原城不要了吗？"

　　"养兵千日用兵一时，我们……这不是要当逃兵吗？"

　　有的战士心情悲愤，痛苦的泪水夺眶而出。

　　韩钧摆摆手，示意大家安静："同志们，不要泄气！我们不是害怕日本人。仗是要打的，但打仗可不是简单硬拼。日本军队兵锋正锐，如果硬碰硬，吃亏的是我们！兵法上不是常讲避实击虚吗？我们暂时收缩拳头，是为了在有利时机给敌人更沉重的打击！不在太原决战，为的是积蓄力量跟鬼子进行总决战！请大家放心，记住我韩钧今天在这里说过的话：胜利一定是我们的！只要我们前方后方一条心，把全体民众都武装起来，日本鬼子就会陷入全民战争的汪洋大海，我们就是暂时丢掉一些地方，就是暂时丢掉太原城，也没有什么大不了的！我们总有办法打回来！同志们，我们的目的不光是把日本人打出太原，我们一定会把鬼子打出山西，打出华北，打出中国！"

　　一番话打开了大家的心窗，战士们的心中豁然开朗。

　　韩钧接着说："现在，我们决死队的任务是，马上开到晋西北、晋东南、晋西南，去发动群众，去武装群众，去扩军备战，去铲除汉奸，去建立抗日民主政权，去进行全面持久的抗战！因此，同志们，我们的任务不是更轻了，而是更重了！同志们！不久的将来，大家就会看到，我们决死队为保卫山西、保卫华北、保卫全中国，会做出更大的贡献！"

　　这番话说出来，战士们心中暖烘烘的，低落的士气一扫而光。

　　部队立即南下，铁流一般开赴洪赵、临汾。

五、五千大洋银票

太谷城东关外杨家庄孟家花园,有一所远近闻名的学校——铭贤中学。

这天一大早,这所由孔祥熙捐办,号称"三晋学府,私校典范"的学校校园里,破天荒传出一阵激烈的斥骂声。学校大门紧闭,几个十七八岁的学生要冲出校园,一名身着军服的中年教官当门站立,两手叉腰,怒气冲冲。

几个学生在嚷嚷。"院墙外炮声隆隆,校园里风清月明。""国难当头,日本人的炸弹已经在我们身边炸响,为什么不许我们加入决死队,抵抗侵略?"

中年教官毫不通融:"抗日是政府考虑的事情,你们的任务是学习!作为教官,我要为你们的安全负责!"

一名学生急了:"日本人的炸弹说不定哪天就在我们头上爆炸,把我们圈在校园里,就能为我们的安全负责吗?!"

教官脖子上青筋暴露:"没有学校的命令,你们就是出不了这个门!"

学生们还在据理力争。

有人手指楼前高挂的牌匾上"渐入佳境"几个大字,愤怒地说:"'渐入佳境'、'渐入佳境',我看,是投降卖国渐入佳境!"

"你!"教官火冒三丈,抡起拳头就要往下砸。

"住手!"门外传来一声低沉而威严的怒吼。教官一阵心悸,惊出一身冷汗来。

门外,一个端坐马上的青年军官不慌不忙翻身下马,把缰绳扔给警卫员,双手一拉衣角,又把腰里的盒子枪顺着皮带往后一捋,大步上前道:"开门!"

来人正是韩钧。原来决死队南下路过太谷,几个学生看见,吵着嚷着要去参军,遭到教官的阻挠,趁着校门里你推我搡的工夫,路过的决死队队员已经飞报韩钧。

警卫员一脚把大门踹开。韩钧的目光如利剑一般盯着教官,手里马鞭一指:"为什么阻挠抗日!"

教官举着拳头僵在那里,一时不知说什么好,竟昏头昏脑地冒出一句:"你、你大胆!我是南京军事委员会派来的!"

韩钧轻蔑一笑:"噢?南京军事委员会派你来,是要你来阻挠抗日的吗?大敌当前,阎司令长官还亲临前线和日军作战,你竟敢阻挠学生们参军抗日?你有几颗脑袋?"

48

教官哑口无言。

被困的几名同学见状，飞也似的到决死队报名去了。

韩钧不慌不忙转过身，大步出了门外。

部队沿途不断扩大。到了祁县，部队回到五里疙瘩营盘整编。

最近有个问题一直困扰着韩钧。韩钧心里有本账。这支部队虽然团营连各级都配备有政治工作人员，但部队建成初期，成员复杂，党的力量薄弱，要完全掌握部队，心有余而力不足。尤其是各级军事主官多是阎锡山的人，指挥训练、军需供应这些命脉掌握在他们手里，旧军官多数思想落后甚至反动，一旦形势恶化有可能成为反动力量。这成了韩钧心里的隐忧。为了保证党对军队的绝对领导，实现共产党的抗日救国主张，必须要想一个办法出来。

是不是可以借鉴苏联设立国家政治保卫局和政治保卫队的经验，在部队建立一支政治保卫队？应该可以！韩钧立即着手实施。从每个大队挑选政治可靠的优秀青年，组成一个三十人的政治保卫队，由大队政治指导员直接掌握，控制部队。整个总队里，一个一百多人、坚定可靠的政治保卫队迅速建立。

山道崎岖。整编过后的二总队徒步行进六七天，到达防地洪赵、临汾地区。

部队迅速布防。总队部和一大队驻守赵城，二大队驻守霍县、灵石，三大队驻守临汾、洪洞。布防完毕，韩钧和张文昂、廖井丹一起，带着政治保卫队出营巡查。

十月山西人人忙，富人忙搬家，穷人忙逃亡，军官扔部属，小兵撂大枪。号称"凤凰古城"的赵城早已经一片狼藉。衙门里大门洞开，那些平日里搜刮百姓的老爷们骑驴的骑驴，乘马的乘马，坐车的坐车，坐轿的坐轿，早已逃之夭夭，公务人员也纷纷弃职逃命，无所依靠的百姓只好长叹一声，扶老携幼四散逃亡。

从忻口战场败退下来的中央军和晋绥军溃兵蜂拥而至。他们白天抢劫，夜晚奸淫，动辄开枪滥杀无辜，成了洪赵地区最大的祸害。这中央军和晋绥军承袭了军阀混战留下的遗毒，盛行拉夫和收编土匪，因此兵匪同渊，兵变匪匪变兵，早已经是司空见惯。

韩钧和张文昂迅速派出部队制止抢劫，收缴枪支保护百姓。对于那些祸害百姓的兵痞兵匪，没收枪支就地处决；对于那些尚有爱国之心的散兵游勇，就地收容整顿军纪。

站在赵城街头，看着逃难的队伍仓皇南去，韩钧不禁一阵心酸。

直到夜幕降临，几个人才回到位于赵城好义村张家大院的总队部。

警卫员倒上两碗热腾腾的白开水。韩钧手里举起一支蜡烛，和张文昂借着微弱的烛光，俯身在地图上查看。

韩钧用手里的铅笔点着地图说："文昂，形势发展的真是太快了。日军打山西才一个多月时间，太原就陷入重围，太原失陷看来只是时间问题。阎锡山为了应付战局，把山西一百零五个县划分成七个行政区，任命你这个决死二总队政委兼任六区政治主任，这对我们壮大抗日力量非常有利，我们可一定要好好抓住这个机会！"

张文昂神色凝重地点点头。

韩钧接着说："我们在洪赵地区驻扎下来以后，我已经作了安排，向第六行政区所辖十六县各派去一个宣传队和一个扩军小组。宣传队的主要任务是安定秩序，向人民说明抗战形势，逐日公布抗战消息，稳定群众情绪。扩军小组的主要工作是迅速动员当地青年农民和学生参军，壮大决死队的力量。根据反馈回来的消息，洪洞、赵城、汾西、平遥、孝义这几个县的扩军工作进展得很快。青年们参加决死队的热情很高。老百姓现在缺的是领头的，只要我们登高一呼，老百姓就会群起响应！"

"是啊，"张文昂若有所思地说，"成千上万的青年要跟着我们打日本，可是我们的干部，尤其是会打仗的军事干部太缺乏了！"

"说的是！真是急人啊！"韩钧忧心忡忡地看看张文昂。

门外传来一个短促有力的声音："报告！"两人借着烛光望去，一位身穿灰色粗布八路军军服、年轻英武的军官跨进门来。

看到来人，韩钧赶忙放下手中的铅笔，起身招呼："老钟！快，快请进来。我和政委正要找你呢！"

老钟叫钟义成，是韩钧刚从八路军请来的游击教官，比韩钧还要小几岁。这是一个英武帅气的小伙子，国字脸庞棱角分明，两道剑眉英气逼人。别看他刚刚二十出头，却是个名副其实的老红军，一员久经战阵的虎将，和韩钧一样，已经有了五年党龄。

钟义成进了屋门，端起茶碗一仰脖子，"咚咚咚"一口气喝了半碗，一抹嘴把碗放下。

韩钧提起茶壶又把开水续上，说："老钟，我和政委刚才还在念叨你。派出去扩军的同志带回消息，说各县报名参加决死队的青年都很踊跃，队伍急剧扩大，可是我们部队里会打仗的军事干部太少，凤毛麟角呀！"

张文昂看着老钟恳切地说："前几天，少奇和尚昆同志约我和韩主任去，代表北方局指示我们，要迅速做好打游击的准备。又把你从八路军中派来做我们的游击教官，可真是及时雨。我和韩主任已经商量过了，你要挑更重的担子！决定任命你为参谋处长。正好你来了，我们把下一步的工作商议商议。"

钟义成早已习惯了服从组织，他抬起头眉毛一扬，脱口而出："行！"

"这就对了！"韩钧微微一笑，"老钟，先说我们的当务之急。第一要紧的事是扩军。少奇同志已经向中央提出扩红十万的建议，并要求我们决死队在山西境内迅速扩红三万人。第二要紧的是武器。当前我们采用的是两个办法，一个是伸手向阎锡山要，一个是派出大量人员去向溃兵收缴。不抗日的就应该把武器交出来，天经地义，武器交给我们抗日的军队，我们理直气壮！"

张文昂接过韩钧的话说："队伍扩大太快！我们一直在向阎锡山申领武器。他刚回了电话，说临汾有一批手枪，批给我们三百支，要我们去领。"

韩钧端起大茶碗喝了一口："文昂，明天你在家里坐镇，我带人到临汾去把武器领回来。还有两件要紧的事。一个是部队的训练，老钟立即制订计划，亲自去抓，赶快行动。另一个是军政干部训练班和随营学校的事。文昂，我们的抗日军政干部训练班和随营学校都已经开学十几天了。常言道，文武之功，未有不以得人而成者。抗日战争将是一场持久战，我们自己培养干部才是长久之计。明天恐怕还得麻烦你亲自到随营学校去一趟！"

张文昂头一点："行！"

几个人正在说话，门外隐约传来问话声。

这深更半夜的会是什么人？过了一会儿，警卫员一挑门帘走进来说："韩主任，门外有个人，说是从阎司令长官那里来的，要见你。"

哦？从阎司令长官那里来？深更半夜的什么事？

一个身穿晋绥军少校军服的青年人跨进门来，对韩钧道："我是阎长官的副官。太原战事很紧张，阎长官已经从太原退守到了孝义。这次阎长官专门差遣我来，"来人取出一张银票，双手递给韩钧，"是专程为您送上一笔安家费。长官听说您为了不误戎机，在军营中草草办了婚事，第二天就开赴防区，阎长官深为感动。"

韩钧一听连忙拒绝："请你回告阎长官，长官的心意我领了！但这钱我不能收。当前军情紧急，需要用钱的地方很多。再说了，匈奴不灭，何以家为？决死队就是我的家，这些安家费我实在是用不着！"

来人显然没有把银票收回的意思，反而又往前走了一步，言辞恳切地说："韩主任，阎长官一再交代卑职，务必请您收下长官这点儿心意，您就不要推辞了！"

韩钧一看来人的态度，猜测阎长官一定是另有交代，再推托下去岂不是让来人为难？他接过银票呵呵一笑："那好！既然这样，恭敬不如从命！请你告诉阎长官，请长官放心，我韩钧一定以国为家，抗战到底！"

几个人又寒暄几句，副官告辞而去。

韩钧把银票往钟义成手里一塞："老钟，我们不能负了阎长官一番美意！决死队正缺军粮，你明天就安排人用这五千大洋购买军粮去！"

哒哒哒哒！哒哒哒哒！马蹄急促地踏在清晨的空谷中，蹄声传出很远。一大早，汾河谷被一层朦胧薄雾笼罩着。一支十几个人的队伍出了赵城南城门，顶着刺骨的寒风，向着临汾方向匆匆行进。

韩钧走在最前面。出了这段逼仄的峡谷，转过山脚便是一片开阔地，眼前稍稍敞亮一些。雾气虽然小了点儿，但仍然是百米之外不辨人形。

"嗵！"一声沉闷的枪响。

"啊！"一声女人的尖叫。

"啪！"哭喊声戛然而止。

眨眼工夫一切都又静了下来。

韩钧座下的青骢马猛一激灵，脚步盘桓，口中衔铁发出铮铮声响。

后边的马队跟着停了下来。战士们纷纷取下长枪，子弹上膛。

山谷里鸦雀无声。韩钧拔出驳壳枪，略略欠起身子，侧耳听了一阵。枪声传来的地方就在前方不远处，那里还隐隐传来鸡飞狗跳和恶毒斥骂的声音，但却看不清楚。

前边应该是一个村庄。看来他们还没有发现这支马队。韩钧摆摆手示意大家下马隐蔽。警卫员小赵催马来到跟前，韩钧指指前面一片树林："从树林子里靠近目标侦察！"小赵点点头，猫腰钻进树林里。

雾气消散了一些，眼前的情况让小赵大吃一惊。看样子像是一群国民党溃兵，足足有二百多个，把这个小小的村庄包围得严严实实，匪兵们刺刀上挑着抢来的鸡鸭，肩膀上扛着打死的家狗，正陆陆续续地从村子里走出来，在村头集合后向广胜寺后面的山洼里走。

有几个军官模样的，捋衣挽袖手提冲锋枪走在队伍中间。身后跟着几个农家妇女，衣衫凌乱地被绳索绑着串成一串，嘴里都塞着毛巾，正被几个手里拿着长枪的匪兵推搡着往前走，动不动冲上去"啪"地就是一枪托。

一个军官模样的"瘦猴儿"，像是这些人的头儿。他的头尖尖的像个长枣核，手里提着一把还在冒着烟的盒子炮，身后两个护兵拖着一个年轻女子往前走，那女子已经失去知觉，被两个匪兵架着胳膊，仰面朝天，披头散发。

"长枣核"嘴里还骂骂咧咧："妈拉个巴子，哭什么哭！跟着老子上山，你们就是压寨夫人！吃香的喝辣的，福享不完钱用不尽！要不跟我走，日本人来了一个也活不成！奶奶的！"

小赵伏在草丛里，恨得直咬牙。他真想冲过去痛痛快快给他们一梭子！他悄悄折转身从树林子返回，把看到的情况向韩钧作了汇报。

有几个战士听了，咬着牙说："首长，下令吧！干他个狗娘养的！一见日本人吓得掉头就跑，在老百姓面前倒耍起了威风！"

韩钧摇摇头。战士们不情愿地回到了隐蔽位置。韩钧朝着一个十七八岁的小伙子摆摆手："虎子，快马回去，把情况向政委汇报。然后通知老钟，带一个大队的人马迅速赶到这里。"

"是！"虎子飞身上马，兜转马头，纵马飞去。

这时，韩钧又对小赵低声吩咐："跟上去，摸清他们老巢在哪里！"

小赵答应一声匆匆离去。不多时，钟义成带着一个大队的人马赶到。小赵也已经把这帮匪兵的老巢摸了个一清二楚。

韩钧和钟义成带着大队人马，借着浓雾的掩护，悄无声息地向广胜寺后面山窝里这群溃兵包抄过去。

小赵未发一弹抓回一个哨兵，"扑通"一声扔在韩钧和钟义成面前。抬头看到老钟臂章上"八路"两个字，哨兵的骨头都酥了。

韩钧给老钟使个眼色。老钟上前一步，厉声问道："哪一部分的？"

哨兵前言不搭后语地说："中央军……"

"一共多少人？"

"二百多……"哨兵抖抖索索地答着。

"谁是头儿？"

"我们连长……啊不营长……"

听了半天，韩钧和老钟才弄清楚，原来这帮溃兵的首领是中央军十四军里的一个连长，本就是土匪出身，这次从忻口战场溃退下来又重操旧业，沿途纠集各路溃兵二百多人，一路打家劫舍，还自称营长要拉杆子占山为王。

国难当头趁火打劫，而且还是堂堂中央军，韩钧恨不得马上就冲过去，一枪崩了这个丧尽天良的家伙！他略一思索，对着这个哨兵一字一句地说："给你一个活命的机会！回去告诉你们狗连长，你们已经被包围了！要想活命，赶快投降！否则格杀勿论！告诉他，只有五分钟的考虑时间，快滚！"

哨兵跌跌撞撞回去了。一听说被八路包围，那个自称营长的"长枣核"登时脸色煞白："快！快通知弟兄们……八路已经把我们包围了，赶快放人！赶快集合缴枪……"

决死队一枪未发，救出被绑妇女，还缴获一百多支轻机枪、冲锋枪、步枪。溃兵耷拉着脑袋集合在一起，"长枣核"和几个小头目一个个脸色煞白跪在地上。

雾散了。天地澄明。

韩钧问道："在村子里，是谁开的枪？"

大家的眼光齐刷刷射向跪在地上的"长枣核"。

那个苏醒过来的妇女发疯一般冲过来，照着"长枣核"的尖脸，"啪"地就是一巴掌："就是他！这个不是人的东西，一枪打死了我们当家的！"

韩钧目光冷冷地对着这群溃兵一扫："我知道，你们是被这个家伙胁迫的。从现在开始，愿意回家的，后退三步，我们欢送！愿意参加决死队的，向前三步，我们欢迎！"

人群中开始活跃起来，有的站在了决死队一边，有的灰溜溜地离开。待人群稍稍稳定一些，韩钧话锋一转："但是，欠了人民血债的，不行！"他看着跪在地上的"长枣核"，"欠了血债，拿命来还！"

韩钧目光如炬："虎子！小赵！执行！"

虎子和小赵答应一声，架起"长枣核"走到沟边，"嘡"地就是一枪。

三百支山西造大眼盒子从临汾领了回来。加上收缴溃兵的一百多支枪，在这支几千人的队伍里也足够让人高兴一阵子。

六、决死二纵队横空出世

枪是顺利领回来了，可派去购买军粮的却没有完成任务。

霍县任家和赵城郭家都是当地首富，家中都囤积了不少粮食。他们囤积这些粮食不是为了自己度过灾荒，更不是为了积德行善，而是为了来年春上青黄不接的时候，向穷苦人家放高利贷。

第二章　转战吕梁（1936——1939）

去购买军粮的是决死队军需官王福。他先是在霍县任家碰了个软钉子。

任家大院坐落在霍县县城的中心，是一处精致阔大的四合院，高大的门楼上镶嵌着金碧辉煌的匾额，匾上四个楷体大字"修德为善"，用笔刚劲峻拔，笔画方润整齐，颇有欧阳询的笔风，阳光一照这块匾更是耀眼夺目。

任家大院的主人任义正准备出门，突然门房来报，说是决死队的军需官前来拜访。一听王福要给决死队买粮，任义两手一摊诉起苦来："长官！你又不是不知道，咱山西这几年那是连年的受灾，我们好不容易高价买来的粮食，且不说虫蛀发霉老鼠遭害，单说这受了日本飞机的轰炸，谁知道我们损失有多惨！勉强保住的一点儿粮食，这价格也是高得……"

听锣听声，听话听音。王福心里明白，这是变着法子涨价！他只好耐着性子说："任掌柜，现在国难当头，情势可比不得平日。阎司令长官一再讲，大敌当前，有人出人，有粮出粮，有钱出钱，有力出力。况且，我也实话告诉你吧，我这次带来的银票，是阎司令长官送给我们韩主任的安家费，我们韩主任一分钱不留，全拿出来为决死队购买军粮，您可不能……"

王福这"趁火打劫"四个字没有说出口，但貌似忠厚实则奸诈的任义却早听明白了，他把粗脖子上坐着的肥猪头摇得拨浪鼓似的："长官，瞧您这话说的！我哪里敢趁火打劫呀！说实在的，一家不知一家难，我这老的老、小的小，可全都指望着这点儿粮食……"你有千条计，我有老主意。任凭王福磨破嘴皮，那任义一如王八吃了秤砣。

谈了半天没有结果，王福只得告辞。

出了任家大院，到城里几家粮行一问，王福心里气不打一处来。原来，这任义是本地的商会会长，已经串通好所有粮行，粮价统一抬高。

王福来到赵城郭家。这回碰的则是一个硬钉子。

这郭家掌柜叫郭辅唐，五十岁上下年纪，原是阎锡山手下的一个团长，因为善于夤缘攀附，曾是阎锡山跟前的红人儿，后来退伍回到乡下，倚仗着有些权势，又有些心黑手狠的手段，很快就纠集一帮走狗，成了鱼肉百姓的恶霸。

他家里积存了大量粮食，听说王福要为决死队购军粮，干脆闭门不纳。

原来，这郭辅唐曾任赵城县防共保卫团团长。去年春天红军东征到赵城，打土豪分过他的家财，从此他便对红军有了刻骨的仇恨。红军开拔以后，他带着防共保卫团到各家兴师问罪，凡是跟红军有点儿瓜葛的都受牵连，有些平日里跟他有些过节的，则被他借机抄家，全县被他抓捕入狱的不计其数，单是惨遭杀害的无辜农民就有上百人。现在听说红军改编成八路军，又来到山西，而

且决死队里就有八路军的人，他在心里惦着这笔旧账，怎么也不肯把粮食卖给决死队。

王福垂头丧气地回到决死队，把买粮的经过向韩钧作了汇报。

韩钧走向张文昂，摇摇头说："文昂！这任义做的事情可是既不仁也不义！我明天就到霍县去，组织决死队和牺盟会，对这个发国难财的坏蛋进行公审，交给抗日县政府治罪！至于这个姓郭的，百姓早就强烈要求惩办这个大坏蛋了！光我接到的告状信就有不少，百姓过去是敢怒不敢言，牙齿掉了和泪吞。阎司令长官早就提出来，要制裁坏官、坏绅、坏人。天意人心！我们就从他这里开上一刀！我们要发动群众，控诉郭辅唐的罪状。文昂，这几天省民政厅长邱仰浚正好要来好义，视察我们第六专员公署和决死队工作开展情况，我们何不抓住这个有利时机，发动群众将他一军呢？"

张文昂对这个声名狼藉的恶霸也是早有耳闻。他点点头说："行！对这些破坏抗日的人，我们绝不能客气！你去霍县，我留在赵城盯着郭辅唐！"

韩钧来到霍县县城。听说韩钧亲自坐镇，先前耀武扬威的任义慌了神。

接着任义便被决死队派来的人带走了。城里最大的广场上已经搭好了审判台，百姓聚集了不少，就等着他登台亮相了。看了这阵势，任义不得不耷拉着脑袋乖乖接受群众审判，霍县的粮价也应声降了下来。

正在赵城视察的邱仰浚，在决死队和六专署驻地好义村，被愤怒的民众包围了三天三夜。百姓们群情激奋。过去敢怒不敢言的苦主，一看有决死队给做主，头上举着喊冤牌，手里握着告状信蜂拥而至。那些受过郭辅唐残害的百姓更是声泪俱下，强烈要求惩办这个杀人魔王。

众怒难犯。邱仰浚不得不答应请示阎锡山。牺盟会中心区也早就掌握了郭辅唐的罪证，又通过省牺盟总会向阎锡山施加压力，下挤上压一齐围攻，阎锡山不得不忍痛批准枪毙郭辅唐。

人心是杆秤。老百姓乐得眉开眼笑。

"这下子心里亮堂了！决死队真是为老百姓撑腰的队伍。走，当兵去！"

"有决死队，咱们终于能看到晴天了！"

"走！跟着决死队打日本鬼子去！"

一九三七年十一月八日，太原沦陷。阎锡山狼狈南逃，一直逃到临汾才站住脚。

短短几个月时间，决死队的发展却是别开生面。二总队兵力已经达到五六

第二章 转战吕梁（1936——1939）

千,而且还在源源不断地增加。六区所辖十六县,每个县都委任了抗日县长,建立了一支千人左右的抗日游击队,和二总队加在一起,已经是一支任何人也不敢小觑的武装力量。

秋风萧瑟。临汾土门镇涧壁村,阎锡山惊魂未定地坐在一处农家院子里。

秋色无远近,对面尽寒山。半山腰,一群士兵正在开挖窑洞,阎锡山远远望着他们,知道那是在为他和二战区司令部准备办公地点。久居繁华都市,突然来到这荒郊野外,阎锡山心中凄凉。

树倒猢狲散。更令人难堪的是,阎锡山这个声名显赫的二战区司令长官,逃到这里的时候竟然连贴身卫队都没了踪影。

懊丧之余,阎锡山首先想到韩钧,因为决死二总队离他最近。

阎锡山很清楚韩钧的共产党员身份。虽然政治立场不同,他却很看重韩钧的才干。第一次见面的时候,阎锡山就对韩钧进行过试探:"我请你到山西来发动民众抗日,你看一个月的薪金多少合适?"

没想到韩钧淡淡一笑:"阎主任,我每月只要有个伙食费就行了!"

阎锡山又问:"那你一个月伙食费多少合适呢?"

韩钧爽快地说:"我想二十块钱应该就够了。"

二十块!阎锡山一思忖,二十块钱在这兵荒马乱的年月能干点儿啥?这薪金也就是晋绥军同级军官的十分之一!看来这是个不爱财的人!

阎锡山笑笑,又问:"那,在我这里,你想做个什么官呢?"

韩钧爽朗一笑:"苟利国家,不求富贵。阎主任,我来是为了帮助您做实事,真正把抗日力量动员起来,打败日本。至于官不官的,恕我直言,我还真没有考虑过!"

听了韩钧这番话,阎锡山对他的好感又增几分。只是,不爱财,不图名,这样的人才咋就跟了共产党呢!

阎锡山有他一套独特的用人之道。阎锡山心中把人分为三等。一等人办一等事,二等人办二等事,三等人办三等事。在他心目中,像韩钧这样爱国抗日的共产党人就是一等人。但阎锡山也有自己的小算盘:一等人不一定永远是一等人,共产党也不一定永远就是铁板一块!再说了,这个世界上,哪有真的就不喜欢金钱和官位的呢!忠诚是因为诱惑的程度不够,清白是因为背叛的砝码太低!只要有金钱和权力的引诱,假以时日,共产党人同样可以变成我阎锡山的人。

想到这里,阎锡山意味深长地点点头。

阎锡山送给韩钧的安家费，韩钧一分不留，全部给决死队购买军粮，这件事阎锡山也知道。他打心眼里赞赏这种行为，看看自己身边的那些贪图钱财如蝇逐腥臭、留恋官位似飞蛾趋火的肮脏官僚，阎锡山又是一声长叹。

眼下阎锡山这个战区司令长官连个卫队都没有，他自然想起了近在咫尺的韩钧。阎锡山心思细密。和所有高明的棋手一样，落下一个棋子往往要起到一箭双雕甚至一箭三雕的效果。他早听说韩钧成立了一支政治保卫队，挑选的尽是年轻精干的小伙子，也隐隐觉察出韩钧用政治保卫队控制决死队的用意，因此提出要调政治保卫队来做他的卫队。

韩钧是个痛快人，他深知在日军大军压境的情况下统一战线的重要性，爽快地答应了阎锡山。

韩钧把自己最为倚重的三个政治保卫分队，合编成一个中队，命名为"山西政治保卫队"，任命自己最信得过的两名秘密共产党员贾耀祥和戈立，分别担任中队长和指导员。司令长官部送来一批全新的德国造自来得手枪，韩钧亲自给每一位队员配发一支，还给每人配发了一百二十发子弹。

他亲自给每一个队员胸前佩戴上一枚"山西政治保卫队"的黄缎胸章，然后意味深长地拍拍每一个人的肩膀说："同志们，你们这一百二十个人都是国家的财富！你们中间，年龄最大的只有十九岁，年龄最小的只有十七岁，从今天开始，你们将要承担一个更加重大的责任！请你们记住两句话：第一，大敌当前，保卫阎司令长官就是保卫抗战！第二，永远记住我们是一名爱国抗日的军人！"

说完，韩钧抬手指指站在他身边的一位军官，说："这位，就是二战区司令长官部政治部刘岱峰副主任，今天专程来接收政治保卫队。从现在起，他就是你们的直接领导。"

刘岱峰把这支年轻的队伍带回司令长官部。

司令长官部刚刚搬进新建的窑洞里。阎锡山看到这些年轻精壮的小伙子非常满意。他拍拍这个的肩膀，拉拉那个的领口，吩咐随行的少校副官："每人发给五块钱！然后你带着他们到食堂里去，我请大家吃咱山西有名的醪糟和炸麻花，每人一份！"

太原失守以后，八路军在敌后同蒲铁路、正太铁路两侧展开大规模游击作战，不断对日军占领的据点和交通线进行袭击和破坏，牵制日军南下。卫立煌率领的中央军和阎锡山晋绥军残部，这才得以喘过一口气来，集结在平遥、文水一线和汾阳、离石一带苟延残喘，与暂时无力南下的日军形成对峙。

珠穆朗瑪峰

第二章 转战吕梁（1936——1939）

旧军不足为恃。阎锡山迫切需要一支强大的新军来抵挡日军进攻。日军已经占领太原，但日军肯定不会满足于仅仅占领太原，经过短暂休整，日军一定会大举南下。就在这短暂的对峙时期，阎锡山作出了一个对抗战乃至中国历史，都将影响深远的决定：将决死队四个总队扩编为四个甚至五个纵队，增加到五十个团的兵力！很快，阎锡山以司令长官的名义下达命令。

十二月一日，决死二纵队在洪洞县万安镇成立。第六行政区政治主任张文昂兼政委，韩钧仍是政治主任。韩钧作为决死二纵队中党的最高领导人，仍然是决死二纵队事实上的决策者。

各地爱国青年蜂拥而来。很快，决死二纵队就由成立之初的三个团的兵力发展到了十一个团的兵力。

一一五师师部和八路军总部也先后来到洪赵地区。就在决死二纵队成立前后，林彪带领一一五师师部和三四三旅，一一五师政治部主任罗荣桓带领政治部和教导营先后来到赵城。朱德和彭德怀率领的八路军总部随后也到达洪洞地区，在洪洞县马牧村安营扎寨。

韩钧对朱总司令和林彪师长仰慕已久，再加上刚刚扩编的决死二纵队，人员众多成分复杂，需要太多既能指挥打仗又坚定可靠的共产党员作为中坚力量，韩钧和张文昂经过北方局副书记杨尚昆的介绍，来到八路军总部。

朱总司令、彭副总司令、八路军政治部任弼时主任和左权副参谋长早早就迎候在大门外。韩钧快步上前，朱总司令一把握住他的手。韩钧本来已经准备好了要说些什么，谁知道话到嘴边却一下子哽咽起来。在韩钧心目中，总司令是一位威风凛凛的英雄，第一眼看到总司令的时候，总司令正乐呵呵地看着他，就像一位和蔼可亲的老父亲。

韩钧刚说了一句："总司令，我……"

总司令早已看出他内心的波澜："韩钧同志，少奇和尚昆同志已经把你和文昂的情况，向我们详细介绍过了。走，屋里谈。"总司令拍拍韩钧的肩膀，走进一间简陋的会客室。

听韩钧讲了来意，总司令意味深长地说："你们在山西，搞得不坏！我这次离开延安的时候，毛主席和我进行了一次深谈。主席讲，日本人步步进逼，我们共产党人最宝贵的是独立思考的能力，我们可不能人云亦云，绝不能沦为政治上的庸人。庸人们但觉风声鹤唳，我们可要见微知著。我们跟日本打的是持久战、消耗战，就和下围棋的道理一样，要有一子敲枰、满盘皆活的远见。先要在敌占区做几个活眼儿。八路军准备在华北沦陷区都做出活眼儿来，只有

这样才能和日寇周旋下去，只有这样我们才能进退自如。现在，一一五师一部在聂荣臻带领下已经进到晋东北，一二〇师在贺龙带领下已经开到晋西北，一二九师在刘邓带领下已经到了晋东南，一一五师林彪师长也到了晋西南，你们要同心协力，做好晋西南这个重要的活眼儿。这可是事关大局的事情！"

高屋建瓴。韩钧和张文昂豁然开朗。

彭老总声若洪钟，对总司令的话进行补充："小韩，总司令的话是从战略高度讲的。从战术上来说，晋东北有五台山、晋西北有管岑山、晋东南有太行山，而我们晋西南，喏，"彭老总伸出手来往窗外一指，"身后就是吕梁山。群山连绵、沟壑纵横，这都是天然的进行游击战的好地方！我们要打的就是游击战，小日本尽管武器先进，但随着战争发展，他们战线拉长后，兵力不足、补给不上的问题都会暴露出来，陷入人民战争的汪洋大海，光八路军、决死队和各地的抗日游击队，就够他王八羔子受的！"

听了彭老总的一番话，大家都跟着笑起来。

韩钧挺了挺身子，说道："请总司令、副总司令放心，我们一定按照主席和你们的指示去办。只是，我们的队伍发展太快，阎锡山给我们派来很多旧军官，只有少数军事指挥员是我们的人，部队掌握起来难度很大。我们想向总司令、副总司令提个要求，能不能多给我们派一些八路军军事干部？"

总司令又是呵呵一笑，爽快地说："行！要多少给多少！这个就请弼时同志去安排。"

任弼时点点头："我马上就着手安排一批先去，其余的我们将陆续派出。"

韩钧又说："总司令，我们还想请首长们到二纵队去视察，一来鼓鼓士气，二来顺便给我们讲讲课，行吗？"

总司令还是满脸笑容："行！最近彭总和左参谋长有重要的事情，暂时分不开身。我看这样，就由我、弼时和林彪同志先去二纵队看看同志们。我呢，给大家讲一讲游击战争的战略战术问题，弼时同志嘛，就讲讲我们华北抗战的形势和任务吧！你们希望林彪同志讲什么呢？"

韩钧不假思索地说："当然是平型关大捷的战斗经验了！"

总司令笑着说："好。"

临别的时候，总司令神色凝重起来，收起笑容说："小韩，文昂，你们肩上的担子可是不轻哩。任何时候都要团结起来，真正把部队掌握住，部队里重要岗位上必须是我们的人！另外，部队的主要任务是打仗，重要的是战斗力。日军南下只是时间问题，你们一定要抓紧时间加强军事训练。记住，我们的军队必须是能打仗的军队!"

韩钧和张文昂表情严肃地点点头。

窗外，不知什么时候已经云开雾散。天空渐渐明朗起来，一缕冬日暖阳透过窗户洒进屋里，每个人心中都有了浓浓的暖意。

七、锋芒初试

一九三八年春节刚过，临汾正是天寒地冻、滴水成冰的时候。

涧壁村被皑皑白雪覆盖着。山坡半腰一排排刚挖的窑洞四周岗哨密布，不时有一些神情严肃的军人，脚步匆忙地在窑洞里进出。

正中一间大窑洞是会议室。正月十八这天，从一大早开始，这间窑洞的屋门就一直紧闭着。傍晚时分，新装的窑门发出一阵"吱呀"声，几个身着戎装的中年人先后走了出来。

最先走出来的是八路军总司令朱德。卫立煌紧随其后，这位身着草黄色中央军制服、整整齐齐地扎着武装带的第二战区副司令长官，面色冷峻心事重重。最后一个出门的是窑洞的主人阎锡山。

到了院门口，阎锡山停下脚步，双手紧握着卫立煌的手说："俊如兄，此次阻击日军南进的大任就拜托你了!"

卫立煌脸色凝重地点点头："百川兄，我马上把前敌指挥部前移霍县，中央军的主力部队迅速集结韩信岭，挡住日军南下的要道，就在这里和日军决一死战!"

阎锡山认真地盯着卫立煌的脸，他又把卫立煌的手用力一握，言辞恳切地说："俊如兄，多谢了!"

阎锡山又转向朱德："玉阶兄，患难见真情! 东路军还要劳您多费心!"

朱德点点头，胸有成竹地说："百川兄! 为了便于指挥，我的指挥部也要迅速东移，八路军主力准备立即出动，袭击榆次、太谷、娘子关的日军!"

朱德的语气很肯定，阎锡山听了连连点头。片刻工夫阎锡山脸上又现出一丝不安的神情，有些迟疑地说："只是，西路军……"

朱德很清楚阎锡山的心思。阎锡山指挥西路军，一是顾虑他的晋绥军兵力太弱，二是害怕和日军接触后仅有的一点儿力量再被打散。朱德洞察入微，就用鼓励的口气说："百川兄，对日战争我们一定会胜利! 退一步说，就是你的旧军被日本人打垮了，不是还有决死队，还有新军!"

61

朱德和卫立煌告别阎锡山,沿着崎岖的山路纵马离去。

旧军垮了,还有新军!是啊,新军的力量在一天天壮大,只是……阎锡山心中隐约对薄一波、韩钧有些不放心。

就拿韩钧来说,坦率、聪明、能干,但总是和自己若即若离,似乎有意保持一定距离。得人事举,失人事败。为了得到韩钧这个人才,让他效忠自己,阎锡山想了不少法子。初次见面就解衣推食嘘寒问暖,随后又馈赠钱款加以笼络,放在其他人身上,可能早已经受宠若惊,诚惶诚恐地跑来宣誓效忠了,可是这个韩钧……不贪不贿固然是好事,可是这不贪不贿之人往往最难驾驭。阎锡山最看重的是部下的忠诚,但他也深知,听话的奴才大多办不成事情,能干的人却往往不好驾驭。

掂量来掂量去,阎锡山最终下了决心。常言道,以君子之心待人,以小人之心防人,既然我信不过韩钧,还是趁早把他调离掌握军权的位置吧。

阎锡山吩咐副官:"去把梁化之请来!"这梁化之既是阎锡山的亲戚,又是阎锡山的亲信。他的祖母和阎锡山的继母是亲姐妹,两家人很早就有来往。梁化之对这个表叔忠心耿耿,阎锡山对这个表侄信任有加。主信奴忠,因此不管大事小事,阎锡山第一个商量的人就是他。

梁化之来了。阎锡山指指面前一张椅子让他坐下:"化之,民族革命大学筹建得怎么样了?"

梁化之兼着筹建民大的负责人,回答说:"马上就可以开学。已经招生五千多人,另外,聘书都已经发出,大部分收到聘书的教授已经报到,像侯外庐、李公朴……"

阎锡山若有所思地说:"化之!把韩钧调到民大去做教育长,你看怎么样?"

这话问得突然。梁化之有点儿摸不着头脑:"韩钧?他在二纵队不是干得好好的吗?"

阎锡山别有深意地说:"是啊,正是因为他干得太好了!"

梁化之更是不解:"那……"

"韩钧太能干了!短短几个月时间就拉起一支上万人的队伍。而且,你看看,门外的哨兵就是他训练的政治保卫队。如果他和我们一条心就好,如果他和我们不一条心……"阎锡山捋须沉吟。

又过了好长时间,阎锡山才往两边捋捋自己的八字胡,目光阴沉地说:"韩钧必须离开二纵队!最近几天,你就着手办这件事情,任命他为民大教育长。还有,洪洞、赵城、临汾、霍县、灵石五县的抗日游击队总共有多少人?"

梁化之掐指算算说:"合起来有五六千人。"

阎锡山说:"听说韩钧已经对五县游击队进行了整编,还派去了四五十个各级干部。你以二战区政治部名义下令,把这五六千人从二纵队划出,新成立一个保安旅。赵城县长崔道修是我们的人,就让他去当旅长。这样,一来可以分化,二来可以牵制!"

梁化之心领神会:"表叔,你放心,这两件事情我马上就去做!"

阎锡山在临汾召开军事会议的同时,太原城里也有一场军事会议在进行。山西大学堂的教学楼已经成了日军华北方面军第一军的司令部。身材矮胖的第一军司令官香月清司中将和面貌清瘦、留着一撮仁丹胡的第一军参谋长饭田祥二郎少将正在主持作战会议。

饭田祥二郎一个月前刚刚到任。此时他正站在巨大的军事地图前,戴着一双白手套,手握教鞭煞有介事地进行作战安排。

参加这次作战会议的有第二十师团师团长川岸文三郎中将和参谋长杵村久藏大佐,第十四师团师团长土肥原贤二中将和参谋长佐野忠义大佐,第一〇八师团师团长下元熊弥中将和参谋长铃木敏行大佐,第一〇九师团师团长山冈重厚中将和参谋长仓茂周藏大佐。

饭田祥二郎用不可一世的口气说:"诸位!这次我们大日本皇军集结四个师团十多万兵力,就是要一举占领整个山西!彻底把中国军队赶到黄河以南,这样整个华北就都是我们的了!"饭田祥二郎的目光转向山冈重厚,"山冈将军,你还肩负一个秘密任务。"然后转过身用教鞭点点太原,唰地一下在地图上划出一道弧线,直指黄河岸边的碛口和军渡两个渡口,"突然占领碛口、军渡,闪电般西渡黄河,目标,"饭田手中的教鞭又是唰地一下飞过黄河,"——延安!你的,明白?"

"哈伊!"山冈重厚腾地起身,两脚一磕大声答道。

隰县通往汾阳的大道上,一队八路军正在向着太原方向兼程急进。

"师长!师长!"从队伍后边急急地跑来一匹快马,马上的战士一边扬着手中的电报,一边高声喊着。

"吁!——"林彪和陈光同时勒住战马。

战士到了跟前,把手中的电报递给林彪。

延安密电!

"敌从军渡碛口两点猛击河西，准备渡河，绥德危急。你率陈旅全部立即改变作战计划。迅速以一部控制大麦郊、水头、川口、石口地区，发动群众组织游击队，巩固战略枢纽……主力转入隰县、午城、大宁地区，寻机作战，相机消灭该敌。——毛泽东"

林彪的表情陡然凝重起来，他把电报交给陈光，立即下令："命令部队，立即西进！"说完调转马头，向西驰去。

陈光飞速看了电报，两腿一夹马肚子跟了上来："师长，是不是立即派人通知韩钧，让决死二纵队配合我们行动？"

林彪头也不回："行！快去！"

汾西县城东北大约二十里地，不大的山梁上有一个小小的村庄——朱家山。趁着黎明前的夜色，韩钧正带着决死队四团进入阵地。

从二月二十日开始，韩钧和张文昂就带着决死二纵队分两批进入吕梁山区开展游击战争。韩钧带着四团率先行动。一个多月来已经跟日军交了几次手。这次的任务是东渡汾河把日军南下必经的同蒲铁路掀了个底儿朝天，然后又趁着夜色再次蹚过河来，进入事先设在朱家山的阵地，准备以炮火阻止日军抢修铁路。

冬季的黎明前夕是最寒冷的时候。韩钧和战士们一样，穿着湿漉漉的棉衣埋伏在战壕里。不大一会儿，身上的棉衣就结成了冰。但是为了隐蔽，不能生火，冰冷的棉衣也就没有办法烘烤。韩钧回过头，借着一丝晨曦看看身后的两门山炮。这可是决死二纵队仅有的两门大炮，今天要对着小日本发发威了！

这两门山炮得之不易。那是前不久的一天夜里，一个战士跑来向韩钧报告，说在一口水井里发现有中央军丢弃的大炮。韩钧一听，急忙带了一个连的战士赶去，借着手电光一看，果然是！经过一番人拉绳子拽，终于把这个大家伙从水井里捞了上来。再往水井里一看，还有一门！就凭着这两门大炮，韩钧成立了二纵队的山炮连。这两门大炮，可是决死队的心肝宝贝。

天亮了。日军果然出动，步兵、骑兵、炮兵四百多人，在一个日军指挥官指挥下，渡过汾河向着阵地扑过来。他们要将决死队消灭，然后抢修铁路。

到了山脚下，敌人停止前进，排开大炮摇起炮口，对着决死队阵地"咣！咣！咣！"一阵猛烈的炮击，阵地上立刻烟雾弥漫。炮击过后鬼子的步兵出动，强攻开始。三百米、二百米、一百米……敌人哇呀呀地叫着冲到了阵地跟前。

"打！"韩钧一声令下，抬手就是一枪。冲在最前面的一个日本兵应声倒地。阵地上枪声大作。战士们手中的手榴弹也噜噜噜飞向敌群,正往山上仰攻的日军纷纷倒地,余下的仓皇溃退。

埋伏在战壕后面树林里的两门大炮脱去炮衣,向着鬼子炮兵阵地发出怒吼。日军压根儿就没想到决死队也有大炮,仓促之间来不及隐蔽。随着"轰轰"几声爆炸,日军大炮变成了一堆废铁。

敌人一次又一次进攻,被决死队一次又一次打退。到了下午,山坡上寂静下来,日军丢下一堆堆尸体退回城里。就在这时,从南关出来一大群羊,总共有一百多只,咩咩叫着向山坡走来。战士们一时看得糊涂起来,倒是小赵和虎子眼尖:"是鬼子!鬼子穿着羊皮!"其实韩钧早已经发现日军的诡计,羊群里夹杂着身穿羊皮的鬼子兵,正撅屁股猫腰向着阵地匍匐前进。

"披着羊皮,也能看得出这帮王八羔子是一群豺狼!"韩钧在心里暗骂了一句。等到羊群接近阵地时,决死队的机枪、步枪、手榴弹一齐吼叫起来,敌人再次败退。

夜幕降临,决死队撤出阵地。刚刚从阵地上撤下来,迎面就飞驰过来几匹战马,远远地就听见来人在叫:"韩主任!韩主任!"

韩钧停下脚步。来人从怀里掏出一封信递给韩钧:"韩主任,林彪师长急电!"

韩钧借着微弱的火柴光亮迅速看了急电。他抬起头来说:"传令,目标——隰县,全速前进!另外,通知五团钟团长,迅速向我们靠拢!"这时候的钟义成已经调任五团团长。

韩钧带着决死队四团立即向八路军一一五师师部和三四三旅靠拢。

远处又飞奔过来一匹战马,战马喘着粗气停在韩钧面前,一个身穿晋绥军军服的士兵飞身下马:"韩主任,司令部急电!"

原来是梁化之派来的通信兵。他从战区司令部出发,一路追来。

深夜前来,难道有什么紧急任务?韩钧嚓嚓拆开通信兵带来的信封,抽出一张纸来,借着手电光抖开一看:一纸调令!

韩钧不动声色地把它重新叠好,放回信封里收起来,然后对梁化之派来的通信兵说:"请你回报梁主任,就说我正在前线指挥部队与日军作战,暂时不能离开部队!"

"是!"通信兵飞马离去。

由他去吧!韩钧大手一挥,大军继续西进。

后半夜,钟义成带着五团也从后面跟上来与韩钧会合。韩钧带着四团、五

65

团星夜赶到隰县，等待着从林彪师长那里受领下一步作战任务，没想到等来的却是一个谁都意想不到的消息——林彪受伤了！

　　林彪不仅受了伤，而且伤势严重。原来，接到毛泽东的密电，林彪急如星火，拨转马头向着隰县迅疾前行。天色微明的时候，队伍到达隰县城北的一个村落——千客庄，走在队伍前面的林彪因身穿缴获的日军黄呢大衣而被晋绥军哨兵误伤。

　　罗荣桓派人把昏迷中的林彪急送延安。不久八路军总部来电，任命陈光代理一一五师师长，罗荣桓代理一一五师政委。决死队和一一五师一碰面，陈光立即向韩钧布置了战斗任务。

　　鬼子的一个尖兵中队已经插入隰县康城镇，陈光要韩钧带决死队立即收复康城。

　　康城处于隰县、交口、汾西之间的中心地带，只要卡住这个小镇，就扼住了日军后续部队从介休和汾西西进黄河的咽喉要道。

　　天上下起毛毛细雨。康城镇城门口行人稀少，几十个日伪军龟缩在城门口的据点里。

　　早春的蒙蒙细雨里传来一阵凄凉哀怨的唢呐声。唢呐声越来越近，就连据点里的日军也好奇地从窗口向外探出身子看热闹。一群山民头上裹着白羊肚毛巾，黑棉衣外面勒着一根草绳，披麻戴孝哀哀痛哭，抬着一口黑漆漆的薄棺材行进在潇潇春雨中。

　　到了城门口，一个矮胖的日本兵和一个瘦高挑的伪军走了过来。

　　日本兵横着刺刀嗷嗷叫了半天，伪军这才转过身来，扯着嗓子吼了起来："太君说了！要一个一个搜查，否则不能进城！"

　　一位年纪稍大的老汉抹着眼泪走出送葬队伍："太君！亲戚昨天进城，夜里得了急病，请的郎中还没进门就咽了气，可怜可怜这个苦命的人吧！太君，您就抬抬手，让我们进去吧！"

　　日本兵把头摇得拨浪鼓一样。

　　人群里又走出几个小伙子上去理论，没说上几句话就争吵起来。争吵的声音越来越大，激怒了据点里的日军，他们嘴里喊着："八格牙路！死啦死啦的！"扛着枪一窝蜂冲了出来。

　　一个青年一直站在棺材旁，一只手扶着棺材板，他往据点里看看，确信里边的鬼子已经全部出来，才大声招呼着前面几个人，用训斥的口气说："太君这不也是执行上头的命令嘛！吵什么吵！都给我回来！就连棺材板都要打开，让太君们检查检查!"说完话一抬手把棺材板掀了起来。

几个年轻人扭头往回走。日本兵神色慢慢放松下来,把枪背在肩膀上,朝着棺材走过来。

日军还没走到跟前,棺材里竟然冒出一个大活人来,手里抄着一挺轻机枪,对着日军"哒哒哒哒"开了火。那群送葬的人眼疾手快,奔到棺材边,从棺材里抄起家伙便对着日军"砰啪砰啪"开起枪来。这群日本兵还没弄明白怎么回事,便稀里糊涂地见了阎王。

那个掀起棺材板的青年见鬼子一个不留全都上了西天,对着那个化装成老汉的人说:"老钟,把枪全都收好了!进城!"

他扯下了蒙在头上的羊肚毛巾——原来是韩钧。

八、整军中的风波

林彪受伤第二天,毛泽东就以个人名义,给朱德总司令、彭德怀副总司令发去急电,要远在晋东的徐海东三四四旅迅速西移,归还一一五师建制,协助三四三旅巩固河防。无奈同蒲路被日军切断,加上晋东战事同样紧张,三四四旅迟迟无法归还建制。

巧夺康城镇,破坏汾隰公路的任务完成后,韩钧和钟义成来到一一五师驻地。罗荣桓和陈光正在为三四四旅无法归建而头疼,看到韩钧,两人眼前一亮。

罗荣桓拉着韩钧的手说:"韩钧同志,你来得正好!延安来了急电,把巩固黄河河防,消灭来犯日军的重担交给了一一五师。可是日军一〇九师团来势凶猛,当前在晋西南只有我们三四三旅一个旅,三四四旅恐怕一时半会儿还不能归建,形势相当严重。"

韩钧坚定地说:"罗政委,请您放心!决死二纵队本来就是共产党的队伍,虽然戴的是阎锡山的帽子,可是白皮红心!养兵千日用兵一时,党指到哪里我们就打到哪里。前一阵子,阎锡山不知动了什么心思,突然下命令要把我调离部队,到民大任教育长,被我给顶了回去。现在日军南下,他跑到陕西去了,我们可以放开手脚大干了!"

"部队的情况怎么样?"陈光开口问道。

韩钧走到桌上摊开的地图前,指着各团驻地介绍说:"二纵队现有十一个团,兵力两万余。主力团有三个,四团、五团、六团。四团长王英清、五团长

钟义成都是八路军派来的。四团、五团都在附近，六团活动在长治、长子、屯留一带。除了三个主力团，我们还有新编第一、二、三、四独立团和游击一、二、三、四支队，主要领导也是我们的人。去年年底，任弼时同志专门给我们派来几十个八路军干部，我们都安排在了重要岗位上，但是数量还远远不够。现在我们的六团团长还是阎锡山派来的旧军官。"

韩钧接着说道："阎锡山不愿看到我们壮大。到现在为止，还是只给我们三个团的经费。武器基本上是靠我们收缴国民党溃兵和打日本缴获的。一个团两三千人，有的只有五六百条枪。汉阳造、太原造、日本造，还有破破烂烂的毛瑟枪，甚至还有猎枪、鸟铳！有的战士身上背的还只是一把大刀……"

罗荣桓和陈光静静地听着。一年多来，在阎锡山眼皮底下，韩钧埋头发展队伍，憋了一肚子话难得向自己人倾诉。

短暂的沉默过后，陈光开了口："韩钧同志，有志气！从来就没有什么救世主，全靠我们自己！我马上再给你派去一批干部！还有，日军马上要对黄河河防发动大规模攻击，直接威胁陕北，我们要做好打大仗、打硬仗的准备。我准备亲自到二纵队去，我们一起对决死队进行一次大整顿！"

正说着，门口传来一阵急促的马蹄声。

"报告！"韩钧的通讯员跨进门来："韩主任，战区政治部梁化之主任来到纵队部，请你立即回去！"

韩钧抬头看看陈光和罗荣桓，他俩不约而同地点点头。

韩钧飞身上马，赶回一个叫槐树掌的小山村。一进纵队部，梁化之就满面笑容地迎了上来："老弟，辛苦了！阎司令长官听说你们跟日本鬼子打了几仗，赞不绝口！兄弟，你可是大大长了我们决死队的志气！"

无事献殷勤，非奸即盗。梁化之可是无事不登三宝殿，不知这次葫芦里卖的什么药！

韩钧从容应付着："敦厚兄，看你说的！那不过是小试牛刀罢了。我们决死队是抗日的军队，打鬼子那还不是应该的！"

梁化之叹口气："唉！兄弟，形势严重啊！阎司令长官已经退到河西。这次长官专程派兄弟我来看你，就是要让我告诉你，你这里军务繁忙脱不开身，原定调你去民大做教育长的事情就算了！你这个大材不能小用啊！"

其实韩钧心里很清楚，日军占领临汾，民大也被打散，学生有的去了太行山，有的散落在晋东南，跟着阎锡山退到秋林的已经所剩无几，学校能不能办得下去都成问题。

第二章 转战吕梁（1936——1939）

梁化之压低声音："兄弟！我这次来还有一件重要的事情要请你帮忙。"

噢？听了梁化之这话，韩钧刚刚放松下来的心情顿时又紧张起来。

"兄弟，还要请你多多谅解，阎司令长官也是迫不得已。要抗战没有武力不行啊！这次阎长官让我来跟老弟商量，想把二纵队的洪赵临霍灵五县游击队划出，再组成一个保安旅。"

什么？韩钧心头一惊。

阎锡山这一刀下手可真狠，一下子就从二纵队割出去五六千人！发展五县游击队，阎锡山一分钱没出，一条枪没发，在干部这么紧张的情况下，韩钧还咬着牙派去了三十多个军政干部，其中还有不少八路军，怎么你一句话就划出去了！再说了，刚刚和陈师长商量好，他要亲自来帮助二纵队整军，人都拉走一大块，还整什么军！

韩钧心中一百个不情愿。他本想一口回绝，但心中又有顾虑。他的头上还有一个紧箍咒，那就是王明从苏联回国后提出的"一切经过统一战线，一切服从统一战线"。据说这还是共产国际和斯大林的高见。

想到这里，他无奈地问了一句："那，谁来担任旅长？"

梁化之不假思索地接口道："崔道修。"

看来这事他们早已经筹划好了！崔道修这个人韩钧再熟悉不过。在军政训练班的时候，韩钧就和他共过事，阎锡山新近又任命他做了赵城县长，是个顽固的反共分子，一直在向阎锡山自荐要拉起一支武装，可是没有这个本事，现在倒好，想起挖二纵队的墙脚来了！

韩钧站起身来，坚决地对梁化之说："不行，我不同意！"

梁化之虽然有些心理准备，但当面看到韩钧这么坚决的态度，还是一下子愣在那里。他不知道说什么好。崔道修这个人选是阎锡山亲自指定的。其实成立保安旅的目的，还是要为旧军补充兵员做准备，因此阎锡山用的必须是自己的心腹。

阎锡山这个用意，梁化之和韩钧都心知肚明，两人僵在那里。

一阵尴尬的沉默。还是梁化之打破了这个僵局。他干咳两声，暗地里向韩钧瞄上一眼，这才把眼镜框往鼻梁上推了推："兄弟，听人劝吃饱饭。你我二人脾气相投，为了团结抗战又志同道合。你就听哥一句劝吧，为了共同抗战，还是要以大局为重。话又说回来，阎先生作为二战区司令长官，对战区所属部队进行裁扩调整，不也是理所当然的事吗？再说了，现在的二纵队快速发展，冗员庞杂，可只有三个团的粮饷，你又怎么养得起这么多部队？保安旅不管到

哪里，总还是咱司令长官的部队，还不都是为抗战出力？"

韩钧不再言语，心中却是五味杂陈。如果阎锡山决心已定，恐怕硬顶也不是办法。好在已经派进去几十个我们的干部，都在重要岗位上。再说了，崔道修虽然是个坚决反共的家伙，但毕竟政治主任徐荣是秘密党员，是我们的人。实在不行也只好先同阎锡山虚意周旋，遇到合适机会再把队伍拉回来。

韩钧摇摇头，无奈地说："敦厚兄，如果阎长官决心已定，那就按阎长官的意思办吧！"

梁化之如释重负。

陈光来到二纵队。没想到他到二纵队的当晚，就发生了一件意外的事情。

春节前后，韩钧派秘密党员张范下山到洪洞、赵城扩军，很快就聚起一千二百多人，组成了游击二支队。支队长曹道生刚刚带着队伍进了吕梁山。夜半时分，游击队所住的山沟里，突然一阵狗叫。

曹道生翻身坐起，摸出压在枕头底下的大眼盒子提在手里，支起耳朵听着外面的动静。

一道黑影沿着山梁飞也似的跑来，又顺着沟口下到了沟底。

"谁？"哨兵哗哗啦啦拉起枪栓。

"我！我！二愣子！"一个焦急的声音传了过来。

"哥！"没等曹道生下床，二愣子已经跌跌撞撞进了门。二愣子从小就是个冒失鬼，曹道生刚想数落他两句，二愣子却先往地上一蹲，一抹眼泪哭开了："哥！娘和嫂子被日本人抓走了！"

"什么！"曹道生脑袋嗡地一下，腿像是装了弹簧一样，光着脚就从床上跳了下来。嘴里骂了一声："小鬼子这狗娘养的！"这才感觉到脚底凉得刺骨，赶快趿拉着穿上鞋子，系上裤腰带，顺手把大眼盒子别在腰里。

"哥，你拉起队伍前脚走，鬼子后脚就进了村，那个汉奸驼背标子当了咱村维持会长，领着一个叫高鸟的日本军官，带着一队日本兵冲进咱家。标子用手一指，鬼子就把咱娘、嫂子和我都抓到县城，二话不说扔进大牢里！"二愣子回想起几天来的遭遇，忍不住抽噎起来。

曹道生心里也不好受。借着微弱的灯光，他仔细打量十六岁的弟弟，见他的脸上、脖子上都是皮鞭抽打的伤痕，有的结成了血痂，有的还在往外渗着血，他的两只拳头不由得紧紧攥在一起。

他头也不回对着窑洞门口喊了一声："嘎子！大毛！"

两个跟二愣子年纪不相上下的半大小子进到屋里。原来,这两个警卫员早听到了这边的动静,一直在队长门外听着,听了二愣子的哭诉,他们的心中早已燃起熊熊怒火。

二愣子还在委屈地诉说:"哥,鬼子不光是打我,他们还打咱娘,还打俺嫂子!牛皮带沾了水狠狠地打,连牛皮带都打断了!"

嘎子和大毛又气又恨。他俩一左一右把二愣子从地上搀起来。大毛说:"二愣哥,别哭了,我们游击队有枪,现在就去宰了这帮兔崽子,把大娘和嫂子抢回来!"

嘎子也随声附和着:"要去得快点儿!"

三个人用期盼的眼神看着曹道生。曹道生早已怒火中烧:"二愣子,你是怎么逃出来的?"

二愣子抬起两只手,用破破烂烂的袄袖子把脸上的泪道子一擦:"哥,我不是逃出来的,是他们把我放出来的!"

嗯?曹道生用疑惑的目光在二愣子脸上探寻着:"放出来的?咋回事?"

"鬼子说,让我进山来找你,说你要是投降了他们,他们就放了咱娘和俺嫂子,你要是不投降,他们就天天打!还说,要把咱娘和嫂子打死!"

奶奶的!曹道生骂了一句。窗外呜呜的风声竟有些像老娘的哭声,他的眼前浮现出娘和小翠无助的眼神,又仿佛听到了敌人的皮鞭子抽在她们身上发出的"噼啪噼啪"的响声,一声声抽打在自己的心上!他痛苦地举起双手捂住了脸。

他没有哭,可是眼泪却从他那粗糙的手指缝里流了出来。过了好长时间,他哧溜一声,从脸上拿开双手,对二愣子说:"二愣子,你现在就回去!给鬼子说,我要先见咱娘和你嫂子,只要她们好好的,我——投降!"

屋子里静得没有一丝声音。

曹道生叫大毛给二愣子拿了两个黑窝头。曹道生盯着二愣子的眼睛,认真地说:"你快走!告诉鬼子,见面的地方在城西三岔沟口。天一亮,我准时到!"

二愣子刚走,曹道生就叫大毛去通知游击队准备出发。他还特意交代大毛:"什么也不要乱说,只说是我的命令——有任务!记住!"又对嘎子交代:"你现在就去,找上几根木杠子,要结实的!再找上两把椅子绑上,做两乘滑竿。记住,一定要结实!"

很快游击队就集合完毕。黑暗中曹道生举着一个火把走上队前,板着脸说

了一声："走！执行任务！"

队伍里不知是谁说了一声："队长，高政委到纵队部去了，要不要通知他一声？"

曹道生头也不回地说："不用了！"

沙沙沙沙！沙沙沙沙！

游击队沿着崎岖的山路，向着洪洞县城走去。曹道生带着大毛和嘎子走在队伍的最后面，大毛和嘎子每人背上背着一乘用椅子做成的滑竿。

天快亮了，游击队到了三岔沟口。队伍停了下来，曹道生叫来三个大队长一阵吩咐。

游击队出发后不久，就有一个人悄悄地离开队伍，飞快地向纵队部方向跑去。

大约四更时分，韩钧门外响起急促的敲门声。韩钧和陈光、游击二支队政委高梓华正在商量整顿部队的事，一个决死队员慌慌张张进了门："韩主任！高政委！曹队长带着游击队投降了！"

啊！投降？高梓华这才看清，来人是自己的警卫员乔思明。

韩钧诧异地看着高梓华："老高，怎么回事？"

高梓华也是莫名其妙。

陈光一看这阵势，对乔思明说："小鬼，莫慌，你慢慢讲，讲清楚！"

乔思明上气不接下气地说："曹队长集合游击队，连夜把队伍全都带到洪洞县城去了！大毛去各大队通知的，我问他执行什么任务，他说曹队长什么也不让说！后来我听见他和嘎子在一起小声嘀咕，好像说什么投降……队伍临出发时候，我问了一声，要不要通知高政委？曹队长头也不回地说，不用！"

问题严重！韩钧看了陈光和高梓华一眼，对着警卫员小赵说："快去，通知五团钟团长，集合队伍，追！"

天刚亮，驻洪洞的日军大队长高鸟骑着高头大马，趾高气扬地带着一队日军出了县城，向着城西三岔沟口开进。

高鸟扬扬自得。不战而屈人之兵！高，实在是高！自己略施小计，就把这支游击队招降了！他抬起头朝着队伍前边看了一眼，一匹黑马驮着两个妇女。为了防止她们逃跑，都结结实实地捆了，嘴里还各塞上了一块破抹布。

三岔沟口。大路正中停着两乘简陋的滑竿，滑竿上各坐着一个人，像是头领。滑竿四周散乱地围着一群破衣烂衫的人，手里拿着破旧不堪的武器。

看来这就是游击队了！高鸟一挥手，日军停了下来。

第二章　转战吕梁（1936——1939）

高鸟招招手，一个翻译官跑到跟前。高鸟对他耳语几句。

"哈伊！"翻译官转身朝着游击队走了过来："太君说了！哪位是曹队长？请他答话！"

"我！"曹道生从滑竿上站起来，向着日军走了过去。对面百十个日军紧张起来，哗啦哗啦拉开枪栓，黑洞洞的枪口齐齐对着他。就连高鸟的大洋马也感觉到了一丝紧张，仰着头趔趄着后退两步。高鸟一拽缰绳，那马又不情愿地往前挪了一步，还是有所畏惧的样子，警惕地把马头偏向一边。

曹道生往前走几步，站住了。他拍拍左右腋窝，把双臂都伸展开，五指伸展着向高鸟示意自己腋下没有带武器，又伸手"咔啪咔啪"一个一个把棉衣的扣子解开，脱了棉衣往旁边的草丛里一甩。

腰间一左一右赫然露出两支斜插着的盒子枪！

高鸟和鬼子都紧张起来，端着枪紧紧盯着他的一举一动。只要他敢开枪，立即开火把他打成马蜂窝！

高鸟心里这样想着，却见曹道生不慌不忙把两把盒子枪抽出来，一左一右，唰唰两下隔着肩头扔向身后。

吁！——高鸟长长出了一口气。他回过头叽里咕噜一阵，一个日本兵从后边牵着黑马走出人群。

曹道生看清楚了，娘和小翠都被绑在马背上！

"解开！"曹道生吼了一句。

高鸟对着那个牵着黑马的日本兵摆摆手，日本兵把曹道生的娘和小翠从马背上放下来，手一推往前一送。

看着娘和小翠被折磨成这个样子，曹道生心如锥刺。但他装作不在意的样子，面色平静地双手一拱，朗声说道："高鸟太君，谢了！"说完大步走上前去。

站在娘和小翠身边的几个日本兵有些紧张，警惕地盯着曹道生。

高鸟趾高气扬地骑在马上，傲慢地伸出两个手指头往身后的方向一勾，示意他们往后退。

看见曹道生大步走来，娘有气无力地喊了一声："道生！"

百感交集的曹道生紧走两步上前，一把抱住老娘："娘！"他把头埋进老娘蓬乱的白发里呜呜哭了两声，暗地里悄悄地对着老娘的耳朵说："放心！我不是来投降的！待会儿枪一响，我背着你往回跑！"

娘恍然大悟，"嗯嗯"两声点点头。

曹道生又转过身去把小翠抱在怀里，小声说："待会儿枪一响，赶快往嘎

73

子的滑竿那里跑！他们是专门来接你和娘的，记住！"

曹道生轻轻把小翠从怀里推开，扭头对着沟口的人群摆摆手。沟口的游击队员陆陆续续走出来，纷纷把手里的枪放在地上，向着曹道生走过去。

吆唏！高鸟紧绷着的神经终于松弛下来。他把手中的枪插回腰间，身边的日本兵也都慢慢放松了警惕，有的已经把三八大盖背在了肩上。

机会到了！看游击队员已经到了自己身边，曹道生往前跨了一步，把老娘挡在身后，朝着高鸟又是一拱手，嘴里大声叫着："太君！"

高鸟一愣，只觉得眼前突然闪过一道黑影，刷的一声有人从天而降，一屁股坐在他的马背上，一只手死死搂住他的后腰，黑洞洞的枪口已经顶在高鸟的太阳穴上。

众人大惊。曹道生扑哧一笑："太君！打扰了！让你的人马上后退！"

高鸟脱口而出："八嘎！"可冰冷的枪口又让他猛地一惊，赶紧闭上了嘴巴。

曹道生抬手指指两边崖头，不慌不忙地说："太君！你往上看！"

高鸟微微一抬头，见崖头上的草丛里尽是黑洞洞的枪口。

中埋伏了！

他心头一凉："后退！后退！"

鬼子兵纷纷往后退去。

游击队员簇拥着娘和小翠，捡起地上的枪，转眼消失在三岔沟里。

曹道生下了马，一弯腰，捡起刚才扔在地上的两把大眼盒子，咔咔两声，子弹上膛。

曹道生两只手里各握着一把枪，看看面如死灰的高鸟，又是哈哈一笑："太君，还得麻烦你跟我们走一趟！"

做俘虏！高鸟气急败坏，"啊"的一声大叫，不顾一切地拔出枪来。"去你的！"大毛一扣扳机，"嗵"的一声子弹穿透了高鸟的脑袋。大毛看高鸟已死，一把抽出他的指挥刀来作了战利品。

已经退远了的日本兵缓过神来，哇哇大叫着冲过来。

大毛一提马缰绳，曹道生飞身上马。"驾！"两个人骑在大洋马上，飞也似的进了三岔沟。

鬼子冲了过来。四周枪声大作。原来，他们早就进入了游击队的埋伏圈，鬼子们分不清枪声究竟是从哪个方向来，前边、后边、左边、右边、上边，到处都是砰砰啪啪四处飞溅的子弹。

第二章 转战吕梁（1936—1939）

韩钧、老高和老钟带着五团，翻山越岭朝着洪洞县城赶来。刚刚走到半道，就远远望见一队人马从对面山梁奔了过来。

老高眼尖，老远就看见大毛和嘎子走在最前边，几个人抬了两乘滑竿，滑竿上坐着两个妇女。紧接着是几个战士牵着几匹大洋马，马背上驮着一捆一捆的武器。

曹道生和几个大队长走在队伍最后边，远远就看见他神采飞扬地用手比画着，有说有笑。曹道生身上的装束也奇怪，穿着日军的黄呢子大衣，腰里挎着一把长长的指挥刀，随着曹道生的步伐，那把指挥刀还在一前一后晃动着。

韩钧和老高对视一眼，两个人都松了一口气。

韩钧对老钟说："命令部队原路返回。你和老高把老曹带回纵队部！"然后拨转马头，箭一样地飞向吕梁山深处。

老钟和老高朝着游击队迎了上去。到了跟前，两人把马缰绳撂给嘎子和大毛，从他们手里接过滑竿，放在自己的肩膀上。

大娘见来人是两个骑马的，心里有些过意不去，挣扎着要从滑竿上下来。老高一把按住大娘的手，笑着说："大娘，别客气。您不光是道生的娘，您呀，也是我们游击队的娘！"

曹道生从队伍后边赶了上来，和高梓华并肩走着。

高梓华有些埋怨地剜了他一眼，说："老曹哇，你怎么就不跟我商量商量！"

曹道生嘴一撇："我要是跟你商量，你还能让我去吗？"

老高一时语塞，半天才皱着眉头说："好哇老曹！叫我怎么说你！这么大的军事行动，你小子不向纵队领导请示，竟敢擅自行动？"

曹道生脸上红一阵白一阵，像有一团火在烧："那不是情况紧急嘛！我就没有顾得了那么多！"停了一阵，又为自己辩解道："这不，还不是打了个大胜仗嘛！再说了，打日本鬼子还能有什么错？"

"你这叫无组织无纪律！老曹，打日本鬼子是没有错，可也不能都像你这么自作主张吧？连我这个政委都不告诉，纵队领导也不知道，你还有理了？"

曹道生一挠头，这下才觉得有些理亏。他伸出手想从老高手里把滑竿接过来。

老高把脸扭到一边，就当没看见一样，理都不理他。又往前走了一大截子路，老高才说："待会儿到了驻地，把大娘和嫂子安顿好，我陪你一块儿去纵队部见陈师长和韩主任。老曹哇，这部队整顿才刚刚开始，你就第一个撞到枪口上了！"

九、血战井沟

太阳升起来了。红红的太阳给吕梁山披上了彩霞，也把大山深处一个叫作勍香的小镇从黑夜里唤醒。

纵队部大院里一个不引人注意的角落，有间小黑屋，门口挂着一个小小的牌子，牌子上工工整整写着三个毛笔字——禁闭室。

阳光从窗外照了进来，曹道生坐在硬板床上，侧着耳朵仔细地听着外边的动静。

"立正！""预备用枪！""突刺！""刺左！""刺右！""刺上！""刺下！""杀！""杀！""杀！"口号声雄壮有力，怒吼声排山倒海，把曹道生的心撩拨得痒痒的。嗨！他脑子里想象着战友们火热的训练场面，心里油然生出一种孤雁离群的感觉，百爪挠心。隐隐约约，还能听得到八路军教官纠正动作的声音。

百无聊赖的曹道生索性下床，趿拉着鞋走到门口，耳朵眼儿贴在门缝上听起来。院子里静悄悄的，树上几只花背山雀从这个枝头蹦到那个枝头，叽叽喳喳地叫着。

忽然，窗户外边贴上来两张人脸，把曹道生吓了一大跳。仔细一看，嗨！是嘎子和大毛！原来这俩小子猫着腰蹑手蹑脚地顺着墙根儿溜了过来，直到走到禁闭室门前，才突然直起身子来，冲曹道生做了个鬼脸。

"干什么你们俩？"曹道生瞪着眼睛吼。

嘎子嬉皮笑脸地说："干什么？我们还能干什么？给！"说着一只手从背后抽出来，变戏法似的从身后拿出一只煮熟的山鸡，树叶子包着从窗口递了进去。

嗬！真香！曹道生一口咬下半只鸡腿来，一边吃一边咕噜咕噜地问："哪来的？"

大毛神气地朝着自己一竖大拇指："我抓的！"

嘎子也得意地凑上一句："嫂子亲自做的！"

曹道生三口两口就把这只野山鸡消灭干净，一抹嘴说："嗯！还是你嫂子知道心疼我！哎，我问你们俩，你大娘的伤怎么样了？"

嘎子说："大娘和嫂子的伤都好了。为了治好她们的伤，韩主任专门请来了一个太原名医呢！听说姓孙，是日本什么帝国大学毕业的，医术高明得不得了。"

听说娘和小翠的伤好了，曹道生的心踏实下来。他又问："嘎子，二愣子现在在哪儿？"

没等嘎子搭话，大毛抢着说开了："嘿！他现在可神气了呢！那天韩主任去看大娘和嫂子的伤，正好愣子哥也在。大娘坐在病床上拉着韩主任的手说，韩主任呐，没有决死队就没我这条老命，二愣子早就嚷嚷着要参加决死队，你就收下他吧！韩主任说，大娘！成！就让他跟了我当警卫员吧！愣子哥高兴得一蹦三尺高！现在天天跟在首长身后，背着崭新的大眼盒子，牵着首长的青骢马，那叫一个神气！"

几个人正眉飞色舞地说着话，院门外传来一阵说话声。

曹道生赶紧把手放在嘴唇上"嘘"了一声。嘎子溜着墙根儿跑到门口一看，又悄没声地跑回来说："陈师长和韩主任来了！"

曹道生紧张起来，大毛对着他说："快！快！骨头！"

曹道生一愣："什么骨头？"

大毛挤着眼儿往他手里指："鸡骨头！鸡骨头！"

曹道生明白了，赶紧把鸡骨头拾掇了一下递给大毛。大毛接住鸡骨头，吱溜一声，顿时和嘎子一起没影儿了！

陈光和韩钧并肩走进院子里。

陈光右手拿着马鞭子，一边走一边轻轻敲打着左手心："部队自整顿以来，军事素质、政治素质都有了大幅度的提高，但是还不够。"

韩钧点点头说："还很不够。八路军的作风、战术、训练，还有八路军的政治工作方法，都要学！往后跟小日本的仗可是有得打！八路军手把手地教，这机会真是难得呀！这一段时间，决死队战士把八路军的'三大纪律，八项注意'都已经背得滚瓜烂熟，但光会背还不行，一定得照着去做！"说到这里，似乎是为了检验一下，韩钧扭过头去朝着二愣子一摆手，"来来，愣子！你给我说说看，三大纪律八项注意都是啥？"

二愣子两脚一并身子一挺，掰着手指头大声回答："报告首长！三大纪律是：一、实行抗日救国纲领；二、服从上级指挥；三、不拿人民一点东西！八项注意是：一、进出宣传；二、打扫清洁；三、说话和气；四、买卖公平；五、借物送还；六、损物赔偿……"说到这里，两只手的十根手指头已经蜷起来九根，剩下一根小手指孤零零地伸着。

卡壳了。

陈光咧开嘴笑笑,用手一边在自己脖子上比画着,一边对着二愣子挤挤眼。

二愣子愣了一下,突然明白了陈师长的手势,茅塞顿开:"不杀俘虏!"

韩钧点点头,又追问一句:"还有呢?"

二愣子急得脸红脖子粗,不停地抓耳挠腮,半天才说:"——不乱屙屎!"

陈师长和韩钧对视一眼,笑了。

禁闭室里的曹道生也扑哧一下笑出声来。透过窗户斜着看过去,他望见韩钧一挥手,二愣子如释重负地走了。

陈光脸色严肃起来,他把手里的马鞭朝着身边的一棵树上磕了两下,对韩钧说:"有紧急情况,我马上就返回师部。罗政委刚刚派人送信来,阎锡山派王靖国十九军组织川口战役,满指望他能挡住日本人,没想到这个王大军长却是个银样镴枪头,中看不中用。日军占了蒲县,马上就要对黄河河防再次发动攻击,一一五师要准备打一场硬仗了!"说到这里,陈光抬头看看韩钧,"决死队也要随时做好战斗准备!"

韩钧认真地点点头,目光坚毅地说:"陈师长放心。我们随时准备着杀上战场!"

陈师长看着韩钧,信任地点点头。他转过身去骑上马,兜转马头,急急地出了门。

院子里只剩下韩钧一个人。

见韩钧准备往外走,曹道生有些急了,赶紧小声地喊:"韩主任!韩主任!我!我!老曹!这儿呐!"

韩钧走了过来。隔着小窗子见了曹道生,韩钧虎着脸,还在生他的气。曹道生嘿嘿笑笑,挠着头皮不好意思地说:"韩主任,我,我知道错了。三大纪律我都知道了!二愣子刚才一条一条背,我都记住了。以后,我一定服从上级指挥,还不行吗?这不是又要打小日本吗?放我出去吧!首长,给我个机会,我戴罪立功不行吗?"

韩钧掐着指头一算,问:"今天是第几天?"

曹道生赶紧地说:"第十天,第十天!首长,都已经禁闭十天了,差不多了吧?"

韩钧脸上却是一副不能通融的神情:"才十天嘛,还有五天!"

曹道生急了:"首长,再过五天,这仗不都打完了嘛!"

韩钧看了看曹道生,摇摇头:"你呀你呀,无组织无纪律!还是在这里好好反省吧!"说完扭头就走。

曹道生急得直跺脚,一连声地喊:"韩主任!韩主任!我,我……"

韩钧头也不回地走出大院,去做战斗动员去了。

一一五师师部空气紧张。陈光和罗荣桓俯身桌上,仔细地查看着军用地图。两个人眉头紧锁。日军来势凶猛。一来为了寻找八路军主力一雪前耻,二来改变了从碛口、军渡渡河的作战方案,为了占领大宁进而控制黄河渡口马斗关,强渡黄河突袭延安,山冈重厚调集了四千精锐兵力,撕破晋绥军十九军防线,已经在蒲县集结,还动用了飞机大炮进行侦察、轰炸,可谓来者不善。

这是一场硬仗。怎么打?陈光紧绷着脸盯着地图,脑子里却在飞速地运转。毫无疑问,为了延安的安全,必须要消灭敌人,至少是拖住鬼子,把鬼子滞留在黄河以东。这仗必须打,而且必须胜。硬碰硬?陈光下意识地摇摇头。山冈重厚最希望的就是和八路硬碰死磕,他们的武器占优势,又有飞机支援,大炮轰击,八路军处于明显劣势。而且,陈光还面临一个难题——兵力不够。眼下陈光手中只有三四三旅两个团共六个营,加上师部一个直属连不足三千人,装备精良的日军可是四千多!想到这里,陈光急得搓起手来。鬼子比我们人数多,比我们装备好,而且还有飞机、大炮、汽车,这块骨头太硬,不好啃。

决死队!陈光眼前一亮。八路军加上决死队,和日军的兵力对比马上改观!再加上八路军的老战术,把敌人分割开截成几段,造成我们的局部优势,然后再以多打少,定能稳操胜券。战术有了,作战思路明确了,问题是在哪里设伏?兵力如何分配?陈光又俯下身去,在地图上仔细地搜索起来。

过了许久,他抬起头来对罗荣桓说:"政委,我带直属连侦察地形去!你现在派人通知各团,赶快做好战斗准备!还有,马上派人到勍香通知韩钧,决死队也要做好战斗准备!"陈光说完,一阵风走了。罗荣桓低头一看地图,见陈光已经用红铅笔在地图上的"午城""井沟""罗曲"三个地名上,重重地画上了红圈。

午城是吕梁山脉中南部的一个小镇。弯弯曲曲的昕水河,从山上流下来,又静静地从小镇南流过,一路向西流经大宁,注入黄河。通往隰县、大宁、蒲县的三条公路在这里交会。日军要到大宁,不管是从东边的蒲县还是从北边的隰县出发,这里都是必经之路。井沟,午城往东大约二十里地,蒲县来路上一个不引人注意的小村庄。罗曲,日军一旦过了午城,往大宁方向必经的一个山头,距离午城西南大约也是二十里地。在陈光心中,一个以午城为中心,东西

四十里地的战场已经摆开了。之所以选择这三个地点，还有一个原因，就是这几个地方都是山高谷深，便于伏击。

时间过了中午，直射下来的太阳光照着山间破棉絮一样的残雪，有些晃眼。陈光带着直属连刚刚爬上午城东北的一处高地，就听见远处传来一阵汽车马达的轰鸣。糟了，怕是敌人提前出动了！从望远镜里看去，果真是鬼子的汽车队从东边黑压压地开过来了，沿着山间公路开足马力一路狂奔。一辆、两辆、三辆……好家伙，有将近二十辆运兵车，看样子足足有近千人！

乖乖！陈光心里一沉。自己只带了一个连，敌人的兵力足足是自己的十倍。

连长悄悄凑近陈光："师长，打不打？"

陈光仍然纹丝不动，过了好大一会儿才猛地摘下望远镜，把身子退回战壕里，握着拳头往下一砸："打！兵无常势，水无常形。虽然敌人数量多，但是看样子丝毫没有防备。兔崽子们一定想不到我们已经埋伏在这里，这正是突然袭击的好机会！"停了一会儿，他又对连长说，"告诉大家，要冷静！听我的命令，等汽车靠近了再打。要先瞄准前后两头的汽车猛打！记住，一定要猛打！你现在就带上两个排到前边去，我留在这里。你打头！我打尾！最前边和最后边的汽车打坏了，敌人往前前进不了，往后后退不了，他们一定大乱！快去！"

汽车的轰鸣声越来越大，一辆、两辆、三辆……最后一辆汽车也进入了伏击圈。

"打！"八路军猛烈的枪弹一下子倾泻在这个寂静的山谷里，激烈的枪声在山谷里呼啸回响。

三四三旅政委肖华、参谋长陈士榘和决死队韩钧都接到了陈光的作战命令。部队紧急出发，六八五团迅速赶往罗曲占领阵地，切断午城和大宁之间的联系。六八六团分为三部分，三营增援陈师长；二营占领午城和井沟中间的张庄，把午城和井沟之间的联系切断；肖华和六八六团团长杨勇带领一营、韩钧带领决死队占领井沟村两侧制高点。一营在北，决死队在南，南北夹击。

决死队每人左臂上都缠上了一块白布条，作为夜间识别的标志。翻过几座大山，战士们马不停蹄，经过整整一夜急行军，终于在天亮之前到达指定位置。进入阵地的决死队立即开始挖战壕，以防鬼子飞机的侦察和轰炸。

天亮了，从高高的山崖上向下看去，韩钧发现井沟与张庄之间的地形十分利于伏击。公路在一条深沟里蜿蜒，两侧都是高高的山坡。北面的山有许多不易通行的山沟，公路南面是不易攀缘的悬崖绝壁。决死队就布置在这一面居高临下的绝壁上。公路靠近北面山脚，恰好给埋伏在北山阵地的三四三旅旅部和一营提供了伏击的便利。敌人一旦进了这个山沟，必是瓮中之鳖。之所以在这里投入较大兵力埋下伏兵，看来陈师长也是进行了周密侦察，有着很深的用意。一来能够切断蒲县来敌的后路，二来也能防备蒲县日军后续增援。一旦敌军增援也能迅速给予迎头痛击。

一阵嗡嗡声从空中传来。韩钧抬头一看，几架日军轰炸机贴着山头来回盘旋，还不时丢下几个炸弹，在阵地上掀起一团一团的尘土。

火力侦察。战士们都戴好伪装躲在掩体里。飞机又一次掠着山头飞过去，丢下几颗炸弹后怪叫着离开了。

决死队整整一天没有见到敌人的影子。只有鬼子飞机不停地在天上飞来飞去，这里丢两颗炸弹，那里打一串机关炮。战士们都有些不耐烦了。第二天一大早，前边终于传来了激烈的枪炮声。

原来，陈光带领直属连抢占高地，加上三营的增援，一直把陷入包围中的近千名日军压制在午城镇里。两天两夜过去，鬼子伤亡二百多人还没有等来救兵，被包围的鬼子终于等不及了，决定冲出午城镇，强行往大宁方向突围。

一大清早，午城镇就枪声大作。为了配合突围，大宁日军也派出近千人，携带两门大炮到午城前去接应，援兵前锋刚刚到达罗曲，就遭到埋伏在上下鸟落村的六八五团迎头痛击。

井沟方向还是没有一丝动静。一直到了下午两点钟，才从蒲县方向传来了汽车的轰鸣，蒲县的敌人终于出洞，增援来了。不来是不来，一来就是气势汹汹。韩钧手持望远镜把这股敌人看得一清二楚，一辆、两辆、三辆……好家伙，敌人整整开来了七十二辆汽车。

一场恶战就要来临。对面山上的三四三旅政委肖华和六八六团团长杨勇举着望远镜，正朝着东边的公路上眺望。这一次从蒲县出发的日军汽车不像前几天那样有恃无恐，车开得小心翼翼，走走停停，生怕中了埋伏。汽车上的鬼子还不时朝着两侧山坡放冷枪，进行火力侦察。

山谷里一片静寂，静得只能听得见昕水河哗哗的流水声。

近了，近了，近了！韩钧取下挂在脖子上的望远镜递给身边的二愣子，斩钉截铁地下达命令："准备战斗！"阵地上响起一阵哗啦哗啦拉起枪栓的金属撞击声，随后一切重新归于寂静。

鬼子最后一辆汽车进入了伏击圈。

"打!"一阵手榴弹猛甩,走在最后的那辆鬼子汽车"轰"的一声巨响,爆炸起火,烈焰腾空。山谷两侧顿时枪炮齐鸣,鬼子哇哇叫着跌跌撞撞地从汽车里冲出来。有的日本兵还没有反应过来,就随着爆炸声飞上半空。被炸毁的汽车燃起冲天大火,滚滚浓烟中夹着一股焦煳味道,从沟底升腾起来,弥漫开去。惊慌失措的鬼子,有的冲向河床、山谷,有的钻到汽车底下,叭勾叭勾,向着两边的阵地射击。

鬼子很快清醒过来,开始疯狂反扑。一个指挥官模样的鬼子,嘴里"抵抵格抵抵格"歇斯底里地叫着,手里挥舞着指挥刀,指挥鬼子兵一次一次向着两边的山坡冲击。

韩钧收起手里的大眼盒子,从旁边战士手里取过一支步枪,枪托踏踏实实地抵在肩窝,透过准星瞄准。对面那个指挥官胖得就像一头黑熊,握着指挥刀的手高高举起,手背上长满卷曲的黑毛,像是一只粗糙的熊掌。

韩钧轻轻一扣扳机,只见他身子顿时仰倒在地,罗圈腿朝着空中踢腾两下再也没了动静。

夜幕降临,枪声稀落下来。从大宁方向前来接应午城被围日军的鬼子,被六八五团打得大败,丢下几百具尸体狼狈逃回。从午城镇冲出来的日军遭到前后夹击,死伤惨重,又被迫退了回去。进入井沟伏击圈的日军也丢下大片尸体,一部分窜到午城与被围日军会合,一部分钻进附近山沟里负隅顽抗。

肖华派人通知韩钧,接陈师长命令,一营主力要迅速赶到午城,同一一五师其他部队一起趁夜合围,消灭残敌;歼灭井沟残敌的任务交给决死队。

韩钧叫来了钟义成和几个营长,将任务进行分工。老钟带着搜索队,每人左臂上都缠上根白布条,顺着小路拽着藤条下到沟里。

韩钧目送着他们下到沟底,居高临下看过去,突然发现又有几辆汽车响起了马达声,车灯在漆黑的夜里瞬间明灭,显得格外刺眼。奶奶的!还想逃!看来这几个日军,想利用黑夜的掩护驾车逃窜,不开车灯看不见路,开了车灯又怕吃枪子儿。嘿!想得倒美,已经到了嘴里的肥肉,还能让你再飞出去?

"二愣子!二愣子!"二愣子沿着战壕跑步过来,韩钧低声对他说:"快去,叫机枪手!"

机枪手来了,又有一辆车灯亮了一下,瞬间又熄灭了,可这刺眼的亮光哪能逃得过机枪手的眼睛。机枪手突突突就是一梭子,随着一阵子弹打在钢铁上发出"咣咣咣咣"的撞击声,沟底传来"嗷嗷"的惨叫。又有一辆车的灯光忽然亮了一下,机枪手眼尖,跟着又是一梭子弹追了过去,一颗手榴弹也飞了过去，只听"轰"的一声汽车爆炸起火，烈焰映红山谷。

阵地上的汽车灯再也没有亮过。约莫过了一个钟头的样子，残敌肃清，老钟带着搜索队回来了。他从口袋里拿出一样东西递给韩钧："罐头！"

韩钧见已经开了盖子，捡起一块放在嘴里："咦？牛肉罐头？土豆！"

老钟说："我刚刚尝了一口，就是牛肉！"

韩钧又嚼了嚼："不对，是土豆！"

老钟急了："你再尝尝，再尝一块儿！"

韩钧又拿了一块儿放进嘴里："这一块儿是牛肉！我知道了，这是土豆烧牛肉罐头！"

老钟接着说："我刚才看了，汽车上拉的什么都有，大米、小米、萝卜、罐头，还有大葱！"

韩钧高兴了："这是鬼子给我们送给养来了！你带一部分战士下去打扫战场！注意掩护！"

"好！"老钟再次下到沟里。

凌晨时分，先前赶到午城合围鬼子的一营又回到了阵地。六八六团团长杨勇派通讯员摸上决死队阵地，猫着腰顺着战壕来到韩钧身边："报告韩主任！午城鬼子已经全部解决。又接到新情报，蒲县县城的鬼子还不知道午城鬼子已经被消灭，天亮还要派兵增援。陈师长命令：一鼓作气，再打一个伏击战！"

韩钧听了，坚定地说："好！回去告诉肖政委、杨团长，请他们放心！"

通讯员答应一声，猫腰顺着战壕一路小跑走了。

天蒙蒙亮，又有一队日军从蒲县方向过来。不大一会儿，鬼子出现在望远镜里。

走在最前面的是二三百个骑兵，紧跟着一个中队的炮兵，再后面是六七百个鬼子步兵。韩钧手拿望远镜观察着鬼子。

快要进入伏击圈的时候，鬼子队伍却忽然停下了。看来他们是发现了被炸的汽车残骸。炮兵很快从炮车上下来，一阵忙活把大炮架了起来，对着两面山上一阵炮轰。咣！咣！咣！炮弹落到八路军和决死队阵地上，掀起的尘土把战士们的脸都给埋了起来，头发里、嘴里、衣服领子里灌得都是。轰！轰！轰！又是一阵猛烈的炮击。山谷两边还是没有动静，这下子鬼子放心了，发动炮车继续前进。

走走停停，鬼子终于全部进入伏击圈。八路军的重机枪率先吼叫，接着四面都响起枪炮声。鬼子人躲马跳自相践踏，顷刻间乱成一团。鬼子炮兵在混乱

83

中抢占了龙王庙，四门大炮从龙王庙里向着八路军、决死队阵地猛烈发射，咣！咣！咣！咣！大地在剧烈地战栗着。

天上，鬼子的飞机在赶来增援。韩钧朝着空中望去，一架、两架……总共六架敌机。看得清楚其中还有三架重型轰炸机，贴着山头对八路军和决死队的阵地进行超低空轰炸。随着"日！——日！——日！——"的怪叫，航空炸弹从空中纷纷落到阵地上，轰隆！轰隆！轰隆！群山随着剧烈的爆炸声在颤抖。

韩钧抹去脸上的尘土，看看身边的二愣子早已经面目黢黑，只剩下眼睛和牙齿是白的。整个战场硝烟弥漫，呛得人两眼流泪，呼吸变得越来越困难。

"机枪！机枪！"韩钧大声喊。机枪手听到他沙哑的喊声，仰面躺在战壕里，抱着机枪就开始对空射击，飞机再次丢下几颗炸弹，嗷嗷怪叫着飞走了。

在飞机、大炮的掩护下，鬼子开始反冲锋。八路军、决死队的步枪、手榴弹、机关枪、迫击炮在怒吼着，硝烟弥漫在长长的壕沟里。鬼子一次次冲到小山坡，冲到悬崖跟前，八路军、决死队一次次将他们迎头打回去。

山谷终于平静下来。

战争的胜负，取决于谁更有必胜的信念和坚持到底的勇气。夕阳就要落下吕梁山，天空绚丽的彩霞，就像颁发给每一位勇士的奖章。

这场历时五天的血战终于落下帷幕。

韩钧直起身子，拍掉身上的尘土，从战壕里走了出来。他伸手往脸上一摸，脸上粗糙得就像砂布。

哦，胡子实在是太长了，也该刮刮胡子了。

十、神符村雪恨

一九三八年初春。一大早，一阵清脆轻快的马蹄声打破了吕梁山的宁静。几匹养足精神的战马出了八路军驻地，顺着崎岖的山道，朝着决死队驻地飞驰而去。

最前面的是一匹大青马。随着"哒哒哒哒"有节奏的马蹄声，大青马胸前结实的腱子肉在有节奏地一起一伏。这是从日本鬼子手里缴获的战利品。罗荣桓在急匆匆地赶往决死队驻地。

勃香。建佛寺。寺内一棵高大的松树高耸入云，格外引人注目。这是一座建于唐代的古寺，决死队纵队部就设在这里。

第二章 转战吕梁（1936—1939）

韩钧早早地站在门口迎候着。

罗荣桓一见到韩钧就笑着说："韩钧同志，今天我是专程来感谢你的！"

韩钧憨厚地回答："罗政委，'感谢'二字从何说起哟！"

罗荣桓高兴地说："兄弟同心，其利断金。午城一战八路军和决死队密切配合，一举打掉了山冈重厚的补给运输部队，没了粮草，鬼子不得不后撤！"

韩钧笑了："罗政委，通过这场战斗，决死队大有长进！一一五师手把手教会了我们怎样打好游击战。"

罗荣桓点点头："这五个昼夜战果不小！平均一天打一仗，消灭鬼子一千多，击毁鬼子汽车六七十辆，抄了山冈重厚的后路，也彻底粉碎了鬼子西渡黄河的黄粱美梦！"

韩钧赞同道："可不是！这一仗可把山冈重厚结结实实地教训了一顿！"

罗荣桓接着说："缴获的战利品都给了八路军，同志们都在夸你呢！"

韩钧呵呵笑着说："罗政委，八路军跟决死队还不是一家人！八路军刚到山西，几万大军就靠蒋委员长那一个月六十万大洋，能干点儿什么用？决死队虽然也紧张，好在名义上还是阎锡山的军队，能就地筹粮筹款。文昂这个决死队政委兼着六专区的主任，我也兼着山西省牺盟会执行委员，在山西这个地盘上，我们毕竟比八路军方便不少。何况，八路军打的是大仗、恶仗，粮草、装备跟不上那哪行！"

罗荣桓听着韩钧的话，不住地点头。

两人走进纵队部，罗荣桓脸色严肃起来："经过这场恶战，鬼子进攻黄河河防的计划被彻底粉碎，陕北的压力大大减轻。毛主席、洛甫和胡服同志联名发来电报，对决死队表示感谢。同时还进一步指示，要求我们携起手来，尽快把吕梁山脉建成巩固的抗日根据地。毛主席还明确地指示，要我们一定注意和文昂同志搞好关系。据我们得到的情报，阎锡山目前十分信任他，却在处处防备着你。"

韩钧一边听一边点头："是的。阎锡山可不愿意看到我们两人一心！为了离间我们，他在我们两个人身上花了不少心思呢！这一个时期，阎锡山还在想尽办法分化决死队。前一段时间派梁化之专程来找我，从二纵队划出五六千人，另成立一个保安旅。我实在是心疼。我们在前方跟鬼子打仗，他却在后边跟我们捣鬼。"

罗荣桓说："保安旅的事情木已成舟，只好等待合适的机会再说了。不过，毛主席的意见可是跟王明'一切经过统一战线'的主张明显不同。他强

调说，在统一战线不破裂的情况下，我们还是要放开手脚大干，统一战线也是斗争之中有团结，团结之中有斗争，这个分寸要拿捏好。在你们决死二纵队，文昂同志入党时间短，参与地方上的事务又比较多，部队的事你可一定要抓紧，要抓好。这是当前的头等大事。"

韩钧点点头："这个我知道。最近除了打仗，我主要做的事情就是整顿军队。部队不光是要能打仗，打胜仗，更关键的是部队要掌握在我们手里，任何情况下都能够做到听党指挥！"

门外传来一阵脚步声，三个年轻军人跨进门来。

韩钧站起身，一一介绍给罗荣桓："这个是我们新任的四团团长王英清，党员，任弼时同志派来的，原来在一二〇师，参加过夜袭阳明堡的战斗。"

王英清抬手向罗荣桓敬了个标准的军礼。

"这个是我们新一团团长曹诚，也是党员。去年十一月日军打进太原，他和李文炯同志在孝义、平遥组织了游击队，八路军总部给了番号'八路军晋西游击支队'。谁知道有人到阎锡山那里告状，阎锡山指责八路军'破坏统一战线'，恰好八路军政治部邓小平副主任从平型关战场撤下来到了孝义，听说这件事以后就给他们出主意，让他们来找我和文昂，编入决死队。我们就给了他们'决死二纵队新一团'的番号，现在正在集中整训。"

"罗政委！"曹诚上前一步给罗荣桓敬了一个军礼。

韩钧又指着门口的一位："郭庆祥，四团二营营长。汾西人，也是党员，前年红军东征入晋的时候参加的红军。庆祥同志受邓副主任指派，拉起了一支游击队，有五六百人，刚刚编入我们四团。"

郭庆祥腼腆地笑笑，说："罗政委，我们拉起队伍打鬼子，当时队伍有了，就是枪支不多，也没有经费。正在一筹莫展的时候，也是邓副主任指点，就投奔决死队来了！"

罗荣桓高兴地说："决死队发展真是快！韩钧，你们现在总共有多少人马？"

韩钧扳起指头算了算："去掉崔道修拉走的保安旅不算，剩下的也还有一万五千多人。"

罗荣桓严肃起来："你们的人数比一一五师两个旅加在一起还多。这支抗日力量太宝贵了！一一五师两个旅，从晋东北南下的时候，三四四旅就归了八路军总部直接指挥，在正太路沿线活动。随师部南下的三四三旅，在平型关和广阳等几次大的战斗中伤亡很大，有的连队剩下不到一半人。阎锡山不希望我们在晋西一带征兵，我们只好到晋东南去招了一些新兵。这次午城战斗之前，我们三四三旅也是刚刚进行了整编，征来的新兵首先把六八五和六八六两个团兵员补满，然后又从两个老团抽出一部分干部和少数连队做骨干，新组建了一个补充团，这样三四三旅才有了三个团的建制。你们这些人马真是叫人眼馋！队伍发展了，说明群众的抗日热情高涨，也说明你们的工作有成效，这很好。但是部队最重要的是要能打仗。你们的整军工作不能停，除了要尽快提高部队的战斗力之外，更重要的是，还要注意加强政治工作，牢牢掌握部队，这一阵子陈师长太忙，来不了。回头我专门安排肖华和肖向荣同志，到决死队来帮助你们继续整军。他们俩都是经过长征考验的红军干部，政治工作经验很丰富。"

韩钧心里顿时乐开了花："罗政委，那可真是太好了，我们梦寐以求。"

几个人正谈着话，门外跑进一个神色慌张的人来："韩主任，不好了！三营被鬼子包围了！"

韩钧眼神一凛："别慌，你慢慢讲！"

"三营……"

原来情况是这样的：

距离汾西县城东南方向大约二十公里，有几座不大的山头，其中一座山的半山腰处有一个小小的村庄，叫神符村。神符村位于汾河西岸，过了汾河不远就是同蒲铁路——鬼子从太原南下的必经之路。

三营就驻扎在这里。三营的主要任务是袭击破坏同蒲铁路，截断鬼子南下部队的运兵线和补给线。三营这段时间神出鬼没，同蒲铁路三天两头遭到破坏，敌人的交通大动脉时常中断。鬼子修复铁路的时候，又经常遭到决死队袭击，临汾日军大伤脑筋。鬼子暗中派出侦缉队四处搜寻，终于探听到了三营的驻地，便迫不及待地赶来了。

鬼子一大早从临汾出发，为了迷惑决死队，出了南城门先是佯装向南，进山以后突然折回，沿着小路向神符村迅速包抄。

三营的三个连都东渡汾河破坏铁路去了，神符村只剩下营部，等哨兵发现敌情时，鬼子已经到了村外。战士们仓促迎敌。三营的七、九两个连和二营六连闻讯立即回援。

村外的一个山头，鬼子和决死队都在拼命往这个山头上爬，都想抢在对手前头占领这个高地，夺取主动权。鬼子指挥官柳下正举着指挥刀，鼓着腮帮子哇啦哇啦叫着指向山头，鬼子兵猫着腰蜂拥而上。谁先占领这个阵地，谁就掌握了主动。

"快！快！快！"决死队战士们互相催促着、鼓励着，拼命往山头上爬，

和对面山坡上蜂拥而来的鬼子展开生死赛跑。提前一步就是胜利。十七岁的机枪手莫争扛着机枪冲在最前头。

到了！第一个冲到山顶的莫争，一眼就看见对面几个鬼子差几步就到了山顶上。他大吼一声，端起机枪就向敌人横扫过去。突突突突！冲在最前面的几个鬼子惨叫着仰面栽倒，骨碌骨碌地从山坡上滚了下去。后边的鬼子一看，赶紧低下头趴在山坡上。

阵地上有现成的战壕，是以前国民党军队为了抵抗鬼子南下专门修筑的防御工事。战士们进入战壕，各种武器喷出愤怒的火舌，密集的子弹向着敌群倾泻，惊慌失措的鬼子被这突如其来的暴风骤雨卷了回去。

敌人退回去了，却支起大炮向阵地上猛轰。战士们只好退入战壕，躲避鬼子炮火。轰！轰！轰！鬼子的大炮一阵猛似一阵，把决死队阵地炸成一片焦土。

炮声停了。这是鬼子开始进攻的信号。鬼子再一次嗷嗷叫着给自己壮胆，前呼后拥地冲了上来。莫争的军帽已经被冲天的气浪掀飞，头发已经被烧焦了，耳朵里嗡嗡响着，却什么声音也听不见。

他抱起机枪跳出战壕。世界出奇地宁静，仿佛只剩下了他一个人。阵地上那杆鲜红的战旗在硝烟中随风漫卷。身边有几个战友永远地倒了下去。阵地前面火光冲天，鬼子正从山下蜂拥而来。莫争心中充满了怒火，他端着机枪就那么站着，枪口直直地朝着鬼子，眼睁睁看着他们一步一步逼近。

班长爬过来了，一把把他拽进战壕里。班长把子弹带整齐地码在一边，又亲自给莫争的机枪续上子弹，为了防止机枪卡壳，他双手端着长长的子弹带。莫争回头看了一眼，班长的手指也被炸掉了一个，正在不停地往外淌着血，大滴大滴地滴在战壕边上，可他却浑然不觉。

鬼子到了阵地跟前。莫争扣响了扳机，机枪剧烈地跳动着，愤怒的子弹吼叫着飞向鬼子。班长一手托着子弹带，另一只手拿起手榴弹，用牙齿咬开后盖，嗤地拽出导火索，向着鬼子甩过去。莫争手里的机枪还在不停地跳着。他听不到手榴弹的爆炸声，却能感觉到大地剧烈的震动。突然，一粒子弹迎面飞来，莫争扑通一声倒在战壕里，机枪停止了吼叫。

"莫争！莫争！"班长大声呼喊着他的名字。莫争却再也听不到了。他已经在这剧烈的枪炮声中，为心爱的祖国流尽了最后一滴血。

班长哭了。他热血上涌，两只眼睛几乎要喷出火来。他猛地抱着机枪跳出战壕。"哒哒哒哒"，机枪喷着火舌朝着鬼子怒扫。突然，一颗手榴弹从敌群中飞过来,"轰"！班长一个趔趄，身子往前冲了几步，扑通一声倒下了。机枪再也没有响起。

……

"快！快！快！"韩钧带着援兵赶到神符村外的时候，阵地上已经没有了枪声，只有还未散尽的硝烟，在凄凉的夕阳里诉说着刚刚发生的一切。

晚了！敌人已经占领了神符村。鬼子匆匆忙忙地进进出出，端着上了刺刀的三八大盖儿，逼着从村子里抓来的老百姓，替他们往汽车上抬运伤员和战死的鬼子。伤员被抬上担架，上了一辆汽车，死了的鬼子则被扔上另外一辆车。

不能就这样放他们走！天色暗了下来，韩钧埋伏在村外的一个小山包后面，静静观察着鬼子的动静。看样子鬼子是要连夜撤离。占了便宜就想溜，想得倒美！

韩钧把王英清和郭庆祥叫过来布置了一番。

夜幕降临。鬼子汽车开起大灯匆忙上路。

神符村往南不远，有一道狭窄的山谷，大路从谷底穿过。决死队就埋伏在这里。

耀眼的汽车灯光越来越近。

灯光就是最好的靶子。"打！"等鬼子到了跟前，山谷两旁枪炮齐鸣，手榴弹在敌群中纷纷开花，大炮发出震耳欲聋的吼叫，寂静的山谷一瞬间地动山摇。夜幕被撕破了。爆炸的火光映红了山谷，也映红了黑沉沉的夜幕。鬼子最害怕夜战，在黑暗中他们的一切优势都不复存在。在这狭长的山谷里，被炸坏的汽车把前后去路都堵得死死的，一辆辆汽车变成了一个个巨大的汽油弹，随着轰隆轰隆的爆炸声，汽车腾起冲天火焰，鬼子完全暴露在决死队的枪口下，一个个都成了活靶子。鬼子已乱成一窝蜂。一阵激烈的枪声过后，这片黑暗的山谷恢复了原来的平静。枪声渐渐停了下来，鬼子兵横七竖八地躺在山谷里。

大火还在熊熊燃烧，发出噼啪噼啪的响声。

火光里，一个黑影摇摇晃晃地站了起来。他身上的日本军服已经烂成了一条一条的，肩膀上原本耀眼的军衔耷拉下来。他正是鬼子的指挥官柳下。他手里紧紧握着指挥刀，火光映照着他扭曲的脸。他就像一头发疯的野兽，却四处寻找不到对手，原地打转，向着这空空的山谷咆哮。

他慢慢地爬上一辆正在燃烧的汽车，站在驾驶室顶上。王英清端起步枪瞄准，只见柳下双手握着刀柄，高高举起指挥刀，正要刺向自己的腹部。

一声清脆的枪声响过，柳下那颗肥猪头砰的爆裂了，接着仰面栽进了那团

熊熊燃烧的大火里，头上那顶日本军帽像一片黄叶慢慢飘落下来，指挥刀当空跌落，砸在汽车的铁皮上。

十一、肉搏韩信岭

回到纵队部已是天色大亮，韩钧远远望过去，见纵队部大院正中，竟站着三个五花大绑的人。

怎么回事？

一个决死队队员跑了过来："报告韩主任，你可回来了！这是我们昨天晚上抓到的几个奸细！"

韩钧仔细一看，哭笑不得，说："赶快把人放了！"说着头也不回地进了屋。

二愣子和虎子一直跟在韩钧身后，见状紧跑几步上去，把捆在几个人身上的绳子慢慢解开，塞在嘴巴里的破布也被拽出来扔在地下。

"大哥！"

三个人中年纪最小的那个眼里含着泪花，嘴一咧朝着屋里喊了一声。

猛一听这浓重的河南口音，院子里的几个人都愣住了！大哥？谁是大哥？几乎是瞬间工夫，大家就都明白过来了。

"先坐下歇会儿，疏通疏通血脉！"二愣子和虎子扶着他们几个走到长条石凳边上坐下，心疼地帮着他们几个人揉胳膊搓腿。这是谁干的？二愣子抬头看去，刚才那几个人早没了踪影。

二愣子仔细打量着这三个人。其中一个，就是刚才喊"大哥"的那个，跟自己年龄差不多，十六七岁的样子，看样子受了不少罪，蓬头垢面的。他上身穿着一件原本月白色的粗布大褂，不过已经变成了土灰色，胳膊肘地方也磨出了两个大洞。脚上一双手工千层底布鞋，最前头烂得露出了脚趾头。另外两个人看起来年龄要大一些，但也不过二十岁左右。

三个人起身进屋去了。二愣子跟了进去，给他们几个人一人倒上一碗白开水。

韩钧招呼他们坐下，心疼地看着他们几个，对二愣子说："二愣子，看样子他们几个准是饿坏了，先到炊事班给他们弄点儿吃的！"

二愣子答应一声刚要出门，虎子已经端着两大碗面糊糊进门，说："还有一碗，快去端来！"二愣子答应一声出门去了。

几个人早就饿透了，狼吞虎咽地吃了起来。

第二章　转战吕梁（1936—1939）

放下饭碗，韩钧把那个十六七岁的少年拉到跟前，爱怜地说："三弟，那年我去北平的时候，你才九岁，还没有这张桌子高，"韩钧一边说着，一边拍着面前的桌子比画，"看看，如今永明都长成大小伙子了！你赶紧去洗洗脸，换上一身儿干净衣服，看你这身儿衣服脏的！"永明答应一声，跟着二愣子出门去了。

看着三弟出门，二弟永仁站起身来，指着和他一起来的那个同伴对韩钧说："大哥，他叫傅东岱，我们一起来的。"

傅东岱拘谨地站起身来，对着韩钧笑笑。

韩钧对着他点点头。

傅东岱又坐了下来，说："我正在百泉乡村师范学校上学，听永仁说大哥在山西拉起队伍打鬼子，就一起找来了。听说我们要来，家乡好多年轻人都跟来了！我们一起来的还有二十几个人，都要参加队伍打鬼子！他们还都在山外边等我们的消息呢！我们几个是提前进山来找你的。昨天晚上好不容易找到村口，几个人一听我们是外地口音，不分青红皂白就抓了起来。"

韩钧呵呵一笑："东岱，不怪他们。最近日本鬼子天天扫荡，派出了不少探子在到处寻找我们。你们先休息一下，我派人去把你们带来的那些人都找来！碰到鬼子是很危险的！"

傅东岱一听，马上又站起来说："大哥，你派人吧，我带他们现在就去！"

永仁也要去，傅东岱按住他的肩膀说："永仁，你和大哥几年不见，陪大哥说说话，我去就行了！"说完便出门去了。

屋里只剩下了韩钧和永仁，气氛忽然沉闷下来。

永仁眼角竟冒出了泪花。

韩钧心里一沉："永仁，怎么了？是不是家里出了什么事？"

永仁还是不说话，只是泪水已经溢满眼眶。

又是一阵沉默。韩钧有些着急了："二弟，家里到底出了什么事？"

永仁眼中的泪水终于扑簌簌落了下来："大哥！鬼子占了黄河北岸，一天到晚往黄河南岸打炮，还派了飞机天天轰炸，我们整个村子，我们家的房子都被炸塌了！"

韩钧急急问道："爹和娘怎么样？"

永仁说："爹和娘没事！"

韩钧松了一口气："爹和娘没事就好！"

永仁终于憋不住了："可是……永儿……才刚刚五岁……被鬼子飞机……

91

炸死了！"

韩钧一下呆住了。出狱至今已一年多，按理说应该回家看看，可是……日军铁蹄步步深入，部队频繁作战……他痛苦地闭上了眼睛。回想这些年来，自己先后已失去两位亲人，自己一介书生，投笔从戎，为了救亡图存……只有把痛苦深深地埋在心里。现在唯一能够做的，就是握紧手中的枪，狠狠打击侵略者，把他们彻底赶出中国。

"哥，咱娘思念永儿，又没有你的音信，常常独自落泪，一只眼睛已经哭瞎了……"

听了永仁的话，韩钧的眼泪再也忍不住，夺眶而出。

他泪眼婆娑地望着南方，向着家乡的方向，心里默默地说：自古忠孝难两全，娘，你就原谅儿子吧！

"村子被鬼子飞机轰炸的第二天，爹把永儿埋在了嫂子墓旁。回到家里，爹对我和三弟说，收拾收拾找你大哥去！不把日本鬼子赶出中国，我们永远不会有好日子过！爹还把家里值钱的东西都变卖了，又向亲戚朋友东挪西借凑了五百块大洋，他说，就是倾家荡产也要把这些钱作为路费，把村里、县上更多的热血子弟送到打鬼子的战场上来！"永仁继续说着。

韩钧的心完全被震撼了。爹呀爹！十几年前你几次跑到学校里要把儿子拉回家去，拉回到那个小山村里去种田，今天你却把儿子们一个个送上战场！爹，你终于理解你的儿子了！鬼子打进咱家门，全中国哪里还有一家能安安生生种田？

永仁擦干眼泪，征求哥哥的意见："大哥，我和三弟都要参加八路军！"

韩钧沉默了。他开始考虑应该怎样回答二弟。过了一会儿他开了口："永仁，三弟年龄小，就让他参加八路军吧，过两天就把他送到一一五师去，将来随着八路军到更广阔的战场上去打鬼子。至于你，我的意见是最好就留在决死队。希望你理解大哥。大哥我也想甩了头上这顶阎锡山的帽子，痛痛快快地加入八路军大干一场。可是，不行。眼下的形势，我们要利用决死队拉住阎锡山一起抗战，要把阎锡山队伍里更多的人拉到共产党这边来，拉到抗战这条线上来。这是八路军无法替代，也无法完成的任务。暂时受点儿委屈又算得了什么。永仁，我希望你明白我的话。"韩钧的眼睛里满含热诚地看着自己的二弟。

永仁点点头："大哥，我懂了。我要动员我们一起来的伙伴们都留在决死队！"

韩钧用力地点点头，信任地拍拍二弟的肩膀。

四团长和五团长来了。

王英清皱着眉头说:"韩主任,三营这一仗损失太大了!人员损失一大半,把伤员都算上,剩下的还不足一百人。"

韩钧说:"是啊,这一仗三营被鬼子偷袭,损失是不小,但是鬼子的损失更大!虽然我们牺牲了不少同志,但这仗打得值!只是三营疏于防范,被鬼子偷袭是个严重的教训,要好好总结!英清,三营战士的士气怎么样?"

"有一些战士情绪低落。"

韩钧略一思忖,说:"英清,你先回去。告诉同志们,不能失去信心。我马上去三营召开祝捷大会!日本鬼子做梦都想消灭我们决死队,我们偏偏就要打胜仗!告诉同志们,我要亲自带三营下山到敌占区扩军!敌人想消灭三营,我们偏要把三营扩充起来,要让它更壮大,要把三营扩充成一个团!"

韩钧又把目光转向钟义成:"老钟,你也回五团进行战斗动员,主动出击到汾河以东打击敌人。一一五师来了情报,最近鬼子要从晋南抽调一部分兵力组织津浦路第二次会战,会攻徐州。我们的任务是把鬼子拖住,寻找有利战机消灭鬼子,配合全国战场。"

钟义成带着五团出发到河东去了。他们在韩信岭一带破坏铁路、公路,袭击敌人的汽车运输、火车运输,把鬼子搞得焦头烂额。

韩钧则和新任的三营长郭寿畛一起,带着部队到河东去扩军。

赵城。圣王头村村外,正是麦苗青青的时节。这天一大早,天上下着小雨,道路有些湿滑。韩钧带着队伍急匆匆赶往韩信岭五团驻地,刚刚拐过一个小山包,就听到前面传来一阵细碎的马蹄声。

有情况!韩钧一摆手,队伍停了下来,战士们悄无声息地隐蔽在麦田里。

前方是一条早已废弃不用的古道。古道通往韩信岭,由于经年累月的踩踏,道路竟比两边麦田低下去一人多高,平常时候有人在路上走就如同土遁,非常隐蔽。但是如果是骑在马上,上半截身子可就要露在外面了。前方过来的正是一个骑着枣红色大洋马,露出上半截身子的日军指挥官。他带着一队百十号日伪军混编的人马,匆匆向着韩信岭方向开去。

莫不是要去偷袭五团?

骑在马上的是赵城联合守备队队长龟田中尉。龟田刚刚接到情报,说在韩信岭发现决死队的行踪,一大早就带了人马要来偷袭。龟田晃晃悠悠地骑在马上,正在心中盘算着行动计划。

上次就是吃了鬼子偷袭的亏，害得三营牺牲了那么多兄弟，正愁找不到报仇的机会，这队鬼子倒自己送上门来了。

擒贼先擒王！韩钧手里拿过一支三八大盖儿，瞄准龟田那油光发亮的脑门子。眼看着龟田露出地面的半截身子越来越近，韩钧扣动扳机。"啪"的一声枪响，龟田连哼都没来得及哼一声，往后一仰从马背上栽了下来，一命呜呼。那匹刚才还趾高气扬的大洋马受了惊，"咴儿咴儿"叫着，一屁股坐在地上，前蹄腾空抬起老高，接着猛一返身，朝着日伪军队伍狂奔过去。从马上倒栽下来的龟田，一只脚别在脚蹬里，头朝下被枣红马拽着。枣红马没命地狂奔，马尾巴后面腾起一溜尘土，留下一路血迹。

决死队枪声大作，日伪军乱作一团。一阵慌乱过后，鬼子和伪军缓过神来，开始组织反击。无奈受到地形限制，鬼子被压在这条狭窄通道里进退不得，更不敢露头。一旦伸出一个脑袋来，决死队"啪"的就是一枪点了名。一会儿工夫日伪军已死伤一大片。眼看龟田队长被枣红马拖拽着越跑越远，鬼子阵脚大乱，一窝蜂跟着退回赵城。

三营的战士可算是出了一口恶气。战士们收起鬼子丢下的武器，向着韩信岭走去。队伍里，有的战士高兴得唱起了民歌小调："上一次鬼子来扫荡呀，狗日的东西真祸害呀，偷走三嫂的绣花鞋呀，还有我的那杆大烟袋呀！"战士们兴高采烈，齐声接道："哎呀哎呀哎嗨呀！"

韩信岭位于灵石县东部，由东向西崇山连绵。崇山之间有太风公路纵贯南北，岭西的汾河谷地里又有同蒲铁路连通晋中、晋南，自古就是兵家要隘。五团政治主任廖井丹带着二营驻在韩信岭北的静升镇。钟义成把三连留在西原村警戒，带着一营回到驻地陈家山。

钟义成刚刚回到陈家山，韩钧带着四团三营赶来了。三营还带来了刚刚从鬼子手里缴获的武器。钟义成把缴获的龟田那把指挥刀拿在手里，就着煤油灯看过来看过去，爱不释手。

韩钧笑笑说："老钟，喜欢你就留着吧！"

老钟朝着韩钧一眨眼做个鬼脸："恭敬不如从命，我就笑纳了！"

看看天色不早，韩钧和老钟分头睡下。

第二天天刚拂晓，驻扎在西原村担任警戒的三连连长王何全，被一阵急促的敲门声惊醒。原来是西原村村民任元太慌慌张张跑来，向他报告："太风公路上尘土飞扬，怕是鬼子汽车队从南边过来了！"

王何全一听噌地起身，一边派人向团长钟义成报告，一边紧急集合全连，跑步出村进入阵地。到了阵地上，王何全迅速指挥一、二、三排分别占领公路两侧不同的高地。部队刚刚布置好，敌人由南向北开来的十多辆运兵车已经进入伏击圈。

打！全连战士居高临下对着敌人猛烈射击，手榴弹在敌群中爆炸开花。敌人来不及抵抗，被打得死伤遍地，几辆被手榴弹击中的汽车，随着"轰隆轰隆"的爆炸声燃起大火。

三排距离公路最近。看到敌人被全部击毙，战士们纷纷冲到公路上去收缴战利品。排长张廷禹大声制止，但兴奋异常的新战士哪里听得进去。

意外情况出现了！

原来敌人的车队分成两部分。前面的车辆遭到袭击，谁也没有注意后面的车辆突然转出山口，加大油门冲到跟前，三排的战士冲上公路，却被后续赶到的鬼子包围了。鬼子蜂拥而上，被包围的都是新战士，他们被逼迫退上了一个小山坡，但还是无法冲出敌人的包围圈，只好和敌人拼上了刺刀，几乎陷入绝境。

王何全一看，端起机枪冲出战壕就要下去救人。他刚刚走出两步，就被鬼子一枪击中，倒在阵地上。通讯员迅速冲出战壕，连拉带拽把他拖入战壕。身材高大的三排长张廷禹急红了眼，唰地抽出身后背着的大刀，大吼一声跳出战壕冲了过去，敌人还没明白是怎么回事儿，他已经旋风一般冲进敌阵。正在拼刺刀的敌人一看，他手中那把大刀抡得呼呼生风，腿肚子一软纷纷避退。

耳听得呜呜的风声，眼见得闪闪的刀光，三排长如入无人之境，砍瓜切菜一般手起刀落，鬼子的人头骨碌骨碌地滚下山坡。原来张廷禹早年习武，拜的师父是个西北军退伍的老兵，把西北军大刀队的刀法练得纯熟。这刀法最适于和敌人拼刺刀，出刀时候刀身下垂刀口朝自己，一刀撩起来，刀背磕开步枪，手腕一翻刀锋向前画弧，正好砍了对手的脑袋，其威力在于挥刀的同时就能荡开对方武器，因为挥刀和劈砍是一个动作，对手一枪刺过来往往来不及回防就瞬间中招。

三排长在敌阵中左右冲杀，敌人已经倒下一片。三排长料想只有拼死冲出重围这一条路。眼看着他手里的大刀带着呜呜的风声，血肉飞溅着往前蹚出一条血路来。几个战士紧跟在三排长身后。冲出包围圈的三排长已经成了一个血人，身上也被鬼子戳出几个血窟窿来。

"他受了伤，他跑不了了！"一个鬼子叽里咕噜地喊叫着。端着刺刀的鬼子们红着眼睛哇哇叫着，始终紧紧追着他不放。

三排长快步如飞，刚要转过一个大石头，背后的鬼子"啪"的一枪打中他的大腿。扑通一声，他跪倒在地上。

鬼子挺着刺刀蜂拥而上。

奶奶的！三排长豹眼一瞪，大吼一声猛地站了起来。他忍着剧痛向前一跃，身子一侧藏在大石头后面。靠着大石头的支撑和掩护，他双手攥着刀把子，把手中的大刀高高举过头顶，鬼子冲过来一个，他手中大刀就呜的一声从空中砍下，唰地一声一劈两半。再来一个，又是一刀！

一会儿工夫，石头前面已经横七竖八摞了一摞鬼子尸体。鬼子一看不妙，一番合计之后兵分两路，一路正面进攻，另一路从身后包抄，前后夹击。

听到身后的脚步声，张廷禹猛地转过身来，瞪着血红的眼睛看着鬼子。本想从背后包抄的鬼子见他突然回身，也都停下脚步，纷纷后退。张廷禹浑身上下鲜血淋漓，大刀上的血在汩汩地往下流，刀刃上已经出现了几个大大的豁口。但他还是用双手紧紧握着刀把子，堵住敌人的追路，掩护着战友突围。

短暂的对峙过后，一个鬼子端着刺刀号叫着冲了过来，用尽全身力气把刺刀向着张廷禹的心窝捅过去。他仿佛没有看见一样，定定地站在那里一动不动。眼看着刺刀就要刺入他的身体，他才迅速往边上一让。鬼子收不住脚，跟跄着和他擦身而过，只见张廷禹右手倒握着刀把，身子一拧顺势撩起一刀，大刀在空中划出一道弧线，咔嚓一声，鬼子人头落地。

另一个鬼子"啊"地大喊一声，挺着刺刀冲了过来。张廷禹还是一动不动，等鬼子冲到跟前，才猛地把身子往下一蹲。鬼子的刺刀又扑了个空，直直地冲着那块大石头去了，当啷一声，结结实实戳在石头上，碰得石头上火星四溅。没等他回过神来，张廷禹身子一拧，大刀溜着地皮唰地飞了过去，嚓嚓两声齐刷刷把鬼子的双腿生生截断。这个鬼子瞬间变成了半截人，直挺挺地戳在地上，随即"啊"的一声惨叫，直挺挺地向后倒去，人已魂飞天外。

三排长回头看了一看，见冲出重围的战友已经到了安全地带，才又缓缓回过身来。血还在汩汩地往外流着。他知道，自己已经走不了了！由于失血过多，他已经站立不稳，只好将手中的大刀拄在地上，支撑着自己的身体。一个身材粗壮的鬼子已经盯着他看了半天，脸上一阵狞笑，抬手把两撇八字胡往两边一分，抽出指挥刀冲了上来。

三排长的眼睛已经模糊不清，影影绰绰看见一个鬼影到了跟前，他已经不知道躲避，也没有力气去躲避了。只听"噗"的一声，鬼子的指挥刀直直地戳进了他的胸膛里。三排长身子一震，他睁大眼睛朝着这个鬼子看了一眼，模模糊糊地看见鬼子正露出一排长长的獠牙，对着自己狞笑。他一咬牙猛地提起手中的大刀，用尽最后一点儿力气往前一扑，"噗"，大刀插进了鬼子的小腹。

三排长笑了。鬼子脸上的狞笑戛然而止，由惊恐变成了痛苦的抽搐，最后满脸的肌肉都僵住了。三排长紧紧攥着手中的刀把子，用尽力气顶着刺进身体里的长刀，咬着牙踉踉跄跄往前走了几步，身子一挺，噗！一口鲜血从嘴里喷射出来。

他重重地砸在鬼子身上，轰然倒下。

援兵来了！韩钧和老钟带着增援的部队迅速进入阵地，战场形势顷刻逆转。鬼子开始夺路而逃，后边的几辆军车一看形势不妙，纷纷掉转车头。

哪里逃！决死队队员手中的手榴弹接二连三地甩了过去。随着几声巨响，汽车趴窝了。车上的鬼子纷纷跳下车来，钻到汽车底下负隅顽抗。阵地上杀声震天，鬼子很快被彻底消灭。

战场上平静下来。

韩钧走下山坡，来到张排长倒下的地方。他蹲下身去，把插在烈士身上的那把鬼子指挥刀轻轻地取出来。几个战士抬着担架过来了，他们轻轻地把张排长抬放在担架上。

韩钧默默地站在担架旁看着张廷禹。躺在担架上的张廷禹表情平静，仿佛完成了一件早就应该完成的使命，可以放心去了。韩钧伸出手来，轻轻合上烈士的眼睛，又抬手摘下自己的帽子工工整整盖在烈士的脸上。做完这一切，他又俯身把烈士心爱的大刀轻轻放在烈士身旁。廷禹，放心地去吧！让心爱的大刀，永远跟随着你，保护着你！

仿佛为了给英雄送行，天上先是下起了星星点点的雨，然后变成丝丝缕缕，淋湿了战士们的头发，顺着战士们的脸往下淌。紧接着便密如蛛网，好像要将这群山河谷都干干净净地洗刷一遍。再后来是倾盆大雨，哗哗哗从天而降，尽情地向着大地倾泻，雨水顺着溪流，顺着沟壑，从群山之间，从树林之中奔涌而下，汇成巨大的山洪，冲破一切阻拦，奔向汾河。

汾河水激起滚滚巨浪向南流去，向着南边不远的赵城奔涌而去。

十二、腰沟阻击战

韩钧带着队伍继续在赵城扩军。百姓们早就受够了小鬼子的气，见自己的队伍来了，父送子，妇送夫，纷纷参军，短短半个月时间三营迅速壮大。韩钧

看三营招兵的事情已经差不多了，就带着新招的人马回到了纵队部。

这天，日军第二十师团一个大队的鬼子兵，带着长枪短炮出了临汾城，兵分三路向着根据地扑来。

其中一路扑向大麦垣。走在最前面的是骑兵，一个个头顶钢盔手执马鞭，身背马枪腰挎战刀，浩浩荡荡，身后荡起滚滚烟尘。后边紧跟着步兵。一个个肩扛大枪脚穿皮靴，胸前挂着手榴弹，身后背着子弹带。走在最后的是炮兵，几辆汽车呜呜吼叫着，拉着大炮和成箱的炮弹跟在队伍最后，汽车上挂着的太阳旗在风中呼呼作响。

大队长黑信骑着马走在队伍的正中间。

沿途百姓纷纷携儿带女锁门闭户，慌里慌张逃入山中。

一路上黑信连个问路的都找不到，心中十分恼怒。又往前走了一阵，他命令前面的队伍停下，从口袋里掏出一张军用地图查看起来。他在查找"勍香"这个地名，根据可靠情报，决死队转移到了这里。

这黑信是个十足的杀人魔王。自从日军进入山西以来，他亲自参与的屠城就有五次。先是天镇、朔县，再是宁武、保德，还有就是前不久的平遥。二十师团是日军十三个常备甲种师团之一，号称战无不胜攻无不克，凡是遇到中国人激烈抵抗的地方，无一例外地都要进行大屠杀。鬼子从太原南下攻入平遥城后的那场大屠杀，黑信至今记忆犹新。那天黑信和他的手下一窝蜂地涌入城里，逢人便杀见人就砍，无论男女不分老少，挨门逐户，几无一人幸免。这场屠杀，从鬼子头天下午入城，直到次日中午才终止。平遥城里城外尸横遍野。

骑在马上往前走着，黑信心里盘算：待会儿围住决死队，绝不轻饶！

大麦垣是个不大的山村，静静地守着这面山坡，与西南方向一个叫磊上的村庄举目相望。两村之间的距离有个四五里地。连接两个村庄的，是一条形状酷似亚腰葫芦的沟壑，中间是一个长长的蜂腰，坡陡路窄，人称"腰沟"。

腰沟两头各有一个巨大的天坑。这一带地势险要，易守难攻，本来阎锡山六十一军一个团驻扎在磊上村守着这个天然要塞，谁知这个团的晋绥军听说鬼子来了，竟悄悄放弃防区逃之夭夭。

韩钧接到报告，迅速带三营作为先遣队，抄了小路等着鬼子赶来。

鬼子到了腰沟。黑信骑在马上一看这里的地势，命令部队停止前进。

他看看前面的地形，两只老鼠眼儿骨碌骨碌转了一阵子，有了主意。他朝几个鬼子一摆手，这几个鬼子抬着一挺重机枪走出队伍，爬上一处高地，架起机枪向着腰沟西边的山坡上"突突突突"打了几梭子弹，子弹打在土里发出

"啾啾"的叫声,打在石头上"砰砰"迸出串串火星。

西面坡上没有一点儿动静。

鬼子的迫击炮也从炮车上卸了下来,摆开阵势对着东面山冈"轰轰"就是几炮,把山坡上的土石炸起老高。

东面山上也没有动静。

黑信断定这里没有伏兵,心中暗笑决死队不懂兵法。转念一想,不对!是我们行动神速,决死队无法防备。黑信指挥刀一挥:"开路!"

鬼子人马簇拥,匆匆向着腰沟深处走去。

刚刚升起的太阳,将东侧山冈巨大的阴影投射到谷底。山谷里一边是耀眼的白,一边是无边的黑,仿佛一道门槛,一脚踏过去就会阴阳两隔。

就在黑信确信这里可以安全通过的时候,两侧陡峭的山坡上,几百双愤怒的眼睛正从树丛里警惕地盯着他们,黑洞洞的枪口已经对准了鬼子。

鬼子毫无防备,战士们握枪的手心里有的已经捏出汗来。

韩钧趴在战壕边上,戴着柳条帽一动不动地注视着黑信的一举一动。他神情严肃,用眼神和手势示意大家冷静。三营长不放心,又写下一张纸条向各班排传话:"没有行动命令,不准随意开枪,以免打草惊蛇!"

鬼子完全进入了伏击圈,信号弹还是没有发出。韩钧在屏息等待着,等待着鬼子被这个天然的葫芦细腰分成两半,那样更有利于决死队各个击破。

鬼子终于进入了理想的伏击区域。

韩钧回头给了三营长一个眼色。三营长举起手中的枪,"叭!叭!叭!"三声脆响,三颗信号弹腾空而起。

枪炮齐鸣,暴风骤雨一般砸向鬼子。

自从进入晋南以来,黑信大队还没有受到过这么猛烈的打击,阵地上乱作一团。

决死队一阵猛烈的攻击之后,乱作一团的鬼子缓过劲来,开始组织顽强的抵抗。先是骑兵勒住了战马,兜转马头向着两侧山冈冲击。无奈山坡陡峭,战马上蹿下蹦还是上不来。一匹战马好不容易跳上山坡,又被一堆碎石滑倒在地,摔了个仰面朝天,顺着陡峭的山坡滑了下去。又一匹战马攒足精神,一声嘶鸣猛地跃上山坡。谁知道立脚未稳就被决死队一枪撂倒,战马喘着粗气重重地摔倒在地,把马背上的骑手扔出老远。

鬼子一次又一次地向着两侧山冈发起反冲锋,一次又一次地被决死队打了回去。几个小时过去,太阳已经升上了头顶。阳光有些刺眼,把这个狭窄的山

谷照得白花花的。鬼子已经死伤大半，山谷里堆满鬼子尸体。

鬼子还在负隅顽抗。受伤的黑信从死人堆里爬了出来。他的脸被硝烟熏得黢黑，左臂半截胳膊已经不知去向，血不停地滴到地面上。他挣扎着站起身，用还剩下的一只手举着那把沾满血渍的指挥刀，摇晃着身子指向决死队阵地。顺着他指挥刀的方向，鬼子的残兵败将号叫着再次扑过来。

趁着一阵硝烟，虎子捡回一把三八大盖。他匍匐着回到战壕边，哗啦一下拉上了枪栓。

黑信手举指挥刀，在原地转圈嗷嗷叫着。虎子调整呼吸，瞄准目标，下压枪口，紧扣扳机，熟练地完成一系列动作，轻轻一扣扳机，黑信身子一僵，手中的指挥刀当啷落地，仰面摔在地上。

正在向决死队阵地反扑的几十个鬼子一时没了主意。一个鬼子从口袋里扯出一条白布，高高举起来向着决死队阵地摇晃。鬼子终于支撑不住了。枪声停了下来。鬼子纷纷把手中的三八大盖撂在面前的空地上。

二愣子和虎子一看，心里一阵激动，就要从战壕里冲出去。韩钧拉住他们俩："别慌，再等等看！"

对面一个班十几个战士，在副连长任永胜的带领下已经冲下山坡。他们的枪里早已没有了子弹，急切地想缴获鬼子的武器。

韩钧一看，急得正要喊叫，战士们已经冲到了鬼子面前。就在这时，对面山上突然响起了一阵"突突突突"的吼叫。只有鬼子的重机枪才会发出这样的声音。

韩钧心里一惊。

山头上一阵"突突"声过后，一梭子弹劈面扫向决死队阵地。原来是南面大古村方向的鬼子听到枪声赶了过来，把重机枪架在南面山头上在向这里扫射。救星来了！已经缴械的鬼子听到援军的枪声，仿佛被注射了一剂强心针，他们又突然冲上去抓起自己放在地上的枪支，向着近在咫尺的十八名决死队战士开了枪。几乎是一瞬间，英勇的十八名抗日勇士齐刷刷地倒下了。

枪声再次响起，几十个鬼子抱着枪，翻滚着退回到山谷里。山谷两旁山坡上的战士杀红了眼，大吼着跳出战壕，就要朝着山谷冲下去。

韩钧大声喊道："退回来！赶快退回来！"

听到韩钧的命令，战士们总算没有贸然冲下去。

决死队阵地上突然出现了一个中年人，他俯下身子猫着腰，一边躲避着飞来的子弹，一边快步跑了过来，一纵身跃进战壕里，滚到韩钧身边气喘吁吁地说:"首长,我是专门来报信儿的。后山,又有一队鬼子增援来了!"

如果鬼子从身后包抄过来,决死队将腹背受敌,那样可就危险了!鬼子的枪声越来越近,飞过来的子弹把决死队阵地上的泥块儿溅起老高,战士们被压在阵地上抬不起头来。

韩钧和三营长一商量,向着决死队员一挥手,大喊一声:"撤!"

增援的日军从南路包抄过来,赶到腰沟。

阵地上鬼子的尸体横七竖八,起火燃烧的汽车发出轰隆轰隆的爆炸声,冲天大火噼啪作响。鬼子伤员哭爹喊娘,号叫连天。鬼子援兵留下一小部分救治伤兵,处理尸体。另一部分则策马扬鞭,向决死队撤退的方向追赶。

韩钧带着撤退的决死队员早已爬上了另一座山峰——猫儿山,布好另一个口袋阵。

鬼子援兵往前追了一阵,不见决死队踪影。但见群山之间沟壑纵横,云去雾来变幻莫测。猫儿山山脚下沟谷之间又是一个细腰,山高谷深。追来的鬼子援兵心中害怕,犹豫再三,停了下来,手忙脚乱地把大炮架起来,死命地向着山顶发射。对面山上没有一点儿动静。鬼子调转炮口又对着另一座山梁开始了猛烈的炮击,炸得升腾起浓浓的烟尘。山上也没有一点儿动静。

山谷里接连不断地传来炮弹爆炸的回声。增援的鬼子准备收兵,开始把大炮拆下,重新装到汽车上,要掉头离去。这时,决死队的大炮吼叫起来。一发炮弹飞过来,不偏不倚正射中日本鬼子的大炮。只听"咚"的一声闷响,这门大炮当场被炸毁,围着大炮忙活的三名正副射手一命呜呼,那辆装载大炮的汽车随着"轰隆"一声巨响,也被炸得四分五裂。

鬼子一个个吓得胆战心惊,仓皇而退,一直退回到磊上村中。

整整一天被折腾得精疲力竭的日本鬼子,死的死伤的伤,剩下的则惶恐不安,又饥又渴。他们窜进村中开始抢掠,闯入村民家中翻箱倒柜,捉鸡杀狗,寻米找面,准备饱餐一顿。

不料决死队早已把炮口瞄准了他们。就在他们做好了饭,摆在空地上准备开饭的时候,山上突然又响起隆隆炮声,炮弹一发接着一发呼啸而来,在鬼子群中连连爆炸。

鬼子惊恐万状,只好趁着夜色仓皇逃离。

十三、再战午城

凛冽的寒风接连刮过几天之后，吕梁山迎来了一场铺天盖地的大雪。

吕梁山又称骨脊山。据《永宁州志》记载："其名骨脊者，以泰山在左，华山在右，常山为靠，衡山为朝，此山是隆居中，依然天地之骨脊焉。"因此，吕梁山也常被中国人视为中华脊梁。

大雪漫天，朔风呼啸，灵石县双池镇通往山外的唯一一条山路，也覆盖上了一层尺把厚的冰雪。双池小镇位于吕梁山中段群山环绕之中，周围山势陡峭、林木茂密，山峦叠翠危崖壁立，是吕梁山南北交通的咽喉要隘。

一九三八年十二月二十日傍晚，山道上出现了几匹飞驰而来的战马。

韩钧走在最前面，迎着漫天的飞雪，他不停地挥动手中的马鞭，胯下的青骢马甩开四蹄，踏着山道积雪匆匆前进，飞扬的马蹄将山道上的雪泥高高带起，远远地甩到身后。

双池镇上，一队队佩戴"八路"臂章的战士正在紧张地列队，陈光和罗荣桓站在队伍的最前边。韩钧跳下战马。陈光和罗荣桓迎了上去。

罗荣桓面带喜色，握着韩钧的手说："一路辛苦！走，屋里谈！"

几个人一起进了一一五师司令部。

韩钧进门一看，除了陈罗两位首长，陈士榘、林枫、黄骅、刘德明和王麓水几个人也在。见韩钧裹着一身风雪进门，众人纷纷起身相迎。韩钧取下帽子，拍掉帽檐上的冰碴子，刘德明上前一步，帮着他拍打身上的雪花。屋外冰天雪地，屋里暖意融融。屋子正中间火炉上烧得黢黑的烧水壶，正在咕嘟咕嘟冒着热气儿，屋里每人面前摆着一个热气腾腾的大茶碗。

罗荣桓热情地招呼韩钧和大家都坐下，说："同志们！按照中央指示，今天夜里我和陈师长就要带领一一五师师部和六八六团冒雪出发，进军山东。你们留下来的同志，担子更重了！"

陈光提起火炉上的茶壶，哗哗地往自己面前的空碗里倒上一碗热水，溜着碗边儿喝了两口暖暖身子，说："政委说得对！鬼子早就扬言，要把吕梁山的八路军和决死队消灭，可是他们做不到。鬼子三番五次地扫荡，发誓要把我们赶回黄河西岸，他们做到了吗？做不到。一年来，我们吕梁山抗日根据地不仅没有消失，没有缩小，反而大大地发展壮大了！"

罗荣桓接着说："是啊，全国的抗战形势已发生了很大变化，形势在向着有利于我们的方向发展。从今年七八月份以来，我们一面与晋西南的日军作战，一面先后三批把我们一一五师主力派到其他抗日战场，扩大全国的抗日力量。"

陈光扳着指头数着："徐州会战历时五个月，日军动用八个师团、五个旅团共三十万人，把国民党军队前后投入的七十个师一百万兵力打出了山东，山东抗战这副担子我们八路军不挑谁来挑？六月份，我们一一五师派出了永兴支队和津浦支队，第一批进入山东，到达冀鲁边区与当地抗日武装会合；七月份，中央和集总又派我们三四三旅政委肖华同志带领一百多名干部进入山东，整编抗日力量，组成八路军东进抗日挺进纵队；随后，我们又按照中央决定，把六八五团派到山东微山湖一带打击日寇。今天，按照中央要求，我和荣桓同志也要带领师部和六八六团东进山东！"

罗荣桓看看陈士榘和韩钧说："吕梁山抗日根据地的事情，你们几位就多费心了！一一五师决定留下一个补充团，加上晋西南的几支游击队组成一个独立支队，由士榘同志担任支队长，林枫同志兼任政委。"罗荣桓又指指黄骅、刘德明和王麓水，对韩钧说，"黄骅同志任副支队长，德明同志任参谋长，麓水同志任政治部主任。韩钧同志，你们今后就要在一起共事了！我和陈师长走后，独立支队和决死队一定要团结得更紧密，"罗荣桓把右手握成拳头，在面前晃了晃，"要团结得像一个人一样！只有这样才能顶住日寇疯狂的进攻，才能保住、巩固和发展我们的吕梁山抗日根据地！"

韩钧和陈士榘对望一眼，神色凝重地相互点点头。

罗荣桓接着又道："你们几位遇事多商量。我估计，一旦日军得知一一五师主力东进的消息，会立即有所行动，对吕梁山抗日根据地进行一次大规模的反扑，你们可要提前做好思想准备。"

韩钧看看陈士榘他们，转过脸对陈光和罗荣桓说："请首长放心！我们和独立支队一定会团结得像一块钢，像一块铁！"

炉膛里火苗正旺，几个人都站起身来，几双大手紧紧握在一起。

一九三八年十二月二十三日一大早，雪停了。

天刚放亮，日军临汾军用机场就忙碌起来。随着一阵紧似一阵的哨音和指挥人员的手势，一架架机身涂成草绿色的轰炸机陆续升空，发出嗡嗡的怪叫向西飞去。这些机身和机翼上涂着膏药旗的轰炸机，携带着重型航空炸弹，飞越汾河，飞越吕梁山，到达吉县上空。

吉县小河畔，谭家大院陷入一片忙乱之中。阎锡山和他的姨太太徐兰森、五妹子阎慧卿在副官侍从的簇拥搀扶下，急匆匆避入防空洞中。日本飞机嗡嗡的叫声越来越近，很快到了头顶。随着一阵阵尖厉的呼啸，轰炸机从头顶掠了过去，随后就听到"轰隆！轰隆！"一阵阵剧烈的爆炸声。

看着头顶上一绺一绺的碎土从眼前扑簌簌落下，阎锡山脸色蜡白，心中很是忧虑：这次鬼子出动这么多架次的飞机，进行这么准确的轰炸，莫非是发现了我的藏身之处？

鬼子进入山西的最初一段时间，阎锡山拼死抵抗，寸土必争。天镇、大同、平型关、忻口、太原、韩信岭，阎锡山指挥二战区的中央军、晋绥军、八路军，投入重兵步步设防，甚至为了天镇失守的事，阎锡山还挥泪斩马谡，亲口下令杀了第六十一军军长李服膺。为了提升士气，阎锡山还亲临战斗一线，督战太和岭口，坐镇太原城中。却不料日本鬼子势如破竹，晋绥军连连败退。日本人攻下临汾后，阎锡山开始着了慌，他的抗战信心也开始动摇起来。

鬼子占领临汾，意味着山西全境沦陷。阎锡山把八路军和决死队推向抗日一线，开始动起了偏安一隅避战自保的心思。阎锡山先是骑着毛驴夜走临汾，仓皇退驻吕梁山西、黄河东岸的吉县。吉县立足未稳，日军再次逼近，阎锡山不得已再次起程，仓促渡过黄河，避居陕西秋林。待局势稍稍稳定一些后，阎锡山才带领长官部、省政府等首脑机关移过河东重回吉县，驻在古贤村克难坡。阎锡山刚刚从克难坡移住谭家大院，日本的飞机就赶来轰炸，看来必是掌握了阎锡山的行踪。

醉翁之意不在酒。其实日本人选择这个时候对阎锡山进行军事打击，另有目的。原来日本人已经暗中策动国民党副总裁汪精卫飞往河内，不日将有重大动作，日本人要在这个敏感时刻，逼迫阎锡山考虑何去何从。当然，此刻躲在防空洞里的阎锡山，对日本人的这番心思是不明白的。

出了防空洞，一大群军政要员聚集过来。阎锡山这才知道，日本人在发动空袭的同时，地面部队也同时展开行动，兵分几路从不同方向朝着吉县扑过来。阎锡山慌了手脚，急命长官部、省政府即刻起行，分别由吉县、古贤渡河西去，再次退到秋林，急调手下武玉山一个团扼守交通要冲三堠镇警戒，又派亲信王靖国、陈长捷两军殿后，他则匆匆忙忙地向吉县东北方向的深山中转移。

为了躲开日军轰炸，行军只能在夜间。时值寒冬腊月，大地冰封山风凛冽；又是雪霁刚晴，路面泥泞湿滑难行。阎锡山和他的心腹部属一路跌跌撞撞，傍晚时分，到了一处叫作朱家堡的地方。阎锡山奔波一天，终于找到一处歇脚的地方，心里顿时觉得畅快不少，急急忙忙进了村。

哪知道刚刚落脚，前方火急传来报告：日军占领三堠镇，团长武玉山下落不明。阎锡山心里一惊，心神不宁地对随从说："三堠和朱家堡中间只隔两道沟，满打满算也就是一个时辰的路程，如果日军乘夜扑过来，我们岂不是全部落入敌手？快走！"

阎锡山坐的是一顶两人抬的小轿。黑沉沉的夜色之中，收音机里断断续续刺刺啦啦传来日军的广播："……大日本皇军进军吉县，一举击溃阎锡山主力王靖国、陈长捷所部，阎锡山青衣小帽，乘坐一袭二人小轿，化装逃往黄河以西。……汪精卫由昆明飞往河内，发表通电，声言将与大日本帝国精诚合作……"

山道静寂，夜幕深深。阎锡山听了广播，心里一沉：汪兆铭终于晚节不保！阎锡山心中一阵凄楚，他想起了汪精卫那首曾经脍炙人口的断头诗：慷慨歌燕市，从容做楚囚；引刀成一快，不负少年头。可惜了！那个曾经的反清英雄现在已经成了一个人人唾骂的汉奸。

唉！……只是……眼下我又将何去何从？阎锡山四顾茫然。到了后半夜，天上寒星寥落，山野阴风骤冷，阎锡山从一阵恍惚中清醒过来，禁不住一个哆嗦。侧耳听去，前方隐隐约约传来姨太太徐兰森低低的哭泣声，哭得他心烦意乱，他猛地推开轿门，本想发上一通脾气，转念一想又无奈地作罢。

处难处之事愈宜宽，处至急之事愈宜缓。阎锡山想到这儿，也就打消了申斥的念头，有气无力地轻声问道："前方到了哪里？"

副官律焕德扶着轿杆趋前答道："报告长官，前面川底有一座小庙，叫五龙宫。不远就是三岚沟，有不少窑洞可以歇脚。"

阎锡山阴沉着脸，心里反复琢磨这"五龙宫"几个字。潜龙在谷，终有飞天之时啊。顿时他晦暗的心情一扫而光，急急摆手道："停轿！传令，就停驻这里！"

这一夜，是一九三八年的最后一个夜晚。

同晚，决死二纵队司令部驻地泉子坪，也弥漫着十分紧张的气氛。现在的决死二纵队兵强马壮。被崔道修保安旅吞并的保安四支队，在一个月前借机脱离崔道修的控制，又把队伍拉回决死二纵队，番号改为游击十二团。一直在晋东南对日作战的六团，最近也返部归建，加上新近整编的游击三团、游击四团、游击五团、游击六团，还有主力部队老四团、老五团，抗战一年多来，决死二纵队是越战越强。

天刚擦黑，八位团长全部到齐。五团长钟义成最后一个到达。远远看到树上拴着不少战马，他心里就琢磨开了：看这阵势，准是又有什么重大作战任务了！

见团长们都到齐了，韩钧走到悬挂在墙上的五万分之一地图跟前，指点着说："鬼子这次集中万余兵力，从南、东、北三个方向分六路围攻吉县，来势凶猛。根据我们的情报，近日鬼子将要分兵撤退，运动中的敌人将会暴露出许多弱点，这就给了我们消灭鬼子的机会。请大家来，就是要安排这次反围攻作战！"

韩钧看看新任游击五团杨团长："育才，游击五团最近表现不错。汾西县城阻击战中，在阻击灵石来犯鬼子的同时，你们分兵袭击南关、道美两地鬼子据点，多点作战出其不意，消灭了不少鬼子，打出了决死队的威风！"

杨育才也是从八路军调来的军事干部，听到韩钧的表扬，高兴地咧嘴一笑。

韩钧接着说："游击五团下一步作战任务：立即集中兵力，破坏土门至黑龙关之间的公路，截断鬼子这条退路。"

杨育才站起身胸脯一挺："保证完成任务！"

"游击三团，"韩钧眼睛转向曹诚，"你们在孝义兑九峪一带的游击作战，效果很好。你们已与鬼子周旋达一周之久，部队要抓紧休整。"

休整？曹诚刚想争取作战任务，见韩钧的目光已经转向游击十二团代理团长贺鸿庆，知道韩钧决心已定，无奈地把想说的话又咽了回去。

韩钧指着地图上的蒲县金沟村说："老贺！游击十二团要尽快赶到这里。据准确情报，有一路鬼子将从午城撤回霍县，我和老钟带领老五团在午城这一带山坳里再次设伏，你带游击十二团把金沟村这边的布袋口给我扎牢了！"

贺鸿庆听了，起身答道："是！"

重头戏登场。韩钧伸手指指地图上的午城，对四、五、六几个主力团团长说："去年我们配合一一五师在这里打了一个大胜仗，这里的地形我们熟。现在我们还要在这里摆个战场，请日本鬼子再赴一次鸿门宴！"

几个主力团长来了精神，目光炯炯地伸长脖子听。

"英清，你带四团隐蔽前进到灵石双池一带，阻击北路后撤的鬼子。六团位置靠西南，袭扰入侵大宁这一路鬼子。我和老钟带老五团到午城设伏，游击四团和游击六团作为机动部队跟老五团一起行动，打掉午城这一路鬼子！"

午城素以地形复杂、地势险要著称。四面环山，山山高耸入云；沟壑纵横,沟沟深不见底;河溪分流,处处乱云飞渡。这里又是通往山外的一个三岔路口,三条要道会于一处,为进退必经之路,出入咽喉要道。

刚刚下过的一场大雪还没来得及融化,高高的山脊上铺满一层五六寸厚的积雪,幽深的谷底里积雪更是深达数尺,耸立的山峰和幽深的河谷里到处白雪皑皑。

韩钧和钟义成带领老五团进入阵地。

经过一年多的战斗洗礼,老五团已经拥有四个营的兵力,而且拥有一个直属机炮连,装备有缴获的轻重机关枪和山炮、迫击炮,加上主要领导都是八路军干部,老五团英勇善战敢打能拼,已经成长为决死二纵队的绝对主力。因此,这最硬的骨头也就当仁不让地由老五团来啃。

黎明寒冷的薄雾里,西边尘头扬起。没多久,一大队鬼子出现在战士们眼前。阵地上咔嚓咔嚓响起一阵枪栓碰撞的声音。

韩钧带一营和机炮连埋伏在东山半腰,担当着对鬼子正面阻击的任务。韩钧趴在战壕里,探出半个身子,右手提着大眼盒子,左手举起望远镜,把鬼子的行动观察得一清二楚。鬼子队伍大约有上千人,前后稀稀拉拉得很长,由西向东踏雪而来,很快进入决死队的伏击圈。

韩钧放下望远镜,抓起电话:"老钟,鬼子就要进入伏击圈,通知各营准备战斗!"

鬼子越来越近,枪声骤然响起。先是迫击炮和重机关枪的吼叫,紧接着便是轻机枪、步枪的猛扫,夹杂着手榴弹从天而降的爆炸,日伪军人仰马翻。日伪军见惯了晋绥军的贪生怕死,又知道八路军的主力已经远赴山东,因此面对这突然的袭击倒也不是十分惊慌。

丢下一些尸体之后,日伪军很快稳住阵脚,迅速组织反扑。反扑的重点便是东山。因为这里的枪炮声最为密集,显然这里是决死队的主力。只要拿下这个山头,便消除了最重要的威胁。日军指挥官战刀一挥,鬼子兵一个个端着刺刀上挂着太阳旗的三八大盖儿,嗷嗷叫着向东山上冲过来。

黑压压的敌人围过来,东山上的枪声却突然沉寂下来。鬼子兵先是一愣,接着便听到日军指挥官的号叫:"决死队的!跑了!快快地!追!"鬼子兵一听,唯恐落下立功的机会,争先恐后向山坡上冲去。

决死队没有逃。原来这是韩钧诱敌深入的一计,为了给敌人以更大的杀伤,故意留给敌人一个空子,等敌人到了跟前,再突然以更猛烈的炮火实施打击。硝烟笼罩着东山阵地,韩钧看看身边的二愣子、虎子和一营长,都在瞪大

警惕的眼睛，死死盯着越来越近的鬼子。

突然韩钧一声令下："打！"

顿时猛烈密集的枪炮，如决堤的洪水将快到跟前的鬼子卷下山去。被打死的鬼子如同一块块失去控制的滑雪板，头朝下顺着陡坡飞速下滑，纷纷栽进昕水河里。

一排鬼子倒下了，又有一排鬼子蜂拥而来。激烈的战斗从清晨持续到下午四点钟。枪声时而密集时而稀疏，决死队打退了敌人一次又一次的冲锋。

空中突然响起嗡嗡嗡嗡的声音。

鬼子急切盼望的空中支援终于来了！随着一阵大似一阵的嗡嗡声，两架战斗机就像两只巨大的黄蜂，出现在山谷上空。飞机随即展开一次次的盘旋俯冲，对着决死队的阵地猛烈扫射。"哒哒哒哒"，飞机上的机枪手不停地朝着决死队阵地调整枪口，枪身剧烈地抖动着。

嗖嗖嗖嗖！子弹从空中呼啸而来，决死队阵地上弹如雨下。

战士们全然不顾这些。

"卧倒！快卧倒！"韩钧从战壕里站起身来，对着杀红了眼的战士们挥着手。

站起身来的韩钧进入了飞机上鬼子射手的瞄准镜，飞机又一次向下俯冲，一串串子弹呼啸着向他扑来。

"首长！——"随着一声惊呼，虎子从战壕里一跃而起，把韩钧扑倒在地。子弹从韩钧头顶"啾啾啾啾"鸣叫着一路飞过去，阵地上的泥雪溅起老高。

虎子和韩钧滚在一起。韩钧紧紧地抱着趴在他身上的虎子，感谢地说："虎子——"

虎子没有一点儿反应。

韩钧心里咯噔一下，正要扶起虎子，二愣子又是一个鲤鱼打挺，飞上战壕，一把把他俩推进战壕里。

"虎子！虎子！"

虎子慢慢睁开了眼睛，手指着鬼子的方向，吃力地说："……打……鬼子……打鬼子……"

鬼子飞机又是一个俯冲，"哒哒哒哒"喷出一串串子弹，而后猛地一拉操纵杆顺着山坡升空。二愣子看到韩钧怀里的虎子脸上已经没有了血色，头歪向一边，嘴里往外汩汩地冒着鲜血。"虎子！……"

韩钧嘴唇抖动着,眼眶里蓄满泪水。

虎子牺牲了!二愣子热血直往上涌。他窜出战壕,就地一滚,冲上迫击炮阵地,对着炮手大声喊道:"瞄准飞机!狠狠地打!为虎子哥报仇哇!"

炮手迅速调整炮位升起炮口,搜寻鬼子飞机的踪影。等一架鬼子飞机再次俯冲过来时,"轰!轰!"连射两发炮弹。只见鬼子飞机机身一抖,立刻冒出一股浓浓的黑烟,一头撞向对面山头。轰!轰!飞机随即爆炸起火,耀眼的火光一闪,紧接着升起一团炽热的火球。

另一架飞机上的鬼子害怕也成了决死队炮火的牺牲品,呼啸一声仓皇逃离。沟里的鬼子没了指望,看看天色已晚,生怕陷入决死队的夜战,丢下五六百具尸体,拼命地突出重围,向东逃去。

夜幕降临。阵地上到处弥漫着硝烟,还有噼噼啪啪飞机燃烧时发出的响声。

东山上竖起一排新立的坟头。韩钧从枪身上卸下一把刺刀,在坟前竖起的一块青石上,工工整整地刻上几个字:"抗日英雄之墓,民国二十八年一月"。

决死队战士聚集坟前,脱下军帽,低头致哀。

十四、血洒罗汉

阎锡山一封急电,把韩钧召到五龙宫。阎锡山此次召韩钧前来有两件事。首先是对决死二纵队午城一战进行嘉奖,还有就是二战区成立校尉级军官训练团,要调韩钧来担任政治队指导员。

阎锡山一见韩钧,就热情地夸奖起来:"午城一仗打得不错!这不仅是你们二纵队的骄傲,也是二战区的骄傲,更是全国抗战军民的骄傲!我要对你们进行嘉奖!"说完这句话,阎锡山话锋一转,"小韩呀,你可能也听说了一些五龙宫会议的情况。按照会议形成的决议,我们二战区决定选拔一万名校尉级军官,分期分批组成训练团,过河到陕西秋林进行培训。培训的重点,是新军几个纵队的干部,我兼任训练团团长,想请你出任政治队的指导员,不知道你什么意见?"

说完这番话,阎锡山坐回椅子上,端起茶杯两手摩挲着,抬眼看着韩钧。

韩钧正在低头喝茶。他吹一吹漂在水面上的茶叶,看着这几根茶叶在水里沉浮翻滚,心里却在紧张地思索着。看来,阎锡山对二纵队进行嘉奖更像是虚应故事,把我调离二纵队才是真正目的。如果不答应,一定会加重他的猜疑;

如果答应了,他会不会再派人去控制二纵队?可是如果不答应……不管怎么说,二纵队毕竟是二战区的部队,作为一个司令长官调动不了一个纵队政治主任,换了谁恐怕也无法容忍。何况这已经不是第一次了。去年阎锡山就要把我调到民大去做教育长,脱离军队,一则当时局势混乱,二则临汾很快失陷,民大四分五裂散落各地,就连阎锡山也东躲西藏疲于应付,时过境迁作罢。如今自己再度拒绝离开二纵队,恐怕很难过得了这道坎。倘若答应,少奇同志暗中嘱咐的一定要牢牢抓住军权控制部队,恐怕就要大打折扣,共产党付出几年的心血……后果不堪设想。

不管怎么说,得有一个明确的态度。韩钧喝了一口茶,把茶杯放回到茶几上,身子往沙发靠背上靠了靠,说:"阎长官说得是。长官一直强调说,抗战高于一切,这也是属下的心愿。我还是那句话,苟利国家,不避生死。只要有利于抗战,属下服从长官安排!不过,属下更愿意为了国家,披坚执锐,效命疆场。第一期训练团训练时间三个月,等结束后我再返回二纵队,阎长官,行吗?"

听了韩钧的话,阎锡山沉吟起来。

阎锡山用人自有独到心得,对于不同的人自有不同的对待,对于不同的属下自有不同的手段,唯有如此,才能五湖四海肆应各方,君子小人齐聚麾下。在阎锡山心中,韩钧是个君子。正直、爱国、忠诚、坚定,而且能干,阎锡山唯一不满的,就是韩钧是个共产党员。对于韩钧这种直来直去,不惯于曲意逢迎的人才,就不能简单地随意折辱,而是要适当地尊重他的意见。

思前想后,阎锡山同意了韩钧的意见。

三个月的时间实在难熬。好不容易等到第一期校尉训练团结束,韩钧急匆匆地返回了部队。

灵石县城西南方向,过了汾河不远便进入吕梁山支脉。山上有两个较大的村庄,一个叫罗汉一个叫王禹。两个村庄相距不远,周围危岩壁立,沟壑纵横,地势十分险要。更重要的一点是,这里向东过了汾河七八里地,就是贯通山西南北的大动脉同蒲铁路,决死队破坏鬼子交通、袭击沿线据点,往往就是从这里出发。这一带也是决死队进出吕梁山的门户。

鬼子也意识到了这一点,决定在王禹村建立一个据点。

韩钧很快得到了这个情报,说鬼子已确定维持会、公安局、伪区长人选,就连长期驻扎在这里的留守部队也都做好了准备,单等时间一到就开拔进驻。

鬼子进驻的时间定在四月十八日。

四月十六日傍晚，韩钧来到老五团驻地泉子坪。泉子坪位于吕梁山深处，四周群山环抱，对竹河静静地从村边流过。等韩钧赶到泉子坪的时候，已经是掌灯时分。

韩钧一下马，几个团领导呼啦一下子就围了上来。钟义成被抽去秋林训练班学习，副团长李子法代理团长职务。

韩钧召开了连以上干部会议。他指着墙上的军事地图说："同志们，日军为了保障同蒲铁路运输安全，近段时间加强了向铁路两侧的扩展。根据我们的情报，鬼子已经由南向北在洪洞的万安、汾西的僧念扎下据点，现在正准备在我们的眼皮子底下，在我们进入吕梁山的大门王禹、罗汉一带再建立一个据点。如果鬼子这一企图得以实现，不仅加强了对同蒲铁路的保护，封锁了决死队出击的大门；而且也控制了灵石、霍县之间同蒲铁路西侧的大片山区，把我们的抗日根据地变成了敌占区。为了挫败鬼子的这个企图，纵队要求五团迅速集中兵力，在王禹和罗汉一带设伏，消灭鬼子！"

听韩钧说完，大家议论纷纷：

"只要鬼子敢来，就叫他有来无回！"

"叫鬼子再尝尝咱老五团的厉害！"

"上次午城伏击，鬼子们损失惨重，这一仗，老五团管保比上次打得更漂亮！"

听了大家的议论，韩钧把手朝地图上一点，说："王禹村在罗汉村西北方向，两村之间有一条山道，是鬼子从罗汉村到王禹村的必经之路。"说着，他的手在地图上画出一个圆弧，"就是这个位置。路的两侧是一个马鞍形地带，非常适合设下伏兵，阻击敌人。喏，就在弧顶这个位置，我建议把战斗力最强的四营安排在这里，担任正面阻击。这里，"他把手又往下一滑，"罗汉村西南一线，这个山头上，由二营设伏担任右翼攻击。至于左翼，"他把手往上一抬，指着王禹村东南方向一个小山包，"这里叫红土坡，如果从正面进攻，这里难攻易守，我看就由一营占领，配合四营和二营战斗。只是，红土坡背后有一条不易发现的小路，有可能对我们形成威胁，一营长，这里可一定要引起注意。"

一营长点点头。韩钧又看看三营长，"三营，作为这次战斗的预备队，在柏迷村，"他用手指着罗汉村东北方向的一个山村，"隐蔽待命。"

"这次战斗纵队山炮连也要来配合我们。还有，"韩钧指指四营左侧后边

位置，"这里是一片洼地，指挥所和山炮连的位置就设在这里。到时候我随指挥部一起行动。另外，我还要强调两点，一个，这次战斗计划要绝对保密，从现在起部队进入戒备状态，控制进出人员，严密封锁消息。另一个，立即派出侦察员，到作战区域进行实地侦察，补充完善作战方案。"

这一夜，驻地会议室里的灯光直到很晚才熄灭。

四月十八日清晨，天刚蒙蒙亮，三四百名日军渡过汾河，排成两队，大摇大摆地经过罗汉村向王禹村开来。长长的队伍中间夹杂着十几个汉奸，想必就是鬼子任命的县长、区长、公安局长和维持会长一干人众了。虽然有日本鬼子壮胆，汉奸们心里还是不踏实，缩头缩尾东张西望，提心吊胆瞻前顾后。

等鬼子全部进入决死队的口袋阵，韩钧放下手中的望远镜朝警卫员点点头。"嗵！嗵！嗵！"三颗红色信号弹腾空而起。

山谷间，炮声、枪声骤然响起，鬼子猝不及防，登时大乱。指挥官抽出指挥刀大声叫唤，受惊的鬼子东奔西逃。夹在鬼子队伍中间的汉奸们更是抱头鼠窜。那位新任维持会长还没来得及跳下马，就迎面中了一颗子弹，头一歪，栽下马来。

鬼子重整队伍，向着四营和一营阵地发起进攻。一次又一次的冲锋，鬼子都是冲到了阵地前沿，又被更猛烈的炮火、更密集的子弹击退。

激烈的拼杀进行了一上午，鬼子始终无法前进一步。鬼子突然发现了决死队的指挥所，一时间轻重机枪、掷弹筒、迫击炮一齐向指挥所袭来。指挥所硝烟弥漫。

韩钧冲出指挥所，直奔炮兵阵地："保护大炮！赶快把大炮转移隐蔽！"

鬼子一轮猛烈的炮击之后，决死队的炮兵也看清了鬼子的炮兵阵地和重机枪阵地。就在阵阵硝烟之中，决死队仅有的两门山炮怒吼着开始反击，密集的炮弹倾泻到鬼子阵地上，随着一阵阵爆炸轰鸣，鬼子的重机枪成了哑巴，炮兵阵地也开始战栗。鬼子见势不妙，慌忙后退，丢下一堆尸体，连滚带爬地躲进罗汉村里。

乘胜追击！韩钧当机立断。一营和山炮连按兵不动，对鬼子进行火力压制和监视，四营和二营冲出阵地，分别从西面和西南面朝着鬼子包抄过去。

嘎子和二营六连的战士已经提前行动，绕道向罗汉村东南的魁星楼迂回过去。日军在撤退慌乱之中，有几个鬼子急不择路逃进魁星楼，此刻这几个鬼子正在屋子里负隅顽抗。嘎子带了几个战士悄悄摸到魁星楼下。嘎子背靠着墙，手握一枚手榴弹，用牙一咬拉响了导火索，手一扬，手榴弹飞进屋里，紧接着就是"轰"的一声巨响。与此同时，嘎子一脚踹开楼门冲了进去，端起轻机枪照着屋里"哒哒哒"一梭子，只见鬼子一个个扑通扑通地栽倒在地。有一个鬼子似乎是吓傻了，转过身来扔掉大枪，举起双手扑通一声就跪在了地上，嘴里喊着："饶命！"嘎子三下两下把他捆了个结实，扛起就走。

韩钧带领二营和四营把敌人包围了起来。鬼子龟缩在罗汉村西一座大庙和几处院落里，挖战壕，设路障，集中火力负隅顽抗。

到了下午四点钟，阵地上突然响起一阵嘹亮的冲锋号声。战士们跃出战壕，端起上了刺刀的长枪，冲向鬼子阵地。冲在最前面的是四营十一连二排政治工作员陈宝新，他飞身越过一道壕沟，猛一抬头发现二百多米远的房顶上，一个隐蔽的角落里露出架好了的几挺重机枪，正要提醒身后的战友，"注意"两个字刚出口，鬼子的重机枪已吐着火舌扫了过来。陈宝新一个跟头栽倒在地，后面的战友也倒下一大片。

被包围的鬼子从墙洞里、烟囱后、战壕里、房顶上，从各种掩体后边向决死队射击，这场乘胜追击的歼灭战顿时变成了一场攻击受阻的攻坚战。

夜幕降临。鬼子的火力依然强大，战斗陷入僵持中。

更糟糕的是，决死队的手榴弹已经用完，眼瞅着倒在阵地上的战友遗体还在鬼子重机枪的射程之内，战士们只好含着眼泪撤出村子。

罗汉村被黑沉沉的夜色笼罩着，死一般地寂静。经过一天激烈的战斗，鬼子已经死伤过半，带来的汉奸也都死的死跑的跑，没了踪影。活着的鬼子龟缩在村子里，躲藏在黑暗中警惕地观察着外面的一举一动。

黑夜是鬼子们最难熬的时刻。他们担心决死队乘夜偷袭。还有一点，虽然决死队不知道，但鬼子们自己心里最清楚——他们已经弹尽粮绝了。

黑沉沉的夜幕里，战局在悄悄发生着变化。决死队在补充弹药，积蓄力量，准备等天一亮，立刻向笼中困兽发出最后一击。而鬼子的援兵也已经悄悄启程，在夜幕掩护下向着这片黑黢黢的山峰沟壑扑来。

鬼子好不容易找到五团的踪影，紧急调集同蒲铁路沿线大批日军，整整出动一个联队，共有四五千人的兵力。援兵单单人数就是五团兵力的四五倍，武器装备更非五团所能比。此刻在夜幕的掩护下，三原联队长正挥军急进，像一张大网朝着老五团的头顶上罩过来。

鬼子援兵分四路。一路从东横跨同蒲铁路和汾河，接应罗汉残敌；一路从北向南直插预备队三营背后；一路由南往北冒险通过道美和罗汉村之间的一道深沟，抄四营和二营的后路；另一路则更是大胆深入吕梁山腹地，从西向东经

113

过赵家沟，从背后悄然扑向一营阵地和二纵队指挥部。

天还没亮，一路鬼子从东而来，跨过汾河一头扑进罗汉村。这是三原联队长亲自指挥的一路，几十门大炮一字排开，对着决死队阵地就是一阵狂轰滥炸。紧接着，从北、南、西三个方向扑来的鬼子也都接近决死队阵地，饿虎扑食一般，向决死队发起猛烈的攻击。

战局逆转。韩钧当机立断，命令各部立即突围。

可是一营却走不了了。他们已经被背后摸上来的一路鬼子包围。

这路鬼子的装备不同于其他鬼子，他们不仅身背各种武器，人人还都戴着防毒面具，携带着致命的毒气。当他们突然出现在阵地上的时候，借着昏暗的夜色望过去，就像地底下突然冒出来的幽灵。许多战士还没明白过来是怎么一回事，毒气已经在阵地上弥漫开来。明白过来的战士没有退却，端起刺刀向着敌人冲过去，阵地上展开了一场惊心动魄的肉搏战。

天亮了，血红的太阳照在了红土坡上。红土坡高地一片静寂，一营的英雄们永远地留在了那里。

泉子坪正在召开祝捷悼亡大会。

会场是一个坎坷不平的大场坝。场坝一端是一个不知道建于何年何月的关帝庙，庙院对面有一个简陋而高大的土台子，台子上挂着一条横幅，上写"决死二纵队祝捷悼亡大会"。

台下坐着决死二纵队的战士，四周则站满从四里八乡赶来的乡亲们。

韩钧站在土台子最边沿，对着偌大的会场凝视片刻，表情凝重地说："同志们！今天我们决死二纵队召开这次大会，有两个目的。第一，我们要隆重悼念在罗汉战斗中牺牲的六十八位英雄。第二，我们要热烈庆祝这次罗汉战役消灭三百多名鬼子的伟大胜利！"

"同志们！罗汉战斗是我们二纵队在新的一年里，继午城大战以后又一次空前的战斗。老五团六十八位英雄壮烈牺牲，四十八位勇士光荣负伤。他们都是我们的手足，更是我们决死队的精英！"说到这里，韩钧语速缓慢，声调哽咽。战士们眼圈发红，低头垂泪。

"同志们，"韩钧的声音高扬了起来，"我们为这些英雄而自豪！对英雄最好的纪念，不是哭哭啼啼，而是认真总结教训，勇敢继续战斗，完成他们没有完成的事业！把日本鬼子彻底消灭！"

台下响起一阵热烈的掌声。韩钧接着道："同志们，还要告诉大家一个好

第二章　转战吕梁（1936—1939）

消息。为了庆祝罗汉战斗的胜利，光未然（即张光年）同志带领战地服务文艺工作团赶来了，他们要慰劳抗日杀敌的战士，为大家表演精彩的节目！下面，请大家以掌声欢迎他们！"

王英清和曹诚在台下和战士们一起聚精会神地看着演出。

二愣子从会场前边跑了过来，小声对他俩说："王团长、曹团长，快别看了，首长叫你们俩去呢！"

王英清和曹诚进门。韩钧示意他们俩坐下，说："英清，前几天我给你的信收到了吗？"

王英清笑了笑，有些不好意思地说："收到了。本来我打算看完演出再向首长汇报呢。信上指示的两件事，我都已经安排好了。我已经带着四营到了同蒲铁路东面，一方面扩军一方面开展游击战。另一件事也安排好了，今天我已把要去培训的四五十个同志都带来了。"

韩钧看着曹诚，问："你们团去培训的干部准备得怎么样了？"

曹诚说："挑选了三十几个，都是我们忠诚可靠的同志。"

韩钧点点头："第一批去秋林培训的同志已经回来了。听老钟讲，秋林的形势很严峻，阎锡山有可能对日妥协。这次培训，阎锡山以培训为名，开始分化瓦解我们决死队干部，扫清投降障碍。最近阎锡山又多次来电催我，让二纵队速派干部去秋林受训。原来我的想法是拖着不去，或者少派一些人去，现在看来不行。因此我们必须要派政治坚定的同志去。"韩钧神色凝重地看着他们俩，"这次受训的同志数量多，责任重大，由你们两个带队，一定要负好责任。"

王英清和曹诚一边听一边点着头。

"秋林集训期间，采取的是新旧军军官混合编班。用旧军官把新军的干部包围起来，分化瓦解，各个击破。阎锡山用心险恶。另外，培训期间阎锡山还要逐人传见以示关怀，只要你投靠他，参加他的特务组织和'同志会'，有什么困难立即解决。一定要告诫我们的同志，提高警惕，决不动摇。"韩钧语重心长。

王英清接着插了一句："听说，秋林流传一个顺口溜，说是'上秋林，真不错，提级升官找老婆'。"

曹诚一边用手在身上比画着，一边说："嗯。我也听说了，说是秋林培训的不少人一头拜倒在阎锡山'三黄'脚下，成为口镶金牙，指戴金戒，肩加黄领的俘虏，美其名曰'上秋林，有三黄，牙黄领黄手指黄'。"

115

韩钧微微一笑："君子喻以义，小人喻以利。总是会有一些头脑糊涂的人，成为金钱的俘虏而背叛自己的信仰。"韩钧有意停顿了一下，"包括一些意志不坚定的共产党员。所以我们一定要清醒地意识到这一点，加强教育。"

王英清和曹诚认真地听着，都意识到了问题的严重性。

韩钧话锋一转："历史总是惊人的相似。我们在前方抗击日寇，不惜牺牲生命，可是却有人一道接一道下达金牌令箭，想叫我们对日妥协，交出军权。这和当年秦桧为投降金兵而逼死岳飞何其相似！给每一个去培训的同志都要讲清楚，国家危急存亡之秋，我们共产党人最重要的是保持气节，民族气节！到了秋林，不光要做到立场坚定，坚决斗争，还要团结一致，反击那些污蔑决死队的不实之词！"

曹诚赞同道："有人竟然污蔑决死队说，'决死队决死队，不会打仗光开会。'睁着眼睛说瞎话！一年多来，我们决死二纵队进行了大小三百二十八场战斗，几乎是天天都在打仗！不足两年，我们一共消灭日伪军五千九百多人！"

王英清也说："首长放心。到了秋林，我们会狠狠回击那些妥协投降的懦夫！"

韩钧点点头，一双炯炯有神的眼睛信任地看着他们两个人。

这时，二愣子慌慌张张进了门："首长，你快去看看吧。有一家姓史的，兄弟八个都跑到纵队部闹着要参军，不让谁参加都不行！征兵的同志正在为难呢！"

韩钧看了看王英清和曹诚，说："走，去看看！"

韩钧来到会场。演出已经结束，乡亲们把负责征兵的水同志围了个严实。人群中央是一片空地，水同志搓着手急得团团转，凳子上稳稳当当坐着一个年约六十的小脚老太太。老太太拄着一根古藤做成的拐杖，面前从大到小站着一排精壮小伙儿，一、二、三、四……整整八个！

水同志远远看到韩钧他们几个过来了，像是见到了救星，对老太太说："大娘！您看，我们首长来了！"

人们分出一条道，韩钧含笑走进人群。

大娘一看要站起来，韩钧弯腰按住大娘："大娘！您就坐着说。"

韩钧含笑打量着八兄弟。八兄弟中，年纪最大的两个已经三十出头，年纪最小的两个看样子还不到十八。大娘拉着韩钧的手说："我们家姓史，就是咱麻阳沟的，日本鬼子打到我们家门口，祸害我们多少人，我们都看到了，决死队真打鬼子，是咱们老百姓自己的队伍。这一仗咱们伤亡这么大，我和他爹商

第二章 转战吕梁（1936——1939）

量好了，要把八个儿子全都送到咱队伍上！"

听了大娘的话，韩钧心里一热，拉着大娘的手说："大娘！我代表决死队谢谢您！只是，八个儿子都到队伍上，您二老跟前没个人照顾，怎么能行？"

大娘爽快地说："快别说了。我们老两口身体好着呢，不用他们在身边。今天你来了正好，你要不全都收下，我可是不走！"

韩钧笑着说："大娘，我们决死队征兵可是有规矩的。您看这样行不行，八兄弟我们收下四个，老大老二和老七老八就留在您身边，老大、老二照顾您二老，老七老八等长到了十八岁，再送到咱队伍上，到时候我们一定接收，行不行？"

史家大娘音调不高，但斩钉截铁："不行！那些个不打鬼子光扰民的龟孙队伍，来抓壮丁我还一个都不给哩！撇下哪一个，别说我，你问问他们愿意不愿意？"

韩钧这下可真犯了难。全都收下吧，违反决死队纪律，再说战场上子弹可是不长眼。留下哪几个呢？站在面前的分明是一颗颗滚烫的心啊，冷了哪颗心人家都会不好受。

韩钧走到八兄弟面前。他抬手摸着老八的头发，问："你多大了？"

老八的小脸儿腾地红了。

史大娘一看，说："快十八了！"

韩钧笑了笑，又问老七："你多大了？"

老七不说话，偷眼看看他娘。大娘又说了一句："也快十八了！"

韩钧拍拍其他几个兄弟的肩膀，走到老二面前："成家了没？"

老二脸一红："成家了。"

韩钧又问老大："你呢？"

老大点点头。

韩钧转过身去对大娘说："大娘，您看这样行不行。老大和老八您留下。老大照顾你们二老，老八实在太小，还没有一杆枪高，过两年再给我们送来，成不成？其他六兄弟，我们全都收下！您看怎么样？"

大娘从椅子上站起身："成！队伍上有队伍上的规矩，大娘也是通情达理的人。过两年老八到了岁数，我还给咱决死队送来，上战场，打鬼子！"

第三章 征战晋西（1939—1940）

一、阎锡山的圈套

一九三八年十二月，国民党中央副总裁汪精卫叛国出逃，投降日本。一九三九年一月，国民党召开五届五中全会，确定"溶共"、"防共"、"限共"、"反共"的反动方针。一九三九年三月，阎锡山在陕西秋林召开军政民高级干部会议，史称"秋林会议"。这是一次阎锡山实行反共分裂阴谋、并新军于旧军、妄图为对日妥协投降扫清道路的反动会议。

韩钧因为指挥对日作战，没有参加秋林会议。会议刚刚结束，他就收到一封阎锡山写给他的亲笔信。

"……此次会议费时至多，收获也属不少。决定……取消政委、专员不兼保安司令、总司令不兼军长。军队统一编制，统一训练，统一待遇，完成三十万团力的铁军。取消政委，与新军进步虽不免有所损失，在组织领导的军队里加强组织也无大顾虑。希望同志等努力组织工作，巩固部队基础为要。其他一切，由文昂同志面达。"

第三章　征战晋西（1939——1940）

信是张文昂从秋林返回时带来的。韩钧看了信，张文昂气愤地说："由文昂面达，让我面达什么？这不就是一出'杯酒释兵权'吗？"

韩钧若有所思："文昂，醉翁之意不在酒。旧军总司令不兼军长是做个样子给我们看，取消新军政治委员制度，解除我们的兵权才是阎锡山的真实目的。我们交出军权，他好扫清向日本妥协投降的绊脚石！"

张文昂点点头："在阎锡山眼里，你比我难对付。他很清楚，在决死二纵队，你是共产党的最高负责人，这封信更像是故意对你施放的一颗烟幕弹。"

韩钧抖抖手中的信："是啊！表面上假惺惺地说些客套话，暗地里阎锡山要不动声色地对我们进行手术了！这是术前给我们打的麻药，想让我们不知不觉地陷入他的圈套。"

张文昂忧心忡忡："那，我们该怎么办？"

韩钧胸有成竹："针锋相对！阎锡山'统一编制'，不是计划把我们决死二纵队拆分成三个旅吗？他想分而治之，我们却要反其道而行之，抱成一团。由我出面召开二纵队各部负责人会议。对了！还有同在晋西南活动的新军几个旅，都要团结起来。我们要重申，二纵队的人事变动不经过你这个政委签署命令，都属无效。我们以共产党的面目公开活动不方便，就利用阎锡山认可的组织——民族革命青年团的名义，成立一个晋西南新军'民青局'，统一领导晋西南新军，提前做好准备，必要的时候统一行动。"

张文昂问道："成立民青局倒是个好主意，由谁负责好一些？"

韩钧想了想，说："廖井丹。井丹去年年底到延安治病，这一时期山西局势紧张，前几天中央已经把他派回来。回来前陈云同志专门跟他谈了话，说明了山西局势，要求我们一定要把领导岗位占住，绝不能放弃，这是中央的指示。陈云同志还特别叮嘱他，要他转告我们，切记不管形势再怎么恶化，拥护阎锡山抗日的口号不能丢！原计划井丹同志到一九六旅担任政治主任，我看井丹同志留在纵队部担任政治部副主任更好一些，便于整体协调，你的意见怎么样？"

张文昂点点头："行！"

韩钧背着手踱了几步，突然停下来："阎锡山不是要清白阵营吗？要把我们共产党员请出去，好！我们就给他来个将计就计。阎锡山要我们派干部到秋林集训，下一批我们就把阎锡山安插进来的人送去，立即换上我们的人，控制军队。"

张文昂摇摇头："把阎锡山安插的亲信都送秋林培训，目标是不是太大？"

韩钧思忖片刻，说："有道理。那就先送一部分过去。余下的集中看管，集中控制。不行的话我们也效法阎锡山，由政治部出面办一个训练班，以集训的名义调他们离开重要岗位。"

张文昂由衷地竖起大拇指："韩钧，再难的事情也难不住你，怪不得阎锡山身边的人都说'韩钧的脑袋比地球大'！"

韩钧哈哈一笑："不是也有人夸你'文昂的肚子比大海宽'嘛！"

两人正说着，廖井丹推门进来，低声道："陈光斗到纵队部来了！"

陈光斗是阎锡山的心腹，被任命为新军指挥部副总指挥，这次到泉子坪，是奉阎锡山密令，来二纵队"统一编制"的。

韩钧快步迎上去："耀三兄，一路辛苦！"

陈光斗脸上堆满笑容："哪里哪里！韩老弟，你们在前线更辛苦呀！我在咱长官身边，早就听说你们最近接连打了几个漂亮仗，咱长官一直夸你骁勇善战，是一个不可多得的将才呢！佩服，真是佩服啊！"

韩钧说道："不敢当。罗汉一战我们损失也不小，有很多教训要总结。"

陈光斗微微一笑。他说的不过是官场常见的客套话，没想到韩钧却认了真。

几个人落座。陈光斗挪动一下身子说明来意："兄弟这次前来，阎司令长官可是交代了几项使命呀！"陈光斗搓了搓手，粗大的喉结上下一动，"文昂也是刚从秋林回来，情况知道得详细一点儿。阎长官遇到了难处啊！国民政府新近有一个规定，文官不能兼任军职，决死几个纵队的政委像一波、文昂、子和和任民，要多体谅阎长官才是！"

韩钧和张文昂默不作声。

陈光斗两手一摊，接着说下去："你们两位也知道，统一编制不是咱长官的发明，那是蒋委员长的规定。而且，蒋委员长还下了死命令，如果不统一编成正规师，就不能得到中央的军需供应。兄弟们想一想，得不到中央的军需，我们两手空空怎么打日本人？是不是？目前咱晋绥军旧军已经整编完毕。兄弟这次前来，就是受阎长官委托，和二位商量整编的事，还望两位多多体谅配合呀！"

韩钧微微一笑："阎长官为了抗战大计，夙兴夜寐，煞费苦心，真是不易！不知道阎长官准备怎么个'统一编制'？"

陈光斗呷了一口茶，不慌不忙地说："我的意思，把二纵队整编为三个旅：独立第二旅、一九六旅和保安旅，三个旅组成一个正规师，归第六集团军陈长捷总司令指挥，以取得国民政府的军需供应。不知你们二位的意见？"其实这些全都是阎锡山的授意，陈光斗有意说是自己的意见，是要给自己留下一条退路。

韩钧摇摇头，直截了当地说："耀三兄，不妥！决死二纵队是阎司令长官领导下的部队，这不错。但这支部队和旧军不同，是共产党帮助阎长官建起来的，是统一战线的产物，我的身份就是公开的共产党员，阎长官也很清楚。建军初期八路军派来大批军政干部，如今一句话就归了旧军，这不是过河拆桥吗？"

陈光斗面子上难堪起来，扭头看着张文昂。

张文昂也不示弱，没好气地说："副总指挥，我同意韩钧的意见。"

第一颗子弹还没出膛就卡了壳，陈光斗好不懊丧。

韩钧又开口道："阎长官常说一句话：理凭力壮，力凭理伸；无力之理不伸，无理之力必折。这过河拆桥的事可不在理上，纵然是我们答应，也要问问几万名决死队战士，肯不肯答应！"

"咳，咳，"陈光斗干笑两声，笑得比哭还难看，"这话不是没有道理。但如果不整编为正规师，就不能取得军需供应，部队就会成为正规军的补充品，难以存在的呀！"

又放出一个试探气球。

韩钧掷地有声地说："副总指挥！抗战两年来，阎长官给决死二纵队提供过军需，这是事实。但我们要是全靠着阎长官的军需，恐怕最初的一两千人马早就跟日本鬼子拼光了！还会发展到今天壮大十倍的力量吗？这是为什么？因为我们是为百姓打仗。就是没有军需，百姓也总是会想办法帮助我们的！耀三兄，您说是不是？"

韩钧言辞犀利，陈光斗没有还手之力。不得已，他又提了一个折中方案，赔着笑说："两位老弟消消气。兄弟这次前来是和两位商谈，没有强迫的意思，希望不要误会。还有一个折中方案，是不是也可以考虑一下？"陈光斗朝着韩钧和张文昂看了一眼，"请两位老弟认真考虑一下。如果把决死二纵队整编为一个师，归阎长官直接领导，由阎长官兼任师长，单独存在，两位老弟意下如何？"

看来陈光斗是有备而来，早就准备好了几套方案。

夜深了，还没有谈出一个结果，陈光斗回到住处。

泉子坪笼罩在深沉的夜色之中。陈光斗躺在床上，回想着白天商谈的情

景，辗转难眠。

门外响起轻轻的敲门声，若有若无。陈光斗再一细听，"梆梆、梆梆"，真的是有人在敲门。他从枕头下摸出手枪，咔嚓上膛，压低声音问："谁？"

门外传来一声低低的回应："副总指挥！我！陈稚卿！"

原来是他！陈光斗披衣下床开了门。

陈稚卿闪身进门。站在陈光斗面前的是一个面庞黝黑的年轻人。他一副五短身材，二十六七岁年纪，圆圆的脸庞大大的门牙，稀疏柔软的头发卷曲着趴在头顶，目光中透出几分掩盖不住的狡黠。

"你怎么来了？"陈光斗低声问。

陈稚卿笑笑说："老长官，我们六团就驻扎在附近。今天我听说老长官到纵队部来了，大白天过来不方便，只好夜里悄悄来看看您。"

陈光斗指指凳子让他坐下："你小子倒是有情有义，还没有忘了老长官。"

陈稚卿脸上笑成了一朵花："那自然！没有长官的栽培，哪能有我的今天！"

陈光斗乐了："算你有良心。到六团上任多长时间了？"

陈稚卿两只小眼一眨巴："有一个多月了！"

陈光斗说："阎长官很器重你的！多次向我问起你的情况，你可不要辜负了咱长官。"

陈稚卿欠欠身子："那是自然！那是自然！"

陈光斗又问："到任一个多月，和韩钧的关系处得怎么样？"

陈稚卿神秘地一笑："韩钧很信任我！我经常在他面前有意识赞扬红军和八路军，还亲自在团里教唱《国际歌》，韩钧已经把我当成了自己人。他还私下里提醒我，不要公开教唱《国际歌》，怕暴露。"

烛光把陈稚卿的脸照得半边白半边黑。

陈光斗眨巴眨巴眼睛，对着陈稚卿竖起大拇指："好！很好！稚卿，部队掌握得怎么样了？你从旧军带来的二十多个人是不是都安排在重要岗位上？"

陈稚卿说："我借着秋林集训的机会，把反对我们的人都送去集训了，带来的二十多个人接替了他们的位置，团营连排重要岗位，基本上都换成了我们的人。也有人反对我，但我借口加强六团战斗力，他们也就说不出什么来了！"

陈光斗嘿嘿一笑："好！阎长官把你派进来，有很深的用意，就是要从共产党手里把部队的领导权夺回来。记住，隐藏得越深，你将来发挥的作用就越大！"

陈稚卿连连点头:"老长官,我明白!我的表现比共产党还共产党,我经常公开地讲,要革命的向左转,不革命的向右转!把那些真共产党唬得也是一愣一愣的!"

陈光斗低下声来提醒道:"过犹不及,也要注意分寸!"

陈稚卿感到话说得有些过了,赶紧收了回来:"那是那是!今后我会更加注意,拿捏住分寸。"

陈光斗这才放下心来:"这次我奉阎司令长官的命令,要在二纵队长驻一段时间。阎长官已经下了决心,一定要把几个决死纵队都拆开来!二纵队距离长官部最近,首当其冲。阎长官最放心不下的就是韩钧,马上要找个理由把他调到秋林,调到司令长官身边。那时候我们就可以放手大干了!"

陈稚卿连声说:"老长官尽管放心,上刀山下火海我都会紧紧跟着您!"

陈光斗满意地拍拍陈稚卿的肩膀:"稚卿,还有一件事。二纵队当前形势很复杂,关于整编的事,阎司令长官准备了好几套方案。我看最有可能的还是成立一个'新军教导师',阎长官兼任师长,我担任副师长。你马上给我准备一个警卫连,记住,每一个人都要特别可靠!"

陈稚卿小眼睛一眨巴:"行!我马上就办!"

在二纵队住了一段时间,陈光斗返回秋林,把他和韩钧、张文昂会谈的情况密报阎锡山。

阎锡山频频点头。他一面筹划着如何尽快肢解决死二纵队,一面不动声色地向决死二纵队各团派来"战区联络官"。

这些联络官名义上的职责是为阎锡山传递公文,实际上却承担着两个秘密任务。一个是搜集共产党、八路军、牺盟会和新军的情报,密报阎锡山;另一个,他们还承担着暗杀和破坏的特殊任务。

自从联络官进驻决死二纵队以后,麻烦事就来了。阎锡山动不动就发来密电,列举一些事例说二纵队里共产党活动猖獗,已经变成了"七路半",要韩钧查明实情从速上报。

回想起联络官进驻前后的变化,韩钧心中警觉起来。

一天,部队正在进行军事训练,操场上热火朝天,宿舍里静寂无声。这静寂中偶尔传出一阵轻微的沙沙声,声音不大,听起来却特别刺耳。二愣子从窗外悄悄探出半个脑袋,向里面看去。一个联络官正忙活得满头大汗。他不停地爬上爬下,翻箱倒柜,好像在寻找什么东西。二愣子身形一矮,转身向纵队部

跑去向韩钧报告了这件怪事。

韩钧随即带了警卫员赶到。

几个警卫员留在门外。韩钧一把推开虚掩的房门，跨了进去。听到"嘭"的一声房门大开，这个正翻箱倒柜的联络官一下子慌了神，霍地站起身来，脸色煞白，手足无措。

宿舍里一片狼藉。

韩钧背着手在宿舍里仔仔细细看了一遍，这才两眼逼视过去："你这是在干什么？"

"这……"联络官无言以对。

韩钧回过头对二愣子说："通知所有联络官和住在这个宿舍的战士，跑步前进，门口集合！"

二愣子答应一声，飞也似的去了。

通知的人都到齐了，韩钧对着他们招招手："进来吧！都进来看一看！联络官先进！"

门外的战士们不明就里，联络官们心里已经猜出个八八九九，一个个低着头进去转了一圈，看到同伙的狼狈相和这一地的杂物，个个心中忐忑。那个出丑的联络官只是把头深深地低下去，无地自容。

战士们进了门可就没那么平静了。那个被从衣兜里翻出几块钱和一封信的战士，一看到摊在床上的东西，顿时火冒三丈："你个狗东西！难道你想偷我的钱不成？那两块钱是我俩月的津贴呀！你还偷看我娘给我写的信！我娘不识字，专门托了门口赵先生给我写了这封信，嘱咐我一定要听领导的话，好好打鬼子！你！你！你！……"这个战士委屈地流着泪，哭着就要扑上去。二愣子赶紧上前一步，把他抱住。

韩钧虎着脸出了门，对着大家说："大家都看到了！不用我多解释。我命令，立即把他押送禁闭室！所有联络官到政治部培训，现在就去。"

二、危险之旅

克城位于蒲县最北端，西邻隰县，北连汾西，东接洪洞，自古就是一个"鸡啼鸣四县"的旱码头。

八月的天气暑热难耐。一场决定决死二纵队命运的会议刚刚结束。参加会议的人个个表情严肃，匆匆走出破旧的会堂。

韩钧和张文昂一前一后走了出来。

韩钧回过头来道:"文昂,我看纵队这次营以上干部会议,基本上收到了预期效果。我这就以大会名义起草一份电报,电请阎锡山恢复政委制。"

张文昂眉头皱着,忧心忡忡:"这可是不合阎锡山的胃口啊!我看,阎锡山恐怕不会顺顺当当的同意。"

韩钧说:"是啊。但是,阎锡山同意也好,不同意也罢,我们的主要用意,是通过这次会议统一我们二纵队的干部思想,这可是至关重要的。在这命运攸关的时候,我们必须要拧成一股绳!我在主持会议的时候已经明确宣布,在会议决议未获战区批准之前,部队的干部调动和作战命令必须由你批准签字,否则一律无效。这也是通过这次会议事先给大家打个招呼。"

张文昂点点头:"自从阎锡山发布整编命令到现在已经快一个月了,把我们二纵队的八个团分为三个旅,干部战士可都是人心浮动。如果不尽快统一思想,统一行动,一旦日本人打过来后果不堪设想!只是,我们没有邀请陈光斗参加会议,合适不合适?"

韩钧摇摇头:"我看没有什么不合适。阎锡山就是为了控制我们,才新成立这个所谓的新军总指挥部,凌驾于我们之上。阎锡山亲兼总指挥,派陈光斗这个副总指挥常驻二纵队,目的就是要控制我们。这件事要跟他商量,他肯定反对。好在陈光斗名义上是我们的上级,我们召开的既然是二纵队的会议,我看也就没有必要邀请他到会。"

张文昂点头道:"说的也是。"

韩钧一边沉思,一边说:"即使阎锡山不同意我们恢复政委制的意见,我们最大的让步也只是在形式上执行阎锡山的整编方案,而实际上我们必须保持二纵队的体制。换句话说,就是必须保持我们党对部队的绝对领导。"韩钧看看张文昂,打了一个手势,接着说,"文昂,这不仅仅是我的个人意见。我已经和尚昆同志、林枫同志谈了,他们也是这个意见!"

张文昂脸上的表情坚定起来:"坚决按党的指示办。和阎锡山的斗争才刚刚开始,后边还不知道阎锡山会使出什么招数。"

韩钧一笑:"司马昭之心,路人皆知。阎锡山吞并新军的用心昭然若揭,但他不管使出什么招数,我们绝不会、也绝不允许后退!"韩钧望着远处的群山,"后退是对党不负责任,也是对抗战、对国家前途不负责任!"

张文昂说:"是啊。阎锡山一纸命令把我们二纵队拆得七零八落,这新成立的三个旅,你看,独二旅任命你为政治主任,但是阎锡山让艾子谦去担任旅

长，他可是阎锡山的铁杆心腹，这是明摆着用他捆住你的手脚。保安旅倒是任命我担任旅长，但是却给我配了个旧军官担任副旅长兼参谋长，这不是阎锡山提前安下的一块绊脚石嘛！至于一九六旅，则干脆就不用我们的人，新调来一个白英杰担任旅长，这个人也是阎锡山的忠实走狗。徐荣同志去担任一九六旅政治主任，面临的斗争将是非常激烈的。"

韩钧有些担忧地说："独二旅有我在，保安旅有你在，问题不会太大。只是这一九六旅我放心不下。这个白英杰来者不善，听说在秋林集训期间，他就一头扎进阎锡山怀里，成了'铁血团'的骨干。"

张文昂道："白英杰跟阎锡山的渊源还要早，他早就跟阎锡山勾搭在一起了！"

韩钧想了想，说："文昂，听徐荣同志讲，白英杰前几天带了不少人来克城建立旅司令部，这些人都是从秋林来的。他听说我们二纵队召开会议，就借口有事回了秋林，估计是向阎锡山汇报去了。"

张文昂看看韩钧："很有可能。有必要再次提醒徐荣同志，认识到一九六旅形势的严重性。"

"我现在就去找他。"韩钧一边说，一边就要转身离去。

话音刚落，徐荣匆匆走了过来。满头大汗的徐荣先开了口："梁化之从秋林来了电报，要韩主任立即启程，到秋林二战区政治部报到，参加会议。"

"什么会议？"韩钧警惕地问。

"电报上没有说。只说是重要会议。"徐荣一边擦汗一边说。

重要会议？韩钧和张文昂对视一眼，心中不约而同地掠过一丝阴云。

"说没说什么时候出发？"韩钧又问。

"电报上说的是立即起程！"徐荣很肯定的口气。

新军总指挥部成立的时候，梁化之这个阎锡山面前炙手可热的人物，在担任二战区总政治部主任、太原绥署政治部主任、牺盟会负责人、民青会负责人、同志会总干事的职务之外，又兼任了新军总政治部主任。梁化之这几年深得阎锡山的信任，接到阎锡山密令，让他想办法尽快邀请韩钧到秋林来。为此，梁化之很费了一番心机。

梁化之比韩钧大几岁，他们彼此心中都很清楚，各自有着不同的政治信仰，各自有着不同的人生轨迹，只是国难当头，命运让他们有了相逢的机会。他们心中都有想把对方从原来阵营里争取过来的心思。按照阎锡山的意图，把韩钧调虎离山后，好对决死二纵队下手。梁化之则希望韩钧最好能迷途知返，转变立场和阎锡山站在一起。实在不行就任命他为自己的副手，放弃军权担任新军政治部副主任，把他羁留在自己身边。如果还不行，那就只好各为其主，因公废私，按照阎锡山的旨意——除掉他。这段时间，阎锡山忧心忡忡，多次向梁化之暗示，韩钧其人若能为我所用，将是一个干才；如其不能为我所用，将是一个"祸害"。

接到梁化之的通知，韩钧意识到这是一次危险之旅。但他决定冒险前去。他自有用意。这次新军各部主要领导都接到了梁化之的通知，但大家都觉察到了阎锡山的用心，为避免被一网打尽，纷纷借口前线战事紧张坚辞不就。韩钧只身前往，深入虎穴，一可以敷衍阎锡山，二可以侦察秋林动向。同时韩钧也想借机在秋林与顽固势力进行面对面的斗争，警告妥协投降势力。韩钧还想最后一次对梁化之进行争取，或者至少通过他来影响阎锡山，减缓阎锡山妥协投降的步伐。

离开纵队部，韩钧一路西行，不久来到了一个叫作马家沟的偏僻山村。马家沟是一一五师陈支队（即陈士榘支队）留守处驻地，韩钧的爱人张慧君就住在这里。到九月，韩钧和张慧君已经结婚两年，虽然两个人同在决死二纵队，但因为战事紧张，韩钧又经常在前线指挥战斗，夫妻两个总是聚少离多，难得见上一面。眼下张慧君有孕在身，韩钧有些放心不下。

张慧君正坐在一棵树下，低着头聚精会神地飞针走线，为肚子里的宝宝缝制红兜肚。她时不时地停下手来，目光朝着霍县方向张望。那里有她的心肝宝贝，刚出生就被寄养在老乡家的大儿子——晋生。

一九三九年年初，在日军六路围攻晋西南的隆隆炮声中，这个虎头虎脑的胖小子来到了人间。韩钧爱怜地看着孩子，对张慧君说："我们决死队的根扎在人民之间，根扎得越深，我们的生命力就越强大，给他起个名字叫爱民吧，希望他永远和人民在一起！"

张慧君亲着爱民粉嘟嘟的脸蛋说："大名叫爱民，小名叫晋生怎么样？希望他像老虎一样结实健壮！孩子，只是你来得太不是时候，现在咱们决死队正跟小鬼子拼得你死我活呢！"

韩钧点点头，脸上浮起一丝凝重："现在情况非常危急，三团正把鬼子缠在兑九峪一带，四团也在灵石双池和小鬼子激战，我马上要带五团到隰县午城一带设伏，这是要跟鬼子拼刺刀的硬仗。这里也不安全，敌人随时都会来偷袭，我看还是把晋生托付给老乡暂时抚养吧！"

"不！——"张慧君本能地护住怀里的孩子，"孩子还没满月，我一定要

和我的孩子在一起！"

韩钧耐心解释："孩子是爹娘的心头肉，谁不爱自己的孩子呢？可是现在部队一天三转移，他一哭很容易暴露目标，孩子跟着咱们不是更危险吗？"

张慧君想想也是，可是一想到就要和孩子分离，这兵荒马乱的年月不知道什么时候才能再见，泪水禁不住流了下来："孩子还在吃奶，我舍不得！"

"难道我舍得吗？"韩钧安慰张慧君，"非常时期行非常之事。等打走了鬼子，我们再把他接回来！"

"嗯！"张慧君哽咽着点点头，看着警卫员抱着孩子出了门。

晋生现在不知道怎么样了？

这时，远处响起一阵马蹄声，把张慧君的思绪从回忆中拉回现实。

是韩钧骑着马飞奔而来。张慧君立刻放下手中的针线迎了上去。

韩钧把马缰绳扔给二愣子，笑着走了过来。

张慧君上前拉住他的手，心疼地说："瞧你！瘦了！"

韩钧一笑，把放在凳子上的兜肚拿在手里，歪着头细细端详。兜肚中间绣着四只蝴蝶。最大的一只有着一对金色的翅膀，下面一只略小一点儿，翅膀上是淡淡的紫色，飞得最高的那两只蝴蝶个头儿最小，翅膀上绣的是一抹淡淡的天蓝色。韩钧心想，这分明就是自由自在的一家人嘛！仔细看看，兜肚上还绣着四个秀丽的金字：长命百岁，只是岁字还只绣出一个山字头来。

韩钧笑着说："你这双拿枪的手绣起花来，也是巧夺天工嘛！"

张慧君脸色绯红："你呀，一见面就笑话人家！"

韩钧摇摇头，把兜肚在手里抖了抖笑着说："我哪里敢笑话你，明明是实话实说嘛！"

二愣子牵了马到沟边一片草地上去了。韩钧和张慧君在凳子上坐了下来。

韩钧收起了脸上的笑容："小慧，我这次要到秋林去一段时间，想带上你一块儿去，你看行吗？"

张慧君高兴地说："我当然求之不得，只是这里……"

韩钧说："你放心，我已经都替你安排好了。你现在怀了孕，日本鬼子又天天扫荡，在这里实在是不安全，而且一旦遇到紧急情况，还有可能拖累其他同志。秋林毕竟是敌后，虽然形势也很复杂，但日本鬼子一时半会儿还到不了那里。"

张慧君乐了："行！从我们结婚到现在，你就天天在打仗，两年了，我们在一块儿的天数扳着指头都能数得过来！"

第三章　征战晋西（1939——1940）

韩钧歉疚地说："这可怪不得我，要怪也只能怪日本鬼子！不过你放心，啥时候把日本鬼子消灭光了，咱们就可以天天在一起了！"

"嗯！那得先把晋生从老乡家接回来！孩子离开我们快一年了，我还没有见过他一面！"

"那是自然！"

阎锡山的行营在秋林镇，二战区政治部驻扎在不远的上葫芦村。

韩钧到达秋林，梁化之早早地迎了出来。他拉着韩钧的手，满面笑容地说："老弟呀，可算把你给盼来了！"

韩钧和张慧君进了窑洞，梁化之热情地让座倒茶，指指桌上堆积如山的文案说："瞧瞧，一天到晚都快要忙死了！战区的、绥署的、牺盟的、民青的、民大的、新军的，还有，这不，《黄河战旗》、《政治月刊》、《牺牲救国》这些杂志还要我给他们写些文章，约稿信厚厚一摞，老弟你要不来帮帮我，都要把我累死了！"

韩钧喝了一口茶，脸上微微笑着。

梁化之还在滔滔不绝地讲："老弟呀，你一路辛苦，本不该一见面就跟你唠叨这些。这样，你和弟妹先休息几天，我们再谈工作。住处我都提前安排好了，就住在上葫芦村我的窑院旁边。政治部的同志基本上都住在那一片，一来工作上的事情我们好商量，二来你们刚到，对秋林还不是很熟悉，我们住得近一些，生活上也好照应！"

看梁化之一口气说了这么多，韩钧点点头说："多谢梁兄美意！只是，住的地方不用你操心，我和小慧暂住在岱峰那里就行。"

韩钧心中有数，刘岱峰是自己人，韩钧提出住在他那里是出于安全考虑。

"也好！还有，这次你要做好在这儿长期作战的准备，恐怕一时半会儿回不去。"梁化之隔着厚厚的玻璃镜片看着韩钧，用轻描淡写的语气说。

韩钧放下了手里的茶杯，警觉地问："为什么？"

梁化之一笑："这次请你来，是阎长官的意思。一来是想让你帮我处理政治部的事务，最近我要到重庆去开个会，时间可能比较长。二来，阎长官可是有意重用你呀！"

韩钧心里咯噔一下，这可不仅仅是调虎离山，看样子还要画地为牢呢！想到这里，韩钧追问一句："现在日军正在进攻决死队，前线战事正紧，我留在这里，前线的事怎么办？"

129

梁化之摆摆手说:"老弟!既来之则安之,总部这里的事情更重要!前线的事情就交给他们吧!"

一晃一个多月过去了。秋林已经有了浓浓的秋意,梁化之从重庆迟迟未归,韩钧每天都很繁忙,不仅要处理大量的公务,还要开会,写文章,每天的日程都安排得满满的。

时间很快到了十月。十月十五日对于新军来说是一个重要的日子,去年就已经明确规定这一天是新军成立纪念日。去年的这一天,新军各部在残酷的战争环境中都举行了隆重的纪念活动,今年韩钧提前联合在秋林的新军各部代表和在秋林集训的新军干部,准备到那一天召开纪念大会,可是今年的气氛似乎有些异样。

秋林传出了反对召开新军纪念大会的声音。本来这次纪念大会是经过阎锡山同意的,但是到了原定开会的时间,礼堂大门却被锁上了一把大锁,参加纪念大会的新军军政干部已经站好了队伍,礼堂的大门还被旧军派来的人把守着。双方都打着阎长官的旗号,就在礼堂门口对峙起来,冲突一触即发。

阎锡山在卫兵、副官簇拥下匆匆赶来,礼堂门口立刻静了下来。阎锡山答应韩钧他们召开新军成立纪念大会,本来就是虚应故事,没想到韩钧他们竟当了真。阎锡山左右为难,挠起了头皮,既然已经答应了,不好当面出尔反尔,于是暗中指使一班旧军军官进行阻挠,没想到弄成现在这个样子。他只好亲自出马。

阎锡山来到礼堂门口,一看这个阵势,吊起三角眼向着人群扫了一眼,冷冷地宣布:不光是新军干部,凡是在秋林集训的新旧军干部全部参加会议。会议只安排一个议程,就是请司令长官训话!

卫兵们簇拥着阎锡山走上讲台。台下的新旧军干部阵线分明。

阎锡山满脸不高兴,吊着脸不咸不淡地开了腔,一开口就把新军批了一顿:"新军这个纪念会,就好比小孩子过生日,纪念一下就可以了,没有必要搞得那么郑重其事!"而后话锋一转,"今后,晋绥军也要定一个建军纪念日,到时候也要开个纪念会!"几句话说完,阎锡山板着脸迈着小碎步走下会场,匆匆离去。会议草草收场。

晚上,秋林的新军干部举行火把游行。天刚擦黑,几条沟里到处都是点亮的火把,长长的游行队伍宛如游龙,山谷里回响着震耳欲聋的口号声:"打倒汉奸!""打倒投降派!"

山呼海啸一般的口号声传进了警卫森严的窑洞里。阎锡山背着手,撅着八字胡在阴暗的窑洞里踱来踱去,低头沉思:太不像话了!项庄舞剑意在沛公,这不明摆着是向我阎某人示威吗?原以为把韩钧从前线调到秋林,离开部队他就成了无水之鱼,谁知在我阎锡山眼皮底下,他竟然又翻起这么大的波浪来。

更出乎阎锡山意料的是,八路军驻山西办事处主任王世英也悄悄从延安来到秋林,给韩钧带来一个令人震惊的消息:八路军截获了阎锡山和日本人秘密勾结的情报。

王世英严肃地对韩钧说:"韩钧同志,目前的形势很严峻。阎锡山笑里藏刀!延安已经得到确切情报,阎锡山决心已定,要和日本人联起手来向决死队开刀。决死二纵队是他的首选目标,突然事变随时有可能爆发!"

韩钧虽然有一些心理准备,但猛然听到这个消息还是吃了一惊。联想到秋林近来发生的事情,他一下子警觉起来,从凳子上霍地站起身来:"中央什么态度?"

王世英斩钉截铁:"坚决打击,绝不让步!坚守晋西地区尤其是晋西南地区,对延安的安全,对全国的抗战都有着重要意义。晋西南是我们一个重要的战略支点,中央的态度很明确,绝不能放弃!"

韩钧略一思索:"我立即返回前线保住部队,不能眼睁睁地看着阎锡山动手,更不能待在秋林束手就擒!"

王世英点点头:"对!阎锡山和梁化之用心险恶!把你羁留在秋林,这是他们精心设计的一个圈套。把你困在这个牢笼里,他们好腾开手去收拾二纵队。而且,他们用心狠毒,"王世英加重了语气,"日阎早有默契。九月份你刚刚离开二纵队到秋林,日军就开始对晋西南的抗日根据地大举进攻,两个月来占了我们不少地盘,最近却突然撤防,把从我们手里抢去的地方悄悄交给阎锡山的军队,还起了个好听的名字,叫'让渡'!什么'让渡'?这是日阎合作的一个前奏,以便阎锡山军队对二纵队形成合围。阎锡山还在暗中向离石和军渡方向调兵,目的是切断延安和山西的联系。我看,阎锡山甚至已经做好了不惜与八路军一战的准备,可见阎锡山决心之大,用心之毒!"

房间里空气凝固了。韩钧在心中掂量着决死二纵队面临的险恶局势。到秋林已经两个多月,不知道二纵队都发生了些什么变化,不知道同志们是不是意识到了问题的严重性。他真想立刻插翅飞过黄河,飞回吕梁山上,把真相告诉同志们,叫同志们赶快拿起刀枪,防备阎锡山的冷枪暗箭。绝不能眼看着这些在抗日战场上冲锋向前的英雄们倒在罪恶的暗算之下。

王世英望着表情严肃的韩钧,说:"韩钧同志,当前在秋林,我们还有一

个重要的工作要做，这个工作我们八路军办事处的同志不好出面，想让你来做。"

韩钧抬起头，诚恳地说："世英同志，请讲。"

王世英深深吸了一口气，说："新军在秋林的同志多数还不知道日阎暗中勾结的真相，要尽快告诉大家。我想这个事情由你出面会好一些。阎锡山最近对八路军办事处的行踪已经进行了严密监视，我们行动很不自由。另外，我们也担心那些和我们联系频繁的同志会遭到阎锡山的黑手。同时还要告诉我们的人，尽快返回部队，做好战斗准备！"

韩钧面色冷峻地点点头："好！我马上就去。做好了这件事，我立即返回部队！"

三、暗箭密布

梁化之终于从重庆回到秋林。梁化之一回到秋林，韩钧就向他婉转提出，要回一趟河南老家，探望父母。梁化之借口请示阎锡山，迟迟不答应。

其实阎锡山早已动了杀机，他已经和梁化之就如何掩人耳目地除掉韩钧进行了多次密谋。

自从韩钧到秋林，阎锡山就密切注意他的一举一动。韩钧事实上已经成为新军干部在秋林的核心。三个月来他把秋林变成了新军向投降势力发起进攻的战场，而且暗中帮助许多新军干部识破阎锡山的真面目，组织他们重返抗日战场。拉拢，他不上钩；威胁，他不就范；而且他还写了不少文章登在《政治周刊》和《黄河战旗》上，这些言辞犀利的文章特别有煽动力，他的所作所为让阎锡山十分恼火。必须尽快除掉韩钧！

不过除掉他的地点显然不能是秋林，那样目标太大。阎锡山又和梁化之密谋起来。梁化之这次到重庆，是到重庆国民党中央党政训练班受训，同时代表阎锡山参加国民党五届六中全会，因此两个人的谈话自然就从这里说起。这次会议是国民政府迁都重庆后召开的第一次党代会，就是在这次会议上，蒋介石向阎锡山抛过来一根橄榄枝，阎锡山当选国民党中央常委，跻身国民党最高决策层。

梁化之向阎锡山详细汇报了在重庆参加会议的情况，说："这次全会的重要成果，是改变了过去以政治限共为主、军事限共为辅的政策，决定实行军事限共为主、政治限共为辅的政策，一轮大规模的反共高潮即将到来。在会议期间,蒋先生特意找我谈了几次,说一向很看重阎先生的远见卓识,相信先生一定会正确估计形势,联手遏制共产党。他还说,阎先生同共产党斗争是有经验的,在这方面阎先生有什么困难,中央一定无条件支援,希望先生不要有后顾之忧。"

蒋介石的态度让阎锡山吃了一颗定心丸。阎锡山老于世故,他还有着自己的小算盘。他不愿意眼睁睁地看着决死队这块肥肉掉进共产党的嘴里。抗战两年多来,共产党八路军的力量越抗越大,晋绥军的地盘和势力却越抗越小,阎锡山心里酸溜溜的。阎锡山一向把新军决死队视为一己私产,如果这支力量再被共产党控制,那就无异于剜掉了他的心头肉。

想到这里,他说:"敦厚,我们倒不是要急着为蒋先生充当反共先锋,我们有我们的难处,是箭在弦上,不得不发呀!我们山西这一次对全国形势的判断是正确的,可以说我们是走在了形势前头,目前各方形势对我们都很有利,我们的部队也基本部署到位,可不能错过了这个好机会。"

梁化之想到了韩钧,说:"我从重庆回来以后,韩钧多次找到我,提出要尽快返回二纵队,见我一直不同意,后来又改口说要回河南老家探望父母,似乎已经觉察了我们准备进攻二纵队的意图。他到秋林已经三个月了,总这么拖着不放终究不是个办法。我告诉他您有意让他担任绥署和新军的政治部副主任,他明确表示不愿担任。对他究竟该怎么个处理办法,还是要请您给拿个主意。"

阎锡山沉吟半晌,眼含杀机地摇摇头:"这个韩钧,中共产党的毒太深。我对他也算是仁至义尽了!虽然杀了有些可惜,但是留着他可是心腹大患。我看,还是想一个妥当的办法,尽快把他……"阎锡山伸出肥厚的手掌,用力往下一砍,做了一个杀头的手势。

梁化之心领神会:"将计就计!既然他急着返回部队,我们就佯装答应他的要求,在返回的路上对他下手?"

阎锡山猛一点头:"具体怎么安排你看着办。但只许成功,不许失败!"

十一月二十六日一大早,梁化之突然给韩钧打来电话,要韩钧去一趟。

到了梁化之那里,梁化之脸上堆着笑,拉着韩钧的手说:"老弟,这段时间真是辛苦你了!我去重庆这么长时间,政治部的事情多亏有你!"梁化之从桌上拿起一个信封,递到韩钧手里,"这是一千块钱,阎长官的一片心意,请你务必收下。"

韩钧连忙推辞:"梁兄,这,这,这是从何说起?"

梁化之一把拉过韩钧，把信封塞进他手里："既然是阎长官的心意，你就不要见外了！我把令尊令堂年事已高，你想回乡探望的意思给阎长官说了。阎长官最重孝道，常说'养儿防老，积谷防饥'，听说你离家已经八九年，没有回家探望过一次，还责怪我为什么不早说呢。阎长官听说你兄弟几人都在抗日前线，很是感慨了一番，也为你有这么深明大义的父母而赞不绝口，催着你快点儿上路呢！"

韩钧道："梁兄，长官的美意我心领了！可是这钱我不能收。现在部队枪弹、医药都很缺乏，冬衣还没有准备，战士们打仗更需要钱呐，这钱我真的不能收。再说我回家探望父母，一来这是私事，二来也用不了几个钱！"

梁化之的手不仅没有缩回去，反而又往前送了送，笑着说："韩老弟，恭敬不如从命！你就收下吧。长官知道你这么多年来，两袖清风，不蓄私财，你哪里有回去探望父母的钱呐！话退一步讲，我们在阎长官手下做事，部队整编以后你将被任命为少将，堂堂晋绥军少将回乡，如果出手寒酸，阎长官面子上也不好看不是？"

韩钧心底一笑，什么狗屁少将！

但话说到这个分上，韩钧只好假戏真做，苦笑一声收起信封："好！那我就收下阎长官的心意，回头梁兄你就替兄弟我好好谢谢阎长官！"

梁化之看着韩钧收起信封，又用关心的语气问："返回河南要路过二纵队防区，你要不要到部队去看看？"

这显然是在试探了，韩钧心想，说不回部队你也未必相信，索性直来直去："好啊！现在和日军战事这么紧张，还是想顺道回部队看上一眼。"

梁化之叹了一口气，脸上露出忧虑的神色："老弟，现在局势不稳呐！我听说顽固军到处在抓人，有一些进步的同志遭到了暗杀，我很担心你呀！"

韩钧面色坦然："梁兄，谢谢你的好意！兄弟的安危你不用多虑，我自会安排。"

梁化之摇摇头："小心无大错！你可不要掉以轻心。"说着话，他拉起韩钧的手走到挂在墙上的地图前面，指点着说，"从秋林返回纵队，你看，一共有这么几条路线。依我看偏僻的小路可是不安全呐！我建议你还是走大路好些，你说呢？"

韩钧不动声色地说："梁兄，兄弟听你的，就走大路！"

梁化之把眼睛从地图上移开，看着韩钧："老弟，记住老兄的话，你一定要走大路！走小路太不安全。还有，一路上要拉起手枪机头，以防意外！老

第三章 征战晋西（1939——1940）

弟，你准备什么时候出发？"

韩钧朝着梁化之的眼睛看过去，只见他的眼睛里倏地掠过一丝紧张，心中咯噔一沉，但即刻装作若无其事的样子，大大方方地说："我看明天走吧！今天我把手头的事情交代一下，你看呢？"

梁化之说："行！明天就明天吧！为了保证你的安全，我已经挑选了几个可靠的人做你的警卫，明天一早就到你那里报到。"说完，拉开抽屉取出一个崭新的硬皮笔记本，递到韩钧面前，"老弟，这是我从重庆带回来的笔记本，就请你在扉页上给题个词吧！"

韩钧接过笔记本，凝神静思片刻，挥笔写下几行字来：

> 敦厚吾兄：国难当头，寇深时亟，得与兄并肩御侮，钧之幸也。然危害山西抗战之危险倾向端倪已露，兄不可不察。事关民族大义，望兄熟虑深思。抗战以来，山西堪称全国模范，不特山西一省之幸，实亦中华民族之福。若遽然祸起萧墙，则必亲之者痛而仇之者快，祸在当今，贻笑后人，亦为我辈所不齿。临别赠言，心头千言化为笔下一语：望兄坚持抗战、反对投降，坚持团结、反对分裂，坚持进步、反对倒退！
>
> 弟：韩钧

韩钧挥笔写就，把笔记本和钢笔交给梁化之。

梁化之仔细看了一遍，脸上不自觉地浮现出一丝慌乱之情，连握在手里的钢笔也"啪嚓"一声掉在地上。

梁化之慌忙俯下身去，想借捡起钢笔的机会，掩饰那丝慌乱。

这一切，自然逃不过韩钧的眼睛。

出了梁化之的门，韩钧径直到了八路军办事处。王世英已经为他准备好了三个警卫员，都是八路军战士，而且早已备好几匹快马。

王世英一见面就说："韩钧同志，我正要找你。情况比我们想象的要严重得多！八路军得到最新情报，阎锡山已经拟定了一个'冬季攻势'作战计划，十二月一日就要联合日军对二纵队发起突然袭击。情况危急，刻不容缓！阎梁对你不怀好意，其中必有文章。走得越早越安全，走得越晚他们准备越充分。秋林的事情我来善后，慧君行动不方便不能急行军，你把她交给我们好了，我们会想办法照顾好她，你不用担心。秋林这个是非之地，你不可久留。快走！"

韩钧点点头："世英同志，我还是要回去一趟，给小慧打个招呼，免得她

担心。"

王世英说："行！但一定要快。我让警卫员悄悄拉马到村外等你。记住，多耽误一分钟就增加一分钟的危险。还有，二愣子不能跟你走，你的马也要留下，否则目标太大。这些事情回头我来处理，你就不要管了。"

韩钧充满信任和感激地点头。

韩钧匆匆回到住处，嘱咐张慧君："小慧，情况紧急，我现在就要出发返回部队，世英同志已经都安排好了，路上你不用担心。你正怀着孕不能急行军，等孩子出生后再由世英同志安排设法送你到延安去。三妹的伤寒病抓紧时间治疗，我顾不上了！小慧，让你受累了！记住，不管遇到什么事情，一定要找王世英同志相助！"

张慧君感到有些突然，但又来不及细问，慌乱地张了张嘴，却只说出了一句话："你，快走！——保重！"把韩钧推出门外。

韩钧把手里的信封往她手里一塞："这些钱你留下，遇到我们的同志去延安，这些钱给他们作路费！"

村东，二愣子牵着韩钧那匹马，正在悠闲地吃草。那马一会儿低头吃草，一会儿抬头远望，时不时放松地喷一个响鼻，马尾巴两边甩着，驱赶着讨厌的蚊虫。二愣子牵着马缰绳，把马鞍卸下来，一会儿拍拍马脖子，一会儿理理马鬃毛，一会儿又亲昵地和马说着话。

其实，二愣子早就注意到了，远处几双警惕的眼睛不停地朝这边观望。

村西，几匹快马像离弦的利箭，离开上葫芦村径直往西，绕了一个大弯之后，回头即向着黄河岸边飞去。

一路快马加鞭，傍晚时分便到了壶口。源出昆仑衍大流，玉关九转一壶收。距离河边还有些距离，耳边已传来汹涌澎湃的波涛声。涛声惊天动地，如滚滚惊雷，似万千狮吼。拍马到了近前，眼前陡然横亘着一道高峡，夕阳下一面宽阔的金瀑飞流直下。两岸苍山巍然，秋色正浓，危崖耸立，怪石突兀；瀑流排山倒海，从天而降，水花四溅。奔腾的河水丝毫不加掩饰，就那么酣畅淋漓地喷涌而来，奔流而去。

韩钧被眼前的景象深深地震撼了。河水从天跌落，状若云腾，势如山崩，哪怕粉身碎骨，也要勇往直前。夕阳中惊现一道彩虹。彩虹横卧瀑布上空，飞跨黄河两岸，把这肃杀的秋色装点得别样灿烂，把这破碎的河山衬托得无限壮美。

警卫员找来了一条渡船。几个人登上小船，趁着最后一抹斜阳，驶向激流奔涌的黄河河心。

船到中流，岸上传来一阵急促的马蹄声。

"吁——"几个身背长枪的军人勒住战马："韩主任！等一等，我们是梁主任派来护送你的！"岸上传来一阵急切的喊声。梁化之派来的追兵，只可惜晚了一步。

韩钧微微一笑，朝着西岸回应道："你们辛苦了！请回吧！给梁主任回个话，就说我已经安然过河，后会有期！"

耳听着黄河水阵阵涛声，眼看着唯一一条渡船已到了射程之外，岸上追兵急得连连甩手。

夜幕深沉。过了黄河东去，吉县县城是必经之路。梁化之已经给驻扎在吉县的第十三集团军总司令王靖国作了交代，要他务必严密盘查，截杀韩钧。王靖国和梁化之是阎锡山的左膀右臂，一文一武，一唱一和，加上这又是阎锡山的命令，王靖国自然不敢怠慢，早早就布下一张天罗地网。在吉县的山关路隘、大小路口都设下埋伏，尤其是将吉县县城的四个城门把守得针插不进、水泼不入，单等着韩钧自投罗网。

在吕梁山转战几年，韩钧已经熟悉了这里的每一道山梁沟壑，每一条溪流沟渠。他选了一条平日人迹罕至的山间小道纵马向前。

农历十月十六，立冬过后十几天了。吕梁山上的初冬寒凝大地，露湿重衣。月亮又圆又亮，将山间蜿蜒的小路照得依稀可辨。韩钧一行避开岗哨盘查，在月光下翻山越岭急行。远处不断地传来野狼的嗥叫，在空旷的山野中听起来很是瘆人，不过有惊无险，终于顺利到达吉县县城外。

深夜人困马乏，一起进城目标太大，分散行动又有不小危险。

韩钧当机立断："分散行动！他们暗杀的目标是我，我和你们三个分开，你们相对安全。我的目标小了，也会安全一点儿。"

三个警卫员自然不同意："我们的任务就是保护首长，如果分开行动，我们几个在一起倒是好照应，万一遇到危险，你一个人怎么办？"

韩钧笑笑："人到难处须放胆。你们尽管放心。分开后你们三人到附近山坡上找一户老乡家，把马喂好，放心休息就行了。要不明天还要赶路，人困马乏怎么行？我一人空手闯进吉县城，他们想都想不到，这叫出其不意。你们只要记住，明天天亮前在东关门外集合就行！"

警卫员还要说什么，韩钧把手一挥："听话，快去吧！"

韩钧身上穿着一件破烂的粗布褂子，头上围着一个白羊肚毛巾，身上背着

一个打了补丁的半旧包袱，嘴里啃着半个馍馍走近城门。到了城门口，看门的一看这身打扮，头也不抬地朝着他挥挥手。韩钧规规矩矩地后退一步，躬身点头算是感谢，手脚拘谨地进了城。

进了城，韩钧转眼消失在一条窄小的胡同里。他找到一家小小的澡堂，痛痛快快地洗了个澡，递给老板两张山西新发行的纸币"大花脸"，吩咐五更时分叫醒他，然后倒头便睡。

实在是太累了。当老板叫醒他的时候，他甚至连个梦都没有来得及做。谢过老板，他手脚麻利地穿好那身行头，还是啃着半个馍馍，天不亮就出了东关城门。警卫员已经等在那里。韩钧纵身上马。"驾！"一抖缰绳飞驰而去，吉县县城很快被甩在了身后。

暗尘逐马去，明月随人来。那一轮圆月还挂在天上，依依不舍地照着这几个寒夜急行的旅人。

四、紧急应变

初冬的吕梁山早就挂上了一层厚厚的严霜。路边野草枯黄，枝头残叶凋零。远处寒山青苍，眼前危崖萧瑟。在这肃杀的天地之间，几匹战马正沿着崎岖不平的山路，一刻不停地向着北方奔驰。

十一月二十八日深夜，几天来一直风餐露宿的韩钧终于回到了位于隰县义泉镇的纵队部。

虽然已经是深夜，韩钧还是立即叫醒政治部副主任廖井丹。

睁开眼看到韩钧，从梦中惊醒的廖井丹吓了一跳。眼前的韩钧满脸倦容，两眼血丝，紧握着马鞭的右手显得有些僵硬，嗓子沙哑得都快说不出话来了。韩钧这次到秋林一走就是三个月，其间日军频繁扫荡，廖井丹几次发电报催促韩钧返回，韩钧都很无奈地表示，阎锡山说什么也不放。这次事先也没个消息，突然之间回到纵队，廖井丹着实吃了一惊。

韩钧顾不得解释那么多，直截了当地说："阎锡山马上就要对我们发动突然进攻！井丹，赶快派人通知纵队主要负责同志开会。越快越好！我先休息一会儿，等他们来了马上叫醒我！"

廖井丹答应一声去了。

韩钧连口水都顾不上喝，倒头便睡。

一觉醒来已是十一月二十九日早晨。韩钧匆匆来到会议室，张文昂、廖井

第三章　征战晋西（1939—1940）

丹、郝德青和艾子谦都在座。

韩钧眉头一皱，问廖井丹："徐荣同志呢？没有派人到一九六旅吗？"

廖井丹回答："派人去了，到现在还没有回音。"

韩钧急促地说："情况紧急，不等他了！匆忙把大家叫来，是要告诉大家一个紧急情况，阎锡山要对我们动手了。他要借所谓的'冬季攻势'，和日军包围夹击我们，消灭二纵队！我这次从秋林冒死返回纵队，阎锡山派了人一路追杀。他害怕我把这些情况告诉大家。"

众皆愕然。大家对阎锡山借整编的名义拆分、吞并二纵队的意图有所了解，但要说他和日军勾结一起消灭二纵队，还是觉得有些难以置信，一时面面相觑。

张文昂满腹疑虑地问："韩钧同志，这可不是一件小事。消息准确吗？"

韩钧面色凝重地点点头："准确！文昂，我从吉县抄小路返回，一路上旧军都在悄悄向我们的防区移动，缩小包围圈，这是在抄我们的后路啊！"

张文昂还是有些不以为然："韩钧同志，你离开部队几个月，不了解部队情况。我们几天前收到阎长官下达的《冬季攻势命令》，要我们二纵队集结部队，十二月五日准时向同蒲路灵石至霍县的日军进攻。旧军是我们的总预备队，当然要在我们的背后集结了。阎长官想要掌握决死队，这是事实，但要说他联合日本人消灭二纵队，未免有些夸大。"

韩钧腾地从座位上站了起来，啪地一拍桌子："文昂同志！你太麻痹了！那个'冬季攻势'就是阎锡山给我们设下的陷阱！叫我们集结是为了包围我们，旧军在我们背后集结绝不是为了进攻日军，是要和日军前后夹击，消灭我们！"

张文昂也不示弱："韩钧同志！如果我们错误判断形势，后果将是十分严重的。不仅会葬送我们二纵队，还会破坏国共两党好不容易形成的抗日统一战线，这个责任谁来承担？我是纵队政委，我不同意你对形势的判断！"

韩钧情绪激动起来，他拔出手枪啪地拍在桌子上："文昂同志！你要我怎么说你才能明白！已经火烧眉毛了！我们总不能眼睁睁看着敌人把我们干掉吧！"

艾子谦朝两个人看看，站起身一手拉着张文昂一手拉着韩钧说："两位老弟都消消气，不要着急，有什么话坐下来谈嘛！不过，文昂的话还是有些道理的，毕竟一旦动起刀枪，那可是几万人的性命啊！"

张文昂一看有人支持他，气呼呼地说："再说，即使情况真如你所讲，等

旧军打了第一枪，我们再打第二枪不迟！他可以不仁，我不能不义！"

韩钧一把甩开艾子谦的手，含着眼泪说："文昂同志，人为刀俎，我为鱼肉！旧军调集了六个军几十个团，人数数倍于我们，再加上日军的力量，等他们把我们围得铁桶一样，一旦他们先动手，还有我们还手的机会吗！这不是等死又是什么！我们必须迅速行动，先发制人，才能减少部队损失！"

张文昂摇摇头："韩钧同志，现在情况不明，我们不能贸然行动！"

韩钧急了："文昂同志，你这是动摇犹豫！俗话说，好汉不吃眼前亏，我们必须先下手为强，赶快动手自卫！"

韩钧和张文昂激烈地争论着，谁也不能说服对方。事关重大，大家莫衷一是，纷纷起身劝解。

张文昂转身离去，艾子谦一看追了出去。

张文昂径直来到电台室："要战区政治部！我要向梁化之主任和刘岱峰副主任发报！"

报务员麻利地做好了发报准备，张文昂口授电报内容："梁主任、刘副主任：韩钧从秋林返部，立即召开会议，神经很紧张。情况究竟如何？速电告！"滴滴！滴滴！电波迅速发出。

艾子谦紧随张文昂走出会议室后，见张文昂径直走进电台室，艾子谦一反身进了自己的办公室，迅速关好门窗拉上窗帘。办公室里间是卧室，卧室床下有一台无人知道的秘密电台，可以直通阎锡山。

艾子谦手脚麻利地拉出电台，随着一阵"嗒嗒嗒"的按键声，发出一份密电："阎司令长官：急电。韩钧返回纵队部，力主先发制人，秘密计划已泄露。职子谦。"

艾子谦返回会议室，见张文昂还没有回来，暗暗舒了一口气。

张文昂还在电台等待秋林的回音。梁化之不在政治部，刘岱峰收到了那份电报。打开一看，他倒吸一口冷气：天哪！文昂太麻痹了！假如这封电报落入梁化之手中，后果不堪设想。

刘岱峰当即把电报收起，立即复电："文昂：希按韩钧意见行事！切切！岱峰。"

阎锡山此时也收到了艾子谦的密电。原以为韩钧已经被梁化之秘密解决，一看韩钧竟然安全抵达部队，阎锡山气得七窍生烟。他急急忙忙把梁化之找来，劈头盖脸臭骂一通。原定十二月五日发动的"冬季攻势"，确实是阎锡山精心设计的一个圈套。如果二纵队按照命令进攻早已虎视眈眈的日军，前方激战之际旧军会趁机抄了二纵队后路；如果二纵队抗命不遵，阎锡山就找到了冠冕堂皇的理由，立即兴兵讨伐。在二纵队疲于应付的关口，日军再从背后插上一刀，二纵队腹背受敌，根本无力招架。但是现在这个绝密计划因为韩钧而提前曝光，阎锡山恼羞成怒。

可他转念一想，事已至此，当然不能就这么前功尽弃，只好提前行动。他向"讨叛总指挥"陈长捷发出密令，要他以第六集团军名义指挥各部，立即行动。南路纵队为六十一军、八十三军、警卫军七十三师，由陈长捷自兼司令，进攻驻在隰县黄土、义泉的六区专署和决死二纵队司令部，系进攻二纵队的主力；西路纵队由十九军副军长梁培璜担任司令，率十九军和三十三军一部，背靠石楼、永和，一部进攻驻在隰县和孝义交界处的八路军晋西支队，一部到达中阳县以北从军渡到汾阳的日军封锁线南侧，向南迂回；北路纵队则是赵承绶的骑兵军和郭宗汾独立师，集结临县，截断二纵队北撤路线；东路纵队是背靠日军的新一旅，由旅长崔道修兼任司令，从二纵队东南方向向西北进攻泉子坪，同时截断二纵队东靠晋东南八路军和决死一、三纵队的通道。

二纵队的东北方向，是个唯一没有旧军的缺口，却早已被埋伏在韩信岭的日军布好了一个口袋阵。

阎锡山用心不可谓不深，布置不可谓不密，他料定韩钧已经插翅难逃。

电台跟前，张文昂终于等到了刘岱峰的回电。看了刘岱峰明确无误的回电，他似有所悟，立即返回会议室。

韩钧已经冷静下来，正向几个人了解二纵队兵力布防情况。

张文昂匆匆踏进会议室。

"韩钧同志，你的意见是对的！现在我们就商量一下部队应付突然事变的对策。"张文昂看着韩钧，诚恳地说。

韩钧看着张文昂点点头。他理解文昂这位兄长，因为忙于战事，对秋林的风向一无所知，对阎锡山消灭新军的决心和突然事变的形势认识不足，因此不可能作出正确的判断。这也难怪，毕竟自己在阎锡山身边待了整整三个月，又和王世英、刘岱峰朝夕相处，对形势的掌握和判断自然会和文昂有所不同。文昂的坦荡和诚恳，一下子拉近了两个人的距离。

二十九日下午，韩钧和张文昂很快制定了纵队应急部署。

一方面分头到各旅、团对部队进行战斗动员，做好战斗准备，必要时先发制人，争取主动；另一方面派郝德青到张家川晋西南区党委驻地汇报情况并请求指示；再一方面不得不使出缓兵之计，向秋林梁化之、陈光斗和刘岱峰发出

电报，请他们向阎锡山设法调离已经插进二纵队背后的六十六师和七十三师。

很快，传来一个令人震惊的消息：决死队三十三团叛变了！

原来，三十三团团长鲁应禄早就是阎锡山安插在决死队里的内应。接到阎锡山提前动手的命令，鲁应禄秘密策划将三十三团里的共产党员一网打尽，残忍枪杀，然后挟持部队叛变。

郝德青快马来到张家川。晋西南区党委书记兼八路军晋西支队政委林枫接到郝德青汇报，深感震惊，立即向毛泽东发出密电，把这个重大的突然事变向中央汇报并请求指示。同时八路军晋西支队迅速集中，进入战备状态。

阎锡山派出的军队在步步紧逼。六十一军一个营的尖兵突然插入二纵队的心脏，悄悄进驻纵队部附近，他们的任务是等待命令，然后以突然袭击的方式，解决决死二纵队司令部。

十二月一日深夜，韩钧来到六团下达战斗任务："六十一军一个营已经插进来了，就驻扎在谙正村，距离六专区专署和纵队部只有四五里地，对我们形成巨大威胁。今天上午，我们决死队一个排路过这个村子，被他们缴械，人员下落不明。你团今晚随我连夜出发，拔了这颗钉子！"

六团趁着夜幕急行军到达谙正。二营、三营迅速占领外围高地，把整个村子包围起来。谙正村是一个山地村庄，南北两侧都是山地，东西方向一条大川从村子正中穿过。

天刚亮，韩钧从山地制高点向下俯视，村中的动静一目了然。不大一会儿，一营从山后悄悄下山，顺着大路自西向东朝着谙正村走来。

一营装作正常行军的样子进了村。战士们告诉驻扎在村里的旧军，说行军路过要在这里休息，就按照事先的布置，三五个人一组，分头到有顽军居住的老乡家以烧水喝为名进行侦察，把顽军的情况摸了个一清二楚。

太阳升起来了，村子里响起一阵急促的哨音。正在百姓家里烧水喝的决死队战士突然端起枪来，黑洞洞的枪口对准顽军，到处都是"不准动！""缴枪不杀！"的喊声。顽军整个营几分钟之内就被全部缴械。一枪未发。被顽军解除武装看押起来的那个排的战士，也全部被解救出来。

韩钧给一九六旅政治主任徐荣下达命令，要他把所属部队迅速集中，准备迎击顽军进攻。

随后，韩钧和艾子谦一起，带着警卫员赶到下桑峨，召集一九六旅旅部和各团团长、主任参加紧急军事会议。

新任命的一九六旅旅长白英杰此时不在隰县一九六旅驻地。他在十月初就借口领取冬季服装费到了秋林，后来又借口制作棉衣到了西安，一去两个月，至今未归。偏偏就有这么凑巧的事情。徐荣要去下桑峨开会，本来是要带上司令部和政治部的人员，因为徐荣出发时天还未亮，就自己先走一步，并要大家吃过饭后迅速赶来。哪知他前脚刚走，白英杰派来的人就到了旅部，说白旅长已到永和关，棉衣已经做好，让司令部、政治部带领全旅去穿棉衣。时至严冬，天寒地冻，连续阴沉了几天的天空已经开始飘下雪花。一九六旅战士还都身着单衣，一听说棉衣到了，异常兴奋。但带领全旅去穿棉衣似乎没有必要，因此司令部和政治部的同志未加深思，带领警卫连起程前去。

徐荣到达下桑峨，韩钧立即把当前的严重形势和纵队决定向大家进行了通报，和大家一起讨论了一九六旅的军事部署。

会议刚刚结束，村外由东往西来了一匹快马。来人是崔道修新一旅秦连长。他跳下马，气喘吁吁地进门，向韩钧报告说，崔道修已经在部队进行动员，准备向决死二纵队进攻。

军情紧急。韩钧对徐荣和艾子谦说："我马上赶回纵队部，你们二位留在这里掌握部队。子谦，一九六旅目前处境危险，十九军前锋部队已经进驻隰县县城，距离这里很近，随时都有可能发生战斗！"

徐荣和艾子谦点点头，韩钧上马离去。

韩钧刚走，艾子谦就对徐荣说："徐主任，我们和十九军的战斗一触即发。但目前我们的兵力远远不是敌人的对手，你留在这里掌握部队，我现在就返回纵队部把五团调过来！"

徐荣一听这话有道理，说："行！只是目前形势不稳，我担心你在路上遇到什么麻烦。这样，我派一个警卫班护送你！"

艾子谦连连摆手："不用！我是到后方去调援兵，又不是往前线去，应该没什么危险。再说，目前的局势还没有严重到这个地步，我带上警卫员就行了。"

警卫员牵过马来，艾子谦纵身上马，向着纵队部方向打马而去。转过一个山头，艾子谦回身看看身后无人跟随，慢慢放缓了速度，勒转马头说："到隰县城去！"

原来，昨天他就收到了梁化之的密电，要他和陈稚卿见机行事，突围他往。韩钧调他到一九六旅帮助指挥军事，把他和陈稚卿的六团分开，本属无意之举，无奈他做贼心虚，以为韩钧发现了蛛丝马迹，他慌忙向徐荣施放一个烟幕弹，金蝉脱壳投奔王靖国去了。

五、针锋相对

被白英杰骗到永和关的一九六旅旅部和政治部，根本没有见到一件棉衣，他们一到永和关就被王靖国的十九军缴了械。

早有准备的阎锡山军队，向永和、蒲县、大宁、石楼、临汾、赵城、洪洞、隰县的抗日县政府和牺盟会组织发动突然袭击。共产党员遭到逮捕枪杀，进步群众遭到无辜杀害。就连八路军晋西支队位于隰县上庄的伤兵医院，也被阎锡山的军队包围屠杀。

晋西南笼罩在一片腥风血雨之中。

十二月六日，毛泽东、王稼祥从延安向八路军各部和晋西南区党委发出急电，要求八路军坚决同新军站在一起，对叛军绝不让步，有力还击。

当日，晋西南区党委紧急召开扩大会议。

隰县张家川，八路军晋西支队驻地。会议室里气氛紧张，党委书记林枫正在传达毛泽东从延安发来的急电，决死二纵队韩钧、张文昂、廖井丹、郝德青，八路军晋西支队陈士榘、黄骅和晋西南区党委全体成员端坐静听。

林枫放下手中的电报说："同志们，中央的指示很明确，阎锡山旧军发动的这场事变，其本质是对抗日的武装叛变。这种叛变有可能进一步在晋西南、晋西北，甚至在山西全境扩大化。因此，中央要求我们紧密团结，坚决还击。中央还提出了几点具体要求，我们要坚决、快速地围绕中央指示制订方案。我的想法是：一、坚决还击，但出于维护抗日统一战线的需要，不提反对阎锡山的口号。在晋西南区党委领导下，立即成立一个'拥阎讨逆总指挥部'，把晋西南的所有新军部队全部集中起来，以免被阎锡山各个击破。张文昂同志担任总指挥，韩钧同志担任副总指挥兼前敌总指挥，廖井丹同志担任参谋长兼政治部主任。二、立即采取措施，巩固新军内的党组织，不可靠的各级军政干部坚决撤换。对反动军官进行清洗，由晋西支队派人接替职务。三、八路军表面上暂以调解面目出现，必要时八路军以决死队名义参战。四、如果叛军进攻八路军，要坚决彻底地加以消灭。五、晋西南的阵地一定要坚守。这不仅仅是中央的要求，而且也是我们的责任。晋西南是陕北的门户，更是陕北与华北、华中、华南联系的重要通道。"

听了林枫的话，张文昂满面忧色："林枫同志，我们过低地估计了旧军的力量。旧军动员全部力量来对付我们，我们恐怕凶多吉少。我建议应该立即转移到晋西北或者晋东南,避敌锋芒。"

张文昂说完,眼睛看着林枫。

林枫说:"晋西南的重要性不言而喻,中央有明确要求,主动放弃不可取、不可行!文昂同志,我的意见,你和韩钧同志担任的总、副指挥是我们对外的需要,战役实施过程中,军事指挥工作实际上由陈士榘和黄骅同志秘密担任,总起来说就是由党来负责,好吗?"

韩钧点点头:"我同意。陈士榘和黄骅同志的军事指挥经验比我和文昂同志丰富,我们服从党的决定。我想强调的是,我们一定要快干,要主动!虽然阎锡山已经做了充分准备,但不意味着我们就没有机会。我同意中央对晋西南重要性的分析,不到最后一刻,绝不轻言放弃!另外,对于肃清反动军官,我的建议是,立即动手,对所有反动军官实施逮捕,然后在处理时再加以分别,重要的予以处决,较轻的集中看管。我这里有一个名单,反动军官大约有百十人。大敌当前,队伍的稳定重于一切,队伍必须牢牢掌握在我们自己手里,否则尚未开战,阵脚先乱,这仗没法打!"

陈士榘沉思良久,起身指点着挂在墙上的作战地图说:"阎锡山叛军突然袭击了我们晋西支队的伤兵医院,晋西支队必须参战,按照毛主席的意见,伪装成决死队参战。另外,我同意韩钧同志的意见,首先对新军部队进行集中动员,同时立即动手清洗反动军官,稳定部队。然后建议区党委和指挥部尽快移驻上蒿城,居中指挥;其余兵力分为以下五个作战单位:第一路汾阳、孝义为北区,一九六旅曹诚团千余人镇守,任务是防止阎锡山三十三军由石楼、中阳东进。第二路保安旅两个团共千余人为东南区,由支队参谋长刘德明同志秘密指挥,驻暖泉头警戒进入黄土、义泉地区的阎锡山六十一军。第三路一九六旅两个团不足千人为南区,由区党委军事部副部长王逢源同志秘密指挥,向蒲城、克城方向警戒。第四路支队一团和二纵队六团两千余人为中区,由黄骅同志指挥,出击隰县。第五路二纵队四、五两团和二〇九旅五十一团组成突击队,担任攻击主力,由我、韩钧和晋西支队政治部主任王麓水同志指挥,西进出击石楼、永和,得手后迅速南下,直捣大宁、蒲县!"

十二月七日,晋西南新军部队集中在康城、石口一带,进行战斗动员,对反动军官进行清理,晋西支队调来的干部迅速接替了军事指挥岗位。

阎锡山旧军对共产党员的屠杀愈演愈烈。同时,阎锡山见韩钧没有上钩,就在十二月七日这天,再次电令韩钧按照"冬季攻势"命令,立即向日军发动进攻。

自古圣贤多薄命，从来奸雄皆封侯。韩钧对阎锡山这种口言善而身行恶的伎俩义愤填膺。联想几年来为了抗战，忍辱寄身阎锡山篱下，所受的猜忌、收买、折辱以至追杀，韩钧怒不可遏。几年来韩钧只能把共产党员这个神圣的称呼埋藏在心里，厕身阎锡山手下，有口不能言，有志不得伸，还要与那一班城狐社鼠虚与委蛇，想到这些心中竟生出一些悲愤来。几天来，晋绥旧军以王靖国、陈长捷为首，摧毁屠杀六区的抗日力量及群众团体，与日寇信使往来无所顾忌，甚至在双池地区与日寇并肩作战，向驻扎在水头地区的决死队进攻。王靖国亲自指挥手下解决一九六旅旅部、政治部之后，又挥军进兵隰县，已经向决死队开火。

两天来，韩钧已经两度致电阎锡山、梁化之，要求以抗日大局为重，对旧军的倒行逆施予以制止，无奈发出的电报如石沉大海。

韩钧气愤至极，实在无法抑制自己的感情，当即秉笔又写下一封电报：

总座百川先生：六十一军欺我太甚，甘做汉奸。学生誓与二纵队万余健儿，为总座争一伟大胜利，兹定于十二月十日誓师。此后半月内，恐无暇报告钧座。将在外，君命有所不受。此是学生报告恩师最后之一言。胜利的结果将见。

学生韩钧

写下这封电报，韩钧还是气愤难平。他把电报底稿递给身边的黄骅和廖井丹，愤愤地说："我准备现在就把这封电报发给阎锡山！"

黄骅和韩钧年纪相仿，虽然和韩钧相比，他的身材显得略微有些单薄，但他的脸上同样透出刚强和坚毅。他目睹了阎锡山犯下的种种罪行，支队医院的伤兵刚刚惨死在阎锡山手下，他很理解韩钧的感情。但他又是一个参加过五次反围剿和长征的红军老战士，多年的征战使他更加成熟老练，比沉浸在悲愤之中的韩钧多了几分冷静。

他迅速看了电报，对韩钧说："韩钧同志，我和你一样，对阎锡山的暴行十分愤慨，但电报的口气能否做一些修改？'将在外，君命有所不受'和'学生'两处，是不是再考虑一下？"

韩钧性格耿直，闭着嘴摇摇头，眼睛里已经闪烁着晶莹的泪花："为了抗日救国，我忍辱受屈这么多年，黄骅同志，你一直在红军部队作战，在党的身边作战，身边就是战友，对面就是敌人，你不理解我们在白区工作的同志的心情。在国民党监狱坐了四年多牢，我没有低过头。好不容易有了投身抗日的机会，却不得不厕身阎锡山的屋檐之下。几年来，我一直渴望有机会能甩掉阎锡山这顶破帽，回到同志们身边，和战友一起纵马驰骋，慷慨杀敌……多少次，我在梦中回到延安，回到同志们身边，回到党的怀抱，我开心地笑啊，甚至都从梦中笑醒。可是从梦中醒来，还是要和阎锡山虚意周旋。日本人侵略我们，抗日杀敌是我们的本分！纵然战死沙场，我也无悔！但我痛恨那种首鼠两端的行为，我们在前方杀敌，阎锡山在背后使绊；我们在保家卫国，他却时时刻刻盘算着一己之私。他的眼睛死死盯着山西，把山西视为他的私产。山西是谁的山西？是全中国人民的山西，不是他阎锡山一个人的山西！阎锡山与日寇勾结，铁证如山……"

黄骅和廖井丹沉默了。天上阴云密布，窗外北风骤起，一阵冰雹从天而降。冰雹打在窗户上，发出"噼里啪啦"的响声，像在敲击着每一个人的心灵。

电报发了出去，韩钧的心绪安静下来。

他忽然想起了六团。他对六团隐隐有些不放心。团长陈稚卿精明能干，虽说曾在阎锡山身边待过一些时日，但思想表现进步。他对纵队领导韩钧和张文昂处处尊重，对团里政工领导的意见也颇能听从。只是，六团政治主任廖鲁言几个月前已调二〇九旅担任政治主任，现在和旅长张韶方还被阎锡山扣留在秋林，目前六团政治副主任刘英还不到二十岁，实在让人有些放心不下。

韩钧想到了一个人——李曙森。李曙森已经有三十七八岁年纪，老成稳重，早年投身学生爱国运动，是八路军介绍来的干部，在王英清四团担任敌工科长，对敌斗争经验丰富。他想让老成持重的李曙森到六团担任政治主任，充实党的力量。

恰好李曙森此时就在晋西南区党委，他将到延安马列学院学习，住在这里等待办理入学手续。

韩钧和林枫一起找到了李曙森。

韩钧对他说："老李，当前形势危急，我再三考虑还是想让你留下来，到六团担任政治主任。六团的政治工作必须充实加强！这是我和林枫同志共同的意见，你看，行吗？"

林枫也以热切的目光看着李曙森。

李曙森不假思索地说："学习的事可以以后再说。我什么时候去上任？"

"现在！"韩钧急切地说。

"好！"

六团一直随纵队司令部行动，全团分散驻扎在司令部周围几个村庄。

韩钧把六团主要领导召集起来，把李曙森给大家作了介绍，然后态度严肃地说："局势紧张。王靖国和陈长捷的军队已经开始向我们发动进攻，崔道修也在暗中磨刀霍霍，准备向我们开刀。我们三天时间的整训即将结束，不可靠的人员已经撤换。同志们，大规模的战斗即将爆发。已经侦察到崔道修的新一旅司令部，就隐蔽在克城镇附近的山里。他们隐藏在我们背后，随时会像毒蛇一样突然袭击我们，是我们的心腹大患，必须立即把这颗钉子拔掉！"说到这里，韩钧抬眼看看陈稚卿和李曙森，"陈团长、李主任，需要一个营的兵力，具体哪个营你们确定。我和大家一起行动，争取及早出发，今夜就结束战斗！"

天色暗了下来。韩钧和陈稚卿、李曙森以及政治处几个科长还在研究作战方案。陈稚卿满面堆笑地对李曙森说："老李，想听听你的意见，让哪个营去执行这个任务合适呢？"

李曙森连忙摆摆手："陈团长，我刚到六团，情况不熟悉，你来决定吧！"

陈稚卿谦虚地说："你是政治主任，应该你说了算。你就别客气了！"

李曙森听了这话，扭头看看坐在身边的几个政工干部。组织科长任景龙扭头同宣传科长廉指明、民运科长王劲虹商议了一下，说："一营政治基础比较好，政工干部也比较强，建议这次战斗任务由一营执行！只是，一营长不太可靠，不去为好。建议部队由教导员王润同志指挥。"

李曙森看看陈稚卿，陈稚卿看了一眼韩钧，见韩钧点点头，便爽快地说："行！我同意大家的意见。我现在就通知一营集合！"

说罢，陈稚卿出了屋门。屋外一片漆黑，陈稚卿的几个警卫员见他出门，在黑暗中围了过来。陈稚卿大声说道："骡子！你现在就去，通知一营王教导员马上集合部队！要快！"

"是！"

说完，陈稚卿拉过另一位警卫员，暗中嘱咐几句，然后重重一拍他的肩膀。片刻工夫，一匹快马消失在茫茫夜色之中。

一营的队伍迅速集合起来。

韩钧进行战斗动员："同志们，一营是一支光荣的队伍！几天前，我们一起参加了谙正村战斗，大家政治坚定，战斗进行得干净利索。今天晚上我们要乘胜进军，轻装行动，由我带领大家参加一个'政治战斗'。请同志们一定要严守机密，违者军法从事。"

站在黑暗里的陈稚卿身上猛一哆嗦，幸好有夜色掩盖，无人察觉。

部队沿着山道迅速行进。天色微明时，到达一处高山峡谷的入口处。尖兵连指导员姚永征跑来向韩钧报告："前方情况异常！我们发现山谷两侧山上有人影晃动！"

韩钧和李曙森拿起望远镜看过去，山峰上果然有人在影影绰绰地移动。仔细一看，数量还不少。看来，敌人已经有了准备。这里距离崔道修司令部只有两三里地路程，是一道狭长的山谷，天然的袋形阵地，如果敌人在这里布下伏兵，后果不堪设想。

韩钧眉头一皱，说："看样子，敌人已经觉察了我们的行动。陈团长，向部队下令，任务取消。部队立即后转，原路返回。告诉大家，动作要轻，千万不能惊动敌人。"

"是！"陈稚卿转身去了。

部队刚刚脱离险境，一匹快马来到韩钧面前。

来人递给韩钧一封信。借着黎明的微光，韩钧打开信封一看，心中暗暗一惊，叫来陈稚卿和李曙森："我先行一步返回纵队部。你们带好部队，随后返回！"

六、夜半枪声

艾子谦失踪了！

陈士榘和黄骅到达设在川口的纵队部后，和张文昂一起等着韩钧回来。

韩钧刚走进屋，张文昂便急切地对他说："你可回来了！徐荣派人来报告，艾子谦几天前带警卫员离开一九六旅，说回纵队部调五团来协助一九六旅，几天过去了不见人影！"

张文昂若有所思，喃喃地说："他根本就没有回到纵队部呀！现在下落不明，莫非……"他抬头看着韩钧。

叛逃？暗杀？牺牲？被捕？韩钧在心中迅速地作着判断。

从康城到川口，一路山道蜿蜒。山道上，十几匹快马正在"嗒嗒嗒"往前飞奔。时间已近正午时分，保安旅敌工科科长段士楷正扬鞭催马赶往川口。他刚刚截获一个重要情报。

到了纵队部，段士楷翻身下马，跑步进门。

张文昂接过他手中的信一看，脸色大变："艾子谦叛逃了！"

信是陈光斗写的："子谦、稚卿：绝密。见信速将所部拉到午城，六十一

军葛团长已等候接应。此为阎长官密令，请立即执行。陈光斗。"

陈士榘看完，把密信叠好，装进随身携带的皮包里，说："立即研究对策！"

韩钧低声道："我被陈稚卿蒙蔽了！他伪装得可真好啊！我还一直以为他是一个进步的革命同志呢。"韩钧转向段士楷，"士楷同志，你现在就去通知郝德青，带保安旅两个团速向陈稚卿靠拢，见机行事，解除陈稚卿的武装，把他带回纵队部来！"

陈士榘点点头，目送段士楷离去，回过头来说："黄骅同志，事不宜迟，你马上回支队，带上熊钧、张开基、张碧禄几个同志到六团去。陈稚卿带着一营还在路上，就按照韩钧同志的安排去做，二营、三营营长立即撤换，换上我们的人。张开基任二营长，张碧禄任三营长，熊钧同志接任六团团长。对于不可靠的连排长，立即解职扣押，换上我们的人。"

"好！"黄骅答应一声，起身出门。

天空阴沉，云层低垂，大地被一层浓浓的阴霾笼罩着。

陈稚卿和李曙森带着一营，朝着纵队部方向，沿着蜿蜒的山路向北行进。过了中午，天空开始飘起点点雪花，慢慢地越来越大。到了下午两三点钟，已是大雪纷飞了。

对面高低起伏的山岭间，突然出现一支队伍，长长的队伍一路纵队，沿着山道迎面走来，一眼看不到尾。前方的报告过来了，是二纵队自己的队伍。两支队伍都按照各自的方向继续前进。陈稚卿和李曙森迎了上去。

郝德青带着一个人从对面走过来。中间恰好是一片空旷的平地，两支队伍都停下脚步原地休息。四个人走到一起，郝德青把随行那个人介绍给李曙森："这位是保安旅十二团团长李子法。"几个人热情地打着招呼。

原来是郝德青带着保安旅两个团到前方执行任务，陈稚卿心里放松下来。

几个人寒暄一阵，郝德青和李曙森素来相熟，陈稚卿和李子法也早就认识，自然就俩人一对儿攀谈起来。郝德青朝李曙森丢个眼色，两人边说话边朝着一旁走过去。

离开陈稚卿大约二三十米距离，郝德青话锋一转，压低声音说："老李，情况有变。纵队已经决定解除陈稚卿的兵权，现在动手不便，这里距离纵队部还有大约五六十里地，你带部队连夜赶回纵队部，到时候你自然就明白了！"

李曙森心领神会地点点头。

说完，郝德青和李曙森转回身，高一声低一声地闲聊着，朝陈稚卿和李子法走来。

第三章　征战晋西（1939—1940）

这边两个人也没闲着。李子法一看郝德青和李曙森走远，他的脸立即变了色，低声对着陈稚卿说："老弟，你还蒙在鼓里，韩钧已经对六团动手了！出发时我听说六团的营连长都换成了八路军，郝德青就是受韩钧派遣，今天就是冲着你来的，你要小心！"

啊！陈稚卿心头一震。

看到郝德青和李曙森回身走来，两个人赶快恢复常态。陈稚卿大声说了一句："瞧这鬼天气，怎么说下雪就下了呢。"

李子法抬手搭个凉棚，朝着天上望望，接上一句："可不是，谁知道这雪下到什么时候。"

郝德青和李曙森回到陈稚卿和李子法身边。郝德青对陈稚卿说："陈团长，我刚才已经告诉了李主任，纵队首长要我转告你们，务必连夜赶回纵队部，另有任务！"

陈稚卿答道："放心吧！我们这就出发！"

郝德青放下心来："那好，我们还要到前边执行任务，纵队首长还在纵队部等着你们，不宜在路上耽搁时间。我们出发了！"

两支队伍起程，向着相反的方向走去。

天色将晚，在风雪中艰难跋涉的一营到了一个小山村——它支。

陈稚卿停下脚步，用征求意见的口气对李曙森说："老李，部队从早上到现在就吃了一顿饭，风雪天寒，战士们都已经疲惫不堪，是不是就在这个村子吃个饭，休息一下？"

李曙森掏出怀表看看，时间是下午六点钟。他在心中盘算着，它支村距离纵队部还有三十多里山路，在这里吃饭休息两三个小时，十点钟之前出发，天明之前应该可以到达纵队部，况且在风雪中行军了一天的战士们确实需要吃口热饭喝口热水休息一下了！他心里一软，说："好吧！吃了饭休息一下，我们十点钟准时出发！"

陈稚卿大大咧咧地应了一声："好咧！"回过头对通信员说，"传令，部队进村吃饭、休息！"

李曙森和陈稚卿走进了一处小四合院。临街一排房子，正中一个黑漆漆的门洞，进了门洞是一个小小的天井院，正房是一排三孔大窑洞，一明两暗，左右两侧各有一间厢房。这是村子里比较富裕的一家。

李曙森和陈稚卿在正中那间窑洞里休息。窑洞深处正中间是一个热炕，两侧各有一道小门通往左右套间。这家主人十分热情，本来自己在中间窑洞休

151

息，见抗日的部队来了，主动把正房腾出，自己一家移到右边的套间里。

吃过晚饭已经是七八点钟，李曙森和陈稚卿坐在炕上说话。在冰天雪地里走了一天，李曙森实在是太累了，手里握着烟斗不停地吸烟提神，脑子里还在回想着白天见面时郝德青的那番话。

窑门吱呀一声，两人抬头望去。

陈稚卿的一个警卫员走了进来。陈稚卿共有六个警卫员，进来的是一个满脸糟疙瘩的傻大个儿，进了门就瓮声瓮气地说："团长，外边有人找你！"

陈稚卿正在想心事，头也不抬地应了一声："让他进来！"

傻大个儿站在原地没动："他说请你出去说话！"

陈稚卿不情愿地披上棉衣下了地，嘴里嘟囔着："哪个衙门来的，派头这么大！"

陈稚卿出了窑门，傻大个儿赶紧附在他耳边耳语几句。黑暗中的陈稚卿身子一震，一转身匆匆跨进右厢房里。傻大个儿没有进门，铁塔一样在门口守着。屋里不是一个人，而是有两个人都在焦急地等着他！一个是陈光斗的通讯班长张二狗，另一个是从团部过来的侦察排长罗锅子。都是自己人！

陈稚卿关好门紧走两步来到屋子中间。

二狗子急得直搓手："陈团长，你可来了！"赶忙从口袋里掏出一封信来递给他。

陈稚卿接过信啪地一抖，凑到油灯前。信是陈光斗写的：

　　稚卿：韩钧已反。阎长官令，速带所部到三多镇新军总指挥部。
　　光斗。

陈稚卿看完，一把将信团在手心，随后又把它展开来凑到油灯上点着，看着火苗在黑暗中一跳一跳，直到烧成灰烬。

罗锅子满头大汗，结结巴巴地说："团座！我是专门从团部来报信的！韩钧下午带人到团部，召集六团干部开会，把我们的人都抓起来了！全都换成了八路军！"

窑洞里的李曙森疑窦丛生。来找陈稚卿的是什么人？为什么要背着我？这个不速之客绝不是从纵队部来的！如果从纵队部来，不会这么神秘，更不会隐瞒着我。是从友邻部队来的？白天遇到郝德青，该说的都已经说清楚了。再说，这附近也不会再有其他部队呀！是阎锡山派来的？是梁化之派来的？是王

第三章 征战晋西（1939——1940）

靖国派来的？还是陈光斗派来的？不管是他们谁派来的，恐怕都不是好事！

好事不背人，背人无好事。陈稚卿会不会听到了什么风声，要对我们下手？如果要是那样，可就糟了！陈稚卿如果对我们政工干部下手，他会怎么做？把我们扣起来？把部队带走？或者是趁我们不备，带上几个心腹悄悄溜走？这些念头不停地在李曙森心中快速闪过。

绝不能让陈稚卿提前动手！李曙森把手中的烟斗在炕沿上一磕，三下两下把烟袋卷了起来。如果我先动手，有没有成功的把握？嗨！怎么事先就没有想到和政治处的几个同志住在一起，遇到事情也好商量一下。他们几个在隔壁老乡家休息，这会儿不在身边，但听他们讲，二连连长和指导员都很可靠，是不是赶快通知王润同志调集二连突然袭击，解除陈稚卿的武装？陈稚卿的六个警卫员怎么处置？他的六个警卫员个个人高马大，性情凶悍，每个人都配备着二十响，而且都是惯匪出身，百发百中。一旦遭到袭击，他们肯定反抗，到时候是什么局面可就很难预料了。双方打起来，把陈稚卿打死了怎么办？纵队的命令可是对他解除武装，带回纵队呀！

李曙森犹豫不决。转念一想，嗨！也许自己的考虑都是多余的。或许还存在一种可能，等到了十点钟部队出发，天亮之前到达纵队部，一切由纵队领导出面解决。想到这里，李曙森有些后悔。后悔不该在这个荒凉偏僻的小村子停下来休息，如果一直不停地走下去，现在恐怕已经快到纵队部了！

黑暗中，一股巨大的恐惧感突然袭过来，李曙森猛地一个激灵。都什么时候了，还在这里犹豫不决，赶快拿个主意！李曙森急急下了炕：召集政治处的几个同志，立即进行部署，和王润一起指挥二连包围陈稚卿。再晚就来不及了！

决心已定，李曙森拉开房门就要冲出去。

已经晚了！陈稚卿的两个警卫员早就守住了窑门，而且一直在注意着他的一举一动。当他正要出门的时候，两人一起冲进来，"不准动！"黑洞洞的枪口对准他。傻大个儿也从门外冲进来，把手里的驳壳枪往腰间一插，冲上去一把将李曙森掀翻，双手往背后一别顶在炕边上。

李曙森刚要说话，一块破布已经塞进口里。又一个警卫员冲上来，三下两下把一条裹腿带子解下来，把李曙森倒背着手捆了个结结实实。李曙森挣扎起来，傻大个儿抡起枪把儿，"啪"的一声照着他的太阳穴砸了下去。

傻大个儿提起李曙森，扑通一声扔进左厢房里。雪还在静静地下着，黑暗的院子里静悄悄的，没有一点儿声音。不知道过了多长时间，李曙森慢慢醒

153

来。眼睛被蒙上了，嘴被塞住了，头痛欲裂。他隐隐觉得屋里关了不止他一个人，但却不知道是谁。嗓子火辣辣地疼，他想喊出声来，用尽力气却只是发出一点儿微弱的哼哼声。

他哪里知道，把他抓起来以后，陈稚卿以他的名义，分别把王润、廉指明、任景龙、王劲虹一个个都骗过来，打晕过去捆绑起来，都丢进了这间小黑屋里。

部队出发的时间该到了！寂静的黑夜里，突然响起了刺耳的集合哨，紧接着就是队伍出发时纷乱的脚步声，随后一切归于寂静。

小黑屋的门"砰"的一声被踢开，一阵杂乱的脚步走了进来，听声音至少有十几个人，粗声大气地吆喝着："走！快走！"把他们从冰冷的地上提了起来，连拉带拽，推搡着出了它支村，向着一条山沟深处走去。

完了！顺着山沟往里走了大约一两百米远，突然停了下来，身后传来一阵"哗哩哗啦"拉起枪栓的声音。敌人要动手了！几个人被死死架住动弹不得，身后突然响起一阵"嗵！嗵！嗵！"的枪声，李曙森一头栽倒在地。

"跑了一个！"不知是谁大喊一声。刽子手们慌乱起来，正准备向李曙森再开一枪的傻大个儿颤声吼了一嗓子："快追！"随后一阵杂乱的脚步声跑过去，紧接着远处响起一阵激烈的枪声。

李曙森虽然随着枪声倒了下去，但他马上意识到自己还没死！他不知道自己是否受了伤，但明白自己的头脑是清醒的。他想要从雪地上爬起来，身边又传来一阵杂乱的脚步声。原来是刚才追击逃跑者的几个人又回来了！李曙森屏住呼吸，趴在地上一动不动。紧张、急促的脚步声由远及近，很快到了身边。脚步声停了下来。一个刽子手抬脚踢向旁边倒在地上的一个人，那人一动不动。一个阴森恐怖的声音传来："给他们再补上一枪！"李曙森听出是傻大个儿的声音。

"嗵嗵嗵"身后响起一阵枪声。随后，杂乱的脚步声匆匆离去了。

好人自有天佑。枪声响起，心慌意乱的刽子手还是没有射中李曙森，子弹擦着他的脸颊射在旁边的雪地上。山沟里一片寂静，只有雪还在沙沙地下着。李曙森挣扎着爬起来，跌跌撞撞地向着对面山腰一处亮着微弱灯光的人家走去。陡峭的山坡上落了一层厚厚的积雪，李曙森的近视镜早已没了踪影，只好朦朦胧胧，一路踉跄着前行。上坡还好，下坡的时候就困难了。陡峭的山坡上又湿又滑，双手又被绑着，无法保持身体平衡，李曙森滚下了山坡，到了对面人家时早已经是鼻青脸肿。

第三章 征战晋西（1939——1940）

　　这是一户穷苦人家。家里的女主人刚刚去世，还没来得及安葬，尸体停放在家里那仅有的一孔窑洞的墙角处。父子两个见李曙森这副模样大吃一惊，听他讲述了事情的经过，赶紧帮他解开绳索。

　　经过这一场惊变，李曙森十分疲乏，在棺材旁倒头便睡。

　　雪依然下着。一营二连在崎岖坎坷的山路上急行军，不是向着纵队部的方向，而是相反。指导员姚永征的心里越来越不踏实。还没到队伍原定的出发时间，团长的警卫员傻大个儿就匆匆到连里来了，把田连长叫去开会，连长一去到现在也没个人影。快要出发的时候，傻大个儿又匆匆来了，急急忙忙对他说："团长命令，日军正在向我们包围，原定路线变更，你连迅速出发，前方待命！"姚永征立即集合部队，并派通讯员小安子到团长所住的那户人家借头毛驴驮给养。小安子也是有去无回，到现在没个音信。

　　部队出发不久，陈稚卿带着一、三两个连赶了上来，一个劲儿催促"快走！快走！"

　　往哪里走？再往前走就到十九军防区了！姚永征多了一个心眼，他悄悄下令部队停止前进。

　　陈稚卿派通讯员到二连来了，见姚永征坐在炕上，他问连部通讯员："炕上是谁？"

　　连部通讯员见是团长派来的，不假思索地说："指导员。"

　　"那好，我也在这里休息。"来人和姚永征打了个招呼，躺下来闭上眼睛佯装睡觉。

　　咦？姚永征心中不由得又打了一个问号。

　　小安子终于回来了，进门就说："指导员，昨天夜里我去借毛驴，被团长的警卫员绑起来了！"

　　姚永征一听，刚想从炕上坐起来，团里派来的那个通信员突然起身，对着小安子说："你就说吧，说出来小心你的脑袋！"

　　小安子一看是团部来人，再也没敢吭声，匆匆退了出去。

　　姚永征暗暗吃惊。怪不得，从昨天夜里到现在，不仅没有见到连长，团里的政工干部也一个没有见着。一定是发生了重大情况！看着陈稚卿派来的那个人，姚永征不动声色，假装没有听清小安子的话，接了一句："你在瞎说什么呀！赶快吃点儿饭，准备出发！"说完，姚永征头也不抬，倒在炕上闭上了眼睛假装睡觉。他脑子里却剧烈地翻腾开了！怎么办？

　　突然，他从炕上一跃而起，捂着肚子跳下炕，边跑边喊："哎哟哎哟，肚

155

子疼!"冲向厕所。

出门一看,还好,小安子没有走远,他一把抓住小安子:"怎么回事,小安子,快说!"

"团长叛变了!昨天晚上政工干部都被团长绑起来枪杀了!我去借毛驴正好撞见,也被绑了起来,不知怎么回事,杀人的时候却把我忘了!"

天哪!

团长来了。陈稚卿带着警卫员杀气腾腾,以命令的口气对姚永征说:"马上集合队伍,出发!"

"是!"姚永征脸色如常答应一声,转身走了。

队伍集合好了。尖兵已经上好刺刀准备出发。陈稚卿对姚永征不放心,一直手握大眼盒子站在姚永征身旁,寸步不离。二连每个连排长身后都站着一个陈稚卿的警卫员,警卫员手里提着二十响。

"哎呀!团长,机枪班还没有到!你等着,我现在就去叫他们!"姚永征灵机一动大声叫道,说完头也不回地跑步离开了。

最后的机会来了!机枪班就在坡上,姚永征一溜烟跑过去,急忙下达命令:"快!把机枪架在小庙前,准备战斗!"

机枪架好了。已经集合好的部队全都在机枪控制范围内。姚永征站在机枪边上,拔出手枪大喊:"同志们!团长叛变了!不能跟他走!"随后把手一挥,机枪"哒哒哒"地向队前的陈稚卿扫过去。

枪声一响,部队惊醒了。陈稚卿慌了神,来不及骑马,就在警卫员簇拥下落荒而逃。

部队保住了。

七、杀出重围

"韩钧反了!我是他的司令长官,他竟口口声声称我'先生'!他是我的部下,竟然自称什么'学生'!这不是明明白白告诉我,已经不相隶属了吗!这不是造反又是什么!嗯!"

阎锡山脸色铁青,气呼呼地一把扯开风纪扣,几个扣子子弹一样崩飞出去。

梁化之、王靖国一干人赔着小心,垂手而立。

"都退下吧!"阎锡山骂够了,颓然坐回椅子上。

梁化之和王靖国刚想转身离去，阎锡山一抬手："敦厚、治安！你们两个留下！"

"牺盟常委会开过了吗？"阎锡山有气无力地问了一句。

"开过了！"梁化之小心答道。

"结果怎么样？"阎锡山余怒未息。

"到会的常委里，对于开除韩钧的决定，只有我一个人赞成，其他人……"梁化之吞吞吐吐起来。

"其他人怎么了？"阎锡山白了梁化之一眼。

"其他人都不同意……"

"哼！"阎锡山目光像两支利箭一样射向梁化之，"无能！我早就知道是这么一个结果！决死队成了共产党的决死队，我看牺盟会也成了共产党的牺盟会！抗战两三年，晋绥军越抗越少，八路军和共产党却越抗越壮大。我们这是上了中共毛某人的当，上了薄一波和韩钧的当了！"

梁化之和王靖国怯怯地望一眼阎锡山，不敢应声。

唉！阎锡山沉重地叹口气，身子转向恭立一旁的王靖国："治安，进剿韩钧的战事进行得怎么样了？"

王靖国猛一激灵："报告长官，正像长官预料的那样，大军一进，决死队必起内变！新军的一部分已经被我们瓦解过来了。战事进展也很顺利，我军秘而不宣向韩钧发起猛烈进攻。陈长捷已经从乡宁北进到吉县桑峨村附近，在隰县和汾西的义堂、中阳一带山隘布好口袋阵，韩钧一到，即行围歼！西路纵队总指挥梁培璜已经进到石楼附近，做好配合六十一军的准备。其他各路我军进展神速，韩钧已经跑不了啦！"

阎锡山松了一口气："六十一军还是能打仗的。马上给陈长捷发电，把我的意思告诉他：严督六十一军赶快进攻，擒贼擒王，斩草除根，绝不能跑了韩钧！还有，你的部队要严密警戒，密切注意背后延安的动静，一有风吹草动马上向我报告。治安，你也赶快收拾收拾到前线去吧。"

王靖国唯唯诺诺答应着："好好好，长官，我马上就到前线去。"

阎锡山心中又转过一个念头，他咂咂嘴向王靖国问道："治安，艾子谦和白英杰现在在哪里？"

王靖国赔着小心说："艾、白两旅长都已经到了我军防区，处境安全。"

阎锡山从椅子上站起来，背着手原地踱了两步，手一抬指着梁化之说："敦厚，马上起草命令！"

阎锡山一边思考一边一字一句地说:"二战区司令长官部令:韩钧着即撤职拿办。所有独二旅、一九六旅部队着艾、白两旅长妥为收抚。其不甘附逆率部归者,准予免究。如有甘心附逆之徒,明令剿除!"

一口气说完,阎锡山把手一挥:"电报现在就发出去!"

"是!"梁化之合上记录本。

按照原定作战计划,新军主力部队分为两路。一路由黄骅带领晋西支队一团和二纵队六团为中路,出击隰县;另一路由韩钧、陈士榘带领二纵队四团、五团、二○九旅为突击队,出击石楼、永和,而后南下午城会合黄骅,直捣大宁、蒲县。

韩钧和陈士榘、钟义成率领五团一路血战,突进到石楼县城附近时,已经是下午五六点钟。天色昏暗,在一个小村子前面,五团遭到猛烈阻击。这个村子已经被十九军先期占领。"突突突突"重机枪吐着火舌,挡住五团去路。

韩钧和陈士榘趴在战壕里,拿过望远镜想观察对面情况。韩钧刚一露头,"哒哒哒"一梭子弹就扫了过来。陈士榘眼疾手快,一把将韩钧拉下战壕。但子弹已经把韩钧的帽子穿了一个洞。

"好险!"陈士榘心中暗叫一声。

韩钧抓下帽子看一眼又"啪"地扣在头上,对陈士榘说:"老陈,敌人的正面火力太强,地面空旷,不宜强攻。但敌人右侧后是一个空子,看到没?"韩钧抬手一指,"那里有一个小山头,可以居高临下控制整个村庄,派一个连抢占山头,从背后偷袭敌人!"

陈士榘举起望远镜仔细看了看,点点头说:"对!"接着扭头叫了一声:"老钟!"

钟义成猫腰顺着战壕过来了,陈士榘把望远镜递给他,用手往前一指:"派一个连抢占这个山头,前后夹击,干掉他们!"

"是!"

钟义成带着一个连的兵力,顺着战壕悄悄摸了上去。不一会儿工夫,小山包上突然响起枪声。敌人慌乱起来,急忙掉转枪口朝着小山头射击。

陈士榘一挥手,下令:"打!"正面阵地枪炮齐鸣,敌人死伤一片。一看腹背受敌,村子里的敌人慌了神,四散溃逃。可有一个人却没有跑掉。决死队战士冲进村子,从一个破碾盘底下拽出一个人来,一看是少校军衔,战士们不由分说将他捆了起来,送到韩钧和陈士榘面前。战士把从他身上搜出的文件包递给韩钧。

韩钧打开文件包，抽出一封信来。堆在地上的少校一看，"刷"的一下脸色煞白。这是一封拆看后重新封好的信，封口处盖着"梁培璜印"字样，是顽军西路纵队总指挥梁培璜给二一七旅旅长刘效曾的亲笔信：

圣则兄：我们要软说狠打，尽力向各方面反映叛部通敌袭我各行为，尽量表白我被迫应战各情形，以占理占势。合围以后，要努力歼逆，断根绝株。对于要紧的叛党，要死的不要活的。万一内部有叛党则消灭之，报失踪。阅毕密封交去员带回。　　　　　　　弟梁培璜

韩钧把信交给陈士榘，马鞭一指这个少校："姓名？"
"十……十九军作战参谋吕昌寅。"
"信送到了没有？"
"送……送到了。"
"刘效曾怎么讲？"
"他……"
"他什么，快讲！"
"他说'请给梁总指挥回话，我刘某肝脑涂地，誓灭张韩'！"
韩钧哈哈一笑："口气不小啊，就怕他没这个能耐！"
韩钧一招手，几个战士到了面前，韩钧用马鞭朝着软在地上的少校一指："押下去！"
皮包里还有一份重要文件，是阎锡山参谋部的作战方案。韩钧和陈士榘看了这个方案，仔细研究起来。

韩钧指着铺在碾盘上的地图对陈士榘说："阎锡山用心真狠毒！你看，这个计划是'五路围攻'：南路陈长捷分左右两个纵队，右纵队六十一军二〇一旅由蒲县向克城、勍香、双池进攻，左纵队七十三师和二〇六旅由午城向义泉、康城进攻。西路梁培璜的十九军也是分两个纵队，一路向石口、康城进攻，另一路向水头、大麦郊、兑九峪进攻。还有一路，崔道修旅为右翼支队，由刘家垣、薛家窑向泉子坪前进，然后转向康城、双池包围我们，这可是下的狠手！"

陈士榘接过话来："还有呢！六十六师向永和桑壁前进，收容'叛军'。总起来看，这次阎锡山下的本钱可不小，加上预备队总共动员了六个军、十七

个师旅单位，真的是想要'断根绝株'！"

韩钧抬起头："痴儿说梦！要看我们手里的枪杆子答应不答应！"

陈士榘把目光从地图上收回："缴获敌人的作战方案，使我们对战局有了更清楚的认识。我建议派人到上菒城，把敌人的军事部署向区党委汇报，调整我们的部署，重商大计！"

黄骅的中路部队出击隰县进展顺利，一鼓气荡平十九军一个团，驻在县城的顽军一个旅部闻风逃遁。战斗刚结束，黄骅正要布置乘胜追击，区党委派人送来信息：东路告急！陈长捷亲率七个团攻打保安旅，保安旅陷入重围。黄骅立即下令部队停止追击，掉头东进。

保安旅被围在暖泉头村。暖泉头背靠紫荆山，山上一条清澈的溪流绕村而下，到了村东形成一个河滩。背后的紫荆山绵延东去，山上山下遍布荆棘丛林，就连河滩里也都是高高的灌木丛，山后的大森林冰雪覆盖，行人绝迹。陈长捷的七个团一直紧紧咬住保安旅，把保安旅的两个团缠在这里。

激烈的战斗已经进行了整整两昼夜，保安旅伤亡严重。第三天黄昏时分，黄骅带着援兵绕道紫荆山，穿越茫茫丛林，如下山猛虎直扑陈长捷指挥部。一支奇兵从天而降，陈长捷惊慌失措，部队仓皇溃散。一看援兵到了，保安旅立即发起反攻，陈长捷七个团兵力一夜溃逃四十里，一直退到克城才站住脚。黄骅带兵一路穷追，直到子弹打光才停止追击。

韩钧和陈士榘派往区党委的通信员已经返回，结果有点儿出乎他们意料，区党委不同意改变原定方案，要求立即攻打永和县城。

梁培璜的西路总指挥部就设在永和县城。这只狡猾的狐狸已经觉察了突击队的战略意图，早已经在这里布下重兵。进攻永和的战机已经失去。如果强攻永和，突击队将会遭受重大损失，陈士榘和韩钧根据战场态势变化，决定退回上菒城。

上菒城气氛紧张。韩钧和陈士榘一进村，黄骅就迎了上来："林政委正要派人通知你们，上菒城北面又发现一股敌人，已经进驻水头镇，距离我们不到十公里。"

陈士榘边走边问："敌人有多少兵力？"

黄骅急匆匆地说："十九军一个团。"

"中路部队现在情况怎么样？"

"支队一团和决死队六团参加暖泉头战斗后子弹已经耗尽，二〇九旅被围暖泉头两天两夜，损失惨重，已经失去战斗力。支队二团正在从晋东南归建途

第三章　征战晋西（1939——1940）

中，估计明天才能到上蒿城。"

林枫也在焦急地等待着。陈士榘和韩钧一到，几个人立即围着地图商议下一步作战方案。陈士榘说："目前我们身处险境。我们已经被压缩在狭小的山地之中，敌人第一步作战计划已经完成，包围圈还在进一步缩小，我们当务之急是尽快打开一个缺口，跳出去，然后寻找敌人的兵站、仓库补充弹药。"几个人听了纷纷点头。

陈士榘指着地图上"水头"地方说："依我看，打开缺口最好的地点就是这里！十九军只有一个团兵力，我们集中全部力量猛攻，一定能冲过去！"

林枫点点头。陈士榘对韩钧和黄骅说："通知各团，做好战斗准备！"

王英清接到通知来到上蒿城已是傍晚时分。陈士榘、黄骅、韩钧都在焦急地等着他。见他一进门，黄骅就说："四团长，敌人一个团的兵力已经进驻水头，指挥部决定，你团和曹诚团担任正面进攻，其他几个团侧翼配合，围歼水头之敌。战斗成功后迅速南下石口，夺取敌人兵站、仓库，补充弹药，扩大战果。战斗明天早上五点准时打响，你马上回团进行准备，指挥部随曹诚团行动，如果遇到敌情变化，随时报告！"

陈士榘从笔记本上撕下一页纸，画了个草图递给王英清："这是你团和曹诚团的兵力部署和战斗分界线，你仔细看一看。"

韩钧把王英清送出门外："四团长，阎锡山随时都想消灭新军，我们一定要打好这一仗，要让阎锡山看看，新军是有力量的！"

敌情瞬息万变。就在韩钧他们布置水头战斗的时候，敌人也在急急忙忙向水头增兵，在夜幕掩护下又有大批部队进入了阵地。

拂晓时分，战斗打响，曹诚团率先进入战斗。韩钧和黄骅坐镇指挥部，战士们勇敢地冲向敌人阵地，很快前方传来报告，已经消灭敌人前哨排，打垮前哨连，抓获了几十个俘虏，连敌人的机枪都被缴获了，战斗在向敌人的纵深推进。

四团阵地却迟迟没有动静。原来，他们在翻越松树峁的时候迷失了方向，没有按时进入阵地，孤军深入的曹诚团遭到优势敌人的猛烈阻击，已经夺取的阵地得而复失，战况进入拉锯战。

从战场态势判断，敌人的兵力远不止一个团。眼看着伤亡不断增加，韩钧和黄骅、曹诚紧急商议。敌情有变，曹诚团停止进攻，坚守阵地，等待右翼四团到达后，再协同进攻。

天亮了，四团终于到达阵地。有所准备的敌人严阵以待，占领了有利地

形，构筑了坚固的防御工事。敌人的工事扼住了通向水头的咽喉，四团攻击受阻。强攻不下，伤员不断增多，王英清进退两难，只得派通信员把战场形势报告指挥部。

五团情况也不妙。已经占领水头山几个山头的五团各部，被突然钻出来的三十三军和十九军一部分割包围，三个师的兵力向五团阵地发起轮番攻击，战斗从清晨一直打到黄昏，敌人兵力数倍于五团，弹药充足，火力凶猛，五团情况危急，钟义成只好下令边打边撤，向指挥部方向转移。

战斗进行到天黑，水头没有拿下。四团、五团、曹诚团都受到较大伤亡，不得不撤出战场。水头战斗失利，南下石口的作战计划被迫放弃。

北上中阳、孝义，另做打算。陈士榘和黄骅、韩钧在隆隆炮声中迅速作出决定。部队连夜向北转移。

部队沿着山梁急速行军。山上积雪还没有融化，天上又下起大雪，在刺骨的寒风和漫天的大雪中，这支疲惫不堪的队伍在夜色的掩护下匆匆北进。战士们已经整整一天没有吃上饭了。有几个团因为白英杰携款逃到阎锡山那里，战士们到现在都还穿着一件单衣，有的战士脚上的鞋早已经磨坏，他们就在这沉沉暗夜中，在这冰天雪地里，顶着凛冽的寒风，裹着纷飞的雪花，赤脚踏着冰封的山路前进。

部队来到一处只有三户人家的小山村。追兵已被甩掉，疲乏的战士们实在是走不动了。尖厉的北风呼啸着，雪花飘落在战士们的脸上，钻进衣领袖口。战士们浑身的汗水很快将冰雪融化，先是冰冷一片，接着身上的衣服就变成了冰甲。

这里只有几间茅草房，连安置伤兵都不够用，战士们只好找一些背风的地方露宿。战士们身着单衣互相依偎着蜷伏在冰冷的大地上，有的人身上盖了一点儿柴草，更多的人身上则连一点儿柴草也没有。由于过度疲劳，战士们就这样很快入睡。

韩钧和黄骅检查了伤员情况，从茅草房里走出来。看到战士们躺在冰冷的雪地上入睡，韩钧心里十分难过。有几个战士发现韩钧和黄骅走过来了，试着要从地上起身，韩钧赶紧走上一步按住他们的肩膀，指指靠在他们身上的战友，示意继续休息。

雪花还在不停地飘落。多可爱的战士！多可爱的兄弟！韩钧环顾四周，群山已被黑暗吞没，寒风在山谷间呼啸着穿越。韩钧的两行泪和着落在脸上的雪花，顺着他的脸颊流了下来。

从山头向南望去，以水头山为中心，周围二三十里远的大小山头上，处处都燃起了火堆和火把，形成了一个巨大的包围圈。只有一处缺口火把稀少，但看得出火把正向那里快速移动——一定是敌人正在迅速合拢，要把这个缺口堵住。韩钧隐隐有些担忧：担任掩护任务的六团，是否已经冲出包围圈？

六团还在敌人的包围之中。枪声一夜未停，直到拂晓时分。再不突围出去，就没有机会了。一旦天色大亮，全团都会暴露在敌人眼皮底下，到那时一切都晚了。绰号猛张飞的二营长张开基手里提着机关枪，匆匆来到熊钩跟前："团长，再不突围就来不及了！"

阵地上硝烟弥漫，血腥扑鼻，熊钩眼看着火把围成的包围圈越来越小，他终于下了决心：突围！

"团长！我带二营担任阻击，你带领战士们冲出去！"张开基急切地喊着。

熊钩指指对面黑黢黢的山峰，说："不！留下一个连就行了！我们一块儿往外突！你看，那里是个制高点，派一个连抢占山头，掩护全团突围！快！"

"嗖嗖"飞来几颗子弹，打在战壕边上，溅起高高的泥土。张开基抖掉帽檐上的碎土："团长，一个连兵力太少，至少要留下一个营！我留下！"

熊钩阻止了他："不行！后边还有恶仗要打！叫五连长来，快去！"

阵地上炮声震耳，张开基带着五连长龙作霖和指导员胡一林沿着战壕跑步赶来。三营长张碧禄手里举着驳壳枪，一边射击一边也急匆匆来了。

熊钩急切地问："龙连长，五连还有多少人？"

龙作霖回答："报告团长，五连牺牲七人，重伤八人，现在有战斗力的还有八十六人！"

熊钩说："好！伤员留给我们，带五连迅速抢占对面北山山头，掩护全团转移！"

龙作霖举手敬礼，大声回答："是！"转身要走。

"等等！"熊钩把他叫住，掏出怀表看了看，双手递过去，"五连长，就看你们的了！不管敌人有多少兵力，不管敌人进攻有多凶猛，一定要顶住！现在是六点，一定要顶到中午十二点，为全团争取六个小时撤退时间！"

龙作霖接过带着团长体温的怀表，往口袋里一放："团长放心，保证完成任务！"

熊钧的目光转向胡一林。胡一林抬手敬了一个礼："团长，人在阵地在！"

看着龙作霖和胡一林走远了，张碧禄问："团长，我们的任务呢？"

熊钧说："随团突围，到下一个山头设伏，掩护全团后撤，接应五连！"

"好！"张碧禄沿着战壕迅速走了。

龙作霖带着全连冲出敌阵。眼前是一座高不见顶的山峰。山势陡峭，壁如刀削，葛藤遍布，荆棘丛生。上！龙作霖一声令下，战士们迅速搭成人梯，攀藤附葛，很快占领山头。

这是一座素无行人的大山。山上积雪很深，山脊上三寸有余，山谷间积雪盈尺。天色微明，可以清清楚楚地看到，山下一条羊肠小道通向正北。龙作霖心想，这里真是一夫当关万夫莫开。看看战士们都已进入阵地，龙作霖抬手向着空中发出三颗红色信号弹。

熊钧一看，知道五连已经抢占山头做好掩护准备，大手一挥："突围！"

战士们跃出战壕，向着敌人包围圈的缺口冲过去。龙作霖和胡一林在山顶看得清清楚楚。六团冲出敌人的包围，沿着山道向北撤退，敌人紧随着蜂拥而来。

敌人越来越近，很快到了跟前。龙作霖大手一挥："打！"密集的火力射向敌群。敌人突然遭袭，晕头转向，纷纷后退。

山头上的伏兵死死控制着这个路口。敌人不知道荆棘丛中埋伏着多少人，一直不敢轻举妄动，直到天色大亮。

这是一座高耸陡峭的独立山峰，背后更是壁立千仞的悬崖，一眼看不到底。龙作霖探探头向下看去，心中惊道：真不知道天亮之前是怎么爬上来的！好在除了背后的深沟，其他三面了无遮挡，视野开阔，果真是一个阻击追兵的好地方。

经过一阵观察，敌人做好了强攻的准备。先是对面山崖上突然响起重机枪的吼声，几个火力点同时开火，吸引五连暴露火力，紧接着便是蜂拥而上的步兵，从三个不同方向，一边射击一边向着阵地扑过来。

五连三个排各守一面。在敌人炽盛的火力扫射下，战士们埋伏在战壕里一动不动。只有龙作霖和三排长张玉山凑在一起，时不时微微抬起头来，观察对面山上的火力位置。

龙作霖一边观察一边嘴里数着："一挺……两挺……乖乖，一共三挺重机枪！"

张玉山焦急地说："狗崽子火力压得我们抬不起头，怎么办？连长！"

龙作霖略一思忖，说："去把机枪班调过来！"

机枪班很快过来了，隐蔽在一块大石头后面的灌木丛里。班长小丁匍匐前进来到龙作霖面前："连长！怎么打？"

第三章　征战晋西（1939——1940）

龙作霖指指对面："一共三个火力点，全部给我干掉！"

"是！"

对面的机枪还在狂风暴雨般向着五连阵地倾泻子弹，五连的机枪悄悄伸出枪口，瞄准其中一挺突然扣动扳机，只听"嗷"的一声怪叫，那挺机枪顿时哑巴了。其他两挺机枪立即调转枪口密集扫射过来。

龙作霖大喊："快转移！"

丁班长几个人抱起机枪连续几个翻滚离开原地。他们刚刚藏身的那片灌木丛已经被齐刷刷削去半截。两团火舌对着五连阵地猛烈扫射，阵地上泥水四溅，砂石乱飞，机枪班半天抬不起头来。过了一会儿，子弹飞向别处去了。

机会来了！机枪班突然向着对面两挺机枪一阵横扫。对面两挺机枪猝不及防，几个机枪手纷纷倒地。

"还有一个活着！快打！"龙作霖大喊一声。

果然只见一个受了伤的敌人正爬向一挺机枪。机枪班战士一扣扳机，"突突突突"一梭子，对面那只伸向机枪的手臂戛然停留在半空中，随后重重摔下，敌人的三挺机枪彻底哑巴了！

敌人步兵已经到了跟前。一看对面的机枪成了哑巴，战士们纷纷从战壕里抬起头来，瞄准敌人一阵扫射，冲在前面的敌人立刻倒下一片。从敌群中"嗖嗖"的飞出几颗手榴弹，在五连阵地上爆炸，一时间阵地上硝烟弥漫。

天空始终阴沉沉的。龙作霖看看怀表，十二点一刻，已经胜利完成了任务，可以撤退了。

"指导员！"龙作霖大声叫着。胡一林过来了，龙作霖指指怀表："清点人数，准备撤退。"

胡一林答道："已经清点过了，牺牲十七名同志，全连剩下六十九人，其中伤员十九人。"

龙作霖说："我带机枪班留下掩护！你带其余同志背上伤员，赶快撤退！"

胡一林恳切地说："连长！我留下，你走！"

龙作霖大吼一声："这是命令！快走！我们子弹不多了，再晚就来不及了！"

胡一林还想说什么，龙作霖一把将他推出老远。胡一林带领同志们，背起伤员攀缘着陡峭的悬崖下到小路上，快速离去。

又一波敌人冲上来了。重机枪"突突突突"怒吼着把敌人打了回去。趁着敌人滚下山坡的工夫，龙作霖一挥手，战士们扛起机枪，一转眼消失在茫茫群山之中。

下一个山口，三营长张碧禄早已等得不耐烦了。

这个山口叫万年洞。左右两山夹峙，中间一路洞开。七连、八连埋伏在左右两个山头，九连作为预备队藏在山后的万年洞里。三营看着向后撤退的五连走过，单等敌人追兵露头。

一阵嘈杂声打破了群山的静寂，山路上一群头戴灰兔毛色军帽的追兵杂沓而来。到了山口跟前，冲在前面的一小队侦察兵抬起枪管，照着两侧山坡就是一阵扫射。这是火力侦察。一看山坡上没有动静，越来越多的敌人出现在阵地前。

"打！"三营长一声令下，两侧阵地顿时枪炮齐鸣，密集的火力对着敌人一阵迎头痛击。

敌人很快转过神来，一次又一次向着山口冲击。从中午到傍晚，三营接连打退敌人五次冲锋，战斗十分激烈。九连这个预备队也投入到战斗中去了。敌人一次又一次如涨潮一般呼啸而来，又像退潮一样仓皇而去。

山脚下尸横遍野，阵地上硝烟弥漫，山谷中寒风猎猎，战火将干枯的树丛烧得噼啪作响。

敌人又有一个营的兵力赶到，绕到山背后悄悄摸上来，趁着昏暗的暮色发动突袭。

一时间，两侧山头杀声震天。猛虎难敌群狼，敌人人多势众，七连伤亡惨重，八连、九连被分割包围，情况危急。加上一个下午的苦战，战士们已经体力不支。

三营长果断下令：突围！

八、越过封锁

延安杨家岭。深夜，寒风劲吹。毛泽东的窑洞还透着光亮。窑洞里，毛泽东身披一件宽松肥大的灰色旧棉衣，正俯下身子仔细地看着摊在桌子上的地图，眉头紧锁。

毛泽东点上一支烟，深深吸了一口，缓缓说道："你死我活啊！晋西形势十分严重。这是阎锡山和我们的一场决死之争，他动员了全部力量来对付决死队，看来是不达目的誓不罢休，我们一定要注意事态的严重性。代远，林枫今天发来的电报怎么说？"

坐在一旁的滕代远从座位上站起来，伸手指着地图说："阎锡山的五十九

第三章　征战晋西（1939—1940）

军、三十五军共七个团已经于昨天，也就是二十一日占领康城。中阳方向十九军的部队也在和新军一部激战，具体战况不详。八十三军和三十三军的七八个团已经在大宁、蒲县、石楼一带集结，马上就要投入一线战斗。昨天水头之战，新军和我晋西支队失利，现在参战部队已经和林枫失去联络。"

毛泽东问："林枫现在的位置在哪里？"

滕代远指了指地图："枯桑园。昨天刚刚转移到这里。"

毛泽东又问："陈士榘和韩钧有可能往哪个方向撤退？"

滕代远答："最有可能撤退的方向是孝义。原因有两个：一是其他三面阎锡山的军队力量都很强，孝义方向阎锡山兵力相对较弱。再一个，孝义毕竟是阎锡山划归八路军的防区，我们的群众基础也要好一些。"滕代远说罢，又轻轻摇摇头，"主席！退回孝义也是一步危棋。阎锡山从北、西、南、东南四个方向压过来，就是要把决死队往日本人虎口里送，孝义不能久留。"

毛泽东点点头："阎锡山包藏祸心。应当承认，在晋西南，目前阎锡山的力量占了上风，虽然陈士榘他们伪装决死队参战，新军在个别战斗中取得胜利，但整个战局对新军不利。代远，我早已电令陈士榘支队在河东的二团即刻返回，他们现在究竟到了哪里？"

滕代远说："从林枫电报上看，昨天二团已经返回汾河西参加了水头战斗，但是仍然没有挽回大局。"

毛泽东猛吸一口烟："代远，晋西南、晋西北两区是西北和华北之间的枢纽，必须掌握在抗战派手里，绝不能让投降派占领，否则是很危险的！立即电告朱老总和彭老总，再从八路军中增调一个主力团，迅速向韩钧靠拢，加强他们的力量。如果此战新军失败，蒋介石必然会加强和阎锡山的联合，甚至会倚之为反共降日的华北支柱，那时可就麻烦了！同时也要尽快加强晋西北我军力量。在晋西北，阎锡山发动了十个团左右包围那里的新军，那里的战争也不可避免。这对我们也是生死之战。我们在晋西北的彭绍辉旅要准备参战。另外，为了确保在晋西北的胜利，立即电告贺老总，一二〇师马上再开动一个主力团返回晋西北。"

滕代远问了一句："一二〇师师部要不要也从晋察冀开过来？"

毛泽东摇摇头："暂时不用。但告诉贺老总，要做好这个准备。代远，现在什么时辰？"

滕代远掏出怀表看看："凌晨四点。"

毛泽东揉揉眼睛说："马上拟个电报发朱彭贺关和杨尚昆，要他们立刻通

167

知所属各部，做好应对阎锡山的准备！"

滕代远答应一声，出门去了。

心急火燎的林枫终于和撤出水头战场的陈士榘、韩钧取得了联系。撤出水头战场，陈士榘和黄骅带领支队集中于孝义县郭家掌，韩钧和张文昂收拢新军撤退到不远的弓阳镇。

雪还在下着。林枫一大早就顶着风雪，往郭家掌赶。

韩钧和陈士榘、黄骅、张文昂已经等候多时。林枫一进门，哈着热气搓着手便说："晋西南不能丢！当务之急是赶快制订下一步行动计划，扭转当前的危局。"

张文昂脸上浮现出一丝犹豫的神情，摇摇头说："林政委，就目前的局势而言，保住晋西南困难太大。我的意见是改变作战方针，立即向晋西北或者晋东南转移，保存力量。"

大家一时沉默。停了一会儿，陈士榘说："还有一个方案，就是分散突围，化整为零进行游击战。"

林枫摇摇头说："不行！这两个方案都不符合中央精神，中央对我们的要求是保住晋西南。为了完成这一目标，我已经向毛主席发了急电，要求迅速再派两个八路军主力团增援我们。韩钧同志，你的意见呢？"

韩钧正在沉思，听到林枫问话，他抬起头，说："执行中央指示。我的意见是，迅速调整部署，兵分两路，一路穿插西进，另一路突围南下，突然行动，穿过正面旧军的缝隙，把旧军甩在身后，出其不意直捣乡宁、吉县旧军老巢，和旧军换防，威胁阎锡山，逼迫他和谈。"

这是一步险棋。林枫看看黄骅："黄骅同志，你的意见呢？"

黄骅干脆地说："我同意韩钧同志的意见，西进南下。新军不同于八路军，一旦分散游击会有溃散的危险！新军五个团集中为一路，支队两个团和二〇九旅集中为一路，从西从南两个方向出击，迅速脱离目前这个四面危险之地。"

林枫把目光从黄骅脸上收回："我同意韩钧和黄骅的意见。退却和分散都很危险，目前新军承担不了分散打游击的任务，在阎锡山强大的攻势面前，分散容易，收拢可就难了。几乎可以肯定，如果分散，新军就会垮台。要立即调整作战部署，立即精简部队，派一个营把后方机关尽快送河东八路军总部。剩下主力部队做大范围穿插运动，与阎锡山周旋。就按照韩钧同志和黄骅同志的意见，主力组成两个梯队，新军五个团组成一梯队，由韩钧、陈士榘、王逢源和张文昂指挥，先越过吕梁山，从石楼直接南下，穿插敌后。支队两个团和二〇九旅两个团由我和黄骅率领，由弓阳、关上西进黄河沿岸，然后突然南下。天亮之后，立即出发！"

天亮了。白雪皑皑的吕梁山上，一支人马由东向西快速行进着。

陈士榘和韩钧走在队伍的最前面，风雪扑面扑来，寒气侵入肺腑。身后是长长的队伍。队伍已断粮多日，警卫连战士从深山里一户人家买来一些干瘪的枣子，送了一些给陈士榘和韩钧，两人就着冰雪，边吃边走。

下山没有多远，面前出现一个小镇。尖兵连连长匆匆跑来报告，说前面小镇发现敌人。

"这个小镇叫什么？"韩钧问。

"叫留誉镇，属中阳县管。"年轻的连长答道。

"敌人数量有多少？"陈士榘停下脚步，一边举起望远镜，一边问道。

"还不清楚，只是远远看到镇子上很乱。"尖兵连连长挠挠头皮答道。

"命令部队停止前进！"韩钧也举起望远镜看过去。

小镇乱作一团。一个军官模样的人手里挥着手枪，冲着来来往往的士兵吼叫，把士兵往还没有完成的掩体前面驱赶。一些士兵扛着沙袋继续加固掩体，一些士兵拖着长枪趴在掩体背后，朝着决死队下山的方向瞄准。

韩钧取下望远镜，对陈士榘说："敌人已经发现了我们。但从他们慌乱的行动来看，应该还没有做好准备，从他们的防御面积来说，他们的数量也不会多，兵力应当不会超过一个营。"

陈士榘点点头："对。这是我们的必经之路，他们还不知道我们的底细，趁他们立脚不稳，迅速冲杀过去！"

王逢源也来了。韩钧看了看王逢源，一咬牙说："要打就快打，狭路相逢勇者胜！"

话音未落，陈士榘已经抄起一挺机枪冲了上去。"哒哒哒"不大一会儿工夫陈士榘已冲到掩体面前。趴在掩体后面的敌人一看眼前突然冒出一个不要命的黑大个儿，手里的机枪吐着火舌，"妈呀"一声扭头就跑。

战士们一看陈士榘带头冲了上去，立即大叫着"冲啊！""杀呀！"，一阵排山倒海的怒吼声，一齐涌向敌人的阵地。旧军中的士兵大多是抓来的壮丁，一看这阵势，一个个丢盔卸甲，蜂拥后退。

兵败如山倒。尖兵连连长押着俘虏过来了，远远地就跑过来对韩钧说："我从俘虏口里弄清楚了，被歼灭的是三十三军一个营。"

韩钧点点头："知道了。"

林枫和黄骅带领的第二梯队也从山上下来了。几个人碰头以后，韩钧和陈士榘带领一梯队转而向南，林枫和黄骅带领二梯队继续向西，两支队伍眨眼消失在茫茫风雪之中。

留誉镇南面是一个大山坡，山坡上树林覆盖。

四团二营打头阵。就在二营快要爬上山坡的时候，厚厚的积雪下突然伸出一个个黑洞洞的枪口来。枪声大作。把二营与大部队隔离开来。中埋伏了！后路已断，二营战士只有拼命往前冲过去。后续部队受到阻击，不得不停止前进。

韩钧、陈士榘、王逢源和张文昂紧急商议。前进吧，敌人重兵设伏，张网以待；后退吧，原定作战计划将无法完成，甚至有可能影响南下换防。而且，这里人生地疏，危机四伏，也不是久留之地，一旦敌人趁黑夜将决死队包围，决死队将会陷入灭顶之灾。

在阎锡山重兵围堵之下，决死队连日来连续作战，几近弹尽粮绝。几个人的心情十分沉重。陈士榘首先打破沉默："必须正视现实。看来敌人已经有所准备，堵住了我们前进的路线，如果后面追兵赶到，就在这里与我们决战，凶多吉少。我的意见，迅速脱离这里的险境，放弃打下石楼的计划，西进三交和林政委他们会合，再定行止！"

张文昂沉默不语。

韩钧看了一眼王逢源，说："留得青山在，不怕没柴烧。事到如今，只有如此！逢源同志，你的意见呢？"

王逢源点点头："我同意。"

陈士榘站起身："快刀斩乱麻！既然多数同意，就这么定了。韩钧同志，通知部队，后队变前队，目标向西和林政委他们会合，立即出发！"

林枫和黄骅已经到了三交镇。他们指挥晋西支队一团、二团，经过两天激战消灭三十三军两个团，打下三交镇，但是部队也遭受重大伤亡。

一梯队赶到三交和二梯队会合。林枫面色凝重地看着陈士榘和黄骅说："虽然我们打下了三交，但是南下的困难更大。我支队两个团一直冲锋在前，损失严重。三交一战我军子弹全部打光，伤亡又这么大。二〇九旅两个团已没有战斗力，是不是考虑把二〇九旅的两个团补充进支队两个团里来？"

黄骅说道："我同意。支队一团、二团和二〇九旅五十一团、五十二团对应合并，但是对外暂称二〇九旅。"

陈士榘依然愁眉紧锁，看了林枫一眼说："林政委，一梯队也已经弹尽粮绝。阎锡山旧军投入的力量，比我们预先估计的要大得多。就当前的形势来看，南下阻力实难突破，我建议重新考虑南下换防计划。"

韩钧接着说："我原先主张坚决南下，现在看来是有些轻敌。目前态势，我们的南面，敌人已经布下重兵，南下计划已经不能实现。东面，我们的来路也被追兵堵住，西面是黄河，唯一的路就是尽快转移到晋西北去了。"

林枫叹了一口气，说："我军苦战兼旬，依然身处危境。我同意陈士榘和韩钧同志的意见，立即转移晋西北。黄骅同志，你的意见呢？"

黄骅说："我也同意。敌变我变，既然敌人已经在南线布下重兵，我们自然不能自投罗网。再说了，保存革命的力量，我们总有打回晋西南的机会！"

林枫终于下定决心，起身道："立即通知各部，迅速向晋西北转移。我现在就向中央报告。"

三川河由东向西从柳林镇南流过，前行不远汇入奔腾而下一泻千里的黄河。夜幕降临了，鬼子据点上的探照灯不时将黑暗的夜空划破。

三川河上结了一层薄薄的冰。就在探照灯明灭的瞬间，几个黑影来到河边，闪身躲进草丛里。等探照灯的光柱移过去，一个黑影匍匐着来到河面上，探着脚踩在冰上。他在试探冰层的厚度，只见他稍一用力冰层破了。黑影迅速脱掉衣服，潜入水中向对岸游去，过了不久又从对岸游了回来。

韩钧和陈士榘等在岸边。侦察兵小声报告："冰层太薄，必须要蹚水过去。"

韩钧轻声问道："水深不深？"

侦察兵说："水深及腰，个小的同志可能到胸前，徒涉应该没问题。"

陈士榘眼睛盯着晃来晃去的探照灯光柱，凑到韩钧面前说："要先拔掉这个讨厌的据点。派一个排去，速战速决。"

韩钧点点头。

黑暗中，一个尖兵排兵分两路，在冰冷的雪地上匍匐前进，从东西两个方向朝着这个据点包抄过去。不一会儿，只听一声枪响，探照灯应声而灭。

韩钧对身边的作战参谋吩咐："传令，以团为单位立即过河。过河顺序，支队一团、二团，决死队五团、六团、四团！"

"是！"参谋低低应了一声，起身离去。

过了一会儿，参谋气喘吁吁回来了："四团没有跟上大部队，到现在联系不上！"

韩钧急得伸手一把将头上的帽子抓下来："这个王英清，怎么搞的！我的

信没有送到吗！"

黑暗中，韩钧派出的便衣通信员还在急急地往前赶，寻找四团。由于在留誉镇南山坡上遭到伏击，四团由先锋变为断后部队，一路打一路撤，和指挥部失去联系已经两天了。四团接到的最后一个命令，是向三交镇撤退。王英清带着四团打退最后一股敌人的追袭，来到距离三交镇还有十几里地的一个村庄，已经是傍晚时分。

小镇周围冷冷清清，根本不像是大军驻扎的样子，沿途也没有见到传令兵，甚至没有见到一个掉队的伤兵。情况反常！王英清下令停止前进。

其实，大部队已经在一天前开拔，此刻正在七八十里地以外的柳林镇等待过河北上。决死队走后，敌人随即占领三交，布下又一个陷阱。

种种迹象表明，三交已经不能去了。撤退！往哪里撤？

王英清和二营长郭庆祥点亮马灯，蹲在地上仔细查看雪地上的脚印。郭庆祥低头看了半天，直起身子对王英清说："团长，往南的方向脚印稀少，往北的方向雪地都已经踩成了泥，部队应该是往北走了。"

王英清也蹲在地上查看。他越看越糊涂："不可能呀！我们的任务是南下，部队怎么会向北前进呢？"

郭庆祥挠挠头皮："我也纳闷，但从脚印看的确如此。从目前的形势分析，部队北撤不是没有可能。团长你看，西面是黄河自然不用说，东面的来路敌人一直在追击我们，只有往南往北两种可能。莫非任务有了变化？"

王英清点点头："很有可能。也只有这一种情况是合理的。二营长，通知部队改变行动方向，北上！"

凌晨两三点，韩钧派出的通信员终于追上四团。连续多天在泥泞的雪地里行军，战士们都变成了泥猴。通信员提着马灯已分辨不出谁是谁，只好冲着队伍焦急地喊："团长呢？团长呢？"

王英清走出队伍："我就是。你是谁？找团长干什么？"

通信员一把拉住王英清的手："王团长，整整两天两夜，可算把你们给找到了！我是纵队通信员，韩总指挥派来的。这里有首长一封信，给你的！"

通信员高高举着马灯，王英清"嚓"的一声撕开信封，取出信来。

  四团长：接信后即随纵队后前进。上级指示我纵立刻向晋西北转移，靠近一二○师。在柳林东二十里寨东、薛家湾之间过三川河。

  韩钧   一九三九年十二月二十六日上午十时

原来，部队的任务真的有了变化。多亏部队没有走错路，已经追了一段路程。王英清把信叠好装进口袋里，朝着部队大声喊着："目标寨东，全速前进！"

韩钧正站在三川河南岸向南眺望。大军已经全部过河，为了指挥部队，他已经往返几个来回，棉裤早就被冰冷的河水湿透了，已经结成薄薄一层冰碴儿，两腿一动发出"咔嚓咔嚓"的响声。

三川河南岸不远，并行着一条军（渡）离（石）公路，这条公路就是日军的封锁线。如果渡河大军被日军发现，日军的机动部队马上就会赶到。韩钧穿着湿透的棉裤指挥部队在两翼警戒。本来韩钧已经过了河，但随后过河的后勤机关人员杂乱，行李笨重，为了使他们不致惊慌，韩钧又从北岸返回南岸指挥。

天色就要亮了，还不见四团踪影！韩钧心中暗暗着急。忽然，远处一支人马隐约出现在眼前。警卫连马连长匆匆跑来报告："四团到了！"

果然是四团！

"韩总指挥！"王英清看清了，是韩钧在刺骨的寒风中，伫立河边等待他们。他喊了一声奔上前去，一股暖流已经传遍全身。

队伍迅速冲到三川河对岸。

远处传来一阵日军汽车的轰鸣，夹杂着"叭勾""叭勾"三八大盖的枪声。

不过，他们来晚了一步。

九、决战临县

大军一路向北。太阳从地平线上升起来了，积雪开始融化，山路变得更加泥泞。又是一夜未眠，行军途中不时有战士打瞌睡，睡梦中一不留神"吧唧"一声摔倒在湿滑的山道上。身边的战士无声地把他拉起来，继续前行。

稀稀拉拉的枪炮声被远远甩在身后，眼前是望不到头的纵横沟壑。向阳的山坡上雪已经融化，背阴的沟壑间还有一片片积雪。

韩钧和林枫、陈士榘一人手里拄着一根榆木棍。

林枫边走边说："已经两天了，给中央发去的电报到现在也没有收到回电。当务之急是赶快找到一个合适的地方，休整部队。"

韩钧说："前面不远就是招贤镇。这一带旧军力量相对弱一些。由于害怕日本人，赵承绶的部队向北边躲得远远的，想要集中起来恐怕也需要一些时

间。日本人原计划配合阎锡山把我们消灭在汾孝地区，力量都集中在了韩信岭，在这一带力量也不强。我看部队可以在招贤镇一带休整两三天。"

陈士榘点点头："我看可以。不仅要休整，还要进行动员。阎锡山马上就会反应过来，会调集力量打击我们。迎接我们的将是更艰苦的战斗。"

林枫说："是啊。我们的队伍也不稳定，还有不少阎锡山安插进来的奸细没有肃清。近一个月里，阎锡山往往能够准确掌握我们的作战计划，很可能与这些人有关。在当前的非常时期，必须坚决无情地肃清这些人。阎锡山已经给我们上了一课，谁犹豫，谁温情，谁就要失败。"

陈士榘接过林枫的话，说："不错。我建议在肃清内奸的基础上，迅速按照八路军的制度改造新军，主要的军政领导必须由党员同志担任，确保指挥统一。"

韩钧点点头："还要从八路军中调大批军政双优的干部充实进来，彻底改造、真正掌握这支军队。"

林枫看着韩钧道："韩钧同志，你说得对。包括部队的组织结构都要进行调整。我的想法，我们对外仍然用'抗日拥阎讨逆军'的名义，还由文昂同志和你出名。对内则要以提高战斗力为目标，进行大刀阔斧的整编。所有部队共组成两个纵队，支队两个团已经和二〇九旅两个团合并，再加上曹诚团组成一纵队，由黄骅同志指挥；一九六旅的游击五团、游击十二团以及保安旅的两个团全部并入独二旅的四、五、六团，组成二纵队，仍然由你指挥。这样一来，战前的十二个团就要缩编成六个团，数量少了但战斗力会大大增强。当然，两个纵队都要在区党委领导之下。士榘同志，你的意见呢？"

陈士榘爽朗地一笑："行！这样部队指挥起来也顺手。只是还有一样，二纵队要不要建立党委会？"

韩钧也以征询的目光看着林枫。

林枫沉思片刻说："不仅要建立，党委会还要成为最高领导机关。一定要用党这个纽带把战士们紧紧凝聚在一起。只有这样，我们的队伍才能打仗，才能打胜仗！"

韩钧心有同感。是啊，一叶孤舟只有经历了惊涛骇浪，才知道舵手的重要；一支抗日的部队只有经历了残酷的战争洗礼，才知道中国共产党的重要。

林枫边走边讲："贺老总还没有回到晋西北。到了招贤，我们一面休整，一面迅速派人与彭八旅取得联系，争取他们尽早补充给我们一些弹药。"

翻过一道山峦，面前是一个小镇。韩钧用手一指："招贤镇到了。"

几个人精神一振，快步向着这个小小的山村小镇走去。

韩钧越过日军封锁线的当天晚上，阎锡山第七集团军总司令赵承绶就得到了情报。他心中暗暗吃了一惊。如果是单单对付晋西北的新军，他的骑一军加上郭宗汾部还能有一些优势，要是再加上韩钧这个对手，可就有些吃不消了。他一面急电阎锡山，一面连夜召开紧急军事会议。

郭宗汾的独立师已经被阎锡山升格为三十三军，郭宗汾也由师长摇身一变成了军长。新官上任三把火，他急于在阎锡山面前露一手，加上他的前哨部队已经和韩钧有所接触，而且吃了亏，所以会议一开始他就急不可耐地站了起来："赵总司令！绝不能任由韩钧向北运动，今晚他们通过日军封锁线，至少还要有两到三天时间才能到达临县。我提议我们的部队应迅速集结临县，以临县为中心与韩钧展开决战。韩钧转战近一个月，师劳兵疲，粮弹双缺，我方迅速集中后以逸待劳，不怕这张大网网不住韩钧这只雏鸟！"

赵承绶老奸巨猾。他一只手臂支在桌子上，肥厚的手掌半捂着嘴巴，两根手指头把脸颊上的赘肉向上推起。他静静地听郭宗汾把话说完，这才把捂在嘴巴上的手掌拿开说："载阳兄说得是。韩钧现在已经是强弩之末，只要我们最后一击，必定全军覆没。只是我有些担心，我们的兵力集中临县，北边的八路军和决死队会不会从背后捅我们一刀。载阳兄，你看这样行不行，你三十三军六个团布置在临县南线，阻击韩钧北上；我骑一军八个团集中临县北线，阻挡晋西北八路和新军南下。待你将韩钧消灭，我们再合力应付晋西北局势，如何？"

郭宗汾急于立功，加上料定阎锡山会派王靖国十九军尾随韩钧北上，抄韩钧的后路，就爽快地答应了："行！只是卑职有个想法，希望赵总司令赶快向阎长官呈请，让王靖国、陈长捷火速北上，我们南北合击，韩钧插翅难逃！"

赵承绶站起身，看着郭宗汾说："放心！这个咱司令长官自有安排。"他走向挂在墙上的巨幅地图，向在座的各位军、师长们扫视一圈，"诸位，我还要声明一点。咱司令长官发来密电，已经和日军达成秘密协议，我们可以尽管放心地放弃忻县、宁武、神池、五寨、静乐等地的对日阵地，向兴县、临县地区集结兵力，不用担心日军攻击我们。这一点，请诸位尽管放心。下面，我对南北两线具体的作战方案进行部署。骑一军……"

再过一天就是新年。

岚县史家庄。八路军一二〇师留在晋西北的彭八旅接到延安急电。

天上雪花纷飞，地上寒风呼啸，浓重的夜色把史家庄团团包围。刚刚率领七一四团两个营从晋察冀边区河北省平山县回口村一二〇师师部星夜赶回史家庄的旅长彭绍辉，顾不上鞍马劳顿，和兼任着晋西北区党委副书记的旅政委罗贵波，立即把暂一师师长续范亭和决死四纵队政委雷任民请来商议。

续范亭因不满蒋介石消极抗日，曾在中山陵剖腹自杀，因此身体一直瘦弱，再加上冬日天寒患了重感冒，脸色蜡黄，行动有些吃力。

四人落座。彭绍辉为续范亭端上一杯热水，说："续师长这几天身体不适，本不想打扰，这次把你和雷政委急急忙忙请来，是有一件要紧的事。"

续范亭和雷任民不约而同地抬起头看着彭绍辉。

彭绍辉是红军有名的独臂将军，在第四次反围剿作战中失去左臂，只见他右手里拿着一封电报说："延安发来电报，韩钧已经于前天夜里甩掉阎锡山重兵包围，越过三川河，突破日军封锁线到了临县以南地区。目前还不清楚他们的伤亡情况，也不清楚他们的行军路线。延安要求我们迅速做好战斗准备，接应他们。"

续范亭焦急地问："派人寻找他们没有？"

罗贵波点点头："已经安排一个侦察连南下，去寻找他们了。"

续范亭叹口气说："这十冬腊月里，到处冰天雪地，也不知道韩钧他们受的什么罪！"

罗贵波也有些担忧地说："他们已经和延安失去联系。毛主席很担心。目前的整个形势是，阎锡山先以全力进攻晋西南，得手后下一个目标就是我们晋西北。中央军在晋东南也对薄一波他们动手了，而且随时准备增援阎锡山。胡宗南的一个师也已经集结黄河西岸，准备过河。"

气氛十分压抑。罗贵波接着说："毛主席还指示我们，立即成立'晋西北拥阎讨逆总指挥部'，由续师长担任总指挥，任民同志担任副总指挥。我旅以伪装的形式秘密参加战斗，具体的军事行动由我和绍辉同志指挥。任民同志，你的意见呢？"

雷任民点点头："行！有八路军做后盾，我们就不怕他阎锡山！"

罗贵波看看彭绍辉。彭绍辉放下手中的茶缸，说："我刚从平山师部返回。贺老总很焦急，师主力正在抓紧进行回师准备。但考虑路途遥远，恐贻误战机，命令我们机动灵活，迅速打击骑一军，夺取方山，迫使赵、郭两军重新部署，以争取时间，等待师主力集结力量，与之决战。为了完成这一目标，一，我旅和决死四纵队、暂一师主力迅速控制赤坚岭、寨上一线，相机占领白文镇，威胁临县；二，我七一四团加上决死四纵队一个团迅速出击占领方山，掩护决死二纵队、晋西支队北撤；三，迅速解决仍然坚持反共立场的工卫旅旅长郭挺一，消除内乱隐忧。"

罗贵波对续范亭和雷任民说："你们来之前，我和绍辉同志商量了，有一个初步意见。战役主力由绍辉同志指挥，迅速南下方山、临县；工卫旅解决郭挺一后由侯俊岩同志指挥，立即开往兴县，控制黄河渡口黑峪口，确保我军同延安的联系；其他部队担任警戒和肃清地方的任务。你们看行不行？"

续范亭和雷任民异口同声："行！"

罗贵波站起身来，说："那好！明后两天部队集结、动员，过了元旦，立即开始行动！"

延安杨家岭。一九三九年最后一个夜晚。毛泽东的窑洞里又是彻夜通明。

毛泽东背对着滕代远，站在军用地图面前，目光长久地停留在吕梁山上下，一言不发。背后的烛光照过去，把他巨大的身影投射到地图上。

他猛吸了两口手里的香烟，问："代远，和林枫、韩钧他们还没有联系上？"

滕代远说："自二十六日收到他们最后一封电报后就失去了联系，到今天已经五天了。按理说陈支队和决二纵各有一部电台，总有一台应该能联系上。照现在的情形，估计是战斗激烈或者转移仓促，他们的电台出现了意外。我已经安排专人一刻不停搜寻他们的信号，一旦联系上会立刻通知我。"

毛泽东看着地图说："林枫和韩钧他们决定北上是正确的。晋西南阎锡山的军队力量比我们想象的要强大，这一点在事变之初我们认识不足。加上胡宗南也在河西虎视眈眈，看来晋西南只得暂时放弃。照目前情形看，保住晋西北对我们来说就显得更加重要，这是一件关系我党战略全局的事情。原来我的想法是把李井泉调到晋西，统一主持晋西北、晋西南军事力量，现在看来他远在大青山一带，路途遥远，远水解不了近渴。前两天我去电和朱、彭两位老总商量，是否派左权副参谋长或小平同志到晋西，晋东南的局势又不允许。晋西的局势已经是刻不容缓呐，必须有一位具有指挥全局能力的得力干将迅速前去，控制局势。"

滕代远说："不是有贺老总吗？"

毛泽东从口袋里摸出一支烟，嚓地划上一根火柴点燃，吸了一口："是啊！贺老总的确是最合适的人选。但一二〇师在晋察冀地区正和日军作战，防区还需要一些时间进行交接，要等荣臻同志从冀中调部队换了防才能离开，我

们不能顾此失彼啊！"

毛泽东又把目光转向滕代远，似乎还在征求他的意见。

滕代远说："一旦晋西北的战争扩大，我们将动用陕北的一部分部队，王震的三五九旅已经集结，做好了战斗准备。还是贺老总亲自指挥最合适，指挥问题关系战争胜负啊！主席，我看有必要再去一电催促贺关，带领两到三个主力团立即出发，越快越好。"

毛泽东下了决心："好！立即给集总、贺关、彭八旅发电，要求贺关立即出发赶赴晋西北，彭罗立即南下接应韩钧。"停了片刻，毛泽东又说，"代远，你也做好准备，万一贺老总不能及时赶回，你这个总参谋长就亲自出马，辛苦一趟！"

滕代远意识到责任重大，坚定地答道："行！"

就在滕代远起身准备离去的时候，译电员推门而入："主席！滕总！陈支队联系上了！"

毛泽东眉梢一挑："他们现在在哪里？"

译电员迫不及待地说："他们已经到达临县招贤镇，部队受了一些损失，现在正在休整。"

毛泽东说："即刻回电，要他们严防旧军袭击。同时向彭八旅发电，立即出发到招贤镇接应！"

新年第一天，彭绍辉派出的侦察连终于和陈士榘、韩钧取得联系。得知他们已经弹尽粮绝，彭绍辉火速派人送去三万发子弹。得到弹药补充的陈士榘和韩钧立即率军北上。

晋西北讨逆军分左右两个纵队迅速南下，经过八天的连续战斗，连克开府、马坊、方山、阳坡、寨上，把赵承绶和郭宗汾的两个军压缩在临县附近。

陈士榘和韩钧率领部队到达马坊、方山，与彭八旅和晋西北新军会合。

双方摆开了决战架势。为了确保战役胜利，毛泽东派滕代远火速赶赴前线。滕代远一到晋西北，立即召集续范亭、雷任民、彭绍辉、罗贵波、韩钧、张文昂、林枫、陈士榘、黄骅召开军事会议。

滕代远开门见山："同志们，我这次来，带来了中央的最新指示。毛主席对当前的晋西局势非常关心，特意让我告诉大家，这次临县战役我们必须取得胜利。只有取得彻底的胜利，才能把阎锡山的力量完全赶出晋西北，以汾离公路为界形成共产党完全控制晋西北的局面。这样我们就能够把陕甘宁、晋西北、晋察冀连成一片，这对整个抗日战争的胜利具有十分重要的意义。中央决定，把晋西南暂时留给阎锡山，给他一个生存空间，以利于争取他继续抗战。"

滕代远手指挂在墙上的地图："这次临县决战，中央决定成立晋西北行动委员会，由我担任总指挥。决定于明天向盘踞在临县的赵郭两军发起总攻。具体作战计划是，以晋西北新军决死四纵队、暂一师、工卫旅和彭八旅组成右集团，从这里——临县白文镇由北向南，直取临县；以晋西南新军决死二纵队、二○九旅、陈支队组成左集团，从这里——方山、圪洞地区由东向西，夹击临县；同时，王震三五九旅一个团也从陕北绥德警备区东渡黄河，已经到达碛口地区，从侧翼配合这次作战。"

一九四○年一月十一日，进攻临县的战斗打响，右集团攻占窑头村。十二日，左集团占领蔚峰村；右集团也消灭赵承绶骑一军一部，攻占吴家湾、城南庄阵地；临县守敌处于包围之中。

经过几天激战，赵郭两军已经处于弹少粮缺的困境，他们日夜盼望的六十一军和十九军增援没有到来。

其实，阎锡山的援军早已做好了北上的准备，他是突然改变了决心，放弃北进计划。阎锡山历来老谋深算，这次却差一点儿中了蒋介石的圈套。早在决死二纵队越过三川河的时候，阎锡山就下令十九军和六十一军尾随北上，害怕兵力不够，阎锡山忙乱之中报请蒋介石，请调中央军胡宗南部驻在晋南的九十军一同北上进剿。螳螂捕蝉，黄雀在后。蒋介石敏锐地意识到这是端掉阎锡山老巢晋西南的一个绝好机会，立即复电同意；同时要胡宗南以防备日军乘虚而入为借口，再派两个军入晋，替补中央军九十军和阎锡山六十一军、十九军北上后在晋西南的防地。

醉翁之意不在酒。如此一来，将会摇动阎锡山的立脚根本。阎锡山恍然大悟。他和蒋介石在中国政坛角逐几十年，深知蒋介石的阴险狡诈。他终于看穿了蒋介石的用心。前门驱狼，后门入虎。阎锡山惊出一身冷汗，立即下令准备北上追击韩钧的部队原地驻防，停止追击。

赵承绶和郭宗汾当然就不可能等得到援军了。滕代远指挥各路已经将临县外围肃清，赵郭两军残部被压入城内，成了瓮中之鳖。

十三日下午，总攻开始。眼看大势已去，赵承绶和郭宗汾魂飞胆丧，趁着夜色，带着几个亲随冲开一个缺口弃城而逃。

十、奔赴延安

秋林。一九三九年冬天。韩钧匆匆离开秋林的那一刻，就把慧君的心一起带走了。慧君每天都站在窑洞门口的山坡上向着远方眺望。眼前的景色已经从深秋变成严冬，远山那一抹火红的霜叶早已经被满目的衰草取代，近处的树枝只剩下了光秃秃的枝杈。

不断有各种消息从前线传来，真假莫辨。慧君的心始终为韩钧揪着。她了解信任自己的丈夫，佩服他的胆识勇气，深知他是一个为了国家民族不避刀斧汤镬的汉子，但是却放心不下他的性命安危。听岱峰讲，阎锡山发了很大的脾气，宣布韩钧是"叛逆"，通电"讨伐"，动员全部军事力量"誓灭韩钧"。年轻气盛的丈夫是不是阎锡山这只老狐狸的对手？慧君心中为他捏着一把汗。

自从丈夫离开上葫芦村，她就吃不好睡不好，心中充满着忧虑。丈夫转身离去，为了不引起别人的注意，她连送都不敢去送，依依不舍地站在门口，看着丈夫的背影急匆匆消失在村口。明知道没有用，她心中还是执著地计算着丈夫的行程，计算着已经到了哪里，时刻都在担忧着他是不是遇到了什么危险。不管做什么事情，他的身影总是在脑子里不停地浮现。直到三天后刘岱峰让夫人江涛悄悄告诉她，说韩钧发回电报，已经平安抵达二纵队，她那颗悬着的心才稍稍放下。

没过几天，她的心又重新提起来。一个更令人震惊的消息传来，说是决死二纵队和阎锡山的旧军打起来了，韩钧身陷重围，生死未卜。摸着腹中的孩子，她隐隐有些心酸，突然又有了一些恐惧。她害怕丈夫万一有个闪失，自己怎么办，孩子怎么办？毕竟自己才刚刚二十一岁，毕竟肚子里的孩子还没有出生。

耳边传来妹妹玉林的呻吟。慧君赶紧收回思绪，挺着大肚子坐在床边，伸手一摸妹妹的额头，滚烫滚烫的。她急忙起身把毛巾湿了水给妹妹敷上。慧君十分心疼，妹妹才十五岁，因为患了伤寒一直卧床不起。

"姐，我渴。"玉林喃喃地发出虚弱的声音，听起来沙哑而遥远。

慧君起身端起桌上的饭碗，倒进一点儿开水，抿了一口试试水温，然后用勺子一勺一勺喂进妹妹嘴里。战争年代最缺的就是医和药，偏僻的上葫芦村更是如此。妹妹的病已经延宕多时，慧君万分焦急。眼看着妹妹的病势一天比一天沉重，自己又挺着个大肚子，这可怎么办？慧君一筹莫展。

王世英来了。他还带来了一个白眉皓首的老中医。

慧君喜出望外。她刚想说几句感谢的话，王世英倒先开了口，小声说："慧君同志，这是从延安来的名医，毛主席派来的。前几天我到延安向毛主席汇报韩钧同志的情况，主席问起你，说当前的形势越来越紧张，希望我们安排你赶快秘密地到延安去。知道你正怀孕临产，妹妹又得了伤寒卧床不起，马上让若飞同志找来这位名医，随我来到秋林。"

老中医目光睿智地看着慧君，轻轻点点头，然后低下头拉起妹妹的手号了脉，对王世英和慧君说："病得不轻，得赶紧用药。"随后从药箱里取出几服药来，交给慧君。

老中医和善地看着慧君说："你现在就把药熬了，给病人用上。不用太担心，过不了几天病人就会好的。"

慧君把药熬上，转回窑洞里。

王世英小声说："慧君同志，韩钧同志离开秋林已经快一个月了，他现在很安全，请你放心。我们八路军部队已经秘密加入战斗，秋林现在白色恐怖，这里不是我们说话的地方，具体的情况我就不多讲了。阎锡山已经盯上了我们的同志，我们的同志正在以各种名义秘密疏散转移。最近一两天刘岱峰同志也要走。阎锡山现在还没有怀疑吕调元，党组织已经安排他照顾你们的生活。你现在什么也不要多想，你和玉林的当务之急就是保重身体，把病养好，等玉林的病情有了好转，等你生了孩子，我们马上送你到延安去。阎锡山目前还不敢公开和八路军翻脸，你有什么事也可以随时找我。"

看王世英安排得这么细致，慧君心里非常感激。

慧君和吕调元也不陌生。他是韩钧在草岚子监狱时同一个号子里的难友，也是韩钧的生死患难之交，他的秘密共产党员身份暂时还没有暴露。

王世英和老中医走了，慧君的心里踏实了许多。

过了两天，刘岱峰悄悄送来几张二战区的护照，说明天一大早就要秘密离开秋林，嘱咐慧君一定要把护照保存好，必要的时候好使用。原来，刘岱峰利用他担任政治部副主任的身份，悄悄弄到了一百张护照，就是用这些护照把自己的同志秘密疏散。

用了老中医带来的药，玉林的病大有好转。

不料就在这个节骨眼上，连日劳累的慧君突然病倒在床上。长时间的劳累煎熬，一个多月的担惊受怕，慧君腹中的孩子早产夭折了。

这一切，远在黄河对岸的韩钧并不知道，刚刚指挥二纵队参加了临县决战的他也无暇顾及。他有太多的事情需要处理。先是出席在临县城东关杨树沟河滩举行的新军胜利会师大会，接着便是领导决死二纵队对临县战役进行总结，随后又参加了林枫主持的晋西南反顽斗争总结大会。

就在晋西南反顽斗争总结大会上，滕代远代表中共中央、中央军委和毛泽东主席郑重宣布：决死二纵队是共产党领导的、有保障的部队。

韩钧终于松了一口气——决死二纵队终于回家了！

会后，滕代远和韩钧进行了一次长谈。

临县龟峁村静静地趴在吕梁山窝里。滕代远和韩钧站在半坡的窑洞前，望着眼前绵延远去的山岭。滕代远比韩钧年长八岁，他像兄长一样伸出右手紧握着韩钧的手，另一只手拍着韩钧的肩膀说："韩钧同志，经历了一场这么大的事变，你辛苦了！从事变一开始，毛主席在延安就时刻担心着你和同志们的安危。他很赞赏你，多次称赞你有胆有识，有勇有谋，说你虽然年纪轻，却是个不畏强暴的'娃娃将军'！"

受到毛主席的夸奖，韩钧有些羞涩地笑笑。

滕代远眺望着远处："韩钧同志，前面的路还有很远，我们的担子还很重。从目前情况看，阎锡山的进步时期已经过去，他要大踏步地往后退了，决死队已经成为山西唯一政治进步的抗日武装，担负着不比往常的历史使命。通过这一场惊天动地的事变，决死队在山西的地位更加重要，要担负起更大的责任来，要成为团结山西一切进步力量的中心！"

韩钧脸色凝重地点点头："决死队自身还存在很多问题，要想承担更大责任，必须彻底八路化，真正做到和八路军一样才行。"

滕代远说："是的。最近八路军政治部也发来指示，要决死队迅速成立党委会，全纵队一切大政方针由党委会决定，这才是在纵队上下保证党的领导的有效手段。纵队委员会由北方局和集政批准任命，决定由你这个经历了血火锤炼的'娃娃将军'担任党委书记，你要有个思想准备。"

韩钧深有感慨道："在生死存亡的紧要关头，决死队没有被阎锡山吞并、消灭，终于挺过来了。走过这几年曲折磨难的岁月，决死队终于回到八路军的怀抱，回到党的怀抱，我们终于可以公开而自豪地讲，我是一个中国共产党党员！再也不用担心阎锡山的盯梢、暗杀，再也不用看阎锡山的脸色了！"

滕代远笑了："你的心情我理解。但阎锡山的脸色还要看。"滕代远笑着解释，"我们党的策略是不为已甚。目前共产党、蒋介石和日本人都在争取阎锡山，为了国家前途，为了抗日大业，我们对阎锡山是既要打又要拉。打，是让他知道我们共产党的力量；拉，是让他知道我们共产党的统一战线是讲信义的，他仍然有和共产党做朋友的可能，这个分寸一定要把握好。我们不能一棍子把阎锡山打到蒋介石的怀里去，更不能把阎锡山逼到日本人的阵营里去。"

韩钧是个天分极高的人，一点就通。他立即明白了滕代远的意思，说："滕总，我明白了。我马上就给阎锡山和梁化之发电报过去，表示愿意继续在阎锡山的领导下团结抗日，决无他求，免为敌人利用。"

滕代远赞赏地看着韩钧："毛主席也是这个意思。毛主席还要求我们所有的新军领袖在接下来的一段时间里，向阎锡山发起一个和平攻势。阎锡山现在的处境是骑虎难下。这是给阎锡山一个下来的台阶。和阎锡山的斗争，我们要有理、有利，但更要有节。这是我们共产党人的胸怀，更是我们的政治远见。"

韩钧心中暗暗佩服毛主席的深谋远虑和运筹自如。

滕代远接着说："当然我们更要做好军事准备。毕竟阎锡山是个薄情寡义的政客，翻云覆雨的老手。如果我们没有强大的军事力量做后盾，阎锡山是不会和我们做朋友的。"

韩钧深有体会，笑笑说："那是自然。"

太阳就要落下山去。韩钧朝着西边的远山极目望去，天边出现一抹晚霞，把半个天空映照得一片彤红。

晚霞也映照着秋林。

妹妹的病情大有好转。她的眼睛里渐渐恢复了往日的神采，脸色红润起来，已经能够照顾病倒的姐姐了。姐妹俩在这个寒冷的冬天里相依为命，艰难地走了过来。慧君经过几天的休息，精神也慢慢好了起来。

秋林不是久留之地。按照党组织的秘密安排，阎锡山新任命的牺盟会负责人吕调元负责暗中照顾慧君姐妹生活。可是这几天，他却突然没了踪影。

王世英的突然来访揭开了这个谜底。

"吕调元同志突然被阎锡山逮捕了！"王世英急匆匆地告诉慧君，"阎锡山发现吕调元同志在暗中把进步青年往延安输送，大发雷霆，把他秘密逮捕送进了监狱，可能要对他下毒手了。阎锡山的暗杀团也已经布置在通往延安的各个路口对投奔延安的进步青年大开杀戒。一刻也不能等了，必须立即出发到延安去。只是……慧君同志，你的身体……"

慧君挣扎着坐了起来，目光坚定地说："我能行！"

王世英不放心地问:"妹妹呢?"

慧君把脸转向妹妹,玉林也坚强地点点头:"我的病已经好了!王主任,姐姐,我做梦都盼望着能早一天到延安去!"

夕阳终于落下了山。趁着夜幕的掩护,几个骑马的身影从上葫芦村悄悄出发,很快消失在往北的崇山峻岭之间。月朗星稀,阵阵寒风从山谷间吹过,将盘山道上"嘚嘚嘚"的马蹄声送出很远。月光洒在几个骑马的身影上,隐隐约约看得出是几个身着晋绥军服装的青年军人,正沿着山间大道纵马向前。

"停下!停下!"山道口突然闪出几个黑影,长长的刺刀在月光下发出冷冷的银光,"哗啦哗啦"枪栓清脆的撞击声直刺耳膜。

"吁——"最前边一匹战马放慢了脚步,一个黑影敏捷地从马背上一跃而下,不慌不忙走上前去。

"站住!哪一部分的?"黑暗中传来一声喝问。

黑影停下脚步,粗声大嗓地骂了一句:"笨蛋!叫你们长官来!"

"您是——"黑暗中的声音顿时没有了刚才的强硬。

"眼珠子抠出去喂狗了吗?老子是参谋部查哨的!快把你们长官叫来!"

"哎,哎哎!"黑暗中的声音里已经隐隐有了一丝慌乱。过了一会儿工夫,从路边窑洞里踉踉跄跄走出来一个人,一边走一边披着棉衣。

从马背上跳下来的那位上前一步,手里的马鞭指着他,大声呵斥:"你带着弟兄们就是这样执勤的吗?谁让你钻进屋里去的!嗯!"

从屋里出来的那位一时间晕头转向、支支吾吾地说不出一句囫囵话。

马背上跳下来的那位军人眼睛一斜,从开了半拉的门缝朝窑洞里望过去,只见昏黄的灯光下有一张小桌子,桌上放着半碟子花生米和半瓶开了盖儿的老汾酒,于是不依不饶:"执勤期间私自饮酒,报告了阎长官,你还要不要这条小命?嗯!"

"长官,卑职——"那位好不容易穿好了棉衣,忙不迭地解释着。

马背上另一位军人镇定地对手握马鞭的军官说:"暂且饶了他这一次吧!我们还要查下一个哨位呢!"

那人回身上马,冷冷撂下一句:"把好路口!"一提缰绳,一行人纵马沿着山路向前奔去。

路口的哨兵呆若木鸡,机械地举手敬礼,目送着这一队人马从容离去。

又是一天一夜的纵马驰骋,一行人终于来到延安。

两个身材娇小的军人取下帽子脱下军装,原来是慧君和玉林。

184

那几个穿着晋绥军军服的军人跳下马，哈哈大笑起来，和慧君姐妹俩握手道别："慧君同志，保重！我们已经完成了王主任交给的任务，必须马上返回秋林，还有其他同志等着我们护送呢！"

十一、风卷残云

贺龙和关向应日夜兼程，率领一二〇师直属队、特务团和七一五团，从冀中平山出发，翻越太行绕道五台，跨过云中山和吕梁山，终于到达晋西北。

岚县史家庄。征尘未洗，听彭绍辉和罗贵波讲了临县战役的详细情形，贺老总松了一口气。

"韩钧现在在哪里？"贺老总从嘴里取下他那个有名的木制大烟斗，点点彭绍辉。

"临县龟屿村。二纵队正在那里休整。"彭绍辉答道。

贺老总把烟斗取下握在手里，沉思了一会儿，把脸转向罗贵波说："韩钧是条汉子。什么叫'富贵不能淫'？什么叫'威武不能屈'？我看韩钧就是。什么叫英雄？我看韩钧就是！放着阎锡山的高官厚禄不要，面对阎锡山的追杀剿灭不惧，面对阎锡山的投降倒退敢于刀兵相见，韩钧可是不简单！想当年，吴三桂冲天一怒为的是红颜，韩钧这冲天一怒，为的可是国家！和阎锡山开战到现在已经快两个月了，二纵队情况怎么样？"

罗贵波说："伤亡不小。在战斗过程中为了提高机动能力，二纵队把后勤人员大约两三千人送到了晋东南八路军总部，除去一部分掉队和逃亡的人员，目前到达晋西北的还有八千多人。"

贺老总点点头，慢慢收起了脸上的笑容："八千人呐，无后方作战一个多月，韩钧可是不容易。想想三年前我们一二〇师刚到山西，不也是只有八千人嘛！何况二纵队还是在阎锡山重兵围堵攻击之下，决死队没有被打垮、打散，没有被阎锡山分化、瓦解，这个韩钧，好样的！"贺老总沉吟一下，说，"贵波，通知韩钧到岚县来一趟！"

韩钧星夜出发，赶往岚县史家庄，贺老总迎出门外。

"贺老总！"韩钧远远望见贺老总，飞身下马，疾走几步来到跟前。

贺老总从嘴里取下烟斗，含笑打量着这个中等个子、黑红脸膛、热情开朗而又聪慧质朴的年轻人，满面笑容地迎上去："韩钧，你可来喽！还在冀中平原的时候，我就天天惦记着你。毛主席在延安也惦记着你们呐。主席连着给我

打了几封电报，怕你们支持不住！你这一通大闹啊，可把阎司令长官投降小日本的美梦搅黄喽！怪不得阎锡山这么生气，非要置你于死地！"

韩钧憨厚地笑笑："得道天助。阎锡山机关算尽，为的是私；共产党光明磊落，为的是国。老总，我在秋林的时候就得到消息，阎锡山不光自己大造舆论要投降，还有一个秘密计划，就是要把决死队改编后与日本人'携手反共'，胁迫大家跟着他一起做汉奸！"

贺老总呵呵笑着，拍拍韩钧的肩膀："我知道。男子汉大丈夫嘛，就应该像你这样，光明磊落，敢作敢当。他阎锡山抗日，我们是朋友！他想投降，那对不起，我就揍他个龟儿子！他不是发了一个通电嘛，说你韩钧'造反'，我看你这个反造得好！他龟儿子要投降日本人，哪个中国人能答应？就是换了我贺胡子，老子照样造他的反！"

韩钧知道贺老总是一个说话直来直去的人。听了贺老总的一番话，他顿感心情畅快。

贺老总拍拍他的肩膀，又说："你写给阎锡山的电报我看了，其中那句'将在外君命有所不受'，他阎锡山不爱听，我贺胡子爱听！对于蒋介石、阎锡山的命令，我们就是要有所不受！要是全听着他们两位的，呵呵，八路军早就完蛋了！他们两位对八路军那点儿小心思，司马昭之心，路人皆知嘛！本来和我们跑的就不是一条道，满意不满意随他去！"

说着话两人已经到了门前，贺老总一挑门帘，两人进了屋里。滕代远和关向应相对着围坐在一张八仙桌的两边，正俯身围着桌上摊开的地图商议着什么，见贺老总和韩钧进门，连忙起身相迎。

韩钧满面笑容地向两位首长抬手敬礼。韩钧和滕代远是老相识了，但和关向应还是初次见面。贺老总指着关向应对韩钧说："关政委也在惦记着你呐！这几年关政委身体不大好，老咳嗽。刚才还在念叨，说要出门去迎接你，我看外边天气太冷，就没让他出去。"

韩钧正要上前，关向应已经迎了上来，两双手握在一起。

关向应比韩钧年长十岁，他已经年近四十，两道剑眉又浓又黑，眸如点漆，目光炯炯，和贺老总一样，他上唇也留着两撇浓重的黑胡子。只是与贺老总的结实魁梧不同，他身材显得有些单薄，脸色有些苍白。也许是怕冷的缘故，就是在屋里，他身上也穿着那件从日军手里缴获的黑色毛领皮大衣，双排纽扣扣得严严实实。

关向应看看韩钧，说："韩钧同志，这次请你来，是要和你商量一下新的军事部署。毛主席要求我们，尽快把晋西北阎锡山的顽固势力全部肃清，既然已经丢掉了晋西南，就要把晋西北变成我们稳固的抗日根据地。"

贺老总手里握着烟斗，用烟嘴儿指点着挂在墙上的地图告诉韩钧："一二〇师回师晋西北是秘密行动，阎锡山到现在还不知道。我和滕总、关政委商量过了，有一个初步的行动方案，想听听你的意见。陈支队三个团和你们整编后的三个团，加上我们从冀中带回的五个主力团，都布防在南线，重兵防止阎锡山向北进攻；彭绍辉旅和暂一师、工卫旅部署在北线，闪电行动，快速出击，横扫残留于河曲、保德、岢岚、五寨的阎锡山顽军，"说到这里，贺老总用烟嘴儿在地图上画了一个圆圈，然后朝着中心一点，"韩钧同志，通过这一仗，要把晋西北变成完全为我党控制的、可靠的抗日根据地！"

韩钧认真地听着，默默地点头。一直盯着地图看的滕代远，也扭过头来看着韩钧说道："中央已经发来电报，指示由贺老总和关政委组织晋西北军政委员会，并分任正副主任，不仅仅是统一领导晋西北的八路军和新军，更重要的是统一晋西北的党政军领导。根据目前的军事态势，估计主要的战斗将会是在北线。目前残留在晋西北的阎锡山军队主要是河曲、宝德、岢岚、五寨的杨集贤、白志沂和侯光远三股势力，由彭绍辉他们去解决。你们在南线主要采取守势。张宗逊带几个主力团到南线去，做的是两手准备，如果阎锡山部队趁机北进，就给他们迎头痛击；如果阎锡山部队不敢北进，张宗逊就掩护你们，你们决死队和陈支队要抓住有利时机进行休整！"

在贺龙、关向应指挥下，一九四〇年春节前后，晋西北的八路军和新军迅速调整布防，以迅雷不及掩耳之势，将晋西北反共势力完全肃清。阎锡山还没有来得及反应，整个晋西北已经被八路军收入囊中。

元宵节这天一大早，一阵清脆的马蹄声传来，七八个身穿八路军灰布军服的青年军人，骑着战马翻过甘家山梁向着临县城南不远的龟崿村急驰。这是延安派来的整军工作团，团长叫罗日运。

龟崿村决死二纵队纵队部大院里，二十几个政工干部背着行李卷，正列队听训。一阵掌声过后，新任副司令员刘德明说："下面，请司令员韩钧同志讲话！"

一身戎装的韩钧往前走了两步，高声说道："同志们！纵队党委经过慎重研究，挑选你们二十一位同志，到一一五师晋西支队去，参加支队政治部举办的'指导员训练班'。大家知道，因为统一战线的关系，过去我们纵队中的党组织长期处于秘密状态，就连我这个党委书记也和大家一样，在旧军官面前对

自己的共产党员身份要严格保密。现在，不一样了！毛主席已经亲自作了部署，要派工作团对我们进行一次大整军，工作团今天就要到我们纵队来。整军的宗旨是什么？就是要加强中国共产党在新军中的组织和工作，确保党对队伍的绝对领导。从现在开始，我们的一切规章制度和训练方法，都要按照八路军的一套来，把我们这支部队从政治上、思想上、组织上、制度上、作风上，这么说吧，从方方面面建设成和八路军一样的人民军队！你们一定要利用好这个机会，向晋西支队八路军老大哥好好学习支部工作经验，好好学习怎么样在战斗中发挥党支部的战斗堡垒作用，好好学习怎么样发挥党员的模范带头作用……"

"叭——"韩钧话音未落，村外传来一声清脆的枪响。

韩钧停下讲话对刘德明说："德明！你马上集合队伍，我带这些同志到村外看看怎么回事！"说罢拔出手枪转身就走。

刘德明挡住他："司令员！你不能去！你坐镇指挥，我去！"

没等韩钧答话，刘德明已经冲了出去。

罗日运带着工作团几个人下了山梁，迎面碰见一队人马从一条岔路走来。这队人马也是八路军打扮，所不同的是，骑的都是膘肥体壮的东洋马，个个身材短小，眼神警觉，猛地见到罗日运他们出现在眼前，显得有些神色慌张。

罗日运勒住战马，拔枪问道："哪一部分的？"

前边的几人神色一惊，似乎听不懂问话一样面面相觑地对望一眼，闪向两边。这时从后边走上来一匹马，马上一人脱下军帽，捂在胸前点头哈腰地接口说道："别误会，别误会，自己人！自己人！"

罗日运的警卫员一提马缰绳，端着枪走上前去，眉毛一扬说："你少啰唆，哪一部分的？"

那人神色惊慌地向两边看看，支支吾吾地说："长官，我们是……是……"

不等他说完，旁边一人就骂了一声："八嘎！"抬手对着警卫员就是一枪。

警卫员侧身躲过，一边还击，一边大喊："首长，日本鬼子！是日本鬼子！"

罗日运从马上纵身跃下，大喊一声："隐蔽！"随即朝着鬼子"叭叭"就是两枪。

"嗷——"的一声，对面一个人影应声倒下，随即发出一声惨叫。

怎么会在这里碰到鬼子？罗日运来不及想那么多，朝着鬼子的方向"叭叭叭"连开几枪。几个鬼子一看身份暴露，也翻身下马抢占有利地形，居高临下封锁了罗日运他们的去路。

第三章 征战晋西（1939—1940）

正在危急时刻，鬼子背后响起一阵猛烈的枪声，几个鬼子纷纷倒地。一队身穿晋绥军军服的军人出现在罗日运他们面前。

罗日运看得有些糊涂了："请问你们是……"

"老罗！我们是决死二纵队的，我是刘德明呀！"

果真是刘德明。罗日运上前握住刘德明的手说："老刘呀！可算找到你们了！"又指指刘德明这身崭新的晋绥军军服问，"怎么这身打扮呢？"

刘德明笑了："嗨！阎锡山早已不给部队发粮饷服装了！这不，上个月我们攻打临县，占领了赵承绶的仓库，不仅给部队补充了弹药，还一人发了一身军装！"

罗日运也笑了："阎长官够意思，到了年关，提前把年货给你们准备好了！"

罗日运和刘德明是老相识。两人都是参加过长征的老红军，又是抗日军政大学的同学，见了面格外亲热。几个人刚到村口，迎面碰上韩钧走过来。

韩钧一看罗日运他们几个安然无恙，松了一口气："罗团长，我们已经接到师部通知，正准备派人去接你们，没想到你们这么早就到了！沿途这么危险，真是让人担心。"

罗日运接过话说："从岚县过来一路还算顺利，没想到在这里碰上了鬼子！"

韩钧说："这里敌情复杂。鬼子的据点逐渐增多，而且不断向我们根据地延伸。最近我们的侦察人员还发现，附近日军据点在不断增兵，时常还有零星的鬼子化装到我们驻地附近侦察，看来敌人要有大的行动了。"韩钧又扭头转向刘德明，说："老刘，马上安排警备连扩大警戒范围，密切注意鬼子动向。还有，派人通知侦察连长芦成全加强侦察！"

罗日运说："日本鬼子生怕我们八路军壮大。我们刚刚把阎锡山打出晋西北，鬼子就不断往晋西北增兵，像是和阎锡山的接力赛。"说到这里，罗日运像是想起了什么事情，看着韩钧，"韩钧同志，这次来，我从延安还给你带了一件礼物。"说完，罗日运从口袋里掏出一封信来。

韩钧接过一看，是一封署名"张光"的信。字迹十分熟悉，名字却有些陌生。谁呀？仔细一瞅，信的封皮上清清楚楚写着一行娟秀的字迹——"韩钧同志亲启"。拆了信封一看，韩钧笑了。嗨！原来是她！

亲爱的韩钧同志：

  我是你的小慧，只不过我现在的名字改成了张光。我已经到了延安，一切安好，请你放心。我猜你一定想知道为什么我改成了这个名

字吧，让我慢慢告诉你。你从秋林走后，我因为身体虚弱，孩子流产了，世英同志担心我的安全，秘密派人把我和妹妹护送到了延安。边区是一个崭新的世界，革命、自由、解放，政府是人民的政府，八路军战士精神抖擞，精干整洁，有的头上还戴着五角红星帽，革命歌曲、抗日标语到处可以听到看到……一进边区地界，我们就像到了家一样，接待站的同志就像我们的亲人，及时为我们安排食宿，写好介绍信并送我们去延安。来到革命圣地延安，我就改名为张光，意思是我终于幸福地到了光明天地。妹妹也改了名字，经过这一场大病，希望她永远健健康康，所以改名叫张健。延安交际处金诚同志热情接待了我和妹妹，说世英同志已来电告知我们的到来，并安排我们先住下休息。刚刚住下，金诚就对我说，明天王若飞同志和柯庆施同志要接见我们。第二天，我们见到了王若飞、他的夫人李培之大姐和柯庆施三位前辈，他们见到我时，是那么热情，拉着我的手问寒问暖，好像见了久别的女儿。若飞同志告诉我说你也很安全，让我不要担心。若飞同志和李大姐说我身体虚弱需要恢复，安排我和妹妹先去八路军干部休养所休息三个月，然后再去延安女大学习。我现在正在休养，一切都好，只是还是很担心在前线的你，经常会梦见你被日本鬼子包围，有时候会在梦里吓醒。你可一定要保重自己，我在延安等着你。

你的小慧

看完了信，韩钧把信叠好原样放回信封里，小心装进口袋。烽火连三月，家书抵万金。韩钧此刻真正体会到了这句话的含义。

罗日运接着说："我从延安出发的时候，毛主席专门把我叫去，让我到休养所去看看张光同志，问要不要给你捎什么口信。"

刘德明看看韩钧，说："主席心细，想得真是周到！"

韩钧心里一阵感动。

太原城里，侵华日军华北方面军第一军司令部。

眼看着八路军、决死队的抗日根据地一天天壮大，司令官筱冢义男忧心忡忡。在刚刚结束的华北方面军兵团参谋长会议上，方面军参谋长笠原幸雄一再强调，要立即开始今年第一期的"肃正讨伐"，重点就是"剿灭共产匪团"。副参谋长平田正判对第一军进行了严厉指责："晋西北近来共产军十分活跃，如果任其发展，不久就会完全变成赤色区域，不立即剿灭，后果不堪设想！"

想到这里，筱冢义男无奈地挠挠头皮，抬眼看着对面垂首而立的第十六旅团旅团长若松平治："若松君，自从我们大日本皇军对支那开战以来，你可是为天皇圣战立下赫赫战功，号称我们大日本帝国军人的骄傲。共产军的韩钧纵队就在你的眼皮子底下活动，近来大大的猖獗，难道你的就没有办法吗？绝不能容忍再这样下去了！要赶快剿灭！剿灭！"筱冢义男一边唾星飞溅地说着，一边用手做着砍头的手势。

若松平治两脚一磕："哈伊！我已经派人侦察的有，搞清楚了韩钧纵队的情况。而且，已经拟定好了剿灭韩钧纵队的作战计划，请司令官过目！"说完，把作战计划双手递到筱冢义男面前。

筱冢义男看完，缓缓地把计划合上往桌上一摆说："吆唏！可是，若松君，你的胃口的太小太小！"筱冢义男走到地图跟前，伸出右手在地图上画了一个圆圈，然后双手合拢做了一个卡脖子的手势，咬牙切齿地说，"我们的目标，是整个的晋西北！动用整个第一军的兵力，呃，不！还要加上驻蒙军，东西合围，南北夹击，把晋西北的共产军的，统统的，死拉死拉的有！"筱冢义男看了一眼若松平治，手指着地图继续说道，"北边，驻蒙军二十六师团的，南下！目标就是这里，"筱冢义男用手指指地图上一个叫作"偏关"的地名，"东边，第三旅团的增兵五寨、神池、宁武；第九旅团的增兵静乐、河口、古交；你的，十六旅团的，由南往北的进攻！从这里、这里、这里，"筱冢义男一边说一边指点着地图上的"离石"、"大武"、"柳林"几个地名，回头看看若松，问："你的，明白？"

若松平治身子一挺："哈伊！"

第四章 激战晋绥（1940—1944）

一、奇袭大武

时令已是初春，但吕梁山深处的临县依然一派严冬景象。一大早，韩钧带着新任警卫连连长芦成全来到司令部。

罗日运和刘德明已经在等他了。见韩钧进门，罗日运起身说："司令员，按照我们的整军计划，第一阶段工作是对部队进行整编，这个工作已经基本完成，从陈支队调过来的团、营长也很快进入了工作状态，现在各团战士的训练热情、战斗热情都很高。"

刘德明说："这次调过来的干部，过去我们都是老战友，我对他们很熟悉，这些同志的军政工作能力都很强。"

韩钧点点头："是啊，我们早就盼着这一天了。这下子我们可以放手跟日本鬼子干了！通过这次整军，要让我们二纵队在政治上、思想上、军事上有一个飞跃，成为砸不烂、打不垮的铁军，要让日本鬼子闻风丧胆！"

韩钧脸上露出了几个月来难得一见的笑容。

第四章 激战晋绥（1940—1944）

罗日运接着说："下一阶段，要对机关人员进行精简，精简的人员充实到连队。最近几个月战斗频繁，部队伤亡掉队减员严重，有的连队现在只有四五十个战士，现在部队的主要任务是打仗，不充实连队的力量可是不行。"

韩钧认真地听着，点点头道："行！各团的留守处可以考虑撤销，人员也下到连队去。还有，各团的宣传队并入纵队宣传队，编余人员下到连队，提高战斗力才是部队的根本。"

罗日运又说："还有一部分干部要转到地方去工作。这一部分干部有的思想上有些想法，回头恐怕还要你去做做思想工作。"

韩钧爽快地说："行。回头把这些同志都集中起来，我给他们开个会。"

刘德明说："充实连队还有一个办法，可以再动员补充一批新战士。"

韩钧想了想说："扩军也是个当务之急。这样，以团为单位，从我们四、五、六三个团选调干部，组成三个游击大队的架子，立即开始扩军。一来是扩军，二来也要收容我们的失散人员。德明，这个事情就由你亲自安排。"

刘德明点点头。

"报告！"几个人抬头望去，一个侦察员跨进门来，"日军在大武、离石一带秘密集结了五个大队约五千名鬼子，准备由南向北进攻根据地！"

韩钧看看罗日运和刘德明，说："来吧！也好，战场就是考场，我们正好通过反扫荡战斗，检验一下整军效果。"

鬼子出动了。

这次进攻根据地的鬼子主力是第十六旅团。第十六旅团刚刚组建几个月，若松平治刚刚从四十五联队联队长职务上升任旅团长，扛上了金光闪闪的一颗将星。对这次扫荡，他暗下决心，一定要打出一个漂亮仗来，要让这颗将星在吕梁山冉冉升起。

鬼子刚刚出发，韩钧就接到了贺老总的电话："韩钧呐！小鬼子这次来势凶猛，对二纵队是一个考验。二纵队刚刚经历了晋西事变，元气还没有恢复，万万不可莽干。敌强我弱，不能碰硬。还是要用我们八路军的老办法：诱敌深入，消耗敌人，一旦出现战机，集中全力，歼灭一路！"

韩钧对着电话道："贺老总，您就放心吧！我们正在整军，正好想借这个机会练练兵。"

司令部里，各团、营长已到齐。

韩钧指着地图说："鬼子对根据地的扫荡开始了！鬼子这次动用了飞机、大炮、骑兵、步兵，来势凶猛。他们第一期作战目标是把我们包围、消灭在临

193

县。当然，前提是我们老老实实待在那里不动，撅着屁股挨打。在敌人的优势兵力面前，我们必须也只有在运动中才能找到歼敌机会。一旦找到鬼子的破绽，各位可给我听好了，要以绝对优势的兵力，把落入我们包围圈的鬼子全部、干净地消灭掉！吃亏的仗我们不打，我们也打不起！现在，国民政府也好，阎锡山也好，都不给我们发一块银元的经费，我们怎么办？办法只有一个，那就是只有消灭鬼子，我们才能得到武器、粮食和给养的补充。大家说，是不是？"

从陈支队调入的二营长唐智接过话来："那是！诱敌深入，机动歼敌，这是我们红军的老传统，我从参加红军到改编八路军，胜仗都是这么打的！"

韩钧笑着说："这就对了！为什么要这么打？因为我们没有本钱呐！谁不愿意面对面、硬对硬跟日本鬼子干？那多痛快呀！可是我们没有这个本钱，他有飞机，我们没有；他有大炮，我们也没有，所以我们要想打胜仗，就必须多动动脑子！下面，请副司令员刘德明同志布置作战计划。"

刘德明起身走到地图旁："根据情报，敌人这次进攻有几个特点：一个是目标明确，行动迅速，目标直奔临县，沿途不做停留；另一个是侦察警戒严密。因此在敌人进攻的初期阶段，我们不好找到战机。我们的作战计划是，第一步，主动放弃临县，向方山、圪洞方向转移，准备伏击敌人。伏击地点选在圪洞，五团、六团选择有利地形，构筑工事，做好伏击准备。第二步，待敌占领临县后，后方空虚，四团出其不意迅速出击，直捣大武、离石鬼子后方据点，切断鬼子给养补给线，鬼子必定多路回撤，兵力分散。第三步，从临县绕道木瓜坪、积翠、麻地会这条路是鬼子回救大武、离石的一条必经之路，我们判断必有一路鬼子沿这条路回撤而进入我们的伏击圈。"

韩钧说："这就是孙子兵法所说的，'我欲战，敌虽高垒深沟，不得不与我战者，攻其所必救也；我不欲战，虽画地而守之，敌不得与我战者，乖其所之也！'"

大武据点是鬼子这次扫荡的粮草集结地。就在若松平治指挥大队人马赶往临县的时候，四团正趁着夜幕，沿着山间小道奔向这里。

二营冲在最前面，营长唐智还在不停催促："快！快！"

部队到达大武已近黎明。侦察员已经把敌情侦察清楚。平时驻扎据点里的是鬼子一个大队的兵力，因为抽调兵力前去扫荡，现在据点里只有一个中队的鬼子留守。四团长王何全迅速进行战斗部署：二营担任主攻任务，一营负责向离石方向、三营负责向峪口方向警戒，天亮之前结束战斗。

侦察员向唐智介绍了实地勘察情况：敌人的工事筑在村北山上，山上有土石结构的碉堡一座，周围有射击孔，碉堡外有土筑掩体与交通壕相连接，工事周围有铁丝网，铁丝网外面有一米多宽、两米深的外壕。

一连长带领一梯队迅速下山，快速隐蔽地通过外壕。一连长冲在最前头，举起寒光闪闪的铡刀就要砍断铁丝网，只听"唰"的一声，铡刀刚砍下去就被铁丝网弹了回来。鬼子哨兵听到响声，"叭——勾！"一声，三八枪的射击声打破了暗夜的寂静。在敌人枪响的同时，一连长心一横，索性猛地站起身来，甩开膀子抡起铡刀，在紧靠柱子的地方猛砍下去。哗啦！一刀奏效！铁丝网豁开一个大口子。一梯队迅速通过缺口到达据点。

从碉堡内冲出十来个鬼子，大都没来得及穿好衣服，有的全身赤裸，只在头上顶着一顶猪耳朵帽，有的上身胡乱披件衣服，下身穿着花裤头，端着刺刀，"呀！呀！"喊着杀了过来。战士们端着枪迎上前去展开激烈的肉搏，刺刀相撞，发出当当的响声，在寂静的夜里显得格外刺耳。一阵拼杀过后，鬼子死伤大半，剩下的鬼子一看不妙，又赶忙退回碉堡。一连长冲上前去，趁势把拉了弦的一束手榴掸塞入碉堡。"轰"的一声，碉堡里的鬼子全部归天。

唐智大手一挥："上！"带头冲了上去。二连、三连紧随其后，冲进鬼子营房，二连向左，三连向右，两排营房里的鬼子被迅速解决。弹药库被打开了，粮库被打开了，就连马棚也被砸开，牵出了几十匹战马。战士们手脚麻利地把武器弹药和粮食装上马背，消失在夜幕里。

扫荡根据地的鬼子势如破竹，顺利占领临县。若松平治得意扬扬。看来，这股共产军不像想象的那么可怕，面对大日本皇军的进剿，还不是闻风而逃。若松平治骑着高头大马进了临县县城，他要指挥鬼子对临县县城进行抢劫，把所有能带走的东西都带走，不能带走的一把火烧掉！

正在暗自盘算，城外飞奔过来一匹快马，一个汉奸滚鞍下马："太君！不好了，八路袭击了大武据点，放火烧了仓库！"

"啊！"若松平治惊叫一声。大武是鬼子这次扫荡的大本营，若松平治想都没想过，八路军竟敢前去袭击，火烧兵营，抢走物资……没有了给养，这仗怎么打？若松平治抽出指挥刀："八嘎！统统的原路返回！"

韩钧的指挥所设在冯家庄村南高地上。五团和六团分别埋伏在圪洞镇南一条狭长的山谷两侧，就像一条敞开了口的口袋，单等着鬼子钻进来。

天色微明，一队鬼子浩浩荡荡进了伏击圈。韩钧和刘德明手举望远镜，在指挥所里静静地观察着一切。走在最前面的是骑兵，炮车紧随其后，最后边是

扛着长枪的步兵。等所有鬼子都进入了伏击圈，韩钧取下望远镜，回头对芦成全道："发射信号弹！"

"砰！砰！砰！"三颗红色信号弹腾空升起，山谷两侧顿时枪炮齐鸣。

二、克虎寨的枪声

临县克虎寨。黄河东岸一个小小的隐蔽的山村。山巅有一处废弃的古寨，决死队的后方医院就位于这里。

医院里已经收治了一百多个重伤员，今天又有一批晋西支队的重伤员送来，院长苟映垣和指导员马占图忙得不可开交。

韩钧带着一个警卫排来到克虎寨。

等把所有的伤员都安置好了，苟映垣和马占图来到韩钧跟前。

韩钧说："我们今天来，一是看看伤员安置情况，另一个我担心后方医院的安全，给医院送来了一个警卫排。这位就是王排长！"

王排长站起身来向大家敬了一个军礼。

韩钧接着说："最近，我们侦察员发现一些可疑情况，日本鬼子可能要在近期对我们进行扫荡，想趁我们立足未稳的时候把我们消灭掉。对这次扫荡的残酷性，同志们一定要有充分的思想准备。虽然我们派来了一个警卫排，但每一个人都要时刻做好战斗准备。关键的时候我们必须有战斗力，只有这样才能保证不被日本鬼子打垮！苟院长，走，到病房里去看看！"

病房实在是太简陋了。这个古寨子没人说得清楚是什么年代修建的。因为年久失修，房屋已经倒塌，只有几处院墙还在。战士们在院子里用石头和树枝搭建起临时的简易病房。好在寨子里古木参天，把医院建在这里倒是十分隐蔽。

天空中突然传来一阵"嗡嗡嗡"飞机向下俯冲的声音。鬼子的飞机！寨子里顿时紧张起来，大家冲进病房正要动手疏散伤员，却见鬼子飞机从头顶掠过，并没有在克虎寨上空停留，而是径直向西飞向渡口。

克虎寨渡口是连接黄河两岸的咽喉要津。不大一会儿工夫，从渡口方向传来轰隆轰隆的爆炸声，看来是在轰炸渡口的渡船。这是要断了我们的退路！这是鬼子进攻根据地的先兆！

韩钧心里一沉。

渡口仅有的五条渡船被全部炸毁。当初之所以把野战医院选在这里，就是

第四章　激战晋绥（1940—1944）

因为有这个渡口。一旦遇到危险情况可以随时撤到对岸，而一旦没有了渡船，这里就成了最危险的地方。

韩钧对荀映垣说："老荀，鬼子看来就是冲着渡船来的。要赶快找人抓紧时间抢修船只，否则一旦遭到鬼子袭击，伤员就无法过河，这里就成了绝地！"

荀映垣派人到村子里请来几个船工和木匠，又叫战士们卸下几块门板，急急忙忙扛到河边去了。

被炸毁的船刚刚修好一只，克虎寨就被敌人包围了。

王排长冲进门对韩钧说："司令员，鬼子马上就要进寨子了，我掩护，你先撤！"

韩钧脸一黑，拔出驳壳枪："撤？往哪里撤？鬼子来了，丢下伤员不管，那叫撤吗？那叫逃跑！王排长，别忘了你的任务是保证伤员安全！"

荀映垣匆匆赶来："司令员，我刚从渡口回来，船已经修好了一只，剩下的几只来不及修了！怎么办？"

韩钧一边往弹夹里压子弹，一边说："给我留下一个班，我掩护，你和王排长带伤员立即突围，渡河向西！"

荀映垣着急地说："鬼子已经封锁了通向渡口的大路，只能从山后的小路突围！司令员，我留下掩护，你和王排长冲出去……"

韩钧厉声喝道："听我的，这是命令！快去！"话音刚落，两手一磕"咔"的一声把弹夹装在枪上。

韩钧转身出了门。

王排长袖子一撸喊了一声："一班跟上司令员，保证司令员安全！二班、三班，跟我来，掩护伤员撤退！快！"

不大一会儿工夫，村口响起激烈的枪声，那是韩钧和鬼子交上了手。能走路的轻伤员已经顺着小路出发，荀映垣和大家一起背起重伤员冲出村去。

山后是一面峭壁，一条不知道修建于什么年代的秘密栈道蜿蜒通向渡口。沿着这条隐蔽的古栈道，伤员们向着渡口转移，二班长在前边带路，王排长带着三班断后，王排长一边走一边不停催促："快！快！"

老船工把修好的那只船藏在一个隐蔽的地方，手搭凉棚向着这面断崖张望，真个是望眼欲穿，嘴里还不停地嘟囔着："老天爷！怎么这么慢慢腾腾的！要是被日本人发现了，这可怎么过得了河！"

终于有几个人影出现了！老船工定睛一看，自己人！赶紧把船从隐蔽的地方摇出来，停靠在一处平坦的岸边，招呼着："快上船！快上船！"

197

二班长到了岸边，把战士分成两组，占领高地向南北两个方向警戒。王排长随后赶到，和苟院长安排伤员陆续上船，眼看着船安全地向着河心驶去，这才原路返回。

袭击克虎寨的是日军第十六旅团黑田正雄中队。他们是发现了决死队往这里转运伤员，一路跟踪过来，竟意外发现了伤兵医院！黑田正雄大喜过望，先是呼叫空中支援，轰炸附近的渡口，紧接着向旅团长若松要求派人支援，随后一路疾行向克虎寨猛扑过来。

没想到在村口遇到了猛烈的阻击。决死队控制了制高点，居高临下挡住了黑田正雄中队的去路。一阵激烈的枪声过后，鬼子从半山坡被赶回山下。

黑田正雄举起望远镜向上瞭望。正是中午时分，山顶是一片树林，村口是一片开阔地，白花花的太阳照着，只见村口立着几处土墙断壁，却连一个人影也没有。

黑田正雄不知道村子里有多少八路，因此不敢贸然攻击。他调来两门山炮，手指山顶："快快地，开炮！"随着一阵吱吱呀呀的声音，两门山炮推到了前面，几个鬼子一阵手忙脚乱，把山炮架好。

韩钧把望远镜从眼前移开，小声对一班长说："告诉同志们注意隐蔽，鬼子要开炮了！"说完身子一滚，进了战壕里。轰！轰！轰！鬼子的炮弹落在身旁，掀起一阵阵尘土，村口硝烟弥漫。

韩钧从战壕里抬起头，抖掉帽子上的泥土，举起望远镜看过去。身材矮胖的黑田正雄正两腿叉开，脸上挂着狞笑，拄着军刀站在阵前，神气地看着炮弹在八路军阵地上爆炸。

不知道伤员们此刻情况怎么样了，到底过了河没有？韩钧正在担心，身后传来一个熟悉的声音："司令员！我们回来了！"

韩钧回头一看，是王排长，急忙问："伤员怎么样了？"

王排长一步跃进战壕里："司令员放心，全部顺利过河了！"

"好！"韩钧应了一声，又举起望远镜朝着远处观察，低声对王排长说："通知部队，准备后撤！"

王排长有些不解："司令员，鬼子只有一个中队，人数比我们一个排多不到哪里去，为什么要撤？我们都憋了一股劲，揍他个龟儿子！"

韩钧指指远处："看见没？远处尘土飞扬，那是鬼子汽车扬起的尘土，小鬼子的援兵马上就到！现在不是我们和鬼子硬碰硬的时候，趁着鬼子还没有摸清我们的底细，撤！"

黑田正雄还在指挥着鬼子向山顶开炮，韩钧带着战士们已经悄悄绕到山后，眨眼工夫消失在茫茫群山之中。

三、虎口拔牙

韩钧回到纵队部已经是第二天。

刘德明得到克虎寨被敌人袭击的消息，正急得团团转。见到韩钧就嚷嚷："司令员，你可回来了，快把人急死了！"

韩钧呵呵一笑："急什么？这不好好的嘛！又没有少一根汗毛！"

刘德明把一封电报递过来："师里来了电报，说敌人这次扫荡准备充分，来势凶猛，命令各部队采用游击战术，'避其锋锐，击其惰归'。"

韩钧接过电报快速浏览一遍。

刘德明接着说："还有一件事。贺老总知道克虎寨被鬼子袭击，担心你的安全，要你回来后立即向他汇报！"

韩钧点点头："知道了！师里的命令传达到各团没有？"

"传达到了，但具体的部署还要等你回来再说。"

"通知各团团长立即到纵队部来！"

二纵队整军前共有八个团，为了增强战斗力现在合编为三个团。四团长王何全、五团长刘兆先和六团长陈菊生都是从八路军调来的长征干部，接到通知马上赶到纵队部。

韩钧和刘德明已经商量好了行动计划。等几个团长到齐，韩钧开始进行战役安排："敌人的扫荡已经开始，师部命令我们采用游击战术。为了使部队处于更机动的位置，我们以团为单位分散行动，各团要学会和敌人兜圈子，找准敌人空档穿插敌后。鬼子战线长而兵力有限，他们最希望找到我们的主力进行决战，希望毕其功于一役。因为随着一步步深入到根据地，鬼子粮弹补给线越拉越长，再加上交通不便，鬼子无法长期占领，所以他们到根据地蹦跶不了几天就不得不退回老巢。我们的战术是等他们撤离的时候，找准机会狠狠一击！"

各团分头行动去了。五团找准一个空档，穿插敌后转移到了杨湾村。但是谁也没有想到，狡猾的鬼子嗅到了五团的气息，转身杀了一个回马枪。

杨湾村位于山的半坡，面西背东，脚下一道大川，对面一道山梁。五团团部和政治处驻扎在这里，三个营驻扎在附近几个村子。

这天天色微明，鬼子悄悄扑了过来，直到下了对面山梁，五团哨兵才

发现。

听到村口传出的枪声，刘兆先拿起望远镜一看，好家伙！已经转过山梁来的鬼子大约有四五百人，后边蜿蜒不绝的队伍，一下子竟看不到头。糟了！

"司号员！"刘兆先大声喊道，司号员冲了过来。

"快！吹号紧急集合，命令部队向后山撤退！"

司号员运足一口气，嘀嘀嗒嗒的军号声骤然响起。

鬼子已经冲进村子，部队边打边撤，转过几道山梁才把鬼子甩开。刘兆先一清点人数才发现，有二十几名同志被敌人俘虏。鬼子没有在杨湾停留，把带不走的东西一把火烧掉，押着被俘的八路军战士，顺着大川向南撤退了。

韩钧听到这个消息，带着特务连来到五团。

"老刘，你怎么搞的？"没等刘兆先答话，韩钧接着说，"要想办法把被俘的同志营救回来！一个也不能少！派侦察员继续侦察，搞清楚鬼子今晚在哪里宿营，准备夜袭！"

天色将晚，侦察员回来了，进门向韩钧和刘兆先报告："鬼子今晚在圪洞宿营！"

全团紧急集合。韩钧做了战前动员："同志们，就在今天早上，我们的二十几个兄弟被鬼子抓走了！今晚的任务很简单，五团全团出动，一定要把他们全部救回来！"

部队趁着夜色向圪洞出发。

鬼子一路扫荡，没有遇到像样的抵抗，此刻已经放松了警惕。村子的空场地上点起一堆堆篝火，把整个村庄映照得如同白昼。鬼子沿途抢掠了许多牛马猪羊，还拉了许多民夫来给他们赶牲口、喂牲口，虽然已经是夜半时分，村子里还是人欢马叫，一片嘈杂声。

韩钧仔细观察，见鬼子在每个路口都放了哨，便把芦成全叫过来："成全！你带队，安排几个人化装成喂牲口的进村送草料，侦察清楚我们的人关在什么地方，等战斗打响，立即冲进去趁乱救人！"

"是！"芦成全转身去了。

刘兆先和几个营长都围拢过来，韩钧悄悄作了部署："看样子敌人想不到我们会来偷袭。一营到村东口，二营到村西，三营到村北，我和刘团长带特务连就在这里，等你们到位以后，看我的信号弹同时开火，记住，火力一定要猛！一下子把鬼子打蒙，被俘的同志和百姓才能趁机往外冲！"

不多时，一颗红色信号弹升上夜空。一霎时村子的四面八方枪声大作，机

200

枪、手榴弹、步枪一起开火，从睡梦中被惊醒的鬼子乱作一团。

时机已到！芦成全带着十几个特务连战士化装成马夫，挑着一担担干草进了村，大喊一声："乡亲们，八路军来救我们了！快跑！"被鬼子抓来的马夫四散开来。乱军之中，芦成全和战士们扔下手中的干草担子，抽出长枪冲进马棚，把被俘的战士全部解救出来。

鬼子不敢追击，只是朝着四周黑洞洞的夜幕放空枪。

估摸着百姓已经逃远，黑暗中又一颗信号弹腾空而起。

来无影去无踪，八路军收兵凯旋。

太原，日军第一军司令部会议室，气氛凝重。短粗矮胖的筱冢义男一身戎装，肩佩中将军衔，气鼓鼓地向着几位旅团长扫视一圈。几个旅团长正襟危坐。

筱冢义男重重敲击着桌子开了口："诸位将军！本次大日本皇军在晋西北的肃正作战，历时一个多月，战果怎么样？大大的坏！我们的目标是消灭八路军，消灭一切共产军队，可是八路军不仅没有被消灭，活动反而大大的猖獗！大日本皇军和我们的治安军，损失大大的！"筱冢义男的目光停留在若松平治的脸上，"若松君！讨伐韩钧纵队的作战情况怎么样？嗯？"

若松平治站起身来，双脚一并头一低："报告筱冢将军！我们遇到了顽强的抵抗，作战目标没有实现！"

筱冢义男双手握拳咆哮起来："若松君！战前你可是夸下海口的！根据我的情报，韩钧纵队不仅没有被消灭，反而大大的发展！韩钧的根据地已经从临县，发展到了方山、交城、文水、汾阳、清徐，还有太谷和祁县！马上就要把我太原城包围进去了！"

电话铃声骤然响起。筱冢义男拿起话筒脚跟一磕，"哈伊！"一声垂首恭听。话筒里传来华北方面军司令多田骏低沉的声音："筱冢将军！方面军对第一军的一期肃正作战大大的不满意！今年是我们大日本光荣的皇纪两千六百年，天皇正在向支那战场大举增兵，要用军事手段一举解决支那事变！重庆政府快要支持不住了，这可是我们华北方面军千载难逢的好机会。我们要全军一致，彻底摧毁一切抗日力量，我们有了华北稳定的占领区，才能尽快压迫重庆投降！可是，筱冢将军，您的第一军大大的拖了我们方面军的后腿。你要好好的检讨！立即制订下一期作战计划，彻底剿灭一切抗日力量！"

筱冢义男对着话筒鸡子啄米一样点着头，一连几声"哈伊！哈伊！"挂了

电话。他转过身来，冷酷的表情重新回到了他的脸上："各位都听见了，多田司令官对我们的肃正讨伐作战大大的不满，我们第一军拖了方面军'华北治安战'的后腿，我的大大的惭愧！下一步如何作战，希望诸位谈谈！"

若松平治身子一挺："筱冢将军！我的看法是，要更加坚决地执行'囚笼政策'，以铁路为柱，以公路为链，以碉堡为锁，而且要把我们的碉堡不断地向根据地延伸！延伸！再延伸！把八路军一块一块地分隔开来，装进我们的囚笼里，把他们挤死、困死、饿死！"

筱冢义男满意地点点头，随即向其他几位旅团长问道："片山将军、越生将军，你们呢？"

片山省太郎起身说："我和若松将军的看法大大的一样。我们第四旅团也要高度分散地部署兵力，并以之为据点积极进行讨伐，让据点成为确保治安的有力支柱，剿灭八路！"

越生虎之助显得有些尴尬："我们第九旅团在讨伐作战中受到了严重损失，八路军一二〇师主力在二十里铺伏击我军，我们损失惨重。我要报复！报复！报复！"

筱冢义男连连点头："吆唏！我希望这次各位不会再让多田将军和我失望！"

"哈伊！"

贺老总来到了二纵队驻地临县玉荐村。

一见韩钧和刘德明，贺老总就用手里的大烟斗一点他们俩，谈笑风生地说："韩钧呐，杨湾一仗打得好啊！对付小日本就是这样的打法。鬼子锐气正盛的时候，我们避其锋芒，鬼子以为我们怕了，我们出其不意，攻其不备！"

韩钧笑笑："老总啊，还不是您老总指挥有方？鬼子扫荡前你就给我们发来指示，怕我们吃亏，要我们灵活机动，游击作战！"

刘德明接着说："可不是嘛！好汉不吃眼前亏，我们才不会跟鬼子硬碰硬呢！"

韩钧话锋一转："不过，老总，这次战斗也暴露了我们的缺点，五团还是受到了一些损失，好在战斗过后我们及时进行了总结。"

贺老总含笑点点头："说说看。"

韩钧掰着手指头，很认真地说："第一，侦察人员数量少，质量不高，导致敌情不明；第二，驻军时，哨兵警戒位置选择不适当，不能及时发现敌情；第三，战前主力部队不宜轻易分散，否则遇到突发情况就应付不了。五团这次就是犯了这个毛病，主力在战前分散驻扎，敌人突然到了跟前，与几个营联络不上，无法相互支援，战斗陷入被动。"

贺老总听了，说："吃一堑，长一智。这样我们的仗才能越打越好，我们的部队才能越打越强！"贺老总取下烟斗，"我这次来，是要告诉你们一个振奋人心的好消息：总部已经决定，我们要打大仗了！"

韩钧和刘德明一下子来了精神。

贺老总接着说："总部已经向华北八路军各部下达战役预备命令，八月二十日在整个华北地区同时对鬼子发起攻击。战役由八路军总部统一指挥，战役重点是正太路、同蒲路和汾离公路上的鬼子据点，这下子要狠狠揍小鬼子一顿了！"

韩钧十分兴奋："老总，真是大快人心啊！鬼子从春季扫荡开始，就一直在我们根据地四周增加据点，有些据点已经深入到根据地里来了，还说这叫什么'囚笼政策'，叫嚣着要饿死我们，困死我们！战士们早就摩拳擦掌。这下子可以把鬼子的据点彻底拔掉了！"

刘德明笑着插话："贺老总！这一段时间鬼子又在我们八分区的主要交通道路上新建了好几个据点，像大武、信义、吴城、王家池，这些新建的据点还特别坚固，每次看到这些据点，我们都恨得牙根痒痒！"

贺老总又点上一袋烟："你们八分区是咱晋绥抗日根据地的大门，可是日本鬼子的眼中钉、肉中刺呐。小日本对咱们八分区也是特别关照，必欲除之而后快。主席说我们晋绥根据地是延安的门户，我要说你们八分区就是其中的第一道门呐！你们说，重要不重要？"

韩钧迫不及待地问："老总，我们纵队的作战任务是什么？"

贺老总说："你们纵队三个团都要参战，可不光是拔掉八分区周围的鬼子据点，还要对汾离公路进行分段破坏，彻底破坏鬼子运输线！从现在开始到战役发动还有一段时间，要秘密做好侦察工作，侦察清楚公路沿线和各据点的兵力分布、武器装备、据点的内部结构和坚固程度，一旦战役发动，要确保将这些碉堡拿下！"

韩钧高兴地说："太好了！我们马上安排秘密侦察，一定把若松这只纸老虎伸到根据地来的虎牙连根拔掉！"

八月二十日一大早，韩钧就分赴各团下达作战任务，进行战前动员。四团负责拔掉信义鬼子据点，五团负责拔掉王家池据点，六团负责拔掉大武和文水两个据点；同时要求各团分兵破坏汾离公路，阻敌增援。

韩钧还不放心，又和几个团长反复推敲作战计划，检查战前准备。他知道，和日本鬼子相比，八路军缺乏重武器，缺乏攻坚器材，缺乏弹药，进行这样大规模的攻坚战斗是对部队的一次大考验。

天色将晚，部队出发，分头向着预定目标前进。

四团趁着夜色包围了信义鬼子据点。借着朦胧的月光，四团长王何全仔细地观察着据点里的动静。月光下的据点像一个阴暗的古堡，显得阴森可怖。此刻堡门紧闭，吊桥高悬。据点东西两面都是峭壁深沟，背面同山脊相连，四周是三丈高的城墙，城墙上下还分布着数不清的明碉暗堡。事先已经侦察清楚，这个据点驻扎日军一个中队近二百名鬼子，还有伪军一个连和伪区公所，防守严密。

强攻不如智取。白天已经派进去两个化装成汉奸的侦察员做内应，要在夜半时分打开城门，放下吊桥。此刻王何全的心中有些忐忑，生怕他们有什么闪失。

大约晚上十一点，据点里闪出两个人影，他们就是化装成汉奸的侦察员李生和赵德富。他俩蹑手蹑脚躲过鬼子哨兵，悄悄来到第一道门旁。李生伸手一摸，两扇门是用一道木门栓闩住的。他屏住呼吸抬起门闩，轻轻往外一拉，很容易打开，只是门扇就要拉开的时候，却突然发出"咔"的一声响，在寂静的夜里特别清晰，两个人吓得汗毛倒竖，赶紧隐蔽在门角。还好，鬼子哨兵没有听见。原来鬼子设计的门采用的都是木旋枢纽，只要转动就会发出很大的响声。怎么办？

赵德富灵机一动，脱去上衣在旁边水缸里浸湿，又喝了一口水来到第二道门旁，先把含在嘴里的水喷在门轴上，又把湿衣服拧在两扇门的木旋枢纽里，稍停片刻开门，一点儿声音也没有了。

如法炮制！一连四道门就这样被打开。

据点里死一般寂静。李生直奔东门，悄无声息地把吊桥放了下来。

快到十二点了，王何全低头看看腕上的手表。表针在"咔咔咔咔"向前走着，发出清晰的响声。看到据点里的吊桥放下来了，他放下心来。

"尖刀排！负责解决哨兵！"

"是！"

"一连！负责解决日军！"

"是！"

"二连！负责解决伪军！"

"是!"

"三连！负责解决区公所！"

"是!"

"四连！作预备队！"

"是!"

"五连六连负责打援！"

"是!"

一阵沙沙的脚步声过后，尖刀排率先冲过吊桥，鬼子哨兵听见动静，一边咔咔拉着枪栓，一边喝问："什么的干活？"

站在吊桥旁的李生早有准备，马上大声回答："太君！大洋马的开路，回来回来的！"

鬼子哨兵正在迟疑，尖刀排长抬手一枪，鬼子应声倒下，从房顶上"咕咚"一声栽了下来。"叭叭"又是两枪，又有两个鬼子哨兵被解决了。

战士们争先恐后冲过吊桥，堵住鬼子房门。鬼子刚从梦中惊醒，乱作一团，顾不上穿裤子就纷纷伸手去抓枪。冲到门口的战士把几束手榴弹"嗖嗖"扔进房间，随着轰隆轰隆的爆炸声，鬼子们哭嚎着升了天。有几个鬼子侥幸未死，冲出门外，只听"扑通"一声，早被战士们布置好的绊马索绊倒，没等爬起来，脑门上"啪"地挨了一枪，一命归西。

伪军一看这阵势，举手投降。先后不到两个小时，信义据点彻底被四团攻破，鬼子全部报销，伪军全部被俘。

战士们扛起缴获的机枪、步枪、掷弹筒，陆续回撤。附近的老百姓闻讯也推着独轮车赶来，欢天喜地地把被鬼子抢走的粮食运回家。

五团的战斗进行得却不顺利。

王家池据点位于汾阳城西三十里薛公岭南山脚下，扼守着从汾阳通往柳林、离石的必经之路，驻守据点的是鬼子十六旅团川濑中队。因为事先走漏风声，鬼子已经有所准备，探照灯不停地晃来晃去，据点也增加了岗哨，到处戒备森严。

怎么办？智取已经不可能，强攻。三营长兰荣才带领突击队冲向据点，哪知道鬼子据点外还有一个暗堡，鬼子在这里设下了埋伏，突击队冲锋的过程中，鬼子按兵不动，一直等突击队冲到跟前，暗堡里的机枪才突然喷出火舌，雨点般的子弹扫向突击队，突击队员纷纷倒下，冲在最前面的三营长身负重伤。突击队员冒着枪林弹雨抢回受伤的三营长，突击受阻。

看着敌人的机枪拦住了部队的进攻路线，二连长主动请缨，抱起炸药包带领第二突击队再次发起冲锋。敌人的子弹呼啸而来，二连长应声倒地。看到第二次突击的八路军战士纷纷倒地，鬼子的机枪停止了吼叫。

二连长忍着伤痛，抱起炸药包，在夜幕的掩护下咬着牙一步一步挪向鬼子机枪阵地。鬼子机枪再次吼叫起来，把他身边的泥土打得噗噗直响。

二连长只有一个信念，战友们不能白死，拼死也要把这伙鬼子干掉。等到了鬼子的碉堡跟前，他突然起身拉响炸药包，纵身扑向鬼子，随着"轰隆"一声巨响，鬼子的机枪哑巴了，二连长献出了自己年轻的生命。

"为二连长报仇！"随着冲锋的号角吹响，战士们从阵地上一跃而起。炸药包、手榴弹一起投向鬼子据点，随着轰隆轰隆的爆炸声，据点里火光冲天。

满脸血污的川濑队长摇摇晃晃地站起身来，劈面看见八路军战士端着刺刀已经到了跟前，大叫一声："天皇陛下！"举刀剖腹自杀。

五团虽然付出了巨大代价，但最终全歼守敌，拿下了王家池据点。

六团也顺利完成了任务，歼灭大武和文水据点的鬼子后返回驻地。

因为电话线被切断，躲在汾阳城里的若松平治直到第二天才接到报告，气得他一屁股跌坐在椅子上，手脚冰凉。

四、午夜幽灵

从太原到汾阳的公路上，几辆日本军车一路疾驰，扬起高高的尘土。寒风把车头上插着的太阳旗刮得哗啦啦响。车队一路狂奔，直到开进驻扎汾阳的十六旅团司令部才戛然停下。

筱冢义男下了车，铁青着脸走进司令部。

若松平治肃立听训。

筱冢义男脱下白手套，"啪"地摔在桌子上："奇耻大辱！八路军发动百团大战，对第一军，不，对整个方面军都是沉重打击！突然袭击，完全出乎意料，大日本皇军威信扫地！最让人无地自容的是，我们的情报部门事先毫无觉察！若松君，你的情报部门平时都在干些什么？嗯！他们的，什么的干活？"

若松平治低着头，脸上一阵红一阵白："我们的情报人员其实也发现了一些异常，只是……只是……"

"只是什么？讲！"

"哈伊！只是没想到八路军竟然这么猖狂！从来不敢想象，八路军竟然能

第四章 激战晋绥（1940— 1944）

组织指挥如此大规模的进攻战！"

"八嘎！八路军竟然扩张到如此程度，你的情报部门的，统统的白痴的干活！"说到这里，筱冢朝着门外一摆手，一个身材高大、体格健硕，一看就是经过特种训练的日本军人昂首跨进门来，脚后跟重重一磕："大日本皇军特种兵大佐佐佐木勋前来报到！"

筱冢指着佐佐木勋对若松平治说："佐佐木君刚从本土来到，他是我们方面军专门请来的，帝国陆军大学特战教官，名副其实的特战专家。若松将军！从现在开始，你的情报部门听从他的指挥！他还有一个特权，要从你的所有士兵中挑选一百零八人组成轻装突击队，目标是摧毁八路军的首脑机关！除了你，他的突击队可以挑选旅团任何人，你的，明白？"

若松平治像是被电击一般身子一挺："哈伊！"

筱冢对佐佐木勋点点头。

佐佐木勋转过身对着若松平治："旅团长阁下！恕我直言，第一，你的情报部门的，无能！第二，你的作战部队的，行动大大的迟缓！我的轻装突击队将完全克服这些弊端。我会把最优秀的皇军士兵挑选出来，用最好的方法训练他们，让他们成为最可怕的战争机器！他们一个人将抵得上十个人，不，将抵得上一百个人！"

若松平治看着筱冢义男，身子又是一挺："将军阁下，我的，将大大的支持佐佐木勋大佐！"

"吆——唏！"筱冢义男瞥了若松平治一眼，伸手把桌上两只白手套拾起，起身出门。

汾阳城北二百米，有一个戒备森严的地方叫大营盘。这里是十六旅团的兵营，又是历次扫荡前日军兵力的集结地，长年驻扎在这里的日军就有几千人。营房偏僻的角落突然多了一个小院。四周筑起碉堡，戒备森严，别说外人，就连普通的日军士兵也不能近前。

空旷的场地正中竖立着一根旗杆，上面挂着一面太阳旗。旗杆下摆放着一张桌子，佐佐木勋手里拿着厚厚的花名册坐在桌旁。长长一队日本兵正在等待着他挨个叫号。

对面靠墙并排立着二十根木柱，每根木柱子上都绑着一个八路军俘虏。

"山口少尉！"佐佐木勋叫道。

"到！"一个身材矮小的鬼子应声出列。

佐佐木勋傲慢而冷漠地抬眼望去，一看他那瘦小的个头，眉头一皱：

"归队!"

山口后退一步回到队列中去。

"村上中尉!"佐佐木勋指着下一个名字叫道。

"哈伊!"出列的是一个中等身材、满脸横肉的士兵。佐佐木勋指指桌边靠着的一支三八大盖:"上刺刀!"村上端起枪,"咔"的一声上了刺刀。"目标,正前方,刺杀!"村上抬头一看,木柱子上绑着的一个八路军俘虏,正对着他怒目而视。"啊!——"村上青筋暴跳,号叫一声端起刺刀冲了上去。眼看到了跟前,那个绑在柱子上的八路军突然两眼一瞪,大吼一声:"小鬼子!你不得好死!"村上脚下一软,刺刀偏向一旁,没有刺中八路军战俘的心脏。村上拔出刺刀还要再刺,佐佐木勋冷冷喝了一声:"归队!"村上只得悻悻收起三八大盖,回到队列中去。

"高桥中尉!"佐佐木勋又点了一个名字。

"哈伊!"一个身材高大、面目狰狞的鬼子兵出列。佐佐木勋抬眼把他打量一番,面无表情地问道:"杀过几个中国人?""报告大佐,杀过五个!""好样的!上刺刀!"高桥提枪抬手,瞬间工夫"咔"的一声上了刺刀。"向前,刺杀!"高桥双唇紧闭,两眼射出两束冷酷的光来,"嗷嗷"叫着冲了上去,没等八路军战俘喊出一句话,刺刀已经准确地插进了他的胸膛。八路军战俘头一歪,"噗"地吐出一口鲜血。鲜红的血顺着高桥的脸往下淌,高桥眼睛眨都不眨,他的刺刀没有立即抽出,而是反手把刺刀在胸膛里一搅。

"吆唏!"佐佐木勋两眼放光,放下花名册轻轻拍了两下手掌,接着转过身来,面对着列队的士兵,竖起大拇指赞赏道:"高桥君!大日本皇军真正的勇士!"然后转过身去对着高桥,"恭喜你,你已经是突击队光荣的一员!"

"哈伊!"高桥双脚并拢,低沉地答应一声,站到太阳旗下。

"山本少尉!"

"哈伊!"训练场上阴风呼号,又一个两眼血红的鬼子应声出列,二话不说就端起刺刀"嗷嗷"叫着向前冲去。

佐佐木勋满意地点点头。

空气仿佛凝固了一样,四周弥漫着浓浓的血腥味儿。

终于从一个旅团几千名军官和士兵中,挑选出来一百零八个杀人不眨眼的冷血杀手,佐佐木勋心里十分满意。

此刻,他们正全副武装,整齐列队在训练场中央。佐佐木勋黑着脸,从第一排开始,一排一排地从队伍一端走向另一端,在每一个人面前都要停留片刻，阴沉着脸和每一个人的目光凶狠对视，刀子一样锐利的目光好像要穿透每一个人的灵魂，又好像要把这每一张面孔深深地刻在自己心里。

佐佐木勋回到队前，手握着武士刀的刀柄，声音低沉而短促地说："祝贺你们！从现在开始，你们都成了光荣的敏速部队的一员！记住，我们的一切行动都是高度机密，尤其重要的是，不能让对手知道我们的存在！更不能让他们知道我们的行踪！我们就是一把利剑，随时准备插进敌人的胸膛！你们都是真正的武士！你们是大日本皇军的骄傲，是天皇的骄傲！"

佐佐木勋锐利的目光把第一排士兵的脸冷冷地扫视一遍："从现在开始，要随时准备为神圣的天皇舍命献身，只要天皇需要，要毫不犹豫地去死！我们的生命就像樱花，"他晃动着伸出的一根手指头，"单个的樱花并不美丽，只有成片的樱花聚在一起才是最美丽的风景！而且，樱花最美的时候并不是它的盛开，而是凋谢！到了需要凋谢的时候，一夜之间遍地落英，没有一朵樱花会留恋枝头。"佐佐木勋抬头仰望着灰蒙蒙的天空，伸出双臂歇斯底里地喊道："这就是我们大日本武士所崇尚的最高境界！在片刻的耀眼美丽中，达到自己人生的顶峰，发挥自己最大的价值之后，毫无留恋地结束生命！"说到这里，佐佐木勋陶醉地闭上眼睛，仿佛沉浸在美丽的幻想之中。

突然，仿佛从睡梦中惊醒一样，他两眼死死盯着这一队鬼子兵，狠狠地用手画了个圆弧，指着他们说："从今天开始，你们每一个人所能做的就是忘记自己的姓名，沉默！沉默！还是沉默！我们不需要借助言语来表达思想，我们需要的只是行动！需要的是发现目标后勇敢地冲锋。开始训练！"

"哈伊！"

汾阳城外衰草枯黄，路断人稀。一阵人马杂沓的声音传来，打破了清晨的宁静。若松平治阴沉着脸骑在高头大马上，两只手戴着雪白的手套，左手拽着马缰绳，右手握着挎在皮带上的指挥刀刀柄，带领着浩浩荡荡的扫荡队伍出了城，一路向北直奔交城山。

抬眼看看越来越近的交城山，若松鼻孔冷冷一哼：雪耻的机会来了！这次扫荡可比不得从前，如果说以前的扫荡是遍地开花的话，这次可是重点撒网！想到这里，他的脸上不由得浮上一丝狞笑来，右手把手中的刀柄攥得更紧，下意识地把两腿猛地一夹，胯下那匹马猛一激灵，尾巴一扬，马蹄声骤然紧了起来。

他已经得到可靠情报，掌握了韩钧司令部的行踪。为了一举把韩钧这个肉

中刺拔掉，他劳心费神制订了周密的扫荡计划。

按照若松的计划，这次扫荡的鬼子分成六路，分别从汾阳、开栅、文水、交城、古交和方山几个不同的方向同时出发，齐头并进，要把八分区围一个密不透风，然后将韩钧纵队一网打尽。想到这里，若松心中忍不住又是一阵得意的冷笑。分进合击！迂回包围！纵横突击！反复清剿！为了达到这个作战目标，他已经命令清剿队伍准备四十天的干粮，他要用皇军这把铁篦子把八分区的每一寸土地梳上一遍，他要用皇军这架铁犁把交城山的沟沟壑壑翻个底朝天。

会立村位于交城山深处，二纵队司令部就驻扎在这里。韩钧这几天正忙着召开军政民会议，对反扫荡进行安排部署。各团也都紧急行动，安置伤员，寄藏物资，准备生熟粮，擦拭武器，配发弹药，做好反扫荡准备。

这天一大早，沿着文峪河向东的山间大路上，从方山方向过来一路人马，队伍过了桥到了村边，人们才看清楚，走在最前头的是游击三团政委李文炯。

原来，远在兴县的贺老总也得到了鬼子要扫荡八分区的情报，知道这次鬼子来势凶猛，担心韩钧他们吃不消，把游击三团给派来了。其实，这游击三团本来就属于二纵队的编制，晋西事变后因长期随同一一五师陈支队作战，为了作战方便就由陈支队指挥，半年前陈支队按照中央的部署远赴山东一一五师归建，游击三团就地又归了一二〇师独一旅指挥。鬼子扫荡在即，贺龙派游击三团星夜赶回。

李文炯见韩钧已经在村口等着，赶紧下马，跑步上前向韩钧敬了个礼："报告司令员！游击三团政委李文炯率队归建！"

韩钧见了李文炯十分高兴，拍着李文炯的肩膀呵呵笑着说："老李呀，你们终于回家了！这下子我们的力量可是更强大了！"

李文炯身边还站着两个人。他转身指指其中一个年纪大一点儿的说："司令员，这位是张汉斌，军区给我们新派来的卫生部长！"

韩钧双手握着张汉斌的手："及时雨！贺老总已经打电话过来了，说你是个医生，还参加过长征，太好了！"

李文炯又指指另外一个年轻一点儿的说："贺老总还给咱们一个宝贝！"

韩钧一愣，那人跨上一步敬了一个军礼："司令员！一二〇师电台大队大队长尤静轩前来报到！"

韩钧喜出望外，连声说："宝贝！宝贝！真是宝贝！我们实在是太缺乏懂无线电的人才了，这下子来了个专家，欢迎！欢迎！贺老总想得真是周到！

210

哎，还别说，上次鬼子扫荡，我们二纵队的电台时好时坏，贺老总发给我们的电报，害得我们迟了两天才收到！"

尤静轩腼腆地笑笑，转身指指马背上几个大箱子："贺老总知道咱们缺这个，不光叫我来培训话务员，还叫我带来两个无线电台。"

韩钧朝马背上一看，果真有两个绿色的军用木头箱子，一边一个绑在马背上。

"警卫员！"韩钧呵呵笑着朝马背上一指，"赶快把那两个宝贝疙瘩给我卸下来！"

几个警卫员答应着跑了过去。

李文炯指着尤静轩告诉韩钧："司令员，别看他年纪轻，人家和张部长一样，也是参加过长征的老红军，咱们红军的第一批无线报务员呢！长征路上，他们这部电台就一直跟在朱总司令身边，遵义会议召开的消息就是他们向全军传达的呢！"说到这里，李文炯抬眼看看尤静轩："静轩，是不是？"

尤静轩微笑着点点头。

李文炯接着说："那天正好是静轩值班，贵州军阀王家烈不断派飞机轰炸遵义城，他们正在发报的时候，敌机突然向着电台俯冲下来，只听轰的一声响，飞机丢下的炸弹把电台隔壁的房子炸塌了，冲击波把他们房间的房顶也给掀飞了！他们用身子护住电台继续发报，红色电波把遵义会议的喜讯传遍了全军！"

尤静轩腼腆地笑笑，打断李文炯："李政委，那都是过去的事儿啦！"

韩钧朝几个人看一眼，说："走！进屋去，鬼子扫荡已经开始，我们要赶快进行安排部署。"

几个团长和游击队长都到齐了。韩钧把李文炯、张汉斌和尤静轩介绍给大家，然后说："经过百团大战和鬼子的秋季扫荡，我们二纵队减员严重。为了适应当前的战斗形势，增加部队战斗力，司令部决定把游击三团并入五团，刘兆先同志仍然担任团长，李文炯同志任政委。"说到这里，韩钧把脸转向刘兆先和李文炯，"你们两个肩上担子重一些，要尽快完成合并！"

刘兆先和李文炯对望一眼，严肃地点头。

韩钧转身指着挂在墙上的地图："因为在百团大战中受到重大打击，鬼子恼羞成怒，多次扬言要对我们进行报复。根据情报，这次扫荡鬼子兵分六路，分别从汾阳、开栅、文水、交城、古交和方山几个方向合围根据地。"说到这里，韩钧转过身子面对大家加重了语气："这次鬼子动用的兵力多，战斗力

强，可谓来者不善，大家要有充分的认识。贺关首长也给我们发来了指示，要我们认真对待。我们的部署是这样的：第一阶段，鬼子分进合击，我们的主力主动向山区收缩；第二阶段，等鬼子准备合围的时候，我们化整为零，找准缝隙迅速转入外线；第三阶段，主动出击，游击作战。我们八分区虽然地域狭小，但是山地小路多，沟深长，森林大，这些都是我们进行游击作战的有利条件，因此大家要坚定信心，在战役末期找准机会打它一个伏击战！另外，前一段时间，我们已经挑选了一百多个战斗骨干，派出去五六个游击小组，到平川地区和鬼子的交通要道上进行游击破坏，扰敌疲敌，配合主力部队的山地斗争。鬼子妄想消灭八路军，我们不仅不能让鬼子消灭，还要打它几个漂亮仗，让鬼子尝尝我们的厉害！"

韩钧把目光转向刘德明："合并后的五团随司令部行动。另外还有几个要求，首先是各团一定要按照纵队命令迅速行动，其次是行动过程中要始终保持通讯畅通！"

鬼子的扫荡队伍越来越近，各团也逐步向着山地收缩，眼看着几路鬼子就要合围，各团突然没了踪影。他们已经从鬼子的眼皮子底下溜过去了，但是并没有远去。

韩钧、刘德明带着五团埋伏在卧虎塔山上的密林里，正在密切注视着鬼子的一举一动。

一路鬼子从山下大路上向北行进。最前面的是一辆汽车，汽车驾驶室上架着一挺机枪，一个鬼子握着机枪枪托不停地转动枪管，向着两侧山上盲目扫射，"啪啪啪"的枪声在山谷中回荡着，震得人耳朵嗡嗡响。

埋伏在山上的战士们一动不动趴着，等待着鬼子从面前通过。他们很清楚，此刻还不是动手的时候，几路鬼子的包围圈马上就要合拢，八路军一旦还手就会暴露目标，几路鬼子就会像饿狼一样猛扑过来。

等鬼子队伍全部通过，韩钧一摆手，战士们紧跟着从山后一条小路下到沟里。这道沟叫虎草沟，杂草丛生人烟稀少，穿过沟去就到了一个叫西华镇的小村，就把鬼子的包围圈远远地甩在了身后。

就在大家松一口气的时候，谁也没有注意到，有一双冷酷的眼睛仿佛幽灵一般，正在暗中注视着这一切。

这个人就是佐佐木勋。当若松指挥六路人马铁壁合围的时候，他带领装备精良的敏速部队也开始了行动。所不同的是他的敏速部队只在夜间行动，而且只走偏僻小路，因此除了旅团长若松平治以外，再没有人知道他们的行踪。

第四章　激战晋绥（1940—1944）

　　他的队员每人都配备一挺全新的大正十一式轻机枪、一把南部式昭和十四半自动手枪和一把短柄武士刀。这种轻机枪就是俗称的歪把子机枪，这种机枪和半自动手枪有个共同的特点，就是有效射程远而且射击精度高，杀伤力极大。

　　他们此次行动的目的只有一个，那就是寻找韩钧纵队司令部的位置，把它彻底摧毁。

　　佐佐木勋昼伏夜出，一直在暗中用侦听台跟踪韩钧的司令部，幽灵一般沿着山中小路从卧虎塔追踪到西华镇，又从西华镇追踪到下庄，从下庄追踪到李家会，从李家会追踪到仓儿会、贺家塔。终于，八路军的电台信号停留在三道川里的一个小村庄——中庄。

　　佐佐木勋一阵冷笑。

　　三道川里，几个不引人注目的小山村沿着山谷一字排开，从西往东依次叫作麻峪口、李家庄、中庄和程家庄。纵队司令部宿营在中庄，五团团部宿营在李家庄，一营和二营分别宿营在麻峪口和程家庄，控制着西边、东边两个要道。

　　鬼子扫荡的主力完成合围后，向着和纵队司令部完全相反的方向一路西去，侦察员几次前去侦察，都证实了这一点。连续几天风餐露宿，部队十分疲劳，韩钧和刘德明决定在这里休息一晚。

　　司令部设在一处农家院落里。已经是夜深人静，屋里还传出报话机"嘀嘀嗒嗒"的声音，尤静轩指导着话务员，在忙着和各团联络，向师部汇报。窗外寒风呼啸，屋里麻油灯闪烁。

　　韩钧、刘德明和张汉斌围坐在炕上。

　　韩钧看着张汉斌说："老张，从你到八分区报到那天起，就开始和我们一起上山游击，到现在也没消停过，一直想和你好好聊聊，今天总算有个机会了。"

　　张汉斌收回思绪，笑笑说："我在想，我们仅仅有一个后方医院不行。战争环境中，我们的战士每天都会有伤亡，卫生部必须要尽快组织一个前方医院，我想明天就开始这个工作。"

　　韩钧赞赏地看着他："那太好了！你需要多少人尽管说，需要谁，我和刘副司令全力支持。只是，我们部队里医生很少，恐怕还要你多想想办法。"

　　张汉斌从口袋里拿出一份名单来："我这几天和不少战士聊过，有几个稍微懂点儿医药知识的战士，我都顺手记下来了。明天我还想下山一趟，到城里

采购点儿药品，顺便看能不能找到愿意参加我们八路军的医生，如果有的话就给带回来。"

刘德明点头说："老张说的对。我们的医生、我们的药品实在是太缺乏了，战士们一旦负伤可真是受罪！"

张汉斌点点头："是。甚至我们连纱布、绷带都没有，一旦战士们受伤可怎么办啊！另外，这几天我们接连钻山沟过密林，我沿途见了不少中草药，我学的是中医，顺手采了一些，想再挑几个战士学学上山采药。"

韩钧听了连声说："行，当然行。"

尤静轩摘下耳机，拿起一页电报纸匆匆走过来："司令员，师部贺、关首长来电。"

韩钧看着尤静轩："电报怎么说？"

尤静轩念道："现已查明，此次敌对我扫荡，动用兵力除原驻扎我根据地周围之敌第三、第九、第十六混成旅团及第二十六师团外，新增第三十七师团、第四十一师团各一部，兵力两万余。另，敌可能在我根据地水井中投放伤寒病菌，望提醒各部高度注意。"

韩钧听了，气得骂道："畜生！这小日本简直是一群畜生！"

尤静轩两眼通红，接连打着两个哈欠。

韩钧看着他疲惫的样子，心疼地说："静轩，这几天你也够累的，今天晚上就早些休息吧。"

尤静轩揉揉眼睛："司令员，我习惯了。电台工作就是这样，行军的时候和大家一起行军，宿营的时候才真正是我们忙碌的时候。好在这几天纵队几部电台都修好了，各电台联络正常，我们虽然累一些，可心里踏实。"

窗外漆黑一片，静得瘆人，山谷中偶尔传来几声野狼的嗥叫。

韩钧起身下炕，提着大眼盒子，对尤静轩、张汉斌和刘德明说："时候不早了。连日奔波劳累，你们几个先休息，我到村口查哨！"说完出门去了。

刘德明也提了枪追出门外："司令员，我们一起去！"

芦成全见他俩都出了门，叫上警卫连几个战士一起跟了出去。

嚓嚓嚓……嚓嚓嚓……中庄村后山一面断崖边上，偶尔会传出一丝细碎窸窣的声响，但随即就被呼啸的山风吞没了。

突然，断崖边上冒出几个黑影来。这几个黑影身手敏捷，从断壁上纵身一跃，身轻如燕，落地无声，上了断崖就蹲身猫腰，把身形躲进两边的枯草里，端枪向着中庄方向搜索，等确定没有被任何人发现，才停下来俯身草丛，"啪

第四章 激战晋绥（1940—1944）

啪"打了几个响指，掩护着后续部队攀上断崖。

佐佐木勋最后一个攀上悬崖。他挨个检查了所有队员的武器装备，又掏出指南针再次确定了方向，朝着中庄方向把手一挥。

飒飒飒飒！一队鬼影悄无声息地向着中庄包抄过去。

小半个月亮从云层里露了出来，眼前隐约出现了一个村庄的轮廓。猫腰走在最前面的佐佐木勋忽然停下脚步，单膝跪地抬起右手向后一堵，做了一个停止前进的手势。队伍停了下来，齐刷刷隐进两边的草丛里。

佐佐木勋凝神屏息，举起望远镜朝着村子里望去。

村庄不大，只有十几户人家，进出村子的几个路口都有扛着长枪的哨兵在游弋。村子中间一户人家，房间里有微弱的灯光透露出来，再仔细一看，这家房顶上朦朦胧胧像是有一根细细的天线在寒风中摇晃着。

看来，这里就是韩钧的司令部了！佐佐木勋取下望远镜。吆唏！功夫不负有心人！想象着片刻之后这个八路军的司令部就要灰飞烟灭，佐佐木勋嘴角露出一丝狞笑。

"高桥！"佐佐木勋低沉地叫了一声。

"哈伊！"黑暗中传来一声阴森可怖的低声应答。

"你的，带几个人把八路军哨兵统统地干掉！记住，悄悄地干活，打枪的不要！"佐佐木勋说着，用手在自己脖子上一比画，"你的，明白？"

"哈伊！"高桥应了一声，拔出短刀一挥手，带了几个人向村口的哨兵靠近。

"山本！渡边！"

"哈伊！"

"各带一个小组，控制东西路口，阻止增援！"

"哈伊！"

"其余的，一个小组消灭一户的干活！隐蔽接近，突然袭击，一个不漏，速战速决。听着！要死的，不要活的！"佐佐木勋话音刚落，一个个黑影就像幽灵一样向着村中飘过去，很快就消失在黑沉沉的夜幕里。

村东头，一个黑影悄悄绕到哨兵身后，左躲右闪飞速靠近。突然一跃而起，黑暗中刀光一闪，"唰"的一声哨兵应声倒下。村西头、村南头、村北头，眨眼之间几个哨兵纷纷倒下，一个个鬼子悄悄进了村。

韩钧和刘德明向着村口走去。刚要拐过街角，眼前一个黑影一闪而过。眼尖的芦成全突然叫了一声："鬼子！"

215

韩钧往村口一看，哨兵已经倒在了血泊里。他马上明白了眼前的一切。

"鬼子偷袭！快开枪！"韩钧大喊一声，"砰——"的一枪就开了火。哪知道黑影身手敏捷地就地一滚躲开了，几乎就在同时，"哒哒哒"回身就是一梭子弹扫了过来。

韩钧顿时失去了知觉。

五、血色樱花

傍晚时分，吕梁山深处一间破败的窑洞，寒冷阴暗。

窑洞最里头是一张破旧的土炕，躺在炕上的韩钧还在昏迷之中。突然，他的眼皮动了一下，耷拉在床边上的手也突然一缩。他慢慢有了一些意识，但觉得如腾云驾雾一样身不由己，又如同踩在棉花团上一般头重脚轻。

这是怎么了？这是在哪里？韩钧在大脑里极力搜索着，却一时找不到答案。难道做了一个梦？不对！刚才迎面碰上来袭击的鬼子，自己在向着鬼子射击呀。他的手指头下意识地猛扣扳机，心中却是一惊，枪呢？枪呢！眼看着鬼子迎面扑了过来，打呀！快打呀！回身一看，身边却不见一个战士！人呢？情急之下他大吼道："快！快开枪！……"

他的喊声其实很微弱，但意识却渐渐清醒起来。耳边传来一个清晰的声音："副司令员！快看快看！司令员醒过来了！"这是警卫连连长芦成全的声音。

韩钧朦朦胧胧之中见几个模糊的身影围拢过来。他咬牙用力，终于把眼睛睁开一条缝。

光线刺眼。第一眼看到的是刘德明，还有芦成全，还有五团长刘兆先、政委李文炯。原来自己是躺在病床上！看着几张熟悉的面孔，他喉结一动咽下一口唾沫，感觉干涩的嗓子火辣辣地疼。

"鬼子呢？"他看着芦成全，一边挣扎着要起身。

芦成全正端着一碗温开水，一勺一勺喂到他的嘴里。看见他想动，赶紧放下碗，双手按住他的肩膀，小声说："司令员，你好好养伤，鬼子已经退走了！"

韩钧像是突然想起什么似的，急切地又问一句："张部长呢？"

芦成全低下头没有吭声。

"静轩呢？"韩钧的声音升高了起来，芦成全还是没有吭声，只是把头垂得更低，两行泪水已经扑簌簌地掉了下来。

韩钧头疼欲裂。他把疑惑的目光转向刘德明。

刘德明嗓音哽咽地说:"司令员,他们……牺牲了!"

牺牲了?牺牲了!多么好的兄弟,就这么走了!韩钧痛苦地闭上眼睛,脑子里只有嗡嗡嗡的声音在回旋,在震荡,在翻腾。他想哭。但他强忍着眼泪没有流下来,只是用牙齿紧紧地咬着嘴唇,直到干裂的嘴唇渗出血来。

过了一会儿,他又慢慢睁开眼睛,艰难地抬起右手把芦成全脸上的泪痕擦去,声音嘶哑着说:"不哭。记住!成全,作为一个八路军战士,可以流血,不能流泪!"

芦成全悲痛难抑地咬着嘴唇,含着泪点点头。

窑洞里一阵沉默。过了好大一阵子,韩钧声音微弱地问:"德明,纵队部伤亡情况怎么样?"

刘德明低着头,叹了一口气:"伤亡大半!共有一百多个同志惨遭毒手,警卫连和通信连几乎拼光了!"

韩钧心中就像被锥子扎了一下,又是一阵钻心的痛:"查没查清是鬼子哪支部队干的?"

刘德明无奈地摇摇头:"没有。这群鬼子和以前跟我们交过手的鬼子很不一样。来去飘忽,枪法很准,战斗中几乎都是一枪毙命,而且来势凶猛,火力强大,现场留下的全是歪把子机枪的弹壳。行动干脆利索,哨兵都是被短刀从背后杀害的,伤口还都是脖子上,一刀致命。突然袭击,行动迅速,号令统一,行动一致,等我们增援部队赶到,鬼子已经撤走。我们以前从来没有跟这样的鬼子交过手!"

韩钧眉头紧皱:"现场有没有发现鬼子尸体?"

刘德明又摇摇头:"没有。倒是发现了鬼子的进攻和撤退路线,他们是从村后断崖上攀岩上来偷袭,得手后又原路退回。应该是暗中进行了精心的准备。这帮狗娘养的残酷至极,临撤退之前,把我们的重伤员全都浇上汽油,活活烧死了!"

哇的一声,韩钧喉头一热,一口鲜血吐了出来。

芦成全赶紧端了一个瓦盆接住。刘德明也赶紧上前一步扶住韩钧说:"司令员,你刚刚醒过来,需要休息,还有些情况我们以后再说吧!"

韩钧一把抓住刘德明的手,定定地看着刘德明的脸,声音微弱而又坚定地说:"不!我没事!鬼子难道就没有留下一点儿蛛丝马迹吗?"

刘德明从身后取出一把武士短刀来,递给韩钧:"司令员,战士们打扫战

场的时候，发现了这把刻着樱花图案的短刀。"

韩钧把刀接过来细细审视。这把刀的刀刃上还有几团干涸的血迹，就像一团团刻在刀刃上的血色云图，看样子应该是八路军战士的血了！韩钧的眼睛里禁不住喷射出愤怒的火焰来。

刀柄上刻着一朵血红色的樱花。韩钧凝视着刀柄上那朵罪恶的血色樱花，目不转睛。

韩钧正凝视着手中这把刀，门帘被挑开，门外进来一个山民打扮的年轻人，满脸冒汗，进门就说："司令员！有一队鬼子在高家庄宿营！"

来人是五团二营侦察员刘珠辉。那天晚上纵队部被鬼子偷袭，二营驻扎在距离中庄十里地的程家庄，听到枪声他们就紧急集合往中庄赶，没想到还是晚了。刘珠辉化装成山民翻山越岭，四处搜寻鬼子的踪影，几天下来终于有了发现。

韩钧把手中那把刀放在床头，盯着刘珠辉问："鬼子有多少人？"

刘珠辉撩起衣袖擦擦脸上的汗珠说："大约有二三百个鬼子兵！还有一些伪军，数量不太清楚。"

韩钧盯着刘德明问："不知道这股鬼子是不是偷袭纵队部的那些人？"

刘德明"啪"的一巴掌拍在大腿上："司令员！管他龟孙子是不是，先干掉这帮狗娘养的再说！"

韩钧又把目光转向刘珠辉："从我们这儿到高家庄有多远？"

刘珠辉掐指默算了一下说："走大路大概有五十里地。"

"有没有近道？"

"有一条，穿过一条深沟，大约三十多里地就能到。"

韩钧转向刘德明，目光里含着探询的意思。

刘德明一扬眉毛说："三十多里山路，我们动作快些，两三个小时就能赶到！"他低头看了看手表，"不过，现在已经将近半夜了。司令员！要赶快出发，再晚就来不及了！"

韩钧看看刘兆先和李文炯，又问刘德明："除了五团，还有哪个团距离我们比较近？"

刘德明有些急了："司令员，和纵队部在一起的就是五团的三个营，其他几个团驻地太远，现在调动来不及，况且有一个团的兵力足够用了！"

韩钧还在考虑。

刘德明说："司令员，机不可失。留下两个营保护纵队部，我带一个营偷袭鬼子!"

韩钧说:"不行!德明,你和刘团长带两个营去,留下一个营就可以了!"

刘德明还要说什么,韩钧说:"这是命令!德明,我知道你报仇心切,但万万不可蛮干!"韩钧又喊过刘兆先,"兆先,你和刘副司令一起去。记住,时机有利则打,万一情况有变,千万不要蛮干!"

"司令员,你放心吧!"刘兆先起身就要和刘德明一道出门。

刘德明走了几步又返回身来对韩钧说:"司令员!让我带上这把短刀,行吗?"

韩钧伸手拿起床头那把短刀,郑重地放在刘德明手里。

刘德明一出门就对刘兆先说:"快!通知一营、二营集合!立刻出发!"

夜半群山寂无声,天寒孤月更分明。部队轻装出发,沿着山间小道快速前进。刘德明和刘兆先走在队伍最前面,仿佛脚下生风一般快步如飞。山上的积雪大约有两三寸厚,皎洁的月光洒在雪地上,交相辉映,山间小道清晰可见。行进中的队伍静肃无声,只有脚底踩在积雪上发出一丝咯吱咯吱的声响,偶尔听得到从山谷里传来积雪压断枯枝发出的咔咔声。

到了!队伍停了下来。刘德明伏在山头上,借着月光能清楚地看到鬼子住的村庄。村庄四周都有鬼子的哨兵,一面膏药旗挂在旗杆上,在雪地的映衬下显得格外刺眼。高家庄比较大,因为鬼子扫荡,老百姓早已经逃得人去屋空,这几百个鬼子都住在哪些院子里呢?刘德明举着望远镜仔细观察了半天,也没有什么发现。

时间一分一秒过去,怎么办?刘德明一边观察一边在紧张地思考。有了!

刘德明取下望远镜对着刘兆先耳语了几句。刘兆先回头悄声对通信员说:"通知部队,隐蔽待命!"通信员猫着腰传令去了。

原来,刘德明知道,这日本鬼子都有早晨拜太阳的习惯。每天太阳出来之前,都要集合起来对着东方磕头作揖。这岂不是最好的歼敌机会?此刻趁着鬼子酣睡的工夫,刘德明和刘兆先对部队进行了战斗部署。六连留在半山接应和掩护,五连、四连控制东西两个路口以防鬼子增援,一营三个连隐蔽接近村庄,做好攻击准备。

终于等到天亮。晨光熹微,村子里响起一阵急促的哨声,片刻工夫鬼子和伪军喊着口号集中在广场上。所有的枪都集中架在一起。一个指挥官模样的鬼子,站在队前叽里咕噜半天,鬼子和伪军一齐转向东方,扑通扑通跪了下去。

机会来了!刘德明举起驳壳枪,对着天空"啪!"地就是一枪。正在磕头

的鬼子们全都一愣，不等他们明白过来，早已埋伏在村边的八路军已发动了突然袭击。

一时间枪声大作。战士们怀着满腔的仇恨冲上去，端起机枪对着集合在广场上的鬼子就是一阵狂扫。许多鬼子就这么跪着挨了枪子儿，有的鬼子想举枪反抗，还没等扣动扳机，就在手榴弹的爆炸声里见了阎王。

刘珠辉杀得性起，抱着机枪"突突突突"往前一路猛冲，眨眼工夫就冲到了鬼子面前。一个装死的鬼子瞅准时机伸脚一绊，刘珠辉"扑通"一声摔倒在地，怀里的机枪甩出去老远。当他站起身向前扑去的时候，四五个鬼子已经端着刺刀围了上来。

奶奶的！拼了！刘珠辉从怀里猛地掏出两颗手榴弹来，一手攥着一颗，牙齿一咬拉响导火索，大吼一声迎着鬼子猛扑过去。几个鬼子惊慌失措，就听"轰隆！"一声巨响，平地上腾起一股巨大的烟柱。刘珠辉与几个鬼子同归于尽。

刘德明在望远镜里看得真真切切。他放下望远镜，举起枪冲了出去，一边冲一边愤怒地喊着："同志们！消灭残敌，冲啊！"

战场上杀声再起。旗杆下，一个日军头目双手握着指挥刀，号叫着冲向刘兆先。刘兆先手里端着长枪正和另一个鬼子兵拼杀，对身后悄然而至的危险浑然不觉。

"兆先！闪开！"刘德明冲到跟前抬手一枪，把鬼子手中眼看就要砍下的指挥刀击落在地。那鬼子一惊，待看清楚是刘德明到了跟前，"八嘎！"一声，弯腰捡起地上一杆三八大盖，亮起明晃晃的刺刀就朝着刘德明冲了过来。

刘德明门神一样稳稳站定，"刷"的一声把手中盒子枪送进枪套，"啪嗒"一声扣上盖子，目光轻蔑地看着眼前这个鬼子。看着刘德明从容地收起武器，赤手空拳站在那里，再一看刘德明不屑的眼神，那鬼子嗷嗷叫着，疯狗一样扑了过来。眼看着明晃晃的刺刀到了眼前，刘德明突然一个撤步偏身一让。这一让疾如闪电快如流星，鬼子扑了个空，因为用力过猛身子随着巨大的惯性冲了过来。待鬼子脚步踉跄地到了跟前，刘德明这才右手从后腰一摸，以迅雷不及掩耳之势掣出身后那把短刀，只见他倒握着刀把，短刀刀刃紧紧贴着小臂，把手一抬直指鬼子面门，眼看着一道耀眼的亮光刷地飞向鬼子的咽喉。一刀封喉！只听"刷"的一声，鬼子已身首分离。

刘德明俯下身去，把刀上的血迹在鬼子的军装上揩干净，这才把短刀收起，放入刀鞘。

第四章　激战晋绥（1940—1944）

战斗进行得干脆利索。

等到太阳升起的时候，战场已经打扫得干干净净，只剩下那面膏药旗还挂在旗杆上招摇。刘德明伸手取过刘兆先手里的长枪，枪托往肩窝里一抵，"啪"的一声，膏药旗带着呼呼的风声落在脚下。

刘德明和刘兆先带着一营、二营扛着战利品回来了。进了窑洞，刘德明先把手里那把揩得干干净净的短刀递给韩钧。

看到他们打了胜仗，韩钧心里一喜，伤也像好了一大半。他对李文炯说："快，安排做饭，让德明他们吃了饭好好休息！"

李文炯答应一声，刚要出门，和迎面而来的六团通信员撞了个满怀。

通信员一脚跨进门来："司令员！六团参谋长郭庆祥派我来报告，发现日军一部正在向六团方向运动！"

韩钧的精神已好了很多："小伙子，慢慢讲。"

通信员稳稳神："郭参谋长说，鬼子一个大队大约四五百人马，从方山方向经横尖镇，正沿着中西川的大道向东移动，要我来向司令员请示怎么办？"

韩钧刚想要问他，为防贻误战机为什么不用电台请示，突然想起中庄被袭，纵队部的电台已被鬼子抢走，便把这句话咽了回去，说："告诉郭参谋长和李政委，立即侦察地形，组织全团伏击，绝不能放跑了这帮鬼子！"

"是！"通信员转身要走，韩钧又把他叫住，对芦成全说："挑一匹快马给他换上！"

芦成全答应一声，牵马去了。

接到司令员的命令，郭庆祥和李曙森一刻不停，带着营连长沿途侦察地形，最终将伏击地点选在中西川山高谷深、河道曲折的石沙庄。

站在半山腰上，郭庆祥用手向前一指，对李曙森说："政委，这石沙庄是鬼子的必经之路。你看，山谷两侧森林茂密，便于我军隐蔽；山谷里道路曲折多弯，一来影响鬼子行进速度，二来影响鬼子观察视线；两侧沟壑纵横，便于我军实施隐蔽突击。我看伏击阵地就设在这里，怎么样？"

李曙森仔细地看了看，回头对随行的营连长们说："好！你们的意见呢？"

几个营连长连声赞同。

天色已晚，侦察员匆匆赶来，向郭庆祥报告说："参谋长，鬼子今晚在前面戴家庄宿营，不经过伏击阵地。"

郭庆祥点点头："好！鬼子宿营，我们就有了更充分的准备时间。各营连马上进行战斗动员，提前进入阵地。团指挥所和二营主力、机枪连部署在北

山，待鬼子转过这个弯后正面迎击；一营部署在南山。一连阵地位置偏西，待鬼子进入伏击阵地后负责断敌后路；二连位置偏东，负责消灭漏网之鱼；三连的任务要重一些，"说到这里，他停顿一下，抬起头四下里搜寻，"三连长和指导员来了没有？"

"参谋长！在这儿呢！"三连长龚正和、指导员刘生毅站在了郭庆祥面前。

郭庆祥看着他们俩说："你们连担任突击任务，消灭残敌！"

任务安排完毕，各营连迅速进入阵地。

天色微明的时候，戴家庄方向火光冲天，烟雾满谷。这是鬼子出发前的征兆，他们要一把火烧了民房，让藏在山上的八路军无处藏身，谁知道却成了八路军伏击鬼子的预警信号。

埋伏在山上雪地里的战士们，冻得牙齿打战，看到冲天的火光，忍不住在心里骂道："这帮狗娘养的！"

鬼子终于来了。这是中村大队的三个中队，大约四五百个鬼子。这中村大队长和八路军多次交手，是个诡计多端的货色，他的先头部队就要进入伏击圈的时候，他突然一摆手，下令鬼子停止前进。

原来是他看到这里地形复杂，害怕被八路军伏击。只见他在马上一摆手，几个鬼子跑了上来，他用手指指两边山上的密林，几个鬼子转身向着队伍后边走过去。过了一会儿，一辆车顶上架着机枪的卡车开了过来，一个鬼子趴在车顶上，对着两侧的密林轮番开火。"突突突突"机枪打得密林树枝折断，枯叶飞扬，石头火星四溅。

机枪停了下来。中村侧耳细听，除了咔嚓咔嚓枯枝断裂和扑簌扑簌树叶掉落的声音，山谷中没有一丝声响。他嘴角一咧，露出了一丝得意的笑容，手指往前一指："开路开路的！"山谷里响起鬼子大皮鞋咔嚓咔嚓的响声，鬼子队伍继续向前蠕动。

鬼子的长蛇阵完全进入了伏击圈。

郭庆祥心中暗喜：这小鬼子看似聪明，实则愚蠢透顶。火力侦察一无所获，倒是把一辆汽车调在了前头，前边汽车带路，后边汽车殿后，一旦前后的汽车趴窝，这么窄的山道上，可就把鬼子都堵在中间了，谁也别想跑出来。天赐良机！想到这里，他抬手一枪把前边汽车的轮胎打爆了，汽车一头撞在石头上趴了窝。

山谷里枪炮齐鸣。

中村大惊失色，刷地抽出指挥刀，指着正面山头，正要开口说话，只听

"突突突突"一梭子弹横扫过来,把他直接打成了马蜂窝,从马上一头栽下,扎进文峪河的冰窟窿里。

鬼子死的死,伤的伤,被压制在狭小的河滩上。

三连已经做好了突击准备。嘹亮的冲锋号突然响起,三连战士从战壕里一跃而起,端着刺刀向鬼子冲去。

战士们要通过一座小桥才能接近鬼子,当他们冲到桥边的时候,一挺躲在汽车下面的机枪喷着火舌横扫过来。一排长身形一矮躲过子弹,就地几个滚翻滚落桥下,瞅准机会眼疾手快把一束手榴弹塞进汽车下。"轰"的一声巨响,机枪哑巴了。

"杀呀!"在弥漫的硝烟和纷飞的弹片中,战士们挥舞着寒光凛凛的刺刀,高喊着冲进战场和鬼子短兵相接。

困兽犹斗。看到八路军冲了上来,鬼子纷纷从藏身之处窜出来,挥舞着刺刀负隅顽抗。一班长郭和合稍不留神,一个鬼子的刺刀刺中他的腹部,登时血流如注,鬼子正要往外抽出刺刀,哪知他却挺身迎了上去,鬼子的刺刀长,一下子把他的身体穿透,可是他自己手中的刺刀也正中鬼子心脏,他硬是咬着牙推着鬼子踉踉跄跄连着后退了好几步。鬼子猝不及防,两眼一翻一命归天。一班长壮烈牺牲。副班长郭诚双腿被鬼子飞来的手雷炸断,还用胳膊支撑着身体,把手中的手榴弹投向鬼子,掩护着战友向前冲杀,最终洒尽鲜血,为国捐躯。

鬼子被全部歼灭。

抬头西望,彩霞满天。

六、护送总部炮团

"你说什么?将军阁下,韩钧的,还活着?"佐佐木勋有些狐疑地问道。

"是的,大佐阁下!"若松平治不满地瞟了一眼佐佐木勋,"皇军最近在吕梁山里接连遭到八路伏击,高桥大队、中村大队两个大队全军覆没!你的告诉我已经把韩钧司令部的彻底消灭,可是我得到可靠情报,韩钧的还活着!不仅还活着,他还在指挥着八路军主动出击,袭击皇军!"

"将军阁下!如果情报确实,我的深感惭愧!"佐佐木勋头一低,避过若松平治凶狠的逼视,嘴里却还是不甘示弱,"不过,请将军阁下放心,我和我的敏速部队一定不会就此善罢甘休!告辞!"佐佐木勋转身出门。

若松平治颓然坐下。最近他十分头疼。因为剿共不力，华北方面军司令官多田骏和山西派遣军司令官筱冢义男都被解除职务，调回国内。新任华北方面军司令官冈村宁次大将刚一上任，就严令华北各军主动出击，限时铲除八路。若松平治正想在这个时候大展拳脚，给冈村宁次留下个好印象，没想到韩钧纵队却连出重拳，接连消灭他两个大队！

韩钧的伤渐渐好了起来。这段时间，晋西北军区改称晋绥军区，韩钧又兼任了晋绥军区八分区司令员。

刘德明、王何全和郭庆祥来看他，只见他正低着头对着手里那把樱花短刀沉思。

抬头看见刘德明他们，韩钧还沉浸在自己的思绪当中，对着几个人问道："最近的几次战斗，有没有再见到过这种刀？"

刘德明说："每次打扫战场我都特别留意，再没有见到过。"

郭庆祥也皱起眉头，轻轻摇着头说："上次伏击战，打扫战场是我亲自指挥，也没有见到这种短刀。"

刘德明伸手接过那把樱花短刀看了看，又还给韩钧说："司令员，我已经安排侦察员进行秘密侦察，一定要弄清楚这把樱花短刀的来历，这帮鬼子神出鬼没，对我们威胁太大。不把这帮鬼子消灭，后患无穷！"

王何全刚刚执行完任务，是来给韩钧汇报任务完成情况的。韩钧看他风尘仆仆的样子，心疼地问："何全，你辛苦了，护送陆定一同志的任务完成得还顺利吧？"

王何全点点头："司令员，顺利。昨天已经把他们安全护送到了师部。我们白天休息夜里行动，从太谷和祁县之间过的同蒲铁路，那天夜里，同蒲铁路上鬼子的铁甲车不停巡逻，探照灯来来回回地照，我们瞅准空档过了铁路，然后从祁县苗家堡渡过汾河，一夜紧走才在拂晓前到达南贤村。南贤村周围有敌人好几个据点，但是天马上就要亮了，我们不能再往前走，只好在那里隐蔽下来，我们的保密工作做得好，敌人竟然没有发现，休息到了晚上我们继续出发，最终安全抵达了目的地。"

韩钧赞许道："任务完成得不错！"接着话题一转，"不过，还有一件事情你可要挨批评的！"

王何全一愣："司令员，什么事？"

韩钧呵呵一笑："我听说，前几天你爱人来部队看你，你这个薄情寡义的小子只留人家吃了一顿饭，就推说部队要执行任务把人家打发走了？"

原来是这件事！王何全松了一口气："司令员，这事倒是有！不过这可不是我薄情寡义，我们家那口子就是来部队看看我，听说咱们有战斗任务，当时就说绝不拖咱部队后腿，走的时候也是高高兴兴的！"

韩钧一乐，眼睛盯着王何全，有些不大相信地问道："真的？"

"真的！真的！"王何全说到这里，突然脸一红，"不过我俩有个约定，等打败了小日本，我就把她接到咱部队来，再也不走了！还要给咱多多生上那么几个大胖小子！"

刘德明接过王何全的话："看把你美的！你就争取生上一个班的兵蛋子吧！"

旁边几个人都被王何全和刘德明的一番话逗乐了。

韩钧说："还要告诉大家一件事。我们八分区马上还有一个更重要的任务。"

一听有重要任务，几人都瞪大了眼睛。

"八路军总部炮团要从太岳区回到延安休整，沿途要经过晋中平原敌占区，与炮团同行的还有抗大总校一部分高级干部和五十多个日本人民反战同盟会的会员，总共一千多人，并有大批骡马辎重。军区把护送任务交给了我们八分区，要求必须确保万无一失。这次护送任务非常艰巨，军区还将派新军罗贵波政委亲自来八分区进行安排部署。"韩钧话音未落，就听远处传来几声战马嘶鸣的声音。

侧耳听去，这几声萧萧马嘶雄壮有力。马蹄声终于停在了门口。

一个高大的身影进了屋门。屋里人眼前一亮，不约而同地站了起来。

韩钧连忙把罗贵波迎进来："罗政委！"

罗贵波把马鞭收在手里："任务不等人呐！韩司令员，还是抓紧时间把同志们召集起来，研究部署战斗任务吧！"

八分区及所属各旅、团负责人很快到齐。罗贵波和韩钧、刘德明已经对这次任务进行了认真细致的研究。

见人员到齐了，罗贵波指着作战地图说："把炮团调回延安休整是毛主席亲自布置的任务。这可是我们八路军唯一的一个炮团呐！按毛主席的说法，炮团就是我们八路军战士的眼珠子！炮团在这次百团大战中出了大力，让日本鬼子吃了不少苦头，可是我们的炮弹也用光了，留在前线很危险。这次接应掩护八路军炮团，任务艰巨，责任重大，八分区所有的部队都要参战。具体的任务划分是这样的：二纵队三个团控制清源、白石方向敌人，并担任汾河渡口的掩护任务；工卫旅两个团控制交城、草庄头、古交的敌人，确保炮团安全通过。

动用几个团的兵力护送一千多人的庞大队伍，根本无法保密，同志们一定要清醒地认识到这一点，因此必须精选行动路线，沿途尽量避开日军。另外，"罗贵波看看韩钧，又用目光在每个人脸上扫视一遍，"先头部队尽量不与敌人交火，确保快速挺进，后卫部队则要准备随时随地打阻击，并且要准备大打，准备血战血拼，就是部队打光了，也要确保炮团的安全！"

罗贵波话音刚落，韩钧站了起来："同志们听清楚没有？这次护送的是我们八路军唯一的一个炮团，全体指战员都要做好血战血拼的准备，就是部队打光了，也要确保炮团的安全！"

"听清楚了！"几个旅、团长异口同声情绪激昂地答道。

王何全站起身来："罗政委、司令员，把打阻击的任务交给我们四团吧！我们多次执行护送任务，护送过往人员更有经验！"

郭庆祥也站了起来："阻击任务还是交给我们六团吧！四团刚刚执行过任务，我们六团已经养精蓄锐好长时间了！"

其他几个团长也纷纷请战。

罗贵波侧过身子和韩钧目光一碰，回过头来对着王何全和郭庆祥说："行！四团和六团都是能打硬仗的部队，就由四团和六团共同担任护送炮团的后卫！记住，四团和六团在执行任务的过程中要互相配合，交替前进。其余各团担任侧翼保护，游击队更加熟悉当地路况，担任开路先锋！"

大家摩拳擦掌。韩钧看大家情绪高涨，摆摆手说："任务紧迫，工卫旅、各团和游击队要立即进行动员，马上进行战斗准备！"

在太岳军区部队的护送下，八路军炮团如期到达。八分区部队接到炮团以后，趁着夜色按照事先选定的路线迅速前进。

炮团的行踪还是被鬼子发现了。一队鬼子携带着机枪、大炮一路尾随，紧追不舍。

不干掉这帮鬼子是不行了！王何全带领四团掩护炮团经过以后，就地设伏，在鬼子的必经之路东雷庄村摆开战场。

天色微明，鬼子追到东雷庄村外。王何全指挥部队隐蔽在村子两侧的护村堰里，静静地等待着鬼子进入伏击圈。

三百米……二百米……一百米，鬼子塞塞窣窣来到近前。

"打！"王何全一声怒喝，阵地上枪炮齐鸣，鬼子齐刷刷倒下一片。

鬼子马上调整阵形，把村子包围起来。先是用大炮和轻重机枪向四团阵地猛烈射击，密集的火力打得树上的树枝啪啪啪纷纷落地，打得护村堰上的石头

第四章 激战晋绥 (1940—1944)

直冒火星,炮弹一发接着一发在四团阵地上爆炸,掀起冲天的土柱。一阵狂轰滥炸之后,鬼子又借助优势火力掩护步兵发起强攻。四团战士沉着应战,激战持续一个多小时,敌人的第一次冲锋被打退。

战场上出现了短暂的平静。王何全"噗"地一口吐掉嘴里的沙土,又一把将帽子上的沙土抖掉,回头叫了一声:"张凤山!"

"团长,我在这儿!"警卫员张凤山猫着腰跑了过来,把手里刚刚用绿树叶编织的两个伪装帽,一个戴在王何全头上,另一个往自己头上一扣。

王何全拍拍他的肩膀:"传我的命令,大家注意节约子弹提高命中率!鬼子马上就会再次发起进攻,一定要等敌人靠近了再打!"

"是!"张凤山答应一声刚要转身,王何全又一伸手拽住他,"还有!告诉大家,一定要坚守阵地拦住这群鬼子,至少要坚持到天黑,炮团行动缓慢,最快天黑才能到达安全地区,绝不能让鬼子越过我们这道防线!坚持就是胜利!"

"是!团长,坚持就是胜利!"张凤山斩钉截铁地答应一声,转过身去猫腰沿着战壕一阵风似的走了。

鬼子援兵来到,村口黑压压一片。又是轰隆轰隆一阵炮击,炮击过后,鬼子嗷嗷叫着端着刺刀一窝蜂冲了上来,发动了第二次进攻。

王何全一看这阵势,冲着旁边一摆手,把机枪手李玉山叫了过来。王何全小声对他一阵吩咐,然后一扭头指指身后一座庙里的钟楼。

李玉山"噌"的一声跃出战壕,手提机枪一猫腰进了庙院。

庙里一片荒凉,荒草一人来深,唯有一座歪歪斜斜的钟楼孤零零地杵在院子正中。噔噔噔噔,李玉山三步并作两步上了楼顶。

鬼子已经冲到村口。钟楼上冷不防伸出一根机枪枪管来,居高临下"突突突突"对着鬼子一阵猛扫,冲在前面的鬼子兜头挨了一阵子弹,嗷嗷叫着纷纷倒地,后边的鬼子见势不妙转身就逃。鬼子的又一次进攻被打退。

鬼子立刻调整火力,轻重机枪瞄准钟楼上的李玉山疯狂扫射,密集的子弹"嗖嗖嗖"飞过来,打得钟楼上的铁钟叮当乱响。李玉山的机枪突然没了声响。

鬼子发动第三次进攻。

眼看着鬼子到了阵地跟前,王何全心急如焚,一边"啪啪"用手里的盒子枪向鬼子射击,一边不停地回头朝着钟楼上看,嘴里大声喊着:"玉山!机枪!玉山!机枪!"

如有神助。王何全话音刚落,机枪果然又"砰砰砰砰"怒吼起来。冲在

前面的鬼子就像被割下的一茬茬韭菜，一排排倒了下来，鬼子再次仓皇后退。

刚才是虚惊一场。原来由于机枪枪管过热，已经射不出子弹来了！玉山一看枪管烧成了一块红铁，从口袋里摸出枪油壶，发现枪油壶不知什么时候被子弹钻了一个洞，枪油早就漏干了！玉山急中生智，解开裤腰带，朝着烧红的枪管就是一泡尿！随着"呲呲"一阵声响，一团白雾从枪管上升腾起来，机枪枪管终于降了温。

时间到了中午，四团依然坚守在阵地上。远处传来一阵嗡嗡嗡的声音。王何全抬头一看，几架绿头蚂蚱一样的敌机飞了过来！

"快隐蔽！"王何全话音刚落，一颗炸弹就呼啸着从天而降，"轰"的一声，一块飞来的弹片一下子楔入他的脖子，王何全被巨大的冲击波撂倒在战壕外面，那顶树枝做成的伪装帽也飞出去好远。

"团长！"张凤山一个箭步猛扑过去，抱起团长滚进战壕里。团长脖子上的鲜血在不断往外流。张凤山抱着王何全的头，一只手用力捂住王何全脖子上的伤口，可是却无法阻止鲜血流出，急得张凤山眼泪哗哗地往下流："团长！团长！醒醒！你醒醒！"

王何全没有应答。

鬼子开始了又一次进攻。张凤山心急如焚。他的手上、身上都被团长的鲜血染红，团长的血还在顺着他的指头缝儿往外冒！张凤山痛苦地闭上了眼睛。

就在鬼子们冲到阵地跟前的时候，背后突然响起激烈的枪声。

救兵来了！原来是韩钧得到敌人围攻四团的消息，派郭庆祥带着六团增援来了。六团从鬼子背后发动突然袭击。战士们有如神兵天降，冲进敌阵，一部分鬼子被消灭，一部分鬼子仓皇逃走。

郭庆祥冲了过来，抱住王何全血肉模糊的头颅，嗓子哽咽着："何全！你醒醒！鬼子已经被打退了，你睁开眼！你说话呀！何全……"

王何全艰难地睁开眼睛："老……郭……坚持……天黑……炮团……安全……"

郭庆祥含着泪："鬼子已经被我们消灭了！"

王何全声音极低："……好……"

郭庆祥说："何全，你一定要坚持住！嫂子还在等着你……要给你生……好多孩子……"

此刻的王何全尚有一丝清醒："我……不行了……别把……我牺牲……告诉她……你替我……对她……说一声……对不起！"

说完，王何全头一歪，停止了呼吸。

战士们围拢过来，见团长闭上了眼睛，忍不住哭声一片。

郭庆祥把王何全抱在怀里，失声痛哭："何全！"

"司令员！四团长牺牲了！"目送着八路军炮团远去，韩钧终于松了一口气，刚转过身，就看到四团通信员急急地从山坡上跑下来向他报告。

韩钧脸色一变："什么？四团长牺牲了？"

通信员喘着粗气："人已经送到医院。"

韩钧从芦成全手中接过马缰绳，纵身上马，照着马屁股狠狠给了一鞭子。刘德明和芦成全也翻身上马，紧跟着来到前方医院。

吕梁山深处有一个偏僻荒凉的山沟。因为沟里沟外密密麻麻长满一人来深的白草，当地人叫它白草沟。白草沟深处有一片浓密的树林，林中一片空地上，有一排用树枝和石头垒起来的简易病房，这就是八分区的前方医院。

韩钧跳下战马，直奔停放着王何全遗体的担架。

司令员来了！战士们擦着脸上的泪痕，让出一条道来。

韩钧手里握着马鞭走上前去，轻轻揭开蒙在担架上的白布，凝视着王何全的脸庞，脑海里顿时浮现出他那天说将来要把爱人接到部队，还要生许多孩子时的神情语态，喉头突然一紧，眼睛禁不住湿润起来。

韩钧轻轻把白布蒙上，后退一步摘下军帽，恭恭敬敬地向着英雄的遗体鞠了三个躬。刘德明和战士们也都跟着摘下军帽，鞠躬致敬。

韩钧转过身去，激动地对大家说："同志们！正是因为有了王团长的死，才有了我们的生！正是因为有了无数个八路军战士的死，才有了国家和民族的新生！为了民族解放而死，死而无憾！"

"为了民族解放而死，死而无憾！"泪流满面的战士们发出一阵怒吼，山谷回应，群山默哀。

韩钧转过脸去看着郭庆祥："把我那身新军装拿来，给王团长换上，"手里的马鞭接着朝远处的青山一指，"把王团长的英灵安葬在长树山上最高的山顶，他可以每天都看着我们打鬼子！"

一阵沉默，韩钧声音低沉地从牙缝里迸出两个字来："下葬！"

七、佐佐木勋的末日

一九四一年的冬天，接连下了几场雪，交城山白茫茫一片。鬼子的扫荡变本加厉。天寒地冻缺衣少食，加上鬼子每次扫荡都要在水井里、泉水中撒上伤寒和各种致病菌，根据地人口大量减少，形势越来越严重。各团不得不分散活动，就连分区司令部也不得不频繁更换驻地。

交城山腹地沟壑纵横，其中有一条叫中西川的大山沟，东西走向，沟南一面坡地半腰有一个叫南村的小村庄。这个村庄很小，原本有三十多户人家一百五十多口人，日本鬼子多次扫荡过后，这里已经成了无人区。进了村抬眼望去，只能见到一人来深的蒿草，再有就是残垣断壁和一根根烧得焦黑的椽子、檩条。如今这里的一切都被厚厚的积雪覆盖着。有几间被鬼子烧塌了一半的破草房，终于经受不住积雪的重量彻底坍塌下来。

分区司令部就驻扎在这里。

滴水成冰，哈气凝霜。大年初二一大早，韩钧起了床，草草吃了几口饭，便喊芦成全去牵战马。他准备到六团驻地去。

天气尚早，寒风凛冽。刘德明到村口送他，两个人并肩走着。

韩钧皱着眉头，一副心事重重的样子。

刘德明知道，司令员这几天心里一直不好受。四团长牺牲不说，前几天一个深夜，六团驻地也突然遭到鬼子袭击，受了不小的损失。韩钧今天就是专门为了这事去的。

刘德明的心情也很沉重，但他更为韩钧这一路担心："司令员，鬼子还在山里扫荡，这一路上不安全，要不改天再去怎么样？"

韩钧摇摇头："要早一些去！六团这次损失这么大，和团领导的指挥不当有直接关系，如果不赶快找出原因吸取教训，我怕六团还会吃亏！"

刘德明眉头一皱："是啊，六团这次打了败仗，必须赶快把军心收回来，否则军心乱了，后果不堪设想。"

韩钧说："对，要尽快恢复士气！还有，这帮鬼子也太猖狂了，来无影去无踪，隐蔽奔袭，突然出击，我怀疑还是先前突袭司令部的那帮鬼子！"

到了村口，韩钧停下脚步，对刘德明道："最近一年以来，根据地的斗争太艰苦了，我已经给军区首长建议，准备让你到中央党校学习一段时间，既是学习提高，也可以休息调整一下。还有，军区已经来了通知，郝德青同志在中央党校的学习已经结束，今天就要回到根据地来担任我们分区政治部主任，你见到他尽快把根据地情况告诉他，让他及早开展工作。"

刘德明摇摇头："司令员，最近根据地的斗争这么艰苦，战斗又这么频繁，我到党校学习的事情还是缓缓再说吧！德青同志回来了，我会尽快把根据地形势告诉他，这个你放心。"

告别刘德明，韩钧飞身上马，踏雪而去。

傍晚时分，郝德青踩着泥泞来到分区司令部。见到郝德青，刘德明分外高兴。刘德明和郝德青是在晋西事变最艰难的岁月里相识的，又一同指挥保安旅转战沙场，在艰苦的战斗中结下了深厚情谊。两个人谁也没有意识到，一场巨大的危险正在悄悄来临。

在一个绰号叫"白阎王"的汉奸带领下，佐佐木勋和他的敏速部队趁着夜色，绕道偏僻小路直扑南村。

攀上长树山的绝壁，南村出现在朦胧的夜色中。佐佐木勋回过头手势往下一压，鬼子们纷纷在雪地里趴下，就连白阎王也学着样子，屁股撅起老高卧在了雪窝子里。

佐佐木勋取出望远镜看去，村边有几排临时搭建的窝棚，窝棚后还有一排新挖不久的窑洞，几个八路军哨兵扛着枪正在游弋。他取下望远镜朝着白阎王摆摆手，白阎王四蹄并用爬了过来，哈巴狗一样扬起脸看着佐佐木勋。

佐佐木勋朝着山下一指："这里的，是不是？"

白阎王明知道不会错，但为了以示郑重，又煞有介事地手搭凉棚瞅了半天，然后点点头肯定地说："太君！这里的……就是！"

佐佐木勋指着几排房子和窑洞，咬牙切齿地说："大日本皇军的勇士们，这里的，就是我们寻找已久的目标——八路军的司令部！现在，我们的任务，就是要干净利索地消灭他们，不许一个漏网！"说完把手一挥。鬼子们猫着腰，提着歪脖子机枪快速包抄过去。

汪汪汪汪！谁也没有料想到，寂静的山谷中突然响起一阵狗吠！

鬼子们一下子手足无措。一个鬼子端起枪正要瞄准，佐佐木勋一抬手按下他的枪管，低声喝道："八嘎！开枪的不要！快快地冲过去！"

这一阵狗吠也惊动了八路军哨兵。哨兵一抬头，看到雪地里一队黑影正在飞速靠近，心想，坏了，鬼子来了，端起枪照着黑影"砰砰砰"就是三枪。

黑暗中一道亮光刷地飞过来，哨兵中刀倒地。

听到枪声，郝德青从床上跳了下来，拔枪就要冲出门去。刘德明一把拉

住:"德青,这里的地形你不熟悉,我掩护,你带领同志们赶快转移!"

郝德青把手中的驳壳枪"咔咔"两下上了膛:"不!我掩护,你转移!"

刘德明把脚一跺:"你刚回来,不了解地形,快走!"说完头也不回地冲了出去。

冲出窑洞,刘德明大吼道:"警卫连!"

副指导员王友仁闻声跑了过来,刘德明下令:"你带一排、二排掩护郝主任和后方人员从山后转移!三排跟我上,占领阻击阵地狙击敌人!"

王友仁立即命令一排、二排掩护转移,然后一转身,跟上了刘德明:"副司令员!我也去!"

刘德明路过那个被杀的哨兵身旁时,发现哨兵胸前插着一把短刀!他俯身一把将短刀拔了出来,一朵带血的樱花映入眼帘。刘德明眼睛里立即喷出一股火来:"不是冤家不聚头!这帮狗崽子终于来了!"

刘德明带三排迅速占领预定阵地,把鬼子阻击在沟口。

佐佐木勋一看偷袭计划败露,恼羞成怒,指挥刀一举,指向三排阵地:"那里的,开火!"鬼子的歪把子机枪一阵狂扫,子弹雨点一样倾泻在三排阵地上。

听着歪把子机枪特有的"啪啪啪啪"射击声,刘德明更加确信,这正是他苦苦寻找多日的对手。趴在战壕里,他一边不停地观察,一边细心地听着,判断着鬼子袭击的方向和人数。他又回头朝着郝德青他们撤退的方向望了一眼,屏息听去,那里没有歪把子机枪的射击声,说明鬼子没有发现这条隐蔽的退路。见同志们消失在山后一片树林里,他松了一口气。

一阵机枪的狂扫之后,鬼子开始冲锋。刘德明顺手抄起一支步枪,瞄准鬼子喊了一声:"打!"阵地上枪声骤起,如狂风暴雨一般把鬼子打得卷了回去。

枪声停了下来。刘德明从望远镜里看去,发现有敌人向阵地匍匐前进,立即命令王友仁:"派两个班从两面夹击,把这股鬼子干掉!"话音刚落,只听"啪啪啪"一阵响,一梭子歪把子机枪子弹突然从身后扫了过来。刘德明猝不及防,中弹倒地。

原来佐佐木勋从望远镜里已经看到了刘德明,迅速判断出他是指挥员。他不动声色地压低声音叫了一声:"山本!你的,带一个小队的干活,迂回八路军侧后,干掉这个指挥官!"

"哈伊!"山本带着一小队鬼子抢先一步从背后包抄了过来。

警卫员兴儿急忙将刘德明背下阵地。"副司令员!副司令员!"他大声地

第四章　激战晋绥（1940—1944）

呼唤着，但刘德明已经再也听不到了。

"刘副司令员牺牲了！"正在六团驻地整顿部队的韩钧听到报告，只觉得心口一震。

韩钧强迫自己立刻镇定下来，问："刘副司令是怎么牺牲的？"

兴儿哭着说："鬼子夜里偷袭，刘副司令员带着警卫连三排掩护郝主任和同志们转移，牺牲在狙击敌人的阵地上！"说完，从怀里拿出那把带血的樱花短刀递给韩钧。

又是樱花短刀！韩钧接过刀来，禁不住怒上心头，同时暗下决心，一定要找到用这种刀的鬼子的藏身之地！

狡猾的佐佐木勋故伎重演，南村袭击得手后又隐藏起来，好长一段时间没有露面。直到整整一个月后。

二月初二这天，八分区在水峪贯召开党政军联合会议。第二天一大早，转移到惠家庄四团驻地的韩钧得到消息，那个神秘的鬼子突击队又出现了。凌晨时分突然窜到了水峪贯。

好险！鬼子扑了空，但目标明显是冲着分区首脑机关去的。狐狸的尾巴终于露出来了！这次绝不能轻易将他们放跑。正在韩钧思索对策的时候，芦成全风尘仆仆回来了。

"司令员！弄清楚了。这伙鬼子是汾阳日军的轻装突击队，有一百多个人，都是杀人不眨眼的恶魔，每人一长一短，全部配备歪把子机枪和半自动手枪，头子叫佐佐木勋，他们的任务就是专门袭击八分区的领导机关。两次袭击纵队司令部，还有袭击六团，都是这帮兔崽子干的！"

韩钧点点头，若有所思地说："这帮鬼子几次偷袭我们都是轻装远袭，昼伏夜出。今天凌晨又窜到水峪贯，差一点儿让他们再次得手。这次就在我们的眼皮子底下，说什么也不能让他们再溜走了！"

韩钧紧张地思索着。

突然他停下脚步，对芦成全说："快去把四团长给我叫来。"

芦成全出去片刻，张开基来了。四团长王何全牺牲以后，韩钧就把张开基这个绰号"猛张飞"的教导营营长调到四团担任团长。

张开基一踏进门，韩钧就对他说："开基，鬼子组织了一个轻装突击队，专门袭击我们八分区的领导机关，情况已经侦察清楚。这帮鬼子胆大包天，战斗力强，消息很灵，习惯夜间偷袭，我判断他们还会追踪到惠家庄来。我们要

做个布袋阵，诱敌深入，一网打尽！"说着，双手一合做了一个卡脖子的手势。

张开基点点头："司令员，行！再不能让这帮龟孙子猖狂了！两次袭击纵队司令部这个仇早就该报了！"

韩钧摆摆手："凡谋之道，周密为宝。开基，别急，你现在派人通知五团长和六团长到戴家庄去，我们在那里研究作战计划。"

张开基有些不解："为什么要去戴家庄？"

韩钧说："惠家庄不宜久留。你带四团今天白天留在惠家庄，作个诱饵把鬼子轻装突击队吸引住。切记，等天黑以后，立即秘密转移到戴家庄。我在那里等你。"

张开基严肃地点头。

四团在惠家庄一直待到夜幕降临，趁着夜幕的掩护迅速离开，秘密转移到了戴家庄。

点燃的松节灯发出嘶嘶的声响，屋里弥漫着临战前的紧张气氛。

韩钧摆摆手招呼刚进门的张开基坐下，说："各团注意，从现在起，各团秘密通知部队从驻扎地向戴家庄靠拢，做好战斗准备，然后根据敌人的行动，捕捉有利战机，一举消灭佐佐木勋突击队！"韩钧又看看张开基，"四团要严密隐蔽，从现在起禁止任何人从隐蔽地点外出；六团，由现驻地四道川向郝家沟一带秘密转移；五团，由现驻地下米家庄秘密经会立到西河庄和南沟附近待命。成全，继续派侦察员对鬼子进行严密监视，有情况随时汇报！"

第二天傍晚时分，侦察员回来了。佐佐木勋昨晚果然到了惠家庄，不过当发现再次扑空后，他的突击队翻过山坡在一个叫石沙庄的山窝里隐伏下来。现在还在那里。

机不可失！韩钧立即下达作战命令："这次我们行动机密，佐佐木勋突击队窜来窜去，几天都没有找到我们首脑机关，因为没有发现袭击目标，敌人必定不会留驻石沙庄，应该很快就会从石沙庄东撤。因此，司令部决定在石沙庄东边不远的上长斜和下长斜地区设伏。这个地区曲折狭窄，是伏击鬼子的理想场所。我命令，各部立即按照作战方案进入战斗位置：我和五团长率五团两个营在上下长斜和石沙庄沿河之间山边设伏，任务是战斗打响后向石沙庄进攻；五团李政委率一个营占领石沙庄以南山坡，任务是堵击敌人上山；六团长率领三个连占领石沙庄北山，狙击敌人由此上山；四团长带领所属部队部署在石沙庄以西地区，如果敌人从石沙庄西进或者向西逃窜，实施迎头截击！"任务部署完毕，各团纷纷行动去了。

第四章　激战晋绥（1940—1944）

天色微明，佐佐木勋果然出动。他的突击队出了村口往东，一步步走进伏击圈。善有善报，恶有恶报，不是不报，时候未到。这帮杀人不眨眼的恶魔，丝毫没有意识到已经走进黑色的死亡陷阱。

韩钧趴在战壕边上，举起望远镜仔细看着，等所有的鬼子都出了村，这才取下望远镜，对身边的芦成全下令："发信号弹！"

"砰！"的一声，一颗红色信号弹腾空而起。

佐佐木勋眼前突然闪过一抹血色。他猛一抬头看到这颗红色信号弹，眼前就像一道喷溅的血光刺破了天空。坏了！他的头皮一麻，心中一炸，脑子里闪过一个念头："完了！"这个惯于奔袭、奇袭、偷袭的老手，比一般人更知道突然袭击的厉害。

两侧山坡上机关枪、手榴弹同时打响，顿时有如电闪雷鸣一般，这帮鬼子陷入一片火海，不大一会儿工夫就死伤大半。

这帮鬼子确有不同于其他鬼子的地方。虽然受到突然袭击，还是很快镇静下来。佐佐木勋一看周围失去了依托，大声叫着："退回村子去！退回村子去！"鬼子迅速龟缩回村子里。

那些受了伤退不回去的鬼子也都是些不要命的主，只要还有一口气，就抱着机枪或依托一面山崖，或藏身石头后面，向另一面山上的八路军战士疯狂射击，直到弹尽粮绝被击毙或者被手榴弹炸死。

退回村里的鬼子还在负隅顽抗。佐佐木勋躲在一处断壁后面，观察着两侧山坡的地形，看到北面山坡上有一排废弃的窑洞，眼前一亮，指挥刀一指："冲上去！"鬼子们端起机枪蜂拥而上。

韩钧从望远镜里看到这一切，大声喊着："同志们！狠狠地打！坚决、干净、彻底地消灭鬼子！为刘副司令报仇！"守着这面阵地的正是六团的两个连，战士们回想起两个月前被鬼子偷袭而牺牲的战友，想到刚刚死于这帮鬼子手中的副司令员，枪口喷出愤怒的火焰，子弹呼啸着射向鬼子。顿时枪弹声震动山谷。

天色大亮，火红的太阳喷薄而出。阵地上枪声渐歇。硝烟仍然在弥漫着。

鬼子的尸体堆里慢慢有了一些动静。站在山坡上俯视战场的韩钧发现，一个浑身是血的身影先是一阵蠕动，继而摇晃着站了起来，趔趔趄趄想要往前走，却差一点儿摔倒在地上。这个鬼子手里拄着一把东洋刀，显然是腿上受了重伤。

芦成全手一指说："司令员，他就是狗娘养的佐佐木勋！"说着，端起枪

"哗啦"一下子弹上膛。

"慢!"韩钧压下他的枪口,大步走下山坡。一群战士"呼啦"一声跟了下来。

佐佐木勋的脸被战火熏得黢黑,只有两只眼睛里仍露出凶狠冷酷的光。他艰难地站起来,拖着一条伤腿对着刚刚升起的太阳艰难地跪下去。梆!梆!梆!磕了三个响头,然后又晃晃悠悠起了身,嘴里突然发出一阵怪叫,双手反握东洋刀对准自己的小腹。

此时,韩钧已经走到了他的跟前。张开基和芦成全跟在身后。

韩钧稳稳站定,手里提着盒子枪冷冷地看着佐佐木勋,枪口一点,不动声色地问:"请问,你可是佐佐木勋?"

佐佐木勋停下手,目露凶光:"我就是佐佐木勋!你……你可是韩钧?"

呵呵!韩钧轻轻一笑:"正是!我就是阁下念念不忘,四处寻找的韩钧!今日一见,幸会幸会!你还有什么话要说吗?"

垂死的佐佐木勋好像突然回光返照,嗷嗷叫着一翻手腕,把手里那把东洋刀高高举过头顶,趔趄着向韩钧扑过来。

四野无声,山谷寂静。

韩钧手臂一抖,抬起刚缴获的一挺歪把子机枪枪口,扣动了扳机。

"啪啪啪啪"山谷里回响起歪把子机枪特有的枪声,弹壳在眼前跳跃飞溅,子弹呼啸着向前飞去,一梭子愤怒的子弹全部倾泻到佐佐木勋身上。

当啷!佐佐木勋手里那把刀柄上刻着樱花的指挥刀颓然掉落。一缕早晨的阳光照过去,依稀看得见佐佐木勋倒下的地方,地上残存的白雪已经被血染成了黑色,格外刺眼。

第五章　鏖战豫西 (1944—1945)

一、南渡黄河

一九四二年冬,韩钧奉调来到延安,进入中央党校一部学习。一九四三年八月经贺老总亲自点将,又到陕甘宁晋绥五省联防军司令部担任贺龙司令员秘书。

转眼到了一九四四年秋天,延安霜叶红遍。

延安城西北不远处便是杨家岭。杨家岭沟口一栋三层楼房里,三楼会议室烟雾缭绕,毛泽东、周恩来、刘少奇、朱德、任弼时五人围坐。

窗外秋色正浓,屋里气氛凝重。毛泽东用厚重的湘音说道:"今年,世界反法西斯战争进入了一个全新的历史阶段,形势正在向着有利于我们的方向发展。欧洲战场上,苏联红军已经转入大规模的反攻。太平洋战场上,美军反攻也不断取得胜利,日军通往南洋的海上交通第一次遇到前所未有的威胁。"他深吸一口香烟加重语气,"我们的解放区战场,形势也不错,各个根据地从春天就开始局部反攻,日军的占领区在

我们的挤压下正在不断缩小。"

周恩来点了点头："为了挽救太平洋战场上的失败，日军这才孤注一掷发动豫湘桂战役，妄图彻底摧毁美军驻华空军基地，打通中国大陆的交通线，援助孤悬南洋的日军。"

朱德呵呵笑道："可惜呀！贪心不足。日本发动这次豫湘桂战役注定要失败。"他扳起手指头，"第一，日军的本钱已经不多了。虽然暂时打通大陆交通线，但为了把守如此漫长的地域而使自己本来就有限的兵力更加分散，必定会使自己在战略上处于更加不利的地位。第二，为了发动这场战役，它不得不从华北华中战场抽调大量兵力，从而减轻了敌后战场上我军的压力，有利于我们局部反攻，也使我军有了开辟抗日新战场的可能。第三，日军这叫作茧自缚。美军在太平洋上已经占领马里亚纳岛，取得了轰炸日本本土的前哨基地，使日本消灭中国大陆空军基地的作战企图，完全失去了意义！"

"唉！只是又苦了中国的老百姓！"任弼时脸上掠过一丝悲悯的表情。

毛泽东道："是啊，哪个想得到国民党军队溃退的速度那么快。河南战场，国民党军短短三十七天时间丢掉三十八座县城。日失一城啊！湖南战场，国民党军队虽然进行了一些抵抗，长沙、衡阳还是先后失陷。"

刘少奇站起身来，说："迅速开辟湖南和河南两个新的抗日战场，已经成为我们迫在眉睫的任务！"

毛泽东点点头，目光转向任弼时："由王震、王首道率部组成湖南军区，南下湖南开辟抗日战场的事，你和彭真同志给他们两个都谈过话了吗？"

任弼时说："谈过了。他们热情很高，决心也很大，表示坚决服从中央的命令！"

毛泽东赞许地点头，把目光转向朱老总："总司令，我们派往河南的抗日先遣支队，现在情况怎么样？"

朱老总从容地答道："他们刚到河南，就夜袭了日军正在修建的登封飞机场，消灭日军一部，还解救修机场的民工近万人。可谓首战告捷，先声夺人，整个豫西地区民心大振！"

毛泽东颔首笑道："一个支队的兵力远远不够！我看呐，有必要迅速组成河南军区和河南人民抗日军，直接由军委指挥。建议由王树声任司令员，戴季英任政治委员。另外，刘子久、韩钧等重要干部也要派去河南工作……"

联防军司令部设在延安城北关街的一处小院。

一大早，随着一阵重重的脚步声，门外响起贺老总特有的大嗓门："韩钧呐！"

韩钧快步走出门来，见贺老总端着胳膊站在院子里，用手里的大烟斗点着他，笑着说："毛主席要接见你！"

贺老总话音刚落，门外传来一阵清脆的马蹄声，紧接着响起一个熟悉的声音："韩钧！"

来人是韩钧的草岚子监狱难友刘子久："韩钧！快，主席要接见我们！"

枣园，抬眼望去，真的是枣树满园。成熟的大枣挂在枝头，红的像宝石；绿的如翡翠；有的绿中带着一点红，有的红中尚余一点绿。秋日的阳光穿过枣树叶子洒下来，颗颗饱满的大枣无一例外地泛着晶莹的光。空气中弥漫着大枣特有的香甜味道。

任弼时从室内走了出来，连声说："好哇，好哇，来得好快！主席已经在等候你们了。"

进了窑洞，毛泽东亲自给他们让着座，指着桌上几盘子大枣说："来，尝尝我们自己的劳动果实，又脆又甜！"说着又指指警卫员摆上来的茶和烟，"这些东西，是联防军同志们大生产运动的成果。韩钧，也有你的一份功劳啊！我们刚来延安的时候，有什么？"毛泽东两手一摊，"还不是叫花子看姥姥——两手空空。今天我们可是阔气多了！"

毛泽东笑意盈盈地看着韩钧："韩钧呐！你这个娃娃将军可是大名鼎鼎！阎锡山当年想消灭决死队，投降日本人，可是让你给碰了个大钉子！"

韩钧和刘子久紧张的情绪一下子缓解下来。

毛泽东一边抽着烟，一边说："这次出征豫西，是中央经过反复酝酿后决定的。王震南征湖南，你们挺进豫西，都是去当开路先锋的，都是中央战略部署中的一颗重要棋子。十年前，蒋介石凭借他的几十万军队，挤得我们撤离江西和大别山苏区。他做梦也想不到，今天，我们不仅没有被消灭，而是变得更加强大！可是我们光在延安和陕北不行，这里回旋余地太小，我们必须杀出去，必须冲破日本鬼子和国民党顽固派的封锁！"

毛泽东手指墙上的军事地图："你们去豫西，和王震南征是一个军事部署中的两条不同战线。平汉线和陇海线，这两条铁路线，不仅是日军密切关注的两大生命线，也是蒋介石一直觊觎的两条交通血脉。你们一下子插进豫西，把伏牛山区、嵩山地区全抢到手心里，日本鬼子就乱了方寸，还可以把蒋介石堵在四川峨眉山。蒋介石现在是坐山观虎斗，想日后等我们把日本鬼子赶走，他好坐收渔利。你们去那里要稳扎稳打，立下根基，把人民群众发动起来，一旦

人民群众起来革命了,他蒋介石再想消灭共产党和八路军,就不容易了!"

任弼时补充道:"还有郑州、洛阳、许昌、开封,这是'四点'。你们把'两线'、'四点',一定要紧紧抓在手里。这样,往北可以同晋冀鲁豫抗日根据地连成一片;往南可以和鄂豫边地区李先念五师结成一家。这样,我们党今后大举出兵中原,收复失地,就可以有一个畅通无阻的桥梁了!"

中午时分,毛泽东留他们吃饭。席间毛泽东问刘子久和韩钧:"你们两个看过《红楼梦》没有?"

刘子久和韩钧点点头。

毛泽东又问:"既然都看过,那你们说说看,喜欢里面哪个人物?"

韩钧和刘子久停下筷子,皱着眉头思索起来。

毛泽东呵呵一笑:"萝卜白菜,各有所爱。我喜欢刘姥姥。为什么?刘姥姥这个人可是善于动脑子的,她的群众关系搞得好,所以贾府里的人谁都欢迎她。你们两个一定要学习刘姥姥,到了豫西要和群众打成一片呐!"

原来这是主席在教他们工作方法呢。两人点头称是。

毛泽东又说:"还要送给你们一句话:你们要有松树加柳树的性格,要能够经受得住任何艰难困苦的考验。柳树的生命力强,共产党员就要像柳树一样,插到哪里就在哪里活起来。但是柳树也有弱点,就是随风倒,软得很,靠不住,所以还要学松树。松树可是根深叶茂,立场坚定,一旦扎下了根就咬定青山不放松,即使到了冬天,也是根不摇叶不落永不变色。我们共产党人是用特殊材料制成的。什么特殊材料呢?就是松树和柳树结合起来,像柳树那样可亲,人人喜欢;像松树那样坚定,稳当可靠!"

韩钧和刘子久心中豁然开朗。

走出枣园的时候,毛泽东用力握着韩钧的手:"到了河南,你们要打出一片新天地来,我等着你们的好消息!"

十一月初的一天,陕北的清晨。一支马队迎着初升的朝阳,沿着延河岸边蜿蜒前行。这是中央从党校精心挑选出来的干部队,多是经过长征路上风雨洗礼,从雪山草地摸爬滚打出来的老红军,开辟新的抗日根据地,正需要这样的红色种子。

刘子久和韩钧带领这一路人马,沿黄河大峡谷西岸北上,要从陕北佳县过黄河,到晋绥军区带上韩钧的老部下——八分区六支队一同南下。

离开延安不久,天上纷纷扬扬飘起了雪花。呼啸的北风裹着雪花,一个劲儿直往衣领里钻。天上还不时洒下细碎的雪粒儿,随着寒风打在脸上如同针扎

第五章　鏖战豫西（1944——1945）

一般。

到了一处叫作香炉寺的渡口，韩钧立马黄河西岸悬崖峭壁上远望，吕梁山突兀的断崖就像一座天造的危岩巨墙横亘眼前，对岸克虎寨一带山城高耸，大雪堆银砌玉；低头俯瞰，滚滚波涛气势磅礴地从山涧奔腾而来，从脚下翻卷而过，澎湃着奔向远方。不时有巨大的浮冰顺着河水从鄂尔多斯高原淌下来，相互碰撞在一起发出"咔嚓咔嚓"的巨响。

韩钧来到阔别两年的晋西北抗日根据地，六支队支队长郭庆祥和政委张范把即将跟随老首长韩钧南下豫西开辟抗日新战场的消息告诉了大家。战士们都为能够加入南征队伍而自豪。

部队在拂晓的寒风中出发。天上又下起雪来。第一天的行军计划是翻过吕梁山主峰，向汾河平原前进。登上山头，眼前漫山是雪，树枝被积雪压得垂向地面，道路被积雪盖得严严实实，无法辨认。

韩钧走在队伍的最前头，一脚踩下去，积雪没过膝盖，再一抬头，又撞到了树枝上，大团大团的积雪哗啦哗啦落到身上，不一会儿就变成了雪人。等到太阳出来了，路上积雪融化，脚下又成了胶泥。那些走不惯山路的战士，几乎是一迈步就摔跤，有的已经说不清一路上摔倒了多少次。到了宿营地，战士们个个都成了泥人。

第二天，部队继续走在这样的山路上。有一段路积雪盈尺，因为是个风口，迎面吹来的凛冽寒风，刮得战士们连连后退。翻过一个山头，从侧面山谷里吹来的狂风又差点儿把人吹倒。

这一天经过的所有村庄，房屋全被敌人烧毁，满目凄凉。

部队到达介休，侦察员报告："王震司令员率领的南下支队也到了介休！"

韩钧命令部队："快！跟上去，和他们一起行动。"

王震、王首道见了刘子久和韩钧，如同久别重逢的亲人。王震说："你们来得正好。这一带鬼子碉堡林立，危机四伏。今天晚上，我们要一夜急行军一百八十里，穿过汾河和同蒲铁路！"

冰天雪地里，要背负粮食辎重一夜行军一百八十里，谈何容易。

下午五点半，部队分成两路纵队，由石脑庄出发，向着东南方向急进。进入平川已经是夜幕低垂，战士们都处于临战状态，机枪脱去枪衣，子弹推上枪膛，前后尖兵都插起刺刀，随时准备着同拦路或追击的敌人展开厮杀。

部队跑步前进，一口气急行军七十里，午夜时分到了一个叫作城子村的小村庄。村口，八路军地下交通站早已经烧好了开水，还为部队找了很多向导带

路。路边一间昏暗的小屋里，亮着一盏小小的油灯，生着一个小火炉，专门赶来为部队做向导的老乡挤了满满一屋。看到八路军队伍过来了，老乡们快步走上来，拉住战士们的手问寒问暖。

韩钧心头一热：多可爱的父老乡亲！

汾河平原十分辽阔。极目北望，北斗星几乎触到地面。部队如同一条蜿蜒巨龙，快速向南挺进。部队的前方突然亮起一团火，火球像是突然挣脱了地面的束缚，迅速升高。这时韩钧已渐渐看清楚，原来是月亮从一个小山包背后冉冉升了起来。

月光照耀下，战士们脚下的道路比先前清楚了许多。战士们加快脚步，奔向汾河渡口。越往前走，月光下敌人的碉堡、岗楼越多，战士们的步伐越发快了起来。眼前出现一片白花花的冰滩。郭庆祥从队伍后面赶上来，随同韩钧一起行进。他手里提着张开机头的盒子枪，突然抬手往前一指："司令员，看！汾河！"

韩钧望着眼前无边无际白花花的一片正在诧异，心想这汾河怎么会这么宽呢？

郭庆祥像是猜透了他的心思，叹口气："这都是小鬼子干的好事！鬼子知道八路军经常从这里经过，为了隔断延安与太岳、太行、山东等解放区的陆路联系，丧心病狂地扒开了汾河西大堤。这不，河水已淹没了这里的万亩良田！"

一脚深一脚浅又走一程，映入眼帘的是一处更加宽阔的冰滩。这一带是敌人的心腹地带，一刻也不能久留。沿着前边部队设下的路标，韩钧和战士们快步走到汾河边。

正准备过河，忽然从河边一棵千年古槐的月阴处，转出一个荷枪实弹的哨兵，哗啦哗啦一拉枪栓，低声喝问："哪一部分的？"

韩钧听出是自己人的声音，轻声用六支队的代号回答："长城！"接着又问："前面的部队过去多久了？"

哨兵收起长枪："报告首长，已经过去好一阵了！前边就是汾河，已到了敌人的封锁线。你们快跟上去吧！"说完，哨兵左手持枪，右手一抬向韩钧行了一个持枪礼。

已经可以看见汾河桥了，韩钧下达命令："队形散开！加快速度，跑步前进！"

命令小声地在部队中从前往后传递着，紧接着就是一阵阵嚓嚓嚓的脚步声，部队飞速通过汾河桥。过了桥，部队又跑步前进一个多小时，同蒲铁路倏

第五章　鏖战豫西（1944——1945）

然出现在眼前。

远处射过来一道强烈的灯光，紧接着传来一阵吱吱呀呀的声响。

韩钧命令部队："卧倒！"

原来从平遥方向开过来一辆鬼子的铁甲车。铁甲车里的鬼子发现了准备穿越铁路的八路军，停下车来调转炮口，开始接连向八路军埋伏区域猛烈开炮。

大家顿时紧张起来。韩钧下令：炸掉铁甲车。

尖刀班战士扛着炸药包，眨眼间已飞奔到铁甲车跟前，就地一滚，把炸药包塞进铁甲车底下。黑暗中亮起一串导火索点燃后特有的细碎火光，紧接着"轰隆轰隆"几声巨响，铁甲车上的枪炮顿时哑了，车上的鬼子一命归西。

"快！"韩钧一摆手，部队快速通过铁路线，继续向着东南方向行军。

到达一个村庄附近，前面出现了几十个人影。到了跟前，韩钧才知道是平遥武工队来接护八路军。他们已经在这冰天雪地里整整等了一个通宵。见部队到达，武工队员们迎上前来："辛苦了，同志们！"一双双温暖的大手紧紧地握在一起。

在武工队带领下，部队迅速通过敌人的封锁线，到达一个叫坡底的村庄宿营。

太阳升起来后，队伍继续向南。云雾缭绕的太岳山区出现在眼前。好大的山！从平遥县坡底村到杨家寺，部队整整用了一天时间才爬过一座山。

走在山顶上，韩钧看到前面有一堆乱石，原来是一座不知修建于何年何月的宝塔，如今只剩下七八尺高的塔基，塔基上弹痕累累。向导恨恨地说："这塔已经有几百年历史了！却毁在了鬼子手里。司令员，你看——"说着，他抬起手用烟杆指向远处。

韩钧和郭庆祥顺着他手指的方向望去，只见辽阔的汾河平原上，笼罩着一层轻纱似的薄雾，蜿蜒远去的同蒲铁路和散布在铁路两旁的鬼子据点一同展现在眼底。

向导兴奋地说："那些据点里的鬼子，咱们在山上能看见他们，他们在山下也能看见咱们。要是前几年，他们早就向咱们开炮了，可是眼下他们兵力不足，只好学晒干的蛤蟆——干瞪眼！"

韩钧和郭庆祥边听边不住地点头。

又是连续几天急行军。部队经唐城、和川、高壁、府城、狼寨，到达沁水县。积雪融化后，道路越发泥泞。路上所见村落房舍，遍地焦土，片瓦不存。

马上就要过黄河了。部队决定在沁水县休整，抓紧做好渡河准备。王震大

军还要再休整几天。刘子久和韩钧决定带领六支队和干部队提前出发，南渡黄河。

这天一起床，韩钧就站在军用地图前，考虑过河路线。刘子久、郭庆祥和张范都围拢过来。张范问："司令员，昨天回来的侦察员说，这个地方有一种羊浮子，渡河的时候可不可以用？"

韩钧摇摇头："我就是在黄河边上长大的。羊浮子其实就是用整张的羊皮，把漏气的地方扎死，里面吹足气，就像轮船上的救生圈一样。不行不行！现在可是三九寒天，不到万不得已，绝不能让战士们浮水过河。再说了，部队一千多号人，就凭着几张羊皮也不够呀！我看，还是得再想别的办法。"

"船可是真不好找哇！"郭庆祥皱起了眉头，"昨天，另一路侦察员在这一带仅找到一条小船，根本无济于事！"

韩钧对着地图凝眉沉思，过了一会儿转过身来道："时间紧迫！我们所处的位置敌情相当严重。正北三十里有敌人的邵原据点，东北三十五里有敌人的王屋据点，西北三十五里有敌人的蒲掌据点和城关据点。四战之地，不可久留。立即派侦察连再次到黄河岸边侦察，看看有没有其他办法！"

张范带领侦察连来到毛田渡口。毛田渡口对岸是河南省新安县石渠村，那里驻扎着伪军一个排；再往南四五里地的石井村，驻有伪军中队部及另外两个排。毛田渡口和石渠渡口的地形险峻复杂。上游是黄河上有名的三门峡，人门、神门、鬼门三门并列，山高谷深激流回荡，河深流急暗礁密布，这一河段两岸的高原黄土长期受到河水冲刷侵蚀，形成许多断层峡谷，毛田和石渠就处于这个断层峡谷的底部。

怎么办？找船，忙了一天只找到一只；扎木排，冰天雪地里没有材料。

眼看着暮霭渐渐降临，张范心急如焚。眼前浑浊的黄河水，像千万匹脱缰的野马，奔腾西来，呼啸东去。宽阔的河面上，飘过来大块大块的浮冰，巨大的浮冰随着水流互相碰撞着，激起阵阵浪花。河的对岸，已经亮起了几点若明若暗的灯火，那里应该是敌人的碉堡了。

天无绝人之路。张范一回头，猛地见朦胧暮色里，一个身穿破棉袄的老人，牵着一头小毛驴走了过来。

"大爷，是从上边过来的吗？"张范迎上去，笑着问道。

"是，是从上边过来的。"老人停下脚步，警惕地打量着眼前这个人。

张范看着老人狐疑的眼神，往前走了两步，抬起胳膊指指左臂上的臂章："大爷！我们是八路军！八路！咱老百姓自己的队伍！我们想过河打鬼子，到处找不到船，老人家能不能帮我们出出主意？"

一听说是八路军，老人脸上的表情松弛下来。他先是满脸愤恨的神色："船，船都叫鬼子抢走了！"然后眉毛一挑，"咦，上边不远的河湾里结了冰，看样子兴许能过人！"

"什么什么？黄河结冰？"张范眼睛瞪得溜圆。从来没听说过这一带黄河已结冰的事。

"走，看看去！"跟在老人身后，大家朝着上游走了没多远，只听一个侦察员惊喜地叫了起来："冰！黄河真的结冰了！"

后边的侦察员蜂拥而上，沿着冰面竟然从北岸走到了南岸，又从南岸走了回来。

太好了！这座冰桥可以过人。大家高兴得跳了起来。"快，快给司令员发电报！"不知是谁喊了一声。

"慢！看看这冰层有多厚，能不能承受大部队和骡马辎重通过的压力。"张范说完蹲下身去，用刺刀挖了起来。"喳！喳！喳！"挖了半天也没有挖透。冰层厚度足以承受部队过河。张范吩咐："给司令员发报！"

"黄河已经结冰，人马可以通过！"译电员把电报送到韩钧面前。

韩钧的愁眉终于舒展开来："命令部队，立即出发，连夜通过黄河冰桥！"

指战员立即行动起来，迅速奔赴黄河岸边。先头部队一踏上南岸，首先消灭了渡口据点里的伪军。南岸枪声一响，驻在石井村的伪军中队部和另两个排的伪军闻声逃遁。

天亮了。站在黄河岸边的山坡上，韩钧回首望去。奔腾呼啸的河面上，巍然耸立着一道百十米宽的冰桥，冰雕玉砌，鬼斧神工。初升的太阳照在冰面上，迸射出耀眼的光彩，犹如从天而降的一道彩虹。

故乡，我回来了！韩钧立在久违了的家乡土地上，禁不住心潮澎湃。

二、各怀心机

渑池、宜阳、洛宁、陕县四县交界之处，正是崤山和熊耳两大山脉纵横交错的地方，方圆几百里尽是连绵不断的崇山峻岭。群山环绕之中，有一个叫作藕池的小镇。

镇子中间一处幽深僻静的深宅大院，主人上官子平早早就醒来了。不过他并没有起床，而是斜靠在床头上，枕着楠木红缎靠枕，取来烟枪过起了大烟

瘾。这是一套精致的烟具：紫檀嵌花的大烟盘，白铜打就的小烟盘，金银空花的灯台上罩着用清水厚玻璃磨成的灯罩，烟枪是象牙作的底口，烟斗上刻着"咏香"两个字，看得出是这家老字号手工制作的精品。

上官子平小心地点上烟灯，一阵喷云吐雾过后，他阴鸷的眼神里透出一丝难以掩饰的杀气来。他抬头望了望墙上那幅装裱一新的斗方，斗方上书有八个狂放不羁的狂草大字："不遭人忌必是庸才"！那是他的手笔。

卧室里光线昏暗，上官子平闭目养起神来。

今年三十八岁的上官子平，生就一副嗜杀的本性和刻毒心肠，加上无法无天的匪性，早就是渑池县里一个人见人怕的角色。今年初夏的一天夜里，日军突然从南村、白浪渡口渡河南下，国民党河防部队河北民军和新八军仓皇后撤。有枪便是草头王，扩充队伍的机会来了。上官子平摇身一变自命为抗日游击司令，抢先占领沿路关隘，抢夺南撤国民党军队的枪支，甚至把整连建制的队伍都裹挟到自己麾下。打着抗日的名义，上官子平的队伍迅速发展到两三千人马。他趁火打劫占领县城，把县长吴继贤和新任警察局局长统统抓起来，以"图谋暴动"的罪名扣押。县警察大队的一百多条人枪自然也成了上官子平的囊中之物。一朝权在手，便把令来行。上官子平终于成了渑池县一手遮天的人物，他立即撤换官员，征兵征粮，搜掠催缴，势如虎狼。

只是……现在他的心头浮上了一片乌云。自己这春风得意的日子才刚开了个头，八路军一夜之间就从山西渡河到了近在咫尺的新安县。

卧榻之侧呀！这可如何是好？上官子平正在暗自思忖，窗外传来一阵由远而近的脚步声。

"司令，乔五爷到了，在前厅等你。"听得出说话的是自己的参谋长，外号"小刀客"的侯万里。

上官子平高声吩咐："先伺候着，我这就到！"说话间已穿戴整齐，出门向前院走去。

"乔五爷！一路辛苦！"

"上官司令！多日不见！"两人见了面又是抱拳又是拱手，不大一会儿工夫，前厅里的高谈阔论变成了窃窃低语。

天色大亮。寨墙外忽然尘头大起。从西边来的山道上，二三十匹高头大马由远而近。

为首的是一匹枣红色战马。远远望去，这匹马浑身上下就如同披了一块绛红色的缎子，像一团熊熊燃烧的烈火，红得耀眼。马上是一个四十五六岁的汉

第五章　鏖战豫西（1944——1945）

子，身披一件黑黄相间的虎皮大氅，扣子一个也不系，身子在马上一起一浮，大氅也随风扬起老高。

看着他们从远处快马飞来，寨墙上的兵丁心中嘀咕：今天早晨这热闹，这一队人马已经是第五拨了，不知又是哪一路尊神。

这队人马到了寨门口勒马停下，守寨兵丁正要开口盘问，只听背后传来一声低低的怒喝："眼瞎了吗？不认得这是谁？快开寨门！"兵丁们扭头一看，失声叫道："司令！"

原来上官子平不知什么时候上了寨墙，正在向远处眺望。

寨门开了，上官子平带着侯万里迎出门外："贺三爷！各路弟兄都已经到齐，就等着您的大驾哩！"

贺三爷大名贺澍三。他一撩大氅，骗腿儿下马："兄弟！客气了！来，我先给你介绍一位新朋友！"

贺三爷身后一个年纪约莫三十四五岁的大汉飞身下马。

贺三爷指着他对上官子平说："这位，陕州专区抗日保安团司令——李桂吾！"

上官子平的半截眉毛往上一耸："原来您就是大名鼎鼎的李司令！久仰久仰！"他正要抱拳行礼，见身材高大的李桂吾已经把那只蒲扇一样的大手伸了出来，他便趁势将已经抬起的右手迎了上去，把李桂吾的右手紧紧握住。

李桂吾的大手结实有力，上官子平觉得手上有些异样的感觉，低头一看：血！

李桂吾淡淡一笑："刚刚路上和一小队进村抢粮的小鬼子遭遇，手上擦破点儿皮！"

上官子平这才注意到，贺三爷和李桂吾身后的二十几个人，身上背的都是双枪。

贺三爷朗声一笑："好了！大家还有说话的机会！赶快进寨，别让弟兄们久等！"一行人上了马，向街心呼啸而去。

贺三爷大步走进上官子平的宅院，先前喧闹的前厅一下子静了下来。

上官子平咳了两声说："弟兄们！我们宜洛渑陕四县抗日联防委员会的总舵子——委员会主任贺三爷到了！"

贺三爷两肩一抖，身后护兵伸手接过肩上的虎皮大氅。他双手抱拳环视四周，点着头一一致意。座中各位也都纷纷起身，拱手还礼。贺三爷在心中将来人清点一遍，见座中多了一张陌生面孔，便问道："敢问这位兄弟是？"

247

大家顺着他的目光看去，一个面白无须的中年人不慌不忙站起身来，对着大家一躬身子，点点头，笑着对贺三爷说："在下来自新安，一战区抗日游击三十纵队第六支队司令，姓赵名抟沙！"

贺三爷轻轻"哦"了一声："原来是赵老弟！幸会！新安虽不在我们四县联防之内，但只要是保家乡打日本的兄弟们，我们都欢迎！"

贺三爷说完，回头指指李桂吾对大家说："弟兄们！这位兄弟叫李桂吾。上个月我们四县联防委员会成立的时候，桂吾正带着手下弟兄在小界、中河一带跟鬼子周旋，没有赶上参加我们的成立大会。这次和弟兄们见面，机会难得。大家有所不知，桂吾兄弟虽说是咱当地的农家子弟，可是一个胸有抱负的人才呐！他大学毕业后，投笔从戎做了中央军营长，参加了台儿庄战役，带着敢死队消灭了不少日本鬼子！因为受了重伤才回到了咱们家乡洛宁养伤。谁知道小日本又占领了我们豫西。这不，国难当头，桂吾兄弟又拉起队伍，树起抗日大旗来了！"说着，话锋一转，"今天，借上官司令这块宝地把大家请来，是为了一件重要的事情，那就是，议一议怎样对付八路军。"

大厅里十分安静。大家都在默默想着心事。这一段时间以来，谁不在担心、忧虑这个问题？五月里，鬼子打过黄河，国民党军队不战而溃。老百姓怎么办？为了保全性命，只好自己组织抗日自卫武装，捡拾、收缴国民党溃兵的枪支弹药武装自己。在座的就是这些武装力量的各路首领。眼下八路军来到豫西，大家都在怀着恐惧的心情观望。贺三爷一句话，点中了各位的心病。

"赵兄弟！你看看，大家都是闷着葫芦不开瓢。八路军才刚刚过河，又是在新安县立的脚，你从新安县来，应该最熟悉他们，是不是先把你知道的情况给大家讲讲？"贺三爷扬起脸看着赵抟沙。

赵抟沙站起身来，清清嗓子说："行！既然贺三爷点了将，我就给大家说两句。这八路军可是不好惹。九月间他们派了一个张团长，带人到新安县进行武装侦察，过了河先是在中岳、胡沟一带活动。为了摸清他们的虚实，我们刘县长派我以慰问名义，给他们送去了一头猪、两只羊，其实是想探探他们的底细。一看他们过河的只有百十号人，我们刘县长想借刀杀人，就悄悄派人给驻在铁门的日军送了个信。日军得了信立即出动，把八路军打了个措手不及，打死打伤不少，他们也退回了黄河北。过了个把月，八路军又回来了，不过这次兵力大增，据说有两三个团。一过河就找我们刘县长算账，把我们三十纵队打散了，刘县长带着残兵跑到了陕县。没过几天他们又和驻扎在县城和铁门的日军打了一仗。这八路军打起仗来不要命，当官的还冲在前头，日军吃了大亏，

第五章　鏖战豫西（1944—1945）

被打死打伤四五十个，只好狼狈退回据点里。不过八路也有伤亡，听说他们一个姓闵的团长也挂了彩。至于八路军对我们这号人的政策嘛，我也说不出个究竟。还是打个比方吧，他们的政策就好比是一张蜘蛛网套在人的脖子上，你越弹蹭它缩得越紧，直到啥时候缩得你不出气了，就是政策成功了。"

听了赵抟沙的话，大家心中更加惶恐。上官子平接过话来："看来，这八路军是既打日本人，又打像我们这样的地方武装呀。"

李桂吾沉吟一下，摇摇头："上官司令，依我看也不尽然。我刚才听赵司令说，他们刘县长暗中向小日本通风报信，这个事情做得可是不对呀！既然他私通日本鬼子，那八路军打他也不能说就没有道理，是不是？"说到这里，李桂吾抬眼看了看贺三爷。

贺三爷怕他言多有失，故意装作视而不见，把脸转向乔五爷："子荣！你过去在张伯英将军的二十路干过团长，在豫南、江西、福建一带剿过共产党，你也说说看，这共产党、这八路军究竟是个啥情况？"

乔子荣坐在椅子上，一弯腰两只手往下一探，把自己的一条腿搬了起来，然后往地上重重一蹾，用手拍着说："为啥人送我外号乔拐子？看看，我这条瘸腿就是叫共产党给打的。那时候我们在潢川清剿共产党，共产党队伍的名字叫红军，那才叫厉害哩！打土豪，分田地，见地主就杀，见土匪就打，像咱们这号人嘛，我看要是犯到共产党手下，哼！一个也活不了！"

听了这话，众人心中都一紧。不知谁突然声调激昂地说了一句："果真像乔五爷所说的那样，八路来了我们就只有跟他们舍命一拼，还有啥好说的！"一时间，前厅里你一言我一语，纷乱起来。

"雨顺兄！家有千口，主事一人！弟兄们这么七嘴八舌的，也议不出个所以然来。你这个联防会主任是我们的总舵子，你给拿个主意吧，我们该怎么办好些？"上官子平看着贺三爷说。

贺三爷不慌不忙，从桌子上拿过水烟袋来，咕噜咕噜吸了几口："听众位兄弟讲的，都有些道理。不过，在对待八路军的问题上，要拿个主意，还得先从我们现在的处境说起。现在的情况，老蒋摆明是不要我们了，我们是没娘的孩子。我们就是因为不甘心当亡国奴，才揭竿而起，联合起来打鬼子的，可是我们的四周都驻有日军，处于他们的包围之中，洛宁城里、韩城、铁门、会兴镇都是日军的据点，距咱们的联防总部所在地石家沟，远的不到百把里路，近的只有七八十里，单靠我们四县联防要想存在下去……唉！"贺三爷叹口气，"我看困难不小！老蒋的队伍跑了，八路军反而开进沦陷区，领导老百姓抗日

保家，老百姓咋会不拥护？现在老百姓支持我们，是因为啥？因为我们的枪口对准的是日军！如果我们和八路军作对，那就变成打抗日的军队，老百姓还会支持咱们吗？再说了，这八路军可不同于国民党军队，咱要他们缴枪他们就缴枪！刚才赵司令也说了，他们可不是好惹的。我也听从黄河北过来的人说，现在八路军的政策跟以前不一样。现在不分地主的土地，也不打倒一般地主，他们只打当汉奸的地主。他们的口号是：只要抗日都是朋友，过去干过什么一概不问。我们这些人中，过去在二十路军中干事的不少，杀过共产党的也不少，但是谁也没有蒋介石杀的多吧？西安事变，老蒋落到共产党手中，共产党都没有杀他，我们——怕什么？"

座位上有几个人小声议论起来。

"这话说得倒也是。"

"嗯！是这个理。"

贺三爷"咕噜咕噜"又过了一阵烟瘾，接着说："这说明什么？我看说明共产党抗日是真的。咱们不跟着国民党跑到大后方，冒险拼命在沦陷区组织武装抗日杀敌，和共产党八路军做的事情是一样的。都是中国人，只要我们不做汉奸，他们也没有理由杀我们不是？如果我们和八路军为敌，那恐怕是最坏的结局了！那样我们就要两面作战，日本人扫荡我们，八路军再打我们，那我们可不是彻底完了！长话短说，依我看，当前形势下，我们只有同八路军合作，否则我看不到出路在哪里。"

会场上一时沉默。大家都在心里默默扒拉着自己的算盘。

上官子平起身说了句："我看，对八路还是先表示欢迎，将来看形势再说吧！"

众人纷纷称是。

三、寻找豫西地下党

在岭坡连绵的群山怀抱里，有一个叫作黑扒的小村庄。在刘子久和韩钧率部到达之前，太岳军区四分区副政委刘聚奎带领八路军十八团和五十九团已经先期到达这里。他们立足未稳，就和前来围剿的鬼子打了一仗，十八团团长闵学胜负了伤，部队正在休整之中。

刘聚奎早早地就在村口候着，一见面就和刘子久、韩钧紧紧拥抱在一起。草岚子监狱里的三个难友再次相逢。

第五章 鏖战豫西（1944— 1945）

司令部在一处宽大干净的院落里。刘聚奎把十八团团长闵学胜、政委王成林、参谋长王波和五十九团团长查玉升、政委张春森向刘子久、韩钧作了介绍。刘子久和韩钧也把随行的六支队支队长郭庆祥、政委张范，从延安带来的干部队队长王其梅一一介绍给大家。

刘子久看看刘聚奎："聚奎同志！你还是先给大家介绍介绍情况吧！"

"好！"刘聚奎把地图摊开在桌子上，"周围的敌情、顽情很复杂，我们立足未稳。我们到来之前，这一带是国民党县长兼三十纵队司令刘绍唐的地盘。我们过河之前，张春森同志带一个连的兵力来侦察敌情，就是刘绍唐向日本人告的密，日军偷袭了我们，我们牺牲了不少同志。因此我们过河以后，首先就和刘绍唐打了一仗，把他赶跑了，不过刘绍唐肯定不会善罢甘休。另外，我们东西南三面都驻有日军，南面的日军被我们一仗打得龟缩回去了，躲在县城和铁门两个据点。"

故园沦落，乡情更切。刘聚奎话音一落，韩钧就急切地追问："还有什么？"

刘聚奎有些无奈地说："我们到这里也就个把月时间，而且连打两仗，很多情况还没有来得及了解。"

"你们和地下党的同志接上头没有？"刘子久用征询的目光看着刘聚奎。

刘聚奎挠挠头："和附近的地下党已经接上了头，但是和领导豫西地区的地下党组织还没有取得联系。前几天，倒是来了一位同志，名叫马士英，说是洛宁中心县委书记贺崇升派来的。"

刘子久眼前一亮："这就对了！这个贺崇升我认识，是我们党的可靠党员。只是从一九四一年豫西党组织撤退，我们就失去了联系。他现在在哪里？"

"来人说是在洛宁县河底一带。"

"马士英同志呢？"

"已经走了。临走的时候我答应最近就派人去跟他们联系。"

"事不宜迟！马上派人去把贺崇升同志请来！"

国民党三十八军五十五师一个营驻扎在渑池县城。这天，两个操着山西口音、一身农民打扮的年轻人来到营部，求见营长李慕裕。

李慕裕正在会客。副官王子林轻手轻脚走进来，递给李慕裕一封信。

李慕裕打开信封一看，信的内容很简短："十八弟：两位远房表亲要到洛宁收些永胡，路过你处，请多关照。八哥。"

251

看完信，李慕裕对王子林说："先安排这两位亲戚到偏房，我待会儿去见他们。"

坐在李慕裕对面的上官子平见有客人来，准备起身告辞。

李慕裕忙对他说："上官司令，你别见外。老家的药店缺些中药材，两位亲戚要到洛宁收些永胡，路过我这里，顺道来看看，没有什么重要事情。"

听了这话，上官子平"哦"了一声重新坐定："洛宁全宝山的柴胡倒是名气不小，听说这'永胡'的大名还是哪朝皇帝御封的哩。"

李慕裕点点头："名气大小是一回事，关键是这永胡的药效好，能治病，药到病除啊！"

上官子平若有所悟："李兄，这话说得有些道理。只是依你看，兄弟我当前所遇到的病症用哪一味药为好？"

李慕裕知道上官子平话中所指，淡淡一笑："当然是用能治病的药！上官司令，用药的关键在于治病。用错了药不仅误了病情，还会要了人命的！"

上官子平沉吟片刻，说："这个我懂。目前兄弟的处境李兄你也清楚，国民党这味药我是用不上了，虽说刘茂恩封我为渑池县长，他都被小日本打进西峡深山老林里头了，哪里还顾得上我呢。河北民军也是个冤家。日本人过河的时候，我缴过民军不少枪支，乔明礼当时在重庆，听说他现在已经回到豫西，正在整顿人马，扬言要找我算账，兄弟我可是如坐针毡！偏偏这个时候，八路军又来了，你说我该何去何从？"

看着上官子平抓耳挠腮的样子，李慕裕沉吟不语。

上官子平又问："李兄，八路军来了，你们准备怎么办？"

李慕裕轻松一笑说："老弟呀！现在是统一战线！团结起来一致对外！"

上官子平压低声音问："李兄，你给兄弟支支招，这八路军来了，我该怎么办？"

李慕裕欲擒故纵，抬头看看窗外："我们营已经接到师部的开拔命令，马上要退到伏牛山里去了。眼下你就有一道坎！我们一走，乔明礼、刘绍唐联合起来打你，你打得过他们吗？"

上官子平摇摇头："没有胜算。"

李慕裕又问："你打得过八路军吗？"

上官子平还是摇头："我对八路军不了解。只是听说他们过河的人不多，也就千八百人。"

李慕裕大有深意地说："你可别小看八路军的千八百人！兵法有云：兵贵

精而不在多。从一九三七年开始到现在，八路军跟小日本打了七年，身经百战，越打越强。你的两三千人马跟小日本交过手没有？打过几次像样的仗？何况黄河北还有八路军上百万军队，你敢打八路军？"

话不说不明，灯不拨不亮。上官子平"霍"地起身："李兄，我决心已定——投八路军！先过了眼前这一关再说。只是，给八路军送点儿什么见面礼好呢？"

李慕裕说："我营马上就要出发，我们有一台备用的军用电台可以给你，这可是八路军急需的物资。"

上官子平一把握住李慕裕的手："李兄够义气！我改天就派手下给你送几根金条过来！"

李慕裕摆摆手："不用。你现在就可以把电台弄走。至于金条，你还不如换成粮食，和电台一同送给八路军，以解他们的燃眉之急。交友之道，急人所急。你说是不是？"

"好！一言为定！"

送走上官子平，李慕裕来到偏房。他对着王子林一使眼色，王子林会意起身出门，把门虚掩着站在了门口。

"同志！"一见到两个年轻人，李慕裕就快步走上去，紧紧握住他们的手。

"我叫张文。""我叫袁山。"两个年轻人自我介绍。

"家里都好吧？"李慕裕一落座就迫不及待地问。

张文说："都好。"

李慕裕接着道："张文同志，军统在我这里安排了不少眼线，你们不宜久留。组织上有什么安排请赶快说。"

张文点点头："组织上派我们俩到河底去找贺崇升同志，为了节约时间和路上安全，要化装成你营军官，还要提供两匹快马。还有，最好能派一名可靠和熟悉情况的同志给我们带路。"

"行！"

黎明时分，三匹快马出了渑池县城，王子林和张文、袁山穿着国民党军服，一路翻山越岭，急火流星般往南飞奔。

洛宁河底镇一处深宅大院里。

"三爷！门外来了三个人，说是要找大公子！"

听到家丁报告，贺三爷眉头一皱："哪里人？"

"说是五十五师的。"

"哦？"贺三爷一阵沉吟，"这五十五师孔师长刚从我这里走，又派人找大公子干什么？他们说没说有什么事情？"

"没有。只说要见大公子面谈。"

贺三爷把披在身上的虎皮大氅一抖，指着门外说："带来见我！"

王子林留在门房，张文和袁山跟着来人进了贺家大院。

过了好几道门，又走过一段长长的石阶，张文抬头一望，高大的台阶尽头，一棵少说也有百年树龄的老槐树下，站着一个面容严肃的中年人，一件虎皮大氅披在身上，两只胳膊叉着腰向外支起，显得格外威风。他板着脸，正用犀利的眼神冷冷地上下打量着来人。

"找贺崇升？"贺三爷冷冷地问。

"是的！敢问您是？"张文看着贺三爷。

"我是他爹！"贺三爷慢悠悠步下台阶，突然说了一句，"你们不是五十五师的人！"

张文和袁山心里一惊。一阵尴尬的沉默，贺三爷紧盯着他们，像要看看这两个年轻人做何反应。

袁山忍不住说："我们不是五十五师的人，我们……"

张文拉了他一把："我们的确不是五十五师的人，我们是崇升的朋友！"

"从哪里来？"贺三爷又是冷冷一句。

"……"张文和袁山不知道这位爷是什么用意，一时语塞。

"抓起来！"没等张文和袁山再开口，贺三爷冷不丁撂下三个字。

"三爷！门房还有一个！"家丁提醒。

"一块儿！"贺三爷斩钉截铁道。张文和袁山不由分说被扔进一间黑屋子里，过了一会儿又听见扑通一声。他俩知道那是王子林也进来了。

过了大约一个时辰，门外一阵马蹄声响，一个年轻人的声音传了过来："爹！既然说是我的朋友，怎么能不分青红皂白就抓起来？爹！人在哪里？"

贺三爷的声音也传了过来："你是司令，还是我是司令？"

"爹！你是司令，可我好歹也是个参谋长呀！"

"是司令说了算，还是参谋长说了算？"

"爹！你就别说了。人在哪里？"

脚步声越来越近，"啪嗒"一声门开了。摘下眼罩，取出塞在嘴里的毛巾，站在门外的马士英一眼就将张文和袁山认了出来，对身旁的贺崇升说：

"没错！这两位就是八路军十八团的人，我上次去的时候见过他们俩！"说罢上前解开绳索。

贺三爷也来了。贺崇升白了他一眼，没好气地说："你看看，让几位同志受了多大委屈！"

贺三爷嘴一撇："张口就是山西腔，还非要说是五十五师的人，我行走江湖这么多年，什么时候眼睛里揉过沙子？何况这么多年来，军统特务和日本人的腿子一次一次抓你，我能不多加小心嘛！"

贺崇升一跺脚，又回头白了贺三爷一眼，这才拉着张文和袁山的手说："走走走，赶快到屋里坐！"

马士英也拉起王子林跟了上去。

张文进了屋，从衣缝里抽出一封信来，递给贺崇升。

贺崇升展开一看，只见信上写着：明远吾弟，见信如晤。匆匆一别，转瞬四年。今已回家，甚为挂念。盼能拨冗，速来一见。红娘。

"红娘"是刘子久的代号，"明远"这个名字只有自己同志才知道。贺崇升喜上眉梢：刘子久同志回来了！

就在韩钧他们渡河后的第三天，黄河南岸的石渠渡口再次热闹起来。这次是三五九旅南下支队的五千人马也从同一个渡口踏冰过河。因为南岸渡口已经掌握在八路军手中，这次渡河十分顺利。

石渠村坐落于荆紫山北麓，向南翻过山头，便可以见到一条羊肠小道，逶迤穿行群山之间。南下支队五千大军分成两路行军。后队刚刚上岸，前队已经到了二岔口，队伍足足拉开十几里地。南下支队当天就在附近几个大一点儿的村庄袁山、关芷和碾坪一带宿营。

韩钧安排人把这几天征集到的一万斤军粮和一头大肥猪给南下支队送去，等王震他们安排停当，又拉着王震骑马来到黑扒村。

到了黑扒村，韩钧叫来郭庆祥："老郭！走！带王司令参观参观咱们前天缴获的战利品！"

王震来到军械库一看，嚯！崭新的日式装备还真不少！除了整箱整箱的子弹，还有几挺轻重机枪，三八大盖少说也有二三百条，擦得锃光瓦亮。

王震看得眼馋："韩钧同志！大老远把我请来，该不会是叫我来过眼瘾的吧？"

韩钧爽朗地笑了起来："哪能呢！咱一二〇师贺老总带出来的弟兄能是那

样的吗？我今天请你来，是要还你的人情账！"

王震有点儿莫名其妙："什么人情账？"

韩钧笑呵呵看着王震："贵人多忘事！还记得一九四〇年六月，鬼子突然袭击我们二纵队设在克虎寨的后方医院吗？"

王震点点头："哦！这件事我倒是知道。"

韩钧接着说："当时我们二纵队一百多个伤员仓促过河退到佳县，吃的、喝的、用的什么都没有。是你这个兼职的绥德专员批给他们五百块银元，不仅解决了伤员的日常开销，他们还拿出一部分来做起了生意，派运输队贩运食盐，在通镇开了个饭铺，可解决了大问题呢！"

王震哈哈一笑："哦，想起来了，这事倒是有。"

韩钧接着道："我当时就给大家说，日后有机会一定得感谢王大司令员。你看，这今天不就是个机会吗？"

王震喜上眉梢："老伙计，你不会是拿这些枪弹来还这个人情账吧？"

韩钧点点头："怎么不会！我们已经算是到目的地了，可是你们的路还远着呢！虽然我们的武器弹药也不充足，但你们更需要！"

王震紧紧握住韩钧的手："雪中送炭呀！我们南下支队五千人马，武器平均不到一人一件，有的枪里还真的没有子弹！太感谢了！"

韩钧笑了笑："患难见真情嘛！除了这些，还有一件礼物呢！"

王震一愣："还有什么？"

韩钧点点头："还有！我们豫西这大山里红薯多，你们明天开拔的时候，再给战士们每人两斤红薯带上！"

王震一听，连声说："好！你那里诚心诚意，我这里却之不恭！我这就走，把武器弹药带回去！"

韩钧摆摆手："不急。武器弹药我安排战士送过去。你和首道同志今天晚上就住我们这里吧！我都已经安排好了，你和我住一张床，首道同志和聚奎同志住一张床，我们俩也可以好好聊一聊。"

王震点点头："好！"

贺崇升刚刚离开河底，贺家大院又来了一位不速之客。

听了家丁通报，贺三爷迎出门外，来人是河北民军总指挥乔明礼。

贺三爷对河北民军素无好感，早就听说小日本渡河成功，就是他们出卖的渡口，而且在溃散途中沿途骚扰百姓，从心底里对他们有些鄙夷。

"乔总指挥！您这是无事不登三宝殿吧！"

"贺三爷果然性情豪爽，快人快语！节之这次前来贵府，是来祈雨的呀！"

贺三爷一愣："祈雨？"

"可不是！求雨顺兄的一场及时雨呀！"乔明礼边走边说。

贺三爷声色不动："乔总指挥言重了！总指挥在咱豫西驻军有年，对咱们这一带的情形是再清楚不过了。连着几个灾年，加上日军过河，没有春风，哪有秋雨呦！"贺三爷话里有话。

乔明礼暗想，我这求人的话还没有出口，就想堵回去，这块老姜可够辣！可脚下这一亩三分地是人家的地盘，强龙压不过地头蛇呀！一番心思过后，乔明礼脸上挂着笑容说："雨顺兄，您是个爽快义气的人，节之也就直言了！兄弟这次来，是想向您借个道，北上渑池去抗日。您看……"

贺三爷一仰脸哈哈大笑："节之兄弟弄错了吧！这豫西一带现在就剩下渑池县境内没有日军驻扎，你去那里抗的哪门子日！再说，渑池县现在有上官老弟抗日游击队两三千人枪……咦？你不会是去找上官子平寻仇的吧？"

被贺三爷说中心思，乔明礼身上有些不自在。当然贺三爷不知道他还有一层更深的用意，针对的是刚刚过河的八路军。

没等乔明礼答话，贺三爷又说："乔总指挥！如果你是去寻仇，我就更不能借这个道了。我们宜洛陕渑四县抗日武装组成了联防会，我还是联防主任，咋能做对不起兄弟的事！"

乔明礼一时语塞。

门外突然传来一阵喧闹，紧接着乱哄哄地走进一群人来。

马士英手里提着大张着机头的驳壳枪，气冲冲走在最前头，后面跟着不少穿黑色自卫军服装的兵丁，一看就是贺三爷的部下。其中几个兵丁押着两个五花大绑的民军士兵，推推搡搡走上来，扑通扑通，丢在贺三爷面前。

贺三爷低头看看，又抬起头阴沉着脸盯着乔明礼。乔明礼心中一紧，手一缩下意识去摸别在腰间的手枪。

贺三爷不动声色，乔明礼的手又慢慢放回原处。

马士英上前一步："三爷！乔总指挥的人跟我们打起来了！他们要强行通过我们的防区，说是要到渑池找上官子平报仇，还说要去打八路军！我们的人不让，他们蛮不讲理，就对着我们开了火。瞧！这两个就是抓来的俘虏！"

贺三爷对着跪在地上的两个俘虏问："你们团长叫什么？"

"郑伯庸。"

贺三爷看着乔明礼："乔总指挥，这郑伯庸团长是不是您的属下？"

乔明礼愤怒地对着两个俘虏说："谁让你们开的枪？嗯？我们是借道，不是劫道！混蛋！"然后转身对贺三爷一抱拳，"三爷！节之失礼了，我这就去命令他们停火！"

贺三爷抬手制止了他："不必！您就不必亲自去了，写个手谕让他们俩送去就行了。我们兄弟俩的话不是还没有说完吗？"说完转向马士英，"给他们俩松绑！"

乔明礼唰唰写好几句话交给两个俘虏。两个俘虏飞快地跑去了。

节外生枝！看来这借道的计划彻底泡了汤！乔明礼心中好不懊丧。

贺三爷拍拍乔明礼的肩膀说："节之老弟，我劝你还是不去渑池为好。实话实说吧，你们在渑池民愤太大。一来，老百姓都知道，日军之所以长驱直入，就是你们民军的马营长出卖的吊窝渡口。二来，你虽然到重庆受训去了，可是你的副总指挥秦逸民，怎么就带了民军一千多人马投敌做汉奸去了呢？老弟你别埋怨我贺三爷不肯借道给你，就是肯借道，渑池县的老百姓会不打你们？"

贺三爷说的句句是实。看来老百姓的眼睛欺瞒不过呀！事已至此，多说无用，乔明礼告辞出门。

贺崇升策马赶到了黑扒村。

"子久同志！"

"崇升同志！"

两双大手紧紧握在一起。

韩钧、刘聚奎和郭庆祥站在一旁，看着久别的老友相逢，心中也有一种抑制不住的喜悦。刘子久指着他们几个对贺崇升说："来，我给你们介绍一下！"

寒暄过后，几人进了屋里。刘子久问道："崇升，一别就是四五年。我们撤退到了延安，你却隐蔽下来等待时机，一定吃了不少苦吧！"

"一言难尽。"贺崇升说，"这几年，我被国民党特务一路追杀，只好跑到陕南的商县隐蔽下来。日寇发动河南战役，蒋军一触即溃，正巧这个时候我父亲到商县看我，我催促他赶快回去，组织地方武装抗日保家。我父亲很快组织起了一支上千人的抗日自卫军，取名洛宁支队。我也回到家乡河底镇，重建洛宁中心县委。为了把抗日武装抓到自己手里，我做通父亲的工作，由我担任洛宁支队的参谋长，代行支队长职权。虽然有不少土豪劣绅反对，但他们慑于我父亲的威势,只是私下嘀咕,倒也不敢公开和我叫板。我就利用这个机会,大刀阔斧地对洛宁支队进行了整顿,派了不少党员担任各级职务。后来,我又推动父亲出头组织四县联防委员会,由他担任主任,把宜洛陕渑四县的抗日力量组织在一起。"

刘子久问道:"四县联防的骨干力量都有哪些?"

贺崇升说:"除了洛宁支队,还有两支游击队。一支是李桂吾游击队,另一支是渑池上官子平游击队,各有两千来人。不过这两支游击队成分很复杂,其中都有国民党和日伪力量的渗透。倒是李桂吾本人多次向我表示,坚决抗日,坚决跟共产党走,我们中心县委已经秘密发展他为候补党员。"

"上官子平这支队伍怎么样?"韩钧问。

"上官子平也是可以争取的地方武装力量。因为他先前缴过河北民军的枪,河北民军总指挥乔明礼正在寻机报复,他现在的处境是泥菩萨过河,因此他是四县联防最积极的支持者,也有投靠八路军的想法。但他本人反复无常,善于投机。"

刘聚奎插了一句话:"当前我们的首要任务,是团结一切可以团结的抗日力量,像上官子平这样的人也要团结,这样我们才能够尽快站稳脚跟。"

刘子久点点头:"聚奎同志说得对。崇升同志对豫西形势和中心县委情况的汇报,对我们研究如何尽快打开局面,创建豫西二分区这个抗日根据地至关重要。"

"崇升,根据你目前掌握的情况,对我们威胁最大的敌对力量有哪些?"韩钧又问道。

贺崇升说:"目前对我们威胁最大的,是乔明礼的河北民军、刘绍唐的三十纵队和张二少的三十三纵队。乔明礼把他们组织起来,扬言要找上官子平报仇,其实是项庄舞剑意在沛公,枪头所指是我们八路军。一旦他们取得渑池县地盘,对我们整个抗日根据地的建立、发展都会起到遏制作用。"

韩钧点点头:"是啊,渑池是日军两个战略区的接合部,从目前情况看,敌伪和国民党顽固派,都要拼命争夺这块地盘。日军暂时鞭长莫及,顽固派是见缝插针,把有名的摩擦专家乔明礼往这块地方塞,胡宗南和刘茂恩是大有深意的。取得这块阵地对我们来说非常重要,这将是我们二分区的立足之地!所以,必须把活动在这一带的民军残部和其他国民党顽军,彻底打出去!"

门外突然响起一阵急促的马蹄声。

马士英满面风尘,一脚跨进门来对贺崇升说:"参谋长!三爷的信!"

四、何去何从

贺崇升把信展开一看，身子一震。他一边把手中的信递给刘子久，一边急匆匆对韩钧他们说："乔明礼已经打过来了！他要抢占渑池地盘。我父亲来信告急，要我们尽快出兵增援！"

刘子久把信浏览一遍，看着韩钧说："刻不容缓，立即部署作战方案！"

韩钧朝马士英摆摆手。马士英走到桌前，两人一起俯身看着桌上的地图。

"士英同志，你从前线过来，敌人现在在什么位置？"韩钧眼睛盯着地图问。

马士英用手指着地图："乔明礼、张二少和刘绍唐的人马都出动了，乔明礼一个团和刘绍唐纵队已经占领渑池县城，上官子平北窜；乔明礼另一个团和张二少纵队从陕县宫前一带抄山路增援，被洛宁支队和李桂吾截击。喏，就在这里，现在正在激战。"

韩钧问："乔明礼现在在哪里？"

"渑池县城。"

韩钧又问："陕县不是也参加了四县联防吗？"

马士英一跺脚："别提了，就是他们给乔明礼借的道！"

韩钧俯下身子对着地图看了又看，一边还用手在地图上测量比画着，过了一会儿他直起身子来，问刘聚奎："闵学胜同志的伤怎么样了？"

话音刚落，闵学胜推门而入："司令员！我的伤好了！你看你看，活动自如！"原来，身经百战的闵学胜，在村口见马士英快马加鞭的样子，已经隐约有了一些预感，就喊上郭庆祥和张春森随后跟了过来。刚刚走到门外，听到司令员询问他的伤情，便一脚跨进门来。

韩钧含笑看着他："学胜！放心，这次有你打的仗！"

闵学胜比韩钧小两三岁，虽然刚刚认识才几天，但韩钧的威名他早有耳闻，知道这是一位敢在阎锡山头上挥刀动土的人物，心中自然多了几分敬重。郭庆祥和张春森也进了屋。

韩钧指着地图对刘子久和贺崇升说："咱们兵分两路。子久、崇升，你们俩和我一路，率五十九团、六支队，经渑池的义马、藕池和洛宁的河底、杨坡，直奔陕县宫前，增援洛宁支队和李桂吾，拿下宫前，断了乔明礼的后路。另一路，"韩钧抬头看看闵学胜，"聚奎和学胜同志率十八团，攻打渑池县城，

第五章 鏖战豫西（1944——1945）

估计乔明礼会沿渑池、英豪、白阜一线西撤，你们一路追击。你们一个团力量有些单薄，记住一定要和上官子平密切配合，这一带地形他们比我们熟。你们先不要急着打，等我们打下宫前后，乔明礼害怕我们背后包抄，一定会放弃渑池城向西溃逃，到那时我们再两路夹击！"

听了韩钧的战斗部署，闵学胜、郭庆祥和张春森分头离去。

韩钧刚坐下来，警卫员大勇报告，说上官子平来了。

早闻其名，未见其人。韩钧和刘子久起身出门，见司令部门外一个身材颀长、面容黑青的人正在指挥随从从马背上往下卸东西，除了几个木箱子，便是一袋一袋的粮食。

来人果然是上官子平。一见韩钧，他紧走几步双手一抱拳："韩司令！您可一定要救我一命！"然后扭头吩咐说，"翼鹏、万里，快把咱孝敬八路的那部电台抬进来！"

上官翼鹏是上官子平的胞弟，他和侯万里指挥几个随从抬着两只大木箱走进院子里来，放在院子中间。

上官子平满脸堆笑："韩司令！我知道咱八路给养不宽裕，还特地带来三千斤粮食，一点儿薄礼不成敬意，您一定要笑纳！"

"上官司令！屋里请！"韩钧把上官子平让进屋里。

一进屋门，上官子平就大倒苦水："我算看透了国民党，我上官子平和他们不共戴天！他们不抗日不说，我收缴溃兵的武器抗日，他们还三番五次逼迫我，要把我往死里整！不错，我是刘茂恩任命的国民党县长，那时咱八路军不是还没有过河嘛！我也是为了抗日，万般无奈之下不得已而为之！谁稀罕他们这顶破官帽！我一定跟八路军合作到底，如果八路军帮我打垮乔明礼，你们就是我的再生父母！"上官子平不知是动了感情还是发了烟瘾，竟一把鼻涕一把泪，涕泪横流。

韩钧说："上官司令，你送来的见面礼，都是我们急需的。很感谢！我们八路军的政策是，只要坚决抗日，我们就是朋友！即使过去做过一些对不起共产党的事，只要从此改正，我们绝不计较！至于你这次遇到难关，我们不会坐视，既是朋友就要伸出援手。我们已经决定出兵，把乔明礼赶出渑池！"

上官子平起身拉住韩钧的手："韩司令，从现在起，我和八路军就是生死盟友！"

八路军兵分两路，即刻出发。时间刚过中午，天上却没有太阳，天气阴沉沉的像是要下雪。

宫前阵地上，两军经过几个回合的冲杀，僵持在那里。李桂吾的指挥所设在一处山坳里。他举起望远镜观察着对方阵地。这是一处山口地带，河北民军刘新民团和张二少的三十三纵队冲不过来，李桂吾的游击队也冲不过去。双方都躲在刚刚挖好的战壕里，焦急地等待着各自的援军。

李桂吾摘下望远镜，表情凝重地踱着步。警卫排熊排长胸前挂着冲锋枪，左手握着枪管，右手食指扣在扳机上，始终不离李桂吾左右。

李桂吾在担忧。他担忧的不仅仅是眼前的战局，更重要的是这支游击队将何去何从。刚刚过去的这几个月，是他心情最不平静的几个月。他是一个穷人家的孩子，曾经怀抱着从军救国的梦想投身国民党军队，要以血肉之躯报效祖国。像他这样的军人，国民党军队中还有很多，可是为什么抗战这么多年，日本鬼子不仅没有被打出中国，反而得寸进尺，铁蹄竟踏到了自己家门口呢？眼看着乡亲们被日本人欺负，他拉起了这支队伍抗日。鬼子几次进犯，从没有踏进过游击队的根据地小界乡一步。保住了这一个乡、几个村的平安，可中国有多少个乡，多少个村，怎么保住平安？中国人这苦难的日子什么时候是个头？到底怎样才能把小日本赶走？他苦恼，痛苦，思索。不久前，老朋友贺崇升一番话，点醒了他：国民党一触即溃，八路军却越战越强，为什么？因为老百姓拥护！只有共产党才能救中国，只有八路军才能救中国！他已经秘密加入共产党，他甚至已经想好了，他要带这支队伍加入八路军。可是眼下他却有些顾虑，手下这些弟兄们愿意吗？

李桂吾正在想着，游击队第二司令黄海容从阵地上匆匆下来了。他一进指挥部就一屁股坐在凳子上，伸手抓下头上的帽子，露出剃得光光的大脑袋，把手里的帽子"啪"的一声重重摔在桌子上："大哥！国军那边又来催问了，说是如果咱们加入国军，你至少能弄个师长干干，我们也可以混个旅长团长，或者当个县长，你到底是咋想的？"

李桂吾沉吟着没有开口。

黄海容又说："大哥！我们几个可是焚香立誓的生死弟兄，弟兄们的荣华富贵、生死祸福就在你一句话，你可不要有什么事瞒着弟兄！我听人说，你已经秘密加入了共产党，到底有没有这回事？"

好汉做事好汉当。李桂吾点点头："二弟！咱们兄弟一场，我不瞒你，我的确已经加入了共产党。"

黄海容一跺脚，脸上露出不满的表情来："大哥！你真糊涂！这投了国军是享不尽的荣华富贵，看得见的锦绣前程。可这投了共军是要吃没吃，要喝没喝，吃不完的苦头，受不尽的罪，弟兄们跟着你图的是个啥？嗯？你要真是投了共，可别怪二弟我翻脸不认人。到时候我们只有分道扬镳，你走你的路，我过我的桥！"

"二弟，我决心已定。不过咱们兄弟一场，你尽管放心，我绝不做对不起兄弟的事情。到时候你如果跟我一起走，我们是好兄弟；如果另有想法，大哥也不会阻拦，我会对你礼送出境，而且你可以带走你的人马。"

这李桂吾的游击队，最初就是李桂吾和黄海容两支队伍合编而成，因此黄海容也有相当的势力，说话自然也有相当的分量。但黄海容在两军阵前逼问这些话，是李桂吾没有料到的。一想到八路军的援兵马上就要到了，更是不能出现意外，李桂吾的口气缓和下来："二弟，等这次战斗结束了，咱们兄弟俩好好谈谈，我也好再征求征求你的意见。"

黄海容一听还有些缓和的余地，也就顺坡下驴："好吧，大哥，兄弟劝你三思而行。"

这边还在说着话，突然间对面阵地枪声大作，像是有人从敌人背后偷袭。一个人手里提着二十响，向着指挥所跑了过来，边跑边喊："司令！八路军援兵来了，抄了敌人的后路！"李桂吾抬头一看，是游击队参谋处长要之襄。

李桂吾把目光从他脸上收回，单手举起望远镜向着远处眺望，另一只手已经把腰间的二十响拔了出来，他边看边说："海容，敌人已经乱了队，下了卧狼沟向着中河方向逃了。你留在这里坐镇，我带一队兄弟到谷茬岭截住他们！"说着拔腿就要冲出指挥所。

黄海容一把拉住他："大哥，还是我去！你在这里坐镇！"

要之襄紧跟着走了出去："二哥，我和你一起去！"不待李桂吾回话，两人迈开大步去了。

傍晚时分，枪声渐渐稀疏下来。晦暗的天空中纷纷扬扬飘起雪花，不一会儿工夫，群山沟壑变成一片银白，山道铺上了一层厚厚的积雪。

李桂吾正在清点收缴的武器，远处响起一阵咯吱咯吱的脚步声，抬头一看，一群人向着他走了过来。他认得人群中的贺三爷和贺崇升。贺三爷还是一身自卫军的黑色打扮，贺崇升却已经换上了八路军的灰军装。

走在最前头的是一个刚刚三十岁出头的青年人，一身八路军灰色军服，中等个头，身材魁梧，全身打扮干净利落。这应该就是韩司令了！

李桂吾起身快步迎上去。贺三爷看李桂吾走过来，指着他对走在最前头的军人介绍说："韩司令！这位就是桂吾兄弟，游击队李司令！"

263

韩钧大步上前伸出双手，和李桂吾的一双大手紧紧握在一起。

李桂吾这才看清楚，韩钧帽子上已经结了一层厚厚的冰碴儿，宽阔结实的双肩也落满雪花。他忙说："韩司令！你们冒雪增援我们，一路辛苦，我代表抗日游击队的弟兄谢谢你们，谢谢八路军兄弟！"

韩钧朗朗一笑，拍拍李桂吾的手背，坚定有力地说："李司令，一家人不说两家话。八路军的政策，凡是抗日的队伍就是自家人，你就不要再客气了！"

"请！"李桂吾把韩钧让进屋里。

韩钧把随行的五十九团团长查玉升和政委张春森，六支队支队长郭庆祥和政委张范向李桂吾作了介绍。屋里气氛渐渐热烈起来。过了一会儿，又来了几个游击队的人。

大勇和熊排长站在屋子门口，一边一个。不大一会儿工夫两个年轻人就熟络起来。

大勇细声问："熊排长，这后来进去的都是些什么人？"

熊排长小声答："这几个呀？都是我们游击队的头头呗！头一个进去的，是我们游击队第二司令黄海容黄司令。这第二个进去的，是我们游击队的副司令郭连杰郭司令。第三个也是我们游击队副司令赵连治赵司令。走在最后边的，是我们的参谋处要处长。"

大勇啧啧两声："乖乖，熊排长，你们游击队总共多少个司令呀？"

熊排长嘘了一声："兄弟，你不清楚，我们游击队这两千来条人枪，各有各的来路。李司令拉起来的有七八百人枪，黄司令拉起来的有五六百人枪，赵司令带来的有三四百人马，还有百十号人是省立洛阳师范的学生游击队……反正，好几路人马！"

大勇和熊排长一边聊着，一边不时侧耳听听周围的动静。

雪还在下着，片片雪花从空中飘落，悄然划过寂静而黑暗的夜空，无声飘落在空旷的高山峡谷之间。屋子里灯烛通明，相谈甚欢，不时传出一阵爽朗的笑声。

夜深了，贺三爷带着一群人出了屋，稍事寒暄各回驻地。屋里只剩下韩钧、贺崇升和李桂吾三人。三人不知不觉竟畅谈彻夜，直到东方泛白。

雪还在下着，一阵清脆的马蹄声打破了清晨的宁静。随着战马"咴儿——咴儿"的几声嘶鸣，一阵阵马笼头和衔铁撞击发出的铮铮声响传来，三个人裹着风雪进了屋子。

韩钧抬头看去，只见三个雪人进了屋——十八团团长闵学胜、政委王成林和上官子平来了。

韩钧看着闵学胜问:"怎么样?"

闵学胜咧嘴一笑:"司令员!大获全胜!果真不出你的所料。当我们赶到渑池城下,乔明礼和刘绍唐已经弃城西逃,向着白阜和观音堂方向撤退。我们十八团和上官司令的游击队,兵分两路出城追击。十八团一营和游击队为北路,追到渑池城西北的乐村,追上了刘绍唐。十八团二营、三营为南路,追到观音堂与乔明礼交火。这两个匪首狡猾得很,一看我们勇猛追击,就采取多股多路,边打边退的战术。我们也及时改变战术,化整为零,穷追猛打。这不,经过一夜追击,敌人已溃不成军!"

王成林接着道:"司令员!光俘虏就抓了三百三十多个,缴获步枪、机枪一百五十多支!"

韩钧满意地看着闵学胜和王成林,笑着连声说:"好!好!"

几个人拍拍身上的冰雪,坐了下来。李桂吾黑黑的眸子里闪烁着晶莹的光芒,对上官子平说:"上官司令!我已经想好了,八路是能够打鬼子救中国的队伍,我要带着弟兄们投八路!"

上官子平一拍胸脯:"桂吾兄弟!我们算是想到一块儿了,我也是来请韩司令收编我的游击队的,而且,我要加入共产党!"

五、李桂吾遇刺

从李桂吾游击队驻地向着东北方向翻过几个山头便是一个叫南庄的小山村。村子坐落在一面向阳的半山坡上。八路军的司令部离开黑扒村驻扎到了这里。

太阳初升,一缕金黄色的阳光照进村头的关帝庙,洒在三间正殿里的关帝爷塑像上,将关帝爷手中紧握的青龙偃月刀照得熠熠生辉。

韩钧刚刚起床洗漱完,刘子久就找他来了。他手里捏着一封电报,兴奋地说:"韩钧同志,中央来电报了!"说着把手中的电报递给韩钧,"毛主席和朱总司令对我们过河二十天来的工作给予了肯定!还共同签署命令,任命皮定均为八路军河南军区一分区司令员,你这个省军委委员兼任二分区司令员!"

韩钧仔细看过电报,问道:"王树声和戴季英同志什么时候过河?"

刘子久扳起指头算了算说:"按照他们现在的行军速度,大约还得一个月时间。我们眼前的形势发展很快,中央要求我们尽快开展工作。我们对地方武

装的改编方案，中央也回电同意。上官子平游击队改编为独立第七旅，由上官子平担任旅长；李桂吾游击队改编为独立第八旅，李桂吾担任旅长；洛宁支队和晋绥六支队合编为分区特务团，张范同志担任团长兼政委。上官子平和李桂吾的武装成分复杂，内部问题也相当严重，要赶快派进我们的骨干力量进行整顿。其他的几支小股武装也要抓紧派进我们的人！"

韩钧挠挠头皮："从延安带来的干部队只有七十九个人，人手太少啊！"

刘子久点点头："是太少了。但远水解不了近渴，培养干部也不是一时半刻的事情，要尽快拿出一个方案来，把这批同志分派下去，以解燃眉之急。"

韩钧接着说："子久同志，还有一件事。前几天上官子平向我提起，想参加共产党，这个事情我们要慎重地研究一下。"

刘子久沉吟半晌，说："这件事情他也向聚奎同志提起过，聚奎同志也跟我讲了。我的意见还是慎重一些为好，先对他进行一个时期的考察吧！"

韩钧点头："我的意见也是这样。时间太短，我们对他还没有足够的了解，对他的真实想法也没有真正掌握。还有很多事情，需要我们尽快了解、商议，新任命的分区领导要尽快召集起来，对一些重大问题进行研究。"

刘子久点点头表示赞同。

韩钧又说："分区领导成员中，我、聚奎、贺三爷、崇升几个同志好召集，副专员张剑石同志远在百里以外的东赵堡，中间还隔着鬼子占领区，要立即派可靠的人把他请来商议。"

刘子久说："对！围绕剑石同志开辟的这块抗日根据地，我们还有大量的工作要做。东赵堡周围敌情十分复杂。东北、西北驻有日军增田、夭野、水岛多股部队，东边是伪军县自卫团，西面是顽固派徐吉生的保安旅，南面九间房驻有国民党一个旅和国民党控制的几股土匪武装，那里的形势是敌我顽伪犬牙交错，根据地四面受敌。剑石同志手里的武装只有皮定均派去的一个连，要在这荆棘丛中开辟局面面临着许多困难！我们还要考虑，必要时候派部队去支援那里。不过，这些是后话，眼下还是要马上派人把他接来。"

南庄村。关帝庙大殿里，挂在墙上的那盏墨绿色军用煤油汽灯亮了一夜。晨曦微露，晓色初开，山村里升起几缕淡淡的青色炊烟，远处也不时传来几声报晓鸡鸣。

"司令员，我这就返回东赵堡！"张剑石和韩钧并肩走出关帝庙。张剑石解开拴在门口榆树上的马缰绳，翻身上了马背。

第五章　鏖战豫西（1944——1945）

"别急！"韩钧再三叮咛道，"剑石，东赵堡根据地太突出，处于日伪顽四面包围之中，我替你们担心！这个时期要特别注意工作策略。枪口对准日本鬼子，对伪军要尽量分化瓦解，对徐吉生和乔子荣这两支顽固派地方实力武装……还是要尽量晓以民族大义，团结对外，以免受到前后夹击。"

"嗯！放心吧，司令员。回到根据地，我亲自到庞沟徐吉生驻地和温村乔子荣驻地拜访，把我们八路军的政策给他们讲清楚，争取共同抗日！"

"剑石，"韩钧略一沉吟，"还要做好两手准备。万一争取不过来，也要争取尽量拖一段时间，不要过早和他们发生冲突，我们现在还是立足未稳的时候，对顽固派一定要晦迹韬光，不能多面树敌。我考虑将来把十八团调配给你们，进一步加强我们在东赵堡的力量，这样对顽固派说起话来也有分量。不过现在还不行，十八团刚刚打了几仗，部队疲劳过甚，正在休整。一定要注意，万一你们那里形势恶化，你要迅速跟我们联系。"

"好的！司令员，我走了！"张剑石扬鞭催马，沿着山道远去。

又有几匹战马从远处飞奔而来。

到了韩钧面前，来人纷纷下马。除了方升普，还有王其梅、邓忠仁和邬贤旺。方升普是从皮定均那里紧急赶来的，王其梅他们三个则是从延安来的干部队成员，住在邻近村子里。王其梅和韩钧也是草岚子监狱的难友，两人早就熟悉，而邓忠仁和邬贤旺则是从长征中走过来的老红军，因为都是河南籍，这次都从中央党校选进了干部队。

几人进了大殿围桌坐下。韩钧先看看方升普说："升普同志，把你从皮司令那里紧急调来，是有一个重要任务。按照中央的要求，我们要对上官子平游击队和李桂吾游击队进行整编，他们过去的番号取消，改为八路军独七旅和独八旅。司令部决定，王舟平同志带领干部队三十多个同志到独七旅去，你们几个人由其梅同志总负责，带二十多个干部队的同志到独八旅，干部队其余同志分派到各县大队。"

"什么时候出发？"王其梅探身问道。

"越快越好。"韩钧把目光转向王其梅，"你们几个的具体分工是这样：其梅同志任独八旅政委，升普同志担任副政委兼政治部主任，忠仁同志担任副旅长，贤旺同志担任一团团政委。其梅，其他同志的工作由你们根据实际情况决定。桂吾同志本人的抗日意愿很坚决，加入八路军的愿望也很强烈，他一再要求我们多派进一些八路军干部，可是我们的人手实在太少，你们二三十个人撒进两三千人的队伍里，每个人肩膀上的担子都很重！你们到了以后，要尽快协

助桂吾同志掌握部队。这支队伍的成分很复杂,还潜藏着日伪和国民党特务,如果遇到日伪袭击,很有可能会垮掉。"

仿佛千斤重担已经压在了肩膀上,方升普肩头一沉:"司令员,队伍里我们地下党的力量怎么样?"

"很薄弱。那里党的负责同志叫李廷琨,当地人,公开身份是桂吾司令部秘书,你们到了以后要先和他接上头,他会给你们介绍更详细的情况。"

"行!司令员,我们这就出发!"王其梅说着话就站起身来。

崤山深处,圪垯寨,李桂吾司令部设在半山腰一处普通的农家院落里。

山中夜来早。屋里早早就掌了灯。这几天李桂吾的心情特别舒畅。多少年来,他就像盲人骑着瞎马,茫然地在黑暗中摸索,而现在他终于看清楚了自己该走的路,看清楚了这条路将会通向何方。他觉得浑身都充满了力量,这是一种从来没有过的感觉。韩钧司令带着其梅他们来到司令部,召集游击队所有骨干人员召开大会,宣布独八旅成立,并热情地称呼他"同志",他感到浑身的热血都沸腾起来,就像漂泊已久的游子终于找到了家,终于回到了母亲的怀抱,就像一滴悬浮在空中的水珠,终于踏踏实实落在了大地上,汇入江河之中,汇入了澎湃东去的大河洪流。

他恨不得一天就把应该做的事情做完。其梅、升普他们身上的蓬勃朝气在感染着他,他们是那么坚定勇敢、坦诚热情、乐观自信,说的话又是那么地有道理,句句都说到了他的心坎上。其梅他们才刚到几天,已经在马不停蹄地开展工作了,可是他还想让他们快一点儿,再快一点儿。游击队里有一些人思想不通,李桂吾就一个一个和他们谈。他相信这些人最终都会理解他,相信他,接受他。因为他坚信他的选择是对的,作出这样的选择,是对游击队里的每一个人负责任,更是对民族负责任,对国家负责任。

其梅和升普他们应该已经到了石板沟了!李桂吾在心里盘算着。从圪垯寨到石板沟只有二十里山路,骑马应该已经到了。学生队驻在石板沟,其梅他们的意见是对的,八路军派来的人太少,先把这些有知识、有热情的学生娃娃武装起来,再派到各连各排去做政治工作,那力量可就大了。李桂吾希望独八旅能尽快变成像十八团那样的队伍,一支队伍团结得就像一个人,团结得就像一块铁、一块钢,还有什么不能战胜的呢?想到这里,李桂吾脸上流露出一丝笑容来。

李桂吾下午的时候还得到了一个不好的消息。说是东赵堡根据地受到土匪

第五章 鏖战豫西（1944—1945）

武装包围，十八团赶去增援了，想到这里他心中掠过一丝不安。正是游击队改编的关键时候，有十八团这个后盾驻在附近，他觉得心里踏实。唉！也许是自己想得太多了吧！他又看了一眼挂着红绸靠在墙角的那块大牌子，"八路军独立第八旅"几个大字是那么耀眼醒目。明天一大早，就把这块牌子挂起来！

连日劳累，他的腿伤复发了。他感到腿上的骨头在隐隐作痛，痛得钻心。二夫人端着一杯热茶走了进来，看到他脸上痛苦的表情，把他扶到床边坐下，搬起那条伤腿放在床上帮他按摩起来。李桂吾感到伤腿的疼痛轻多了。他一只手支撑着身体，另一只手摩挲着二夫人的头发，感慨地说："这些日子让你跟着我受苦了！我要是投了国民党，你也可以做个官太太，退到大后方去享享清福，可是……"

二夫人头也不抬地说："桂吾，快别说了，我相信你的选择是对的，我不后悔！"

门外传来说话声。李桂吾问道："谁？"

警卫员答了一声："司令，是参谋处赵参谋，来送一张作战图。"

"哦！让他进来吧！"

"司令，我都已经睡下了，参谋处长又把我叫了起来，说是有一张作战图要紧急送来。"赵参谋进了门递给李桂吾一张图，站在一旁。

"哦？"李桂吾有些疑惑，他刚要发问，门口又传来一个人的说话声。

"是谁呀？"李桂吾问了一声。

"司令，是我！赵二虎！"警卫员还没有来得及答话，赵二虎瓮声瓮气的声音就传了进来。这个赵二虎与李桂吾是结拜兄弟，原在李桂吾部担任大队长，接受八路军改编后在"独八旅"只任了个连长，对此甚是不满。在受到黄海容、要之襄等威胁利诱后，恶向胆边生，前来伺机刺杀李桂吾。

"哦！二虎兄弟，快进来！"因为整编的事，李桂吾知道二虎心里有些不痛快，他正要找他谈谈，好解开他心中的疙瘩。二虎自己找上了门，正好。

赵二虎进了门，拉过一把椅子坐在桌子边，只露出上半截身子。

李桂吾正要发话，赵二虎倒先开了口："司令，我想通了！到了八路队伍里，干什么都是革命，干什么都是为了打鬼子，我都愿意！"李桂吾准备了许多开导他的话还没有说出口，赵二虎就这么痛快地表了态，有些出乎李桂吾的意料。

趁着李桂吾愣神的工夫，赵二虎的手突然从桌子下抽了出来，手中赫然握着一把大张机头的盒子枪！没等李桂吾反应过来，枪口已经对准李桂吾的胸膛

"砰砰砰"连开三枪。

三声沉闷的枪响过后,赵二虎猛一转身夺门而出,见警卫员堵在门口,抬手又是一枪,警卫员"扑通"一声倒在地上。

李桂吾猝不及防。他一只手捂着胸前伤口,另一只手从枕头底下拽出盒子枪,跟跟跄跄追出房门。门外漆黑一片,哪里还有赵二虎的影子。

李桂吾"扑通"一声摔倒在地上。二夫人扑了过来,抱着李桂吾撕心裂肺地喊:"桂吾!……"

另一间窑洞里,警卫排熊排长泡了一些草药,正在擦治身上的疥疮,听到枪声赶紧提上裤子,光着上身抱起机枪冲了过来。看到李桂吾中枪倒地,熊排长脑袋嗡地一响,踢开门帘冲了进去。

赵参谋还没有从刚才的一幕中反应过来。他愣愣地站在屋子中间,见熊排长抱着机枪冲进房间,满脸杀气,"我我我,我不是……""凶手"两个字还没有说出口,就被"突突突"一梭子子弹打倒在地,血溅四壁。

"司令!"熊排长扔下机枪,哭着扑了过去。

放声哭了一阵,熊排长和二夫人七手八脚把李桂吾抬回床上。李桂吾胸前的伤口枪枪致命,鲜血汩汩地往外流,已经把他那身崭新的八路军军装染透。还有一丝微弱的气息,他躺在二夫人怀里,吃力地说:"杀我的……是赵二虎……黄海容……要之襄……快拿……纸和笔……请其梅来……"

骤然响起的枪声搅乱了圪垯寨。人们从睡梦中惊醒,郭连杰和一团长赵连治、三团长王延历脚跟脚来到司令部。看到屋里屋外一片狼藉,地上墙上血迹斑斑,几人齐齐愣住了。

"大哥!这是谁干的?!"郭连杰几步跨到李桂吾床前,"扑通"一声跪倒在地上。赵连治和王延历也围拢过来,扑通扑通跪了下去。

李桂吾两眼紧闭牙关紧咬,时而清醒时而昏迷,正拼尽全力在鬼门关前挣扎。李桂吾勉强睁开眼睛,气息微弱地说:"……快抓黄海容……要之襄……赵二虎……"

郭连杰腾地站了起来:"熊排长!快给司令包扎伤口!连治、延历!跟我去抓这几个刀头的死鬼,活剥了他们这几张人皮,给司令报仇!"接着对李桂吾双手一拱:"司令,保重!"转身对着王延历和赵连治一摆手,几个人卷起一阵风离开了。

王其梅、方升普和李廷琨他们马不停蹄赶到圪垯寨,跳下马进了司令部。司令部院里灯火通明,聚集了不少人。要之襄刚刚被抓回来,五花大绑跪在院子正中,赵参谋和警卫员横尸地上。郭连杰和赵连治满脸怒容,手里提着打开机头的二十响,杀气腾腾站在要之襄对面。

李廷琨看到这一幕,又见赵参谋和警卫员横尸地上,大吃一惊,顿时目瞪口呆:赵参谋是他特意安排在要之襄身边的地下党员,怎么会……

看到王其梅和方升普他们,人群自动分出一条道来。郭连杰收起手枪,带着他们进了屋里。到了李桂吾床前,郭连杰轻声说:"大哥!大哥!你醒醒!政委来了!"

李桂吾已经十分虚弱,他勉强睁开眼睛:"其梅……"

王其梅心疼地握着李桂吾的手:"桂吾!"

李廷琨擦了一把眼泪,疑惑地问:"司令!赵参谋他……"

李桂吾呼吸有些急促:"错杀了……"

李廷琨既心疼李桂吾,又想起冤死的赵参谋,眼里的泪水断线珍珠一般掉了下来。

李桂吾声音已十分微弱:"……永远跟着……八路……打鬼子……"说着头一歪,无力地垂了下去。

"大哥!"郭连杰猛地起身冲出门,接着,屋里人便听到"砰"的一声枪响。只见跪在门外的要之襄两眼一翻,一头栽倒在冰冷的地上气绝身亡。

绝不能让桂吾旅就这么垮了!

韩钧骑在马上,也在心急火燎地往圪垯寨赶。接到邬贤旺派人送来的情报,韩钧带了警卫连即刻出发。他曾经担心独八旅可能会出问题,但没想到会这么快。他回想起一次跟桂吾谈话的时候,桂吾反复强调想让八路军多派进一些人来,可是八路军人手实在是紧张,莫非是桂吾有什么预感?韩钧心中略有一些不安。听来人说李桂吾伤势很重,韩钧更加担心起来,禁不住两腿一夹马肚,恨不得插翅飞到圪垯寨去。

目前的独八旅不能没有李桂吾,他是一面旗帜,他在游击队的号召力没有人能够替代。如果没有他,独八旅可是群龙无首。可是……唉!想到这里,韩钧手里的马鞭一挥,"啪"的一声,马鞭再次狠狠抽在马背上。

远远就听到日军小钢炮的脆响,夹杂着歪把子特有的"啪啪啪啪"的射击声,圪垯寨里火光一片。里应外合!韩钧心里明白了,这次刺杀事件的幕后果真有日本人的黑手。

在韩钧到达之前,日伪军已经把圪垯寨包围得严严实实。

"司令员！是我，邬贤旺！"黑暗中传来一声喊。

韩钧勒住战马定睛一看，原来是邬贤旺带领学生队来接应。

"贤旺！桂吾同志的伤怎么样了？"韩钧急忙问。

"桂吾同志已经牺牲了！"邬贤旺哽咽着。

韩钧一夹马肚子，对邬贤旺说："快！跟我冲进寨子里去！"

邬贤旺说："司令员！鬼子已经把寨子包围了！"

韩钧头也不回："冲进去！稳定军心！"话音刚落，他抬手"啪啪"两枪，前面两个日本鬼子身子一挺摆倒在地。警卫连和学生队跟在韩钧身后，呼啦一声向着寨门冲过去。

寨子里火光冲天，窑洞外不断传来炮弹剧烈的爆炸声。

王其梅说："升普同志！你和赵团长一起，带一团守住东、南两个寨门。忠仁同志！你跟王团长带三团守住西、北两个寨门。注意寨墙警戒，防止鬼子和伪军爬上寨墙！"

"是！"方升普和邓忠仁大声答应着，跑步去了。

"廷琨同志！你带大刀队……"王其梅话没说完，就听熊排长报告，"政委！黄海容带一个营的兄弟，出寨投了鬼子！大刀队也投敌叛变了！还有一些弟兄围着东寨门，嚷嚷着要出寨……"

"走！看看去！"王其梅抓起手枪，和郭连杰、李廷琨一起出了门。

寨外日伪军少说也有千人之众，包围圈越缩越小。寨南张家老坟地里，鬼子几挺重机枪架在坟头上，"哒哒哒"朝着南寨墙扫射；北寨墙外的高山嘴，也有几挺机枪和掷弹筒封锁了向西的退路；鬼子炮兵阵地设在村外东南角一个路口，面对寨门楼和墩台；东面由日军打头阵主攻东寨门，黄海容带着一个营的叛军也在寨门下不停地鼓噪着；东北角是王杰三伪军在前猫着腰进攻，一小队日军在屁股后督战，企图打开一个缺口攻入老寨，抢得头功。

日军还在不停地炮击。指挥官福岛狞笑道："给我狠狠地轰！炸他个片瓦不留！"

炮弹不停地在王其梅身旁爆炸，炸出巨大的弹坑。他全然顾不得这些，一阵风一样向着东门跑去。

方升普站在东门城楼上，抱着机枪向寨墙外猛扫。

寨外不断传来黄海容的叫声："弟兄们，别给八路卖命了！皇军已经把你们包围了，顽抗到底死路一条。打开寨门投降吧！"

话音刚落，几个日军扛着云梯冲过来靠上寨墙，眼看一个鬼子就要跨上寨墙，方升普冲过去飞起一脚把云梯踹倒，爬在最前面的鬼子"噢"的一声，子弹出膛一样从空中飞了出去。

王其梅赶到东门，城楼下果然围着一群人。王其梅高声叫道："同志们！我是政委王其梅！大家不要恐慌，八路军援兵马上就到！"

话音刚落，城门洞开，韩钧带着警卫连和学生队旋风一样冲了进来。

"韩司令员！韩司令员！八路军援兵来了！"人群中爆发出一阵欢呼。

一夜激战。

天亮后，鬼子变了一个花招。抓来附近两个百姓，威逼他们扛着云梯在前头带路，两队鬼子猫在他们身后，用刺刀顶着他们向南寨门摸了上来。战士们害怕误伤百姓不敢开枪，只好眼睁睁看着云梯被送到了寨墙边，靠上寨墙。

机会来了！看到寨墙下深深的寨壕，大勇朝着寨墙下大喊一声："跳下寨壕！往两边跑！"两个百姓一直在寻机逃跑，听了寨墙上的喊声，一骨碌滚下寨壕，两队鬼子还没明白过来，大勇"噗噗"两枪，就像穿了两串糖葫芦一样，将两队鬼子串倒在地上。

福岛急红了眼，抽出指挥刀一阵嚎叫，圪垯寨里再次硝烟弥漫。

隆隆的炮声过后又是一片静寂。

"司令员，子弹不多了。"方升普看着韩钧。

韩钧沉着地说："告诉战士们节约子弹，等鬼子靠近了再打，一颗子弹要鬼子一条命！"

就在这死一般的寂静中，四个寨门同时响起猛烈的枪声，是在鬼子和伪军的背后！枪声像爆裂的炒豆一样一阵紧似一阵，一阵猛似一阵。背后遇袭！惊得福岛的一双牛蛋眼眼珠子几乎要掉出眼眶来。他害怕受到前后夹击，短暂地相持以后，鬼子潮水一般沿着来路退去。

不久，一队国民党士兵出现在眼前。

韩钧和王其梅、方升普对望一眼：怎么回事？

对面队伍里，走出一个四十多岁的老兵，朝着寨墙上的韩钧招手，"老韩！是我！"

好耳熟的声音！韩钧定睛一看："怎么会是你？！"

来人是韩钧在草岚子监狱里的战友周仲英。

韩钧迎了上去。没等韩钧开口，周仲英小声对他说："韩钧同志，我受中央委派打入国民党三十八军，策动三十八军起义，现在的化名是老王。"也许是看到韩钧周围陌生面孔太多，他显得小心翼翼，对韩钧使个眼色，"走，我

273

们找个安全的地方再谈。"

韩钧看看跟在身后的郭连杰，对王其梅和方升普他们说："其梅、升普，你们和连杰一起，抓紧时间整理部队，打扫战场，我和老朋友叙叙旧！"

来到一处被炮火炸掉了房顶的房子里，韩钧的两个警卫员大勇和振邦一左一右，守住房门。

进了屋里，周仲英从怀里掏出一封信来，递给韩钧："我从延安出发的时候，毛主席特意让我带给你一封信。"

韩钧拆开信看了，又小心地叠好放进胸前的口袋里。

周仲英说："三十八军恰好在陕西武功招一批新兵，我趁这个机会从延安赶过去，装扮成新兵团的司务长打进去，随着他们一起过来。新兵团长是我们的人，他清楚我的情况，也给了我不少的掩护。我们这是要赶往伏牛山里三十八军驻地。路过这里听说日军包围了你们，就赶来相救。新兵团有不少国民党耳目，我在你这里不宜久留。回头我会想办法再和你联系！"

韩钧和周仲英分别多年，想不到竟然在这样的地方，以这样的方式相见！他紧紧握住周仲英的手："保重！后会有期！"

周仲英点点头，匆匆出门随着部队走了。

六、潜流暗涌

西安城东南不远，有一个叫王曲的小镇。一九四五年春节就要到了，小镇上洋溢着战争期间难得一见的节日气氛。这座位于神禾原西坡下的小镇，号称长安八大镇之一，西南傍潏水，远望终南山，自古就是御苑禁地。胡宗南看中了这块宝地，在小镇边上修建了黄埔军校七分校。

校园里一栋清雅幽静的小别墅，是胡宗南的一个秘密住处。这天小别墅里来了十几位特殊的客人。一对新人在乐曲声中携手走进大厅。戴笠和胡宗南一同走到台前。

戴笠清清嗓子："诸位！今天是蒋二公子纬国先生大喜，我奉校长之命和寿山兄一同操办公子的喜事。临行前，校长再三嘱咐，说鉴于战时国难之中，革命尚未成功，抗倭尚未凯旋，要求切勿铺张浪费，婚事一切从简。所以今天并未大摆宴席，只是聊备一桌薄酒，请来几位亲朋一聚。"

戴笠和胡宗南各自端起一杯酒。胡宗南先看看戴笠，又把目光转向大家："我和雨农兄代表校长，敬各位一杯薄酒，也请大家为二公子大喜做个见证。

喝了这杯酒,还为大家准备了一桌简单的饭菜,请大家慢用。我和雨农兄还有些事情,去去就来。"说完,他和戴笠两人举杯向大家示意,然后一扬脖子喝了杯中酒,来到隔壁房间。

房间里已经有了三个人。见他们两人进门,三个身着少将服装的军人纷纷起身,肃立恭迎。戴笠和胡宗南落座。

戴笠摆摆手,三个军统少将也坐了下来。戴笠威严地朝他们几个扫视一眼,目光停留在一个小个子脸上:"文强,你是新任命的军统北方区区长,今天请了你和紫忱、抟沙,是有一件重要的事情!"

文强欠欠身子:"请老板示下。"

戴笠看看坐在一旁的胡宗南,说:"最近,校长在秘密场合多次讲,中国当前的问题不是对外而是对内,国民党当前最大的任务是和共产党争天下。最近共党喊出'百万屯军,百万囤粮'的口号,野心不小,切切不可小觑!"

说到这里,戴笠看着赵抟沙,话锋一转:"抟沙,你从河南来,豫西共军情况怎么样?"

赵抟沙身子一挺:"老板,八路军派到豫西的军队嚣张得很。韩钧带了三四个八路军老团,短短时间就占了六七个县。最近还收编了上官子平和李桂吾的游击队,新编成两个独立旅,声势大张。刘主席茂恩前几天策划暗杀了李桂吾,但这支队伍并没有瓦解。韩钧还宣布把这支队伍改名叫桂吾旅,任命李桂吾的拜把子兄弟郭连杰做了旅长。如不设法遏制共军扩张之势,国军在豫西的前途不堪设想!"

戴笠理了理略微有些纷乱的头发,问道:"豫西一带,还有哪些可以为我所用的力量?"

赵抟沙欠身说道:"陕县有一股武装,河南灭共建国军第二军,司令秦生富,近两千人马,这是个脚踩两只船的货色,前些时跟日本人混在一起,为虎作伥干了不少坏事。为了给自己留条后路,最近一直在向我们靠拢,可以为我所用。他的副司令王文斌和紫忱兄相熟。另外,上官子平和郭连杰,我和他们都是故交,如有需要我可以亲自前去策反。"

戴笠点点头:"好!今天召集你们几个,正是为了这件事。河南的事,校长最近头疼得很,韩钧所部八路奸匪势力大涨,已经成了校长心头之患。我和胡长官的意思,既然紫忱兄有这层关系,就请紫忱兄尽快到秦生富那里去,带上可靠的人和几部电台,务必左右秦生富所部局势,遇合适时机尽快向韩钧所部八路军开刀!至于抟沙兄,就如你所请,到上官子平和郭连杰那里,联络一

切力量，尽快动手策反。"

"是！"史紫忱和赵抟沙从座上站起，恭恭敬敬地说，"老板，我们这就返回河南！"

"慢！"戴笠呵呵一笑，啪地打了一个响指，只见从里间走出一个身材娇小的绝色女子，腰肢婀娜神情妩媚地走到大家面前。

众人眼前一亮。只见她身着一袭淡紫色凤仙领斜襟蝴蝶扣旗袍，贴身合体，凹凸有致。目如秋水、面似圆月的她朱唇微启嫣然一笑，朝着戴笠和胡宗南点点头，径直走向沙发。

"这位是中美特种技术训练班第三班的高才生，军统少校叶思雨小姐。"戴笠微笑着说，"诸位都知道，本来第三班是设在河南临汝风穴寺，因为日寇蠢动河南沦陷不得已撤入陕西牛东。几个月来虽然几经辗转，我这个兼任的班主任又无暇顾及，但文强兄这个副主任还是恪尽职责，培养出了不少忠于党国的高才生。"戴笠注视着史紫忱和赵抟沙，叶思雨也转过脸对着他们俩点头微笑，"叶思雨小姐就是其中之一。这次我特别挑选了她随你们两位密赴豫西，请你们三位党国精英精诚合作，务尽全力，务竟全功！"

"是！"

耿村位于涧河南岸。春节快到了，这个依山傍水的小山村有了一些热闹气氛。韩钧刚刚在陕县螳螂村收容整理了独八旅残部之后匆匆赶到耿村，参加独七旅的成立大会。

出门前，上官子平猫在家里吸足了大烟，这会儿攒足精神坐在主席台上。他穿了一身崭新的八路军灰军装，不时用手正一正头上戴着的灰军帽，摸一摸腰里扎着的武装带，注视着台下。台下热闹非常，会场入口摆了一张桌子，从八路军里新调来的政治部主任李星三，带了几个战士正在分发新军装，虽然是寒冬腊月，几个人已经忙得满头大汗。

韩钧和新任独七旅政委王舟平、副旅长汪德清和参谋长白云走进会场。上官子平站起身对着台下喊："静一静！同志们！欢迎韩钧司令员给大家讲话！"上官子平的声音干涩喑哑，听起来有些怪怪的感觉。

会场静了下来。韩钧走上台："同志们！从今天起，你们就正式成为八路军的一员。每个同志都领到了一身新军装。这两三千套军装，颜色有的深有的浅，有的是老八路从延安，从晋绥抗日根据地带来的，自己舍不得穿送给大家；有的是咱们老百姓捐来的白粗布，战士们用黄连籽和草木灰染成灰色，自己动手裁剪的。大家知道，豫西百姓这几年，年年闹饥荒，百姓为什么自己舍不得吃，舍不得穿，却要把粮食和粗布捐给我们？"说到这里，韩钧停顿了下来，台下的人们小声议论着。韩钧声音洪亮地接着道："因为我们是老百姓的队伍，是抗日打鬼子的队伍！同志们，从今天起，作为一个八路军战士，我们吃老百姓的，穿老百姓的，绝不能再做任何对不起老百姓的事情！同志们，你们说，对不对？"

上官子平站起身来，挥起手臂高喊："对！"

"对！对！对！"台下也响起一阵阵的喊声。

上官子平接过话茬儿："我们队伍里，有一些人做过对不起老百姓的事情，包括我自己。但那都是过去的事情了！从今天起，谁要是再祸害百姓，别怪我上官子平不客气！我上官子平虽然文化不高，但这一段时间没少看咱毛主席的书，毛主席的话那可是句句在理。我上官子平曾经是国民党的县长，今天当着大家的面，我把话说清楚，我不稀罕当国民党的官！我缴过国民党的枪，杀过国民党的人，我知道国民党也不会饶了我！我跟着共产党干，跟着八路军走，跟定了！我上官子平还有吸大烟的毛病，我今天也表个态，从今天起我和大烟一刀两断！"台上上官子平信誓旦旦，台下响起一阵掌声。

韩钧摆摆手，说："还要宣布一个任命。从今天起，上官子平同志担任独七旅旅长，兼渑池县抗日民主政府县长；王舟平同志担任独七旅政委，兼中国共产党渑池县委书记……"

独七旅下辖十九团、二十一团和特务营。这天，"小刀客"侯万里匆匆把几个团营驻地走了一遍，通知十九团团长刘振汉、二十一团团长刘玉琦和特务营营长杨廷宸，以查哨为名带上心腹弟兄，避开政工人员到上官子平那里开会。

人到得差不多了，上官子平面容严肃地开了口："弟兄们，今天把大家请来，是要商议一件关系到我们所有人命运的大事情！我们投靠八路军已经两三个月时间，又是整编，又是改造，把我们整得焦头烂额，大家吃了不少苦，受了不少罪，我听到了弟兄们不少怨言。我们这些人，哪个家里没有个二三百亩地？这些土地可是我们拼着性命挣来的家业，虽说我们灾荒年买的土地价钱低，可那也是周瑜打黄盖，一个愿打一个愿挨！现在呢？共产党搞什么'土地回赎'，支持那帮穷鬼原价把地赎回去。依照现时的货币，买地的时候我们花的两只鸡的价钱，现在给我们的是两个鸡蛋的价钱，这不是要我们的命吗？

大家说，是继续跟着八路任人宰割，还是另寻出路？"

上官子平此言一出，手下人就像炸了锅。

"司令！跟着穷八路干，我们早就受够了！"

"八路收编我们的人不说，还要收了我们的家业，我早就想反了！"

"老子过惯了自由自在的日子，自从跟了八路，不能吃香喝辣不说，几个月不见女人，老子当兵图个啥？就为了跟着八路当和尚？当和尚我还不如直接去少林寺哩！再这样下去，老子真要给他们动刀枪了！"

"司令！八路军这个政策那个约束，我受不了这份洋罪！你说，咱啥时候干？"

特务营营长杨廷宸心眼多，小眼骨碌一转，问道："八路军的三个老团就在我们周围，就凭咱们的力量是不是……"

上官子平一笑："到底是特务营长！廷宸老弟的担心不多余。目前八路三个老团距离我们很近，其实是韩钧留了一手，明里说是在保护我们，暗中其实是在监视我们，我也心知肚明。所以我们更要处处小心，消除八路军的戒备心理，等待时机。我们可不是没有帮手，胡宗南长官和刘茂恩长官都在给我们撑腰，正在派人联络陕县秦司令、宜阳徐司令和乔司令，还有洛宁王杰三配合我们，借机行动，设法把八路军几个老团调开，然后我们就可以放开手脚大干一场了！"

杨廷宸又眨巴眨巴眼睛："司令！那可要抓紧。如果等到八路军把我们的队伍整编好了，控制在他们手心里，我们可就没有本钱了！"

上官子平冷冷一笑："羊肉还能贴到狗身上？哼！这个事情我早有考虑。我们和八路本来就是两路神仙。当时投靠他们也是迫不得已，现在时过境迁，嘿嘿……当初韩钧坚持要把八路军来的干部分派到班，我想尽办法把他顶了回去，那就是我留了一手，只把八路军来的人分派到连，下面的人马他们还是控制不了。你们回去以后，切记表面上要听八路军的话，暗地里一定要牢牢控制住部队，待机大举。八路军派来的毕竟只有二三十个人，一时半会儿想控制我们两三千人的队伍，难！另外，为了麻痹八路军，我这一个时期会称病不出，你们也尽量少往我这里来。你们有什么事情可跟侯参议讲，我有什么事也会通过侯参议找你们。"

天上下起小雨，雨丝很细，不多时，大地就被一层缥缈的轻烟笼罩起来。上官子平家房檐下，一只大肚子黑蜘蛛正在悄无声息地吐丝结网，来回穿梭着，暗布陷阱。

密室里光线阴暗，上官子平心绪不宁地背着手踱步。

后门"吱呀"一声开了，几个黑影闪进门来。"司令正等着你们。"随着侯万里一声低语，几个黑影紧随其后匆匆进了密室。

来人是两男一女。

赵抟沙指指身后一男一女，向上官子平介绍："这位是军统少将史紫忱先生，这位是史先生的秘书，少校特派员叶思雨小姐。"

上官子平朝着史紫忱和叶思雨点点头，目光停留在叶思雨脸上。叶思雨看着上官子平浅浅一笑，轻轻一点头算是回礼。

四目相对，上官子平借着灯光看清了这张漂亮脸蛋和她的绰约身材。叶思雨年纪刚刚二十出头，浑身散发出的狐媚气息足以把上官子平击倒。刚刚吸了大烟的上官子平精神亢奋，立刻心猿意马起来。

赵抟沙轻轻一咳，上官子平把目光从叶思雨脸上收了回去，合拢微微张开的嘴唇回过神来，指着密室里的几张软塌连声说："请！请请！"

叶思雨看看桌上的烟灯和烟枪，嫣然一笑："上官司令，这是你们男人的雅好，我可不会。"

上官子平一愣。

史紫忱呵呵一笑，话里有话地说："司令，叶小姐可是个洁身自好的姑娘。"

上官子平听出了话外之音，忙说："那好那好，请叶小姐自便。"

上官子平和赵抟沙、史紫忱点上烟灯，半躺在软榻上。

叶思雨坐在茶几旁边，端起茶几上一杯热茶抿了一口，脸上带着若有若无的笑看着几个人。

密室里烟雾升腾。赵抟沙眯着眼睛过了一会儿烟瘾，从怀里掏出一张折叠得四四方方的纸条，递给上官子平。上官子平展开一看，上面写道："上官老弟：从速反正，莫失良机！刘茂恩。"

上官子平把纸条又看了一遍，叠成一个长条，伸到烟灯上点燃，眼看着纸条化成灰，卷曲着落到几案上。

赵抟沙脸上带着满足的表情说："子平，这一个来月，我走了不少地方，把我们的力量都联络了起来。南边乔五爷离你最近，已经做好了接应准备，你可以随时把家眷送过去，乔五爷保证他们的安全。徐司令吉生和王司令杰三，随时准备牵制、袭击八路军，策应你的行动。至于陕县秦生富和桂吾旅郭连杰的情况，紫忱兄和叶小姐更清楚，让他们跟你讲吧。"

279

史紫忱用银针拨拨烟灯，把烟枪伸过去猛吸一口说："上官司令，你是这台戏的主角，戏唱得咋样，弟兄们可都睁大眼睛在看着你。陕县那里你尽管放心，秦生富虽然做了伪军司令，但他的副司令王文斌是我们的人，秦生富的眼头也很活络，眼看着日本人气数已尽，巴不得赶紧投靠我们。这段时间，我和叶小姐带来的特别行动组工作很有成效，两部电台日夜不停地和胡长官、戴老板保持联系，我们的人已经完全左右了秦生富部队的形势。八路军在陕县收编的还有两股杂牌部队，一股是陕县警卫中队周子涛，另一股是渑陕独立大队史汉三，过去都是秦生富的人马，通过我们暗中工作，都答应弃旧图新，灭共反正。上官老弟，万事俱备，只等你这股东风了！"

史紫忱说到这里，瞭了一眼茶几旁的叶思雨："叶小姐，郭连杰那里的情况怎么样，还是你直接跟上官司令说吧。"

叶思雨答应一声，起身扭到上官子平的软塌边上，一撩旗袍坐了下来，抬起纤纤细手端起烟灯，帮着上官子平把烟枪点燃。

暗香浮动。上官子平又是一阵心旌摇荡。叶思雨把烟灯放回几案，对上官子平说："史长官派我去策反郭旅座，我扮成要投八路军的纯情女学生打了进去，这一来二去的就和郭旅座熟络起来。这郭旅长也是性情中人，可比我想象的爽快多了，这八路军的苦日子他哪过得惯，正急着找机会反正呢！"

叶思雨语焉不详，把上官子平撩拨得心里痒痒。妈的！郭连杰可真他妈的有艳福，这军统怎么就不把这个可心的美人派驻到我这里来！

赵抟沙幽幽地看了上官子平一眼："子平，你看看，正像紫忱兄所言，万事俱备，只欠东风！"

上官子平忽地直起身来，瞪着血红的眼睛说："妈的！干！"

七、血雨腥风

"天赐良机！上官老弟！"密室里静得可怕，听得出是赵抟沙低低的声音。因为紧张，说话的时候他喉咙里发出一阵嘶嘶的喘息声。

"司令！当断不断，必受其乱。目前我们周围共军是力量最薄弱的时候！十八团被吸引到了东赵堡，特务团远赴新安和日本人作战。根据我们的情报，五十九团也开到洛河以南和日本人争夺地盘去了。我们的四周已经没有了八路军。就连我们南边不远的西村，韩钧司令部里也只有一个排的警卫兵力。此时不动手，更待何时？"史紫忱两只眼睛幽幽地看着上官子平。

"子平，原先担心的事情现在已经不足为虑。八路军过河的两个老团，仅仅是从我们的地盘路过，让我们虚惊一场！这两个团现在已到宝丰、鲁山一带和日本人接上了火，哪里还顾得上我们！"赵抟沙不失时机地为上官子平撩着底火，"夜长梦多！一旦天机泄露，我们的脑袋统统都要搬家！"

"再说了，上官司令，就您那阿芙蓉的雅好，一天的销项可就是七担粮食，八路军连肚子都吃不饱，那韩钧能容得了你一时，能容得了你一世？"这句话史紫忱说得好似轻描淡写，上官子平听来却是字字入心。

火候差不多了，赵抟沙从怀里掏出一样东西来，放在上官子平面前。

上官子平一看，那是一张刘茂恩签署的委任状：兹委任上官子平复任国民党渑池县长，加封渑新孟三县剿共总指挥。

上官子平对着委任状再三端详后，小心地收了，"嘶"地吸了一口气，问赵抟沙："那，我的家眷怎么安排？"

赵抟沙胸有成竹："不用多虑。我早已安排好军统的弟兄，负责秘密护送他们到温村去。乔五爷早已经把吃的、用的都安排妥了，你尽管放心就是。"

"什么时候出发？"

"越早越好。"

"今晚？"

"今晚！"

"副旅长！张大池区署被土匪袭击！"杨廷宸跑进旅部，急匆匆对汪德清讲。

汪德清吃了一惊："你说什么？"

杨廷宸摘下帽子擦擦头上的汗："我也是刚刚知道的消息，南山土匪大白天冲进我们三区区署。我们有不少同志都牺牲了！"

汪德清抓起手枪就要出门："我去找政委商量一下！"

上官子平恰好从门外跨了进来："德清！来不及了！土匪包围了区署，我们的同志还在苦苦支撑，赶快增援！"

汪德清一看是上官子平，又退了回来。上官子平看着杨廷宸，以不容置疑的口气说："杨营长！和汪旅长一起，带你营马上出发到张大池！"

来不及多想，汪德清对着杨廷宸一挥手："走！"就和杨廷宸一起出门去了。

身后传来上官子平的声音："德清，我怕同志们顶不住，你们要快！"

汪德清心急如焚：三区区干队刚刚组建，只有十几个同志十几杆枪，不知道土匪共有多少人，也不知道三区的同志们能坚持多久，万一坚持不住怎么办？他在心里默默祈祷着，同志们一定要坚持住，我们马上就到！

上官子平目送汪德清和杨廷宸离去，转身出了旅部。他急急离开耿村，一路向北来到了渑池县城北的鱼池村。侯万里的家在鱼池村。上官子平的骨干已经齐聚在这里，单等他的到来。

屋里气氛紧张。上官子平进门就问："到齐了？"

侯万里起身答道："齐了！"

上官子平单刀直入："今天晚上起事！吃罢晚饭后全县旅、团、营驻地十二处一齐动手，八路军派来的人一个也不许走掉！一团由振汉负责，二团由玉琦负责，旅部由万里带教导队负责，共产党的县委县政府和城北一带各区由翼鹏带人控制。切记，任何人不可走漏风声！万里，宣布行动计划！"

众人目光齐齐转向侯万里。

"第一，起事后集合地点常村寨。第二，起事时要突然、严密、肃静，不许鸣枪。第三，所有八路军派来的人一律捆绑到常村。第四，各部能够携带的物资尽量携带。第五，所有弟兄一律光头，不许戴帽。第六，万一出现意外，全部人马撤到宜阳温村，由乔五爷接应！"一句废话没有，眼睛盯着手里一张纸，侯万里一口气把计划念完，抬头看着上官子平。

上官子平板着脸冷森森问了一句："都清楚了？"

众人答："清楚了！"

"记住！谁那里出了岔子，小心我要他的狗命！"

屋子里静得可怕。侯万里小心地问："司令！万一八路军的人反抗，我们怎么办？"

上官子平抬手往下一剁："干掉！用刀！"

众人各回驻地，单等夜幕降临。

汪德清赶到张大池，迎面看到的是一副惨状。

区署大门洞开，屋里屋外劫掠一空，地上横七竖八躺着同志们的尸体。空气里弥漫着浓浓的血腥味，土匪已经不知去向。

汪德清竭力抑制着内心的悲痛走进区署大门。杨廷宸一直跟在他身后。一堵墙把他俩与众人隔开。杨廷宸紧走一步，手里的枪从背后猛地抵在了汪德清的腰眼上。

第五章　鏖战豫西（1944——1945）

汪德清吃惊地回头看着杨廷宸。四目相对，杨廷宸的眼睛就像毒蛇一样，射出两道阴森森的光。汪德清警醒过来："你……"

杨廷宸扣动了扳机："我！要你的命！"随着"砰"的一声沉闷的枪响，汪德清倒在地下。又是"砰砰"两声，汪德清停止了呼吸。

夜幕降临，一轮圆月早早升起。

上官子平家屋子里静得没有一点儿声音。上官子平不安地踱着步，眼睛不时地朝着墙上的挂钟望一眼。墙上的挂钟马上就要指向晚上八点。

耿村独七旅旅部，王舟平的屋里还亮着灯。这个年纪刚刚三十出头的旅政委面容清瘦，沉稳干练，此刻正低头沉思。告别了中央党校的生活，从延安出发到现在，已经整整半年时间。先是随着干部队长途行军，过河以后便是连续作战，再后来便是奉派到独七旅担任政委，还兼任了渑池县委书记。他感到需要干的事情太多太多，时间总是不够用，既要着手改造旧军队，又要领导组织群众开展减租减息和赎地运动。眼下各项工作总算都有了眉目，特别是赎地运动开展得如火如荼，往年饥寒交迫的百姓终于赎回自己荒年被迫贱卖的土地，更重要的是县委还为百姓撑腰，让百姓们收回的还有土地上绿油油的麦苗。眼下这些麦苗都已经结了穗，沉甸甸的，眼看着就是一个丰收的年景。想到这里，王舟平脸上露出一丝笑容。老天终于开了眼，连年灾祸之后，今年格外地风调雨顺，豫西百姓终于可以迎来一个丰收年了。

王舟平心里隐隐有一丝不安。事先没有一点儿先兆，土匪怎么会突然袭击张大池呢？他们的目的是什么？背后会不会有什么文章？上官子平最近行踪有些神神秘秘的，是不是有什么不可告人的勾当？思来想去理不出个头绪。前几天上官子平还向王舟平表示需要提高政治水平，还提出要到延安去学习，看不出有什么反常的举动。但愿是自己多虑了吧！德清到张大池剿匪的情况也不知道怎么样了，怎么也不派人送个回信？王舟平心里挂念着汪德清。他起身走到窗前，抬头看着挂在中天的一轮皓月。

离人无语月无声，明月有光人有情。王舟平心里蓦地升起一股强烈的离情别绪来。不知乔璐和孩子这会儿在干什么，是不是也和他一样望着一轮明月在思念他？王舟平从贴身口袋里取出一封信来，把信里夹着的一张照片拿在手里端详。照片上一个年轻的八路军女战士，她就是乔璐，脸上洋溢着青春和阳光的气息，怀里抱着不满周岁的孩子站在宝塔山下，向着远处极目眺望……

梆梆！梆梆！一阵敲门声。王舟平的思绪被打断，随后便听到门外传来一个低低的声音："政委！旅长找你！"

王舟平警惕地问："谁？"

"我！"王舟平听清是上官子平的警卫员。

"什么事？"

"张大池剿匪有消息了，抓住了几个土匪，旅长叫你去商量明天的行动！"

哦！王舟平松了口气。他刚刚打开房门，却见黑影一闪，门外几个人一拥而入，没等他反应过来，就把他绑了个结结实实。

"你们……"王舟平刚要喊，就被毛巾堵住了嘴，推搡着出了门。

王舟平拼命反抗，还是被连拉带拽带到村东的沟沿上。王舟平借着月光一看，糟了！被捕的还有白云、李星三……八路军派来的同志全都被抓了！

上官子平已经集合了队伍，影子在月光下影影绰绰的像是一群魑魅魍魉。

坏了！王舟平"呸"的一声吐出嘴里的毛巾："上官子平！你这条披着人皮的豺狼！我们八路军来到渑池是为了抗日打鬼子，我们何错之有……"

上官子平一声不吭，他用胳膊肘一推身边的侯万里。侯万里立即意会，端起刺刀冲了过去，噗！对着王舟平的胸膛就是一刺刀。

王舟平被两个叛匪架着动弹不得，忍痛怒骂："上官子平，你这个禽兽不如的叛匪！人民不会饶过你们……"

"噗！噗！噗！噗！"刺刀一刀刀捅进王舟平的胸膛，直到他没了动静。

白云也被堵住了嘴，几个匪徒把他抓得牢牢的。看着政委遇害，他挣扎着冲了过来，扑向上官子平。上官子平往边上一躲，低低喊了一声："干掉！"

几个匪徒一拥而上，用刺刀对着白云就是一阵乱捅。

"走！"上官子平一挥手，手下匪徒呼啸而去。

月光冷冷地照在沟沿上，照着王舟平和白云的遗体。月光下，王舟平和白云的血还在汩汩地往外流淌，很快就把脚下的土地染红，又深深地浸透下去。

上官子平的队伍押着被捆绑的八路军，向着常村寨飞速赶去。

被捆绑的八路军战士里，有一个名叫刘丰的副团长，是个经过长征的老红军，此刻也被叛匪推搡着，跟跟跄跄往前走。此去凶多吉少。他却并不惊慌，反而出奇地冷静。他是渑池当地人，对周围的地形十分熟悉。他在黑暗中镇定地思索着脱逃办法。

脚下一道山岭，向右跨出几步就是陡峭的山崖。趁着看押他的人一不留神，刘丰瞅准机会，拼尽全身力气把肩膀左右一抖，甩开抓着他胳膊的匪徒，纵身跃下山崖。

他闭了眼睛纵身向着山崖飞下去，只听得耳边尽是呼呼的风声。不想身子

第五章 鏖战豫西（1944——1945）

突然被山崖半腰一棵枯树挂住，耳边呼呼的风声刷地停了下来。刘丰就这么悬在半空中。山崖上响起一阵凌乱的脚步声，紧接着便是一阵哗啦啦的碎石土块掉落的声音，几个尖利的石块噼噼啪啪砸在刘丰头上。刘丰咬牙忍痛，屏住呼吸一动不动。

山崖上传来上官子平愤怒的斥骂。紧接着是一阵哗啦拉的枪栓响声，子弹"乒乒乓乓"呼啸着从刘丰耳边飞过。哗啦啦，又是一阵碎石从崖顶砸了下来。脚步声渐渐远去。刘丰长长嘘出一口气来。刚才一阵紧张，浑身已经被汗水湿透，夜半山林的冷风一吹，一阵透心的寒气钻心入髓，上下牙齿竟"咯咯"打起架来，心脏也在怦怦怦怦剧烈地跳动着。他刚一动弹胳膊腿，却听到嘎嘎的声音。坏了！身下担着他的那根枯树清晰地传来一阵断裂声。

该死活不成，该活死不了！刘丰索性心一横放胆去做，噌噌噌几下解开手上的绳索，一把抓住身边一丛野山枣树。就在这一瞬间，身下那棵枯树枝"咔嚓"一声断了，带着呼呼的风声向着谷底坠落下去。

好险！赶紧离开这是非之地。刘丰拽着石缝里一丛丛救命的山枣树枝又爬回了山崖。看看叛匪已经远去，他顺着来时的方向朝二分区司令部跑去。

西村司令部里，刘聚奎和贺崇升听到枪声，知道大事不好。刘聚奎急忙往独七旅旅部要电话。"喂喂喂！"糟了，电话一定是被切断了。刘聚奎赶快派了警卫排马排长出去侦察。

马排长还没有回来，倒是血人模样的刘丰"哐当"一声推门而入："上官子平叛变了！"

刘聚奎和贺崇升一愣。刘聚奎道："崇升同志，事不宜迟。赶快给韩钧同志写信，请他立即带特务团回师平叛！"贺崇升取了纸笔，飞速写就。

刘聚奎转向刘丰："目前分区只有一个排的警卫兵力，你带一个班，快马去给韩钧同志送信！"

刘丰答应一声，从贺崇升手里接过信快马去了。

当务之急还有两个：一是赶快通知豫西公学的几百名学生转移，公学就在渑池城南的杨村，距离上官子平叛军太近，学生们处境危险。二是尽快通知桂吾旅和陕县警卫中队，稳住部队做好应变准备。刘聚奎和贺崇升一人带一个班的警卫战士，刘聚奎去杨村，贺崇升去陕县，立刻出发。

贺崇升骑着快马，连夜朝陕县抗日民主政府驻地王彦村赶去，却不知抗日政府警卫中队中队长周子涛早已被秦生富和史紫忱收买，正趁着夜幕匆匆从秦生富驻地赶回王彦村，要去指挥叛乱。

黎明时分周子涛进村，没想到迎面撞上了贺崇升。

做贼心虚。远远看到贺崇升，周子涛心里先是一阵紧张，想躲又没地方躲，他只好壮着胆子迎了上去："贺专员！来县政府吗？"

贺崇升一看是周子涛，随口答道："呵！我到县政府去。你连夜从外边回来，有什么事吗？"

周子涛强作镇定地答道："是！县长派我去买掷弹筒，我待会儿还要去给县长汇报呢！"

"那好，正好我还有事找你。"

"哎！"望着贺崇升走进县政府，周子涛心中一阵狂跳：这岂不是一块送到嘴边的肥肉！原计划打掉共产党县政府，现在又来了个共产党专员，这功劳岂不是更大！嘿！想到这里，周子涛脚下生风，匆匆进了县政府。

县政府里，贺崇升刚刚向县委书记蔡迈轮和县长薛文高介绍了上官子平叛变的情况，见周子涛进门，就对着他说："子涛，这段时间不太平，要和指导员掌握好部队！"

周子涛连声答："那是！那是！请专员放心！"

周子涛一边说着话，一边小心地观察着贺崇升，见没有什么异常，胆子也就壮了起来："贺专员，您这次除了到我们县政府，还要到其他地方去吗？"

贺崇升答道："还要到河底。"

周子涛说："要不要我多派些人护送？"

贺崇升摆摆手。

周子涛点点头："那行！"又把头转向薛文高，"县长，您安排我购买掷弹筒的事，我已经联系好了，改天派人取回来。如果没有其他事，我就先走一步。"说完，出了县政府。

周子涛急急忙忙赶往警卫中队。先把心腹弟兄叫来密谋一番，然后派人去叫指导员范仲华。范仲华刚一进门，就被捆了个结结实实。

周子涛喊过队副孟光林："咱们兵分两路。你带一分队，加上一挺轻机枪，埋伏在村东戏楼后面伏击贺专员，那里是他的必经之路。我带二分队包围县政府，一网打尽！干了这一票，咱们弟兄们一块儿升官发财！"

孟光林答应一声，带人去了。周子涛又在县政府门口派了一个暗哨，随时监视贺崇升的动向。

一会儿工夫，暗哨慌慌张张回来了："队长，贺专员走了，不是往东，而是往南！"

第五章　鏖战豫西（1944——1945）

周子涛一拍脑门："坏了！我怎么忘了，除了东河底，还有个南河底！快，派人通知孟队副，抄近道到南山岭上截击！"

孟光林带人到了南山岭上，立足未稳，贺崇升已经到了跟前。孟光林仓促开枪。

贺崇升的警卫班虽然人数不多，却都是身经百战的老八路，一看情况危急，立马兵分两路，一路冲上去迎面就是一阵猛烈的火力压制，另一路掩护专员快马冲过去。

等孟光林抬起头来，贺崇升毫发未伤，已经突围而去。

蔡迈轮和薛文高刚刚送走贺崇升，就听到村南传来一阵激烈的枪声。怎么回事？蔡迈轮折返身刚要冲出去观察情况，只见大门的门缝外全是黑洞洞的枪口。大门已经被周子涛带人围了个严严实实。

周子涛叛变了！蔡迈轮暗叫一声不好，拉起薛文高越墙而出。

刘聚奎出了司令部，快马加鞭星夜赶往杨村。

杨村的八路军豫西公学安然无恙。听到学校东北独七旅方向传来枪声，学校师生预感到有意外发生，立即集合待命。刘聚奎赶到的时候，学校派出侦察的三排长已经从耿村返回。

三排长手里紧紧攥着两顶浸透鲜血的八路军军帽，见到刘聚奎，喊了一声："刘政委！"就泣不成声了。他把手中的军帽递给刘聚奎。

待稍稍平静了些，三排长说道："王舟平政委和白云参谋长都牺牲了！我们刚刚到耿村侦察，老乡们说上官子平把我们派去的人都抓起来了，还在村东的沟沿上杀了人。我们几个立即穿过背街来到村东，借着月光见麦地里躺着两个人，上前一看，正是王政委和白参谋长！他们的身上被刺刀捅得尽是血窟窿，血都流干了……"

刘聚奎接过两顶血染的军帽攥在胸前，几百名学生都掉下了眼泪，在月光下默默饮泣。

刘聚奎满含着热泪，抬起头道："同志们！现在不是我们掉泪的时候。这里很危险，随时都有可能受到叛军袭击，必须立即出发，尽快转移到安全地带！"

月光下，学生们迅速出发向北转移。

豫西公学幸免于难并非偶然，而是事出有因。

距离杨村不远有个叫盐镇的地方。这里有个叫高天才的称雄一方，掌握着

一支武装,上官子平把袭击豫西公学和二分区司令部的任务交给了他。

这个高天才虽说早早就投靠日本人做了维持会长,良心却还没有完全泯灭。韩钧曾托当地士绅黄元吉先生前来动员他归降八路军。这高天才一向夜郎自大,对八路军也没有什么了解,听说是八路军来人,显得有些傲慢无礼。他正斜躺在床上吸大烟,见黄先生进门,欠欠身子就算是打过了招呼。他用烟签子拨着大烟膏,耷拉着眼皮问:"黄先生此来可有什么赐教?"

黄元吉客气地说:"八路军韩钧司令派我前来,是要和高先生商量共同抗日的事情。"

高天才拉长声调:"什么八路九路,我看就是一群流寇,成不了啥气候!猫狗尿尿,各有各道。我和他们不是一条道上的车。我嘛,不跟他们交朋友!"

黄元吉心想,不让他这个鼠目寸光的土霸王受点儿刺激,恐怕他还不知道天高地厚,就不软不硬地说:"八路军是流寇?他们干的事情对得起国家百姓。您倒是咱这一带赫赫有名的人物,却跟了日本人干维持会长,这个官衔将来能载到墓志上不能?"

"你说什么?你说我是汉奸?"高天才闻言大怒。

黄元吉淡淡一笑说:"您要果真是汉奸,八路军还会交您这个朋友吗?"

高天才怒气稍平。

黄元吉接着说:"韩司令他们八路军的势力已经发展到大别山、湖北一带,八路敢打日本人,敢打国民党,敢打乔明礼、徐吉生、乔拐子,为啥不打你?"

这倒是!高天才心中升起一个疑团来。

不待他问话,黄元吉接着说:"不仅不打你,还派我来跟你商议军机大事,为了什么?"看高天才听得正有味儿,接着又说,"这是韩司令敬重你,抬举你哟!"

这高天才本是草莽粗人,喜欢被人恭维,听了这话转怒为喜:"黄先生!韩司令既然看得起咱,把咱当朋友,一切都好商量!你说吧,他们有啥要求?"

黄元吉说:"第一,请你到八路军司令部面见韩司令,商议抗日;第二,韩司令请你代买轻机枪四挺,步枪二十支,手枪两支,价钱多少,如数奉上;第三,共产党八路军的人今后路过贵地,不许留难;第四,今后和八路军互相联系,互相支援。"

高天才也想留条后路,倒也痛快:"这第一条我不能去,恐怕日本人知道了会有麻烦。其他的我全部照办!枪支弹药我一星期后派人送去,既是朋友,我就好人做到底，钱一文不收！"

高天才说到做到，几天后便秘密派人把枪弹如数送去。令他没想到的是韩钧打了个收条，写明借用"天才兄"枪支若干，"待抗日胜利后，如数奉还"。又听手下人讲，韩司令倜傥大方，慷慨义气，心中便生出好感来。偏巧这个时候上官子平派人来，约会高天才出兵攻打二分区司令部和豫西公学，高天才佯装答应，却没有行动。

上官子平和他的喽啰们杀气腾腾地奔到常村。

一进常村寨，上官子平迫不及待，一边派人把抓起来的八路军押往乔拐子的温村寨，一边指挥人马毁屋砍树，高起寨墙，深挖寨壕，蓄水御敌。

各路匪首齐聚上官子平指挥部，听上官子平往各路派遣："振汉！你带十九团据守常村寨。二十一团三个营，张增营和平汉臣营立即出发，据守义马以为外围；苏云庆营占领常村南山顶，筑起碉堡和常村、义马互为掎角。"

各路人马离去。上官子平心中仔细盘算着各路关卡的布防情况，总觉得有些放心不下，又和侯万里密议起来："东路、南路没有什么问题，弟兄们已经分兵把守坡头、东天池、桐树沟、石佛、义昌各地，还有乔五爷和徐司令接应，我们大可放心。只是……西路情况怎么样？"

侯万里趋前一步说："我们派往西路秦司令处的人已经回来了。秦司令和紫忱兄成竹在胸，早已经在各路关口都安排了人马，您只管放心就是！"

"北路呢？"上官子平又问。

"这……"侯万里沉吟片刻，"百密一疏。看来我们的北路尤其是西北方向，兵力薄弱了一些。司令！依我看，要迅速派兵占领渑池城北的礼庄寨……"

侯万里话未说完，上官子平心领神会："行！你立即派人通知杨廷宸，抢占礼庄寨！"

侯万里答应一声出了门。

待派出的人走后，侯万里又转了回来，一挠头皮："司令！还有观音堂和黄门两地，也是两个重要的关口。"

上官子平闭着眼睛默筹片刻，睁开眼对侯万里说："没错！观音堂和黄门是我们的西北门户，万万不可大意。派往观音堂陕渑独立大队的人回来没有？"

侯万里正要答话，门帘开了，进来一个满面风尘的人："司令！我回来了！"上官子平和侯万里一看，正是派往观音堂的侯七。

上官子平迫不及待地问："见到史汉三大队长没有？"

侯七擦把汗说:"见到了!"
"他怎么讲?"
"他让我给您回话,请司令放心,明天天亮他一准动手!"

八、疾风扫落叶

韩钧接过刘丰送来的信展开一看,心中一紧。

张范匆匆走过来问:"司令员!发生了什么事?"

韩钧把手里的信递了过去。

张范脸色一变:"司令员,怎么办?"

韩钧愤怒而低沉地叫道:"大勇!振邦!"两人快步来到韩钧跟前。韩钧的眼睛里喷射出两团火,手里的马鞭对着他俩一点,一字一句道,"快马分头通知十八团和五十九团:即刻返回分区司令部!"

大勇和振邦答应一声,把各自手里缴获的东洋刀往刀鞘里狠狠一送,拍马而去。

韩钧的脸色因为愤怒而涨得通红:"老张!通知特务团立即出发,回师!"

特务团黎明时分到了曹村。这是通往渑池县城的一条近道。虽然近了不少,却要翻越青要山,走一段坎坷不平的山路。队伍沿着盘山小路向着西南方向走,翻过几个山包,眼前出现一个幽深的石谷。那些生在谷底的参天大树,清一色的树冠小,树身高,笔直的树干傲然挺立,直指天际。韩钧顾不上欣赏这幽谷风景,只是急急催马前行。队伍出了幽谷,一队人马迎面走来。

"司令员!"

韩钧循声望去,原来是政委刘聚奎。

"聚奎!"两人匆匆下马,韩钧连忙问道,"情况怎么样?"

刘聚奎难过地从怀里掏出两顶浸透鲜血的军帽递了过去。韩钧接在手里一看,帽子上血迹已干,变成了暗红的颜色。韩钧疑惑地抬起头看着刘聚奎。

"司令员!舟平和白云同志牺牲了!派往独七旅的同志全部被上官子平抓走,生死不明!"刘聚奎哽咽着。

韩钧的心猛地一沉。

刘聚奎身后走出一个人来,上前一步对韩钧说:"司令员!抓到一个奸细,身上还带着一封信!"说完,伸手给韩钧递上一封信来,随后把一个五花大绑的小个子猛地往前一推。

第五章　鏖战豫西（1944——1945）

说话的是八路军派到黄河支队担任司令员的李之放。这黄河支队是八路军刚刚收编的一支地方武装，共有三个大队，一大队负责把守黄河南岸的石渠渡口，二、三两个大队活动在新安境内打击日寇。

韩钧低头看信，只见信上字迹潦草地写了几行字："上官兄：来信收到。兄嘱弟卡住渡口，弟一定办到。新安只要有老弟在，八路军休想从渡口走掉一个。弟徐秉章。"

这徐秉章是黄河支队一大队大队长，队伍沿着黄河南岸驻扎。

韩钧看了信，不由得心中一惊：看来这上官子平叛变是蓄谋已久，竟然连八路军的后路都要断掉！想到这里，他指了指跪在地上的那个奸细，问李之放："什么时候抓到的？"

"刚刚抓到。我们经过一处草丛，见里面藏了一个人，鬼鬼祟祟的，抓起来一搜，就搜出了这封信。"

"审了没有？"

"还没有。"

韩钧低头看看那个奸细，问他："叫什么？"

"叫、叫、叫……"奸细吞吞吐吐。

韩钧目光如利剑般刺向奸细，令他不由得打了个冷战，霎时老实了："我叫马乘龙。"

韩钧用马鞭点点手里的信："这是怎么回事？"

马乘龙不敢怠慢，竹筒倒豆子一口气说了出来："我受上官司令所派，去给徐秉章送信。对上官司令的要求，徐秉章满口应允……"

"押下去！"韩钧一摆手。

韩钧转过身来对刘聚奎和李之放说："立即派人通知徐秉章来见我！"

李之放派人去了。

看着刘聚奎和李之放，韩钧这才想起来问："聚奎！之放！你们这是要往哪里去？"

刘聚奎说："一场大战在所难免。这不，我们护送豫西公学的学生们过黄河去躲一躲。要不是路上抓住这个奸细，那可真是把孩子们往虎口里送！"

正说话间，一匹快马来到跟前，是早先派出去侦察的马排长回来了。

马排长跳下马来，几步便到了韩钧和刘聚奎跟前："司令员！政委！情况侦察清楚了。形势比我们想象的还要严重！上官子平躲在常村寨，他的人马在义马、南山和常村寨布置成一个铁三角，扎的是和我们拼到底的架子。有了这

个铁三角，上官子平还不放心，又派杨廷宸营乘夜攻占渑池城北的礼庄寨！"

韩钧问道："分区司令部周围的情况怎么样？"

马排长解开扣子扇着风："敌人对我们司令部来了一个大包围。北边沿线是上官子平，南边伪军王杰三的队伍连夜进驻杨坡寨和刀环寨。徐吉生的人马也占了河底东南的西石村，和王杰三遥相呼应。东边，乔拐子已经开到了后坡村。西边的情况更糟，王彦的周子涛中队和观音堂的史汉三大队都叛变了，杀了我们的人投了秦生富，秦生富的人马集结在马头山上，对我们虎视眈眈。"

形势的确异常严峻！韩钧转向刘聚奎："崇升现在在哪里？"

刘聚奎道："上官子平叛变的当天晚上，我带一个警卫班去豫西公学，他带一个警卫班绕道王彦去桂吾旅稳定部队去了。"

韩钧看着刘聚奎、张范和李之放说："待会儿解决了徐秉章，之放你就马上带人送学生们过河，然后留在一大队，把徐秉章的同伙查清楚，采取断然措施，一定要保证渡口掌握在我们手里。聚奎，现在崇升的处境很危险，形势危急，我怕桂吾旅也不稳当，你现在就带一个连先行一步到桂吾旅，和崇升一起想办法稳住部队，去晚了我怕桂吾旅顶不住四面的压力，会出意外！我立即组织几个老团消灭叛匪！"

刘聚奎尚未答话，就听远处传来一阵急促的马蹄声。

马蹄声越来越近，韩钧对着马排长耳语几句，然后朝刘聚奎他们几个人摆摆手，招呼他们坐在一张石桌旁。韩钧看了张范一眼，张范会意，取出军用地图摊开在石桌上，几个人围拢过去。

马排长对着几个警卫班长递过去一个眼色，警卫排子弹上膛，迅速扩大警戒区域。马排长安排就绪，便站在韩钧身后。

果然是徐秉章！韩钧头也不抬，还在专心致志地用手在地图上比画着，和张范说着什么，张范不时点头。徐秉章本来心中有些狐疑，看到韩钧若无其事的样子，松了口气，径直朝着石桌走过来，到了韩钧跟前"啪"地立正："司令员！徐秉章前来报到！"

韩钧指指身边空出的一个石凳子，不动声色地说："秉章，来，坐下！"

徐秉章这下彻底放下心来，一撩衣服在石凳子上落座。马排长在徐秉章身后，趁着他往下坐的工夫，一把取出他佩带的盒子枪，嗵地顶在他腰眼上。徐秉章身上像是安了弹簧，噌地一下弹了起来。马排长眼疾手快，抬起一脚便把他踩翻在地，枪也顶在了太阳穴上。远处，徐秉章的警卫员早被警卫排两个夹一个下掉武器，束手就擒。

韩钧把手里的信往徐秉章面前桌子上一摊:"徐大队长,这上面的字你认识吗?"

徐秉章低头一看,脸色刷地煞白。短暂的沉默之后,徐秉章"扑通"一声跪了下来:"司令员!我罪该万死!我罪该万死!我……"

韩钧厌恶地一摆手。

"走!"几个警卫员架起脚步踉跄的徐秉章朝着一片空地走过去。马排长提着盒子枪,跟在身后。"嗵!"空地里传来一声沉闷的枪响。

乱世自有乱世的特色。清末以来百年时间,豫西一带战乱频仍,出于自保的需要,豫西村寨便形成了一个最显眼的特色,那就是一个个"土围子"星罗棋布。这些土围子有的杵在路口,有的建在山腰,有的立在山顶,有的干脆就建在临近悬崖的绝壁上,一夫当关万夫莫开。土围子或用砖石泥土,或用青石板条,或者干脆就用一层层红土和了小米浆夯实。土围子四周还要砌起高大厚实的寨墙,寨墙上下有的修有明碉,有的筑有暗堡,有的挖有枪眼,有的设有炮位,寨墙外还挖有几丈深的护城河,吊桥一拉,外人很难靠近。

这些土围子抵挡不了日本人的坦克大炮,但对付八路军却是相当有效。上官子平和乔拐子、徐吉生正是看到了这一点,才迅速占领八路军根据地周边的土围子,加固寨墙,备足粮草,准备和八路军决一死战。

王杰三占领的刀环寨和杨坡寨也是两个坚固的土围子,而且这两个土围子恰好位于十八团和五十九团返回分区司令部的要道,硬生生挡住去路。

闵学胜和查玉升接到韩钧的命令,合兵一处星夜回师,北渡洛河后迎面就碰到这个难题。

两人正一筹莫展,大勇和振邦进了门。大勇说:"我和振邦商量了个办法,不知道行不行。"

查玉升快人快语:"赶快说来听听!"

大勇把他们的主意一说,查玉升和闵学胜几乎同时从嘴里蹦出一个字:"行!"

刀环寨背后是一架山梁。大勇和振邦化了装,大勇穿一件黑绸大衫,手里摇着一把扇子,振邦一身短打扮,肩上担着空担子,两人在地下党员老吴的带领下,沿着山谷进山。山谷里有一条溪流,两岸尽是郁郁葱葱的竹林,小溪水流淙淙,竹叶青翠欲滴,一阵微风吹来,绿竹特有的清香沁人心脾。

老吴呵呵一笑:"别看洛宁穷乡僻壤,却是个山水如画的地方。豫西有句

老话，叫作洛河不浇卢氏田，流到洛宁浇竹园。这洛宁的淡竹节长、皮薄、腔圆，是制作乐器的好材料，过去一直是皇上喜欢的贡竹。可现如今这日本人一来，瞎！算啦，不提啦！"

出了竹林不远，是几块平整过的坡地。大勇和振邦刚刚舒口气，就听背后传来几声低沉的断喝："站住！"

"不要动！"

大勇他们几个一愣。身后传来一阵细碎的脚步声，紧接着从身后伸过来一双粗糙的大手，从头到脚把他们身上搜了一遍。搜完了身，身后传来一个声音："干什么的？"

两个背着枪的哨兵绕到他们面前，斜着三角眼满怀敌意地上下打量。

老吴脸上堆着笑："老总！这位是咱们洛宁城百草堂药铺的少掌柜，每年这个时节都要上山收些王不留行和金银花，老主顾了！"

大勇不动声色。振邦放下肩上担子，从口袋里取出两包纸烟，一人一盒递过去，又打开一盒取出两支，分别安在两个哨兵的嘴上，"嚓！"划着了火柴凑上去。

两个哨兵很享受地抽上烟，眯着眼睛深吸一口，又从鼻孔里喷出两股浓浓的烟雾，然后把手一挥："过去吧！"

"谢谢老总！"老吴满面笑容地朝着两个哨兵拱拱手。振邦一扎马步担起了担子，大勇早已自顾自走在了前头。三人顺着山路继续往上走。走了大约一里地的样子，来到一间单门独户的草棚子跟前。一个四十来岁的老农，嘴里吧唧着旱烟袋，正低头蹲在地上侍弄着铺在竹席上晾晒的王不留行和金银花。现在正是王不留行和金银花采摘的季节，一条竹席上摊开的是王不留行，碧绿的叶子里露出点点鲜红；另一条竹席上摊开的是含苞待放的金银花花蕾，洁白得炫目耀眼。

听到脚步声，老农抬起头眯着眼睛看过来。老吴赶忙打个招呼："老曹！我带了两个朋友，想来收些草药！"老曹一看是熟人，连忙起身相迎。

老吴指指老曹，对大勇和振邦说："我的老熟人曹大山，过去逢集赶会我们经常见面，只是这快一年时间没有见面了！"

曹大山站起身来，麻利地把旱烟袋朝烟杆上一缠，顺手插在裤腰带里，拍打着双手叹口气说："去年也是麦收时候，日本人打进县城，到现在正好一年！唉！命都顾不住了，我哪还敢下山去卖药材！"

老吴随声附和一句："可不是！"接着上前一步低声问，"大山，我们上山

第五章 鏖战豫西（1944——1945）

的时候碰到几个带枪的哨兵，这是哪里的队伍？"

大山脸上露出鄙夷的神情："他们哪里算得上是队伍，是麦牛队！"

老吴看大勇脸上疑惑的表情，笑了笑解释道："我们当地人把麦子囤里的害虫叫'麦牛'，大山的意思呀，这帮子人是专门糟蹋百姓的害人虫！"

曹大山拉着他们几个坐下，把旱烟袋取下含在嘴里说："你们来收大麦牛，啥时候八路军来收这群麦牛队！"这句话大勇听懂了，他知道王不留行这味草药，取的是麦蓝菜的种子，种子晒干后的形状很像麦牛，因此这王不留行在豫西还有一个俗称，便叫"大麦牛"。

听了曹大山一番话，大勇心里对他有了数，索性单刀直入："曹大叔，我们不是来收大麦牛的药材商，我们就是来收麦牛队的八路军！"

曹大山一愣，有些不敢相信似的，把嘴里噙着的旱烟袋取下在鞋底子上啪啪一磕，扭头看着老吴："真的？"

老吴点点头："真的，他们就是八路军！这次化了装来，就是要看看山上和刀环寨里敌人的布防情况。"

曹大山一拍大腿："瞎！那还坐在这里干啥？走，我带你们去！"

居高临下望过去，刀环寨尽收眼底。曹大山带着大勇他们这儿走走那儿转转，遇到敌人岗哨就说是收药材的，他一边走一边用手里的烟袋锅指点着，告诉大勇这里是王杰三的人马，那里是小日本的驻地，这边住了多少，那边住了多少，这里几个岗，那里几个哨。跟着曹大山走了一圈，大勇他们对敌人的布防情况已经了如指掌。

天色渐渐暗了下来。大勇和振邦、老吴合计后，老吴走到曹大山身边用商量的口气说："两位八路军想让你帮忙带进寨子里，好办不好办？"

曹大山轻松一笑："嗨！这有什么难的？我家就在寨子里，只是白天采药才上山，这不正好要回去！"

"那……"不等老吴说话，曹大山大包大揽地说："放心吧老吴，这件事就交给我了！"

老吴拉过大勇的手："我回去向首长汇报情况，你们俩多保重！"说完，下山走了。

竹席上的药已经晾干。大山把药收拾起来装在振邦的担子里，竹席一卷锁进茅草屋里，三个人便下了山。

到了北寨门，有伪军挡住去路。一看是曹大山，一个伪军倒背着枪踅了过来："呦，收成不错嘛！"一边说一边伸手就要去抓金银花。

295

曹大山抢先一步抓起一把放在他怀里,嗔怪地说:"老总,这是孝敬您的,泡水喝去去火。这俩人是来买药材的,要到家里去。金银花娇贵,您这一搅和花就碎了,坏了卖相可卖不上价钱!"

伪军悻悻地抱着金银花,嘴巴一努:"进去吧!"

路过一个拐角,曹大山低声对大勇说:"呶,这里就是军火库。"大勇看了一眼,默默记在心里。

天黑了,闵学胜和查玉升带着人跟着老吴静悄悄埋伏在寨子四周的竹林里,单等大勇和振邦的信号。夜半时分,大勇和振邦抽出藏在担子底层里的盒子枪,掖在怀里出了门。过了不大工夫,就听寨子里"轰隆""轰隆"两声巨响,紧接着便是火光冲天,寨子里人喊马嘶起来。

大勇和振邦趁乱混进人群,边跑边喊:"八路军杀进来了!快跑呀!""快跑呀!不跑就没命了!"

夜半惊魂,寨子里一下子乱了套。北门的伪军以为八路军从南门打进来了,东门的伪军以为八路军从西门打进来了,谁也没个准信儿。三十六计走为上策!不大一会儿工夫,寨子四门洞开,守寨门的伪军不顾一切地放了吊桥逃命,就连几十个日本兵也晕头晕脑地被裹挟着出了寨。

大勇和振邦正混在人群里,突然听到一个熟悉的声音:"快!搀着司令走北门!"

借着火光一看,大勇心中一喜。真是踏破铁鞋无觅处,得来全不费工夫。原来说话的人是赵二虎,前面一瘸一拐逃命的是王杰三!

大勇指指王杰三和赵二虎,对振邦小声道:"你一个,我一个!"

"嗯!"振邦使劲点点头。

大勇噌地一下跳到赵二虎背后,叫了一声:"赵二虎!"

赵二虎本能地答应一声回过头来。这下子四目相对,大勇看得真真切切,手起枪响,"砰砰砰"连开三枪,赵二虎仰面摔倒在地上,两腿一蹬再没有了动静。

振邦对着王杰三扣动了扳机,枪却没响。糟了,卡壳!大勇一看不妙,拉起他闪进一条小巷撒丫子跑了。

"八路!"背后响起一阵乱枪。

刀环寨拿下,王杰三全军覆没。埋伏在刀环寨寨东等待着伏击徐吉生援军的八路军一个营始终没有等到他。侦察员回来报告,说徐吉生听到刀环寨方向传来枪声,趁黑开了寨门一路向南跑了。

第五章　鏖战豫西（1944—1945）

杨廷宸的眼皮这几天老是跳。自从攻占礼庄寨，就有一种不祥的预感伴随着他。他知道八路军一定不会善罢甘休，日夜担心什么时候成了八路军的刀下之鬼。

此刻的他正坐在床上出虚汗。他刚刚做了一个噩梦，护兵杨德连正拿了毛巾给他擦汗。心神稍定，他问杨德连："现在几点了？"

杨德连抬头看看墙上的挂钟，轻声说："营长，半夜十二点。"

桌上的油灯火苗一跳一跳的，杨廷宸再无睡意，起身下床。

营部扎在寨子里一个富裕人家，杨廷宸住在主人的书房里。他下了床毫无目的地走到书架前，随手抽出一本书来。拍拍厚厚的积尘一看，封面上写了一行小字"占卜秘术"。他如获至宝，朝杨德连摆摆手："来来来，看看上面都写些啥。"

杨德连粗通文墨，接过书一边翻看，一边凑近油灯读了起来："天地之数五十有五，时刻之数九十有六，易卦之数六十有四，共连二百一十五数……"

杨廷宸打断了他："别念了！看看这卦该怎么算就行了！"

杨德连"是是是"答应着，又看了半天才说："营长，弄清楚了。"

"怎么算？"

"营长，你写三个字。"

"写三个什么字？"

"你随便写三个字。"

杨廷宸取过桌上笔墨，不假思索地写下三个字：城守否。然后看着杨德连："快查查，看书上怎么说？"

杨德连用手比画着数了这几个字的笔画，然后蘸了吐沫开始翻查起来。"找到了！"杨德连高兴地喊了一声，低头细看，却再不吭声。

"找到了怎么不念？"杨廷宸嘟囔着，夺过书来定睛一看，原来占卜的结果是个"难"字。一看一个大大的"难"字迎面撞入眼帘，把杨廷宸自己着实吓了一跳。怪不得刚才杨德连看了不敢念出口。

"不算不算，刚才是随手写的，不算数。我考虑考虑，再来一次。"杨廷宸心中忐忑地把书递给杨德连，略加思索又写下三个字，顺着桌子推到杨德连面前。

杨德连低头一看，原来是"杨廷宸"三个字，心想营长的名字该不会有什么不吉利的吧。哗哗哗翻书一查，随口念道："第一百九十五课——'破麦

剖梨',营长!这'破麦剖梨'什么意思?"

杨廷宸也皱了眉头在琢磨,嘴里"破麦剖梨"、"破麦剖梨"地嘟囔着,忽然间他脸色大变,失声叫道:"坏了!这'破麦剖梨'不就是要被吃掉的意思吗?"

韩钧带着特务团早已乘着夜色把礼庄寨围了个严严实实。

这礼庄寨的北边有一道天然屏障。寨子北依韶山,村北是一道立陡的绝壁,东西南三面依山作势,建起了高高的寨墙,村东不远是一条叫作饮牛河的小河,河水竟被杨廷宸引来做了护城河。

韩钧没有连夜攻城。士以义怒,可与百战。以八路军一个主力团对付叛军一个营,应该是轻而易举,何况战士们是带着满腔的怒火而来。之所以没有打,是因为韩钧另有考虑。他在等待十八团和五十九团的到来,他要把优势兵力集中起来,对杨廷宸围而不打,用这个诱饵把上官子平从坚固的常村寨引出来,还是八路军的老战术,引蛇出洞,围城打援。

闵学胜和查玉升拿下刀环寨,把敌人对根据地的包围撕开了一个大口子,部队就像钢刀一样,顺着这个口子毫不犹豫地直插进去,马不停蹄,兼程北上。

闵学胜和查玉升到了礼庄寨,韩钧把作战意图一说,几个人都赞成。特务团包围礼庄寨,十八团向东南常村寨方向警戒,五十九团向西南观音堂方向警戒,一边休整,一边寻找战机。

龟缩在礼庄寨的杨廷宸一觉醒来,登上寨墙一看,好家伙!寨子四周已经被八路军包围得水泄不通:"快!向上官司令求援!"

上官子平的日子也不好过。自从反叛以来他是一夕数惊,才几天光景就已经瘦成了一把柴,只有靠着拼命吸大烟,才能勉强打起点儿精神。连连接到杨廷宸的求救,上官子平寝食难安。救还是不救?这是个问题。不救,杨廷宸必死无疑。杨廷宸死了,八路军下一个目标就是他。救,明知道这是韩钧设下的圈套,岂不是自投罗网。唉!想不到自己精心布置的一颗棋子,这时候反倒变成了一个烫手的山芋。

刘振汉来了。看上官子平犹豫不决的样子,他倒是爽快:"救!司令,临阵迟疑可是兵家大忌。必须得救!如果见死不救,弟兄们谁还跟着咱卖命?"

嗯,得救!可是怎么个救法?上官子平想了半天也没想出一个子丑寅卯来。他对刘振汉说:"派人把万里叫来,我们好好合计合计!"

侯万里来了。侯万里不愧是上官子平的黑高参,语出惊人:"救!司令,杀人要杀死，救人要救活！韩钧不是想围城打援吗？我们就给他来个将计就计，从东西两路同时去救，反客为主给他来个两路夹击！那样八路军就会顾此失彼，不仅杨廷宸兄弟被救，八路军也会成为我们的盘中餐，篮里菜！"

"快说说，怎么个两路夹击法？"上官子平迫不及待地问。

"东路，派主力前去进攻。西路，请秦司令发兵配合，双管齐下！甚至，还可以请来乔五爷的队伍……"侯万里两只手不停地比画着，仿佛成竹在胸，胜局已定。

上官子平仿佛抓住了一根救命稻草："万里，你怎么不早说！振汉！赶快派人去秦司令和乔五爷那里约定时间！"

病急乱投医。上官子平只顾高兴，却忽略了最重要的一点。他之所以敢跟八路军叫板，是因为有土围子做后盾，一旦离开这坚固的寨墙，他哪里是八路军的对手。

乔拐子狡猾。一看八路军来势凶猛，王杰三被全部歼灭，徐吉生脚底抹油临阵开溜，自忖更不是八路军的对手，赶快缩了回去，再也不离开自己的老巢温村寨。

秦生富是个傻大胆。一听这两路夹击的好计谋，忙不迭集合队伍，带着周子涛和史汉三抢头功来了。

上官子平派出刘振汉的十九团浩浩荡荡杀向礼庄寨。

刘振汉前脚走，上官子平后脚又调了平汉臣营来，加固常村寨防守。眼下正是麦收季节，上官子平却下令全寨子停止农活，一部分人高筑寨墙日夜不休，另一部分人推磨拾柴为他的喽啰们烧茶送饭。上官子平还是不放心，又把东西南北四道寨门封死了"三道七"，东西南三道寨门用石条砌死，就剩下一道北寨门可以通行，还只留了一条缝，只容一人侧身通行，就连村中百姓进出都要携带出入证，出寨登记进寨销号都有专人负责。百姓敢怒不敢言，私下里发牢骚说"上官子平不循理，四道门封了三道七"。为了防止八路军突袭，常村寨每天日出大高还是寨门紧闭，太阳不落就已关上寨门，晚上更是在寨墙垛上加派哨兵，遍悬灯笼，照得四周通亮，夜明如昼。

韩钧早已经识破上官子平"两路夹击"的阴谋。张范、闵学胜和查玉升都来了，韩钧指着地图上一处峡谷对闵学胜说："这里是刘振汉的必经之路，你带十八团立即出发，就在这里设伏。"

闵学胜胸脯一挺："司令员，放心吧！"转身走了。

299

"司令员，我也要去！"

韩钧一看是大勇请战，估计是想让那杆宝贝狙击步枪开开荤，就说了声："去吧！"

大勇一转身紧跑两步追上了闵学胜。

韩钧点着地图上礼庄寨西边一处山口，看看查玉升："秦生富从西南方向来增援，马头山是必经之地，五十九团在这里伏击，地形对我们相当有利，你看怎么样？"

查玉升笑着点点头："司令员，我的意见也是在这里扎个口袋，不怕他秦生富不自投罗网。"

韩钧转过身来："那好！我们已经得到情报，秦生富的人马下午四点钟左右通过这里，你必须提前两个小时赶到，做好战斗准备！"

"是！"

屋里只剩下了韩钧和张范。

"司令员，我们团什么时候总攻？围了这几天，战士们报仇心切！战士们听说是杨廷宸从背后对汪德清同志下的黑手，都说非要亲手宰了他不可！"张范愤愤地说。

韩钧想起了汪德清，表情凝重起来："是到了为德清和舟平他们报仇的时候了！待会儿学胜和玉升他们和敌人一交手，杨廷宸这块鱼饵也就失去了作用，是该跟杨廷宸算算账了！"

刘振汉出了常村寨，一路向着西北方向进发。不多久就进入了八路军的伏击圈。

闵学胜竖起大拇指，对着大勇做了一个"开枪"的手势。大勇最后一次调校了瞄准镜，一扣扳机，一颗子弹呼啸而出，"噗"的一声不偏不倚正中刘振汉眉心。旁边的人还没有弄清是怎么回事，就见刘振汉身子一挺，一头从马背上栽了下来。紧接着枪声四起，山谷里乱成了一锅粥。

马头山也有一场好戏开场。

查玉升带着五十九团早早就进入阵地。下午四点，秦生富果然来了。秦生富的人马全部进入了伏击圈。只听一声清脆的枪响，山沟两旁的轻重机枪一起开火，犹如泰山压顶，好似地裂山崩，这群乌合之众眨眼之间已经躺倒一片。没死的，有的胡乱地朝天放枪，有的只剩下鬼哭狼嚎，还有的晕头转向迎着枪口冲了上来。这道山沟很窄，沟底还有一条不大的溪流。等到枪声停歇，流出沟口的溪水已经变成了红色。

礼庄寨的战斗同样激烈。

特务团战士抱着粗大的原木撞开寨门,战士们一拥而入,和叛军展开了激烈的巷战。

大势已去。其实杨廷宸早就准备好了退路。北寨墙外是一面悬崖,杨廷宸叫护兵杨德连事先就在这里准备好了一条结实的绳子,藏在寨墙内一个坍塌的红薯窖里。这个红薯窖从寨墙下面可以通向悬崖,出口被一片山枣树盖得严严实实。一旦寨门被八路军打开,几分钟时间就可以从这里溜走。

杨廷宸和杨德连急急忙忙钻进红薯窖,把绳子系在山枣树的树根上,顺绳而下。到了沟底,正要迈步开溜,抬头一看,一群人挡住了去路。

原来,发现这里有个洞口的不光是杨廷宸,还有八路军的侦察兵和振邦。振邦看了红薯窖里放着的绳子,心想这一定是谁事先预留的后路。直到那天见杨德连来检查绳子还在不在,振邦心里这才有了底:留这条后路的原来是杨廷宸这只老狐狸。

杨廷宸见振邦手里握着一把东洋刀,一步步逼上来,早已吓得魂不附体。他"啊"的一声大叫,拔出手枪就要冲过去,可他还是没有振邦身手快。只见振邦一脚把他手中的枪踢飞,手中寒光一闪,杨廷宸已经身首分离。杨德连转身想逃,可两条腿只顾在那里抖筛糠,哪里还能迈得开步子。

礼庄寨的枪声停了下来。

常村寨里,上官子平刚刚吸足了大烟,正以难得的好心情等待着前线传来好消息。"哐"的一声门开了,一个浑身是血的人闯了进来:"司令!刘团长被打死了,十九团全军覆没!礼庄寨已被共军拿下,杨营长也被杀了!"

上官子平眼前突然一黑,"嗵"地一头从烟榻上栽了下来。

九、生死营救

"司令员!被上官子平抓走的同志已经查到下落了!"十八团参谋长王波急如星火地赶来,一进门就向韩钧报告。

韩钧和几个团长正俯身围着桌上的地图研究攻打常村寨,听到这个消息,急切地问:"在哪儿?"

王波脸上尽是密密麻麻的汗珠。他伸手擦了一把汗,说:"温村!"

韩钧追问:"乔拐子的老巢?"

王波点点头："嗯！"

韩钧又问："多少人？情况怎么样？"

王波说："上官子平叛变的当天晚上，我们共有四十七名同志被抓走。其中三十人当晚就被杀害，其余的都被关在温村寨子的大牢里，随时都有可能给刘茂恩送去。"

韩钧又俯下身去查看地图。为躲避日本人的兵锋，刘茂恩带着他的大队人马躲在伏牛山深处的朱阳关。从温村到朱阳关尽是山路，约有六七百里的路程。要从温村到朱阳关去，共有三条路。一条路经莲庄、赵堡、嵩县到朱阳关；另一条路要从缝衣口过洛河，经西山底、栾川到军马河然后一直向西；还有一条路就是沿洛河溯流而上，经中山镇、故县和范里、卢氏而后南下。必须在这些同志离开温村寨之前，或者在押往朱阳关的路上解救，否则凶多吉少。

"王波，你带骑兵连立即出发，赶往温村寨营救被俘同志！"韩钧抬起头对王波说。

"是！"王波答应一声转身要走，韩钧又嘱咐一句，"记住，保证同志们的安全！不能强攻，只能智取！"

"记住了！司令员。"王波话音未落，人已出门。

韩钧取过一张纸，飞快地写好一封信，交给大勇："你和振邦带上这封信，立即出发到范里，国民党三十八军军部驻扎在那里，你们秘密去找一个叫老王的同志，见了面把信交给他。"大勇点点头，和振邦骑快马走了。

韩钧又看看查玉升："围攻常村寨的战斗交给十八团和特务团。救人的事刻不容缓，要多做一手准备。万一王波他们去晚了，乔拐子往刘茂恩那里送人，我分析走赵堡那条路的可能性不大，因为赵堡有我们的抗日根据地。剩下的就只有两种可能。"韩钧点点地图，"一种可能是走范里。范里一带是三十八军防区，那里有我们的同志在做秘密工作，我已经安排大勇和振邦去了。另一种可能，也是最大的一种可能，就是走缝衣口这条路，这条路山高谷深最为难走，但是也最隐蔽。这一带的地形你比他们熟，这个任务就交给你！"

查玉升站起身来："行！司令员，我马上出发！"

乔拐子端坐乔家大院，揉搓着那条伤腿，正眯缝着眼睛想心事。温村寨经我乔五爷多年经营，寨墙高厚，固若金汤，就八路军那几条破枪要想攻进来，嘿嘿！难！乔拐子想到这里，心里一阵说不出的舒畅。他一边哼哼着小曲儿，一边在心里盘算着。这第一批送走的五个共党要犯，已经押到朱阳关交给了老

第五章　鏖战豫西（1944——1945）

东家刘茂恩，刘茂恩把我乔拐子大大地夸奖了一番。这次灭共反正闹出的动静这么大，虽说是上官子平老弟挑的头，但幕后策划也少不了我乔拐子一份功劳，又承蒙老东家这么看重夸奖，看来这日后的升官发财是少不了的啦！只是，这剩下的十几个共党分子，留在这小小的温村寨也不是个长久之计。夜长梦多啊！还是尽快送走好。好在老东家体恤下情，怕我送这批要犯去朱阳关的路上不安全，已经发来电报，说从省府保安司令部派了罗连长到温村来，要亲自把这十几个八路要犯押走。这下子我可省了不少心！想到这里，乔拐子耷拉着眼皮，掐指算算时辰，抬头对着门口喊了一声："红升！"

乔红升就在门外站着。他掀起竹帘进了门，亲热地叫了一声："爹！"

乔拐子满意地看看乔红升，想要站起身来，乔红升赶紧俯身把他搀起。乔拐子拍拍乔红升的肩膀："走！跟爹一起，到寨墙上去看看！"

乔拐子背着手边走边想：这大半年来，眼见得红升是越来越懂事，就像变了个人一样，说话办事让他这个当爹的事事称心。乔拐子不由得暗暗佩服自己十八年前的眼力。

上了寨墙，乔拐子手搭凉棚望去。

这时，乔红升用手一指远处："爹！来了！"

乔拐子定睛一看：呦！果然来了！远处一队国民党兵正大摇大摆地朝着寨子走过来。

"快！开门迎接！"乔拐子转身就要下寨墙，刚走几步又停了下来，"不行！小心无大错！弄清楚他们的真实身份再开门不迟，这八路军可是诡计多端。万一被他们钻了空子，岂不是鸡飞蛋打！"乔拐子又返身上了寨墙。

来人到了寨门下。一个骑马的军官大摇大摆走在最前头，旁边一个年纪不大的护兵牵着马缰绳。人马站定，护兵旁若无人地一扬脸："寨墙上的听着！通知你们乔五爷，上峰有令，我们接人来了！"

乔拐子侧身躲在一个箭垛子后边，朝着下面偷眼看着，用手指头指指来人，示意乔红升上前问话。

乔红升手里举着盒子枪，枪口朝天往前走了几步："喂！你们是什么人？什么上峰有令，你们来接什么人？"

"切！"城墙下护兵眉头一皱，"你懂不懂？这是机密！能在这里大声吆喝吗？你是什么人，叫乔五爷上来答话！"

乔拐子朝乔红升眨巴眨巴眼。乔红升对着寨墙下喊："甭管我是什么人！你们带有省府的信没有？"

那个骑马的军官不耐烦了:"就你娘的啰唆!老子是奉了刘主席的命令来的,你哪来那么多废话!"说完,眉头一皱。一个文书模样的人走了上来,军官头也不回地说,"把刘主席的信递上去,让他们看看!"

乔拐子从乔红升手里接过信一看,一瘸一拐从箭垛后面闪了出来,挥舞着双手对来人喊:"罗连长!我就是乔子荣!慢待了,慢待了,我是怕被八路军钻空子,您可不要见怪!这就开寨门!"说罢"噔噔噔"下了寨墙。

寨门打开,乔子荣满脸堆笑迎出门外:"罗连长,这刚才差点儿是大水冲了龙王庙!"

罗连长脸上拂过一丝不屑的神情,抬腿下马:"乔五爷!您可是咱豫西有名的蹚将,怎么也变得走路摸屁股起来?这八路军有多大胆子?敢光天化日之下来闯乔五爷的寨子?这不是老虎屁股上蹭痒吗?切!"

好话人人爱听。乔拐子心里像喝了蜜水一样舒服:"哈哈!那是!那是!"

罗连长跟着乔拐子来到大牢。

大牢里阴暗潮湿,远远就闻到一股馊味儿。乔拐子到了门口站定,端起寨主架子用下巴一点,惯于承颜接词的狱卒,像得了圣旨一般开了牢门,押出十几个人来。

从牢房里走出的人个个鸠形鹄面,瘦得不成人形,但是见了乔拐子却都是怒目相对。乔拐子匪气大发,冲上去对着走在最前面的人就是一脚:"都他妈死到临头了,还一脖子犟筋!"

乔拐子抬起腿还要再踢,罗连长走上去把手一伸:"五爷!人都交给我们了,还用得着您跟他们置气?回头我们自然会收拾他们!"

乔拐子这才悻悻罢手。

罗连长一点数,眉头一皱:"乔五爷!怎么少了几个?"

乔拐子凑上来说:"罗连长,刘主席没跟你说?前几天已经送走了一批!"

罗连长"哦"了一声,点点头。

罗连长押了这十几个人出寨。出了寨门不远,乔拐子停下脚步,双手一拱对罗连长说:"老弟,有劳各位了,乔某腿脚不便,恕不远送!"

罗连长抬头往远处一看,说:"乔五爷,咱们再往前走一段吧,兄弟还有句话要说。"

乔拐子跟上一步低声问:"什么话?"

罗连长慢慢吞吞地说:"兄弟这次来,刘主席还有封信要小弟亲手交给你。"轻轻一句话就把乔拐子的胃口吊得老高。

第五章 鏖战豫西（1944—1945）

"刘主席？什么信？"乔拐子两眼瞪如铜铃。

"什么信？五爷，当然是喜信喽！"罗连长边说话边把一只手伸进裤袋里摸索着。

乔拐子面有喜色："兄弟，难道是……"乔拐子本想说出"委任状"几个字，又怕被罗连长笑话，只好含含糊糊打个哈哈。

"委任状。真的是委任状！"罗连长看透了乔拐子的心思，接口说。

两人一边说着一边往前走，渐渐离开寨门，下了山坡。罗连长嘿嘿一笑，刷地摸出一把枪来，突然顶在乔拐子的太阳穴上。

乔拐子顿时惊得魂飞魄散，身子一趔趄就要后退，无奈被罗连长一只有力的大手死死抓住不放。他手忙脚乱地拔出枪来，却被眼疾手快的罗连长用膝盖一顶，"嘭"的一声把他手里的盒子枪荡飞好远。

乔拐子声嘶力竭地喊道："红升！快救你爹！"

乔红升三步并作两步冲了上来，不过他的枪口并没有对准罗连长，而是抵在乔拐子的另一边太阳穴上："乔拐子！你不是我爹！我爹是鲁村李金柱！十八年前你趁我爹到高村瞧夏，派张老七把我爹枪杀在嶂礓堆上，你以为你一手遮天，你以为我永远都不会知道！你你你，你是我的杀父仇人！"

乔红升扣动扳机，"砰"的一声闷响，乔拐子肥胖的身体"扑通"一声歪倒在地。

"罗连长！我要参加八路军！"乔红升语出惊人。"罗连长"其实就是王波。

听到乔红升的话，王波诧异起来："红升！你怎么知道我们是八路军？"

乔红升把盒子枪往腰里一别："我早看出来了！在牢房里八路军要犯往外走，他们看到你的时候，眼睛里都是一热，我都看在眼里。而且，你给他们使个眼色，我也看见了。"

"好小子，真有你的！多亏你心里是向着我们，要不可就糟了！"王波照着乔红升的肩头"嗵"地就是一拳。

乔红升假装痛得一咧嘴："我早就知道乔拐子是我的杀父仇人，只是没有报仇的机会，今天终于天遂人愿了！"说完，捡起地上乔拐子的盒子枪，三步并作两步跑进队伍里。

王波飞身上马，"驾"一声追上了队伍。

王波假扮罗连长来救人，真正的罗连长则早已做了查玉升的俘虏。

原来王波接了韩钧的命令，带了一个连直奔温村。前脚刚刚出发，查玉升后脚就带了五十九团飞奔缝衣口。缝衣口是洛宁长水镇北一条南北走向的山

305

沟，一条大路从沟底穿过，沟两边是茂密的竹林，正适合埋下伏兵。竹林边上原有一座清真寺，可惜已经毁于日军炮火，只剩下了几处残垣断壁。

队伍刚刚抢占了两边高地，就见一队人马从西而来。查玉升取出望远镜一看，是一队国民党兵，看样子大约有一个连。侦察员气喘吁吁地向查玉升报告："团长！国民党一个连从朱阳关来，到温村寨接人。"

嗯？查玉升心思一动，这么巧？他眼珠一转："传我的命令，把这群国民党兵全部包了饺子！没有我的命令不许开枪，要全部活捉！"

这一队国民党兵茫然不知，全部闯进伏击圈。

查玉升从断墙头上站起身，立在沟边往下喊："喂！沟里的朋友！请问你们是哪一部分的？"

查玉升问得轻松，沟里的人听了却是头皮一麦。一个军官模样的人抬头望着查玉升，结结巴巴地问："贵军是哪一部分的？"

查玉升呵呵一笑，指指胳膊上的臂章："八路军五十九团，我叫查玉升！"

沟底那个军官一听"查玉升"三个字，赶忙回头对着队伍摆摆手："没有我的命令，谁也不许开枪！"然后朝着查玉升喊，"久闻查团长大名！在下是刘主席的手下，保安司令部一连连长，我姓罗！"

"啊，罗连长，幸会！告诉你的手下，你们已经被我们全部包围，谁要敢动一个手指头，立刻送他去见阎王爷！"说着，查玉升话锋一转，"罗连长，这么行色匆匆的，有什么贵干？"

"查团长！我们是奉了刘主席的命令，到前边去执行任务！"

"执行任务？兄弟，执行什么任务？恕我直言，罗连长，您如果是去打鬼子，我查玉升不仅放你们过去，而且我说话算话，咱一起去！可是如果您是去抓共产党、八路军，今儿个咱可得好好说道说道！"查玉升话里有话。

"这……"罗连长一时语塞。

"罗连长，还愣着干什么？上来吧！咱好好商量商量。你看看你现在的处境，往前走你走不了，往后退你退不回，开枪吧你一个连我一个团，力量对比一比十，何况咱可都是中国人，何去何从你好好掂量掂量！"

罗连长四顾一看，这四周竹林边上都是黑洞洞的枪口，果真是前无出口后无退路。

人在屋檐下，不得不低头。罗连长带了几个护兵，拨开杂草顺着一条小道来到清真寺边上。

查玉升迎上前来，抬手指指清真寺的断墙说："来！坐下谈。"说着便大大咧咧一屁股坐了下来,抬头一看,自己的警卫员正和罗连长的几个护兵脸对着脸鼻尖顶着鼻尖站着,大眼瞪小眼。

查玉升朝罗连长一笑:"瞧瞧!小日本把我们的家都炸成什么样子了,你看看你看看,还在这里大眼瞪小眼!"

查玉升的警卫员和罗连长的护兵一听这话,各自后退一步,虽然还是面对面站着,气氛已没有刚才那么紧张了。

罗连长紧绷的神经也松弛了下来。沟底的国民党士兵开始骚动,有几个起哄着高喊:"连长成了八路军的人质!放了我们连长!"

查玉升嘿嘿一笑:"随他们喊叫去!来,兄弟,我们坐下谈!"

漫长的等待过去了。沟里的国民党士兵抬头望去,见查玉升和罗连长肩并肩走了过来。

罗连长往沟边一站,沟底安静了下来。罗连长举枪向天,大声说:"弟兄们!查团长说得有理!听我的命令,全体放下武器,接受八路军改编,我们和八路一起打鬼子!"

人群中突然传出一个声音:"罗连长是叛徒!"

罗连长一看是连里一个军统分子,枪口一压,"嗵"的一枪,那人应声栽倒在地。沟底的国民党士兵都放下了武器。罗连长又把身上的一封信取出来交给了查玉升。

查玉升打开一看,喊过一个警卫员:"快!把这封信给王波参谋长送去!"

大勇和振邦身穿国民党军服昂头挺胸走在朱阳关街上。他们已经见过了老王,老王打听到的消息是,几天前的确有几个共产党要犯经过这里,但已经被送往朱阳关。大勇和振邦便换上国民党军装骑上马急急赶到这里。

朱阳关本是一个偏僻小镇,自从省府搬到这里,街上和附近的岭东、王店、南寺、杜店、莫家营几个村子,甚至街西的坡根一带,都建造了密密麻麻的简易草房做官舍,来容纳省府的四大厅八大处和报社、三青团、省党部等衙门。放眼望去,到处都是土墙上涂了白灰、檩椽立架上盖着黄稗草的草房子。到哪里找人去?

有了!临来朱阳关的时候老王让大勇带了一封信,说是遇到困难可以找这个人帮忙。大勇一急给忘了个一干二净。现在他从怀里取出这封信,和振邦一起按着信上的地址找了过去。

李慕裕几天前来朱阳关办事,就住在警备司令部里。看了老王的信,他忙

安排大勇他们俩住下，再三交代："谁要问你们，就说是我的护兵。"

大勇和振邦连连点头。大勇和振邦把来意讲了，李慕裕一挠头："这样，你们不要出门了，我通过警备司令部的朋友打听清楚后，再告诉你们！"

第二天李慕裕告诉大勇和振邦，被捕的几个同志已经不在朱阳关了，被刘茂恩送到西安青训队去了。这么远的路赶过来，竟然得到这么个结果，大勇和振邦心里很失望。

李慕裕安慰道："事已至此，多想无用。我的事情正好也办完了，明天咱们一起返回，这样路上你们俩也安全些。"

三人回到范里。然而谁也没想到，范里正在酝酿着一场风暴。

大勇、振邦和老王都住在李慕裕的营部里。这天深夜，一位神秘的客人，在李慕裕的带领下悄悄进了老王和大勇他们的房间。

来人见了老王身旁的大勇和振邦，警惕地问："老王，这两位是？"

老王答道："我们的同志！刚从根据地过来。"

来人放心地坐了下来。

老王见他面有忧色，问："孔师长这么晚了过来，是不是有什么情况？"

国民党五十五师已改编为新三十五师。原来这个中等身材、魁梧结实的中年人就是师长孔从周。孔从周点点头："老王，你住在这里不安全。你来了几个月时间了，三十八军里不少人都知道延安派来了代表，这个消息已经传到了新任军长张耀明耳朵里。今天张耀明下了一道密令，说军中有奸细，不管是捉活的，提头的，都给予重金和升官奖励。"

老王淡淡一笑。

孔从周很认真地说："老王，你是毛先生派来的人，一旦在我这里出了问题，我担当不起，更对不起毛先生！"

老王仔细想了想，脸色严肃地点头："说的倒是。孔师长，经过这一阶段的工作，部队起义的准备工作已经基本完成，剩下的只是等待合适的时机。这些情况我已经通过韩钧同志向毛先生详细汇报过了。毛先生也发回指示，指示我如果情况危急，可以考虑住到韩钧司令员那里。但我想，即使必须离开，也还是住得离你们近一些的好。"

孔从周说："你看这样行不行，我部队里原来有一个地下党员叫尤继贤，曾经是我的营长，张耀明借口'集合迟到'把他撤了职，我帮他拉起一支抗日队伍，叫陕县国民兵团，是我们自己的队伍，就驻扎在小南川，住在他那里怎么样？"

308

老王想了想:"行!什么时候出发?"

孔从周说:"最好现在就走!我再给你派几个警卫员。"

老王摇摇头:"不用。尤继贤同志我认识,有大勇和振邦跟着我就行了!"

十、肘腋惊变

攻打常村寨的战斗很不顺利。八路军三次攻打,都因工事坚固而受阻。

常村寨本来就易守难攻,上官子平又驱使百姓拆房毁树加高寨墙,寨墙上密布枪眼,寨外六丈宽三丈深的护城河,蓄满了从寨北不远处引来的涧河水,寨外四周的树木房屋更是被一扫而光,成了一片无法隐身的开阔地。

强攻不是办法。在一块西瓜地边上,用四根木柱几捧茅草搭起的临时指挥所里,韩钧眉头紧锁。参谋长郭庆祥和刚刚到任不久的副司令员孔令甫、政治部主任李耀也在紧张地思考着对策。

韩钧脸色凝重地踱着步。突然,李耀用手往前方一指:"司令员,你看!"

韩钧抬眼望去,只见宽宽的护城河对岸的北寨门那条窄窄的门缝里,往外挤出一群人来。从他们脚步踌躇的样子看,像是一群被胁迫的农民,后边还有几个贼头贼脑的叛匪挥舞着手枪督阵。出了寨门,一部分人"砰砰砰"对着八路军阵地胡乱地放起枪来,另一部分人被驱赶着修复一处损坏的寨墙,几个手握短枪的匪徒夹杂在人群中,"快!快!快!"不停地嚷嚷着。

"真卑鄙!"见上官子平驱使无辜的农民和八路军对阵,韩钧忍不住骂了一句。

"参谋长,命令各部停止射击,组织火线喊话!"韩钧取下望远镜,吩咐郭庆祥,"八路军的子弹不能射向无辜的农民兄弟!"

枪声骤停。趁着这个间隙,八路军阵地上响起一阵喊话声:"老乡!八路军和老百姓是一家人,不能为上官子平这个叛贼卖命呀!不能替上官子平这个大烟鬼当炮灰!"

寨墙下的枪声也停了下来。越过护城河看过去,几个持枪的农民猫着腰,顺着寨墙,脚步迟疑地要往后退。人群中一个瘦猴模样的人猛地站起身来,挥舞着短枪,气急败坏地叫嚷:"都他妈给老子往前上,谁他妈再敢后退,别怪我侯七的子弹不认人!"说着话他"砰"地对天鸣了一枪。后退的几个人停了下来,又开始无奈地朝着八路军阵地放起枪来。

韩钧走出指挥所。阵地上,有的战士手里已经攥紧了手榴弹。

韩钧心里很清楚，如果对面全是敌人，这样稠密的阵形很适合使用手榴弹或者机关枪，可是，不能！

阵地上气氛凝重。战士们的枪口也在来回游移，一次又一次校正瞄准点，寻找着几个督阵的家伙，生怕子弹打偏了误伤农民兄弟。

"沉住气，看我的！"韩钧上前一步，伸手从一个战士手里接过步枪，"咔嚓"一声子弹上膛。枪托抵在肩膀上，他屏住呼吸定定地瞄准侯七的方位。就在侯七咋咋呼呼抬起头的一瞬间，韩钧一扣扳机，子弹呼啸而去。侯七头部中弹，身子一仰，后脑勺结结实实撞在寨墙上，身子顺着寨墙软面条一样出溜到护城河里。

对面一下子乱了阵脚，后退的人群再也阻挡不住，呼啦啦全撤回了寨子里。

韩钧放下枪，就听阵地上响起一阵快板声："上官子平你王八蛋，狼心狗肺你去叛变，八路军帮你站住脚，背后下手你真混蛋，你呀你，你呀你，你呀真是不要脸！上官子平你王八蛋，死心投敌你骨头贱，背叛渑池百姓十三万，死心塌地你当汉奸，你呀你，你呀你，你呀真是不要脸！"

战士们听了，一阵哄笑。

常村寨里，上官子平悠悠醒来。上次侯七来报，说刘振汉和杨廷宸都成了八路军的刀下鬼，惊得他差点儿送了性命。可是俗话说，"好人不长寿，祸害活千年"，这上官子平竟然从鬼门关晃晃悠悠转了回来。

睁开眼，上官子平首先听到的就是寨外传来的一阵骂声。这这这，怎么回事？还没等他弄明白，紧接着进入耳中的便是侯万里带着哭腔的声音："司令呀！你可算醒过来了！"

上官子平勉强睁开眼皮，死死盯着不远处桌上的大烟枪，吃力地说："快……快……烟……"

乖乖！这从鬼门关悠悠转来的第一件事竟然还是抽大烟！侯万里孝子一般麻利地点了烟枪，送到上官子平嘴边。

上官子平深吸了几口，原本混沌迷离的眼睛里竟有了一些神采。精神好了一些，他声音沙哑地问："今天的烟膏，味道怎么有些特别？"

侯万里身子往床边凑凑，低眉说道："司令，这是赵抟沙专门派人闯过八路军的封锁送来的，说是印度产的'人头土'，专为司令准备的。对了，来人还说，有重要的事情要向您禀报！"

上官子平眼睛一亮："快，请进来！"

第五章　鏖战豫西（1944——1945）

来人进了门："上官司令，赵长官要我给您捎来一封信！"说完从衣缝里取出一个胶丸，放在嘴里咬开，小心取出一张纸条递上。

上官子平低头一看，只见上面龙飞凤舞写着几行字：弟务要坚持，万不可功亏一篑。胡、戴二长官甚为挂念，我等正极力运筹，将有围魏救赵之举，共军一定撤兵！切切！拧沙。

"哈哈！苍天有眼！天不灭我！天不灭我！"看了这张纸条，上官子平犹如打了一剂强心针，他手举这张纸条对侯万里说："我们有救了！"

上官子平真的逃过了这一劫。

正午时分，天空一片昏黄，阴沉沉的像是要下雨。韩钧他们正在研究下一步的作战计划，突然大路上从西而来响起一阵急促的马蹄声。

韩钧抬头看去，两匹战马奔驰而来，是军分区侦察排的两位战士。

两人到了跟前，纵身下马跑步上前，神色焦急："司令员！桂吾旅叛变了！"

"司令员！秦生富纠集红枪会一千多人，袭击段村八路军伤兵医院和修械所，企图重新占领观音堂！"

啊！韩钧心里猛地一惊，脱口问道："方政委和邓副旅长情况怎么样？"

两人摇摇头："不清楚。"

原来，三个月前独八旅政委王其梅跟随王树声司令开辟新区去了，政委职务由方升普接替，副旅长是韩钧派去的老八路邓忠仁。

韩钧又问："刘政委和贺专员有没有消息？"

两人又是摇摇头："没有！"

孔令甫、李耀、张范、闵学胜都围了过来，神情焦急地看着韩钧，急切地等待着他拿主意。

时间十分紧迫，每拖延一秒钟都会有战友付出生命的代价。韩钧紧张地思索着，当机立断："学胜，你立即带十八团前往桂吾旅，营救刘政委和方政委他们！还有，学胜！五十九团就在桂吾旅附近，立即通知查玉升，要五十九团先行一步前去接应！张团长，你和我一起，带特务团赶往观音堂，消灭秦匪！"

张范和闵学胜答应一声，集合队伍去了。

上官子平强撑病体，由侯万里搀扶着登上寨墙。远远地看见八路军果然撤退，心中大喜，暗暗佩服赵拧沙神机妙算，棋高一着。

陕县硖石，秦生富的"河南灭共建国军第二军"司令部里，赵拧沙和史紫忱、叶思雨、秦生富几个人正扬扬得意。

赵抟沙端起桌上的茶杯抿了一口,眯缝着小眼睛看看秦生富:"润普兄!出其不意啊!我们几个月来的心血终归是没有白费,八路军万万料不到,这上官兄弟反正在先,连杰老弟举义在后,虽然有我们几个穿针引线,润普老兄你的鼎力相助玉成其事是居功至伟呀!"

秦生富扭动一下肥胖的身子:"赵兄,言重了!我秦某为了党国利益自然不甘人后!还望各位在戴老板面前多多美言!"

史紫忱微微一笑:"秦司令,美言谈不上,如实向戴老板禀报司令您的战绩是我们应该做的。我已经向戴老板发去电报,把你和八路军血战马头山,在损失惨重的情况下又重整旗鼓,带领属下攻下八路军段村修械所、医院和仓库,击毙奸匪二十余,缴获重机枪一挺、轻机枪两挺、步枪三十余的辉煌战绩呈报了上去。润普兄,想必不日将会有您的好消息!"

秦生富志得意满:"赵兄、史兄、叶小姐,承蒙各位抬爱!兄弟这次派出王文斌副司令率领千余红枪会会众,决意从八路军手里夺取观音堂。占领了这个豫西重镇,可以遏制共军向西发展,到那时……"

"哈哈哈哈……"几个人大笑不止。

见秦生富正沉浸在收复观音堂的美梦中,一直沉默的叶思雨站起身来,款款走向秦生富。她风姿绰约地用双手为他奉上一杯香茗,两眼看着秦生富莞尔一笑,然后抬起头向南遥望:"秦司令,为了配合你大军直取观音堂,郭旅座连杰也已经举义反正,和你遥相呼应,共军给他派去的那些官佐,大概早已经人头落地了!"

从围攻常村寨的战场上撤下来,孔令甫、李耀和闵学胜带领十八团,抄了一条近道,向着西南方向挺进。

韩钧、郭庆祥和张范带着特务团一路西行,恨不得一步跨到观音堂去。

夏天的雨说来就来。"轰隆隆"一阵雷声过后,"哗啦啦"便下起一阵雨来。一会儿工夫便把这支西行的队伍淋了个透湿。

"驾!驾!驾!"韩钧顾不得擦去脸上的水珠,不停地扬鞭策马,冒雨前行。

队伍快要到达军分区司令部所在地西村的时候,雨停了。远远望见一队人马从西南方向过来,韩钧驻马定睛一看,是查玉升、方升普、邓忠仁和刘聚奎他们。看他们的样子像是刚从叛军的包围中冲出来,方升普手臂上还扎着绷带。

韩钧催马上前："升普！你怎么了？"

方升普咧嘴一笑："司令员，轻伤，没事的！"

韩钧悬着的一颗心放了下来："走！咱们先回司令部！"然后又回过头来，对郭庆祥和张范说，"你们两个带特务团到观音堂去，消灭秦生富！"

郭庆祥和张范答应一声去了。

到了军分区坐定，韩钧问查玉升："路上碰到闵学胜他们没有？"

查玉升解下腰间的盒子枪放在桌子上，大咧咧地说："碰到了。他们进山追击郭连杰那伙叛军去了！司令员，我带五十九团从缝衣口返回分区的路上，听到后山桂吾旅方向传来枪声，感到事情不妙，就赶了过去。巧了！正好碰到刘政委和升普他们急匆匆过来。原来是郭连杰这个狗崽子带着王延厉三团和独立营叛变了，在后面追击升普他们，被我迎头截住，吓得扭头就跑。"

韩钧看了看方升普的伤势，只见一颗子弹从手臂洞穿，好在没有伤着骨头。

方升普愤恨地说："郭连杰这狗崽子不地道。上官子平叛变后我和他多次谈心，他都信誓旦旦，表示绝无二心。谁知道他如此阴险……嗨！"

邓忠仁眉头紧锁："郭连杰伪装得实在太像了，真的蒙蔽了我们。司令员，我们的工作没有做好，只看到他曾经捕杀了国民党特务要之襄，只看到他曾经有过抗日举动，却没想到他会在我们背后捅刀子！"

刘聚奎看看贺崇升，说："我和崇升也找郭连杰和王延厉谈了话，也没有识破他们的阴谋。只是，我和崇升总觉得不敢对他们完全放心，就把我们八路军派去的同志全都集中起来，正在考虑要不要把大家都撤回来，郭连杰和王延厉竟然想趁这个机会把我们一网打尽！幸亏消息走漏，我们才……"

韩钧安慰大家："不要难过了，万幸的是大家都安全脱险。至于我们工作中的失误，回头再好好总结。"说到这里，又问刘聚奎，"叛变的是郭连杰旅部、王延厉团和独立营，赵连治这个团现在情况怎么样？"

刘聚奎道："我之前去过赵连治团。赵团驻地在苇子山，没有和郭连杰、王延厉他们在一起，这次他们也没有动手。从我实际了解的情况看，赵连治团应该是比较稳定的。"

韩钧不放心地摇摇头："老刘，人心隔肚皮，没有十足的把握，我们还是不能掉以轻心。"

刘聚奎沉思一会儿，说："司令员，桂吾旅政治部主任李廷坤同志就在赵团坐镇，要不我再去一趟，进一步了解赵连治动向，看有没有异常的地方！"

韩钧点点头："也行！聚奎，你带上警卫排一起去！万一发现情况不对，立即通知玉升带五十九团前去，甚至可以考虑五十九团和赵团合编进行武力控制！玉升，你带五十九团坐镇司令部等候聚奎同志消息，我马上去观音堂前线。"

刘聚奎站起身来："司令员，赵团估计不会有什么大问题，我带一个警卫班就够了！"说完，出门去了。

韩钧心中挂念着观音堂的战事，骑上马带了几个警卫员向北飞奔而去。

刘聚奎带了一个警卫班沿着山间小道来到苇子山。他没有直接到赵连治的团部，而是在几里外一个村子住下，秘密派人把团政委邬贤旺和八路军派去的连以上干部都叫来了解情况。几个人都反映赵连治团一切照常，赵连治本人也没有什么反常情况。

刘聚奎心里有了底，来到团部见了赵连治。

赵连治一见刘聚奎，殷勤地迎了上来，笑容满面地说："刘政委，可把你给盼来了！郭连杰这个王八蛋叛变投敌，与八路军为敌，绝不会有什么好下场！这几天我们团也有个别战士思想不稳，我和邬政委可没少做工作，现在总算是稳定下来！还有，旅政治部李主任亲自在我们团坐镇，也起了不小的作用！这下刘政委又亲自前来，我们就更放心了！来来来，快请屋里坐！"

刘聚奎还是有些不放心，不停地用话语左试右探，观察着赵连治的神色，见赵连治对答如流，神色自若，总算放下心来。

夜幕深沉，星月无芒。苇子山静悄悄的。黑漆漆的夜晚伸手不见五指，只有呼呼的山风幽灵一样在山谷间左右穿行，飘忽来去。一个瘦小轻巧的黑影翻山越谷，向着苇子山方向疾行。黑影躲开哨兵摸进村子后，三挪两闪翻越墙头，悄无声息地飘到赵连治的门口。

嘭嘭嘭！嘭嘭嘭！一阵轻轻的有节奏的敲门声骤然响起。

"谁？"屋里，赵连治正和心腹贾汉章密谋着什么，敲门声惊得他"噗"地吹灭油灯，在黑暗中脱口问道。

"我！赵团长，快开门！"门外传来一阵娇息微喘的低语。

竟然是个女人的声音！赵连治心里咯噔一下，半夜三更的，会是谁？

赵连治又"嚓"的一声划了火石点上油灯，然后握枪在手，子弹上膛，枪口对着屋门方向，朝贾汉章努努嘴。

贾汉章会意，轻手轻脚来到门边"咔嗒"一声拉开门闩，一个轻巧的身影闪进门来。贾汉章又把门轻轻关上,插上门闩,转过身来,俩人一前一后把来人夹在中间。

来人并不理睬赵连治黑洞洞的枪口,取下蒙面纱巾,腰肢一扭,一头乌黑如瀑的长发刷地垂了下来,一股淡淡的幽香弥漫开来。

啊,叶思雨!

"嘘!"赵连治正要开口问话,叶思雨伸出一根手指,放在嘴唇上做了个噤声的手势。叶思雨的眼睛犹如两颗贼星,不停地在赵连治和贾汉章脸上扫来扫去,似乎想从他们脸上探寻出两个人此刻的心思。看得出他们没有恶意,叶思雨伸手轻轻拨开赵连治的枪口。赵连治这才赶紧手腕一抖反转枪口,关了机头送入枪套。

"赵团长,我从旅座那里来。"叶思雨定定气息,微启红唇,"旅座已经和王杰三司令接上了头,举义归正回到党国阵营,单等你的好消息了!"说到这里,叶思雨又往前逼进一步,以不容置疑的口气问,"赵团长,你准备什么时候动手?"

"这……"赵连治眉头一皱,沉吟起来。其实赵连治心中的确有些犹豫,反叛计划他一清二楚,之所以没有和郭连杰同时起事,是因为首鼠两端的他还想再看看形势。叶思雨对他这点儿小心思洞若观火。

"赵团长,你不要再对八路军抱什么幻想了!这灭共反正的密谋,你都是参与了的,你写给旅座的那些信件,只要有一件落入八路手中,都是脑袋搬家的事情!"叶思雨神态自若,话语幽幽,赵连治听来却句句惊心,"再说,我们有可靠的情报,八路军并不信任你,韩钧已经给你下好了套子,要把你团和八路五十九团合并!查玉升的手段你是清楚的!恐怕到时候你成了光杆司令不说,说不定……"叶思雨死死盯着赵连治的眼睛,"连性命都难保!"

赵连治听了脸色一沉,"嘶"地倒吸一口凉气,不停地搓起手来。赵连治这点儿变化丝毫没有逃过叶思雨的眼睛。收官的时候到了!

叶思雨柳眉一挑,接着说:"赵团长,当断不断,必受其乱!你知道夜长梦多的道理!现在正是紧要关头,一念之间生死攸关,明天会是什么情况谁也难以预料!"

贾汉章从门口跨上一步:"大哥,叶小姐说得有道理!弟兄们上千条人命都握在你手里,不能再犹豫了,赶快动手吧!"

"好!"赵连治终于铁了心。昏黄的灯光映照下,他的脸色狰狞起来,脸上的横肉陡然鼓起几道,因为情绪激动而一蹦一蹦地抽搐着,他的呼吸也变得

急促起来,"汉章!说干就干!快去把我们的心腹弟兄找来,连夜动手!"

"好!我这就去!"贾汉章答应一声出门去了。

"识时务者为俊杰。大哥,真男人!"叶思雨毕竟是女人心性,见大功即将告成,禁不住对着赵连治一竖大拇指,眉目含情地恭维一句。

好听莫过美人夸,软语润心细无声。赵连治知道这叶思雨是戴老板面前的红人,手眼通天,听了叶思雨称赞,心中很是受用,胆边竟又陡然生出一些杀气来:"叶小姐,我要用八路军几颗人头,做效忠党国的见面礼!"

叶思雨两眼放光:"大哥,事成之后,我会在戴老板面前单独为你请功!"

说话之间,贾汉章已经带着几十个弟兄来了。

赵连治一脚跨出房门。

"弟兄们!"赵连治两手叉腰往队前一站,声色俱厉地说,"八路军密谋要消灭我们!如果让他们得逞,弟兄们统统没命!先下手为强,后下手遭殃。你们都是我赵某情同手足的兄弟,有难同当,有福同享。现在到了考验弟兄们的时候了,三人一组去把八路军派来的人统统给我抓来,一个也不许走掉!记住,只许成功不许失败,事成之后重重有赏!"

这一帮子人本身就是赵连治和贾汉章拉杆子起家的心腹兄弟,一听赵连治的话自然是群起响应,急匆匆消失在夜色当中。

赵连治和叶思雨躲在屋里焦急地等待着消息。

天色微明的时候,八个黑影被五花大绑着一一带到院子里。

"汉章,齐了吗?"赵连治在黑暗中压低声音问。

"齐了!一个不漏!"贾汉章擦了一把脸上的汗道子,得意地答道。

赵连治用手电筒一个一个辨认着,拉出两个黑影站在一旁,眼睛一扫剩下的六个人:"就地执行!"

"用刀还是用枪?"贾汉章小声问道。

"用刀!"

贾汉章答应一声,带着手下架起六个黑影拖了出去。过了一会儿工夫,几人手里提着六颗血淋淋的人头回来了,"扑腾"、"扑腾"扔在赵连治脚下。

天边有了一丝曙光,隐约能够看得清楚赵连治对面的两个人是八路军派来的旅政治部主任李廷琨和一连指导员王廷柱。

赵连治上前一步,换了一种口气说:"知道为什么留下你们两个人吗?亲不亲,家乡人。我是看在我们同乡的分上,才不忍心杀掉你们!"说到这里,赵连治用手一指地下的六颗人头,"他们的下场你们两个已经看到。干脆点儿，我就要你们一句话，跟我们一起干，我就放你们一条生路！胆敢说出半个不字，赵大爷的鬼头刀可是不认人！"

赵连治说完后退一步，朝着贾汉章一努嘴。贾汉章上前把对面两个人嘴里的破布拽了出来。

"啊，呸！"李廷琨两眼喷射着怒火，一口啐到赵连治的脸上，"跟你一起干？做你的大头梦去吧！你这个双手沾满八路军鲜血的刽子手，忘恩负义的王八蛋！"

赵连治怒火中烧，擦了一把脸上的吐沫，猛地一侧身子，抡圆了胳膊"啪"的一个大巴掌甩在李廷琨脸上，打得李廷琨满嘴冒血。

王廷柱挣扎着要冲过来，被身后的几个匪徒死死拉住。他遏制不住心中的怒火，大骂赵连治："同乡？我为有你这样卑鄙无耻的同乡而感到羞耻！你这个无耻的叛徒，你这个不得善终的畜生！你……"

贾汉章一看两个人把赵连治骂得狗血喷头，冲上去抬脚便照着两人膝窝跺下去。

李廷琨和王廷柱嘴里还是骂声不绝。赵连治恼羞成怒，拔出枪来迎面对着两人"砰砰砰砰"一阵乱射。

"拉出去！拉出去！"赵连治手里握着枪，歇斯底里地叫着。

十一、泪洒黄河

秦生富正在做着一举收复观音堂的美梦。这次派出副司令王文斌进军观音堂，秦生富是志在必得。这一带是八路军兵力空虚的软肋，这时候又正是八路军焦头烂额的当口，东有上官子平重兵牵制，南有郭连杰、赵连治遥相呼应，背后有日本人、国民党两个主子撑腰，八路军一个月来拿下刀环寨，消灭杨廷宸，激战马头山，虽说是连战皆捷，但毕竟连续作战师劳兵疲，现在又和上官子平胶着僵持在常村寨，一时半刻要想抽身不是那么容易，天时、地利、人和……嘿！全叫我秦生富占了。

秦生富恍恍惚惚一梦未醒，就听见寨外传来一阵人马杂沓的声音，细听觉得有些不对劲，急急忙忙起身出门查看。

观音堂方向尘头大起。眨眼工夫一副担架到了跟前。秦生富低头一看，担架上躺着的竟然是王文斌！王文斌受伤不轻，脸上满是血污，横七竖八缠了几根绷带，见了秦生富哭着说道："司令！中了八路的埋伏，全、全军覆没……

兄弟我，抄了一条小路，这才逃了出来……"

"啊！"秦生富心中一惊，还没等他说话，躺在担架上的王文斌频频回顾身后，心惊肉跳地说："后面，八路军已经追过来了，司令！赶快逃命！"话未说完，担架已经一溜烟向南去了。

娘哎！逃命要紧！秦生富脚下一慌，随着溃兵潮水般向着深山逃去。

天色将晚。

"吁！"韩钧勒住战马，"传令！停止追击！"

八路军这一仗大获全胜。原来王文斌带着一干人洗劫了八路军段村修械所、医院和仓库后，自以为八路军主力远在天边，而观音堂近在眼前，打下观音堂犹如探囊取物，因此先是纵兵抢掠一番，这才慢吞吞向着观音堂进发。

郭庆祥和张范到达观音堂后，侦知王文斌人马还在路上，立即调整作战部署，强行军抢占镇南有利地形，伏击敌人。等韩钧赶到的时候，八路军已经全部进入阵地。一个连担任正面阻击，五个连埋伏在两侧山地，形成一条狭长的口袋。

王文斌大队人马进入伏击圈，八路军出其不意迎头猛击。王文斌一看中了八路军埋伏，又听得四面枪声如此激烈，心里已知大事不好，便带了一部贴身随从，不要命地冲出一条血路，顺着南岱山下一条隐蔽的后沟神不知鬼不觉地逃走了。

哪知这一切都被韩钧看在眼里。他叫过张范一阵吩咐，张范派出一队战士从山头冲了下去，卡住沟口猛甩一阵手榴弹，敌人大部被炸死炸伤。王文斌也受了重伤，见八路军火力太猛，只好装死藏在死人堆里。好不容易瞅了个机会，他这才心惊胆战地溜着沟边，跌跌撞撞逃了出去。

战场清理完毕。这一仗总共毙伤敌人七百多，抓获三百多个俘虏，只有匪军副司令王文斌和少数随从逃走。

韩钧带特务团回到西村八路军司令部时，已经是第二天。

一进门就看到刘聚奎和查玉升，韩钧当即对查玉升道："马上集合五十九团赶赴苇子山，我和你一起去！现在就出发，五十九团立即与赵连治团合编，快！"

查玉升转身刚要出门，竟"嘭"的一声和门外闯进来的人撞了个满怀。

来人是李廷琨的警卫员。他浑身已被汗水湿透，一头撞进门里，抬头望见韩钧，竟然像孩子一样哭了起来："司令员！昨天夜里赵连治叛变了，八路军派去的人全都被杀！"

天哪！

"司令员！天不亮我就听有人叫门，我住在隔壁房间，侧耳听听像是贾汉章的声音，大概说是日本人要来偷袭，请李主任赶快到团长那里去商议。李主任急急忙忙跟上走了。等我穿上衣服出门，见他们已经走远，我一路跟了过去。谁知道……"说到伤心处，警卫员哽咽起来，"等我赶到团长那里，远远就听到李主任和王指导员大骂赵连治杀害八路军，是叛徒王八蛋，赵连治恼羞成怒，连开了好几枪……"警卫员呜呜地大哭不止。

韩钧问："赵连治现在在哪里？"

"苇子……山……"警卫员抽噎着。

"老郭！玉升！带五十九团跟我立即出发，苇子山！"

此时的赵连治做贼心虚，片刻不敢停留，早已撤离苇子山，向着洛宁长水方向投奔郭连杰和王杰三去了。

到了苇子山，远远望见山岭上有大群老鸹盘旋起落，韩钧的心咯噔一下，回头对着郭庆祥和查玉升说："上去看看！"

山岭上惨不忍睹。遇难的同志被赵连治弃尸荒野。

韩钧心如刀绞。

"玉升！派人买几副好棺木，再买上几匹好布……把牺牲的同志装殓起来……"韩钧痛心疾首，声音哽咽地吩咐郭庆祥。

韩钧转过身。

这时山下来了一匹快马，是军分区通信员。通信员跳下马，快步跑到韩钧面前，递给他一封电报："司令员，中央来电！"

韩钧接到的是中央从延安发来的电报。

> 季英、韩钧、仲英：蒋介石已命令改编第四集团军为一个军，以张耀明为军长，调赴六战区作战，这完全是排除异己准备内战的阴谋……为反对这一阴谋，必须将我党能掌握的部队坚决拉到你们地区与你们密切配合行动……你们要采取一切方法暗中援助，并切实帮助他们整理、巩固和发展……

安葬好烈士们，韩钧和战友们再一次脱帽对着烈士们的坟头三鞠躬。

带着深深的哀悼，韩钧意志坚定地对郭庆祥和查玉升说："走！带五十九

团到陕县大石涧！"

刚到大石涧，就听几声惊雷从天边滚过，随后下起雨来。

这山野之间的大雨与别处不同。雨势凶猛，雨点儿噼里啪啦从天上砸下来，一个雨点儿砸在地上就有铜钱那么大一片，不大一会儿工夫便如瓢泼似盆倾，如灌如注，铺天盖地，天地之间只见一片白水茫茫。

大石涧一处民房里，韩钧皱着眉头站在窗前。

第四集团军前身是杨虎城十七路军，对这支积极参加西安事变的杨虎城旧部，蒋介石一直耿耿于怀。在抗日战场上，蒋介石一直把它置于战斗一线，企图假日本人之手消灭异己，不料事与愿违，这支部队生命力异常顽强，与日军浴血拼杀多少年，不仅没有被消灭反而战绩显赫。蒋介石又生一计，企图分化瓦解这支部队，还是未能达到目的。蒋介石只好露出庐山真面目，采用调虎离山的办法，调三十八军军长赵寿山到甘肃武威担任第三集团军总司令，派自己的嫡系张耀明接替军长来控制这支部队。就在前几天，蒋介石又召见第四集团军总司令孙蔚如，拟调孙蔚如任第六战区司令长官，以九十六军军长李兴中充任第四集团军总司令，而最毒辣的一招就是把九十六军也并入三十八军，仍由张耀明充任军长。如果蒋介石的阴谋得逞，经过这一番太极推手，最终结果是十七路军元老都成了徒有虚名的空头司令，杨虎城的部队缩编为三十八军为蒋介石所吞并。三十八军起义迫在眉睫。毛主席对这件事很关心，不仅在半年前就派周仲英秘密前来，而且毛主席和韩钧等也多次电报往返，要韩钧密切配合周仲英。

因此，韩钧这次带了五十九团前移到陕县大石涧接应起义部队。

门"啪嗒"一响，周仲英来了。虽然穿着雨衣，周仲英和大勇、振邦还是浑身淋了个透湿。

韩钧满面笑意地看着周仲英："你可回家了！现在可以叫你仲英同志了吧？起义准备得怎么样了？"

周仲英道："司令员，昨天我和十七师的起义总指挥刘威诚同志一道去见了孔从周师长，进行了最后一次密商。情况有一些变化，我们原计划是十七师和新三十五师同时起义，现在看来有一定困难。十七师正在敌后休整，可以随时拉出来，但孔师长新三十五师目前正展开在一线阵地，和日军呈胶着状态。这种情况下如果新三十五师骤然起义后撤，日军必然乘虚而入，不仅新三十五师会遭受损失，十七师的行动安全也难以保证。因此，我们权衡再三，意见是

第五章　鏖战豫西（1944—1945）

十七师按原计划于今晚起义，新三十五师暂时留下来顶住日军，保证十七师起义成功，以后待机再举。"

韩钧有些担心："十七师单独起义，新三十五师将来的处境岂不是更加困难？"

周仲英点点头："是。但目前没有更好的办法。孔师长已经料到他将来的日子会不好过，他要我们向毛主席汇报，他有决心顶住各种压力，寻找合适机会脱离国民党。考虑到新三十五师中已暴露的中共党员的安全，孔师长提议，在十七师起义的同时，把这些同志撤到我们根据地，免受国民党迫害。"

韩钧脸上露出一丝笑容："仲英，赶快把最新情况向毛主席汇报！"

洛宁故县镇也是大雨如注。十七师三千多名官兵按照预定时间准时起义，在新三十五师掩护下冒雨北上，向着八路军抗日根据地挺进。

天亮了，又一个黎明到来。太阳高高升起，昨夜的风雨阴霾一扫而光，天空也被一夜的风雨擦得锃亮。

韩钧和周仲英站在山坡上向远处眺望。周仲英突然用手一指说："来了！"顺着周仲英的手望去，一支长长的队伍，气势雄壮地踏过群山泥泞，向着太阳走来。

时间转眼过去了一星期。

渑池县刘果村，广场上人山人海，分区部队和数万名群众敲锣打鼓扭着秧歌，临时搭起的主席台上，挂着一幅长长的红色横幅——隆重庆祝十七师胜利归来。

庆祝大会已经进入尾声。正在台上表演的是豫西公学宣传队，几个身穿八路军军服的女战士正在声情并茂地演唱自编歌曲《欢迎三十八军》："东方红日已升起，西边过来一支兵，这就是爱国爱民的好同志，三十八军的好弟兄，咱与他们一条心，一条心……欢迎欢迎来欢迎，欢迎我们的好将领，英勇抗日的西北军，反戈一击杀敌人，抗日反蒋救中国，救中国……"

韩钧刚刚宣读了毛泽东同志亲拟的嘉勉电，和十七师政委刘威诚并肩走下主席台，就见周仲英和郭庆祥迎面走了过来。

郭庆祥对着韩钧和刘威诚说："司令员！刘政委！河南军区发来电报，传达中央的指示，老周同志正式调入十七师，协助十七师整顿部队。还有就是，中央请十七师参加起义的同志们放心，已经安排关中分区设法照顾好他们的家属。"

刘威诚和周仲英的手紧紧握在一起："仲英！我代表十七师全体同志欢迎你！这下子你再也不用化装成买菜的伙夫了！"周仲英回想起自己化名老王，牵着牲口躲避国民党特务的情景，头一仰哈哈大笑起来。

韩钧对刘威诚道："中央的意见，十七师休整以后，要尽快北调太岳解放区，参加新的战斗，再立新功！"

刘威诚点点头："司令员！请转告中央，我们整训结束后立即过河北上！"

一个小个子通信员急急忙忙跑来，报告韩钧："司令员！孔副司令请你们几位到司令部，说有紧急情况！"

几个人匆匆来到司令部。刘聚奎、孔令甫和李耀已经等在那里，每人脸上都隐隐透着难得一见的兴奋。

见韩钧他们几个进门，李耀起身递给韩钧一封电报："司令员！军区来电！"

韩钧低头一看，顿觉眼前一亮。

  各地委各兵团首长各县委：苏联对日宣战后，红军即向东三省突进，日寇宣布无条件投降，苏联红军现未停止前进，如此形势是大变动。根据中央八月十一日指示，朱总司令一、二、三、四、五、六、七各号紧急命令，我们照着执行，党委对河南今天与将来的战时任务特有如下指示……

日寇宣布无条件投降！

八年，整整八个年头啊！终于盼来了这一天！韩钧高高地举起手中的电报，抑制不住内心的激动，高兴地向着大家宣布："同志们，日寇无条件投降了！"

司令部里顿时欢腾起来，胜利的消息像春风一样迅速传遍了根据地。

然而，人们热切盼望的和平并没有真正到来，老百姓希望从此过上太平日子的愿望也落了空。蒋介石一面密令国民党军队抢占地盘，一面明令各地日军不得向八路军投降。一直躲在伏牛山的国民党河南省政府主席兼河南警备司令刘茂恩率部出山，经卢氏东进；第一战区司令长官胡宗南指挥所属部队，一路进犯陕甘宁边区，一路由副司令长官裴昌会带领，出潼关进入河南，划分七个"清剿区"，对豫西抗日根据地进行大规模"清剿"。

二分区与河南军区的联系被切断，陷入孤军境地。原定和河南军区部队一起南撤，与李先念新四军五师会合的意图无法实现，只得和十七师先后回撤黄河以北。

撤离豫西的时候，根据地群众哭着挽留，百姓哭着让八路军把孩子带走，免遭国民党军队杀害，根据地民兵、自卫队员也纷纷加入八路军随军北上。二分区部队撤到济源县西承留镇荆王、南窑一带整装待命。

北渡黄河的时候，韩钧心情十分复杂。

站在船头放眼望去，河面上波涛汹涌，他的心绪随之跌宕起伏，突然间涌出一阵悲伤。这悲伤是那么强烈，深深地刺痛着他的心。

他想起了身材瘦削、脸上总是洋溢着青春和热情的王舟平，想起了忠厚老成的汪德清，想起了白云和许许多多一同南渡黄河的战友……去年冬天踏冰南渡，而今多少并肩过河的战友却永远地留在了黄河南岸！

韩钧心中锥刺一般地痛苦。他恋恋不舍地朝着黄河南岸又回望一眼，痛苦地闭上了眼睛。

韩钧十分自责，觉得自己愧对毛主席的嘱托，觉得自己对那些战友的死负有不可推卸的责任。他不停地在心中做着种种假设：假如……假如……假如……可是一切都已经无法挽回了！

过河后，接着便是紧张的整训。但是韩钧心中一刻也忘不了那些为抗战捐躯的战友们，忘不了那些倒在抗战胜利前夕的同志们。是啊，开辟豫西抗日根据地的工作已经宣告结束，是到了该总结经验教训、悼念死难战友的时候了！

追悼会上，韩钧胸怀坦荡，主动承担责任，代表地委、军分区挥泪检讨。

他满含着热泪说："我在山西决死二纵队，与阎锡山在'晋西事变'的斗争中没有吃亏。结果到了老家门口，因为思想上麻痹，失去革命警惕性，在跟上官子平这个无名小卒的斗争中，竟吃了大亏。许多好同志失去了生命。这其中单是经过长征的红军干部就有三十多人，营以上干部二十多人，这些同志都是党和国家的宝贵财富！尤其令人痛心的是，他们倒在了抗战胜利前夕！不是死在抗日战场上，而是死于我们的思想麻痹和政策失误上！太令人痛心啊！我没有做好工作，这是自皖南事变以来，我党我军一次血的教训……"

韩钧声泪俱下，泣不成声。

这是胸怀宽广、心地坦诚的担当！这种担当感动着在场的每一个人。

真情产生共鸣。台下干部、战士都被韩钧的真情和勇气所感动。有的泣不成声，有的悲愤交加，有的则号啕痛哭起来。

第六章　为新中国而战（1946—1949）

一、单刀赴会

王屋山东麓，一条顺着山谷流下的小河由北向南从南窑村中间穿过。冬天的早晨，风寒山瘦，河里的水流也比平日小了很多，就连河道中间那些泛着青苍颜色的鹅卵石，也随着水位的下降裸露了出来。

岸边一条崎岖的小路。韩钧和李耀两个人出了村，沿着这条小路往山上走，一路走走停停，一边小声交谈。到了半山腰，韩钧停下脚步，抬头看看远处苍茫的山色，有些忧虑地说："看来老蒋是下了决心要打内战了！"

天空瓦蓝。李耀抬头看看天空中不停变幻的流云，无奈地摇摇头："树欲静而风不止！鬼子投降，原以为可以过上太平日子，谁知道老蒋却动起歪脑筋来，调动国民党军队四处发动进攻，恨不得一口把我们吃掉！"

"哼！"韩钧鼻子里哼了一声，"可惜这不过是蒋光头的一厢情愿罢了！毛主席不是说了吗？针锋相对！我们从日本人手里夺回来的国土，凭什么拱手相让？好在主席早就识破了蒋介石的障眼法，结束同蒋介石的雾都较量后，一回到延安，就立即着手对八路军各部开始整编，要求我们做好迎战准备。"

李耀转过身去，只见一队出操的战士刚刚出村，军容整齐，满意地说："司令员！这次跟着咱们过河的部队，整编成特务一团和特务二团，两个团配合太行军区部队打下沁阳城，这一仗打得漂亮，现在士气高涨得很！"

"是啊！老李，我们在豫西吃了亏，同志们心中也是憋着一股劲呀！"说到这，韩钧话题一转，"我们过河北上，十八团和五十九团向河南军区东撤，也不知道他们现在的情况怎么样了！"

李耀听了这话，不由自主地抬眼朝着黄河的方向远眺。远处，群山起伏，大河东去，河山壮景美不胜收。两岸茫茫苍苍的山峦，中间滔滔滚滚的巨流，沟汊纵横，山川交互，使人胸襟开阔，豪情顿生。

"司令员，你看！"李耀像是发现了什么，向黄河南岸的峭壁指去。

原来是绝壁上一条若隐若现的古栈道。黄河南岸陡直的峭壁上，一条古栈道蜿蜒上行。这栈道在壁立的危崖上开凿，里面凿成虎口的形状，硬生生从绝境中开出一条路来！韩钧是黄河边长大的人，深知这水势险恶的黄河峡谷地段，一段段栈道的大用处。此刻看过去，他的心里却有了不同以往的震撼！

过了好大一会儿，李耀才把目光收回来，说："绝境中尚且能开出一条生路，放心吧，司令员！十八团和五十九团都是能征惯战的老队伍，一定会冲破国民党的包围，顺利和大部队会合！"

"说的是！"韩钧释然一笑。

一匹快马出村，转眼到了跟前。通信员跳下马来，双手递上电报："中央来电！"

韩钧把电报接在手里看了，眉头渐渐舒展开来，笑着把电报递给李耀。

李耀看完电报，兴奋地说："司令员！这下子咱们可以大展身手了！"

韩钧点点头："是啊！部队整编的事终于有了眉目。把各区主力编成野战纵队，适应下一步大兵团作战，中央这个想法好！把我们编入晋冀鲁豫军区第四纵队，是对我们战斗力的肯定！"

李耀笑着向韩钧敬了一个军礼："司令员，祝贺你担任四纵副司令员！四纵司令员陈赓同志赫赫有名，可是毛主席非常信任的一员虎将，红军时期和抗战中打了不少漂亮仗呢！"

韩钧也笑了起来："陈司令员可是老资格喽！我们八路军里为数不多的黄

埔一期！我这个副司令和你这个新任二十四旅政委都要好好向陈司令员学学怎么打仗！"

李耀点点头："那是自然！电报命令我们尽快开赴晋南，是不是尽快动员部队？"

"走！"韩钧转身和李耀往村里走去，"尽快把中央决定告诉大家，稳定军心！同时动员部队立即出发。晋南局势现在很复杂，胡宗南趁上党战役刘邓首长和阎锡山作战的空隙，派第三军乘虚而入，想浑水摸鱼。陈司令员他们按照毛主席的部署，已经在同蒲路临汾以南摆开战场。这将是一场恶战。刻不容缓，我们部队出发的动作要快！"

曲沃城炮声隆隆，七丈高的城墙下狼烟四起。

八路军攻势如潮，已经从四面把曲沃城团团围住，还不断把城外国民党军向城内压缩。吊桥放下，城门大开，国民党溃兵夺路入城。待八路军追到城壕跟前，吊桥快速升高，城门死死关起，五丈宽的城壕挡住了八路军追兵的去路。

城墙上射出了暴风骤雨般密集的子弹。一个满脸横肉的肿眼泡正手指城下，声嘶力竭地指挥着。他就是守军司令、阎锡山的曲沃专员续济川。

曲沃城东北不远的东凝村，一座看似平常的农家小院里繁忙异常。不停地有脚步匆匆的军人进进出出，不断有急如星火的战马从村外西南方向飞驰而来，不时有通信兵朝着村外急匆匆纵马而去。一间瓦房里，桌上墙上尽是地图，屋里屋外扯满电线，一部部电话不时响起，电话铃此伏彼起，电报声嘀嘀嗒嗒响个不停。

陈赓手里同时握着三个话筒，正在不停地下达作战命令。

"周希汉！十旅两个团主攻西关！拂晓之前必须拿下曲沃城！"

"陈康！十三旅佯攻北关！"

"李成芳！十一旅分兵一部南关设伏，一旦守敌弃城逃跑，立即就地歼灭！"

尽管外面天寒地冻，陈赓却解开了衣服扣子，额头上、鼻尖上都渗出细密的汗珠来。陈赓这次动用主力围攻曲沃，下了很大决心要把它拿下来，不仅是因为曲沃城地理位置重要，更是因为曲沃一带向来富庶，阎锡山在城中屯有掠夺来的大量军粮。当然，阎锡山的军粮重地，守军力量自然也十分强大。本来就有几千守军，加上不断收容的溃兵，城里守军力量已经超过五千以上，再加

第六章 为新中国而战（1946—1949）

上城高壕宽，工事坚固，守城的续济川孤注一掷。

续济川死不投降还有一个原因。抗战期间他甘为阎锡山勾结日寇的马前卒，多次明目张胆地配合日寇进攻解放区，双手沾满了八路军和根据地百姓的血，他很清楚一旦曲沃城被八路军攻破，不会有他的活路。

周希汉指挥所设在西关门外不远。

"目标城门楼！抵近射击！"攻击西关的战斗屡屡受挫，周希汉急了眼，一手叉腰对着电话吼了一阵，调来四门山炮，一字排开在西关城下。

副旅长楚大明亲自指挥，一阵轰隆隆的炮声，城门左右两个炮楼轰然倒下，城墙也被炸塌一段，碎砖烂瓦把这段缺口铺成一个斜坡。一看有了缺口，八路军蜂拥而上。

东凝村指挥部里，陈赓手握话筒不停地喊："周希汉！听到没有？周希汉！听到没有？听到回话！听到回话！"电话里却没有回音。

陈赓盯着手里的话筒，正在思索对策，门外跨进一个人来，声音洪亮地说："陈司令员！"

陈赓抬头一看，韩钧！他连忙把手中的话筒放在机座上，迎上去紧紧握住韩钧的手："太好了！及时雨！你来到四纵，我们可真是如虎添翼！"

参谋处长李懋之急得一头汗："司令员！和周旅长还是联系不上！估计是电话线被炸断了！"

"正在节骨眼上……马上派人去修！"陈赓侧过身对李懋之说。

"好！可是……"李懋之担心时间来不及。

韩钧紧紧腰间的皮带，问道："周旅长现在在什么位置？"

陈赓走到墙边用手点着地图："西关！这里是我们的主攻方向。一定要一鼓作气尽快拿下西关，突入县城。我们打不起消耗战！"

韩钧眉毛一耸："司令员！这一带我熟，我去前线传达！"说完转身就走。

"韩副司令……"陈赓追到门口，只见韩钧跨上战马，一扬马鞭，一阵马蹄声飞驰而去。韩钧的身影很快融入了深沉的夜幕中。

曲沃西关。城头火光冲天，硝烟弥漫。一阵密集的机枪扫射过后，周希汉猛一挥手，突击队旋风一般冲向城墙坍塌的缺口。城头上的敌人在顽强抵抗，密集的子弹不断向着缺口处扫过来。不断有人倒下去，又不断有人爬起来，迎着子弹冲上去。

八路军战士终于登上城头。随着一阵枪响，南北两个方向的敌人蜂拥后退，后续部队源源不断登上城墙。周希汉抬腕看看表，正好是二十三点。

东凝村里，纵队指挥部仍然灯火通明。电台还在嘀嘀嘀不停地响着，李懋之伸手接过一封刚刚发来的电报，低头一看，急匆匆走到陈赓身边，递上电报："周副主席来的。"

陈赓愣了一下：周副主席很少以个人名义向前线发电报，今天这是怎么了？陈赓心中狐疑，低头急急搜寻着电报上的内容：停战协定十三日午夜生效，要求各战区攻城部队，必须顾全大局，按时撤出战斗。周恩来。

陈赓看了一眼手表，二十三点！距离午夜还有一个小时。陈赓跟随周恩来多年，十分了解周恩来的处事风格，这次他以个人名义发电报，而且亲自署名，足见事关重大！可是他已经向周希汉下达了拿下曲沃城的命令，周希汉也保证在明天拂晓前拿下曲沃，部队现在应该已经占领西关了吧？或许正在向着城内突进！

不能为了一个曲沃县城违抗中央命令！陈赓经过一阵艰难的思索，终于下了决心："电话！要周希汉！"

"司令员，电话还是不通！"一个参谋手里握着话筒，扬起脸看着陈赓。

"哎呀！"陈赓脚下一顿，"张志丰！"

"到！"年纪二十出头，身材壮硕的队列科副科长张志丰应声答道。

"快去追韩副司令员！向他传达中央的命令。"陈赓急切地下达命令。

"是！"张志丰一阵风一样出门去了。

电话通了！一直在和周希汉联系的参谋手里举着话筒，兴奋地告诉陈赓："司令员！十旅电话通了！"

陈赓来到电话旁，接过话筒。没等他说话，话筒里已传出周希汉沙哑中带着一丝疲惫的声音，依稀还听得到话筒里传出的枪炮声："司令员！西关终于拿下！我们正在向城内推进！"

陈赓对着话筒沉吟片刻，还是一字一句地向周希汉传达了中央的命令。

"什么？这、这……"周希汉心有不甘地对着话筒喊，"司令员！这次攻城我们付出了巨大代价，好不容易占领西关，正是乘胜发展的时候，能不能不撤？司令员，我要求继续战斗！我保证在拂晓前结束战斗行不行？"

"不行！"陈赓很理解周希汉的心情，可是停战时间眼看就要到了，想到这里陈赓语气低了一些，但仍然不失坚定地说，"希汉同志！还是按时撤出战斗吧！"

"可是……战士们不愿撤！他们说……死去的战友不答应！他们宁愿战死在城头上！"周希汉的声音颤抖起来。

第六章 为新中国而战（1946—1949）

"周希汉！周希汉！"陈赓对着话筒喊，可是却听不到回答，"不按时撤出战斗是要犯错误的！……"

话筒里的周希汉还是没有回答。

陈赓突然听到一个声音从话筒里传了出来："报告旅长！韩副司令来了！"

陈赓一下子兴奋起来："希汉！希汉！让韩副司令接电话！"

周希汉把话筒递给韩钧。韩钧的声音立刻传到陈赓耳朵里："司令员！中央的命令我已经收到，放心吧，我们会按照中央的命令撤出战斗！善后工作我来做！"

电话这头，一直担心周希汉难以听命的陈赓终于松了一口气。

韩钧放下电话，用信任的目光看着周希汉："周旅长，已经没有时间了，向部队下命令吧！"

周希汉眼睛里蓄满泪水："韩副司令，我坚决服从中央命令！可是，这会儿我担心的是战斗停不下来！从一月十日开始，三天时间里我们三次攻城，敌我双方势如水火，都急红了眼！我们遵守停战协定后撤，万一城里的敌人趁着我们撤退，反扑过来怎么办？"

是啊！韩钧心里也是一紧。续济川不是个善茬，万一这条疯狗反扑过来怎么办？

略一思索，韩钧对周希汉说："我进城去跟续济川谈判！你等着，看到三颗红色信号弹后再下令后撤！"

听了这话，周希汉本能地伸手拉住韩钧："韩副司令！你不能去！这续济川我跟他交过手，他是条翻脸不认人的疯狗！"

韩钧淡淡一笑："周旅长，放心吧！我自有办法。你尽管等我的信号就成！"说完，朝着几个警卫员一摆手，匆匆踏进黑漆漆的夜幕中。

曲沃城里，枪声逐渐稀疏下来。眼看着就要城破身亡的续济川纳了闷：共军攻势正猛，怎么忽然停了下来？旁边一个小个子参谋附在他耳朵上轻声说了几句，他恍然大悟，抬手一巴掌拍在自己脑门上："啊呀！这共军原来是在遵守停战协定呐！真是天不灭我！"想到这里，他狡黠一笑，"共军这是自乱阵脚！传我的命令，等他们阵脚一动，立即组织反击！"

话音未落，门口哨兵来报："续长官！共军副司令韩钧到了城门外，说要跟你谈判！"

"什么？"续济川简直不相信自己的耳朵。

共军副司令？谈判？续济川乐得猛一击掌："好！让他进城来，听听他怎

329

么说，我倒要看看他有什么能耐！"续济川心里暗暗盘算着，这不是自投罗网吗？这下子有了这个共军副司令做人质，不仅可以放心反击，甚至……甚至可以要挟共军全线后撤，解了曲沃之围。想到这里，续济川一阵狞笑。

坍塌的那段城墙上，双方挺着刺刀僵持着，城门被堵得死死的。

曲沃城墙上悬挂着排排地雷。城墙上守敌全副武装，个个端着寒光凛凛的刺刀，虎视眈眈地对着韩钧。

韩钧面色如常，步履轻松地上了城墙，迎着枪林刀丛，昂首走进续济川的司令部。他大大方方往屋子中间的椅子上一坐。几个警卫员手里端着大眼盒子分立两旁。

韩钧二话不说掏出腰间手枪往面前桌子上一放，几个警卫员也把手里的大眼盒子关了机头放在桌子上，背着手站在韩钧身后。

这下续济川心里倒有些含糊了：这、这、这人难道不怕死？

韩钧一笑："续专员，想必您知道国共两党同时颁布的停战令吧？"

"哦，哦……知道！"

"知道就好！停战令要求十三日午夜停战，现在刚好到了午夜，应该是到了谁都不能再开枪的时候了。"韩钧抬眼看看墙上的挂钟，"我军信守诺言，准备撤出战斗，希望您也遵守停战令，约束部下，不得越出防地一步！"

续济川抬眼一看，见窗外调来的卫队已经把房间围了个严严实实，心里踏实下来，没有了刚才的紧张。他端起桌上一杯茶，抿了一口："韩副司令，假如我续某人做不到呢？"

韩钧也瞥见了窗外晃动的人影，却只装作什么也没有看见，不动声色地说："我相信续专员您一定做得到！"

续济川一手端着茶杯，一手捏着杯盖，诧异地抬眼看着韩钧："这……何以见得？"话刚出口，续济川就觉得失了面子，转而"嚯"的一声把手中的茶杯蹾在桌子上，好像为了掩饰自己的心虚，声色俱厉地说："韩副司令，你现在已在我的掌握之中，还敢嘴硬？有了你这个人质，我倒觉得共军立即解除对曲沃的包围，后撤至离城八里地之外更合适！"

韩钧呵呵一笑："续专员，您这不是公然违背停战令，信口胡扯吗？"

续济川恼怒地朝着窗外一摆手："人在屋檐下，不得不低头！现在是由得我说，却由不得你了！"

门外涌进来一队端着冲锋枪的国民党士兵，黑洞洞的枪口对着韩钧，气氛骤然紧张。

韩钧泰然自若地站起身来，向握枪在手的士兵扫了一眼，冷冷地说了一句："都不要动！"几个警卫员也跨上一步，和韩钧站在一起。几个人一伸手，猛地撕开衣扣，赫然露出腰间缠了满满一圈的手榴弹！

乖乖！续济川万万没有料到这一手！

韩钧拨开黑洞洞的枪口往前走了几步，站在续济川面前："续专员，现在你要做的事情有两件。一、立即下令，命令你的部队在八路军撤出战斗时不得前进一步！二、麻烦你，我要借你三颗红色信号弹用用！"

"好！好！好！"大冷的天，续济川脸上已经是汗如雨下。他抓起电话声嘶力竭地喊："我命令，不得对共军有任何敌对行动！快快快，拿信号枪来！"

放下电话，看手里端着枪的士兵还愣在那里，续济川生怕出什么意外，气急败坏地冲着他们一摆手："你们……统统滚出去！"

嗵！嗵！嗵！城外的周希汉看到三颗信号弹同时升空，立即下令：撤！

韩钧估摸着队伍撤得差不多了，这才对续济川说："续专员，谢谢您的配合。不过，还要麻烦您一趟，把我们送出城去！"

续济川如蒙大赦，连连点着头："那是自然！那是自然！"

"请！"韩钧大大咧咧手一伸，把续济川让出门外，手一挥带着几个警卫员紧跟续济川身后，谈笑自若地走出城门。

眼看着韩钧他们大步出城，续济川一屁股跌坐在冰冷的地上。

二、六战六捷

国共和谈开始了。北平成立了军事调处执行部，由国民党代表郑介民、中共代表叶剑英和美国驻华代表罗伯逊组成，而后军调部又先后成立三十六个执行小组，分赴各主要战场执行军调任务。

作为四纵副司令员，韩钧先是作为成员参加了以陈赓为组长的中共太岳代表团，进入阎锡山的代表王靖国占领的临汾城，针锋相对进行谈判。后来陈赓调军调处太原中心执行小组，接替许光达担任中共代表，韩钧则接替陈赓担任临汾执行小组中共代表。

军调处临汾执行小组（后改称第十四执行小组）美方代表是波尔，蒋方代表是沈国辅，阎锡山代表是王靖国。韩钧带领工作小组住在国民党控制的临汾城，主要工作是谈判，也经常外出调查。国民党军队四处挑衅，制造摩擦，甚至利用地方反动分子或者收买蒙蔽不明真相的群众，制造假象，编造谎言，

污蔑共产党破坏停战协定。为了拿出确凿证据揭露国民党的罪行，韩钧指示电台与太岳军区保持密切联系，随时向军区汇报情况，请示工作，并要求军区及时把国民党军队闹事的时间、地点、经过、结果报来，以便在谈判桌上掌握主动，有理有据进行斗争。

一九四六年四五月间，韩钧两赴北平参加军调会议。陈赓担任太原军调中心小组中共代表以后，韩钧多次赶赴太原，和陈赓一起深入虎穴，谈判桌上寸步不让，寸土必争。韩钧经常说的一句话就是："战士们鲜血换来的胜利，绝不能在谈判桌上失去！"

韩钧经常到前线调查纠纷事实真相，发动群众控诉蒋阎军队罪行，用不可辩驳的事实戳穿敌人一个个阴谋诡计，迫使他们不得不低头认账。就连美方翻译都慨叹："国民党代表在现场出丑后，常常大骂阎锡山不会办事，尽给我们搞被动……"

当时，执行小组各方代表都住在王靖国司令部大院里，美、蒋、阎方面，官兵之间等级观念非常严格。韩钧的民主作风，获得各方人员特别是对方代表团翻译、参谋的普遍敬重。他们很高兴与这个平易近人、和蔼可亲的中共代表搭话。为了把他们争取过来，韩钧也花费了不少心血。一有机会，韩钧就向他们宣传共产党的政策和主张。有一个叫李方的美方翻译，是西南联大学生，在受到韩钧的关心和教育后，觉悟很快提高，并秘密给中共工作小组提供有关美蒋阎方面的情报。

其实，蒋介石在"和谈"烟幕的掩护下，紧锣密鼓进行着内战准备。国民党完成全面内战准备后，蒋介石终于揭掉"和平"面纱，发动对解放区的全面进攻，内战爆发。

韩钧和陈赓奉命回到四纵队，指挥对国民党军队反击作战。

一九四六年七月三日。陈赓、韩钧从四纵司令部驻地翼城赶往侯马第十一旅司令部召开纵队党委会。

陈赓首先介绍当前面临的严峻形势："我们太岳解放区是国民党军队全面进攻的战略方向之一。胡宗南以突然动作集结整编第一师、第二十七师、第九十师共六个旅，北渡黄河到达运城、安邑地区，准备和一直盘踞临汾地区的阎锡山所属王靖国部五个师对我们南北夹击。"

韩钧补充道："胡宗南胃口大得很。这次胡、阎两军共集结七万多兵力，以四倍于我们的力量，企图一个月内打通同蒲铁路，席卷晋南，聚歼我纵主力于洪赵地区，然后再与阎锡山会攻上党，策应国民党主力对平汉铁路的进攻。"

第六章 为新中国而战（1946—1949）

陈赓看看在座各旅领导，加重语气说："中央要求我们四纵担负战略性的重要任务：既要阻止胡阎两军打通同蒲铁路线，又要保卫太岳、太行根据地，还要保障陕甘宁边区东侧的安全。由于我们所处战略位置的重要，中央已经决定，我纵在执行作战任务方面，归中央军委直接指挥。"

韩钧再次补充："根据国民党军队进攻态势判断，胡宗南部队肯定北上，王靖国部队一定南下，但我们绝不能等待腹背受敌，要主动寻找战机！"

陈赓点点头："是啊。这一仗是抗战胜利后我们同美械装备的国民党军队首次交手，对今后作战甚至全国战局都会有影响。在侯马地区作战，我们要两面应战，的确对我们不利。因此，趁王靖国部队集中南下的空隙，我纵应主动出击先行北上，绕过临汾直取临汾北面洪洞、赵城等阎军兵力空虚的地方，吸引胡宗南部队北上增援，这样来消灭运动中的胡宗南军队！"

韩钧赞同道："扬长避短。阵地战是我们的短处，运动战是我们的长处，就在运动中消灭敌人！"

大雨滂沱之中，陈赓、韩钧率四纵主力立即北上。前线指挥所到达浮山，留守翼城司令部的参谋长刘忠打来电话："胡宗南第一六七旅进犯闻喜县城，第三十一旅进占赵家庄，而胡军主力尚在夏县以南！"

战机突现。敌两个旅轻敌冒进，孤军深入解放区七十多公里。

陈赓和韩钧临机决断：立即停止北上，掉头打胡宗南。

部队连夜回师，冒着倾盆大雨隐蔽南进。

十三日夜，四纵突然对敌第三十一旅发起总攻，在朱村、胡张镇歼灭其一个团和旅直属队一部。十四日夜，四纵连续作战，在如意、下晁歼灭其另一个团和旅直属队全部，仅旅长刘铭钊一人逃走。十五日，闻喜县城敌第一六七旅派一个团前来增援，被消灭两个营。十六日，国民党第四十七旅北援闻喜，在峨眉岭遭四纵阻击，伤亡惨重。十九日，国民党第七十八旅北上增援，又在东西韩村被消灭一个营……

经过十天激战，闻夏战役胜利结束，共歼灭国民党一个旅又三个营共六千三百人，四纵伤亡很小。

七月二十五日，绛县横水镇。打麦场边上是临时作战室，作战室门口几棵大树底下凉风习习，陈赓和韩钧正在召开参谋会议。

陈赓对闻夏战役进行了总结，然后说："闻夏战役狠狠打击了胡宗南的嚣张气焰。胡宗南气急败坏，把逃回去的第三十一旅旅长刘铭钊撤职查办，在晋南统率他们的整编第一军军长董钊也受到申斥。胡宗南吹嘘一个月打通同蒲铁

路南线的计划彻底宣告破产。现在的胡宗南改冒进为固守,并且增兵到十个旅,猬集一团。"

韩钧一笑:"董钊现在正忙于构筑工事,要和我们决战。但那只是他一厢情愿。我们偏偏要出其不意。我和陈司令员的意见是,继续执行既定作战方案,甩开胡宗南部队北上三百里,打下洪赵地区,摆下诱歼胡宗南的新战场!"

陈赓频频点头:"临汾以北同蒲铁路沿线,阎锡山守备力量空虚。阎军主力被贺老总和聂老总在晋北的攻势作战调动,现在只有一千人守洪洞,三千人守赵城,两千人守霍县,一千人守灵石,战机难得!"

陈赓和韩钧立即率领部队隐蔽北上。前线指挥所设在洪洞县城东三十里的三条沟村。

八月十三日晨,霍县阎军第六十九师被四纵歼灭一个团。十四日,四纵向洪洞、赵城同时发起进攻。十六日拿下洪洞。十九日拿下赵城。二十三日,四纵攻克霍县。十一旅继续北上,解放灵石。

洪赵战役结束。四纵歼灭阎锡山暂编第三十九师全部、第六十九师和整编第四十四师各一部及保安团共一万两千人,缴获山炮七门、迫击炮十七门、轻重机枪三百七十五挺,攻克县城五座,控制同蒲铁路线三百七十余里,为歼灭北上的国民党胡宗南部队开辟了战场。

九月中旬,陈赓、韩钧把部队秘密集结在洪洞东南地区,寻找歼灭胡宗南部队的机会。

胡宗南大军云集晋南,甚至不惜动用手中王牌"天下第一旅"等精锐部队。胡宗南同时要求阎锡山在介休地区的第三十四军南下,双方云集十五个师(旅)共十万之众,南北夹击,以图实现其七月就定下的打通同蒲铁路计划。

九月二十一日,胡宗南第二十七旅和第一六七旅攻占太岳解放区浮山县城。胡宗南号称"天下第一旅"的整编第一军第一师第一旅沿着临浮公路随后跟进,准备在公路中段驻防,策应占领浮山县城的两个旅,同时维护这条公路交通线。

机会!陈赓和韩钧的目光同时盯上了"天下第一旅"。

陈赓征求韩钧的意见。韩钧冷静沉着地说道:"我们手上现有三个旅,吃掉占领浮山县城的胡军两个美械装备旅,力量不够。但胡宗南第一旅自恃天下无敌,必然不会想到我们会去挑他这块骨头啃!我看可以出其不意,隐蔽接敌,突然打掉它!"

陈赓深以为然:"第一旅是蒋介石的王牌,胡宗南的发家老本,是北伐以

第六章　为新中国而战（1946——1949）

前的黄埔教导团，堪称蒋介石嫡系部队中的嫡系。整编前为第一师，第一任师长就是胡宗南，因此备受蒋、胡宠爱。第一旅不仅全部美械装备，而且指挥官军衔也比其他部队普遍高一级，旅长黄正诚是中将，下辖两个团，团长刘玉树和王亚武都是少将。他们也因此而目中无人！"

四纵三个旅迅速沿着公路一侧隐蔽摆开，单等"天下第一旅"到来。

二十二日，"天下第一旅"二团出现在临汾到浮山公路中段的官雀村。

陈赓、韩钧立即进行战役部署：四纵十一旅对官雀村之敌实施分割包围，乘夜发起攻击，就地歼灭；十三旅在官雀村东之西佐岭布防，阻击浮山县城西来增援之敌；十旅在官雀村西之上陈村、王村一线布防，阻击从临汾东来增援之敌。

二十二日晚，十一旅对官雀村发起攻击。"天下第一旅"二团团长王亚武一时间惊慌失措，急忙向临汾城里的黄正诚呼叫："遇到共军主力，请求增援！"

二十三日拂晓，黄正诚率领他的第一团兼程急进东来增援，在上陈村北不远的陈堎村遭到十旅顽强阻击。浮山敌人两个旅也向西佐岭扑过来，被十三旅拦路挡住不能前进一步。

经过一昼夜激战，"天下第一旅"二团被全歼，团长王亚武被击毙。"天下第一旅"一团被全歼，旅长黄正诚被俘虏。十三旅让开西佐岭，放胡宗南第二十七旅和第一六七旅西进。胡军两位旅长一看"天下第一旅"已被全歼，便向着临汾方向惊慌溃逃，被十三旅追击到县底村一带，歼灭后队千余人。

临浮战役结束。四纵全歼胡宗南"天下第一旅"。

一九四六年九月二十五日，中央军委向全军发出《关于陈赓纵队作战胜利通报》：

……晋南战场，蒋军八个旅约六万人，而我军只有三个主力旅及一个地方旅，兵力上敌占绝对优势，四五倍于我。除七月间被我歼灭之三十一旅外，此次又被歼一个旅及击溃一个旅以上。再次证明只要指挥上集中优势兵力，可以歼灭敌人一路，并可继续取得胜利。至于八月间陈赓纵队攻占洪、赵、霍、灵及汾西五城，共歼阎军万余尚未计算在内。望以此例教育部队，鼓励士气，坚决歼敌。

九月二十六日，延安新华广播电台播发《解放日报》社论《向太岳纵队

335

致敬》，祝贺四纵歼灭"天下第一旅"的胜利。

《第二野战军战史》中写道：以同蒲战役来说，由于我对洪、赵、霍、灵诸城采取逐一夺取的战法，因而在每一个战斗中都形成了三倍至四倍于敌的优势兵力，各个歼灭了分散守备之敌。

九月十六日，毛泽东主席在《集中优势兵力，各个歼灭敌人》的指示中，以同蒲战役为例，指出："在敌处于防御地位、我处于进攻地位的时候……如果我兵力不足，则应对敌军所占诸城一个一个地夺取之，而不要同时攻击几个城镇的敌人。例如山西我军夺取同蒲路上诸城，就是这样打的。"

全面内战爆发后，从一九四六年七月至十月四个月间，蒋介石损失三十三个旅。蒋介石孤注一掷，决定攻占延安，摧毁中共中央领导机关。十一月上旬，蒋介石把胡宗南晋南四个旅调回陕西，和原来包围陕甘宁边区的六个旅及一个装甲团，作为进攻延安的主力；同时以山西阎锡山军队在东面，以宁夏马鸿逵五个旅在西面配合行动，三面包围陕甘宁，要把延安一鼓荡平。

延安危急。十一月四日，毛泽东亲自给四纵发来电报："（敌）一军、九十军已开始自禹门口渡河，有直攻延安可能，（你部）二十四旅立即西进，攻占吉县、大宁开辟道路；主力三个旅，立即补充棉衣，迅即西进，直开延安。"

十一月十一日，遵照毛泽东指示，二十四旅作为先遣队西渡汾河，为主力开辟道路。二十日，四纵以十旅和十一旅为左翼，十三旅和纵队直属队为右翼，渡过汾河西进。二十四日抵达黄河东岸，准备于永和关、清水关渡河。

形势又有变化。这时，中央军委鉴于晋西北地区张宗逊的两个旅已经到达延安，陕北防御体系得到加强，可以抗击敌人进攻十天到十五天；同时，胡宗南感到黄河东岸解放军对他侧后形成威胁，急调已达陕北的整编第一军军长董钊率整编第一师、整编第九十师重返黄河东岸吕梁山。所以中央军委电示四纵暂缓过河，和王震纵队一起，"以迅雷不及掩耳之势，攻占隰县、乡宁、吉县、蒲县、大宁五县"，同时准备和胡宗南整编第一师、整编第九十师作战。

为此，四纵和王震纵队至十二月十二日，连续解放隰县、离石、中阳、大宁、蒲县、永和、石楼、汾西八座县城，全歼阎锡山守军五千余人。待董钊率领的五个旅赶到，其六十七旅又被全歼。至此，吕梁战役以解放军歼灭蒋阎军队万余而结束。

一九四七年一月七日，中央军委电示：由于陈赓纵队和王震纵队在吕梁地区的胜利作战，推迟了敌人进攻延安的计划。现在汾阳、孝义地区，阎锡山兵力空虚，你们可以转移至那一线作战。

两个纵队立即挥师北上,组织汾孝战役,共歼敌万余,缴获山炮十二门,又给阎锡山当头一棒,也使晋西南的胡宗南部队更加孤立。

《第二野战军战史》这样评价吕梁、汾孝两次战役:吕梁、汾孝作战,是当敌全面攻势开始下降时,我以大兵团深入敌占区展开的果敢进攻……两次作战历时两个半月,歼灭了胡宗南部第六十七旅及阎锡山部第六十九师等近二万一千人(含晋绥部队战果),推迟了胡宗南进攻延安的计划,解放了吕梁区三万多平方公里土地及数十万人口,将敌胡宗南、阎锡山两部压缩到同蒲铁路沿线和山西中部盆地,扩大了陕甘宁边区与晋绥解放区的联系,为晋南、晋西作战造就了更有利的态势。

吕梁、汾孝战役胜利后,四纵返回太岳。一场更激烈的战斗在等待着他们。

经过国共两军八个多月的较量,到一九四七年三月,国民党军队虽然占领解放区城市一百零五座,但付出七十一万人被歼和一百多名将级军官被俘的代价。国民党再也没有力量"全面进攻",被迫改为"重点进攻",在西线集中三十四个旅的兵力进攻延安,在东线集中六十个旅的兵力进攻山东解放区。

一九四七年三月十九日,为诱敌深入,中共中央决定主动撤离延安。中共中央撤离延安的前一天,毛泽东亲自给四纵发来指示,要求第四纵队和太岳军区部队,迅速向临汾以南方向进攻,相机夺取晋南三角地带一切可能夺取的地方,大量歼灭敌人有生力量,坚决打击进攻陕北的胡军侧背,有力配合陕北解放军作战。

胡宗南把驻扎在晋南的整编第一军调去攻打延安,顾此失彼。

陈赓和韩钧瞅准机会风卷残云,展开猛烈攻势。四月五日,太岳军区新组建的二十二旅攻克翼城;第十一旅重新夺回侯马。七日,第十旅渡过汾河攻占新绛。九日攻克河津。十日攻克禹门口。十二日攻克荣河。第二十四旅八日攻克稷山,十日攻克万荣,十五日攻克临猗。

看到晋南局面不可收拾,胡宗南急忙从陕北战场抽调两个旅增兵晋南:一个旅进入运城加强防卫;另一个旅先头部队第二十八团进抵嵋阳镇,企图进攻临猗县城。孰料二十八团立足未稳,就被四纵十一旅和二十四旅就地歼灭。其他国民党军队一看,纷纷向运城逃窜。

陈赓、韩钧挥师南向,连克闻喜、夏县、临晋、永济、虞乡、芮城、解县等。从四月四日至二十五日,陈赓、韩钧指挥所部历时二十一天,歼敌两万余,解放县城二十五座,解放晋南三百万人口的广大地区,控制同蒲铁路二百

三十公里,使晋南局势发生根本变化,有力配合了西北战场作战,对胡宗南侧背形成严重威胁。

晋南战役后,太原市国民党《复兴日报》社论说:"在二十余天中,晋南丢了十七县,如以经济和战略估计,这个损失的确不是'收复陕北'所能补偿的。"

经过一年的自卫战争,中国人民解放军取得歼敌一百一十二万的重大胜利,蒋介石被迫将军事上的全面进攻改为重点进攻。为了粉碎蒋介石的黄粱美梦,解放军从战略防御转为战略进攻。一九四七年六月三十日夜,刘邓率领晋冀鲁豫野战军在山东省西南部地区三百里的宽广正面南渡黄河,挺进大别山,揭开了中国人民解放军战略进攻的序幕。

但刘邓在大别山遇到了前所未有的困难。他们远离解放区进行无后方作战,承受着国民党军队大举围攻和伤亡减员十分严重的巨大压力。为了使他们能够站稳脚跟,同时也为了牵制胡宗南对延安的进攻,毛泽东决定以陈赓四纵队为主,组建一个新的作战集团,即太岳兵团,包括四纵队、九纵队、三十八军和太岳军区二十二旅共八万余人。

一九四七年七月二十七日,毛泽东为中央军委起草电文指示:

……陈谢集团组织前委,以各部首长为委员,陈(赓)、谢(富治)、韩(钧)三人为常委,陈赓为书记,谢富治为副书记。

这就是后来举世闻名的"陈谢兵团"。陈赓担任司令员、兵团前委书记,谢富治担任政委、兵团前委副书记,韩钧担任副司令员、兵团前委常委。

八月十二日,兵团各部分别从驻地出发,开始南征。

三、骑龙过黄河

一九四七年夏天,晋南雨水特别多。从入夏开始,天空就没有晴朗的时候,暴风来去飘忽,骤雨时下时停,山谷间浑黄的山洪顺流直下,河流中暴怒的洪水四处泛滥。太岳兵团部队就在这样的暴风骤雨中,踏着泥泞的山道南进。战士们浑身淋得透湿,到了夜晚,山巅、谷口、村边、道旁,到处燃起一堆堆烘烤衣服的篝火,像夜空的点点繁星。

八月二十日,东路部队到达济源长泉渡口附近,西线部队也到达平陆茅津渡地区，部队已经控制了郑州至潼关之间三百七十多公里的黄河北岸沿线。

前线指挥部里烟雾缭绕。陈赓、韩钧正俯身地图上研究制定行动方案。

陈赓一只手端着蜡烛，另一只手用半截铅笔指点着陕北米脂一带，在空中虚画了一个圆圈说："西北野战军在榆林战役后，又在陕北沙家店歼灭胡宗南主力部队第三十六师，胡宗南集团现在已经深深陷在这个泥潭里，饥疲不堪，动弹不得。"他又用铅笔一点大别山，"刘邓跃进大别山，调动顾祝同主力二十多个旅围追堵截。依现在的情况看，胡宗南和顾祝同两个集团都无力、无暇顾及豫西和陕南一带，机会难得！现在正是我们渡河的良机！"

韩钧点点头，用手指着潼关和洛阳之间的那段黄河说："从前线侦查情况看，目前黄河南岸从孟津到潼关一线，敌人只有五个保安团担任一线防御，整编十五师、青年军二〇六师和第七十六师新一旅部署在洛阳至潼关的陇海铁路沿线进行机动防御，对我大军渡河暂时构不成威胁。过了黄河就是我的老家，这里的地形我熟。这个地段的黄河南岸都是山地，便于我军进行隐蔽行动和进行各种物资准备。八路军豫西军分区曾在这里进行过一年艰苦的抗战，群众基础很好，这些都给我军渡河作战提供了良好条件。"

陈赓频频点着头，又把铅笔指向陇海铁路以南的大片地区："这一带，敌人的守备力量也很空虚，只有保安队守备，非常有利于我军渡河后乘虚而入放手发展，有利于我们创建根据地。"

韩钧端起桌上一个写有毛体"为人民服务"字样的军用绿搪瓷茶缸，咕咚咕咚喝了几口水，说："刘邓大军南渡以后，敌人在黄河南岸这一带赶修了不少河防工事，基本上大的渡口对岸，都修有集体堡垒和交通沟，山头上筑有大碉堡。这些工事居高临下，又依托险峻地势，再加上现在又是河水暴涨的季节，敌人把渡船都控制起来，自以为这样河防就万无一失。针对这种情况，我看还是力求在较大的范围内，正面、多点、同时、迅速突破河防，打他们个措手不及！"

"对！"陈赓直起身子，双手做出一个同时往前插的动作，"为了防止洛阳、陕州一带敌人夹击我军，同时有利于过河后迅速展开和对敌进行多点进攻，我们要在较大范围内，多点正面同时突破黄河防线！"陈赓目光炯炯，"我的意见，以四纵四个旅为左纵队，由我亲自指挥，在垣曲、济源间的官渡至青河口，和大教至马湾两个地段同时强渡，渡河后以主力迅速向陇海路突击，攻占新安、渑池，然后相机夺取洛阳。以三十八军和二十二旅为右纵队，由你韩副司令员指挥，在茅津渡以东渡河，而后兵分两路，一路向东奔袭张茅

镇和观音堂车站，策应左纵队作战；另一路迅速向南发展，威迫陕州城并向西迂回大营车站，切断灵宝和陕州城之间的联系，阻击牵制可能由陕西东援的敌人。第九纵队刚刚组建，就以他们为兵团第二梯队，尾随第四纵队渡河，而后向东南一带发展，牵制郑州之敌西援！"

韩钧频频点头。

"报告！"门外一个年轻的参谋匆匆进门，把手中电报递给陈赓。

陈赓一看，喜上眉梢："好消息！太岳军区为了配合我们顺利渡河，第二十三旅和各分区部队已经积极地向临汾南北和同蒲沿线敌人展开猛烈攻势，制造假象迷惑敌人！"

"看来，渡河时机已经成熟，我们渡河的时间要尽快往前赶！"韩钧说。

"是啊！"陈赓略一沉吟，"我看，渡河作战时间就定在二十二日夜间，还有两天时间，我们分头行动，督促各部迅速做好渡河准备！"

韩钧抬腕看看手表："司令员，时间紧迫，趁着这会儿外面的雨已经停了，我这就赶回茅津渡！"说完，伸手拿起桌上一顶大草帽便出了门，眨眼工夫已融入漆黑的夜幕之中。

平陆。茅津渡口。刚刚赶到黄河岸边的右纵队第一梯队——第二十二旅指挥部里，旅长查玉升愁眉不展。部队情绪十分高涨，可是渡河却遇到了严重的困难。从岸边回来的侦察员汇报说，敌人在前不久把附近船只全部抢走，没有抢走的也统统砸得稀巴烂，沉入河底去了。黄河水深流急浊浪翻滚，大军马上要渡河却找不到一条船，你说急人不急人？

查玉升正在发愁，只听门外传来一阵急促的脚步声。抬头一看，韩钧一脚跨进门来。

韩钧摘下大草帽往墙上一挂，顺手抹了一把脸上的雨水："玉升！你看我把谁给带来了！"

查玉升看过去，见一个身后背着大草帽的年轻人快步走了过来。他双手紧紧握住查玉升的手，热情地自我介绍："查旅长，平陆县委副书记贾毅！"查玉升还在愣神，贾毅接着说，"咱们大军要过河，老百姓都在帮着咱们想办法。他们说，蒋军抢走了我们的船，抢不走我们的心！我们一定要想法子送咱们队伍打过黄河去，解放全中国！"

韩钧笑笑："玉升，咱们现在万事俱备，贾书记是给咱送东风来了！"

贾毅听了，腼腆一笑："我们已经想好了送大军过河的办法。我在赶往部

第六章 为新中国而战（1946—1949）

队途中正好碰上了韩副司令，就一块儿来了！"

查玉升急急地问："贾书记，为了过河的事我愁得头发都开始掉了！快说说，到底是什么好办法？"

贾毅微微一笑，语气坚定地说："骑龙过黄河！"

啊！骑龙……过黄河？查玉升愣住了。

韩钧在路上已经听贾毅介绍过了，知道这"骑龙过黄河"的"龙"是什么东西，而查玉升却是头一次听说。看查玉升一脸惊诧的表情，韩钧呵呵一笑："玉升！带上几个团长和团参谋长，我们和贾书记一块儿看看去！"

贾毅在前面带路，韩钧和查玉升冒雨赶到一个叫作圣人涧的地方。

远远望过去，就见河边靠岸水面上横躺着几节黄澄澄的、圆滚滚的东西，蜿蜒相连漂浮游移，随着水波在雨中一沉一浮，每节大约一丈来长，直径像有一尺开外的样子。乖乖！查玉升扑哧一笑，真的像是一条不见首尾的水中黄龙！

岸边树下站着几个憨厚朴实的老农，挽着裤腿敞着胸口，见韩钧他们跟着贾毅走过来，热情地走上前来和他们打招呼。

贾毅指着水中"黄龙"介绍说："首长，从前我们反日本人封锁的时候，曾经使用过这种油布包。一个比这小一半的油布包，放上二百斤盐还能坐上两三个人。这玩意儿别看貌不惊人，可是枪打不透，浪打不沉，放在水里配上船桨划着还很轻便呢！"

韩钧情不自禁地赞叹："众人是圣人哪！只要老百姓的心向着我们，我们就没有过不去的坎儿！"

见渡河工具终于有了着落，查玉升心中一块石头落地，脸上也露出开心的笑容来。一抬头见六十六团团长申光和参谋长葛旺蓬喜不自禁地挽起裤腿走过去，一前一后骑在了一个油布包上。他俩手中的船桨刚一着水，油布包便猛地往前一窜，冲出去好远。查玉升在岸边看了，高兴地说："韩副司令，能成！"

正在大家兴高采烈的时候，韩钧却盯着油布包沉吟起来："这油布包好是好，但每个油布包上只能坐三四个人，两个人划桨，就只剩下一两个人能战斗，火力太弱！一旦遇到敌人阻击就很危险。而且这一个一个的油布包太灵活了，我们的战士大都来自山区，不习水性。我是在黄河岸边长大的，知道这黄河水急浪高，更凶险的是黄河水下隐藏着许多巨大的旋涡，战士们一不小心滑下去可是凶多吉少！"

可不是！查玉升心里咯噔一下。

韩钧身边一个老农听了这话，呵呵一笑："首长，这个好办！把三个油布包并在一起就是一架排筏，后尾再安上一个船舵，坐上一个班的战士，再放上一挺机枪，放上一门小炮都不成问题！至于划桨掌舵的事情，就更不用你们操心了，你看——"说着抬手往远处一指。

烟雨葱茏之中，两三百个艄公肩上扛着自家没有充气的油布包，手里握着船桨，冒雨结成长长的一队快步走了过来。

多好的人民！韩钧心中升起一股巨大的暖流。

不大一会工夫，河汊里已经布满了几百架捆扎结实的油布排筏。每一架排筏上都有一个经验丰富的艄公在掌舵。

韩钧转过身去，对查玉升说："命令部队，开始水上练兵！"

八月二十二日。茅津渡口。电闪雷鸣，风雨交加。

黄河水又涨了！黄河就像一条被激怒的狂龙巨蟒，浑黄的河水发出暗哑低沉的吼声，浊浪翻卷，波涛汹涌，排排巨浪呼啸着涌向岸边，狠狠拍打着河岸山崖，啃噬着两岸斜坡。不时有巨大的山体垮塌下来，发出轰隆轰隆的巨响，撼天动地。

听不见刷刷的雨声，只听得到隆隆的河水轰鸣。

天黑了。韩钧和查玉升站在岸边，感觉得到脚下大地在剧烈战栗。借着一道闪电的亮光，韩钧看到两队人影正急匆匆地向着河边飞去，那是分别在左右两个方向担任突击的四连和六连，正冒雨抬着油布包做成的排筏运到河边。又一道闪电划过天际。闪电划过的一瞬间，可以看得到几十架油布包排筏在黄河边首尾相衔迤逦远去，极像一条浮在水面的黄色巨龙。蛟龙入水，可以大显身手了！

河水暴涨，正是对岸敌人防范松懈的时候，再加上雨大天黑风浪正急，偷袭加上强攻，对岸的敌人肯定措手不及。

韩钧抬腕看看手表，已经到了午夜。他果断下令："起渡！"

朦胧之中，战士们快速挥动手中的桨板、铁锨，油布包排筏立刻像一群脱缰野马，百帆竞渡，利箭一般向着河心飞去。迎面扑来的巨浪，劈头盖脸打过来，艄公见怪不怪，稳稳掌着舵，战士们都像吃了定心丸一样，一架架排筏刺破巨浪，分开波涛，如履平地一般稳稳地向着南岸飞去。

韩钧和查玉升伫立雨中，望着咆哮的河水，穿过风雨波涛，焦灼地谛听着对岸的动静。大约过了十来分钟，远处漆黑的夜幕中忽然一亮，只见四连方向火光闪闪，紧接着传来手榴弹剧烈的爆炸声和小炮的轰鸣。六连突击方向也传来阵阵火光和冲天的轰鸣。虽然无法知道战斗进行的具体情况，但眼看着火光渐渐向前，枪炮声也渐渐向远处移动，从距离上来判断，应该是已经攻上南岸！

韩钧紧张的心稍稍放松了一些。正在这时，对岸马家河底的山包上，终于传来了胜利登岸的信号——三堆大火在漆黑的夜幕里熊熊燃烧起来。

韩钧大手一挥："后续部队，出发！"

四、风雨陕州城

八月二十二日正是农历的七月初七。这个牛郎织女一年一度鹊桥相会的美景良宵，陕州城南关剧院人满为患。豫剧名角崔兰田剧团正在演出大型古装剧《天河配》，剧院大厅观众拥挤，包厢高朋满座，陕州国民党军政要员、富商巨贾纷纷赶来捧场。

一声唱到融神处，毛骨悚然六月寒。台上牛郎、织女正在生离死别。织女悲咽深沉的唱腔如泣如诉，时而悲愤难抑，用深沉的鼻音尽情抒发人物的激愤心情；时而感情激越，煞住弦音使用吟板单独咏唱，唱腔忽而激烈高亢，忽而缠绵低回。台下观众暗自垂泪，被剧情带到了悲痛欲绝的情感旋涡之中。"怪不得人常说：宁愿三天不吃盐，也要看看崔兰田！"台下有人小声嘟囔着。

演唱戛然而止。台上乐声中断，演员纷纷退场。观众正在惊愕，突然见到一个人站起身来，急匆匆出了包厢，跳上舞台挥舞着双手大声叫着："对不起！对不起！戏马上停演，刚刚接到李专员电话，河防有紧急情况！请大家赶快离开，十分钟后全城戒严，街上不许通行！"这一意外消息犹如当头一棒，把许多人一下子打蒙了。台下观众大哗，纷纷四散离去。

随着人群挤出剧院的，还有驻防县东马家河底的河防大队长卢涌泉。原本以为今天暴雨终日，河水怒涨，对岸共军万万不会过河，他便放心地带了姨太太来看戏，谁知道恰恰是怕处有鬼，姨太太正鼻涕一把眼泪一把地替仙女垂泪，恰恰传来河防有变的消息，急得卢涌泉暗自甩手，拉起姨太太随着人流涌出剧院，栖栖惶惶地往城里奔。

陕州城里，专署早已乱作一团。陕州专员李群峨和陕县县长兼陕（县）灵（宝）阌（乡）指挥官张克俊如同热锅上的蚂蚁，正急得团团转。

李群峨两眼呆滞，脸上带着惊恐的表情，背着手走走停停，絮絮叨叨地说："这可怎么办？这可怎么办……"

张克俊也是一脸茫然。走廊里尽是"嗵嗵嗵嗵"慌乱的脚步声，没有一个人停下脚步朝着这个宽阔的房间里看上一眼。好不容易等来一个人，送来的消息却让他们两个魂飞魄散。专署机要员匆匆进门，连声音都变了调："共军火力凶猛，已经强渡黄河占领马家河底我军阵地！河防队被统统缴了枪！"

啊！李群峨脸色煞白。

这、这、这……张克俊结结巴巴地不知说什么好，只是不停地甩着手原地转圈。

解放军就像一把穿云破雾的利剑，渡河以后迅速向西推进，占领会兴以东不远的槐树凹高地。会兴是陕州城东的一座大镇，距离陕州城十五里地，背靠黄河面向陇海铁路，只要占据这里就掐断了陇海铁路线，同时威胁陕州城。驻防会兴的是国民党炮兵十一团一个连，四门美国制造的野炮炮口还没有调整到位，解放军就已经冲到跟前。连长眼看支持不住，只好放弃阵地，用卡车拉起大炮仓皇逃回城里。

夜静声远。远处不断传来激烈的枪炮声，躲在专署里的李群峨和张克俊越发提心吊胆。他们担心的是目前陕州城里兵力空虚，只有从来没有上过战场的两个县自卫中队和一个专署警卫连，兵力加在一起也不过三百来人，连把守几个城门的兵力都不够。一旦解放军攻城，专员、县长还不得都做了俘虏？

时间已经到了凌晨，李群峨抓起手摇电话喊了起来："喂喂喂！保安团吗？我命令你们迅速撤离张村原，到上村一带布防，保卫陕州城……"放下电话，李群峨又愁眉苦脸地说，"唉！这些抓来的壮丁毫无斗志，到上村一带布防恐怕也无济于事！"

张克俊无奈地咂咂嘴说："唉！好歹也算是聊胜于无吧！专员，我看还是赶紧向胡宗南胡长官求援为好！"

李群峨两手一摊："唉！胡长官远在西安，远水哪里解得了近渴呀！"

张克俊打起精神，往前凑上一步："专员！趁着现在往西的交通尚未截断，还是赶紧求援的好，一旦被共军截断了交通，那时一切都完了！"

对呀！李群峨猛一激灵："快快快！赶快向西安胡长官发报！"

天色微明，陕州城已乱了起来。消息灵通的机关职员们纷纷暗地出城溜之大吉；家境殷实的地主、商贾也纷纷收拾金银细软，携家带眷出城西去。街上到处都是背着行囊、提着皮箱、穿着制服、戴着礼帽的行人，一路跌跌撞撞向前奔跑，络绎不绝地从南门涌出，匆匆西去。那些负有守土之责的陕州国民党军政要员，趁着混乱之际护送眷属乘上西去列车之后，这才神色仓皇地匆匆赶

第六章 为新中国而战（1946—1949）

到专署，交头接耳打听前方战况，商议对策。

天亮了，陕州专员李群峨终于等来一个好消息。从西往东开来一列军车，由于会兴以东陇海铁路被解放军截断，只好临时停留在陕州车站。胡宗南恰在这时接到李群峨告急电报，随即命令列车上的暂编一百三十五旅就地下车驻防陕州。

这个一百三十五旅是在陕西刚刚补充起来的新兵旅，总共两千多人，大半都是新兵，旅长姓朱，原本计划押送这些未经战阵的新兵开往洛阳整训，谁料计划有变，只好仓促下车进驻陕州。这些赤手空拳的新兵多是抓来的壮丁，老兵们怕他们趁隙逃跑，对他们看守很严，连上个厕所都要持枪跟着。

新兵旅刚刚进驻陕州城，又有一列西来的列车匆匆送来枪支、弹药和面粉，转眼之间就把这些手无寸铁的新兵武装起来了。留守在陕州城里的国民党军政人员，这才稍稍安下心来。

胡宗南临时拼凑的陕东兵团也从陕西开过来了。先头部队是新一旅，这是胡宗南麾下的一支劲旅，在大字营下了火车向东进军。陕东兵团指挥官谢辅三乘坐着装甲车随军同行。新一旅抵达陕灵边界，害怕和解放军迎面相逢，没有沿着铁路线直入陕州，而是选择转向南行，想避人耳目地从五原、峪里一带河谷走廊迂回陕州。哪知道刚刚走到张汴原竟和解放军迎头相遇，一场激战，到了夜晚才停了火，双方对峙起来。

谢辅三担心天一亮会发生更为激烈的战斗，因此连夜修筑堡垒，就地布防。可奇怪的是，天一亮却发现解放军已经趁着夜色消失得无影无踪。

连日阴雨。窗外雨声滴答。

洛阳城西一间民房里，陈赓对着手里的电报看了又看，然后递给韩钧。韩钧一看，这是一封署名毛泽东的电报。

> 陈谢韩：洛阳地区敌所必争，不应使用主力；主力应当向西，趁胡宗南在西面尚未完成部署的机会，抢占陕县、灵宝、阌乡，歼灭分散守备的敌人，然后一路出陕东南，一路出伏牛山，在豫西、陕南、鄂北建立根据地。毛泽东

见韩钧看完电报，陈赓说："这已经是主席接连发来的第三封电报了。看来，过去我们对军委的意图理解有偏差。"

韩钧点点头:"战场情况也证明主席的判断是正确的。我们原定过河后主力迅速拿下洛阳的计划,看来要立即调整。洛阳地区留下第九纵队作牵制,主力掉头西向,直扑陕、灵、阌。"

"对!"陈赓略一思索,"现在攻洛阳,我们没有必胜的把握。而且蒋介石从围攻刘邓的部队里抽出整编第三师马不停蹄往洛阳赶,一旦陷入持久战对我不利。胡宗南临时拼凑的陕东兵团一共四个半旅,指挥官谢辅三带着先头部队新一旅已经出现在陕灵交界的张汴原,跟我们交了一次手,应该是有了一些防备。而陕州城以西的敌人还正在集结部署之中,这里一个营那里一个团地摆成个一字长蛇阵。我意,我们以一部监视陕州敌人和谢辅三,主力绕过陕州城,迅速扑向灵宝、阌乡,待把灵阌两地敌人扫清之后,一路西叩潼关,一路再回过头来打陕州孤立之敌,这样我们就有了必胜的把握!"

"好!"韩钧和陈赓目光一碰。

张汴原一战把谢辅三吓得不轻。他带领的新一旅不敢孤军冒进,就地龟缩起来,等待后援部队。他哪里知道,虽然蒋介石急令胡宗南主力整编第一军和整编第二十九军从陕北战场南撤回援,但陕北战场的解放军却步步向南推进,牢牢牵住了胡宗南。胡宗南为了保卫老巢西安,不敢把部署在陕北前线的兵力南调东移,无奈之下,只好置陕东兵团这支孤军于不顾。

天天等夜夜盼,谢辅三还是没有等来一兵一卒增援。解放军神出鬼没。肝胆俱裂的谢辅三带着犹如惊弓之鸟的新一旅开始计划着如何逃跑。

谢辅三乘坐着装甲车率先逃回潼关。新一旅紧随其后,很快就退到灵宝县西原焦村。退到这里的新一旅认为已经逃出解放军包围圈,进入了安全地带。刚刚驻下喘口气,谁料想早已陷入解放军布下的天罗地网。

夜幕降临,解放军出其不意完成合围,新一旅毫无准备,枪声一响全旅缴械。

解放军乘胜西进,一鼓作气解放阌乡县城,然后回师东向。驻防灵宝城西函谷关老虎头高地的是国民党炮兵十一团另外一个连。炮兵阵地上大炮并列,炮口朝东守卫着灵宝县城。哪知道解放军从背后悄悄摸了上来,一枪未放,这一连炮兵都成了俘虏。

灵宝县城完全暴露在解放军炮口之下。驻防灵宝县城的是国民党青年军二〇六师一个营,冷不防见老虎头高地大炮竟向城里开炮,情知有变,只好弃甲曳兵出城东逃,向着尚未被解放军占领的陕州城狂奔。青年军士兵穿着笨重的牛皮靴,肩上背着沉重的武器和行囊,沿着公路仓皇逃亡,刚刚到达陕灵交界

第六章　为新中国而战（1946—1949）

的摩云台，就被解放军从背后追上，子弹呼啸着从头顶掠过，身后不时响起手榴弹的爆炸声，惊得青年军士兵抛弃行李枪弹纷纷躲避。没过多久，被三面包围的逃兵就在一阵阵"缴枪不杀"的怒吼声中乖乖地举起了双手。

陕州城四面被围。陕州城里唯一的水泥建筑——新生活大礼堂，原是国民党党部和三青团的办公室，让出来做了一三五旅朱旅长的城防司令部。

楼上南间的大办公室里，李群峨和张克俊皱着苦瓜脸，坐立不安地听着朱旅长诵读悼词一般语调沉重地讲着："目前，陕州城被共军四面包围，突围已不可能。只有固守待援一个办法，才能寄希望于转危为安……"

其实，此刻的朱旅长早已经是心乱如麻。他心里清楚得如同一面镜子——他的一三五旅新兵本就是抓来的壮丁，早已军心涣散，都在伺机逃跑。一旦出城突围还不是落个一哄而散？只有闭门死守或许还有一线保全的希望。

李群峨和张克俊却是别有一番心思。留在城里的几百名机关职员，不单是手无寸铁而且早已经是惊弓之鸟，此刻突围他们就成了累赘，背着这么大一个包袱能突围得出去吗？对！只能死守城池。

主意已定，李群峨起身面容悲戚地说："朱旅长！陕州百姓就仰赖将军您的佑护了！"说着，声音竟有些抽噎起来。

张克俊也起身趋前几步，用恳切的语气说："朱旅长，刚才陕州城里的乡绅耆旧来了很多，公推将军您为城防总指挥，李专员为城防副总指挥，还请您多为陕州百姓分忧啊！"

朱旅长一声喟叹："唉！什么也别说了，还是同心协力赶快布置兵力，全力守城要紧！两位！赶快撤回驻防城外的炮兵连和保安团，他们孤悬在外很快就会被共军消灭！"

"是是是！"李群峨鸡子啄米一般答应着，伸手抓起手摇电话来。

朱旅长又指着挂在墙上的地图说："东城墙北段及东门由保安团负责防守，东城墙南段一带由从灵宝撤回来的青年军负责防守，其余三面的防守任务由我们一三五旅负责。炮兵进驻大操场听候调遣。守城战斗由我和李专员统一指挥。"

李群峨已经打完电话，低声下气地问了一句："这、这……地方行政人员怎么办？"

"这个……"朱旅长想了想，"地方行政人员恐怕要麻烦张县长了！就由张兄组织他们抓些壮丁，再加上城里的警察和自卫队，趁着解放军兵临城下之前，赶快把南关沟仓库的小麦抢运回城里来，还要通知家家户户多储存一些南

泉水，以防共军围城后吃水困难！"

看似天衣无缝。李群峨和张克俊都松了一口气，竟不约而同地举起右手，阴沉着脸，像宣誓一样声音低沉地说："城在人在！城亡人亡！誓与城池共生死！"

九月十五日，农历八月初一。夜幕刚刚降临，解放军的攻城战斗开始了。

枪炮声震耳欲聋，城里屋瓦爆裂的声音"嘭嘭"作响。防空洞里，守坐在电话机旁的张克俊手里一直握着电话听筒，仔细倾听着各个城楼哨所报告的战况变化，手心里已经握出汗来，紧张得表情紧绷，一言不发。

防空洞里尽是机关职员，乱哄哄挤成一团。因为防空洞里没有灯光，谁也看不清楚谁的脸，听到外面越来越激烈的枪炮声，大家都紧张得屏住呼吸。后半夜，枪声渐渐稀落下来。防空洞里张克俊和手下的职员们都松了一口气，这才感觉到狭窄的防空洞里又闷又热。

张克俊站起身来，强自镇定地说："看来天亮之前不会有什么大的战斗，大家赶快找地方休息！"人群一动不动。大家心里都在扒拉着小算盘，都害怕万一情况紧急，突围时把自己落下，因此还是紧紧地挤在一起。

天亮了。守坐竟夜的职员们刚刚睁开疲困的眼睛，就听到空中响起一阵"嗡嗡嗡"的声音。

飞机！一架由西而来的飞机在陕州城上空盘旋。守军和职员们都知道解放军没有飞机，因此都大胆地仰头观望，希望飞机能够送来一些什么，或者飞机能够对围城的解放军阵地进行一番轰炸、扫射。但令他们大失所望的是，这架飞机在空中盘旋一阵就袅袅西去了。失望之余，城墙上的守军和刚刚走出防空洞的职员们低声咒骂起来。

防空洞里，电话铃又急促地响了起来。张克俊抓起电话一听，是李群峨兴奋难抑的声音："告诉大家！刚才的飞机，是胡宗南长官亲临前线进行空中视察，对我们守城的军政人员进行慰问！我们一定要坚守到底！胡长官还说，东西两路救援大军不日到达，下午还要先给我们空投弹药！……"

李群峨在电话那头兴奋得手舞足蹈，张克俊在电话这头却是心中惴惴：眼看着危在旦夕，还两路大军解围，远水哪里解得了近渴！城里百姓早已躲了起来，就连他身旁这些穿着整齐的中山装、佩戴着县政府证章的职员们，也都早早预备好了退路，人人都是预备了农民或者商人常穿的便衣套在里面，紧要关头脱掉外衣，摇身一变就成了平民百姓，就可以偷偷混出城去。

下午，天气晴朗。白花花的大太阳照耀着陕州城。刚过中午就从西边传来

第六章　为新中国而战（1946——1949）

一阵"嗡嗡嗡"的飞机轰鸣，城里人们手搭凉棚望去，只见空中一架硕大而缓慢的运输机在空中盘旋，两架灵活敏捷的战斗机一左一右在为它护航。大飞机盘旋多时猛一低头，从肚子里下出三四个"蛋"来，初看只是一个个小黑点，不大一会儿就冒出一个个大尾巴来，缓缓地向着地面飘落。

是胡宗南派飞机给守军送弹药来了！有两个降落伞被西风吹落到了城外东南角的涧河滩上，防守城南隅的青年军自告奋勇，派出四个士兵缒城而下，在机枪掩护下把弹药箱抢了回来。朱旅长和李群峨看到一箱箱的弹药，喜笑颜开。

没等他们高兴多大一会儿，城外解放军的总攻开始了。

下午五六点钟，西斜的太阳还没有落山，城外突然响起了排山倒海般的枪炮声。从城东的石门高地，沿着涧河一直到黄河边，到处都是进攻的解放军。他们利用树林掩护，迅速地跳跃前进，匍匐着接近城墙。远处有密集强大的火力掩护，守城的国民党士兵被打得抬不起头来，枪弹就像密集的冰雹一样劈头盖脸落下来。从关沟岭上射向城内的炮弹，不断在鼓楼东侧的大操场上爆炸，把驻扎在大操场上的国民党炮兵轰得无处藏身，纷纷弃炮远遁。

夜幕刚刚覆盖大地，南城墙就被打开一个缺口，紧接着东城墙也被炸开了一道口子。解放军从两个缺口同时登城。不大一会儿工夫，大街小巷都是解放军"缴枪不杀"和"老乡们不要害怕，咱们的解放军回来了"的喊话声。

大势已去。县长张克俊失魂落魄地走出县政府防空洞，身后跟着几个贴身卫士，朝北城墙匆匆走去。那里有一个抗战时期修建的河防暗堡。张克俊钻进暗堡，又从一个狭窄的机枪眼里钻出去，逃跑了。职员们发现不见了县长，又隐约听到远处解放军的喊话声，惊得纷纷涌向北城墙，有的钻碉堡，有的爬城墙，有的干脆直接上了城墙纵身跳下。

城防司令朱旅长早已经逃得无影无踪。李群峨成了孤家寡人。电话线已经断了，他还手握听筒怔在那里，失神地听着电话里传出"嘟嘟"的忙音。

枪声越来越近。卫兵牵着猎犬，拉着李群峨的手冲出专署，另一个卫兵打着手电筒在前头带路。一行人磕磕绊绊向着茫茫暗夜的深处奔去。到了县政府门口的影壁墙跟前，西侧马元巷口的碉堡里突然传来一声断喝："谁？口令！"

李群峨不知道这个碉堡已经被解放军占领，本能地答了一声："我！专员！"话音未落，碉堡里"嘟嘟嘟"射来一串机枪子弹，李群峨"扑通"一声一头栽了下去。随从一看专员一命呜呼，惊得返身退回专署；哪知道专署也已被解放军包围，只好乖乖举起手来做了俘虏。

陕州城宣告解放。

349

五、痛宰"瘦牛"

一九四七年十一月八日。南召县南河店,陈谢兵团前委扩大会议正在召开。

会议室里烟雾弥漫。陈赓和韩钧都不抽烟,两人被呛人的烟味熏得有些头晕。

周希汉的烟瘾最大。两支被烟熏得焦黄的手指头夹着烟卷,一根接着一根不停地抽,抽烟的时候嘴里还发出"嗞嗞"的声音。

韩钧不忍心说他。他知道周希汉没有什么别的爱好,抽烟对他来说是一种难得的放松。何况周希汉又是一员特别骁勇的战将。三天前攻克郏县,周希汉带领十旅创造了一个模范的攻坚战例,这会儿他心里也正得意呢。郏县攻坚战,周希汉以一旅之力,全歼国民党整编第十五师,光俘虏就抓了两千多个,其中包括号称"善守"的国民党中将师长武庭麟和他的两个副师长姚北辰、杨天明。整编第十五师全军覆没。待到李铁军的整编第三师赶来救援,郏县已经成了一座空城。

今天的会议就是研究如何对付李铁军这个狡猾的对手。十几个旅长、政委你一言我一语地讨论着。

陈赓和韩钧只是静静地听。

"李铁军的五个旅总在我们背后尾追不是个办法。如果是在黄河北我们的老根据地,通常是把敌人摆脱掉,我们另选战场,另择战机。"

"那是因为我们有根据地作依托,我们来去自由,这里的情况可是不一样。根据地还没有建立,群众还没有发动,想把敌人摆脱掉不是一件容易的事!"

"我们渡过黄河后接连取得胜利,现在正是士气高涨的时候,能不能够考虑摆开战场和李铁军决一死战?"

这话一出口,马上引来反对的声音:"这个恐怕不行!我们刚到新区,立足未稳。我们目前已经分出三十八军、十二旅和另外的五个团去建立根据地,能够集中作战的兵力也就是五个旅,和李铁军的兵力相比不占优势。现在决战,那可是打无把握之仗!"

一位参谋长接过话来:"我们刚到新区,恐怕也只有趁热打铁才有可能击败李铁军。这里遍地土匪,别廷芳这个老土匪头子虽然死了,可是他过去又是修铁路，又是发大米，笼络了不少人心，也欺骗了不少群众。这里的老百姓一口一个'老别'，一口一个'别司令'，叫得就跟没出五服似的。时间长了，恐怕我们的吃喝都会成问题！"

……

两种意见谁也不能说服谁。

韩钧看看大家的意见发表得差不多了，低声对陈赓说了几句。

陈赓点点头，让大家继续讨论，和韩钧一前一后出了会议室。

"真有你的！我倒把这个高参给忘了！"一出门，陈赓笑着对韩钧说。

两人来到另一间办公室坐下。陈赓抓起电话机："要四纵联络部！"

电话通了，陈赓命令道："立刻把在郏县俘虏的敌十五师师长武庭麟、副师长姚北辰、杨天明带到南河店来！"

武庭麟、姚北辰、杨天明三个人被解放军战士押解着垂头丧气地走进房间。

陈赓指指靠墙的几把椅子示意他们坐下。武庭麟心中忐忑，眼睛警惕地盯着陈赓和韩钧。

眼前的武庭麟是一个年近六旬的老头儿。头发、胡子都已经花白，满脸憔悴浑身疲惫，全然没有了年轻时候的风采。韩钧看着他，忽然想起自己十八岁那年，为了积攒赴北平的路费而到偃师国立一小任教，路过洛阳城的时候，在城门口见到的那个耀武扬威的武庭麟。那个骑在高头大马上，满脸得意地向着洛阳城里前来欢迎的头面人物连连拱手，在人群簇拥中走进洛阳城的新任警备司令。"武阎王！"韩钧想起了武庭麟这个臭名昭著的外号。

韩钧正想着往事，陈赓已经开了口："今天请你们来，是想听你们说说你们部队的情况。"

武庭麟见陈赓的话里没有恶意，心情放松下来。他瞟了一眼坐在身边的两个同伴，率先打开话匣子。

过了一会儿，陈赓巧妙地把话题引到了李铁军身上："第五兵团总共有几个旅？"

"七个。"

"武器呢？"

"大部分是美械装备，还有几架飞机。现在正在练兵，听说贵军开到豫西，李司令长官几次声称要与贵军主力决战！"武庭麟肯定地说。

陈赓不动声色，轻描淡写地问："两军决战，依你看，他有把握吗？"

"这个……"武庭麟沉吟一下没有明说，只是尴尬一笑，"我从抗战时起就在李司令长官麾下，深知他治军极严，出兵谨慎……"

　　韩钧微微一笑，反问一句："既然如此，你怎么丢盔卸甲成了俘虏呢？"

　　一句话戳到了武庭麟的痛处，他低下了头："唉！解放军攻势太猛，抵挡不住哇！"

　　韩钧趁势追问："依你看，李铁军下一步会如何动作？"

　　武庭麟略一思索，偏着头说："我忖着他可能会带着整三师、第二十师、第一二四旅开进南召、方城一带，寻机与贵军决一雌雄……"

　　答案有了。陈赓站起身来一摆手说："好吧！今天我们就谈到这里！"

　　武庭麟他们被押送出去。

　　陈赓和韩钧相视一笑。陈赓说："侦察员的情报也证实了这一点。既然李铁军急于和我们决战，那我们就避敌锋芒，放长线钓大鱼。派一部分兵力伪装主力向西运动，引诱李铁军主力追击，牵着李铁军的牛鼻子把他拖疲拖瘦。我们的主力改为向东、向北运动，随时准备出击平汉线，策应刘邓主力，配合粟裕打好平汉战役！待平汉战役结束，我们的主力部队再回过头来宰了李铁军这条瘦牛！"

　　"行！"韩钧语气坚定地赞同道。

　　战场形势果真按照陈赓和韩钧的预想在发展。

　　不到两个月时间，陈谢兵团在平汉战役中共歼敌一万余，攻占重要城镇二十余座，破坏铁路四百多里。

　　更重要的是，平汉战役刚刚结束，陈谢兵团和华东野战军陈唐兵团就抓住战机，在西平以南祝王砦和金刚寺一带抽刀宰了李铁军这条被拖得饥疲不堪的"牛"——全歼第五兵团司令部和整三师共九千六百余人，俘虏兵团少将参谋长李英才以下六千多人。

六、天炉英雄

　　天有不测风云。正当人们庆祝胜利的时候，刚刚兼任了豫陕鄂军区司令员和陈谢兵团后方司令部司令员的韩钧积劳成疾，突然病倒，而且病势沉重。

　　重病的韩钧先是被陈赓派人送到许昌治病，后又奉命回到石家庄治疗。

　　一九四八年十月，经过将近半年的治疗，韩钧的身体基本恢复。韩钧来到军大学习，这个戎马一生的战将兼任了哲学教员。

不久，叶剑英亲自来到军大，找到韩钧，对他讲："东北野战军已经入关，华北野战军也在迅速向平津靠拢，平津很快就要解放。中央已经任命彭真同志为北平市委书记，任命我担任北平市军事管制委员会主任兼北平市长，任务很紧迫，你准备一下同我即刻出发到石家庄，担任北平市军事管制委员会秘书长、北平市委委员兼市委秘书长。"

韩钧愉快地跟随叶剑英出发到了石家庄，随即投身到解放平津的战役中。

一九四八年十二月，平津战役正在激烈地进行，天津指日可下，北平也已处于中国人民解放军的层层包围之中。

过了一九四九年元旦，解放军与傅作义的和平谈判接近成功。韩钧随叶剑英、彭真于一月十八日转移到北平西郊青龙桥。一月十九日，韩钧随叶剑英参加和平谈判；一月三十一日，中国人民解放军按照和平谈判协议从西直门开入闻名中外的古都——北平。

二月一日，中国人民解放军北平市军事管制委员会正式成立，叶剑英为军事管制委员会主任兼市长，韩钧任秘书长。

二月二日，举行入城式。

这一段时间，在中央、总前委、华北局和彭真、叶剑英的领导下，韩钧愉快、繁忙而紧张地工作着。

韩钧是个工作起来不要命的人。在北平和平接管期间，他更是废寝忘食，亲自听取汇报，亲自调查研究，亲自起草布告文件，亲自宣布政策规定……

由于夜以继日地忘我工作，日复一日地过度操劳，韩钧宿疾复发，于一九四九年三月二十三日病逝于北平六国饭店。一颗毕生追求真理，毕生为正义而战、为国家而战、为民族而战、为人民而战的心脏过早地停止了跳动。

英雄无声远去。时年三十七岁。

一九四九年三月二十四日一大早，河北唐县城东淑闾村村民李大明家，正在从西柏坡赶往北平途中的毛泽东，刚刚从用门板搭成的临时床铺上起身，惊闻"娃娃将军"韩钧突然去世的噩耗，手中报纸脱手落地。毛泽东心中痛惜不已，遥望北平方向喃喃低语：谋身拙为安蛇足，报国危曾捋虎须……

附 录

韩钧年表

1912年，出生于河南省新安县北区韩沟村前北斗庄，乳名恒子。

1918年，入读本村私塾，学名韩永清。

1923年，入读新安县立刘黄小学，开始接触新文化知识。

1925年夏，孤身赴洛，考入河南省立第八中学。

1926年，改名韩永信，考入河南省立第四高级师范。先后组织"微飙社"研究白话诗，组织"社会科学研究会"传播马克思主义理论。

1930年，国民党当局以"参加学潮"罪名将其开除学籍。到偃师县立第一小学任教，筹措赴北平路费。

1931年冬，"九一八"事变后赴北平投身革命，入中国大学旁听，改名韩汉琴。加入中国共产主义青年团。

1932年，担任北平抗日义勇军青年队队长。

1932年8月1日，带领青年队参加中共北平市委组织的抗日反蒋"八一"示威大游行，被反动军警逮捕。

1932年10月，被投入北平军人反省分院（俗称"草岚子监狱"）监禁。

1932年年底，在狱中转为中国共产党党员。

1935年3月，因参加、领导地下党组织的"绝食斗争"，和薄一波等十二名党员骨干被国民党判处死刑，夹带重镣，投入死牢。

1936年9月，中共北方局中央代表胡服（刘少奇）请示党中央批准后，分批营救韩钧和薄一波等五十三人出狱。韩钧等于9月24日出狱。

1936年10月下旬，北方局决定由薄一波、杨献珍、韩钧、董天知、周仲英组成中共山西省公开工作委员会，直接受北方局领导。

1936年10月24日，韩钧随中共山西省公开工作会员会到达太原，担任军政训练委员会政训处干事。后先后担任军政训练班六连（红军连）、十二连指导员兼政治教员。

1937年春，受党委派兼任山西训导院政治教员，参与营救包括王若飞和一百余名东征被俘小红军战士在内的二三百名"政治犯"出狱。

1937年5月，按照刘少奇同志"切实掌握军权"的秘密指示，担任阎锡山祁县晋绥陆军军士二团政治主任，并秘密组建地下党组织，担任党委书记。

1937年9月，在祁县组建山西青年抗敌决死队第二总队，并担任政治主任。

1937年10月，率决死二总队驻防洪赵地区，积极扩军，动员群众，创建晋西南抗日根据地。同月，韩钧秘密报经中共晋西南区党委军事部长黄骅同意，将亲手创建的各大队政治保卫队合编，组成山西政治保卫队，为山西政治保卫总队和政卫二〇九旅前身。

1937年11月，组建山西抗敌决死队二纵队（旅），担任政治主任。下辖四、五、六三个总队（团），兵力六千余。

1937年12月，邀请朱德总司令、任弼时和林彪连续三天分别到二纵队作报告。任弼时讲"华北抗战形势和今后任务"，朱总司令讲"游击战术"，林彪讲"平型关作战经验"，对部队建设产生深远影响。

1938年2月，决死二纵队兵力发展到一万八千余，阎锡山深以韩钧掌握部队为忧，调韩钧任民族革命大学教育长，被韩拒绝。同月，日军发动晋南战役，韩钧率决死二纵队进入吕梁山区，创建抗日根据地。同月，阎锡山强令从决死二纵队中划出五千余人，组成保安旅，派心腹崔道修担任旅长，韩钧竭力反对，但未奏效。同月，日军调动七万余人进犯临汾，韩钧率决死二纵队首次配合八路军一一五师作战，收复隰县康城镇。

1938年3月，率决死二纵队配合八路军一一五师三四三旅，伏击日军山冈重厚第一〇九师团，歼敌千余，击毁敌战车七十辆，取得著名的午城大捷。同月，率决死二纵队粉碎日军七路围攻。同月，率部进行南同蒲铁路破击战斗，毙伤敌百余。同月，率部进行孟家塬伏击战斗，毙伤敌七十余。

1938年4月，决死二纵队发展到下辖十一个团级单位（总队、支队），兵力两万余，接受八路军一一五师代政委罗荣桓建议，整编部队。同月初，率部进行神符阻击战斗，毙伤敌百余。同月18日，率部在韩信岭伏击日军，毙伤敌百余，击毁敌战车近二十辆。

1938年5月，决死二纵队进行战斗总结，三个月来进行大小四十八次战斗，毙伤敌两千余，新成立十四个游击大队。同月，率部在赵城、孝义、灵石等地多次对日作战。

1938年6月、7月，请八路军一一五师代师长陈光、宣传部长肖向荣帮助整军。并请一一五师政治部、教导大队为二纵队培训各级军政干部。

1938年8月，纵队军政干部学校成立，韩钧派杜芳召等多次赴河南新安、洛阳、偃师、渑池、洛宁等地招收进步青年数百人，进入军政干部学校学习。

1938年9月，决死二纵队在隰县泉子坪召开决死队成立一周年纪念大会。韩钧发表《为光明的前途奋斗》一文。同月，韩钧率部配合八路军一一五师对日军作战，取得"吕梁三捷"。

1938年10月，韩钧率部进行北同蒲路伏击战，全歼日军护路队。

1938年11月，二战区校尉级军官训练团第一期在吉县开学，阎锡山亲调韩钧担任政治队指导员。滞留吉县三个月。

1939年年初，韩钧率部在午城镇伏击进山扫荡后回窜临汾的日军，毙伤敌近三百人。

1939年3月，阎锡山召开"秋林会议"，提出取消新军政治委员制度，取消决死队番号，韩钧发动"反对倒退逆流"活动，抵制阎锡山。

1939年4月，阎锡山亲给韩钧写信，进行劝诱、麻痹，要韩钧交出军权，被韩钧拒绝。同月18—19日，韩钧率部进行罗汉阻击战，毙伤敌三原联队三百余，击毙敌指挥官四名，击毁敌火炮一门，重机枪两挺，生俘翻译官松原，日军三原联队主力损失殆尽。战后韩钧在《政治周刊》新二卷第二期发表《论罗汉战役》一文，论述罗汉战役的重要意义。

1939年5月，阎锡山派亲信陈光斗到二纵队，推行"分治"阴谋，决定把决死二纵队分编为独立二旅、一九六旅、保安旅三个旅，遭韩钧拒绝。同月，阎锡山的阴谋活动引起中共中央高度关注，中共中央军委副主席王稼祥电询二纵队改编等情况。同月，韩钧率部在双池、郭家庄、王庄、峪里、土焦坡、金沟子等地多次对日作战。

1939年7月，廖井丹受中央委派从延安重返二纵队担任政治部副主任，向韩钧传达毛泽东"反对投降活动"的指示。

1939年8月，由韩钧提议，召集晋西南新军负责人成立"民青组织局"，由韩钧等三人组成，落实毛泽东指示，统一指挥晋西南新军行动，抵制阎锡山改编阴谋。

1939年9月18日，韩钧与薄一波等联名发表《为巩固团结加强进步，抗战到底的宣言》、《论牺牲救国同盟会》等文章，揭露、批判反共投降逆流。

1939年9月，阎锡山设计，借邀韩钧赴秋林参加会议之机，以二战区政治部副主任兼新军政治部副主任职务相诱，对其羁留、软禁三个月。其间，韩钧察觉阎锡山发动突然事变的阴谋，在《牺牲救国》、《黄河战旗》、《政治周刊》等刊物发表《牺牲救国有真假》、《新形势下我们奋斗的基本方针》等文章进行揭露。

1939年11月，阎锡山与日军清水师团勾结，加紧部署包围进攻决死二纵队，韩钧冒死于28日深夜返部，召开紧急会议部署应变措施。会议出现不同意见，韩钧力挽狂澜。

1939年12月1日，阎锡山调动六十一军、十九军、三十三军、八十三军、警卫军、骑兵军六个军、杜春沂独立师、彭毓斌教导师、崔道修新一旅总计四十七个团兵力，四面秘密包抄决死二纵队，灵石、霍县日军突然集结兵力，配合围堵，阎日夹击，决意消灭决死二纵队。"晋西事变"爆发。同月6日，毛泽东电示八路军各部，配合韩钧等新军部队对叛军进攻"绝不让步"、"坚决还击"。同日，晋西南抗日拥阎讨逆军总指挥部成立，韩钧担任副总指挥兼前敌总指挥。同月7日，韩钧致电阎锡山，拒绝执行其旨在消灭晋西南新军的反动命令，阎锡山"明令剿除"，包括二纵队在内的晋西南新军被迫自卫还击。后在八路军晋西支队协同和八路军一二〇师彭八旅、晋西北新军接应下，晋西南新军苦战四十余日，历尽艰险，突出重围北上晋西北。

1940年1月20日，在临县城东关杨树沟河滩，晋西北新军召开胜利会师大会。同月21日，在临县龟崾村召开"晋西南反顽斗争总结大会"，中央军委滕代远参谋长代表中共中央、中央军委、毛泽东主席批准宣布："决死二纵队是党领导的有保证的部队。"

1940年3月，韩钧担任决死二纵队司令员。

1940年3—7月，决死二纵队开展"四个月大整军"。边整军边进行"反扫荡"作战，其间，韩钧率部进行杨家岭战斗、南沟战斗、水沟湾战斗、木谦塌战斗、姚家山战斗、康家墕战斗、水相树梁战斗、白龙山战斗、阳湾战

斗、石偏梁战斗、贺家圪塔战斗等。

1940年8—9月，韩钧率三个主力团参加百团大战。

1940年10月，日军集结独立混成第三、第十六旅团各一部共三千余兵力，对决死二纵队进行报复性"扫荡"，韩钧率部作战十七次，歼敌四百余。

1940年11月，晋西北军区成立。司令员贺龙、政委关向应。韩钧担任八分区司令员，下辖决死二纵队、工卫旅、洪赵总队、游击支队，韩钧兼任决死二纵队司令员。

1940年12月，日军独立混成第三、第九、第十六旅团及第四十一师团、第四混成旅团各一部共两万五千余兵力，扫荡晋西北根据地，实行烧光、杀光、抢光的"三光"政策。同月21日，决死二纵队纵队部中庄被袭，遭受严重损失。

1941—1942年，日军对晋绥根据地"扫荡"三十余次，历时四百余天。作为晋绥根据地的前沿地带，日军局部地对八分区的扫荡更为频繁，战斗不计其数，韩钧率八分区军民坚持根据地斗争。后，毛泽东主席电示晋绥军区，高度评价八分区。号召各分区"开展八分区那样的战斗，打出威风来扩大自己，挤小敌人"。

1942年12月，韩钧奉调到延安中央党校一部学习。

1943年8月，韩钧由党校调出，到"陕甘宁晋绥五省联防军司令部"担任贺龙秘书。

1944年11月，毛泽东接见韩钧，当面称赞他"娃娃将军"，对派他开辟豫西抗日根据地进行指示。同月，韩钧担任中共河南区党委委员，与刘子久率干部队和晋绥军区八分区六支队南下河南，开辟豫西抗日根据地。

1945年1月，韩钧兼任河南军区二军分区司令员，迅速建立拥有九十万人民的豫西抗日根据地。

1945年5月26日，被八路军改编的独立第七旅上官子平等部，与国民党暗中勾结，在戴笠和胡宗南策动下发动叛乱，韩钧担任"平叛总指挥"，迅速调集八路军十八团、五十九团和特务团"三战三捷"，巩固根据地。

1945年9月，八路军"河防支队"成立，韩钧担任司令员。

1946年1月13日，韩钧担任晋冀鲁豫军区第四纵队副司令员。

1946年3月21日，韩钧作为中共代表参加军调处临汾执行小组。

1946年7月—1947年7月，国民党对解放区发动全面进攻，韩钧协助陈赓率四纵连续取得闻夏战役、同蒲战役、临浮战役、吕梁战役、汾孝战役、晋南战役"六战六捷"。

1947年7月27日,中央决定由晋冀鲁豫军区第四纵队、第九纵队、三十八军及太岳军区二十二旅组成太岳兵团（即陈谢兵团），韩钧任副司令员。军委电令以各部首长为委员，陈赓、谢富治、韩钧三人为常委组成前敌委员会，陈赓为书记，谢富治为副书记。

1947年8月22日至年底，协助司令员陈赓率部转战豫西，歼敌六万余，解放县城三十六座。

1947年11月29日，太岳兵团后方司令部成立，韩钧担任司令员。

1948年1月，经中共中央、中原局批准，正式成立中共豫陕鄂军区，韩钧担任司令员。不久，身患重病，奉命先后回许昌、邯郸、石家庄治疗。

1948年10月，韩钧到军大学习，兼任哲学教员。

1949年1月19日，韩钧随叶剑英参加北平解放和平谈判。

1949年2月1日，韩钧担任中共北平市委委员、秘书长兼北平市军事管制委员会秘书长。

1949年3月23日，韩钧因操劳过度，宿疾复发，病逝于北平六国饭店，后安葬于西郊香山万安公墓。时年三十七岁。

韩钧同志碑文[①]

韩钧同志一九一二年生于河南省新安县，中学时期即参加历次学生反帝反封建斗争。一九三二年加入中国共产主义青年团；同年被捕，在监狱中参加中国共产党，努力学习马列主义、并与敌人的"反省政策"坚决斗争，表现了共产党员的政治气节；直到一九三六年始出狱。不久抗战爆发，参加创建山西新军。一九三九年在晋西南发动新军反对阎匪锡山反共降日阴谋的武装斗争，并取得了胜利。一九四四年率军赴豫西开辟新解放区，一年后奉命撤返太岳，任四纵队副司令员。一九四七年随陈谢大军南渡黄河任豫西军区司令员；自到豫西终因积劳成疾，回后方休养。今年调任中共北平市委委员，市委秘书长及军管会秘书长。以过度疲劳，宿疾复发，于三月二十三日逝世。死年三十七岁。韩钧同志自参加革命以来，经历法庭、监狱和战场的考验，一直是党和人民革命事业的忠贞而优秀的战士，他的逝世，实是党和人民的损失！

中华民国三十八年五月立

---

① 此碑文系杨献珍同志受中共中央组织部委托撰写，并经彭真、安子文同志审阅同意。一九四九年五月立于北京香山万安公墓内，二〇〇九年三月由中共北京市委重修。

《韩钧同志传略》序

薄一波

正当解放战争胜利前夕,韩钧同志不幸英年早逝,当时他只有三十七岁。四十年过去了,去年仲夏,韩钧同志的妻子和一些战友撰写了这本传略,以兹缅怀并要我作序。

我是一九三二年在北平草岚子监狱结识韩钧同志的,他在参加"八一"游行示威时被捕转入草岚子监狱。在狱中,韩钧同志立场坚定,和狱中"政治犯"一起与反动派英勇斗争,并坚持学习马列主义理论,学习英语、世界语。在监狱的艰危环境下他由共青团员转为中国共产党党员。一九三五年春天,由于南京"政训处"派宪兵第三团分别伪装成法官和政治犯打入草岚子监狱,发现了狱中有我党支部,使狱中党组织遭受了严重的白色恐怖。一九三五年春,把包括韩钧同志在内的十二名政治犯判处死刑。在这场生死存亡的考验面前,韩钧同志和其他十一名同志毫不动摇,视死如归,表现了共产党人的崇高革命气节。后因"何梅协定"签订,国民党势力南迁,宪兵第三团也仓皇逃遁,这十二位同志才幸免于难。

一九三六年十月,党组织把我们五十多名在草岚子监狱的同志营救出狱,韩钧同志和我一起到山西工作。抗战爆发后,阎锡山接受共产党人和山西新派的建议,成立"青年抗敌决死队",韩钧同志受命担任决死二纵队的领导工作。在国民党挑起的第一次反共高潮中,一九三九年十一月底,阎锡山命令二纵队向同蒲铁路线日军驻地进攻,同时又让顽军紧跟背后,企图与日军两头夹击,一举消灭这支抗日革命力量。韩钧同志识破了这一阴谋。拒绝执行并电告

阎:"将在外君命有所不受……"阎诬二纵队为"叛军",韩钧为"叛逆",发动了第一次反共高潮中最大的进攻,即为历史上的"十二月政变"。在这一事件中,韩钧同志以机智和勇敢,粉碎了敌人的阴谋,保卫了革命军队,保卫了党的力量。但他未经党组织讨论,也未向上级组织请示,即以个人名义发电,授人以柄,这是他过于急躁,不够沉着老练之处。现在想来,一位二十七岁的年青将领,事急路遥,在敌人的进攻面前能采取坚决反击的方针,主流是正确的。

一九四四年年底,党派韩钧同志去河南开展工作。一九四六年十二月,中国人民解放军陈谢兵团组成,韩钧同志任副司令员。北平解放后,韩钧同志任中共北平市委委员、市委秘书长兼市军管会秘书长。一九四九年三月二十三日,正当即将开国,韩钧同志大可施展才华,更好地为党为国报效之际,却与我们长辞了。四十年来,每念及此,深为惋惜。

韩钧同志的一生,历经法庭、监狱和战场的考验,他坚定坦诚,机敏果敢,热情干练,在军事和政治工作方面都很有才能,为党和革命事业作出了贡献。在他去世四十周年之际,出版这本小册子,寄托战友和后人对他的哀思是很有意义的。

一九八九年三月十五日

为光明的前途奋斗

——青年抗敌决死队周年纪念

韩 钧

决死队自出现在华北抗日的战线以来,已经整整一周年了,现在我们来对它作一粗略的检讨,供献给各界关心抗战的同志们,想来不是没有用处的吧。

伟大战争的光荣产儿

我们说:决死队是伟大战争的光荣产儿。这是绝对正确的。

抗日民族革命战争不同于任何其他的战争,它是中华民族对日本帝国主义在二十世纪四十年代所作的生死存亡的决斗。这一战争在东方自然是空前伟大的,在整个人类史也是最奇巍壮烈的一幕。这一场血战,自然要充满着可歌可泣的史迹,写下历史上光辉灿烂的一页。

决死队就是在这伟大时代光荣战斗的开头诞生,并在战斗过程中壮大起来的,它毫不折扣的,是中华民族最优秀男女所凝结成的一支抗日革命军,华北抗战前线上最忠实可靠的牢固堡垒之一。

和一切前进的革命力量一样,决死队自出生到现在,永远没有从误解、怀疑、笑骂、攻击的恶潮中解脱出来,它遭受了应有尽有的打击。然而前进的和革命的这一特征,就使它有充分的依据勇往迈进,向着抗日民族革命战争的光荣结局——独立自由的新中国,作着英勇胜利的奋斗;而且,战争就是决死队的摇篮,短短的一年中,它差不多十倍地扩大了自己,并以钢铁般的团结使自

已成为不可战胜的力量。

那么，决死队究竟是什么东西？它的本质是什么？

第一，它是前进的革命的抗日结合体。这一特征对于决死队的生长、发展及前途，有着特殊的决定作用。谁都知道，在中国抗战的酝酿时期，甚至抗战爆发后的第一阶段，即是说从"一二·九"运动、绥远抗战、西安事变、卢沟桥事件到南京陷落的这一时期中，集合在"牺牲救国"旗帜下的数千青年斗士，抱着必死的决心，等到"七七事变"后，自动地要求成立决死队，上前线杀敌，这是决死队的第一而且主要的传统。

第二，它是人民的抗日武装力量。这一特征保证决死队有着雄厚的群众基础。军民合作才能战胜强敌，老早已成妇孺皆知的绝对真理。但是能切实执行这一抗日基本政策的军队，直至今日还不多见，因为军民合作本身对军队就是一个革命！决死队最初的发动与组织者，它的每一个战斗员，由于他们的革命认识，牺牲抗战的最大决心，一开始就要实践这一抗战制胜的最高原则——军民合作，这点丝毫不足为怪。另一方面，牺牲救国同盟会又把决死队当作民众自己的武装，就在群众里边，爱护它帮助它，并步步督促它坚决不移地站在这条光明大道上，这使决死队深深植根于千百万广大群众中，成为人民自己的武装。

第三，它是高度革命政治工作的产品。这一特征说明了决死队为什么充满着民族觉悟所造成的杀敌热潮，为什么会能冲破层层困碍，在敌人侧面后方极端艰苦的条件下，还保持着惊人的精诚团结。半年没发过饷，衣服褴褛，过着非人的生活，然而在决死队的营房中，却洋溢着快活激昂的歌声，这是有着深刻的政治基础的。

伟大的时代，光荣的战争，诞生了不可战胜的青年的抗敌决死队。所以，没有任何污蔑与阻挠，可以制止它的前进！

力量的源泉：革命的中心思想

在抗战的部队中，如果这一部队是前进的革命的，那么，它就会给人民证明一个真理：真正的最伟大而纯洁的力量，从来未曾被战胜过的力量，就是为革命理想所滋生、为革命热情所鼓舞的英雄主义，大无畏的牺牲精神。这绝不是金钱收买、官位引诱等手段所能得到，也不是打骂威胁、武力压迫能够制造出来的。真的，战士们的英勇行动，实在可以动天地而泣鬼神，为终生过军伍生活的人们所意想不到！

开始组成的时候，决死队就是以必死的决心团聚起来的。在艰苦奋斗的一年中，决死队把自己的任务，明确地摆在全体指战员之前，他们每一个人不仅有因忍受不住压迫而生起的反抗怒火，而且怀抱着光明的理想，愿终生为这一理想的实现而奋斗，而牺牲。

这些任务和理想是什么呢？

第一，争取民族革命战争的彻底胜利。在民族危机空前加深，全中国人民生死存亡的最后关头，这一任务是每个中国人起码要担负的，决死队全体干部和战斗员都抱着最大决心去实现这一任务；不仅如此，他们而且进一步了解，要完成这一任务，必须动员一切人民在自己的周围彻底做到军民合作，必须坚决执行统一战线，与抗战友军取得密切联系，在一条线上共同奋斗。

第二，建立独立自主的新中国。抗日民族革命战争是争取生存的自卫和反抗，同时也是中华民族复兴的起点，是过去数十年来全中国人民，为改造整个社会制度而斗争的继续和更高的发展阶段。领导和参加这一伟大战争的战士，热望着一个新的国家，它能够摆脱帝国主义的压迫和束缚而获得独立，人人能享受基本的民权，和过着幸福的生活。这是一个光明灿烂的新中国，也就是所期待着的森严的人民监政的新兴国家。决死队的战士把这一任务认识到而且决心为之努力。

第三，人人劳动，人人享受的公道社会，这是奋斗的最高理想。决死队的干部及核心领导作用的战士们，在极端艰苦的条件下，并没有放松对主义研究的努力。他们环顾社会不平的现象，渐渐意识彻底改造的必要，因而更确定了自己的终生事业，有了精神上的寄托，所以奋斗不懈，极端忠勇。

抗战——新中国——人人劳动人人享受的公道社会，这便是决死队的中心思想、革命理想、英雄主义和力量的源泉。

部队建设的基本路线

根据创造新军的基本精神，我们提出三个"一"，作为奋斗的准绳，这就是决死队的"三一制"。什么是"三一制"呢？

第一，军政一体。军事或战争是实现政治目的的手段，反过来，政治工作还是要保证军事任务的完成，所以，政治工作是军队的生命线，其重要不言可知。但在创造一个新军队的过程中，一开始，军政干部常因认识和工作方式的

不同，而发生摩擦与冲突，决死队也是一样。这是极端严重必须克服的问题，我们提出军政一致，作为奋斗的口号。

第二，官兵一体。军队中的基本矛盾和不能精诚团结的障碍是官兵生活的悬殊，一切不良现象的所以发生，主要原因就在这里。决死队成立之初，就努力克服这一困难，一方面军政干部自觉地减低自己的薪饷，去改善战士的生活；另一方面，经济彻底公开，竭力减除靡费，而用于公共事业。现在，在决死队中，不仅从表面上看不出官兵的差别，而且在实际生活上已经做到同甘苦，共患难，上下一致了。同时，紧张的政治生活，热烈的研究学习精神更促进官兵精神上的结合。

第三，军民一致。决死队一方面竭力提高部队的群众纪律，处处改善对群众的态度；另一方面，加强部队的民运工作，实行广泛深入的宣传组织活动，使群众了解国家与自身的危险。在受敌人践踏过的区域，则说明逃出敌人酷暴压迫屠杀的道路，用一切力量与方法，发动民众帮助军队抗战，解除军队的大小困难。这样，军队把民众视作父母妻子兄弟，民众也把军队看作家人似的爱护着。

为实现部队建设的这三个基本路线，决死队的全体干部，首先是政治工作人员，及一切优秀的战士们，实在用了最大的努力，虽然，直至今天，个别的出轨现象依然不能完全避免，但正确的"三一制"已有了不可战胜的基础。

如何实现这三个"一"？这是一件很不容易的事。

首先，把握住创造新军的基本主张：经济公开，废除打骂制度，合理管理，人情统驭，说服教育等，耐心地不断地，以各色各样的方式，去和部队中的一切不良现象，作持久的斗争。把握住主张，用来说服旧习很深的人，这是极有力的武器。这样做有三个好处：第一，对指示能忠实信服的，自然会照着这一方向竭力去作。第二，旧习过深的分子，也不敢贸然反对。第三，把主张使全体战士都清楚了解，这就会产生一种伟大的力量，监督各级去执行上边的意志和命令。

其次，如果改造军队内部的这些主张能够做到，那么，军政不和的原因可以去掉大部，对民众的关系，也就容易改善了，因为基本的困难是在部队本身。从政治上说服教育，提高干部和战士的民族觉悟，第一步不要空讲高远的理论和大问题，要从切身的日常问题联系到整个问题，改变他们的意识以至工作方式，并以身作则，亲自实行这些主张，建立政治工作在部队中应有的威信，这样引导大家前进。

最后，抓紧最严重的违背这些基本主张的事例，进行不屈不挠的斗争，教育全体干部和战斗员，这是有力的保证。

决死队的当前任务和前途

决死队奋斗了一年，在不断改造和扩大的过程中，慢慢巩固了自己，奠定了它新军的基础，这是正确领导与全体干部努力工作的结果。今天，我们可以说，决死队已经是华北，首先是山西的抗战堡垒之一了。

目前武汉危急万状，民族革命战争正处在严重的转变关头，决死队的全体同志应该准备着以后最大的牺牲，颠扑不破的革命毅力，为保卫国家民族，保卫我们的家乡，战到最后一道壕沟，为争取抗战的光荣胜利，流尽最后一滴血。现在，我们奋斗的直接目标是巩固并健全部队，提高战斗力，实现一个最好的正规化部队。决死队今天在保卫大武汉的战斗中，要尽最大努力去完成自己应担负的任务，它具有可能保卫武汉的绝大信心；但即使武汉不幸失守，敌人以主要兵力实行肃清华北抗战部队，巩固其后方的残酷条件下，它也不会气馁。针对着行将到来的更残酷的斗争，决死队应该做到：第一，肃清部队最后残留着的腐恶现象，把政治工作更深入有力地发展，巩固自己的团结。第二，提高战斗技能和战斗力，熟习现有各种武器的应用，政治工作人员要彻底了解军事并能指挥作战，把研究与学习对敌作战造成一种热潮。第三，建立各级有威信的集中指挥力量，同时培养独立作战的能力，使部队能运用自如，适应大小的战斗，可以在有利和不利的情况下作战。第四，加紧培养并提拔大批干部，准备持久抗战的各种必要条件。第五，工作要配合着摧毁敌伪政权、保护抗日政权、组织民众这条创造抗日根据地的总任务，实行彻底必要的转变，并且以积极的出击扩大游击区，组织敌区的广大民众起来实行抗战。

决死队的全体同志要以最大的努力，争取其光荣任务的完成，并为自己的正规化而努力奋斗！

（原载一九三八年《政治周刊》新一卷第十一、十二期合刊。选用时略有删节）

韩钧谈晋西事变真相①

（一九四四年八月十三日）

【新华社延安十三日电】西安《西京日报》所载阎锡山对中外记者团谈话中，有阎锡山在一九三九年准备冬季攻势时，新军二纵队负责人韩钧率部叛变等语。本社记者为使国人了解此亲痛仇快事件的真相，特访问当时亲历艰危的韩钧同志。韩钧同志首告记者，晋西事变的惨毒真相，过去因为希望阎氏觉悟，一直隐忍下来，从未发表过，此次阎锡山颠倒是非，公然向中外人民淆乱真相，实令人不能再保守缄默。韩钧同志随将事变经过情形详述如下：

阎锡山仇视人民

太原沦陷后，阎锡山即开始动摇，准备投降妥协。汪精卫投敌后，阎锡山又召开高级干部会议，试探和平，他说："抗战与和平是个政治问题，不能说主张抗战就对，主张和平就不对。"当时薄一波同志说："敌人打进我们的国内来，要求民族独立，只有抗战到底。和平妥协就是投降，就是汉奸"。阎默然。阎锡山此种论调谈过不止一次，均为牺盟、新军所揭穿、所反对。但阎锡山投降准备，始终未停止过。牺盟、新军主张为了争取抗战胜利，只有实行民主，发动群众。阎锡山反对实行民主，取消民选县长、区长、村长及各县民意

---

① 这是新华社的访问记。导语和第一节《阎锡山仇视人民》的改稿原件已散佚。第二节小标题是毛泽东改的，原题为《反共军与日寇夹击决死队》。全文最后一段话，是毛泽东亲笔所加。

机关。他说："政权是个刀把子，拿到我们手里可以统治人，拿到人民手里就会危害我们，所以不能实行民主。"他又反对成立农民抗日救国会、自卫军等（然而这是中国抗战力量的基础）。他说："农民是个老虎，发动起来，是个乱子（怕他们抗战到底，不听指挥），不发动是个空子（又怕共产党来发动），现在不是发动不发动的问题，而是掌握电鞭的问题（电鞭是管制老虎的鞭子）。"他之反对民主，反对发动群众，都是为投降妥协着想。他又说："生存就是一切，抗战只是手段。""七七"事变时为了生存，他需要抗几天战，以后感到抗战是长期的，困难的，就想投降，这也是为了生存，正义公理、国家民族观念，在他的字典里头是没有的。他在做这些准备的时候，表面上装作抗战的样子，而暗中早已在通敌反共了，与敌开过刘村会议，安平会议。通敌使节，不绝于兴集太原道上。决死队的负责同志曾经一再表示："我们来与你合作，是为了抗战到底，并不是为了投降妥协，任何人要投降妥协，我们就要反对。"阎锡山因此视新军为投降妥协之最大障碍，用说服及其他方法都不能把决死队屈服，乃大施其"锦囊妙计"，于"不知不觉"之中"转移"新军为"叛军"，实行"讨伐"，晋西事变的真正内容就是如此。

阎日两军夹击决死队

即就晋西事件本身而论，也是阎锡山首先背信弃义发动内战。阎锡山企图解决新军，蓄谋已久，至一九三九年十月间，乃授权王靖国、陈长捷等准备进攻新军。并找反共将领一个一个地向他们说，共产党八路军势力日益壮大，再加上牺盟会、决死队与之合作，我晋绥军将无立足之地，现在我们只有解决新军、牺盟，援用日本所提中日提携办法，达到生存之目的。有一个反动军官（刘武铭）问，如何解决？王、陈答以先改组决死四纵队为"中国抗日忠勇先锋军"，再集中晋西六个军配合日寇解决决死二纵队，然后协同日军解决一、三纵队。果然不久，阎锡山即委任陈长捷为"剿叛"军总司令，陈于一九三九年十一月廿九日（即晋西事变前第九天）发出密令：分三路向新军进攻，计南路纵队为六十一军、八十三军及警备军之七十三师等，司令由陈自兼，进攻隰县属之义泉、黄土（决死二纵队司令部所在地）；北路纵队司令为梁培璜，率十九军及三十三军之一部，进攻隰县孝义边之水头、石口、大麦郊一带（当时八路军晋西支队所在地）；右路纵队为新一旅等，司令崔道修，进攻隰县之泉子坪一带。同时，敌人亦集中临汾至平遥间驻防之敌五千余人于韩信岭

一带。于是，一九三九年十二月一日，阎锡山下令决死二纵队，要准于五日向同蒲线大举破击，实行所谓"冬季攻势"。我正在动员部队执行破击命令时，阎军与白军同时开始向我进攻，我们二纵队处于日阎两军包围夹击之中，情势至为险恶，有全部被歼危险，不实行自卫，就要死亡。我们只得一面对敌进行肉搏，一面又被迫不得不进行自卫以抵抗旧军，苦战兼旬，始突破日寇和旧军包围，转入晋西北。此即所谓"决死队之叛变"。从此以后，决死队就被称为"叛军"了。

究竟谁是叛军？

究竟谁是叛军呢？是谁勾通敌寇反对人民，破坏抗战，背叛民族？是新军呢，还是阎锡山？新军既未反对人民，视人民为猛虎，亦未参加过通敌叛国的临汾会议，安平会议，亦未派赵承绶、梁延武、王乾元或其他任何人到太原、北平、南京晋谒敌人和汪逆精卫，亦未与敌订立"现地协定"，而做这些事情的，恰恰是阎锡山自己。问题非常明白，即阎锡山自己也知道决死队并非叛军。一九三九年以前，他对决死队倍加赞扬，说是革命青年，一切办法都是革命的，自愧他的旧军都是昏聩糊涂、落后，不进步，不能向决死队看齐，这且不用说。即在晋西事变以后，他也曾在他的"忠实同志"少数人圈子内说过："决死队是革命的，抗战最坚决的"，"薄一波不是军人，但他们练下的军队能与敌人打，这就是因为他们的办法是革命的，进步的"。然而他为什么还说决死队为叛军呢？醉翁之意不在酒，其目的是在借此以掩饰他自己通敌反人民反共的丑事和汉奸或准汉奸的原形，并不是什么"韩钧叛变"或"新军旧军冲突"，而是投降与反投降的斗争、分裂与团结及进步与倒退的斗争。事实胜于雄辩，阎锡山纵有百口亦难狡辩。

对这件事，不独薄一波、韩钧及其他在决死队、牺盟会工作的共产党人与非共产党人能够以我们的亲身经验去证明，还有国民党老前辈续范亭先生（他是阎氏任命的暂一师师长，后为新军总指挥）也能以亲身经验作证明。更重要的是山西全省的老百姓，他们能够将阎氏罪恶如数家珍地告诉人们的。

（原载一九四四年八月十四日延安《解放日报》）

赠韩钧

李兰滨

其一
边迪归来意气遒，
年华方壮总貔貅。
班超不及将军处，
跃马还乡已白头。

其二
二十年来隶与戎，
叫嚣隳突井闾空。
凭君一使拨云手，
放出青天满地红。

——一九四四年冬，韩钧率部自延安返回豫西开辟抗日根据地。其间专程前往太平庄拜望自己的老师李兰滨。离村十多里即下马步行，赶往老师的茅屋。师生挑灯畅谈国家大事和师生情谊。第二天送别韩钧，李兰滨咏诗相赠。

后 记

智西乐

我是韩钧将军的家乡人。

孩童时期,我就经常听爷爷和父亲谈起韩钧的事迹,说他是我们家乡的大英雄。可惜的是,我当时年龄太小,大约只有七八岁,记忆十分模糊,只是隐约记得好像跟爷爷和父亲夸过海口,说我长大了要把大英雄的事迹写成书。在我十岁前后,爷爷和父亲相继去世,但大英雄韩钧这个名字已深深地铭刻在了我的心底里。十七八岁的时候,我考入了韩钧将军生前就读过的学校——将军就读的时候叫"河南省立第四师范",现在叫"洛阳师范学院"。此时,了解韩钧事迹的愿望再次萌发。可是查遍了学校图书馆竟一无所获。我有些不解,同时心中也多了一些疑问:一个为国家独立、民族解放立下不朽功勋的英雄,怎么会没有他的史料呢?大学毕业后,我参加了工作,单位恰巧在韩钧将军故居不远。心中埋藏多年的愿望再次点燃。记得很清楚,一个冬天的上午,我独自一人沿着崎岖陡峭的山路,听着黄河澎湃的涛声,来到将军故居,看到的是一片荒凉。站在附近一个山头上,望着面前的群山大河,我十分伤心。

后　　记

　　真正下定决心要为韩钧将军写一部书，是在很多年以后。那一年我已满了三十七岁。浮躁和喧嚣都已经远去，我已有了许多人生积淀。一想到大英雄去世的时候年仅三十七岁，我的心中便产生出一种强烈的使命感。记得韩钧将军曾经写过这样的诗句："人生不得行胸怀，虽活百岁犹为夭"！这件事，绝不能再任其迁延下去了！于是我决定放下一切尘念，全力以赴去追寻童年时代就产生了的理想！

　　真正动手去做，遇到的困难是超出想象的。

　　最大的困难是资料缺乏。将军一生十分短暂，从投身革命开始，除了在黑暗的牢狱之中，就是在戎马倥偬的战场，加之又病逝在新中国成立前夜，能够保存至今的史料少而又少。我用了整整两天时间查遍洛阳图书馆，却发现只有三本书刊中有关于将军的只言片语。一本是人民出版社一九八六年版的《牺盟会和决死队》，一本是人民出版社一九八三年版的《日阎勾结实录》，还有就是一九八〇年第一期《人物》杂志里的一篇小文章。

　　失望之际，我转而有了一个发现：这不正是可以有所作为的天地吗！

　　从二〇〇六年年初开始，此后整整两年时间，我开始实地查访，搜集资料。先是奔波于洛阳、郑州、三门峡、南阳、许昌和周边县市，后来又远赴山西、陕西、北京，走遍了将军战斗和生活过的地方，凡是发现与将军有关的文章、回忆录、史料，哪怕其中只有一句话提及，也要尽力搜求。

　　接下来，创作正式开始。

　　创作的艰辛无需多言。由于是业余时间创作，困难可想而知。不过因为热爱，再多的困难都能坦然面对。因为白天有许多工作要做，所以便只有夜以继夜了。从二〇〇六年至二〇一二年的六年时间里，本书几易其稿，最终成形。书成之时，我首先要感谢的是理解我、支持我、鼓励我的夫人惠永华，感谢她的理解、信任和鼓励，是她坚定不移的支持给了我巨大的力量！感谢她一直以来体贴入微的照顾和默默无闻的付出，使我在特别宝贵的业余时间里能够专心创作，尽可能不被琐事俗务所打搅。

　　创作过程中，有这么三点收获愿奉献给读者诸君。

　　第一，深深被大英雄忠于党忠于人民的事迹所感动。在收集资料的过程中，常常会有真实的故事打动我，令我热泪盈眶。读者在阅读本书的过程中一定会发现，那些细节都是革命前辈们高尚品德的自然流露，今天仍然有着如此巨大的感染力。

　　第二，灵魂受到爱国主义的洗礼。将军投身革命正值"九一八"事变爆

发之际，一个十八九岁的热血青年，哪能忍受得了祖国母亲遭受如此的奇耻大辱。他因"抗日罪"入狱四年多。在狱中转为中国共产党党员，系统学习了马列主义，掌握了英语和世界语。黑暗的牢狱生涯不仅没有磨灭他的意志，反而把他锤炼得无比坚强。他被党营救出狱，随即按照少奇同志秘密指示奔赴山西抗日战场，创建了数万人的抗日武装——山西抗敌决死队二纵队，英勇抗战，辗转数省，浴血八年。

第三，强烈感受到将军的英雄主义情怀。在国家面临强敌入侵的时候，他义无反顾跃马上阵；在抗战紧要关头投降分子蠢蠢欲动之际，他以大无畏的勇气，公开与投降分子决裂；面对投降派勾结日寇的四面围堵夹击，他率领新军战士不畏强暴，浴血苦战；解放战争中，为挫败敌人追击我军的阴谋，作为副司令员的他腰里缠满手榴弹，亲赴敌营，泰然周旋，令敌人心胆俱落……

韩钧将军的事迹光照日月，彪炳千秋。和英雄的丰功伟绩相比，我们后人为他所做的事情都是微不足道的。

最后，我要特别感谢为了本书顺利付梓而无私奉献、倾力相助的韩钧研究会会长、河南省新安县原副县长、原政协副主席拓文敬先生，特别感谢在本书编辑出版过程中付出巨大心血的群众出版社文艺分社原社长易孟林、编审张晔两位老师，尤其还要特别感谢将军家人的大力支持，他们都是我至为难得的良师益友。

是为后记。

上架建议：长篇传记文学
ISBN 978-7-5014-6043-4

定价：98.00元